HEYNE BÜCHER

SCIENCE FICTION

Herausgegeben
von Wolfgang Jeschke

Von dem Zyklus RENEGADE LEGION
erschienen in der Reihe
HEYNE SCIENCE FICTION & FANTASY:

William H. Keith jr.: *Die Ehre der Legion* · 06/5393
Peter Rice: *Den Teufel werden wir tun* · 06/5453
Peter Rice: *Eisiger Tod* · 06/5454 (in Vorb.)
Peter Rice: *Monsun* · 06/5455 (in Vorb.)

PETER RICE

DEN TEUFEL WERDEN WIR TUN

RENEGADE LEGION

2. Roman

Deutsche Erstausgabe

WILHELM HEYNE VERLAG
MÜNCHEN

HEYNE SCIENCE FICTION & FANTASY
Band 06/5453

Titel der Originalausgabe
DAMNED IF WE DO ...
Übersetzung aus dem Amerikanischen
von Birgit Oberg
Umschlagbild: FASA Corporation

Umwelthinweis:
Dieses Buch wurde auf
chlor- und säurefreiem Papier gedruckt.

Redaktion: Ulrich Fröschle

Erstmals erschienen bei FASA Corporation, Chicago

Printed in Germany 1997
Umschlaggestaltung: Atelier Ingrid Schütz, München
Technische Betreuung: M. Spinola
Satz: Schaber Satz- und Datentechnik, Wels
Druck und Bindung: Elsnerdruck, Berlin

ISBN 3-453-10943-0

Caralis

Planetenbezeichnung:	Borialis-Planet #3
Gebräuchlicher Name:	›Caralis‹
Orbitale Entfernung:	788.790.676 km
Periode:	3 Jahre, 133 Tage, 5 Stunden, 16 Minuten, 52 Sekunden
Durchmesser am Äquator:	13.002 km
Oberflächen-schwerkraft:	1,07 Erde
Umdrehungszeit:	20 Stunden, 58 Minuten, 47 Sekunden
Trabanten:	1
Trabanten mit über 1500 km Durchmesser:	1 ›Rock Wall‹ 7721 km Durchmesser (Starker Gezeiteneffekt auf planetarische Ozeane)
Bevölkerung:	1.579.627.663 42% Menschen, 28% Naram, 19% Kess Rith, 10% Baufrin, 3% Sonstige. In den letzten 125 Jahren viele Flüchtlinge aus TOG-Gebieten

Rolandrin (Kontrolliert vom Rebellen-Commonwealth)

Alsatia (Umkämpft)

Malthus (TOG-Besatzungszone)

Prolog

In den beinahe fünftausend Jahren, seitdem die Menschen Terra zum ersten Mal verließen, um 2056 die Sterne zu besiedeln, erklomm die Geschichte dieser Rasse die höchsten Ruhmesgipfel, um anschließend so tief zu fallen, daß sie beinahe ausgelöscht worden wäre.

Jetzt, im Jahre 6831, beherrschen die Menschen unter der Leitung des Terran Overlord Government, auch TOG genannt, die Galaxis. Diese Regierung, deren Herrscher die Caesaren in Neu Rom sind, behauptet, die Menschen von Terra seien allen anderen Rassen überlegen, und sie erzwingt ihre absolute Macht auf jede Weise – sei es durch Propaganda, Terror, rohe Gewalt oder Sklaverei. Wer würde es wagen, sich im Hinblick auf die acht Millionen TOG-Legionen und die mit stählerner Faust regierenden Caesaren dieser mächtigsten Armee, die es je in der Galaxis gab, entgegenzustellen? Die Antwort liegt am anderen Ende der Galaxis, ungefähr 70.000 Lichtjahre von Terra entfernt, am Ende des Orionarms. Dieses aus Tausenden von Sternen bestehende System ist als Commonwealth der Menschen und Baufrin bekannt. Dort befindet sich der Sitz des bewaffneten Widerstandes gegen das TOG, seitdem das Terran Overlord Government im Jahre 6681 an die Macht kam.

In jenem Jahr flohen mehrere imperiale Legionen vor der Tyrannei der neuen TOG-Regierung und fanden bei den Bewohnern des weit entfernten Commonwealth Zuflucht. Sie und ihre Nachkommen sind als die Rebellenlegion bekannt, die Seite an Seite mit ihren Commonwealth-Verbündeten gegen das TOG kämpft.

ERSTES BUCH

OHNE KRAFT

1

Im Orbit über Caralis
Shannedam County, Commonwealth
5. Januar 6829

Zenturio Umbros Canaxthantin sank vorsichtig in den gepolsterten Kommandositz seines Flugabwehr-Grav-Fahrzeugs und stellte die Satellitenkommunikation und Datenübertragung (SCDT) an. Sorgfältig studierte er die Informationen, die über das Datendisplay, das die Kommandozentrale beherrschte, flimmerten. Er sah die blauen Quadrate und die Kennummern, mit denen die anderen zu seiner Einheit gehörenden Vehikel markiert wurden. Da sie sich bereit hielten, das Transportschiff zu verlassen, hatten die Fahrzeuge die Gravgeneratoren angeworfen. Als die Statusanzeigen über den Bildschirm liefen, meldete sich jede Einheit startbereit.

Zenturio Canaxthantin und die Flugabwehrfahrzeuge seines Kommandos gehörten zu einem Konvoi von Verstärkungstruppen, die sich auf dem Weg nach Caralis befanden, wo die Armee des Commonwealth und die Rebellenlegion seit mehr als einem Jahr versuchten, die TOG-Streitkräfte zurückzuschlagen. Die von ihnen gesteuerten Eradictoren waren die besten Flugabwehr-Graf-Fahrzeuge der Rebellenbestände und mit den neuesten Detektoren, Zielerfassungen und Kommunikationsausrüstungen bestückt, die ein Fahrzeug, das nicht speziell für Aufklärungseinsätze entworfen worden war, haben konnte. Der Gravantrieb, der das Schwerkraftfeld eines Planeten verziehen konnte, gestattete es den Eradictoren, mit Geschwindigkeiten von bis zu 900 Kilometern pro Stunde parallel zur Oberfläche zu ›fallen‹.

Canaxthantins Augen suchten den Monitor nach Eindringlingen ab – jenen kleinen gelben Punkten, die jedes unidentifizierte Objekt markierten. Wenngleich die SCDT programmiert war, sofort Alarm zu geben, wenn ein Eindringling den Scannerbereich betrat, hatte er schon vor langer Zeit entschieden, daß es nicht schlecht war, auch selbst hinzusehen.

Nichts. Das war nicht ungewöhnlich, denn üblicherweise wurden Verstärkungen nicht aus dem All mitten in die Schlacht geworfen, wenn gerade ein Angriff stattfand. Aber nach dem zu urteilen, was Canaxthantin während der Trainingswochen auf Neu Janos über die 2567. Infanterielegion gehört hatte, war nichts unmöglich. Die Legion war erst vor kurzem aus den Überresten verschiedener Einheiten, die im letzten Jahr die Kämpfe auf Caralis überlebt hatten, zusammengestellt worden und war schon jetzt mit dem Ruf eines Pechvogels behaftet. Canaxthantin war nicht sicher, weshalb dies der Fall war, denn er hatte auf Neu Janos nichts Ungewöhnliches außer den üblichen kleinen Störungen erlebt. Er seufzte und fragte sich, ob er die Pechsträhne der Einheit auf die harte Tour kennenlernen würde.

»Fly Swatter, hier spricht Mutter.« Der Sprechfunk krachte, als sich der Transporterpilot zum Einsatz bereit machte. »Melden Sie Startbereitschaft vor dem Aussetzen.«

Canaxthantins Blick glitt noch einmal über das Display, auf dem sich noch immer nur die blauen Quadrate seiner eigenen Einheit und die blauen Punkte der anderen zum Konvoi gehörenden Fahrzeuge befanden. Alle Eradicatoren waren startklar und zum Druckausgleich bereit. »Fly Swatter bereit zum Aussetzen.«

»Fly Swatter meldet Startbereitschaft. Außentüren öffnen.« Canaxthantin erblickte Staubwolken, die wie kleine Wirbelwinde über den Boden der Ladebucht flogen, als die Außentüren sich öffneten. Der atmosphärische Druck fiel, und die Staubwolken flogen im Luftstrom auf den beinahe luftleeren Raum der Troposphäre zu. Die Drucksiegel des Eradicators knallten, als sie sich mit Luft füllten, und Canaxthantin markierte ein Gähnen, um den Druck in den Ohren auszugleichen. Die blauen Quadrate auf dem Monitor färbten sich rot, dann wieder blau, um anzuzeigen, daß die übrigen Eradicatoren vollen Druckausgleich erreicht hatten. Die durchsichtige Kuppel, die den Kommandobereich umgab, erlaubte ihm einen Rundumblick auf seine Einheit. Zwar war das eine vorsintflutliche Einrichtung, aber ein kampfgestählter Panzerkommandant verließ sich selten nur auf elektronische Anlagen, um die Einheit im Blick zu behalten.

»Status Blau. Innere Türen öffnen.«

Die riesigen Duraloytüren des inneren Rumpfes glitten zurück und enthüllten die finstere Leere des Raums. Der Transporter hatte eine leichte ›Nase hoch‹-Stellung zum Planeten eingenommen und wies ins All, daher konnte man den Rand der Planetenoberfläche nicht sehen. Erst wenn alle Gravgeneratoren der Verstärkungstruppe auf Hochtouren liefen und Bereitschaft anzeigten, würde der Transporter sich drehen. Der Kommandant des Schiffes wollte verhindern, daß die ihm anvertrauten Einheiten über Bord fielen, bevor sie startklar waren.

»Alle Fly Swatter-Gravgeneratoren einschalten.« Canaxthantin sprach mit ruhiger, aber bestimmter Stimme in das Lippenmikrofon zu den Einheiten unter seinem Befehl. Eine Erwiderung war nicht notwendig, denn das Datendisplay würde die Gravbereitschaft anzeigen. Er beobachtete, wie sich die Markierungen zuerst rot färbten, als die Gravgeneratoren ansprangen, und anschließend wieder blau wurden, um die Bereitschaft aller Fahrzeuge anzuzeigen. »Alle Fly

Swatter gravmäßig bereit. Fahren Sie mit dem Countdown fort.«

»Verstanden. Countdown wird fortgesetzt. Drei-null bis zum Start.«

Die Nase des Transporters senkte sich langsam, und Canaxthantin spürte, wie der Fahrer das Fahrzeug unter seine Kontrolle nahm und auf Standard-Schweben hielt, als das Deck unter ihnen wegrutschte. Der Rand von Caralis erschien im Türrahmen: Eine gerade, grünweiße Linie, die sich über die offene Luke erstreckte. Canaxthantin erwartete immer, eine Krümmung zu sehen, aber mit 90 Kilometern Entfernung waren sie dazu schon viel zu dicht herangekommen. Als der Transporter auf die übliche 10-Grad-Position ging, die zum Aussetzen eingenommen wurde, schien der Planet die gesamte Türöffnung auszufüllen. Jetzt wurden die Eradicatoren von den eigenen Maschinen gehalten, die ihren Fall steuerten, indem sie die künstliche Schwerkraft des Schiffes verzerrten.

Im Augenblick des Aussetzens fühlte Canaxthantin jedesmal Schmetterlinge im Bauch. Bei dieser Höhe war noch nicht genügend planetarische Schwerkraft vorhanden, damit der Marshman-Antrieb des Eradicators das Fahrzeug steuern konnte. Das Verlassen der Schiffsschwerkraft und der Fall in den zarten Hauch der oberen Atmosphäre waren wie der Sprung aus einem Flugzeug – nur unternahm man ihn in einem 143 Tonnen schweren Fahrzeug. Obwohl es weniger als zwei Minuten dauerte, konnte Canaxthantin es kaum erwarten, von 90 Kilometern auf 15 Kilometer über Grund zu fallen, wo die Schwerkraft stärker wurde und die Gravantriebe des Panzers endlich voll einsetzen konnten.

»Mutter, hier spricht Fly Swatter. Wir springen jetzt. Fly Swatter, Fly Swatter, folgen Sie mir.« Canaxthantin schaltete um auf den Bordfunk. »O. K., Fahrer, Absprung.« Am liebsten hätte er den Eradicator selbst nach unten gebracht, aber Duncan Spint, der junge Triarii, den man als Fahrer des Kommandopanzers abgestellt hatte, mußte sicher sein, daß der Zenturio ihm vertraute. Dies würde Spints erster Absprung bei 90 km über Grund sein, und obwohl er viele Stunden im Simulator verbracht hatte und als guter Pilot eingestuft worden war, war das erste Mal immer das *erste* Mal.

Langsam bewegte sich der Eradicator auf die geöffneten Türen zu; er glitt in einer 10-Grad-Neigung vorwärts. Nur bis zu dem Moment, in dem das Fahrzeug durch die Türen rutschte, würde es völlig aus eigener Kraft gehalten werden. Dann war der Eradicator draußen und fiel in die Tiefe, langsam schneller werdend. Canaxthantin überprüfte die Daten auf dem Monitor und beobachtete, wie die anderen Eradicatoren den Transporter verließen und ihm in die 90.000 Meter freien Falls nach Caralis folgten. Er schaute nach hinten, obwohl er wußte, daß es unmöglich war, die anderen Fahrzeuge auf diese Entfernung auszumachen. Der klotzige, 400 Meter lange Rumpf des Transporters beherrschte den dunklen Raum im Hintergrund, aber auch dieser Umriß wurde zusehends kleiner. Das Display zeigte an, daß die Fahrzeuge zwei grobe V-Formationen bildeten, als sie auf den Planeten zurasten, und Canaxthantin sah seine Flügelmänner, die sich 500 Meter zur Rechten und Linken formierten. Wenn die Gravgeneratoren stärker wurden, würde sich dieser Abstand schließlich bis auf 200 Meter verringern, wenn sie dann dicht über der Oberfläche schwebten.

Er starrte auf die schnell näher kommende Oberfläche des Planeten und spürte, wie ihn die verschiedensten Gefühle durchströmten. Da er im Verlauf des Anflugs nur Passagier war, hatte er Zeit, den Planeten und die Landefläche zu betrachten. Normalerweise hätte er den Panzer gesteuert, aber zu den Privilegien eines Kommandanten gehörte, daß man nicht selbst fahren mußte. Anders als bei den unzähligen vorhergehenden Fällen konnte sich Canaxthantin diesmal zurücklehnen und sich umschauen.

Bei 15 Kilometern über Grund verstärkte sich die Wirkung der Gravgeneratoren, und die Zwillings-V-Formation drängte dichter zusammen, als sie sich der Oberfläche näherten. Spint kannte die Koordinaten der Landezone, daher hatte Canaxthantin nichts zu tun, bis die Einheit den Boden berührte. Er mußte die anderen nicht einmal ermahnen, dicht aufzuschließen und ihm zu folgen. Er war mit der Arbeit seiner Leute höchst zufrieden.

Das Training war hart gewesen, denn so hatte er es gewollt. Lange Stunden im Simulator und am Boden hatten die Einheit in gute Form gebracht; er war sogar geneigt, es eine ›Spitzenform‹ zu nennen. Die Zielkontrolle war gut, und die beiden Züge hatten sich im Waffenbereich hervorragend geschlagen. Unter seinem Kommando standen eine Stabseinheit einer Zenturie und ein Zug Eradicatoren, um diejenigen zu ersetzen, die bei den Gefechten auf Caralis zerstört worden waren.

Wenn der Kontakt zur Legion erst einmal hergestellt war, würde er die gesamte Flugabwehr übernehmen, sein erstes Kommando von solcher Größe. Einerseits war er froh, es erhalten zu haben und gegen TOG-Raumschiffe antreten zu können. Wie es bei jedem normalen Soldaten der Fall war, krampfte sich jedoch auch ihm der Magen mit der nur zu gut bekannten Spannung zusammen, die dem ersten Zusammenstoß mit dem Feind vorausging. Es war die ewige Angst vor dem Unbekannten. Wie würde er sich verhalten? Wie würde der Feind sich verhalten? Wer konnte es schon voraussagen, bis wirklich etwas geschah?

2

Caralis, Shannedam County
Commonwealth
6. Januar 6829

Erster Tag nach Landung, Morgendämmerung. Die Zenturie-Flugabwehr stand auf dem Planeten Caralis bereit, alle Fahrzeuge waren startklar. Canaxthantin rieb sich den Schlaf aus den Augen und wunderte sich über den Sinn der Tradition, alle Männer schon im Morgengrauen zu wecken. Man hatte ihm erzählt, daß dies die beste Stunde für einen Angriff sei. Der Feind konnte noch im Bett liegen oder halb schlafend herumtaumeln, um den Überraschungsangriff abzuwehren. Aber Canaxthantin begriff nicht, weshalb es noch immer eine so gute Zeit für die Attacke sein sollte, wenn sie alle im Morgengrauen aufstanden und jeder wußte, daß sie dies taten. In den letzten sieben Jahren hatte er dieses Ritual an jedem Morgen mitgemacht und noch nie einen Angriff erlebt, der zu dieser Stunde durchgeführt worden war.

Er warf einen Blick auf den Datenmonitor, kurz DDP genannt, und suchte nach Eindringlingen. Der Bildschirm flimmerte; blaue Vierecke und Punkte markierten die Standorte des Zenturien-Hauptquartiers und der sich in der Gegend befindlichen Exterminator-Züge. Er stellte den Monitor auf Weitsicht um. Jetzt konnte er den größten Teil der Legion sehen – eine Menge blauer Punkte, die wie Sommersprossen über den Bildschirm verteilt waren. Alles wirkte ruhig und friedlich, keine einzige feindliche Einheit schien in Sichtweite.

Vier Kilometer entfernt war eine Zenturie Raketenwerfer in einem flachen Tal stationiert. Die Orbitraketen wiesen auf die Umlaufbahn eines kürzlich vorbeigezogenen Thorsatelliten. Aus den Unterhaltungen, die er auf der Nachrichtenverbindung mit angehört hatte, wußte Canaxthantin, daß der Satellit anscheinend tot war; daher wollte die Raketenbatterie die beschränkt vorhandenen Fernkampfraketen nicht verschwenden. Allerdings verfolgten sie den Thor sorgfältig und warteten auf das kleinste Zeichen von Aktivität. Erst wenn das geschah, war der Satellit ein annehmbares Ziel. Die Flugabwehrpanzer hätten den Thor ebenfalls beseitigen können, aber dazu bestand kein Grund, wenn der Satellit wirklich tot war. Wenn sie ein Langstreckengeschoß abfeuerten, würde das den Standort der Einheit nur unnütz verraten. Besser, man wartete, bis der Thor Lebenszeichen von sich gab, bevor man ihn abschoß.

Mit dem Finger malte Canaxthantin das ›R‹-Symbol der Rebellen in den Tau, der auf den ziehharmonikaförmigen Abdeckungen lag, unter denen sich eine Flugabwehrrakete am hinteren Teil des Geschützturmes befand. In dem Augenblick, in dem das SCDT und das DDP einen Eindringling entdecken würden, würden die Abdeckungen aufklappen. Er konnte sie auch auf Befehl öffnen, fand es aber unnötig, die empfindlichen Raketen der feuchten Morgenluft auszusetzen.

In diesem Moment riß der sanfte Knall einer weit entfernten Explosion Canaxthantin aus seinen Träumen. Er schaute nach Osten zum Standort der Raketenzenturie und bemerkte eine Rauchsäule, die hinter den Bäumen aufstieg. Wieder wandte er sich dem Computermonitor zu und sah, wie einer der blauen Punkte, die für die Raketenwerfer standen, langsam verblich. Unfall? Angriff? Er spähte zum Horizont.

Da – ganz am Rande seines Blickfeldes sah er einen silbernen Umriß, der gen Himmel schwebte. Dann noch einen. Und noch einen. Er schnappte sich sein Monokular und suchte den fernen Horizont ab. Er verhielt auf einem der silbernen Umrisse und erhöhte die Vergrößerung. Das Monokular, das mit dem SCDT verbunden war, stellte die Art und Geschwindigkeit des Ziels fest und gab die Informationen an sein rechtes Blickfeld weiter, wo sie in Buchstaben erschienen.

»Name: Martiobarbulus (Marty)«, stand da zu lesen, dann folgten weitere Daten über die Leistungsfähigkeit, Panzerung und Bewaffnung des schweren Jägers. Ein *Marty*, dachte er. Was hatte ein *Marty* hier zu suchen? Er blickte zum Ende der Datenliste, wußte aber schon vorher, was er lesen würde. »Zugehörigkeit: TOG.«

Was zum Teufel machten TOG-Jäger hier über den Raketenstellungen der Rebellenartillerie? Und warum hatte das SCDT sie nicht gemeldet? Durch das Monokular sah Canaxthantin die stecknadelkopfgroßen Lichter, die aus dem Bug des *Marty* schossen und auf die Zenturien-Raketen fielen. Und noch immer zeigte das SCDT keine fremden Flugkörper an.

Canaxthantin krampfte sich der Magen so heftig zusammen, daß er einen Brechreiz verspürte. Seine Ausrüstung hatte versagt, und nun würde er der Legion gegenüber versagen. Es war wie eine Wiederholung der ganzen Pechsträhnen-Geschichten, die er so oft über die 2567. gehört hatte. Schweiß rann ihm in Strömen über den Körper, und Tränen der Verzweiflung und der Wut standen ihm in den Augen. Diesmal nicht, ihr Bastarde. Dieses Mal nicht, dachte er. Ihr kriegt sie nicht, ohne daß ich euch Widerstand leiste.

»Fly Swatter, Fly Swatter, hier spricht Fly Swatter Sechs. Die Raketen sind unter Beschuß von TOG-Jägern. Auf Eins-sechs-hundert. Maximum an Schub. Flug über Baumwipfel. Günstige Ziele bekämpfen. Feuererlaubnis. Folgt mir. Marsch!«

Canaxthantin schaltete auf Bordfunk. »Haben Sie verstanden, Spint?«

»Verstanden, Sir.«

Der Exterminator erbebte, als er sich nach Süden wandte. Canaxthantin fühlte die Kraft der Gravdüsen, als der Panzer auf das entfernt liegende Tal zuschoß. Wenn die volle Geschwindigkeit erreicht war, würde der Exterminator zwei Minuten brauchen, um die Raketeneinheit zu erreichen, da er erst auf eine Flughöhe gebracht werden mußte, die der Höhe der Baumwipfel entsprach. Canaxthantin ließ sich in den Geschützturm zurückfallen, um den Monitor erneut nach Hinweisen auf den Feind abzusuchen. Noch immer nichts zu sehen.

»Was, zum Henker, stimmt hier nicht?« knurrte er, während sie sich dem Ziel näherten. Noch immer war kein Feind auf dem Bildschirm erschienen. Er griff nach unten und schaltete den Monitor von Automatik auf Manuell. Jetzt müßte er alle Objekte im gesamten Umfeld aufzeigen. Sie würden zwar nicht als Freunde oder Feinde markiert sein, waren dann aber wenigstens sichtbar. Der Bildschirm leuchtete kurz auf und blieb dann dunkel.

Wütend schlug Canaxthantin auf das Kontrollpult. »Verdammte Maschine! Was, zum Teufel, hast du denn?!« Er starrte nach draußen. Sie befanden sich mitten im Kampfgeschehen. Überall am Rande des Tals standen brennende Raketenwerfer, deren Munition sich in aufsehenerregenden Fontänen aus Feuer und Rauch entzündete. Durch die Baumkronen rauschte ein *Marty* mit schußbereitem Massebeschleunigungsgeschütz (MBG).

Der Zielmarkierungslaseralarm im Inneren des Exterminator-Geschützturmes begann zu heulen – ein rauchiges ›Wuup, wuup, wuup!‹ »Oh, halts Maul«, fauchte Canaxthantin. Ein solcher Laser markierte ein Ziel, damit Fernlenk- oder Artilleriewaffen es mit beinahe 100%iger Sicherheit treffen konnten, solange der Laser auf dem Ziel verweilte. Canaxthantin wußte, daß die Jäger normalerweise keine Laserzielsysteme an Bord hatten. Der *Marty* mußte speziell für diesen Auftrag mit einem Bodenangriffssatz ausgerüstet worden sein.

Der herannahende Jäger eröffnete das Feuer auf kurze Entfernung. Das MBG feuerte mit 5 Zentimeter langen, gehärteten Stahlsplittern auf den Rumpf des Exterminators, aber die Laser lagen weit neben dem Ziel. Mit einer Geschwindigkeit von 100 Stundenkilometern flogen die geschmolzenen Teile der Titanpanzerung in einer Woge weißglühenden Lichtes über den Geschützturm. »Ein bißchen besser zielen, du Idiot«, knurrte Canaxthantin, als er das Fußpedal seines eigenen Ziellasers betätigte. Der Rauch der keramischen Ablationspanzerung füllte den Geschützturm, verschwand aber sofort wieder.

»Ziel markiert«, ertönte die Audiostimme des Systems. »Zu große Entfernung verhindert sofortiges Feuer.« Canaxthantin schaute auf die Entfernungsangabe auf der linken unteren Hälfte des Monitors: 3600 Meter. Geschwindigkeit: 480 Stundenkilometer. Die Entfernung vergrößerte sich schneller, als er mitzählen konnte. Jetzt blieb alles der automatischen Kontrolle überlassen.

Da die Ziel- und Abschußeinrichtungen außer Gefecht gesetzt waren, stand ihm nur noch die 25-mm-Kanone des Eradicators zur Verfügung – ein schwacher Trost. Die 25-mm-Kanone war für Bodeneinsätze gedacht, und selbst dabei bedeutete sie wenig mehr als eine Nebensache. Gegen Jäger war sie völlig nutzlos. Es bestand keine Chance, daß er mehr als einen Schuß abgeben konnte, aber wenigstens war sie mit den tödlichen Hammerkopfgeschossen geladen. Er würde die Munition so lange abfeuern, wie er Ziele entdecken konnte – oder solange er am Leben blieb. Auch die anderen Exterminatoren würden ihre Schüsse anbringen müssen. Wenn auch nur einer durchkam, bestand die

Möglichkeit, daß interner Schaden angerichtet wurde und der Jäger abdrehen mußte.

»Wuup, wuup, wuup!« schrillte das Warnsystem.

»Richtschütze, feuern Sie, wenn das Ziel in Reichweite ist. Hammerköpfe laden.« Dieser Befehl sagte dem Richtschützen, daß er fortwährend Hammerkopfmunition laden sollte und keine anderen Geschosse verwenden durfte.

»Verstanden.«

»Ziel in Reichweite«, verkündete die wohltönende Computerstimme, die von der Krisensituation des Exterminators nicht berührt wurde. Canaxthantin spürte, wie die 25-mm-Kanone feuerte, und sah die Hammerkopfladung zwischen den beiden Massebeschleunigergeschützen einschlagen. Dann war der *Marty* vorbei, ein silberner Blitz gegen den fleckigen Hintergrund.

Der Exterminator schleuderte nach links, als Spint ihn in eine enge Wende zwang; Der Geschützturm drehte sich ebenfalls, um die Zielerfassung zu beschleunigen. Canaxthantin gestattete sich ein kurzes Lächeln, als er den Gegner in der Entfernung verschwinden sah, während die anderen Exterminatoren auf ihn feuerten, als er an ihnen vorüberflog. Wieder drehte sich der Panzer nach links und stieg über das Schlachtfeld empor. Die übrigen Exterminatoren folgten ihm in aufgelockerter Formation. Von links näherte sich ein weiterer *Marty*. Canaxthantin betätigte erneut seinen Zielmarkierungslaser und wurde von der Computerstimme belohnt, die verkündete, daß der Angreifer erfolgreich markiert worden war. Und noch immer jaulte der Alarm sein ›Wuup, wuup, wuup!‹ vor sich hin.

Es bestand keine Datenverbindung zwischen den Exterminatoren, aber ein Ziellaser bewirkt eine Markierung des Ziels, und die ballistischen Computer an Bord der anderen Panzer rechneten die Einzelheiten selbst aus. Für die 25-mm-Kanone benötigte man keinen Ziellaser, aber die Ballistikcomputer konnten die Zielangaben für Entfernung und Geschwindigkeit verwerten. Der letzte Exterminator in der Reihe feuerte auf den heranfliegenden *Marty*. Die 25-mm-Salve schälte ein Stück der Panzerung auf der rechten Seite des Jägers ab.

Der *Marty* steuerte auf die letzten Raketenstellungen der Einheit zu und beachtete die Reihe der in der Luft befindlichen Exterminatoren nicht. Er mußte an der ganzen Gruppe vorüberfliegen und alle Treffer mit der rechten Seite auffangen. Die Exterminatoren feuerten, sobald der *Marty* an ihnen vorbeirauschte. Da er sich auf parallelem Kurs befand, bewegte sich der Jäger nicht so schnell, daß eine schwierige Zielkorrektur nötig war.

Salve um Salve traf die rechte Seite des schweren Jägers und schälte mehr und mehr von der Panzerung ab. Der Exterminator hinter Canaxthantin landete den tödlichen Treffer, als seine 25-mm-Salve ohne Widerstand durch die Panzerung fuhr. Das Steuerbordtriebwerk flammte kurz auf, ein Funkenregen ersetzte die übliche blaue Flamme; die Maschine fraß sich selbst von innen her auf. Dann schwang der rechte Flügel nach unten, und der Jäger ging zu Boden. Der Pilot hatte keine Chance, sich noch herauszuschleudern. Canaxthantin spürte, wie sein Geschützturm unter zahlreichen Treffern erzitterte. Er blickte nach rechts. Noch ein *Marty*, nein, gleich zwei, die auf die Exterminatoren losgingen. Mit dem rechten Ellenbogen schlug er auf den Hebel, der den Geschützturm drehte. Der 50 Tonnen schwere Titanklotz drehte sich nach rechts. Der Turm wurde von weiteren Geschossen getroffen, gefolgt von 7,5/3-Lasern.

Das Feuer der Massebeschleunigungsgeschütze schälte die Panzerung unter einem Titanregen fort, und die Laser wühlten sich wie heiße, gierige Finger durch den Turm. Canaxthantin sah, wie der nicht benutzte

Zielcomputer und der Monitor in einem Funkenhagel explodierten und den Turm mit dem Geruch verkohlter Elektronik füllten. Dieses System würde keine Zielerfassung mehr von sich geben. Jetzt ging es ums Ganze; er mußte aus der Hüfte schießen. »Schafft mir diese Halunken vom Hals!« brüllte er in das Lippenmikrofon.

»Richtschütze, auf Sicht schießen. Feuern Sie, sobald es möglich ist.«

Der Geschützturm drehte sich am ersten Jäger vorbei, die 25-mm-Kanone blieb ruhig, als sie das Ziel passierte. Dann schwang sie auch am zweiten *Marty* vorüber. »Verdammt, warum haben Sie nicht geschossen?« fauchte Canaxthantin. Dann blickte er nach unten zum Sitz des Richtschützen.

Man konnte unmöglich sagen, ob die MBGs oder die Laser den tödlichen Schuß abgegeben hatten. Der Oberkörper war in Atome zerfetzt worden, die entweder in einer monomolekularen Schicht im Innenraum verteilt waren oder sich mit dem Rauch vermischten, der von der Panzerung, dem Computer und der Kommunikationsausrüstung aufstieg.

Der Innenraum war ein Trümmerfeld, das automatische Ladegerät auf der rechten Seite spuckte 25-mm-Munition in die Luft. Die Ladeketten waren seitlich abgerissen, und da nun kein Druck mehr ausgeübt wurde, ging das System davon aus, daß mehr Munition erforderlich war. Es würde so lange weiterladen, bis keine Hammerkopfmunition mehr vorrätig war. Winzige Flammenfinger züngelten wie Schlangenköpfe durch die Ruinen des Geschützdecks, näherten sich mehr und mehr den Munitionskörben.

»Spint, bringen Sie ihn runter! Bringen Sie ihn nach unten!« Canaxthantin wußte, daß die Kampfkraft seines Panzers erschöpft war. Jetzt wollte er nur noch überleben. Deshalb mußte das Gefährt sofort landen.

Als Antwort auf den Befehl senkte sich die Nase des

Exterminators. Aber zu spät! Das Leitwerk des Panzers hatte ebenso wie die Geländeradar- und Reaktionssysteme Schaden erlitten. Spint kämpfte mit den Kontrollen, um das Gefährt wieder in die Hand zu bekommen, aber die Mühe schien vergebens. Der Exterminator kippte nach rechts und fiel immer schneller in die Tiefe. Durch unbeschreibliche Anstrengungen bekam Spint den Panzer wieder unter Kontrolle, als dieser gerade durch die Kronen der Bäume krachte, und brachte ihn in eine ruhige Flugposition, so daß der Boden wieder nach unten zeigte. Bäume dröhnten gegen den stumpfen, schaufelähnlichen Bug des Exterminators, Äste und Blätter regneten über die durchsichtige Kuppel. Die Zwillingsantenne vorn war verschwunden.

Dichter Qualm drang aus dem Kommandobereich und aus den klaffenden Löchern des Geschützturms. Canaxthantin stand im Turm, Flammen züngelten um ihn herum, während er nach einem geeigneten Landeplatz Ausschau hielt. Der Panzer rauschte durch die Bäume, über ein Feld, das mit den rauchenden Trümmern der Raketenwerfer übersät war – jener Raketenbatterie, die Canaxthantin hatte verteidigen sollen. Mit ungefähr 100 Stundenkilometern schlug der Exterminator auf dem Boden auf. Die Schildgeneratoren, Gravantriebe und Steuerungskontrollen wurden zu Schlakke reduziert, als der Panzer über das Feld schlingerte. Canaxthantin, der noch immer im Turm stand, wurde nach vorn geschleudert, gegen die Überreste des ballistischen Computers. Sein Helm brach unter dem Aufprall entzwei, und er spürte, wie sich der Knorpel der Nase vom Knochen löste, dann strömte ihm Blut über die Lippen. Er richtete sich taumelnd auf und schob sich durch die Luke. Verschwommen nahm er wahr, daß Spint die vordere Rampe hinabkrabbelte und dann davonrannte. Mit letzter Kraft zog sich Canaxthantin durch die Luke in die frische Luft hinaus. Endlich in Sicherheit. Er hielt inne, um zum Himmel zu schauen, und spähte nach den restlichen Exterminatoren der Zenturie.

Er zögerte zu lange. Die Munition, die von den Flammen überhitzt worden war, hatte auch durch den Aufprall gelitten. Der Eradicator explodierte in einem riesigen Ball aus Blitz und Donner.

Als sich der Rauch endlich verzog, war nur noch der untere Teil des Panzers vorhanden. Sich vorsichtig nähernd, suchte Spint nach dem Kommandanten, aber er fand keine Spur. Als er aufgab, starrte er in den leeren Himmel. Das Pech der 2567. Legion hatte wieder ein Menschenleben gefordert.

3

Barmash, Wayne County
Commonwealth
6. Januar 6829

ALLGEMEINER BEFEHL 6824-223
Das Offiziers-Trainingsprogramm, Trainingskommando Barmash, Wayne County, benennt Second Lieutenant Roglund I. Karstil, 005-997-4242, Ehrenabsolvent des OTP, Klasse 6824-A.
Auf Befehl der Kommandantur
Hammond B. Glover, Brigadier

SONDERBEFEHL 6824-977
Second Lieutenant Roglund I. Karstil, 005-997-4242, wird hiermit zum persönlichen Assistenten General Gentrund P. Beldarnus', Basiskommandur, Trainingskommando Barmash, Wayne County, ernannt.
Auf Befehl des Kommandeurs
Gentrund P. Beldarnus
Kommandierender General
/g/ Quentus F. Foldinus
Brigadier, Adjutant

»Das ist ein großer Karrieresprung, Lieutenant Karstil«, erklärte Major Alicia Corwin. »Nur wenige Offiziere erhalten die Chance, persönlicher Assistent eines Generals zu werden. Es wird Ihre Zukunft sicherstellen.«

Mit der glatten, sommersprossigen Haut und den blauen Augen wirkte Second Lieutenant Roglund Karstil wie ein Fünfzehnjähriger und nicht wie der erfolgreiche Absolvent des Offiziers-Trainingsprogramms. Er stand in strammer Haltung vor der Majorin und starrte über den Kopf der Sitzenden hinweg. Er teilte ihre Meinung, daß es eine große Ehre für ihn war, den Posten als Assistent eines Generals des Commonwealth errungen zu haben. Die Stellung wurde traditionsgemäß jeweils dem Ehrenabsolventen des Offiziers-Trainingsprogramms angeboten. Er würde sie ein Jahr lang bekleiden, bis sie auf seinen Nachfolger überging.

Nach Roglund Karstils Meinung war diese Ernennung kein Zufall. Er war auf dem Planeten Spalding inmitten einer großen Familie aufgewachsen und träumte seit seiner frühesten Kindheit davon, am ehrenhaften Kreuzzug des Commonwealth gegen die Tyrannei des Terran Overlord Government teilzunehmen. Indem er den Bodentruppen der Armee beitrat, trat er in die Fußstapfen seines Vaters und Großvaters. Vor einem Jahr war er in die Armee eingetreten und hatte seit jenem Tage hart gearbeitet, um zu den besten Offiziersanwärtern zu gehören. Seine sämtlichen Noten waren gut, und beim Kommando der Gravpanzer hatte er sich besonders ausgezeichnet. Nun hatte er seine erste Stellung errungen. Es war ein wenig beängstigend, aber auch sehr aufregend.

»Da wir überall dringend Offiziere brauchen«, fuhr die Majorin fort, »sind auch die Generale gebeten worden, keine Assistenten mehr anzufordern. Aber hier auf Barmash ist General Beldarnus eine so wichtige Persönlichkeit, daß er eigentlich machen kann, was er will. Fügen Sie sich gut ein, und Sie werden in der Lage sein, sich Ihren nächsten Posten selbst auszusuchen. Denken Sie an all die netten Unterkünfte, die in Magog County auf Sie warten, wenn Sie Ihre Sache gut machen. Mir persönlich hat es hier in Wayne County noch nie gut gefallen – viel zu weit weg von allem.«

Karstils Blick glitt unauffällig durch das Büro. Die

Wand hinter dem Schreibtisch, an dem die Majorin saß, war mit blank polierten Plaketten und Trophäen bedeckt, die von der Einheit gewonnen worden waren. Die Flaggen des Stützpunkts standen hochaufgerichtet gegen die Wand gelehnt, davor stand ein Ledersofa. Der dicke rote Teppich dämpfte alle Geräusche und schien dazu aufzufordern, Gespräche nur in respektvollem, leisem Tonfall zu führen. Das Büro sollte Besucher beeindrucken, und genau das tat es auch.

»Nun, da wir Ihre Pflichten umrissen haben, wenden Sie sich am besten mit Ihren Fragen an Lieutenant Larper, den Sie ersetzen werden. Er wird in zwei Tagen abreisen, also achten Sie darauf, was er zu sagen hat. Er war ein guter Assistent, und der General wird dafür sorgen, daß er, sobald er fortgeht, zum Captain ernannt wird.« Sie legte die Hände auf den Tisch und warf ihm ein Abschiedslächeln zu. »Zuerst werden Sie ein wenig nervös sein, aber bis zum Ende der Woche haben Sie sich bereits eingewöhnt. Viel Glück.«

Die erste Woche verging, dann die zweite, dann die dritte; aus den Wochen wurden Monate, und noch immer fühlte sich Karstil nicht wohl in seiner Stellung. Er verspannte sich noch immer, und sein Magen krampfte sich zusammen, wenn die Stimme des Generals über die Sprechanlage ertönte. Eigentlich gab es dafür keinen Grund, denn General Beldarnus war ein erträglicher Vorgesetzter. Er erklärte klar und deutlich, was er wollte, und Karstil konnte sich nicht beschweren, daß die Arbeit besonders anstrengend war. Nach all dem Gerede, wie wichtig die neuen Offiziere für den Commonwealth waren und wie viele Stellungen ihnen in allen Bereichen offenstanden, schien dieser Posten nicht gerade von planetenerschütternder Bedeutung zu sein.

»Roglund!« Karstil zuckte beim Klang von General Beldarnus' tiefer Stimme zusammen. »Kommen Sie her.«

Der Second Lieutenant stand auf, strich mit den Händen über die gebügelte Uniform und schritt zu der schweren Tür, die in das innere Büro führte. Sein Mund schien ausgetrocknet – wie immer, wenn er diese Tür hinter sich schloß.

Das Büro des Generals war noch eindrucksvoller als der Empfangsraum. Der Schreibtisch war größer, der Teppich dicker, und die meisten an den Wänden verteilten Auszeichnungen gehörten dem General selbst. Auch hingen Bilder an den Wänden, die Beldarnus händeschüttelnd mit verschiedenen wichtigen Politikern, Unterhaltungskünstlern und Sportlern zeigten. Auf einem Tischchen stand ein silbernes Getränkeservice, zusammen mit anderen Ausstellungsstücken, die der General gesammelt hatte. »Ich muß heute abend zu einem Empfang«, sagte Beldarnus und blickte vom Schreibtisch auf, als Karstil eintrat. Er wirkte fit und durchtrainiert; nur das kurzgeschnittene weiße Haar und ein paar tiefe Gesichtsfalten verrieten sein Alter. »Bringen Sie meine Paradeuniform zum Reinigen, lassen Sie sie säubern und bügeln, und bringen Sie sie gegen 1700 in mein Quartier. Oh, Sie können meinen Wagen nehmen, weil ich einen Fahrer und einen offiziellen Wagen benutzen werde. Wir sehen uns dann bei mir. Und denken Sie daran, ich muß um 1800 fahren.«

»Jawohl, Sir. Noch etwas, Sir?«

Der General richtete seine Aufmerksamkeit wieder auf die vor ihm liegenden Papiere und schüttelte den Kopf, ohne aufzublicken. Karstil machte auf dem Absatz kehrt und schritt steifbeinig aus dem Raum.

Der General fuhr nur selten mit dem eigenen Wagen zum Stützpunkt, weil er jeden Morgen von einem Fahrer abgeholt wurde. Heute aber hatte Frau Beldarnus den Gravsedan benutzt, einen brandneuen Skyhawk SKE-200 Kabriolett. Sie hatte den Sedan im Hauptquartier abgestellt, während sie mit der Frau des Deputy-Commanders Silitan einen Einkaufsbummel machte, die sie anschließend nach Hause gebracht hatte. Jetzt mußte Karstil den Sedan und die Uniform wieder zum Quartier Nummer eins, dem Heim des Basiskommandanten, bringen, das in einem Waldstück neben dem Jungballplatz des Stützpunkts lag. Dergleichen machte die monumentalen Aufgaben eines Assistenten aus.

Karstil betrachtete sich im Spiegel des Empfangsbüros. Er war beinahe zwei Meter groß und wog sechsundachtzig Kilo, und er fand, daß ihm die Uniform der Royal Commonwealth-Armee gut stand. Die graue Tunika und die Hose waren maßgeschneidert und kleideten ihn vortrefflich, aber er würde auf sein Gewicht achten müssen, um nicht seinen Lieutenants-Sold dafür ausgeben zu müssen, sich alljährlich eine neue Uniform zu kaufen. Er rückte die Kappe gerade, glättete das blonde Haar und verließ das Büro mit zufriedenem Grinsen.

Karstil schlüpfte hinter das Steuer des elegant ausgestatteten SKE-200, wischte sich den Schweiß von den Handflächen, startete und fädelte den Sedan in den Verkehr ein, der über den Galloway Boulevard strömte. Der Militärpolizist erkannte den korallenfarbenen Gravsportwagen des Generals und hielt den Verkehr an, um ihn vorbeizulassen.

Das Fahren bereitete Karstil großen Spaß, und er mußte gegen die Versuchung ankämpfen, den sportlichen Sedan zu sehr zu beschleunigen. Hätte er die Koordinaten seines Ziels eingegeben, wäre Karstil dort angekommen, ohne die Kontrollen auch nur zu berühren, aber aus reiner Freude am Fahren hatte er auf Manuell umgeschaltet. Es war wenig Verkehr, und er gelangte schnell vom Stützpunkt zum Bekleidungszentrum. Einfach nur im Inneren des eleganten Sedan zu sitzen gab ihm das Gefühl, wichtig und mächtig zu sein. Das machte Spaß.

Während Karstil darauf wartete, daß die Uniform des Generals gereinigt und gebügelt wurde, schaute er müßig aus dem Fenster. Das schmucklose Bekleidungszentrum grenzte an den Panzerübungsplatz, der einen großen Teil der unbebauten Fläche des Stützpunkts einnahm. Gerade wühlte eine Reihe von Kettenfahrzeugen dichte Staubwolken auf. Die Fahrer waren in feuerabweisende Anzüge gehüllt, die Helmvisiere wegen der gelben Staubwolken geschlossen. Karstil beneidete die Kommandanten. Sie hatten tonnenschweren Stahl unter Kontrolle. Das war das wahre Leben.

Die Fahrzeugreihe zog vorbei, und Karstil holte die Uniform ab. Ihm blieb noch viel Zeit, bevor er sich im Quartier eins melden mußte. Er kletterte wieder in den SKE-200, steuerte ihn von den Gebäuden fort und drückte fest auf das Gaspedal, während die Anzeige der Bodengeschwindigkeit auf 100 Stundenkilometer kletterte. Blinkende infrarote Leuchtfeuer markierten die Straßenmitte und sorgten dafür, daß der Wagen in der richtigen Spur blieb.

Bei automatischer Kontrolle hielten die Computer des Sedan ihn fest auf der richtigen Straßenseite. Bei manueller Steuerung bewegte sich der Sensor im unteren Bereich der vorderen Windschutzscheibe, um die Position des Wagens zu den Leuchtfeuern anzuzeigen. Karstil mußte aufpassen, um das Gefährt genau gerade zu halten. Bäume flogen vorbei, waren nur noch ein grüner Schatten an den Seitenfenstern. Bei 200 Stundenkilometern konnte man die einzelnen Bäume nicht länger erkennen, bei 250 hatten sich die Leuchtfeuer in einen einzigen, langen Lichtstrahl verwandelt. Langsam drosselte Karstil das Tempo und gab negativen Schub, um die Geschwindigkeitsanzeige auf 100 zurückzubringen. Genau in dem Augenblick ließ der Sedan die letzten Bäume hinter sich und schoß durch weites, flaches Land, das mit mannshohem Pandorgras bewachsen war. Bei dem recht gemäßigten Tempo von 100 Stundenkilometern bemerkte Karstil Soldaten, die in voller Kampfausrüstung zu beiden Seiten der Straße hockten. Er verlangsamte die Geschwindigkeit, um anzuhalten und sie zu beobachten. Während er noch damit beschäftigt war, tauchte ein Gravpanzer auf der linken Seite aus dem hohen Gras auf. Sogar durch die versiegelten Fenster des Sedans spürte er das Dröhnen der Gravgeneratoren.

Karstil hatte die leichten Viper-Gravmannschaftstransporter schon früher von weitem gesehen und sie während eines Standardkurses über Fahrzeugidentifizierung studiert, aber nun sah er zum ersten Mal einen davon aus nächster Nähe. Der Kommandant des Panzers, in einen silbergrauen feuerfesten Overall gekleidet, saß lässig in der Kommandoluke, ohne das Zivilfahrzeug zu bemerken. Der schlanke Geschützturm drehte sich nach links und rechts, die 25-mm-Gausskanone deutete wie ein Finger auf den einen Kilometer entfernt liegenden Waldrand. Der Kommandant sprach in sein Helmmikrofon; Karstil konnte den Wortlaut nicht hören.

Im gleichen Augenblick schob sich auf der rechten Seite ein anderer Viper-Mannschaftstransporter aus dem Gras, dann noch einer weiter rechts. Karstil hielt den SKE-200 an, indem er negativen Schub gab, um den Wagen zwischen den beiden am nächsten stehenden Panzern anzuhalten. Er bemerkte die Infanteriereihen, die hinter den Panzern auftauchten; die Sergeants gestikulierten, um die Gruppen in die richtige Aufstellung zu bringen. Es sah alles sehr ordentlich aus. Karstil war zu unerfahren, um zu merken, daß es sich hier nur um Reservisten handelte, denen der Schliff der normalen Truppen fehlte.

Die Infanterie schritt nun zwischen den Panzern hindurch auf die noch fernen Bäume zu. Die Vipern ließen den Soldaten 100 Meter Vorsprung und setzten sich dann ebenfalls in Bewegung. Fasziniert ließ Karstil den SKE-200 vorgleiten, um auf gleicher Höhe mit den Panzern zu bleiben.

Als sie noch 500 Meter von den Bäumen entfernt waren, explodierte der Boden an verschiedenen Stellen. Karstil wußte, daß es sich um vorbereitete Ladungen handelte, die der Trainingskader im Feld vergraben hatte, aber trotzdem erschrak er. Die Viper zu seiner Rechten steuerte von der Straße weg, der Geschützturm drehte sich, um ein unsichtbares Ziel anzuvisieren. Er konnte das kurze Aufleuchten der Gausskanone sehen, als sie auf die lichte Stelle zwischen den Bäumen feuerte, an der die Straße sich durch den Wald schlängelte.

Es handelte sich nur um eine Übung, daher feuerten die Kanonen mit schwachen Lasern, die mit einem Computer verbunden waren. Dieser Computer zählte die Treffer, die ›zerstörten‹ Fahrzeuge und ›getöteten‹ Menschen. Wurde ein Panzer getroffen, fielen sämtliche Waffensysteme aus. ›Getötet‹ zu werden war peinlich, aber nicht bedrohlich, und es verlieh der ansonsten sehr mechanisch ablaufenden Übung einen Hauch von Wirklichkeitsnähe.

Während er zusah, fesselte das Geschehen Karstil mehr und mehr. Die donnernden Explosionen, das eindrucksvolle Grollen der Gravpanzer und die zum Himmel spritzenden Erdfontänen entwickelten sich zu einem spannenden Schauspiel für den jungen Kadetten. Nach der ganzen Zeit, die er auf Schulen verbracht hatte, handelte es sich hier endlich um das beinahe wahre Leben.

Dann bemerkte er aus den Augenwinkeln die Bewegung der Viper zur Linken, die auf den Zwischenraum zwischen den Bäumen losstürmte. Karstil starrte den Kommandanten an, der im Kommandositz hockte. Der Kopf des Mannes hob und senkte sich, als er den Entfernungsmesser und den Zielmarkierungslaser kontrollierte. Die anderen Vipern fielen zurück – entweder waren ihre Kommandanten nicht bereit, den Panzer zu unterstützen, oder sie hatten noch nichts bemerkt. Was sollte das bloß?

Von seinem Offizierstraining her wußte Karstil, daß ein einzelnes Fahrzeug ein leichtes Opfer für die feindliche Infanterie war. Der Kerl hatte keine Chance. Er mußte etwas unternehmen! Karstil ließ den SKE-200 nach rechts und links schleudern, um die Aufmerksamkeit der anderen Kommandanten zu erregen. »Bewegt euch! Verdammt! Bewegt euch! Los!« brüllte er, obwohl seine Stimme nicht durch die dicken Scheiben drang. »Helft ihm! Helft ihm!«

Aber die anderen Panzer schlossen nicht auf. Sie fielen sogar noch ein Stück weiter zurück. Jemand mußte ihn retten. Karstil beschleunigte den Sedan, hängte sich hinter den Panzer, und rasch verringerte sich die Entfernung zwischen den beiden Fahrzeugen. Der gelbe Staub, den die Viper aufwirbelte, verhüllte sein Blickfeld, und er bemerkte nicht, daß er sich auch im Inneren des Wagens niederließ. Er beschleunigte noch mehr, um mit dem Panzer Schritt zu halten. Weitere Explosionen schleuderten Dreck gegen die Wagenseiten und auf die Scheiben. Die Öffnung zwischen den Bäumen war die Lösung! Dort konnten sie sich vor den Kanonen der Feinde verbergen.

Zusammen rasten der 90 Tonnen schwere Viperpanzer und der 7 Tonnen schwere Sedan auf die Sicherheit versprechende Stelle zu. Die höhere Beschleunigung und bessere Manövrierfähigkeit bedeuteten einen Vorteil für den Sedan, aber die Viper hatte einen Vorsprung und verfügte über die höhere Startgeschwindigkeit. Der Panzer steuerte ein wenig nach rechts, um genau in die Mitte des Zwischenraumes zu gelangen; der Kommandant versuchte offensichtlich, die besten Manövrierwinkel auszunutzen.

Der Schutzschild der Viper ist so konstruiert, daß die

Infanterie sicher und ungesehen absitzen kann. Wenngleich er dick genug ist, um Granatsplitter abzuhalten, bezeichnet man ihn im allgemeinen jedoch nicht als tatsächliche Panzerung. Ein 4 Kilogramm schwerer Hammer, von einem ausreichend kräftigen Legionär geschwungen, konnte den Schild verbeulen oder beschädigen, und ein erfahrener Legionär konnte anhand der Beulen im Schild sagen, wie lange eine Viper im Gefecht gestanden hatte. Mochte der Schild der Viper auch schwach sein, er war ganz sicher stärker als die dünne Haut eines Zivilsedans. Karstil bemerkte die Kursänderung des Panzers erst, als der Vektor der Viper direkt vor seiner Windschutzscheibe auftauchte. Er betätigte sofort den vollen negativen Schub und schwenkte scharf nach rechts. Aber leider war es ein wenig zu spät. Der rechte hintere Teil des Schilds berührte kaum merklich den linken vorderen Kotflügel des SKE-200. Ein bloßer Hauch einer Berührung, aber mehr war gar nicht notwendig. Instinktiv riß Karstil die Hände vors Gesicht.

Der Kotflügel faltete sich zusammen, als bestünde er aus billigstem Plastik, das Glas des Scheinwerfers explodierte in einem Regen aus Splittern, die gegen die Windschutzscheibe des Wagens prasselten. Der Aufprall schleuderte den Sedan noch weiter nach rechts – völlig außer Kontrolle. Ein riesiger Baum tauchte auf. Irgendwie gelang es Karstil, heftig nach links zu steuern, um ihm auszuweichen, und der Sedan schwenkte herum. Der hintere rechte Kotflügel krachte gegen den massigen Stamm. Jetzt wirbelte der Wagen rechtsherum und vergrub sich mit gräßlichem Knirschen im Waldboden. Aus der Gravmaschine stieg öliger, schwarzer Qualm auf. Das Chassis des Sedan war nur noch eine zerknautschte Masse.

Inzwischen rasten die Viperpanzer auf der Straße vorbei. Kühl vermieden es die Kommandanten, auf die Überbleibsel des Zivilfahrzeugs zu starren, die zwischen den Bäumen zu sehen waren.

Als Karstil zum Bekleidungszentrum zurückmarschierte, um den dortigen Kommunikator zu benutzen, war das Gebäude bereits geschlossen. Er war noch immer recht benommen, als ein freundlicher Sicherheitsbeamter ihn mit zum Hauptquartier nahm, damit er ein Kettenabschleppfahrzeug bestellen konnte. Wenn er daran dachte, überfiel ihn Panik. General Beldarnus' Privatwagen! Den er höchstpersönlich seinem neuen Assistenten anvertraut hatte. Zerstört. Das Opfer einer erbitterten Schlacht seiner eigenen Truppen während einer einfachen Übung. Wenn es ein Schicksal gab, das schlimmer war als der Tod, dann war Karstil sicher: dies war es.

Der Sedan hatte sich so tief zwischen den Bäumen vergraben, daß die Leute der Abschleppmannschaft sich einen Weg hindurchschneiden mußten, um Stahlseile an dem zu befestigen, was von der hinteren Stoßstange noch übrig war. Beim Herausziehen wurde der SKW-200 völlig verzogen. Die Generalsuniform, das unschuldige Objekt von Second Lieutenant Karstils Auftrag, wurde aus dem Sedan gerettet. Versehentlich wurde sie dann aber vom Abschleppfahrzeug überrollt.

4

Caralis, Shannedam County
Commonwealth
11. März 6829

Abendbrotzeit auf Caralis. Quentain Podandos, vom niedrigen Rang eines Triarii, zog eine Grimasse, trat in das verblassende Sonnenlicht und ging langsam zur Messe hinüber. Um ihn herum lagerte eine ganze Kohorte, sechs Zenturien Kampftruppen in Bereitschaft, die sich am Rande des Gebietes eingegraben hatten, das als Farkon Highlands bekannt war. Sie bildeten die Spitze des Rebellenkampfes, um Caralis' gefährdeten Kontinent gegen das TOG zu halten.

Podandos befand sich zum ersten Mal in der subtropischen Zone von Alsatia, und es hatte nicht lange gedauert, bis er entschieden hatte, daß es ihm hier nicht gefiel. Das Wetter war unangenehm schwül und der Boden kalkig weiß, jeder Farbe beraubt. Der ehemalige Bauernjunge fragte sich, wie hier überhaupt etwas wachsen konnte, während er zum Messebunker hinabstieg.

Wieder auf seinem Posten, versuchte er, den Hebel der Backbord-Einstiegsluke des Rebellen-Artilleriefahrzeugs vom Typ Pedden mit einer Hand zu öffnen, während er die Essensration in der anderen balancierte. Der türähnliche Eingang befand sich am hinteren Ende des RAF, und Podandos mußte den Hebel mit der rechten Hand bedienen und gleichzeitig das Tablett gerade halten. Der Griff war nicht besonders einfach zu betätigen. Je kräftiger er versuchte, ihn zu drehen, um so mehr neigte sich das Tablett zur Seite. Er gab auf und entschied sich, draußen zu essen.

Das Wetter war gut, und es gab eigentlich keinen Grund, weshalb er das Abendessen im Fahrzeug einnehmen sollte. In der Kabine war sowieso kaum Platz für die dreiköpfige Besatzung, und er wußte, daß sein Sitz, der Fahrersitz, herumgeklappt worden war, um Platz zu schaffen. Also würde er ihn erst wieder aufrichten müssen, bevor er essen konnte, und das bedeutete einen weiteren Balanceakt.

Der Pedden stand in einem tiefen Krater, so daß die Oberfläche nicht mehr als eineinhalb Meter über die flache, rissige Oberfläche ragte. Quentain schob das Messetablett auf das Deck und zog sich hoch, um sich neben es zu setzen. Er betrachtete die Mahlzeit. Das Essen, das in der Messe bereitet wurde, war nicht mit dem zu vergleichen, das er während des Trainings bekommen hatte. Die Mahlzeiten dort waren gut zubereitet und umfangreich genug gewesen, um die Mägen der Rekruten zu füllen. Dieses Essen hier jedoch, obwohl es sicherlich nahrhaft und sättigend war, war nicht annähernd so appetitlich.

Podandos wettete, daß die Offiziere dieses Zeug nicht essen mußten. Feste Brocken wurden durch eine graue Soße verdeckt, die, wenn sie abkühlte, zu einer Art Gelatine wurde. Er erwog, die ganze Mahlzeit kalt werden zu lassen, bis sie halbwegs fest war. Vielleicht fällt das ganze Zeug dann in einem Stück vom Tablett, dachte er. Endlich entschied er sich, es doch einfach aufzuessen. Was auch immer auf dem Teller war, es schmeckte besser, als es aussah.

Podandos lehnte sich gegen den Aufbau der GPA5-Artillerie und betrachtete die anderen Stellungen der Truppe. Drei Geschütze standen in einem großen Dreieck – so weit auseinander, daß eine Artilleriesalve sie nicht alle gleichzeitig zerstören konnte. Das Fahrzeug des Batteriechefs stand 300 Meter weiter hinten, nahe dem Waldrand, während die flankierenden Geschütze weiter vorn offen auf dem freien Feld standen. Hinter den Bäumen befanden sich die Unterstützungsfahrzeuge und der Rest der Kohorte. Die beiden anderen Kampfeinheiten waren im Einsatzraum untergebracht, wo die Kanonen überprüft und eingeschossen wurden.

Das Einschießen und Ausrichten waren Aufgaben, die durch keine Art von Technologie überwunden werden konnten. Dabei mußten Rohr und Zielvorrichtung aufeinander ausgerichtet und dann sichergestellt werden, daß beide auf den gleichen Punkt zielten. Bei jedem Abfeuern der Waffen litt die Zielgenauigkeit ein wenig, und irgendwann lag sie außerhalb des akzeptablen Limits. Die kämpfenden Truppen wurden mehr als nur ein bißchen wütend, wenn die Salve außerhalb des angepeilten Ziels landete, insbesondere dann, wenn sie zu kurz kam. Zwischen den an vorderster Front stehenden Männern und den Artilleristen – den sogenannten ›Rotfüßen‹ – bestand eine regelrechte Haßliebe. Wenn die Kanonen funktionierten, war die vorderste Front begeistert, aber wenn die Salven verrückt spielten, drohten die Soldaten, nach hinten zu kommen, um den Kanonieren an den Kragen zu gehen. Wenn man die heißblütigen, draufgängerischen Naturelle dieser Männer bedachte, war die Drohung nicht auf die leichte Schulter zu nehmen.

Genaugenommen hatte Podandos es sich völlig anders vorgestellt, zur Rebellenlegion zu gehören. Die 2567. war eine provisorische Legion, was bedeutete, daß sie auf die Schnelle aus anderen Einheiten zusammengesetzt worden war, um wieder aufgelöst zu werden, sobald der spezielle Auftrag ausgeführt war. Trotz dieser Bezeichnung war sie aber dennoch eine echte, kämpferische Rebelleneinheit.

Quentain hatte sich vorgestellt, daß die anderen Männer der Gruppe wie Brüder werden würden, seine ›Waffenbrüder‹ sozusagen, aber das war keineswegs eingetroffen. Tatsächlich war seine Einführung bei den anderen Männern regelrecht unbedeutend gewesen.

Sergeant Bolan, der Panzerkommandant, hatte Podandos' Gegenwart kaum wahrgenommen, als er zum ersten Mal Meldung machte. Bolan hatte einmal gegrunzt und mit dem Kopf auf einen freien Platz am Boden gewiesen. Podandos hatte angenommen, daß er seine Sachen dort abstellen könne. Also ließ er sie fallen, und als niemand Einspruch erhob, entschied er, daß dies nun sein Platz war.

Der Richtschütze, Triarii Angus Secunda, war ein wenig gesprächiger gewesen und hatte Podandos gezeigt, wie man den Fahrersitz in der engen Kabine aufrichten konnte. Quentain wollte sich gerade hinsetzen, als Bolan den Sicherungshebel drückte und den Sitz auf den Boden fallen ließ, wo er liegenblieb. Kein herzliches Willkommen. Die Mitglieder der Mannschaft nahmen die Mahlzeiten einzeln ein, entweder, weil es eine allgemeine Regel in der Batterie war oder aber, weil sie es so wünschten. Seine weiteren Fragen zu den Panzern wurden mit einsilbigen Antworten Secundas oder neuen Grunzlauten Bolans beantwortet. Es hatte keine Unterweisung in der GPA5 oder den anderen Waffen, die vom Fahrersitz aus kontrolliert wurden, stattgefunden. Podandos war Experte für die Handhabung des AP-Lasers, den er von seinem Bereich aus steuern konnte, und er nahm an, daß Bolan genausogut mit dem Vulcan IV-Abwehrsystem umgehen konnte, das ebenfalls in seinen Zuständigkeitsbereich fiel. Beide Waffen konnten auch vom Platz der Richtschützen aus bedient werden; aber dessen Hauptbeschäftigung bestand darin, das Feuer der Kanone zu überwachen.

Als das RAF zur Instandsetzung gefahren worden war, zwecks Überprüfung und Einstellung, hatte Bolan den Panzer selbst gefahren. Ohne auch nur ein Wort zu sagen, hatte er die Gravgeneratoren angeworfen und war losgebraust. Secunda hatte an der Seite des Pedden gelehnt, als er aus dem Krater auftauchte, und wäre von der Steuerbordseite erfaßt worden, wenn er nicht rechtzeitig zur Seite gesprungen wäre. Auch wenn er wahrscheinlich keine schlimmen Verletzungen erlitten hätte, schien er doch eine Zeitlang recht durcheinander. Aber soweit Podandos es beurteilen konnte, hatte Secunda nicht mit Bolan darüber gesprochen.

Bei der Grundausbildung hatte er den Eindruck erhalten, daß man Mitglied einer großen Familie wurde, wenn man in die Rebellenlegion eintrat. Das war es, was ihn angezogen hatte: Der Gedanke an die Kameradschaft mit vielen anderen Soldaten, die alle das Ziel verfolgten, das verhaßte TOG zu besiegen, dessen Truppen vor vielen Jahren sein Heimatdorf auf Holloway angegriffen hatten. Während der ganzen Ausbildung hatte Podandos sehnsüchtig auf die Zeit gewartet, wenn er endlich in den Kampf ziehen konnte. Aber nun fühlte er sich weniger begeistert, weil man schwerlich einschätzen konnte, wie es sein würde, neben Bolan und Secunda zu kämpfen. Noch schlimmer war, daß die anderen Mannschaften auf die gleiche kühle, gleichgültige und wortlose Art miteinander umgingen. Und der Kommandant der Einheit, Zenturio Wickersham, hatte in der ganzen Woche seit Podandos' Eintreffen nicht ein Wort mit ihm gesprochen.

Es schien, als grassiere ein Schweigevirus in der Legion, das Gefühl bevorstehenden Unheils. Vielleicht deshalb, dachte Podandos, weil die Legion seit ihrer Entstehung vom Pech verfolgt ist. Am allerersten Einsatztag war einer der Flugabwehr-Züge vernichtet worden, während er die Orbitraketen der Legion verteidigte. Nur eines der Fahrzeuge und ein halbes Dutzend Männer waren übriggeblieben, und der Verteidigungsschirm der Legion hatte sehr gelitten. Gerüchten zufolge waren jene unglücklichen Abwehrpanzer unvorbereitet erwischt worden und hatten die feindlichen Jäger erst gesehen, als sie bereits über ihnen waren. Von Anfang an nichts als Pech.

Dann gab es ein anderes Gerücht, das nur bei der Ersatzstelle geflüstert wurde: Die Vernichtung des Zuges sollte Teil einer Verschwörung gewesen sein. Aber jeder bemühte sich, das als völlig verrückt hinzustellen. Anzunehmen, daß jemand, der zur 2567. gehörte, ein Versagen begrüßen würde, war zu gefährlich, um darüber nachzudenken. Aber er war noch da, der skeptische Blick auf die Leute, die ringsumher lebten, von denen unter Umständen das eigene Leben abhing. Podandos schüttelte sich und dachte, daß es besser sei, Pech zu haben, denn darüber konnte man fluchen, als einen unsichtbaren Feind, gegen den es keine Verteidigung gab.

Quentain griff in seinen Kampfanzug und zog das Buch heraus, das er gerade las. Wenn ihn die anderen ignorieren wollten, auch gut. Um etwas Unterhaltung zu haben, hatte er das Buch aus der Legionszentrale mitgenommen und war nun in die Abenteuer des Natos Durbal vertieft, wo der Held das Rätsel des Lebens in der Grafschaft Skuttarra zu lösen versucht.

Das Buch würde nie als eines der größten literarischen Ereignisse des Commonwealth gefeiert werden, aber aus der begrenzten Auswahl war es das beste gewesen. Die meiste Trivialliteratur wurde auf Computerchips produziert, die von den meisten der Computer in Panzern und anderen Geräten gelesen werden konnten. Aber ein Chip-Buch hätte er im Inneren des Pedden lesen müssen, was gemessen an der derzeitigen Lage, keine gute Lösung war. Es gab keinen Sitzplatz für ihn, und der eisige Hauch, den Sergeant Bolan ausströmte, reichte aus, um jeden Mann schaudern zu lassen. Die Panzeroberfläche war gut geeignet, und selbst wenn das Licht nachließ, konnte er die Helmlampe benutzen, um zu lesen.

Der Held Durbal versuchte gerade, eine Hydrokulturfarm auf dem unfruchtbaren Boden von Koblos IV zu errichten. Der Boden selbst war fruchtbar genug, aber ein heimtückischer Virus zerstörte die Ernte, sobald sie reif wurde. Dann gab es noch die Barrakan-Felsenratten. Die Ratten nagten die Ernte nicht an, fraßen aber die Fluorleuchten, die Durbal aufgestellt hatte, damit er während der finsteren Zeit des Planeten genügend Licht hatte. Wenn man sie herausforderte, waren sie schreckliche Raubtiere, und Durbal mußte die Farm nachts bewachen. Sein Laser war hilfreich, aber er brauchte eine Quelle, um die verbrauchte Energie erneuern zu können. Die Ratten kamen näher, und Durbal schoß in die Dunkelheit. Eines der Tiere explodierte unter dem Laser, und ein Schauer von Magnesiumfunken wirbelte durch die Finsternis. Magnesiumfunken? Die Ratten waren aus Silikon, nicht Magnesium.

Podandos blickte von seinem Buch auf. Noch immer leuchtete das Magnesium in der Dunkelheit, erhellte das Gelände und die Geschütze. Er hielt die Hand vor die Augen und klappte dann das Visier des Helms herunter, um die Helligkeit zu dämpfen.

Die gesamte Einheit wurde hell beleuchtet, die Schilde und Kanonen der Panzer reflektierten das Licht. Quentain sah herumlaufende Männer und erkannte Secunda, der auf den Pedden zurannte. Dann erschien am Rande des Lichtfeldes der erste Jäger, dem die Druckwelle dichtauf folgte.

Die angreifenden Jäger brauchten keine künstliche Beleuchtung, um die am Boden befindlichen Ziele auszumachen, aber da die Geschütze in Ruhestellung lagen, konnten auch keine Strahlungen von ihnen ausgehen. Die Leuchtfeuer erlaubten die visuelle Identifizierung der Zielobjekte am Boden, bis die RAFs ihre Generatoren anwarfen. Das Licht wurde benutzt, um die Opfer zu terrorisieren. Das unnatürliche Leuchten hatte etwas an sich, das die Männer erstarren ließ. Podandos erhaschte einen Blick auf ein flachnasiges, deltaförmiges Flugobjekt mit Zwillingsrückenflossen, die das Licht reflektierten. Er versuchte, das Zeichen zu erkennen, als der Jäger vorüberschoß, aber er war zu schnell. Spielte es überhaupt eine Rolle? Es mußten TOG-Jäger sein. Die Nase und die Ränder der Flügel glühten von der Hitze des atmosphärischen Fluges, die vier Waffenträger waren beinahe weißglühend. Die Druckwelle überrollte sie sofort danach, und die meisten Männer stürzten zu Boden. Quentain wurde vom Dach des RAF geschleudert. Während er fiel, sah er, wie sich das Buch durch den Druck in seine Bestandteile auflöste.

Trotz des Kampfanzugs trieb ihm der Sturz die Luft aus den Lungen, und er lag keuchend auf dem Boden, das Gesicht nach oben. Als der nächste Jäger über ihn hinwegraste, versuchte er, das Gesicht mit den Händen vor dem Druck zu schützen. Er fühlte die Trommelfelle zerplatzen und brüllte, um die Luft aus den Lungen zu treiben, da er Angst hatte, daß auch sie dem Druck nicht standhalten konnten. Das Visier zersprang in tausend kleine Teile; er schloß die Augen, als er die nadelspitzen Stiche der Splitter im Gesicht und am Hals spürte. Wieder rang er nach Luft; die Lungen nahmen Staubmassen auf, die von den Jägern aufgewirbelt wurden. Er rappelte sich auf und packte den Griff des Pedden-Einstiegs.

Der Griff bewegte sich nicht. Die Tür war von innen verschlossen. Er schlug mit den Fäusten auf die Luke und drückte das Gesicht auf den Sehschlitz. Innen im gedämpften Licht der Gefechtsbeleuchtung konnte er Bolan erkennen, der auf dem Fahrersitz saß und den Gravantrieb anwarf. Er stolperte zurück, als sich der Panzer aus dem Krater bewegte. Noch mehr Staubwolken stiegen auf, als das Fahrzeug freikam.

Angus Secunda drängte sich an ihm vorbei und schubste ihn nach vorn, an den Kraterrand. Mit einem Satz sprang Secunda auf die Seite des Pedden und packte die Thermalflossen, die sich vor dem Leitwerk befanden. Er schrie vor Schmerz, als seine Hände die rotglühenden Flossen berührten. Podandos war in den Krater gefallen und sah, wie Secunda sich auf das Oberdeck des Pedden zog.

Wieder flammte ein Leuchtfeuer auf, direkt über dem Krater. Podandos spürte auch durch den Kampfanzug die ungeheure Hitze. Staub füllte ihm die Nasenlöcher und den Mund. Er kroch zum Rand hinauf und blickte über das Feld. Am anderen Ende der Ebene kroch der zweite Pedden aus seinem Krater, und er sah, wie der Vulcan-Abwehrlaser nach den Feinden tastete. Die Entfernung war zu groß, um zu feuern, aber der Richtschütze tat sein Bestes, um die Angreifer abzuwehren. Inmitten des Wirrwarrs konnte Podandos noch einen Blick auf den stumpfen, deltaförmigen Umriß werfen, der über das Feld brauste. Der Hitzeschimmer war verschwunden, der Jäger war durch den heftigen Wiedereintritt schnell abgekühlt. Die Zwillingsstrahler auf der Nase blinkten, glühende Lichtstrahlen fuhren hinab.

Beide Schüsse trafen den Bug des zweiten Pedden, als er den schützenden Krater verließ. Quentain erblickte Teile des Titanschildes, weißglühend vor Hitze, die sich von der Seite des Panzers abrollten. Der Pedden führte eine unkontrollierte Drehung nach rechts aus, und der vordere Fahrzeugteil bohrte sich in den Boden, als der Fahrer um die Kontrolle über den Panzer kämpfte. Das Gefährt des Batteriechefs feuerte das GPA5-Geschütz ab; die Projektile flogen in die Dunkelheit hinauf. Podandos fragte sich, welche Munition das wohl sein mochte. Er wußte, daß die RAFs keine richtigen Raumschiffabwehrwaffen besaßen. Er versuchte, aus dem Trichter herauszukriechen, und wurde sofort durch den Einschlag eines Massebeschleunigergeschosses, das den hinteren Kraterrand traf, zurückgeworfen. Riesige Dreckklumpen flogen durch die Luft, der gequälte Boden glühte unter dem Einschlag des

Geschosses rot auf. Wieder stürzte er, schützte das Gesicht mit den Händen vor der herumfliegenden Erde und spürte einen brennenden Schmerz auf dem Handrücken.

Der angeschlagene Pedden suchte Schutz unter den Bäumen, während der Pedden des Batteriechefs aus seiner etwas gesicherteren Lage am Waldrand Deckungsfeuer gab. Aber es war hoffnungslos.

Podandos sah die beschädigte linke Seite des Pedden Nummer zwei; er war bloß 50 Meter entfernt. Der Schild war durchschlagen worden, die keramische Basispanzerung glühte noch vom Einschlag der Beschleunigergeschosse. Geländeradar und Reaktionssysteme der linken Seite waren zerstört, die Kabel hingen wie zerschnittene Eingeweide aus dem Rumpf heraus. Jetzt nahte der zweite Jäger, und der Pedden bot ein leichtes Ziel.

Die rechte Seite des Rebellenpanzers, vom ersten Angriff unversehrt geblieben, wurde von zahlreichen Beschleuniger- und schweren Laserschüssen zerrissen. Große Metallplatten, die einst Thermalflossen gewesen waren, wirbelten durch die Luft. Das rechte Leitwerk löste sich in einem blauen Lichtblitz auf.

Podandos sah, wie der Panzer von den Treffern herumgeschleudert wurde, wie die Nase den Boden berührte und der Fahrer, der in der Mitte der vorderen Kabine saß, mit den unbeweglich gewordenen Kontrollen kämpfte. Die Bugklappe sprang auf, und der Panzerkommandant war im Schein der Leuchtfeuer und dem hellen Licht, das aus dem Inneren der Kabine strömte, deutlich zu sehen. Er packte beide Seiten der Öffnung, als wolle er von dem tödlich getroffenen Panzer springen. Dann überfiel ihn das tosende Inferno der brennenden Munition, und er war im Bruchteil einer Sekunde verschwunden.

Das Dröhnen eines herannahenden Pedden warf Podandos herum. Sein eigener Panzer, der jetzt beschleunigt hatte, raste auf den Wald zu und schien direkt über den Krater fahren zu wollen. Podandos zögerte und fragte sich einen Moment lang, ob er aus dem Weg springen, sich im Trichter vergraben oder an Bord des Panzers springen sollte. Er sah Secunda oben auf dem RAF liegen, sich mit einer Hand am GAP5 festhaltend, während die andere, zur Faust geballt, wütend hinter den Jägern herdrohte. Der Strahl der Zwillingsleuchtfeuer erhellte jeden Winkel des Lagers, und der Panzer und sein ›Reiter‹ waren klar und deutlich zu sehen. Geschosse aus Massebeschleunigungsgeschützen wühlten den Boden vor dem Pedden auf, während der angreifende Pilot die Zielerfassung prüfte und auf eine Trefferbestätigung wartete, bevor er die Laser abfeuerte. Das erste MBG traf die GPA5-Röhre, riß die Kanone von ihrem Gestell und schleuderte sie in die Dunkelheit. Als der Pilot den MBG-Treffer sah, betätigte er den Laserschalter. Der Pedden war in gleißendes Licht gehüllt, als seine Schilde die Laserstrahlen abwehrten, aber die beiden MBGs durchbohrten die beweglichen Schilde und gruben sich in den Titanpanzer. Das Metall löste sich augenblicklich auf und legte den keramischen Schild für weitere Angriffe bloß. Dann war der erste Jäger verschwunden, und der zweite flog auf den Pedden zu.

Staubwolken quollen unter dem Panzer hervor, und das Gras des Feldes wurde beiseitegeschoben, als sei es die Bugwelle eines Rennbootes. Der stumpfe Bug des RAF raste auf den Wald hinter dem Krater zu. Der zweite Jäger feuerte. Podandos beobachtete, wie sich der keramische Schutz unter den MBG-Treffern auflöste und wie der linke Schild ausging, als die Generatoren versagten. Ohne Gegenwehr drangen die Laser nun in die Kabine ein. Ein Laser traf den GPA5-Turm zu Secundas Füßen. Augenblicklich verschwand der Triarii, seine Körperflüssigkeit wurde zu unbeschreiblich heißem Dampf, der dann explodierte.

Die Nase des Pedden hob sich. Bolan hatte jede Hoffnung aufgegeben, den Waldrand zu erreichen, und versuchte, auf niedrige Höhe zu steigen, um seinen Angreifern zu entkommen. Podandos sah die rotglühenden Gravspiralen auf der Unterseite des Rumpfes, die tief im Schatten der Leuchtfeuer lagen. Qualm drang seitlich aus dem Pedden. Dann raste der Panzer über den Krater, und Podandos duckte sich unwillkürlich, um auszuweichen. Das Heulen der Gravgeneratoren, die auf Höchstgeschwindigkeit liefen, spürte er sogar trotz seiner geplatzten Trommelfelle, und er legte die Hände über den Helm.

Der Panzer erhob sich in die Dunkelheit, in die Sicherheit der samtigen Nacht. An der Stelle, an der der Pedden verschwunden war, zuckte ein einzelner, greller Blitz auf. Titanteile, keramische Schlacke, Rumpfkomponenten und Gravspiralen fielen zu Boden, in den Krater hinein.

Über dem Gefechtsfeld verloschen die Leuchtfeuer, deren letzte Signale zwei schwebende Lichter waren, die wie bösartige rote Augen aus der Dunkelheit leuchteten. Podandos rollte sich zum Trichterrand und spähte umher. Das Wrack von Nummer zwei glühte im hohen Gras. Hinter dem Waldrand erblickte er andere brennende Fahrzeuge, die es im Einsatzraum erwischt hatte, als der Luftangriff erfolgte. Der Panzer des Batteriechefs zeichnete sich dunkel gegen die Bäume ab, die GPA5-Kanone glühte noch ein wenig vom Kampf.

Erst dann fiel Podandos auf, daß seine Hände und das Gesicht mit Blut beschmiert waren. Die Handrücken brannten, da die Splitter und Erdbrocken die Haut abgerissen hatten. Die Augenlider fühlten sich klebrig an; mit dem rechten Auge sah er nur noch verschwommen. Er hörte nichts mehr und schlug mit der Hand gegen den Helm, um die Ohren freizubekommen. Nichts. Die zerrissenen Trommelfelle übertrugen keinen Laut.

Podandos taumelte zwischen den Bäumen hindurch, an den Geschützen vorbei, zum Hauptquartier der Kohorte. Überall lagen Wrackteile herum. Sechs RAFs, die zum Check-up bereitgestanden hatten, waren jetzt nichts anderes mehr als glühende Schlacke- und Schrotthaufen. Die Zielerfassungs- und Feuerleitradarfahrzeuge, die unter den Bäumen versteckt gestanden hatten, waren auch nicht in Sicherheit gewesen. Die lodernden Flammen flackerten durch die Löcher in der Panzerung der Wracks. Ein Körper, oder der Teil eines Körpers, lag ihm im Weg. Er bückte sich, um ihn zu untersuchen, und fand nur noch einen Rumpf. Arme, Beine und Kopf fehlten. Er rollte den Körper herum und entdeckte die Abzeichen auf der linken Brustseite des Kampfanzuges. Zenturio Maximus. Der Kohortenführer.

Noch einmal schaute er auf die zerstörten Überreste der Kohorte. Nichts regte sich im Licht der brennenden Panzer. Es gab nichts als Stille und grauenvolles Schweigen. Podandos richtete sich auf und taumelte ein wenig, als er versuchte, das Gleichgewicht zu halten. Das Fahrzeug des Batteriechefs lag hinter ihm im Wald. Irgendwo im Norden war das Hauptquartier der Artillerie-Manus … wenn es noch ein solches Hauptquartier gab.

Am ganzen Körper zitternd, versuchte er sich zusammenzureißen. Sein erster Gedanke war, sich dem Rest der Einheit anzuschließen, aber das ergab keinen Sinn. Seine Einheit existierte nicht mehr.

5

Clark, Wayne County
Commonwealth
21. Mai 6829

Sonderbefehl 6824-428
Second Lieutenant Roglund I. Karstil, 005-997-4242, wird zum Assistenzverwaltungsoffizier der Wayne County-Finanzbehörde ernannt.
Der oben genannte Offizier hat sich sofort an seinem neuen Einsatzort zu melden. Verzögerungen werden nicht genehmigt. Vorschuß oder Reisekostenvergütung sind nicht bewilligt. Dem Offizier ist nicht gestattet, in einem Zivilfahrzeug zu reisen.
Auf Befehl des Kommandeurs
YaTakas Q. Labidinius
Kommandierender General
/g/ Opilina J. Farbinator
Colonel, Adjutant

Die an der Decke befestigten Leuchtröhren warfen ein schattenloses Licht über den riesigen Raum der Wayne County-Finanzbehörde. Unendlich viele Computerreihen standen nebeneinander, verloren sich in der Weite des Raumes. Vor jedem Computer hockte eine gnomenhafte Figur, eingehend damit beschäftigt, die Daten jedes einzelnen der Millionen Legionäre – Aktiver und Reservisten – einzugeben, die in diesem Bereich des Commonwealth tätig waren. Jeder Eintrag wurde auf den neuesten Stand gebracht, überprüft, gegengeprüft, numeriert und mit einer Anmerkung versehen. Das einzige Geräusch war das gelegentliche Quietschen eines der automatischen Kantinenwagen, die ihre Runden zwischen den endlosen Reihen drehten.

Am Rande des Raumes, erhöht über dem Gewühl gelegen, befanden sich die abgetrennten Büros der Verwalter, die damit beschäftigt waren, die bereits geprüften, gegengeprüften, numerierten, neu numerierten und mit Anmerkungen versehenen Eingaben der arbeitenden Massen erneut zu prüfen, Gegenproben zu machen, zu numerieren, neu zu numerieren und mit Anmerkungen zu versehen. Die Stille hing wie ein Tuch über den Menschen. Wenn ein Gespräch notwendig war, wurde es in dem typisch leisen Flüsterton gehalten, wie ihn ein riesiger Arbeitsplatz erzeugte.

»Ich werde es Ihnen noch einmal erklären, Lieutenant.«

Warrantofficer Sardan VenVentor beugte sich über den Stapel der Computerausdrucke und fuhr mit seiner monoton vorgetragenen Lektion fort.

»Das Multiplex 400/GHF/3/A-Programm wurde entworfen, um schnellstmöglich Unregelmäßigkeiten an vorgegebenen Finanzdaten aufzudecken. Um innerhalb des Systems korrekt zu arbeiten, muß der Offizier nur das Serienübertragungssystem der Haupteinheit finden. Wenn man die DIP-Übertragungsfunktion der Unterdatei auf die Gegenseite der Haupteinheit stellt, kann die Programmschleife noch einmal durchlaufen, bevor man Daten der Haupteinheit eingibt. Mit dem Befehl TRXD können Sie dann die Daten abrufen. Die Multiplex 400/GHF/3/A-Frequenztoleranz ermöglicht es, daß sowohl der RD-200 wie auch der HK-900 mit bedient werden können. Dies alles basiert auf den zulässigen Verbindungsspezifikationen beider Einheiten. Während der Eingabe darf der Protokollwandler nicht benutzt werden.«

Trotz der Wichtigkeit dieser Mitteilung fühlte Karstil, wie seine Augenlider immer schwerer wurden. Es muß an der Luft hier liegen, dachte er. Vielleicht bekam er auch einfach zu wenig Schlaf. Wie sollte man sonst erklären, warum nichts von dem, was ihm der andere gerade erzählt hatte, irgendeinen Sinn ergab? Nach zwei Monaten auf dem Planeten Clark war jeder Muskel, jede Sehne, jedes Gelenk seines Körpers müde. Die Arbeit war nicht körperlich anstrengend, aber er mußte sich dazu zwingen. Er haßte die Stunden, die er sitzend am Schreibtisch verbrachte, ein menschlicher Büroangestellter, eine anachronistische Anomalie in einer computergesteuerten Welt. Während der Grundausbildung und des Offizierstrainings hatte jeder Tag etwas Neues gebracht. Sogar als Assistent des Generals waren täglich neue Probleme aufgetaucht. Aber dies, dies war die personifizierte Langeweile. Karstil staunte, daß ein paar der Männer fröhlich und sogar erwartungsvoll hierher zur Arbeit kamen.

Warum hatte er so einen Mist bei General Beldarnus verzapft? Er könnte noch immer von Zeit zu Zeit in einem Gravsedan herumkurven, wenn er sich während der Übung nicht so spontan danebenbenommen hätte. Die einzige Hoffnung, die ihm auf Clark blieb, war die Chance, sich bewähren zu können.

VenVentor starrte den neuen Second Lieutenant an. Dessen Gesicht starrte zurück, blieb aber ohne jeden Ausdruck. VenVentor, der 35 Jahre Erfahrung in der Finanzbehörde gesammelt hatte, hatte Offiziere kommen und gehen sehen. Die meisten begriffen die Details gar nicht richtig, die Feinheiten und Möglichkeiten der verzwickten Militär-Finanzsysteme des Commonwealth. Glücklicherweise war dieser junge Mann eingetroffen, als ein neues System eingeführt wurde. Er konnte es von Grund auf lernen, anstatt daß er sich mit den Problemen des alten Programms herumzuschlagen hatte. VenVentor sah in dieser Tatsache eine große Herausforderung.

»Keine Bange, Sir. Das werden Sie schon verstehen. Lassen Sie mich ein Übungsprogramm laufen, das nur begrenzte Dateneingaben hat. Damit können Sie sich einarbeiten. Sie werden die Daten in Null Komma nichts beherrschen.« VenVentor wußte, wie er mit Offizieren umgehen mußte. Das Motto der Warrant Officer Protective Association (WOPA), einer inoffiziellen, aber dennoch sehr wichtigen Organisation, lautete: »Haltet das Risiko gering.« Der Schaden, den ein neuer Offizier anrichten konnte, mußte so gering wie möglich gehalten werden. Hier kamen und gingen die Offiziere. Meist waren sie fröhlich, ehrgeizig und völlig unfähig. Die Aufgabe des Warrant Officer bestand darin, zu verhindern, daß sie dem System größere Schäden zufügten. »Haltet das Risiko gering.«

Karstil starrte den Warrant Officer an und blinzelte ein paarmal, als versuche er, sich auf den Mann zu konzentrieren. VenVentor hatte sich – wie viele der Offiziere hier im Finanzzentrum – den Computern verschrieben, die sein Leben bestimmten. Er mußte einst ein hochgewachsener Mann gewesen sein, aber das jahrelange gekrümmte Sitzen vor einem Terminal hatte seine Schultern gebeugt. Er bewegte sich mit seltsamen, gezierten Schritten, die vom ewigen Gehen in Filzschlappen herrührten, die er tragen mußte, um die statische Aufladung zu reduzieren. »Statik kann einen Computer verrückt spielen lassen«, hatte man Karstil am ersten Tag seines Aufenthaltes erklärt. Und auch an jedem weiteren Tag. Die Luft wurde trocken gehalten. Die Temperatur belief sich auf konstante 22 Grad. Das Licht der Lampen blieb immer gleich hell. Es schien, als würde alles nur den Computern zuliebe getan.

Allerdings stimmte das nicht ganz, und Karstil wußte es. Die Computer, durch ein Bio-System als künstliche Intelligenz (KI) betrieben, waren gegen Hitze, Staub und Statik immun. Das Schaffen eines so streng kontrollierten Umfeldes war dazu gedacht, die

Gnome durch die unglaubliche Verantwortung ihrer Arbeit zu beeindrucken. Es war auch eine Art, sie wissen zu lassen, daß die Computer die wichtigste Komponente des Finanzzentrums waren.

Während der letzten fünf Wochen hatte Karstil versucht, die Funktionen des Multiplex 400/GHF/3/A zu begreifen, wie VenVentor sie ihm erklärte. Der Warrant Officer kannte sich bestens aus, aber es drang einfach nichts zu Karstil durch. Karstil mußte es noch einmal versuchen, mußte sich mehr konzentrieren. Vielleicht würde ihm ein Gang durch das Büro helfen, einen klaren Kopf zu bekommen. Sobald VenVentor den Raum verlassen hatte, stand Karstil auf und reckte sich. Dann steuerte er auf den unteren Computerraum zu. Es war eine gute Idee, den Kerlen da unten zu zeigen, daß die Verwaltungsoffiziere ihre Existenz zur Kenntnis nahmen. Die gebückt sitzenden Männer blickten nicht einmal auf, als Karstil zwischen den Reihen umherging. Das blasse Licht der Lampen und der grüne Schein der Bildschirme verlieh den Arbeitenden eine ungesunde Blässe. Ein Bestattungsunternehmer würde hier einer großen Herausforderung gegenüberstehen, dachte Karstil. Es wäre ein hartes Stück Arbeit, diese Leute lebendig aussehen zu lassen. Er beobachtete den Mann an einem nahegelegenen Terminal. Der Mann hockte tief gebückt über einer Tastatur, die rechte Hand auf dem Zahlensektor, die linke hielt einen Stift. Während er den Stift über den Bildschirm gleiten ließ und gleichzeitig Zahlen eingab, brachte er die Finanzdaten eines Legionärs auf den neuesten Stand. Irgendwo im weiten All wurden jetzt für den nächsten Sold Abzüge oder Bonuszahlungen notiert. Das System war ausgezeichnet. Die Daten waren serienmäßig gespeichert, und der Legionär mußte nur noch seine Soldkarte in einen elektronischen Kassenautomaten stecken, um einen Teil seiner Gelder oder den ganzen Sold zu erhalten. Mit der Karte konnte er auch alles kaufen, von der Kleidung bis hin zu einem Fahrzeug. Der Computer zog den benötigten Betrag ab und notierte sogar Krediteinkäufe. Das stetige ›pak, pak, pak‹ der Tastaturen und das Zischen der Stifte auf den Monitoren waren die einzigen Geräusche in dem riesigen, höhlenähnlichen Raum.

Ein Kantinenwagen, etwas über einen Meter hoch, rollte langsam durch die Reihen, hielt auf Befehl bei den Terminals, die lautlos ein heißes Getränk oder eine Erfrischung angefordert hatten. Ein Mann steckte seine Karte in den Schlitz, drückte den Knopf für das gewünschte Getränk und wartete, bis der computergesteuerte Wagen es herausgab. Ping, klirr, rappel. Und draußen war der Behälter mit der bestellten Erfrischung. Der Wagen rollte weiter.

Jetzt schlich das Maschinchen hinter Karstil die Reihe entlang. Er wartete, bis es direkt auf seiner Höhe war, und steckte die Karte hinein. Der Leuchtschriftzug ›Nicht gestatteter Terminalstandort‹ blinkte auf. Der Wagen hatte sich gerade auf dem Weg zwischen zwei Terminals befunden, hielt aber jetzt an. Karstil vermutete, der Wagen würde die Karte wieder ausspucken, wenn irgend etwas nicht in Ordnung war, und ihm den ordnungsgemäßen Terminalstandort mitteilen.

Weit gefehlt. Statt dessen rappelte und klapperte die Maschine wie wild, als könne sie sich nicht entscheiden, was zu tun sei. Dann hielt sie inne, als würde sie nachdenken. Mit einem letzten Klappern entschied sie sich, die Karte zu behalten und nichts herauszugeben. Langsam rollte sie weiter zum nächsten Terminal, der eine Erfrischung angefordert hatte; die Kreditkarte war tief in ihrem Inneren verborgen.

Der am Terminal sitzende Mann steckte seine Karte in den Schlitz und drückte verschiedene Knöpfe. Karstil beobachtete ihn genau und fragte sich, was er selbst wohl falsch gemacht hatte. Seine Bestellung war umfangreich gewesen: Kaffee, Sahne, Zucker, extra Sahne, extra Zucker. Eigentlich gab es weder Sahne noch Zucker in der Maschine. Und auch keinen Kaffee. Es war bloß ein chemisch erzeugtes Getränk, künstlicher Kaffeeweißer, künstlicher Süßstoff, wurde aber ›Kaffee‹, ›Sahne‹ und ›Zucker‹ genannt, um die Vorstellung des Konsumenten zu befriedigen.

Die Maschine rappelte vor sich hin und nahm die Befehle auf. Sie stand still. Anscheinend hatte sie ein Problem, das gelöst werden mußte. In dem Schlitz steckten jetzt zu viele Karten für die gegebenen Kommandos. Dann setzte das Brummen wieder ein, der eingebaute Mikroprozessor bearbeitete die einzelnen Wünsche. Alles war bereit.

Die Ausgabeklappe öffnete sich, und der leere Getränkebecher plumpste hinaus und traf den Mann an der linken Schläfe. Er sprang hoch und wirbelte herum, um den Angreifer auszumachen. Der Getränkewagen setzte sie Attacke fort, indem er erst eine Wolke weißen Puders, eine Extraportion weißen Puders, Süßstoff und noch mehr Süßstoff über die Tastatur schleuderte.

Der Angestellte warf sich über das Keyboard wie eine Mutter, die ihr Kind vor einem Unglück beschützen will. Als die Maschine aber dampfend heißen Kaffee auf seinen Rücken sprühte, sprang er zur Seite. Mit dem Fuß verfing er sich in einem Kabel des Terminals und taumelte auf seinen nächsten Nachbarn zu, dem er dann auf den Schoß fiel. Die Maschine besprühte das nun freiliegende Keyboard mit dem restlichen Kaffee und verfiel dann in zufriedene Stille. Die Tastatur gab ein hysterisches Quietschen von sich, Funken sprühten – Stille! Der Bildschirm zuckte und flackerte und folgte dann dem Keyboard in den Tod.

Der Getränkewagen, äußerst zufrieden mit der getanen Arbeit, rollte zum nächsten Terminal.

»Second Lieutenant Karstil«, seufzte der Warrant Officer, »wenn Sie im unteren Büro sind, müssen Sie sehr vorsichtig sein. Die Wagen sind so programmiert, daß sie die Terminals versorgen. Jede zusätzliche oder außergewöhnliche Dateneingabe oder Ablenkung kann Probleme mit sich bringen.«

Karstil lächelte verlegen, da er nichts zu erwidern wußte. Der Angriff des Getränkewagens war darauf zurückzuführen, daß er seine Karte benutzt hatte, während die Maschine nicht an einer der planmäßigen Stationen gehalten hatte. Nun erklärte VenVentors unmittelbarer Vorgesetzter dem Second Lieutenant die Folgen seines Handelns. »Diese Einrichtung wurde entworfen, um die Eingabequote der Operatoren so hoch wie möglich zu halten. Abweichungen von der Routine sind nicht erlaubt. In Zukunft sollten Sie die Arbeit der Terminals überwachen, indem Sie sich in das Programm der betreffenden Terminals einschalten. Warrant Officer VenVentor hätte Ihnen dies alles erklären müssen. Da er seine Pflicht nicht erfüllt hat, muß ich es für ihn übernehmen.«

VenVentor zuckte leicht zusammen und senkte die Schultern unter dem mündlich erteilten Hieb seines Vorgesetzten. Karstil stand vom Rang her höher als beide Warrant Officer, hütete sich jedoch etwas zu sagen. Auch VenVentor gab keinen Kommentar zu dem Zwischenfall ab. Verlegen senkte VenVentor den Kopf und studierte eingehend den Flor des Teppichs, der unter dem Druck seiner Zehen nachgab.

Wieder in seinem Büro, erklärte ihm VenVentor das System aufs neue. »Das Multiplex 400/GHF/3/A-Programm wurde entworfen, um schnellstmöglich Unregelmäßigkeiten an vorgegebenen Finanzdaten aufzudecken. Um innerhalb des Systems korrekt zu arbeiten, muß der Offizier nur das Serienübertragungssystem der Haupteinheit finden. Wenn man die DIP-Übertragungsfunktion der Unterdatei auf die Gegenseite der

Haupteinheit stellt, kann die Programmschleife noch einmal durchlaufen, bevor man Daten der Haupteinheit eingibt. Mit dem Befehl TRXD können Sie dann die Daten abrufen. Die Multiplex 400/GHF/3/A-Frequenztoleranz ermöglicht es, daß sowohl der RD-200 wie auch der HK-900 mit bedient werden können. Dies alles basiert auf den zulässigen Verbindungsspezifikationen beider Einheiten. Auch wenn die Daten des Terminals verlorengegangen sind, kann man sie aus dem Datenspeicher der Basisstation ziehen. Man muß nichts weiter tun, als die letzten gespeicherten Informationen aus der Serie zu nehmen und mit den vorhandenen Aufgaben des Top-Terminals zu vergleichen. Das muß manuell geschehen und dauert geraume Zeit. Und denken Sie daran: Der Protokollwandler darf niemals während des Eingebens benutzt werden.«

VenVentor ging die Schritte des Programms mehrmals durch, bis Karstil endlich zu begreifen anfing. Na gut, dachte er, diesmal weiß ich, was ich tue.

»Da Sie anscheinend verstanden haben, wie es funktioniert, lasse ich Sie jetzt arbeiten.« VenVentor erhob sich von seinem Stuhl. Es war Zeit für den Schichtwechsel und VenVentor wollte sein Quartier aufsuchen. Der zweiten Schicht war mitgeteilt worden, daß Karstil sämtliche vorhergegangenen Finanzdaten von Wayne County neu laden würde und sie sich nur mit laufenden Daten befassen müßten. Karstil hatte die Ausdrucke und den Serienspeicher in den nächsten zehn Stunden ganz für sich allein.

Mit einer Thermosflasche Kaffee gerüstet, die er auf dem kleinen Tisch auf der anderen Seite des Raumes abstellte, machte sich Karstil an die Arbeit. Er würde den Kaffee nicht in der Nähe des Terminals trinken, nachdem er erlebt hatte, welche Unglücksfälle dabei entstehen konnten. Außerdem konnte er sich so nebenbei die Beine vertreten, wenn er etwas trinken wollte.

Die Arbeit war nicht schwierig, nur langatmig und

zäh. Er mußte sich konzentrieren, damit die derzeitigen Angaben und die früheren Daten übereinstimmten. Geburtsdaten, Eintritt in die Commonwealth-Armee, derzeitiger Familienstand und andere Informationen mußten verglichen und zweimal überprüft werden. Er war erstaunt, wie viele Fehler er fand. Anscheinend hatte in den letzten Jahren niemand Gegenproben gemacht, und bei den heutigen Daten fehlten ein paar wichtige Eintragungen. Er entdeckte den Namen eines Mannes, der seit sieben Jahren versehentlich keinen vollen Sold erhalten hatte. Jener Legionär würde eine freudige Überraschung erleben, wenn er das nächste Mal seinen Haben-Betrag überprüfte. Dann gab es einen anderen Legionär, der an jedem Jahrestag seines Eintritts in die Armee den zweifachen Sold erhalten hatte. Der Mann würde sich nicht freuen, wenn er auf der nächsten Sollbescheinigung eine Null entdeckte. Er würde länger als ein Jahr keine Zahlungen mehr bekommen.

Die Zeit verrann recht schnell. Karstil wurde zuversichtlicher, je länger er mit dem Programm arbeitete. Das war ja leicht! Das System speicherte automatisch alle zehn Minuten, die Maschine surrte vor sich hin, während er mit dem Lichtstift und den Befehlstasten Eingaben korrigierte. Das Terminal konnte auch mündliche Befehle befolgen, aber Karstil fühlte sich nicht ausreichend vertraut mit dem System oder der Diktion, um sich darauf zu verlassen. Die ganze Zeit über hatte Karstil die Gnome, die an ihren Terminals im unteren Büro hockten, kaum beachtet. Und auch sie schenkten dem einsamen, emsigen Second Lieutenant keine Aufmerksamkeit.

Nach beinahe acht Stunden Arbeit fühlte er, wie er langsam ermüdete. Er hörte auf, mit dem Lichtstift zu arbeiten, und verließ sich mehr und mehr auf die Tastatur. Um ebenso schnell wie vorher arbeiten zu können, schaltete er den Protokollwandler ein. So konnte er außer dem Hauptteil des Keyboards auch die Zahlensektion benutzen. Fingerfertigkeit war nicht so wichtig, wenn man die Tasten betätigte, und er mußte auch nicht die Hände hochheben, um Daten zu ändern.

Nach ungefähr zehn Stunden waren nur noch wenige Eintragungen vorzunehmen. Karstil überflog die letzten Legionärsnamen auf seiner Liste. Er ertappte sich dabei, daß er beinahe einen Fehler in der Heimatanschrift übersehen hätte. Alle Planetenabkürzungen waren vor einigen Jahren von zwei Buchstaben auf drei geändert worden. Der Planet Wrangby in Magog County war von WR zu WBY geworden. Jedes Standard-Korrekturprogramm hätte das bemerkt und berichtigt. Warum sollte der Computer das tun? dachte Karstil. Er drückte die Shift-Taste und tippte eilig WBY.

Auf vielen Tastaturen befindet sich die Shift-Taste bei der Control-Taste. Für einen erfahrenen Typisten ist das kein Problem. Weniger erfahrene Leute müssen gut achtgeben. Trotz all seiner guten Vorsätze war Karstil kein erfahrener Typist. Als der kleine Finger der linken Hand die Shift-Taste drücken wollte, berührte der Ringfinger statt dessen die Control-Taste. Control ›W‹ hatte keine Folgen, aber Control ›B‹ ergab die Frage: »Soll die laufende Datei des Serienspeichers gelöscht werden? Y (ja) oder N (nein).«

Karstil sah die Frage über den Monitor flitzen, und seine sämtlichen Sinne regten sich. Er mußte gar nicht lesen, was da stand, um zu wissen, daß er eine falsche Taste gedrückt hatte. Deshalb hob er die linke Hand vom Keyboard. Unglücklicherweise war die Rechte bereits auf dem Weg zum Y. Schneller, als er gedacht hatte, schlug der Mittelfinger zu.

Mit 299.792,5 Kilometern pro Sekunde raste der Löschbefehl zum Serienspeicher. Karstil wußte, was geschehen war. So schnell er konnte, riß er den Finger zur Cancel-Taste herüber. Aber kein menschlicher

Muskelreflex kann schneller arbeiten als die Lichtgeschwindigkeit. Der Monitor war plötzlich unangenehm leer. Karstil fühlte sich, als läge ihm ein Felsbrocken im Magen. Die Lichtquellen im unteren Raum flackerten. Die Monitore flimmerten und erloschen.

Ein dünner Schweißfilm bildete sich auf Karstils Stirn. Reglos starrte er auf den leeren Bildschirm. Alptraumbilder des zerschmetterten Sedans blitzten vor ihm auf, als er das Handbuch aufnahm und eilig durchblätterte. Er blickte suchend auf das Inhaltsverzeichnis, um Hilfe zu finden. Er schlug Seite 267 auf. »Um den dauerhaften Verlust von Daten zu verhindern, müssen Sie Ihre Eingaben regelmäßig speichern. Niemals dürfen Sie den Befehl ›Laufende Datei im Serienspeicher löschen‹ benutzen, wenn Sie nicht wollen, daß alle laufenden Dateien aus dem Speicher entfernt werden. Der Protokollwandler darf während der Eingabe niemals benutzt werden.«

Da war es. Klar und deutlich. Und zwar unter der passenden Überschrift: »Wie Sie sich vor einer Katastrophe schützen können.«

6

Caralis, Shannedam County
Commonwealth
10. Oktober 6830

Der Veteran Sergeant Lucifer K. Mullins bewegte die kräftigen Schultern, um den Regen abzuschütteln. Dies war kein richtiger Regen, der nur so prasselte und von grellen Blitzen durchzogen wurde. Dies war eher ein schwerer Nebel, einer dieser gräßlichen Regenfälle, der einen zu der Annahme führen kann, daß er bald aufhört. Aber das geschieht natürlich nicht. Es regnete schon seit drei Tagen, und der bleierne Himmel zeigte keine Anzeichen, sich zu erhellen. »Als ob es nicht schon schrecklich genug auf diesem Felsen wäre ...«, murrte er.

Der Kontinent Rolandrin, Basis aller Operationen der Commonwealth-Armee und der Rebellenstreitkräfte auf dem Planeten Caralis, bestand aus einer Gruppe großer Inseln, die sich vom Äquator bis hoch in den Norden zur arktischen Tundra erstreckten. Mullins hätte sich gewünscht, weiter südlich stationiert zu sein, wo es wärmer war. Aber so war das Leben in der Legion.

Der Sergeant schritt an der Reihe der Panzer vorbei – mittelschweren Liberator-Gravpanzern und Viper-GMTs, die die Zähne dieser Zenturie bildeten. Eigentlich hätten es drei Panzer und sechs gepanzerte Mannschaftstransporter sein sollen, aber Verluste während der Schlacht hatten die Kampfkraft der Zenturie auf einen Panzer und vier GMTs reduziert. Die verbliebenen Fahrzeuge trugen die Narben kürzlicher

Schlachten, und an allen mußten Reparaturen durchgeführt werden.

Seinem eigenen Liberator waren große Teile der Titanpanzerung abgerissen worden. Er hatte Glück gehabt, daß der letzte TOG-Treffer, eine 100-mm-Hammerkopfsalve, sie nicht alle während der Schlacht von Kemmlar Basin erledigt hatte. Der Schild an der Seite seines Geschützturms war bereits beschädigt gewesen, als die Salve ihn traf. Eine Mikrosekunde später, und der Schuß hätte sich durch den ballistischen Schutz gegraben und wäre im Inneren des Turms explodiert. Entweder wäre der Richtschütze oder der Kommandant draufgegangen. Mullins zuckte die Achseln. Das war der Grund, warum die Panzertruppe immer besonders geachtet wurde.

Ein Rinnsal bahnte sich den Weg in seinen Kampfanzug. Der Tropfen sammelte sich im Nacken, wurde größer und größer und rieselte dann den Rücken hinab. Da die Kampfanzüge ebenso bequem wie die Arbeitsanzüge waren, trugen die Panzerfahrer sie eigentlich immer. Zwar waren sie dazu entworfen worden, vor der brennenden Hitze, die einem Treffer folgte, zu schützen, aber leider erwiesen sie sich nicht als wasserdicht. Allerdings waren sie so klug gemacht, daß sie das Wasser von Kopf und Schultern in die Stiefel leiteten. Mullins zerrte an den Hosenbeinen und zog den Stoff vom Körper weg.

Er schritt zwischen den aus dem Rumpf seines Liberators hervorragenden Waffen durch und kletterte über den leeren TVLG-Geschoßständer. Es gab eigentlich keinen Grund, warum er sich hier aufhielt. Es wurde nicht gearbeitet, aber er fühlte sich hier wohler als in der Kaserne. Der aus neun Männern bestehende Zug – drei Mann Besatzung pro Fahrzeug – war während des letzten Auftrags auf drei Leute geschrumpft. Sein eigener Fahrer war verwundet und evakuiert, die übrigen Panzer zerstört worden. Nur einer der sechs Männer überlebte. Die Kaserne stand ebenfalls leer und blieb mit den Erinnerungen an jene gefüllt, die in den Kampf gezogen und nicht zurückgekehrt waren. Bis Ersatz eintraf, würden diese Geister die Unterkunft nicht verlassen. Natürlich gehörte das mit zu den Tatsachen des Soldatenlebens, und niemand wußte das besser als Lucifer Mullins.

Die Ersatzgruppe sollte jeden Augenblick eintreffen, und er hoffte, daß der Zug ein paar gute Leute bekam. Seit sechzehn Jahren hatte er in verschiedenen Einheiten der Rebellenlegion gedient, und ihm schien, als verringere sich die Qualität der Kämpfer ständig. Ganz besonders während der letzten Jahre. Vielleicht bin ich schon zu alt, um noch Zugsergeant sein zu können, dachte er. Mit vierunddreißig sollte ich mich langsam nach einem Job im Kohortenstab oder in der Manus umsehen.

Ersatztruppen bedeuteten ihm nicht viel; er hegte keine besonderen Gefühle für diese Leute. Er selbst mußte ebenfalls als Ersatzmann dienen. Die Überlebenden des Zuges würden zusammen mit anderen Überlebenden auf einen entfernten Planeten ausgeflogen werden, wo sie den Kader einer neuen Manus Prima-Einheit bilden würden. Er mußte sich von mehr als nur seinem Panzer verabschieden.

Mullins öffnete das Vorderteil des Kampfanzugs und wühlte nach seinen Zigaretten. Er fand sie in der Innentasche, als er die Packung aber herauszog, war sie völlig durchnäßt. Die Zigaretten hatten sich aufgelöst, Papier und Tabak waren zu einer körnigen Masse geworden. Es gab keine Hoffnung, noch etwas davon retten zu können. Langsam zerquetschte er die Packung mit der rechten Hand und beobachtete mißmutig, wie braunes Wasser durch seine Finger rann. Jahrelange Gewohnheit hielt ihn davon ab, das Päckchen auf den Boden zu werfen; jemand anderes müßte es dann später wieder aufheben. Er stopfte es wieder in die Innentasche und schloß den Anzug.

Er zog die dicken, schwarzen, selbstgerollten Zigarren vor, aber sein Tabak- und Papiervorrat war bei dem letzten Einsatz verlorengegangen. Er hatte die Sachen in einer verschlossenen Kiste gelagert, die er an das Deck der Kabine des Liberators geschweißt hatte. Nachdem der Geschützturm zerstört worden war, hatte ein Laser die Kiste getroffen und den Inhalt augenblicklich verbrannt. Das war auch noch etwas, was das TOG ihm schuldete. Tabak von solcher Qualität war nur schwer zu bekommen, und bis jetzt hatte Mullins keinen Ersatz gefunden.

Mullins zog sich auf den Turm hinauf und drehte an dem Rad, das die Kommandantenluke verschloß. Die Luke war von einem 7,5/6-Laser getroffen worden, der sie von hinten angekratzt hatte. Der Schaden war nicht schwerwiegend, ließ das Rad aber nur knarrend in Gang kommen, als es die Klammer von der Luke zog. Dann klappte die mit einer Sprungfeder versehene Luke auf, und Mullins riß sie hoch und sicherte sie ab. Die vollständig geöffnete Luke konnte sich nicht versehentlich schließen, aber das jahrelange Training hatte diesen Handgriff zur Routine werden lassen. Er hatte einmal gesehen, wie eine ungesicherte Luke einem unvorsichtigen Kommandanten auf die Finger gefallen war, während der Panzer manövrierte. Jener Mann kommandierte keinen Panzer mehr. Trotz der fortgeschrittenen Bionik war eine künstliche Hand kein Vorteil, wenn man einer Panzercrew angehörte.

Der Geruch des Fahrzeuginneren drang ihm in die Nase, und sofort lief ein Lächeln über seine harten Züge. Der Geruch eines Panzers war etwas Besonderes. Ob sie nun brandneu, gerade aus der Werft gekommen oder aber alte Schlachtveteranen waren – sie rochen immer gleich. Es war eine Mischung aus Kabeln, Hydraulik, kristalliner Titanpanzerung und Schweiß. Er würde den Geruch überall wiedererkennen, sogar im Schlaf – ja selbst, wenn er tot wäre. Panzergeruch. Er liebte ihn. Es war der Geruch von Kraft und Geschwindigkeit, Gewalt und Tod. Für Mullins bedeutete der Einstieg in einen Panzer das gleiche, wie wenn er durch die Haustüre ins Haus trat. Im Inneren des Panzers war es kalt. Da man die Fusionsenergiekomponenten entfernt hatte, war der Panzer ein lebloses Objekt. Nichts als 273 Tonnen Titan, Stahl, keramische Schutzelemente und Kabel. Noch dazu schlüpfriger Stahl. Regen war in die Kabine eingedrungen, und ein feiner Dunstschleier lag über dem Innenraum. Mullins schob seine 110 Kilogramm durch die enge Luke in den Geschützturm. Er wischte das Fadenkreuz-Teleskop mit dem rechten Ärmel ab. Durch die fortschrittlichen Spürsysteme des Liberators waren die optischen Instrumente nicht mehr ganz so wichtig, aber wenn alles andere versagte, konnte man sich auf die Augen verlassen. Solange Kommandant und Richtschütze einsatzbereit waren, war auch der Einsatz der optischen Instrumente möglich.

Mullins drehte an dem Sichtrad, um das über dem Geschützturm angebrachte Teleskop zu drehen. Manuelle Kontrolle gehörte zu den Anachronismen der hochtechnisierten Welt. Aber wie auch die optischen Instrumente war sie soldatensicher. Mullins betrachtete den Fuhrpark und sah die anderen Fahrzeuge verschwommen im dunstigen Regen stehen. Plötzlich erstarrte er und drehte dann an dem Rad, um das Teleskop wieder zurückzubewegen. Irgend etwas hatte sich zwischen den Fahrzeugen bewegt. Er hatte es nicht genau erkennen können und glaubte einen Augenblick lang, er hätte es sich nur eingebildet.

Langsam drehte er das Teleskop und versuchte angestrengt, etwas zu entdecken. Beweg das Teleskop. Untersuche den Vordergrund. Untersuche die Mitte. Untersuche den Hintergrund. Beweg das Teleskop.

Wiederhole das Ganze. Da war etwas. Beinahe an der Grenze des Sichtfeldes regte sich eine Gestalt.

Die Linse des Teleskops wurde durch eine Metallhülle geschützt, aber der Regen war eingedrungen und verzerrte das Bild ein wenig. Mullins preßte das Auge gegen die Linse. Jemand stand auf einem der Liberatoren am unteren Ende der Reihe. Der Sergeant konnte nicht erkennen, wer es war oder was die Person tat, aber auf jeden Fall war dort jemand. Er überprüfte die Azimutanzeige, um das Ziel zu finden, wenn er durch die Kommandoluke kletterte. 1650 Strich.

Er steckte den Kopf durch die Luke und schaute nach rechts. Die lange Reihe der Liberatoren und der Vipern erstreckte sich im Dunst und verschwand im Dämmerlicht. Zuerst konnte er sein Ziel nicht entdecken. Er wiederholte die Prozedur: Vordergrund, Mitte, Hintergrund. Er konzentrierte sich auf die Suche und nicht auf ein bestimmtes Ziel.

Da war es! Kaum sichtbar im Nebel und Regen; eine Gestalt, die auf dem Geschützturm eines Liberators hockte.

Mullins rieb sich die Augen und spähte in die Dunkelheit; seine schweren Kiefer verspannten sich. Niemand hatte um diese Zeit hier etwas zu suchen. Und schon gar nicht dort hinten. Dort standen diejenigen Panzer, die bereits völlig überholt und einsatzbereit waren. Jetzt sollten die Panzer gesichert und geschützt sein, bis die Kommandanten sie wieder in Empfang nahmen.

Mullins kletterte aus der Luke und behielt die weit entfernte Gestalt im Auge. Wenn er auf den Boden sprang, würde er sein Ziel verlieren, aber dagegen war nichts zu machen. Er schloß und sicherte die Luke, nahm aber den Blick nicht von seiner Beute. Dann glitt er nach unten.

Sobald seine Füße den Boden berührten, rannte er von den Panzern fort, um besser sehen zu können. Er hatte sein Ziel verloren. Er rieb sich die Feuchtigkeit aus den Augen und lief die Reihe der Panzer entlang. Niemand. Er war nicht sicher, welcher Liberator es gewesen war, aber er hatte ziemlich am Ende der Reihe gestanden. Er sah sich nach seinem eigenen Gefährt um und versuchte, die Entfernung abzuschätzen. Das kommt ungefähr hin, dachte er. Um ganz sicherzugehen, ging er noch zwei Panzer zurück und kletterte auf einen Geschützturm.

Mullins bemühte sich, die Stellung einzunehmen, die der andere Mann innegehabt hatte. Er blickte umher, unsicher, wonach er suchte. Alles schien in Ordnung zu sein. Er sprang zum nächsten Panzer, der einen Meter entfernt stand. Er suchte, aber wieder war nichts zu erkennen. Das gleiche beim dritten Panzer. Und beim vierten. Erst beim fünften Panzer entdeckte er etwas.

Noch bevor seine Stiefel das Deck berührten, sah Mullins die Fußabdrücke eines anderen Stiefelpaars, die sich unter dem stetigen Regen verwischten. Er stand völlig still und untersuchte das Deck und die Seite des Turms. Neben der 50-mm-Kanone erblickte er die Abdrücke von Knieschützern, wo der Mann auf dem Rumpfdach gekniet hatte.

Mullins suchte den Kanonenaufbau mit forschenden Blicken ab. Nach sieben Jahren auf dem Liberator wußte er, wie es dort aussehen mußte. Er besorgte die meisten Wartungen selbst, weil er kein Vertrauen dazu hatte, wenn andere an seinem Panzer herumfummelten. Zuerst bemerkte er nichts Ungewöhnliches und wollte schon gehen. Halt. Ihm fiel doch etwas auf. Er sank in die Knie, um besser sehen zu können. Nichts. Vorsichtig wandte er den Kopf, nahm den Blick von der Kanone und versuchte, den Blickwinkel festzustellen, den er vorhin innegehabt hatte. Da war es wieder. Diesmal war er sicher und wußte, wo er suchen mußte. Dort, am Fuß des Aufbaus, wo die Magnetspulen des

Beschleunigers mit dem Hebemechanismus verbunden waren, spannte sich ein hauchdünner Kupferdraht. Mullins bückte sich, um ihn zu untersuchen. Der Draht verschwand in der oberen Beschleunigerspule. Da stimmte etwas nicht.

Mullins versuchte die Schraube mit den Fingern zu lösen, aber sie war fest angezogen. Er hatte – verbotenerweise – Werkzeug in seinem Panzer und lief zurück, um es zu holen. Dann löste er die Schraube. Der feine Kupferdraht war um den Fuß der Beschleunigerspule gewickelt worden. Eine hinterhältige Tat. Vielleicht würde die Kanone noch einige Male feuern. Aber früher oder später, wahrscheinlich während einer Schlacht, wenn der Kanonier Schnellfeuer aufnahm, würde der Kupferdraht sich erhitzen und schmelzen. Sobald das geschmolzene Kupfer auf die Spule traf, würde diese durchbrennen und die Kanone ausschalten.

Es bestand die Möglichkeit, daß dieser Defekt tödliche Folgen haben würde, aber selbst wenn die Mannschaft überlebte, gäbe es keinen Hinweis darauf, was das Unglück herbeigeführt hatte. Das Kupfer wäre längst mit der Spule verschmolzen, und nur ein erfahrener Techniker, der wußte, wonach er suchen mußte, konnte den Grund des Unfalls herausfinden.

Mullins fühlte einen eisigen Klumpen im Magen. Im letzten Kampf hatte seine eigene 50-mm-Kanone versagt. Er hatte überlebt, aber nur knapp. Mullins ging zu seinem Panzer zurück und betrachtete die Magnetspulen des Massebeschleunigergeschützes. Die Spule des oberen Beschleunigers war durchgebrannt. Er hob sie heraus und überprüfte sie genau. Im Dämmerlicht konnte er nichts entdecken. Dann untersuchte er das Gewinde der Schraube. Dort, in die Windungen gequetscht, sah er schwache Kupferpartikel. Auch seine Kanone war sabotiert worden. Langsam stieg Wut in ihm auf, als er sich vorstellte, was er mit demjenigen, der dies gemacht hatte, tun würde, wenn er ihn je in die Hände bekam.

Hastig ließ er den Blick über den Fuhrpark gleiten. Es war niemand zu sehen, aber er fühlte, wie sich ihm die Nackenhaare sträubten. Wem kann ich es erzählen? dachte er mit plötzlicher Beunruhigung. Wem kann ich vertrauen? Bei allem, was er tat, mußte er sehr, sehr vorsichtig sein. Das beste würde sein, alles selbst zu überprüfen, zuerst seinen Panzer, dann die anderen des Zuges. Es mußte in aller Stille geschehen, nachdem die Zenturie neu ausgerüstet war. Vor ihnen lag eine Trainingsperiode. Also hatte er Zeit, alles zu erledigen. Aber würde er Sabotage erkennen, wenn er sie sah? Was konnte noch passieren?

Mullins setzte die Teile der Kanone wieder ein und verließ den Fuhrpark. Die Kaserne war dunkel und ruhig, als er zurückkehrte; das einzige Geräusch war das sanfte Schnarchen eines Mannes. Das mußte Mastati Franklin Grouse sein, der Richtschütze seines Panzers. Grouse war ein fähiger Kanonier und ein guter Kämpfer, aber in der Kaserne schien er nichts zu tun, außer zu essen und zu schlafen. Vielleicht war er wie das legendäre Kamel und hortete Nahrung und Ruhe, um beides zu nutzen, wenn die Zeit gekommen war.

Mullins warf sich auf sein Bett und starrte an die Decke. Er hörte die leise Musik, die aus der Snackbar der Kohorte am Ende der Straße drang, hin und wieder auch Gelächter. Er mußte nachdenken. Gefahr umgab ihn, und das üble Gefühl im Magen verschwand einfach nicht. Wer auch immer Sabotage betrieb, war ganz sicher nicht allein. Es mußte mehr dahinterstecken als ein einzelner Mann, der 50-mm-Kanonen zerstörte. Die Ersatztruppe würde, nein, mußte neue Männer haben, die über jeden Verdacht erhaben waren. Vielleicht konnte er ihnen vertrauen.

Dann durchzuckte Mullins ein anderer, schlimmerer Gedanke. Wenn man hier auf der Basis in Rolandrin nicht sicher war, was sagte das über die Bedingungen anderswo auf Caralis aus?

Er trug noch immer den feuchten Overall, als er eine Stunde später endlich in einen unruhigen Schlaf fiel.

7

Windsor, Wayne County
Commonwealth
14. Oktober 6830

SONDERBEFEHL 6824-663
Second Lieutenant Roglund I. Karstil, 005-997-4242, wird zum Assistenzverwaltungsoffizier des Amts für öffentliche Angelegenheiten in Wayne County ernannt.
Der oben genannte Offizier hat sich sofort an seinem neuen Einsatzort zu melden. Verzögerungen sind nicht gestattet. Vorschuß oder Reisekostenvergütung sind nicht genehmigt. Dem Offizier ist nicht gestattet, in einem Zivilfahrzeug zu reisen.
Auf Befehl des Kommandeurs
Follansbee L. Paternoster
Colonel, AÖA, Direktor
/g/ Jovannus A. Glabinus
Major, Adjutant

»Dieses Amt«, erklärte der Mann stolz, »beschäftigt sich mit den öffentlichen Angelegenheiten, die nicht in den Aufgabenbereich einer anderen Abteilung fallen. Daher sind wir diejenigen, durch die alle Informationen über die Truppen des Commonwealth an die Öffentlichkeit gegeben werden. Obwohl die Commonwealth-Armee der Regierung untersteht und unser Budget und unsere Pflichten vom Kabinett bestimmt werden, gibt es Augenblicke, in denen es von größtem Interesse für die Armee ist, daß den Kabinettsmitgliedern die Wichtigkeit unserer Dienste nahegebracht wird. Ob es uns gefällt oder nicht: Wir befinden uns im Wettstreit mit der Flotte, wenn es um die recht begrenzten Geldmittel geht. Würde es nach der Flotte gehen, würde man die Armee unter den Oberbefehl des Großmarschalls der Flotte stellen und nur als zweitrangig einstufen.«

Colonel Follansbee Paternoster, Kommandant des Amts für öffentliche Angelegenheiten in Wayne County, starrte aus dem Fenster, den Rücken seinem neuen Assistenten zugewandt. »Es ist eigentlich unwichtig, was nun stimmt«, meinte er und wandte sich dem Offizier zu. »Der äußere Schein zählt. Und damit befassen wir uns. Wenn das Kabinett sieht, wie rege, intelligent, vorbereitet und professionell wir sind, erhalten wir unsere Gelder bewilligt. Und genau das ist Ihre Aufgabe, Second Lieutenant Karstil. Sie werden uns helfen, diese Gelder zu bekommen.«

Und so war es. Innerhalb weniger Monate produzierte Karstil so viele Pressemeldungen, daß er am Ende gut genug schrieb, um sie auf Anhieb genehmigt zu bekommen. Die Arbeit war nicht so langweilig wie die in der Finanzbehörde und nicht so reglementiert wie der Posten als Generalsassistent. Wenn man es recht bedachte, mochte dies der richtige Posten für ihn sein, sagte er sich. Vielleicht. Jetzt war der große Tag gekommen. Das Kabinett und das Parlament hatten über die Finanzen des nächsten Jahres debattiert. Die Flotte hatte eine Vorführung gezeigt, die einige der Politiker sehr beeindruckt hatte, und die Geldzuteilung hing in der Luft. Jetzt bekam die Armee die Gelegenheit, die Mächtigen auf sich aufmerksam zu machen, denn eine große Anzahl VIPs würde an der bevorstehenden Zeremonie teilnehmen, die den Abschluß der Grundausbildung darstellte. Obwohl es überall im Commonwealth Grundausbildungsprogramme gab, war dasjenige von Wayne County als Vorzeigeprogramm ausgewählt worden.

Roglund Karstil hatte während seiner kurzen Karriere als Commonwealth-Offizier an einer solchen militärischen Zeremonie teilgenommen. Der Abschluß der Grundausbildung und der Offiziersakademie waren äußerst eindrucksvoll gewesen, und er hatte die gefilmten Berichte darüber anschließend in den Nachrichten gesehen. Er war stolz, Teil dieser Darbietungen gewesen zu sein. Jetzt fand er heraus, welch harte Arbeit es war, diese visuellen Eindrücke zu schaffen.

Einen guten Eindruck zu machen war ebenso wichtig für die Moral der Truppe wie für den Einfluß auf die hohen Besucher. Die Soldaten würden stolz auf ihre Armee sein. Karstil war nicht ranghoch genug, um sich viel aus den Würdenträgern zu machen, aber er hielt sehr viel von einer guten Vorführung. Er erinnerte sich bestens daran, wie stolz er gewesen war, als er nach bestandener Grundausbildung inmitten der Truppe an den hohen Offizieren vorübermarschiert war; die Flagge flatterte im Wind, die Kapelle hatte den Marsch der Armee gespielt.

Nach der Zeremonie würden die Rekruten zur Spezialausbildung oder ins Offiziersausbildungsprogramm geschickt werden. Unter den Anwärtern für die Offiziersakademie befand sich die Tochter des Kabinettsmitgliedes Cobalatus Drango. Auch wenn er eine Tochter in der Armee hatte, war Drango kein eifriger Befürworter der Armee oder der Commonwealth-Flotte. Aber er war Mitglied des Verteidigungskomitees und ein wichtiger Mann des Kabinetts. Und genau dies war die Möglichkeit, jemanden zu beeindrucken, von der Colonel Paternoster gesprochen hatte.

Zu Karstils Pflichten gehörte auch die Betreuung des brandneuen Besucherzentrums und des dazugehörigen fünfundzwanzig Stockwerke hohen Hotels. Der Thermoplexturm, der den ganzen Bereich um achtzig Meter überragte, war mit Abstand das größte Gebäude der Umgebung. Von den oberen Stockwerken aus, die man mit transparenten Gravaufzügen erreichte, konnte man den Paradeplatz und das Truppengelände gut überblicken. Der einundzwanzigste Stock war für besondere Besucher gedacht und bestand aus einer einzigen Suite, die das ganze Stockwerk einnahm. Der Hauptraum ging über die ganze Länge einer Wand, und ein besonderer Thermoplexblock war entworfen worden, damit die Fensterreihe nicht unterbrochen wurde. Es schien, als würde man 60 Meter über dem Boden schweben.

Jeder Präsident, jeder Graf und jedes Kabinettsmitglied, das während seines Besuchs die Suite bewohnt hatte, war begeistert davon gewesen. Obwohl Kabinettsmitglied Drango nicht der höchstrangige der Besucher war, hatte ihm Karstil aus strategischen Gründen diese Räume zugewiesen.

Am Abend vor der Zeremonie fand ein Empfangsmahl statt, und Karstil war mit den Besonderheiten und der Planung betraut worden. Stundenlang besprach er das Menü mit dem zuständigen Steward. Es würde aufsehenerregend werden, und Karstil war sicher, daß alles perfekt ablief. Keine weiteren Mißgeschicke mehr. Der Steward und seine Leute hatten sich selbst übertroffen und ein besonderes Rezept für Appetithappen ausprobiert, die aus importierten Bansipilzen bestanden, die mit einer Masse aus Brot, Zwiebeln, Paprika und winzigen Lubinkrabben gefüllt wurden. Karstil hatte das gesamte Lebensmittelbudget aufgebraucht, um diese kleinen Delikatessen einzukaufen, und er entschied, den Häppchen eine Grünwurzelsuppe, gegrillte Staedlerochsenseitensteak, Röstkartoffeln, feine Bohnen und einen grünen Salat mit heißem Ginseng-Dressing folgen zu lassen. Zum Dessert würde es eine Mischung aus exotischen Eiskremsorten und Sahne geben, die mit Nüssen und Peltanfrüchten garniert war. Das Mahl war nicht nur besonders köstlich, sondern bot auch einen außergewöhnlichen Anblick.

Er sorgte ebenfalls dafür, daß die Presse ausführlich über das Mahl und die Zeremonie berichten würde. Wenngleich ein paar der neuen Sender dem Militär und seinem hohen Kostenaufwand mißbilligend gegenüberstanden, nahm Karstil an, daß sie nichts Schlechtes berichten konnten, wenn man sie zu dem Empfang einlud. Er vermutete, daß dies den hochrangigen Gästen gefallen würde. Besonders wichtig war Judith Westover von GHTY. Sie war die Anführerin der Anti-Armee-Fraktion. Von ihrem Ehrenplatz aus nahe den lächelnden Würdenträgern würde sie sicher Schwierigkeiten damit haben, eine unfreundliche Reportage zu bringen.

Der große Augenblick war da. Als unbedeutendes Amtsmitglied befand sich Karstil nicht unter den Offiziellen, die die Würdenträger begrüßten. Er hielt sich im Hintergrund und beobachtete, wie seine Arbeit Früchte trug. Ohne Zwischenfälle bewegte sich die lange Reihe der Wagen und Eskorten auf das Besucherzentrum zu. Karstil, der das ungewohnte Gefühl des Erfolgs verspürte, kehrte in sein Büro zurück.

Zwei Stunden später befand er sich noch immer dort und schmiedete Pläne für das bevorstehende Filmen der Absolventen. Die ganze Zeit verspürte er die Genugtuung, endlich gute Arbeit geleistet zu haben. Die Holovidkameras würden an strategisch wichtigen Punkten plaziert werden, um Sedgia Drango zu zeigen, wenn sie vorübermarschierte. Da sie ein recht großes – um nicht zu sagen plumpes – Mädchen war, war es wichtig, sie aus dem richtigen Winkel aufzunehmen. Karstil machte sich verschiedene Notizen und pfiff fröhlich vor sich hin.

Plötzlich fiel ihm ein unangenehmer Geruch auf, und er blickte auf, um die Quelle festzustellen. Irgendwer hatte sich übergeben, ganz in der Nähe. Er zuckte die Schulter und konzentrierte sich wieder auf die Notizen, aber der Geruch wurde immer durchdringender und füllte schließlich den winzigen Raum völlig aus. Jetzt wurde es Karstil zuviel, und er entschied, daß der Sergeant im Vorzimmer etwas dagegen unternehmen mußte. Er erhob sich vom Schreibtisch und ging zur offenen Tür.

Im gleichen Moment füllte die imposante Gestalt Colonel Paternosters die Öffnung. Der Mann sah entsetzlich aus. Er zitterte am ganzen Körper. Das Gesicht war feuerrot, die Augen quollen ihm aus den Höhlen, seine Lippen waren schaumbedeckt. Die Uniform war verschmutzt. Große Flecken von Erbrochenem verunzierten die Jacke.

Karstils Augen weiteten sich vor Entsetzen, als er etwas am Kragen des Colonels entdeckte, das wie ein halbzerkautes Stück Wurst aussah. Paternoster hatte sich das Gesicht abgewischt, aber noch immer klebte etwas von der gräulich-grünen Flüssigkeit an seinem linken Ohr. Violette Kratzspuren liefen über seinen Hals.

»Sie Dummkopf!« brüllte er. »Der einzige Grund, warum ich Sie nicht umbringe, ist der, daß ich eventuell noch so etwas wie eine Karriere vor mir habe. Nur noch sechs Monate bis zur Pensionierung, mehr bleibt mir nicht. Ich könnte Sie auf der Stelle ermorden!«

Karstil war sprachlos. Ihm war heiß geworden, und er zog sich in sein Büro zurück, wobei er die Tür weit aufriß. Die Sergeanten im Vorzimmer würden ihm Schutz vor dem anscheinend rasenden Mann bieten. Er blickte sich schnell im Zimmer um und suchte nach einem schweren Gegenstand, den er notfalls zur Verteidigung benutzen konnte. »Sir, ich verstehe nicht ...«

Colonel Paternoster trat ein paar Schritte vor, die Beine durchgedrückt, die Fäuste geballt. Wieder trat ihm Schaum auf die Lippen, und der keuchende Atem verteilte ihn teilweise auf der verdorbenen Uniform. »Ak, Ak, Ak«, prustete der Colonel mit bebendem Adamsapfel. »Sie hat mich angesprungen wie eine

Wildkatze.« Die Worte spritzten nur so aus ihm heraus und klangen eher wie: »Sie hamich angeschprunen wie eie Wilkasse.«

Karstil fiel auf, daß die Augen des Colonels hin und her rollten. »Was ist los, Sir? Was sagen Sie da?«

»Akr, Akr, Akr. Lady Drango hat sich übergeben – über mich.« Der Colonel fuchtelte mit den Armen wie ein verwirrter Vogel, der verzweifelt versuchte, irgendwo zu landen. Das Gesicht Sergeant Connors erschien im Türrahmen, bleich vor Angst.

»Was ist, Sir? Was ist los?«

Karstil zog sich noch ein Stück zurück und brachte den Schreibtisch zwischen sich und dem Colonel.

»Akrophobie!« Das Wort schoß aus dem Mund des Mannes, ein wenig Speichel flog auf Karstil zu, der sich noch rechtzeitig ducken konnte.

Paternoster konnte nicht sprechen, sich nicht bewegen. Sein Körper war völlig erstarrt. Die Augen, die sich unabhängig voneinander bewegten, rollten nach oben. Der Kopf fiel zurück, dann die Schultern, dann der restliche Körper, und er sank in die Arme des Sergeanten.

Lange Zeit waren sowohl Karstil als auch Sergeant Connor zu entgeistert, um sich zu bewegen. Schließlich hockte sich Karstil neben den Colonel, um dessen Krawatte zu lockern. Es war plötzlich sehr heiß im Zimmer.

»Was, zum Teufel, war das?« verlangte Karstil zu wissen, als zwei Sanitäter durch die Tür gerannt kamen, um sich um den Kranken zu kümmern.

»Akrophobie, Sir. Höhenangst. Cobalatus Drangos Frau hat Höhenangst. Das steht in ihrer Akte.«

Karstil fühlte, wie ihm das Herz in die Hose fiel. Er rieb sich die Stirn. Die Akte! Er hatte nie hineingesehen, nie darüber nachgedacht, daß sie überhaupt greifbar war. Er drehte den Computerterminal herum, um selbst nachzusehen.

»Ja, Sir. Wir haben eine Akte über alle VIPs im System«, merkte Sergeant Connor sachlich an. »Entweder unsere eigene oder eine, die aus der Datenbank stammt. Da steht alles mögliche Komische über diese Leute drin.«

Mit wütendem und enttäuschtem Gesicht warf Karstil dem Sergeanten einen schnellen Blick zu. Sicher, der Mann hatte recht. Da war es, auf dem Monitor. Jede Art von Hintergrundinformation über Drango, seine Frau, die Kinder. Er las und las, erstaunt über die umfangreichen Angaben. Während er vor sich hinstarrte, merkte er, wie ein weiterer Posten an ihm vorüberflog.

Als er aufhörte, war er gerade bei den medizinischen Angaben der Familie angelangt.

»Julianna Drango (geborene Sobitor); Akrophobie.« Genau darunter stand der Eintrag: »Cobalatus Drango; anaphylaktische Reaktion auf *C. vulgaris* und ähnliche.«

»Sergeant, was bedeuten ›anaphylaktisch‹ und ›C. vulgaris‹?«

»Ich weiß nicht, Sir. Wir haben ein Wörterbuch.«

Karstils Blut begann beim zufriedenen Tonfall des Mannes zu kochen, aber unter den gegebenen Umständen konnte er wenig erwidern. Schweigend wandte er sich dem Computerwörterbuch zu.

»Ana-phy-lak-tisch *Adj. Pathol.* Stark anfällig für toxische Mittel, nachdem eine anfängliche Dosis in die Blutbahn gerät. Die Behandlung muß sofort erfolgen. Viele der Opfer sterben, bevor ein Gegenmittel verabreicht werden kann ...«

Das verhängnisvolle Gefühl kehrte zurück und brannte Karstil im Magen. Dann tippte er ›C. vulgaris‹ ein.

Der Computer bedachte die Angabe und antwortete: »Weitere Informationen notwendig.«

Karstil dachte einen Augenblick lang nach. Er hatte

keine Ahnung, was C. vulgaris war, aber er vermutete, es könne mit etwas Eßbarem zusammenhängen. Er fügte den Angaben das Wort ›Nahrung‹ hinzu.

»C. (Crago) vulgaris *f. Biol.* Jedes der vielen kleinen, langschwänzigen, hauptsächlich im Meer lebenden Schalentiere (Gattung *Crago*), die eßbare Krabbe inbegriffen.«

»Krabben! Er hat eine Krabbenallergie!« Karstil sprang auf und starrte auf den Chronometer an der Wand.

»Sir?«

Karstil stürmte an Sergeant Connor vorbei zur Tür. »Das Bankett! Mein Gott, es wird ihn umbringen!«

Der Empfang hatte um 1800 begonnen. Das bedeutete, daß man sich jeden Augenblick zum Essen setzen würde. Er rannte den Gang entlang.

»Offiziere«, sagte Sergeant Connor kopfschüttelnd und nahm sich eine Zigarre.

Das Besucherzentrum lag nur 100 Meter von Karstils Büro entfernt. Er rannte, so schnell er konnte, und drängte sich durch die dichte Menge der Reporter vor der Tür. Eine Journalistin sprach gerade in die Kamera, als Karstil vorbeilief.

»... und das waren die Nachrichten aus ...« Sie konnte den Satz nicht beenden.

Holovidzuschauer, die überall auf dem Planeten live zuschauten, sahen, wie die Berichterstatterin von einem rasenden Offizier umgerannt wurde. Sie fiel gegen eine Topfpflanze. Die Frau versuchte, auf den Beinen zu bleiben, und hielt sich an den Blättern fest. Fast war sie wieder im Gleichgewicht, als die Pflanze mitsamt dem Topf und der Reporterin hintenüberkippte und in den Brunnen vor dem Empfangssaal fiel.

Inzwischen stürzte Karstil in den Speiseraum, der mit schimmerndem Kristall und erlesenen Stoffen geschmückt war. An der VIP-Tafel waren ein paar Generäle und ihre Begleiterinnen gerade dabei, sich an den reichgedeckten Tisch zu setzen. Das Kabinettsmitglied Drango war ein großer, grimmig aussehender Mann in prunkvoller Abendkleidung. Die blasse Dame an seiner Seite war seine Gattin.

Der Kellner, der die heiße Suppe hereintrug, hatte überhaupt keine Chance. Als Karstil in ihn hineinrannte, sah er die Terrine einen eleganten Bogen beschreiben und auf den Kopf einer Frau zusegeln. Karstil nahm das hochaufgetürmte Haar wahr, die kostbare Kette, und er wußte, es war zu spät.

Er raste weiter.

Jetzt erblickte er Drango, der etwas zum Mund führte. Als der Ehrengast innehielt, um ein paar Worte an den neben ihm sitzenden General zu richten, bewegte sich die Gabel näher und näher auf den Mund zu. Der Mund war geöffnet, bereit, den zarten, überaus kostbaren Happen aufzunehmen.

Mit einem Aufschrei warf sich Karstil über den Tisch. Der Mund schloß sich um den Bissen. Das Gesicht wandte sich Karstil zu; Entsetzen und Staunen stand in den Augen. Mit einem letzten, verzweifelten Hieb schlug Karstil Drango die Gabel aus der Hand. Dann fiel er kopfüber in die kostbaren Weingläser, das Silbergeschirr, das Porzellan und den Blumenschmuck. Ohne es verhindern zu können, schlitterte er die halbe Länge des Tisches entlang, an entgeisterten Offizieren, Würdenträgern und Damen vorbei, die ihn mit offenen Mündern anstarrten. Am Ende des Tisches stand eine Topfpflanze. Unfähig, seiner Reise rechtzeitig ein Ende zu bereiten, knallte Karstil mit dem Kopf gegen das große Porzellangefäß. Dann umfing ihn gnädige Dunkelheit.

8

Windsor, Wayne County
Commonwealth
15. Oktober 6830

Steif und formell, angetan mit ihren silbrigen Galauniformen, versammelten sich die fünf Offiziere der Commonwealth-Armee um den in sanftes, weißes Licht getauchten Tisch der Offiziersmesse. Auf dem silbernen Tablett standen Cognacschwenker und eine Karaffe mit Napoleon-Cognac, der von einem flugunfähigen erbeuteten TOG-Schiff stammte. Es gab ein paar Dinge, die das Commonwealth nicht nachahmen konnte, egal, wie sehr man es auch versuchte, und der Napoleon-Cognac gehörte dazu. Die Offiziere hoben die Gläser und zogen die gepolsterten Stühle zu der wandgroßen Thermoplexsichtscheibe hinüber.

Die kurze Nacht von Windsor brach an, die blauen Sterne senkten sich über den Rand der Berge. Die darunterliegende Ebene war von langen Schatten überzogen, die gegen die ockerfarbene Landschaft violett wirkten. Windstöße trieben Blätter über den Paradeplatz und zwischen den flachen Gebäuden umher.

»Dieses Treffen – natürlich ganz informell und inoffiziell – findet statt, um zu entscheiden, was wir betreffs Second Lieutenant Roglund Karstils unternehmen können.« General Wastun FelFarnuth bedeutete den anderen vier Offizieren, Platz zu nehmen. »Die Taten dieses Mannes zerren an der Glaubwürdigkeit der Armee. Sie alle hatten schon einmal mit ihm zu tun. Sie haben Kopien der Berichte seiner Aktivitäten, und ich denke, Sie haben sie gelesen. Am besten gehen wir der Reihe nach vor. Brigadier Foldinus, Sie waren der erste, dem Karstil begegnet ist. Was haben Sie zu sagen?«

Brigadier Quentus Foldinus, der Karstil als Assistenten für General Beldarnus vorgeschlagen hatte, rutschte tiefer in seinen Stuhl. Normalerweise war der General nicht nachtragend, aber er hatte Foldinus nicht gestattet, Karstil zu vergessen. Wann immer Foldinus eine Empfehlung aussprach, schaute Beldarnus ihn an und erkundigte sich nach der Karriere seines früheren Assistenten. Foldinus hatte keine Ahnung, wie Beldarnus über Karstil dachte, aber er selbst besaß keinerlei angenehme Erinnerung an den jungen Mann.

»Karstil ist eine Bedrohung, General. Nichts anderes. Und wenn ich ihn nie wiedersehen würde, wäre mir das immer noch zu früh.« Foldinus starrte durch die Thermoplexscheibe auf die grau-blauen Wolken, die über den Abendhimmel glitten. »Wenn ich ihn vor Gericht bringen könnte, würde ich das tun. Aber das wäre nicht gut für den Ruf der Armee.

Dem jungen Mann fehlt das, was die Offiziere der Armee ausmacht.« Foldinus hielt den Schwenker in beiden Handflächen, um die bernsteinfarbene Flüssigkeit von der Körperhitze erwärmen zu lassen. Der berauschende Cognacduft stieg ihm in die Nase. Er liebte Cognac, besonders Napoleon, und wollte den Augenblick genießen. Einer der Vorteile, die man durch die Bekanntschaft mit Generälen genoß, waren derartige Annehmlichkeiten. Dazu gehörte der Napoleon-Cognac, und den wollte er nicht missen. »Wir sollten ihn in aller Stille, aber schnell loswerden.«

»Danke sehr, Foldinus. Ich nehme Ihre Ansicht zur Kenntnis.« General FelFarnuth wußte alles über den Zwischenfall, der die Entlassung Karstils aus dem Dienst General Beldarnus' zur Folge gehabt hatte. Beldarnus war mit Nordine, der Schwester des Generals, verheiratet, und Nordine berichtete ihrem Bruder davon. Der General wußte, daß Beldarnus seinen Assistenten trotz des Unglücks gemocht hatte, aber Nordine ihn nach dem Ereignis auf Barmash nicht mehr sehen wollte.

Sicher, Karstil hatte ihren Gravsedan zu Schrott gefahren, aber das konnte man auf seine jugendliche Unbekümmertheit zurückführen. Ein erfahrener Offizier wäre nicht hinter Panzern hergejagt, aber Karstils Dummheit bezeugte gleichzeitig seine Begeisterung. FelFarnuth erinnerte sich an Nordines Gesichtsausdruck, als sie ihm die Geschichte erzählte. Sie war nicht in der Lage, etwas Lustiges dabei zu entdecken, obwohl sie den SKE-200 gehaßt hatte. Der Unfall hatte ihr einen Vorwand geliefert, einen neuen Sedan zu kaufen.

»General Green«, sagte FelFarnuth, »Sie wissen über Karstils Tätigkeit bei der Finanzbehörde Bescheid. Teilen Sie uns Ihre Meinung mit.«

Leonard Green war der Nachfolger von YaTakas Q. Labidinius als Chef der Finanzbehörde, als sein Vorgänger in den Ruhestand ging. Obwohl Green Karstil nie gesehen hatte, wußte er von den Vorfällen. Labidinius hatte die letzten viereinhalb Monate seiner Karriere damit verbracht, den Schaden, den Second Lieutenant Karstil durch eine kurze Unachtsamkeit angerichtet hatte, wieder zu beheben. Green lehnte sich im Stuhl zurück, und die auf Hochglanz polierten Spitzen seiner Stiefel spiegelten sich im Licht der Leuchtröhren.

»Ich weiß nicht viel über den Mann, aber er scheint eine Bedrohung für alles Mechanische zu sein. Die Armee hängt so sehr von der Elektronik ab, daß ich nicht wüßte, wie wir ihn weiterhin beschäftigen könnten.« Einen Augenblick lang betrachtete Green die blanken Stiefel. In fünfunddreißig Dienstjahren hatte er alle Arten von Offizieren erlebt. Gute und schlechte. Keiner hatte sich als völlige Katastrophe erwiesen. Aber es gab

Zeiten, in denen man Verluste abschreiben mußte. Vielleicht auch jetzt. Als junger Offizier hatte er sich oft gefragt, was Generale taten. Jetzt wußte er es und hätte die Probleme eines kleinen Offiziers vorgezogen. Die Entscheidung, die er in diesem Fall treffen würde, hatte dauerhafte Folgen – im Guten oder Bösen – für einen jungen Mann, den er nie getroffen hatte.

»Vielleicht könnten wir irgendwo ein Plätzchen für ihn finden«, schlug er vor. »Er war Ehrenabsolvent der Offiziersakademie, also muß er irgend etwas an sich haben.«

Stille lag über dem Raum. Nicht einmal der Wind vor dem Sichtfenster störte den gedankenschweren Augenblick. Greens Worte schienen Eindruck gemacht zu haben.

»Bis zu einem gewissen Grad kann ich den jungen Second Lieutenant verstehen. Er scheint sich schnell zu langweilen. Die Fähigkeit, bei einer Tätigkeit zu verweilen, die einem sinnlos oder banal erscheint, ist etwas, das wir alle lernen mußten.« Wieder betrachtete Leonard seine glänzenden Stiefel. Wie er die Verwaltungsarbeit gehaßt hatte, als er selbst noch Lieutenant war. Zum Glück war er damals nicht für deren Ausführung verantwortlich gewesen. Als diese Pflichten zum Bestandteil seiner Karriere wurden, bekleidete er bereits einen so hohen Rang, daß er ihre Notwendigkeit einsah. Außerdem hatte er einen hervorragenden Lehrer gehabt. Aber vielleicht hatte Quentus recht, und der Mann mußte gehen, um den guten Ruf der Armee zu schützen. Er senkte die Augen, unwillig, die Entlassung des jungen Mannes vorzuschlagen.

»Colonel Melisander«, unterbrach FelFarnuth Greens Gedanken. »Sie sind der Offizier, dem das Besucherzentrum untersteht, der Ort des letzten und wahrscheinlich schlimmsten Zwischenfalls. Das Ganze ist mir nicht ganz klar. Vielleicht könnten Sie uns einweihen.«

Lieutenant-Colonel Xerxes Melisander, seit 20 Jahren im Dienste des Commonwealth und Träger von 16 Orden, stülpte die Lippen vor und sah jeden einzelnen Mann im Raum an. »Wir können noch so gnädig über den jungen Mann urteilen, er ist und bleibt eine Bedrohung.«

Die vier ranghöheren Offiziere starrten ihn an. Irgend jemand räusperte sich. Während seiner Laufbahn hatte Melisander immer wieder mit VIPs zu tun gehabt und wußte seit frühester Zeit, wie man sich Höhergestellten unentbehrlich machte. Seit 18 Jahren führte er die Hotels der Armee und trug Auszeichnungen, die das bewiesen. Aber es war ihm nie gelungen, den Rang eines Colonels zu erreichen oder gar höher zu klettern. Hier war seine Chance. Jetzt, inmitten dieses Konklaves von Offizieren, bot sich ihm die Möglichkeit, als entschlossener Mann aufzutreten.

Melisander fühlte seinen Blutdruck steigen, als er auch nur an das Ereignis dachte. »Einen Menschen mit Höhenangst in einen durchsichtigen Aufzug zu stekken, um zum 21. Stockwerk zu fahren, einem Stockwerk, das nur aus Fenstern besteht, ist entweder höchster Wahnsinn oder furchtbarste Brutalität. In jedem Fall würde die weitere Laufbahn des Second Lieutenant Karstil allen Interessen der Armee entgegenwirken. Wenn er weder wahnsinnig noch brutal ist, müssen wir ihm Hintergedanken unterstellen.«

Da war er, der Gedanke, daß Karstil auf Befehl einer anderen Organisation handelte. Niemand sonst hätte daran gedacht, aber nun war der tödliche, kleine Samen gepflanzt, der in ihren Gehirnen wachsen würde. Melisander mußte ihn nur begießen und zusehen, wie er wuchs.

»Es wäre eine Katastrophe geschehen, wenn der Minister Höhenangst gehabt hätte. Aber es handelte sich um seine Frau. Ich glaube, Colonel Paternoster« – er warf einen Blick zu dem schweigend am Fenster sitzenden Colonel – »wird bestätigen, wie durchschlagend die Reaktion Frau Drangos war.«

Die Reaktion war in der Tat durchschlagend gewesen. Der Minister war in der Empfangshalle zurückgeblieben, während seine Frau ihr Zimmer aufsuchen wollte. Der Aufzug war gerade über die Eingangshalle hinausgeglitten, als die Frau zusammenbrach. Es bestand keine Möglichkeit, den Aufzug anzuhalten, bevor der 21. Stock erreicht war, und sie hatte sich auf den Colonel gestürzt – auf seinen Hals. Als sie den 15. Stock erreicht hatten, war ihr so übel geworden, daß der Colonel die Uniform nie wieder tragen konnte. Er hatte sie aus dem Aufzug gezerrt, in den Raum hinein, um dort zu entdecken, daß der Eingangsbereich genauso offen wie der Aufzug war.

Mit einem Arm hatte er die Frau festgehalten und nach den Wachleuten und Sanitätern gebrüllt. Der Minister, die Wachen und die Sanitäter trafen gemeinsam ein, und sie alle waren notwendig gewesen, um der Rasenden ein Beruhigungsmittel verabreichen und sie zu Bett bringen zu können. Drango selbst war auch nicht in viel besserer Verfassung gewesen und hatte ebenfalls ein Mittel erhalten.

»Die völlig grundlose Attacke auf den Großminister Deman während des Banketts ist genauso unerklärlich«, fuhr Melisander fort. »Es schien, als wolle Karstil die Vernichtung, die er begonnen hatte, fortsetzen. Dann noch der Unfall von Judith Westover, der einflußreichsten Journalistin, die er in den Brunnen geworfen hat – das bedarf keines Kommentars.«

Melisander blickte die anderen Offiziere an und fuhr sich mit spitzer Zunge über die Lippen. Colonel Paternoster, der ebenfalls kurz vor einem Nervenzusammenbruch gestanden hatte, war gleichfalls mit einem Beruhigungsmittel versorgt worden. Melisander wußte ganz genau, warum der Second Lieutenant den Großminister angegriffen hatte. Aus Angst, daß Drango sich mit der Krabbe vergiften würde, hatte Karstil versucht, dem Minister das Leben zu retten. Auf keinen Fall hatte der Second Lieutenant wissen können, daß Drango nicht an dem Festessen teilnahm. Er hatte nur gesehen, wie der Ehrengast einen mit Krabben gefüllten Pilz essen wollte, weiter angenommen, daß es sich um Drango handelte, und versucht, einzugreifen. Aber es gab keinen Grund, Karstil ehrenhafte Gründe zu unterstellen. Das würde die Entscheidung nur verzögern.

»Vielleicht war der Zwischenfall Teil eines Plans, um die Armee um die Gelder zu bringen, die sie so dringend braucht. In diesem Licht betrachtet – und ich bin sicher, Colonel Paternoster wird mir zustimmen –, sind die Handlungen des Second Lieutenants verständlich.« Jetzt wurde der Samen des Zweifels sorgfältig genährt. »Wenn das der Fall ist, sollten wir weiteren Zwischenfällen entschieden Einhalt gebieten.« Da. Die Annahme, daß es so sein könnte, machte alles wahr. Melisander hatte etwas ins Rollen gebracht. Er sah, wie die anderen Offiziere zustimmend nickten. Er machte sich für den letzten Schlag bereit. Er würde Karstil ein für allemal fertigmachen.

»Colonel Paternoster wird, da bin ich sicher, einer Meinung mit mir sein, daß dieser Mann aufs härteste bestraft werden muß. Ein Kriegsgericht, das irgendwo auf einem abgelegenen Planeten zusammentritt, wird keine Aufmerksamkeit erregen. Wir könnten sicherstellen, daß die Offiziere des Gerichts und der Verteidiger mit der Situation und dem gewünschten Ergebnis vertraut sind. Alles würde ruhig und legal ablaufen. Ich glaube, daß es innerhalb des TOG-Alls Strafkolonien gibt, und ich denke, sie würden den jungen Mann aufnehmen.«

Melisander lehnte sich im Stuhl zurück und nahm einen tiefen, befriedigenden Schluck Cognac zu sich. Das, sagte er sich, hatte die Stimmung des Abends in die richtigen Bahnen gelenkt. Er wußte, daß Karstil nicht in eine TOG-Strafkolonie geschickt werden konnte und würde, aber dadurch würde der Gedanke an jede andere Strafe weniger erschreckend wirken. Er hatte nicht bloß das Problem der Versammlung gelöst, er hatte sich auch als entschlußkräftigen und strengen Mann dargestellt. Die Generale und Colonel Paternoster, sein unmittelbarer Vorgesetzter, würden ihn als ehrliche, gerechte und umsichtige Person schätzen. Ein kleines Lächeln umspielte seine Lippen, als er den Colonel ansah.

Paternoster war gerade aus der Klinik entlassen worden, wo man ihn während der letzten 24 Stunden unter milden Beruhigungsmitteln gehalten hatte. Erst nach der Zeremonie und der Abreise der Drangos war er entlassen worden. Die Ärzte hatten, wahrscheinlich zu Recht, angenommen, daß jede Begegnung mit dem Minister oder seiner Frau der Gesundheit des Colonels abträglich sein würde.

Paternoster holte tief Luft. »Sogar ich glaube, daß Sie zu hart über den jungen Mann urteilen, Melisander. Obwohl man mir beruhigende Mittel gab, hat mein Gehirn nicht gelitten. Ich habe über das Ereignis und die Laufbahn des Offiziers nachgedacht. Ich kannte seine Geschichte, als er zu uns kam, und habe gehofft, er würde Erfolg haben. Leider war das nicht der Fall.«

Colonel Paternoster betrachtete den halbleeren Cognacschwenker in seiner Hand. Er mochte Xerxes Melisander nicht, hatte ihn immer für einen machthungrigen, kriecherischen und egoistischen Mann gehalten. Jetzt saß er hier und versuchte, Eindruck zu schinden, und das auf Kosten eines kleinen Second Lieutenants. Nach dem Vorfall beim Bankett würde Karstil niemals zu Paternosters Lieblingsoffizieren gehören, aber die hinterhältigen Versuche Melisanders, das Unglück des jungen Mannes zum eigenen Vorteil auszunutzen, bestärkten den Colonel bei der Verteidigung. Paternoster blickte die Offiziere an. FelFarnuth starrte ihn aufmerksam an, saß zurückgelehnt in seinem Stuhl und hatte die Arme auf die weichen Lehnen gestützt. Foldinus schwenkte den Cognac im Glas herum, aber Paternoster schloß aus seiner gespannten Haltung, daß er jedes Wort verstand. Colonel Green hatte sich vorgebeugt und die Ellenbogen auf die Knie gestützt.

Paternoster sah Melisander in die Augen. »Der Gedanke, daß Karstil der Agent einer außenstehenden Organisation ist, ist entweder närrisch oder bösartig. Für diese Annahme besteht kein Grund, und das Einbringen einer solchen Idee ist bei dieser Besprechung völlig unzulässig.« Er sah Melisander zurückzucken, als habe man ihn geschlagen. »Solche Anschuldigungen werfen Verdacht auf einen Offizier, der sich nicht verteidigen kann. Sollte es Hintergedanken geben, dann schweben sie in diesem Raum und gehören nicht dem jungen Lieutenant.« Melisander rutschte immer tiefer in den Stuhl und wich vor dem Angriff des Colonels zurück.

»Ich glaube, wir können jeden Gedanken an äußere Einwirkung aus unseren Gedanken verbannen.«

»Der Vorschlag«, fuhr Paternoster fort, »den Mann auf einem anderen Planeten zu richten und dann dem TOG zu übergeben, ist das Wahnsinnigste, was ich je gehört habe. Sogar, wenn es nur ein Scherz war, und ich hoffe, es war ein Scherz, und noch dazu ein äußerst schlechter. Der bloße Gedanke befleckt unsere Ehre. Wenn schmutzige Wäsche gewaschen werden muß, dann sollten wir das selbst erledigen.«

Es schien, als sei jeder Stuhl beleuchtet, wobei das Licht heller wurde, wenn der Sitzende sprach, und dunkler, wenn er nachdachte. Das Licht von Lieutenant-Colonel Melisanders Stuhl erlosch. Er nahm nicht mehr an der Diskussion teil.

»Nein, ich denke, wir beurteilen den jungen Mann falsch. Karstil hat nichts Böses oder Tückisches an sich. Er leidet an seiner Jugend, an zuviel Begeisterung und an mehr als nur ein wenig Ungeschicklichkeit. Vielleicht ist, aus Gründen der Disziplin, ein Verweis angebracht. Aber ich glaube, er verdient eine neue Chance. Leider befürchte ich, daß er die nicht in Wayne County erhalten kann, vielleicht nicht einmal in der Armee.«

Paternoster ließ die offenkundige Antwort im Raum stehen.

ALLGEMEINER BEFEHL 6824-668
Second Lieutenant Roglund I. Karstil, 005-997-4242, wird hiermit zum Optio der Legion benannt und den Truppen der Rebellenlegion unterstellt.
Der oben genannte Offizier hat sich sofort an seinem neuen Einsatzort zu melden. Verzögerungen werden nicht genehmigt. Ein Vorschuß oder Reisekostenvergütung sind nicht bewilligt. Der Offizier darf nicht mit einem Zivilfahrzeug reisen.
Auf Befehl von General Wastun FelFarnuth.

9

RLS Maiestas, unterwegs
Commonwealth
31. Oktober 6830

Der Rebellentransporter *Maiestas* mit der Registriernummer KNA 44732BT rüttelte ein wenig, als er aus dem Tachyon-All austrat, der Dimension, in der man schneller als mit Lichtgeschwindigkeit reisen kann. Das Schiff befand sich auf dem Weg nach Rilus V, wo die Einheiten ausgebildet und neu zusammengestellt wurden, um dann an dem verzweifelten Kampf teilzunehmen, der Shannedam County davor bewahren sollte, vom TOG erobert zu werden. Der grelle Blitz des Übergangs zurück in den rationalen Raum drang in jeden Winkel des Schiffes. Optio Roglund Karstil, früher Second Lieutenant der Commonwealth-Armee, verspürte kurz das Gefühl des Fallens, das den Übergang begleitet. Er klammerte sich an die Armlehnen seines Sitzes, um sich festzuhalten. Egal, wie oft er den Übergang mitmachte, er konnte sich nicht daran gewöhnen.

Das Tachyon-All, oder der T-Raum, hatte etwas Seltsames und Unwirkliches an sich. Das ganze All wurde plötzlich weiß, die Sterne waren nur noch schwarze Punkte am milchigen Himmel. Unwirklich. Unbegreiflich. Leute, denen das gefiel, gingen zur Flotte. Karstil würde das niemals gefallen. Er wollte festen Boden unter den Füßen haben. Gravpanzer waren genau richtig, auch wenn sie den Boden nicht berührten. Wenigstens war der feste Boden, der einem das Gefühl von Sicherheit vermittelte, nicht weit. Wenn die Menschen dazu gedacht wären, in den T-Raum zu reisen, dachte Karstil, dann hätten sie … Nun, dann hätten sie schon irgend etwas Passendes mitbekommen.

Die Reise von Windsor in Wayne County nach Rilus in Shannedam County hatte sieben Tage im T-All gedauert. Als sie in den normalen Raum zurückgekehrt waren, hatte eine pflichtbewußte Computerstimme gemahnt: »Alle Anwesenden bitte die PCs auf 148 Stunden einstellen.« Karstil besaß keinen eigenen PC, um die Zeit im T-Raum zu messen, nur den, den man ihm ausgehändigt hatte, als er an Bord gegangen war. Niemand konnte mehr als 30 Tage hintereinander im T-All verbringen. Danach führten die Reibungen der Moleküle, durch die ungeheuere Geschwindigkeit der Reise entstanden, dazu, daß sich der Körper auflöste – ein schrecklicher Tod. Diese Reibung wurde auch Leuchtanhitze genannt und mußte erst ›abbrennen‹, bevor man erneut in den T-Raum eintreten konnte.

Karstil mußte den PC abgeben, wenn er sich im Hauptquartier der Legion meldete, aber er machte sich wegen der Leuchtanhitze keine Sorgen. Es war unwahrscheinlich, daß er schon bald nach der Ankunft in seiner neuen Einheit wieder in den T-Raum mußte.

Die Reise hatte dem jungen Karstil viel Gelegenheit zum Nachdenken gelassen. Drei ernsthafte ›Mißgeschicke‹ und eine Verwarnung in der Personalakte stellten nicht das dar, was er sich unter dem Beginn einer Karriere bei der Armee vorgestellt hatte. Nachdem er Windsor verlassen mußte, hatte er sich am Ende gefühlt. Aber nach einem oder zwei ruhigen Tagen an Bord des Schiffes hatte sich seine Meinung geändert.

Vielleicht war es gar kein so großer Schicksalsschlag, zur Rebellenlegion versetzt zu werden. Die Legion war eine ebenso kämpferische Truppe wie die Commonwealth-Armee, und viele behaupteten sogar, sie sei bedeutend besser. Karstil wußte, daß viele Soldaten es als

Ehre ansahen, in der Rebellenlegion zu dienen. Nun ja, keine Bankette oder Computerarbeiten mehr. Jetzt, in der Legion, konnte er sich endlich bewähren, wie es einem Soldaten zustand – auf dem Schlachtfeld.

Das Leben an Bord der *Maiestas* war angenehm, aber es gab nicht viel zu tun. Die einzige Möglichkeit, um die Tageszeit festzustellen, bestand darin, die verschiedenen im Schiff hängenden Chronometer anzustarren, was zur allgemeinen Atmosphäre der Ziellosigkeit beitrug. Um 600 wurde geweckt, das Frühstück fand eine Stunde später statt. Danach war es den Passagieren nicht gestattet, ihre Räume vor 1300 aufzusuchen, was bedeutete, daß man den Vormittag lesend oder beim Kartenspiel im Aufenthaltsraum verbrachte. Die Bordbibliothek verfügte über einen guten Vorrat an Büchern und elektronischen Geräten, aber Karstil war gern im Brennpunkt des Geschehens, selbst wenn es sich nur um ein Glücksspiel handelte. Er hatte noch nie Gefallen daran gefunden, stundenlang allein herumzusitzen. Er genoß die Gesellschaft anderer Menschen viel zu sehr.

Am Ende des zweiten Tages hatten sich Karstil und fünf andere junge Offiziere zusammengetan und den Rest der Reise damit verbracht, fortwährend Pendulos zu spielen, ein schwieriges Karten- und Würfelspiel. Zwei Mannschaften mit zwei oder drei Spielern kämpften und boten gegeneinander und versuchten, Stiche zu machen. Karstil war nicht gerade ein Weltklassespieler, aber er begriff die Grundlagen sehr schnell und beendete den Abend normalerweise mit einigen Pluspunkten.

Durban Collins war der beste Spieler, der meistens gewann. Er war ein großer, gutaussehender Mann, nur ein oder zwei Jahre älter als Karstil, mit dem selbstbewußten Auftreten eines Adligen. Er hatte kein Wort über seine Herkunft verloren, aber genügend Hinweise fallen lassen, die darauf hinweisen sollten, daß er besser als der durchschnittliche Soldat war. Auch verfügte Collins über reichliche Geldmittel, und seine perlgraue Uniform war maßgeschneidert. Er war dem Generalstab im Hauptquartier zugeteilt worden und freute sich darauf, ›alte Freunde‹ wiederzusehen. Er erzählte nie, wer diese ›Freunde‹ waren, redete aber höchst familiär über die Generale. Karstil hatte keine Ahnung, ob Collins bloß angab oder ob er diese Leute wirklich kannte. Schließlich entschied er sich für die erste Lösung; kein Mensch konnte so viele Generale kennen.

Durban besaß eine scharfe Zunge, die er erbarmungslos einsetzte, wenn die anderen Spieler Fehler begingen. Sein bevorzugtes Ziel hieß Holton Bard, ein unglücklicher junger Mann, der fast bei jeder Gelegenheit unsicher wurde. Dann warf sich Durban wie ein Raubvogel auf sein Opfer, griff es mit bissigen Bemerkungen über seine Aufmerksamkeit und sein Spiel an. Anschließend erklärte er ihm die richtige Art zu spielen, und zwar auf die einfachste und beleidigendste Art und Weise.

Hin und wieder verteidigte Karstil Bard, besonders wenn der junge Mann den Tränen nahe war. Diese Verteidigung ließ Collins Abstand von Karstil halten, und er zollte ihm grollend Respekt. Bard war ein ganz besonders unsympathisch aussehender junger Mann mit sich lichtendem Haar, wulstigen Lippen und wäßrigen Augen. Seine zarte Gestalt und das weichliche Aussehen machten ihn zum naheliegenden Ziel aller Spötteleien. Er erinnerte Karstil an eine Nacktschnecke. Das Ganze war recht beunruhigend, denn Bard war zum Zugführer der Infanterie ernannt worden. Die Schrecken der Schlacht würden seltsame Auswirkungen auf einen solchen Mann haben.

Solange Karstil Bard zum Partner hatte, bevor dieser mit Collins gespielt hatte, war alles in Ordnung. Bard zappelte und hampelte mit den Karten herum, spielte aber durchschnittlich. Wenn er aber bereits mit Collins zusammen gespielt hatte und schwer angeschlagen war, hatten die bösartigen mündlichen Attacken ihn in einen zitternden Haufen Pudding verwandelt. Dann entpuppte er sich als hoffnungsloser Spieler, der sich in ein Schneckenhaus unendlicher Verwirrung zurückzog.

Lawrence (»Nennt mich einfach Larry«) Stone war ein riesiger Kerl, dessen muskulöse Schultern den Eindruck vermittelten, als besäße er keinen Hals. Er hielt die Karten in beiden Händen, und sein Körper hing über den Tisch wie der eines großen Bären. Sein Bieten und sein Spiel waren langsam und zögerlich, als würde sein Verstand die Informationen und möglichen Antworten darauf langsamer verarbeiten als der eines anderen Menschen. Collins hatte auch ihn mit ein paar bissigen Bemerkungen angegriffen, aber Stone hatte nichts gesagt, bloß kurz gegrunzt. Einmal hatte er Collins mit blitzenden Augen angesehen, und dieser Blick hatte genügt, Collins für den Rest der Reise zum Schweigen zu bringen. Auf seiner Uniform trug Stone das Abzeichen der Abteilung für psychologische Kriegsführung und Nachrichtendienst. Karstil konnte nicht einmal erraten, wie ein Mensch mit so geringer Vorstellungskraft in diese Abteilung gekommen war.

Karstil freute sich jedoch, wenn er Stone als Mitspieler hatte. Der Mann war langsam, aber zuverlässig. Er bot vorsichtig, unterbot normalerweise das Blatt und spielte korrekt, aber phantasielos. Er erreichte wenige Bonuspunkte, hatte aber auch selten ein Minus zu verzeichnen. Karstil konnte immer mit einem guten Ergebnis rechnen, wenn er zusammen mit Larry spielte.

Bentley Frew war ein netter Kerl, der anscheinend nichts besonders ernst nahm. Er war genauso alt wie Karstil, aber im Gegensatz zu dem frisch ernannten Optio hatte er keine militärische Erfahrung. Statt dessen schien Frew zu erwarten, daß er seine Zeit irgendwo in den hintersten Linien verbringen würde und bald wieder nach Hause kam; er sah das Ganze als großen Spaß an. Man hatte ihn dem Stab für Transport- und Nachschubeinheiten zugeteilt. Oftmals wies er darauf hin, daß er damit einen Vorsprung hatte, wenn seine Dienstzeit vorbei war und er ins richtige Leben zurückkehren würde. Er lachte über die ›armen Idioten‹, die den Kampftruppen zugeteilt worden waren, da er in ihnen nichts als gut ausgebildete Marionetten im Spiel der Militärs sah. Immer wieder erklärte er, er könne nicht verstehen, warum irgendwer an einer Stelle Dienst tun wolle, wo die Möglichkeit bestand, erschossen zu werden.

Frew war ein aggressiver Bieter, der die schlechtesten Karten fröhlich ausspielte, die Niederlage sofort wieder vergaß und zum nächsten Blatt überging. Hatte er gute Karten, spielte er gut, hatte er schlechte Karten, ging er sofort unter. Karstil schüttelte sich innerlich, wenn er mit Frew spielen mußte.

Das sechste Mitglied der Runde war Julianna Pope, die feuerrotes Haar, blitzende grüne Augen und einen wohlgeformten Körper hatte. Karstil empfand ihre Nähe als seltsam beunruhigend, und den anderen Spielern schien es ebenso zu gehen. Wahrscheinlich lag das an dem geringen gesellschaftlichen Kontakt der Soldaten mit Frauen. Vielleicht lag es auch an ihrem Haar, ihrer Haut und dem süßen, zarten Duft, der geradezu betörend war. Was immer es war, Roglund Karstil konnte kaum die Augen von ihr abwenden.

In der Rebellenlegion gab es Frauen, genau wie in der Armee des Commonwealth. Das Militär kannte keine Diskriminierung, und Frauen wurden ermutigt, sich zu melden. In der Offiziersakademie war Karstil von weiblichen Ausbildern unterrichtet worden, und er hatte sie aufgrund ihres offenkundigen Wissens und ihres Ranges akzeptiert. Aber Julianna war anders. Sie war der erste weibliche Offizier, mit dem er auf rein gesellschaftlicher Ebene zusammentraf. So war sie auch eigentlich die erste ›echte‹ Frau, die er kennenlernte, seitdem er zum Militär gekommen war.

Sie war der Artillerie als Flugabwehroffizier einer Panzereinheit zugeteilt worden, was bedeutete, daß sie mit den Gravpanzern an die Front ziehen würde. Während eines Gespräches hatte sie erwähnt, daß sie es abgelehnt hatte, einen Posten bei einer stationären Flugabwehranlage anzunehmen, denn sie hielt es für ihre Pflicht, mit den Truppen an die Front zu ziehen. Der Gedanke, erklärte sie, auf irgendeinem abgelegenen Planeten jahrelang Dienst zu tun, würde sie verrückt machen. Sie tauschte spitze Bemerkungen mit Frew ob seiner entgegengesetzten Ansichten aus, die den Dienst auf einem ruhigen Hinterlandposten betrafen. Das Frotzeln hatte aufgehört, nachdem Julianna Frew in die Augen gesehen und gesagt hatte: »Wenn wir sechs mit unseren Abzeichen in den Offiziersclub gehen, können fünf von uns stolz sein.«

Karstil jubelte innerlich, hatte aber Angst, seine Gefühle sichtbar werden zu lassen.

Julianna war eine gute Spielerin, die jedes Blatt sachlich und klug anfaßte. Sie ging keine unnötigen Risiken ein, bot nur soviel, wie erforderlich war, und spielte ihr Blatt vorzüglich aus. Wenn sie seine Partnerin war, fühlte sich Karstil unwohl und abgelenkt durch seine Gedanken. *Was wird sie denken, wenn ich die falsche Karte spiele? Wie soll ich mich benehmen, wenn ich die richtige Karte spiele?* Wenn sie jedoch mit einem anderen spielte, fühlte er sich noch schlechter. *Warum lächelt sie den Kerl an? Hat sie ihn als Partner lieber?*

Er versuchte, sich auf die Karten zu konzentrieren, dachte aber bloß an Julianna, an ihre sanfte Stimme, das nette Lachen, das spielerische Funkeln ihrer Augen. Mehr als einmal mußte er sich aus seinen Träumen reißen. Und doch hatte er in der ganzen Zeit an Bord des Schiffes nie mehr als ein kurzes Nicken und ein lässiges »Nettes Spiel gestern abend« herausgebracht, wenn er ihr begegnete.

Und so war die Reise vorübergegangen, ein einziges, langes Kartenspiel, das nur von den annehmbaren Mahlzeiten unterbrochen wurde, die an Bord der *Maiestas* serviert wurden. Die Stewards und das Messepersonal waren augenscheinlich bemüht, die Passagiere zu erfreuen, und die Mahlzeiten wurden von uniformierten Ordonanzen im Speisesaal serviert. Um 700 gab es Frühstück, gefolgt von einer Kaffeepause um 1030. Dazu gab es normalerweise heiße Brötchen, Kuchen, Früchtebrot und jede Art warmer Getränke. Das Mittagessen, die größte Mahlzeit des Tages, wurde gegen 1230 serviert. Üblicherweise bestand es aus einer kleinen Vorspeise, Suppe, Salat, Hauptgericht und einem Dessert.

Um 1600 reichte man den Nachmittagstee mit kleinen Schnittchen, Kuchen, Hörnchen, Keksen und warmen Getränken. Die Abendmahlzeit, bei der die Galauniform angelegt werden mußte, wurde fast immer als Buffet angerichtet. Von 1830 bis 2000 konnte man sich bedienen. Ein später Happen wurde gegen 2300 serviert und bestand aus kaltem Fleisch, Käse, frischem Gemüse mit cremigen Saucen, frischem Brot, Kuchen und Pasteten. Die Bar öffnete gegen 2100, und die Passagiere konnten zur letzten Mahlzeit des Tages Bier, Wein oder andere, stärkere Getränke zu sich nehmen. Karstil gefielen die Mahlzeiten und der Service, aber am Ende des fünften Tages wurde ihm seine Uniform ein wenig zu eng um die Hüften. Fehlende Bewegung und köstliches Essen hatten ihm einige zusätzliche Pfunde beschert, und er fragte sich, ob er für ein Schlachtfest gemästet wurde.

»Alle Passagiere auf die Landung vorbereiten.« Die Lautsprecherstimme riß Karstil in die Gegenwart zurück. »Offiziere melden sich mit ihrer persönlichen Habe auf dem Hunderterdeck. Alle anderen Soldaten melden sich mit ihren persönlichen Sachen auf dem Vierhunderterdeck.«

Auf dem Hunderterdeck befanden sich die Offizierskabinen und der Aufenthaltsraum. Das Vierhunderterdeck war eine riesige Höhlung, die sich über drei Decks erstreckte, auf denen die einfachen Soldaten hausten. Die Männer schliefen in Etagenbetten zu zwölft übereinander, und Karstil fragte sich, welcher Mann wohl im obersten Bett schlafen konnte.

Der Transporter war zu groß, um an einem Planeten anzulegen, daher verließ die Menge der Passagiere das Schiff im Orbit entweder über eine Raumstation oder mit kleineren Transportern, die sie zum Planeten bringen würden. In diesem Fall war keine Orbitstation vorhanden, und man benutzte die kleineren Schiffe. Man betrat sie durch einen durchsichtigen Gangway-Tunnel, der mehrere Meter lang und an den kleinen Transporter angehängt worden war.

Karstils Magen krampfte sich zusammen, als er den Gang zwischen den beiden Schiffen betrat. Er wußte, daß er völlig sicher war, aber das Gefühl, plötzlich ins All zu treten und hindurchzugehen, als sei es der Flur in einem großen Gebäude, war überwältigend. Auf der halben Strecke merkte er, wie er das künstliche Gravfeld der *Maiestas* verließ und das Feld des kleinen Schiffes betrat.

Es war gut, endlich von Bord der *Maiestas* zu sein. Jetzt, da er sich mit dem Gedanken an den Posten bei der Rebellenlegion angefreundet hatte, konnte er es kaum erwarten, den Transporter zu verlassen und loszulegen. Der Gang über den durchsichtigen Steg war wie die Überquerung der Kluft zwischen seiner Vergangenheit und der Zukunft. Der große Transporter schien noch mit der Vergangenheit verbunden zu sein, der kleine dagegen mit der Zukunft. Karstil schnallte sich an seinen Sitz und bemerkte, daß alle Kartenspieler sehr weit auseinander saßen. Vielleicht dachten sie genau wie er über den Wechsel vom Schiff zur Planetenoberfläche. Die Brücken zur Vergangenheit waren abgebrochen. Jetzt war es Zeit, in die Zukunft zu sehen.

10

Rilus V, Shannedam County
Commonwealth
31. Oktober 6830

Im Militärhafen von Rilus herrschte ein Gewimmel kleiner Schiffe, die aus dem Orbit eintrafen oder nach dorthin ablegten. Die Luft war erfüllt vom hohen Kreischen der Gravgeneratoren, wodurch Gespräche fast unmöglich wurden. Mit den Armen fuchtelnde Unteroffiziere trieben die eintreffenden Truppen in höhlenähnliche Hangars, die den Rand des Flugfeldes umgaben. Über den riesigen Toren waren Zeichen angebracht, die den Offizieren, Soldaten und Unteroffizieren die unterschiedlichen Bereiche zuwiesen. Diese Bereiche waren wiederum unterteilt, diesmal in alphabetischer Ordnung, und Karstil machte sich auf den Weg den langen Gang hinab, über dem stand: »Offizier: Di–Lo.«

Innerhalb des Hangars waren Tische in Reihen aufgestellt, die den Hangar mit Hilfe von Metallstreben in lange Gänge unterteilten, um die Truppen reihenweise abzufertigen. An den Tischen saßen Verwaltungssoldaten der Rebellenstreitkräfte mit langen, vom Computer ausgedruckten Listen. Hinter ihnen standen Sergeanten, die mit grimmigen Mienen und unverhohlener Verachtung die quirlige Menschenmenge betrachteten; sie hatten die Arme vor der Brust verschränkt, die Beine breit auseinandergestellt. Dahinter befand sich wieder eine Tischreihe, auf der Computerdisplays aufgebaut waren, an denen andere Soldaten Daten überprüften, wenn in der ersten Reihe Probleme auftraten.

Die Soldaten an den Tischen schauten in ihre Listen und reichten jedem Neuankömmling eine Karte, die mit einem Farbcode für den nächsten Bereich versehen war. Karstil sah, wie sich Menschentrauben unter leuchtend bunten Hinweisen sammelten. Wahrscheinlich waren das die Markierungen der Einheiten der unterschiedlichen Legionen und Versorgungsregimenter, die in Shannedam County stationiert waren. Die dort versammelten Männer lachten und scherzten und begrüßten jeden Hinzukommenden mit Jubelrufen. Freundliche Spottworte flogen von einem Haufen zum anderen, aber Karstil konnte in dem allgemeinen Stimmengewirr kein Wort verstehen.

Niemand hätte von der fröhlichen, lässigen Atmosphäre darauf schließen können, daß diese Männer kurz davor standen, in die Mitte eines erbitterten Kampfes gegen die TOG-Streitkräfte geworfen zu werden. Seit mehr als 20 Jahren verteidigten die Commonwealth- und Rebellentruppen Shannedam County, das reich an Industrie und Mineralvorkommen war, gegen TOG-Angriffe. Inmitten der anderen 13 Counties gelegen, befand sich in Shannedam der Sitz des Alaric March, eines von 21 Großherzogtümern des Commonwealth. Wenn Shannedam fiel, bedeutete das unweigerlich das Ende des gesamten Herzogtums.

Karstil fiel eine Einheit auf, die doppelt so groß wie die anderen war und unter einem blutroten Hinweissymbol wartete. Sie lachten nicht, weder untereinander noch mit anderen Gruppen; schweigend standen sie inmitten des allgemeinen Geschreis. Das einzige, was Karstil dazu einfiel, war, daß es sich um eine Art Strafbataillon handeln mußte, wie es auch das TOG hatte, aber andererseits wußte er, daß weder der Commonwealth noch die Rebellen solche Einrichtungen hatten. Seine müßigen Betrachtungen kamen zu einem Ende, als sich die Offiziersreihe vor ihm in Bewegung setzte und die einzelnen Männer ihren Einheiten zueilten.

Endlich war Karstil an der Reihe. Vor ihm saß eine gehetzt wirkende junge Frau, die anscheinend seit dem frühen Morgen ihre Pflicht erfüllte. Kaffeetassen und zerbrochene Stifte zierten ihren Schreibtisch, und die ordentlich aufgestapelten Karten waren umgefallen. Ein Wust von Computerausdrucken lag über dem Tisch, die meisten Namen waren bereits abgehakt.

»Karstil?« erkundigte sie sich. »Schreibt man das mit K oder C?«

Die Frage ergab keinen Sinn, denn Karstil befand sich in der Reihe, die deutlich mit ›Di–Lo‹ markiert war. »K«, antwortete er, da er sich entschieden hatte, jemandem, der so müde aussah, keinen zusätzlichen Kummer aufzubürden.

»Karstil … Karstil«, murmelte sie und suchte in der Liste.

Hinter sich fühlte er den Druck der Männer, die versuchten, über seine Schulter zu sehen, um vielleicht den eigenen Namen zu entdecken. Aber das war sinnlos. Karstil hatte es auch versucht, als er hinter seinem Vorgänger stand, aber das Papier bewegte sich so schnell, daß man nichts lesen konnte.

»Ah. Hier ist es.« Ihm fiel auf, daß ein ›es‹ anstelle eines ›er‹ aus ihm geworden war.

Ihre nächsten Worte hätten die Nummer der Einheit enthalten sollen und die Aufforderung: »Nehmen Sie die Karte und begeben Sie sich dorthin.« Darauf erfolgte jedesmal ein allgemeiner Jubel und heftiges Auf-den-Rücken-Klopfen, wenn man sich der neuen Einheit zuwandte.

Die Frau runzelte angestrengt die Stirn, ihre Miene verdüsterte sich, als sie aufblickte. Schweigend reichte sie Karstil eine blutrote Karte und deutete auf die mürrische Gruppe am anderen Ende des Hangars. Die Männer rings um Karstil traten zurück. Kein Jubel, nicht mal ein anerkennendes Beifallsgemurmel.

Karstil verließ den Tisch und hielt die Karte vor sich,

als handele es sich um ein totes Tier. Die Menge teilte sich, und die anderen Offiziere traten zurück, sobald sie die blutrote Karte erblickten. Es schien, als wäre er in einer durchsichtigen Blase gefangen, die ihn vom Rest der Gruppe trennte und ihn auf die anderen Mitglieder der neuen Einheit zutrug, so wie ihn die Gangway vom Transporter zum Shuttle gebracht hatte. Die übrigen Gruppenangehörigen nahmen keine Notiz von ihm, von einer Begrüßung ganz zu schweigen. In ordentlichen Druckbuchstaben und Zahlen stand auf dem unteren Teil der Karte: »2567 RIL (V)«. So, dachte Karstil, das ist also meine neue Heimat.

Stunden später hielt der Bodentransporter vor einem langgestreckten braunen Gebäude. Es handelte sich um eine Standardkaserne, ähnlich den meisten Commonwealth- und Rebellentruppengebäuden. Das Baukastensystem ermöglichte es, daß sie aus einheimischen Materialien gefertigt und durch die Galaxis transportiert werden konnten. Das Gebäude schien von unbestimmbarem Alter, aber auch das war typisch. Karstil hatte den Eindruck, daß jedes dieser Gebäude nach der Fertigung mit einer Farbe besprüht wurde, die ›alt und verrottet‹ hieß, denn alle Bauten sahen gleich aus.

Die Ersatztruppen wurden von ernsten Sergeanten mit Beerdigungsmienen in die Kasernen geleitet. Beerdigung, dachte Karstil, das war eine gute Beschreibung des ganzen Vorgangs; verurteilte Männer, die ihre Hinrichtung erwarteten. Kaum einer der Neuankömmlinge hatte in der Stunde, die sie im Hangar stehen mußten, um darauf zu warten, daß alle Einheiten sich versammelten, ein Wort gesprochen. Seine Gruppe war als letzte gegangen. Sogar die Verwaltungssoldaten waren vor ihnen abgezogen. Nur die Servicemannschaft, die schweigend ihre Kehrmaschinen durch die Halle gefahren hatte, war noch übriggeblieben. Den

Männern unter dem roten Symbol war nichts anderes übriggeblieben, als sich ohne Murren mit der Situation abzufinden.

In der Kaserne befand sich eine große Aula, die aber zu klein war, um die ganzen Menschen zu fassen. Die Offiziere erhielten, ihrem Rang gemäß, Stühle in der ersten Reihe, die anderen Soldaten mußten sich Sitzplätze suchen. Der Rest stand. Niemand sprach. Karstil blickte umher und bemerkte, daß viele Männer kreidebleich aussahen, als hätten sie gerade das Krankenhaus verlassen. Ein Legionär trug Verbände um Gesicht und Hände, unter denen rosige, neue Haut hervorlugte. Der Mann schien keineswegs glücklich, hier zu sein.

»Achtung!« Mit Donnergetöse erhoben sich alle von den Sitzen. »In Ordnung. Setzen Sie sich.« Lautes Rascheln, als sich die Versammlung wieder auf die Stühle gleiten ließ.

»Willkommen bei der 2567. Legion. Mein Name ist NaBesta Kenderson, ich bin Präfekt. Wir haben einen langen Weg vor uns, und Sie werden uns begleiten.«

Legionspräfekt NaBesta Kenderson stand am Rand der Bühne und starrte über die Versammlung der Offiziere und Soldaten. Seine perlgraue Uniform war hervorragend geschnitten und betonte seine muskulöse Gestalt und imponierende Erscheinung. Die tiefvioletten Ärmelaufschläge unterstrichen den dreifachen Goldstreifen des Präfekten, und über der linken Brust hingen die Medaillen einer anscheinend heldenhaften Laufbahn.

Optio Roglund Karstil war sofort hingerissen von Kenderson, dem leuchtenden Beispiel des kämpfenden Offiziers. Jung, gutaussehend, von heroischer Herkunft und mit gutem Ruf, war Kenderson der Typ Mann, der oftmals als ›geborener Anführer‹ beschrieben wurde. Als die blauen Augen des Präfekten über die Menge glitten, setzte sich Karstil kerzengerade hin, drückte das Rückgrat durch und richtete sich hoch auf.

»Diese Legion«, sagte Kenderson, »hat den Ruf, immer Pech zu haben. Ich bin der erste, der bestätigen würde, daß es so etwas nicht gibt, aber ich denke auch, daß Glück nicht einfach auf einen Mann wartet. Sie haben Glück, wenn Sie alles kontrollieren. Sie haben es, wenn Sie Ihre Arbeit gut erfüllen. Sie haben es, wenn Sie Vertrauen in die Männer setzen, die Sie ausgebildet haben. Wenn Sie das alles getan haben, dann haben Sie Glück.« Kenderson stand mit hinter dem Rücken verschränkten Händen da, die Beine leicht gespreizt. Er wußte, wie wichtig es war, den neuen Leuten den Gedanken einzuimpfen, daß die 2567. (vorläufige) Infanterie-Legion eine gute Einheit sein würde. Schlechte Stimmung war eine ansteckende Krankheit, die sich wie die Schneepest in einer Einheit verbreiten konnte. Aber im Gegensatz zur Schneepest gab es dagegen keine Medizin. Er haßte den Zusatz ›vorläufige‹ im Namen der Legion, denn der hielt die Männer davon ab, die Einheit als Heimat, als die Ihre zu betrachten. Kenderson hatte mit dem Oberkommando diskutiert, um das Wort streichen zu können, aber dort wollte man nicht mit der Tradition brechen.

Der Präfekt studierte die Gesichter der Ersatzmänner. Sie wirkten blaß und eingefallen, wahrscheinlich wegen des grellen Lichts der Fluoroleuchten und der Tatsache, daß sie gerade aus dem T-All kamen. Ein paar waren darunter, die den Gedanken, daß die Legion positiv verändert werden konnte, aufgreifen würden. Das erkannte er daran, wie sie seinem Blick begegneten. Viele andere behielten sich ihr Urteil bis später vor. Dann gab es wieder andere, Veteranen aus anderen Einheiten oder einfach Härtefälle, die seine Ansprache als Unsinn abtaten. Seine Arbeit, wie er sie sah, bestand darin, die vorsichtigen und mißtrauischen Männer zu begeistern, um der Gruppe in der ersten Reihe zu ähneln.

»Anders als die meisten Legionen der Rebellenarmee hat die 2567. keine lange, heldenhafte Geschichte. Das kann gut oder auch schlecht sein. Eine Einheit ist so wie ihre Vergangenheit. War die Vergangenheit glorreich, wie zum Beispiel beim Zweiten Kavallerieregiment, kämpfen die Männer für den Ruf der Einheit. Sie stellen sich der Herausforderung. Deshalb gehört dieses Regiment zur Elite, selbst wenn es gerade erst neue Leute bekommen hat.

Wie die meisten von Ihnen inzwischen wissen, wurde die 2567. Legion aus den Überlebenden anderer Einheiten und Ersatztruppen auf Caralis zusammengesetzt. Darum das Wort ›vorläufig‹. Angeblich wird die Legion aufgelöst, wenn ihre Pflicht auf Caralis getan ist, aber ich hoffe, daß dies nicht der Fall sein wird. Ich möchte, daß wir so gut sind, uns das Recht zu verdienen, eine ›richtige‹ Legion zu sein. Die 2567. zog in die Schlacht, ohne überhaupt als Legion zusammen ausgebildet worden zu sein. Sogar die einzelnen Manus-Einheiten waren nicht organisiert und verwirrt. Daher wurden wir geschlagen. Nicht gerade der beste Weg, eine Legende zu werden. Aber wir können das ändern. Unsere Zukunft treten wir jetzt an. Was vergangen ist, ist vorbei. Denken Sie nicht darüber nach. Und lassen Sie auch Ihre Leute nicht daran denken. Wir halten die Zukunft in der Hand. Wir schleppen keinen unnötigen Ballast mit uns herum, den wir nicht wollen. Und wir *wollen* keinen!

Ich könnte Ihnen erzählen, daß Sie ausgewählt wurden, um die Einheit auf Vordermann zu bringen, aber in Wirklichkeit hatte ich nicht zu bestimmen, wer hierhergeschickt wurde. Sie wurden vom Ersatztruppenbüro hergeschickt. Daher weiß ich nichts über Sie, aber ich kann Ihnen etwas über mich verraten. Ich bin der jüngste Präfekt der Rebellen- und Commonwealth-Truppen. Ich bekam dieses Amt, weil irgendwer annahm, ich könne eine Legion befehligen, diese Legion. Ich glaube, das kann ich. Und ich werde es tun.

Wir sind hier auf Rilus, um die Manus Prima für die Legion, deren restliche Truppenteile sich auf Caralis befinden, zu trainieren. Ich habe die Absicht, eine Manus aufzustellen, die beispielhaft für alle anderen sein wird. Meine Manus.

Ich werde nicht hier sein, während Sie üben, denn es gibt genügend Offiziere und Unteroffiziere, ohne daß der Legionskommandeur ihnen über die Schulter sehen muß. Hin und wieder werde ich vorbeischauen, aber dringende Angelegenheiten rufen mich nach Caralis.

Sie müssen begreifen, daß Caralis sehr wichtig für das Commonwealth ist.« Kenderson hob die Hand, und hinter ihm erschien auf einer Bildwand eine Sternenkarte.

»In den letzten Jahren hat das TOG Angriffe in allen Teilen von Shannedam County gestartet.« Während er sprach, wiesen rote Pfeile auf die Welten, die das TOG erobert hatte, während blaue Pfeile die Teile markierten, die noch zum Commonwealth gehörten. Kenderson deutete auf eine Linie von Gustavivs Regret über Caesars Folly und Defiance, dann schien sein Finger einer gezackten Linie zu folgen, die zu Wuj hinaufführte, dann steil nach Ku Crassus, Caralis und Messana abfiel, um wieder steil zu Rolonitru zu führen.

»Das Commonwealth kämpft entlang dieser Front, und Caralis liegt an einem strategisch wichtigen Punkt dieses Komplexes, der so weit ins TOG-Gebiet hineinragt. Wenn wir Caralis an das TOG verlieren, wird es auf dem Planeten Messana einen Stützpunkt errichten. Der Verlust der Kristallminen von Messana wäre ein harter Schlag für unsere militärischen Bemühungen in Shannedam County.

Wenn wir das TOG auf Caralis einkesseln können oder gar Caralis ganz zurückerobern, kann das Commonwealth in die Offensive gehen. Wir könnten die gesamte Zone in die Hand bekommen. Wenn Ihr Training abgeschlossen ist und Sie zum Rest der Legion gestoßen sind, werden wir dafür kämpfen!«

Als sich Kenderson zum Gehen wandte, ließ das Kommando »Achtung!« die Aula erbeben. Die ganze Versammlung sprang krachend auf die Beine. Der Präfekt überquerte die Bühne, hielt an und schaute wieder auf die versammelten Männer. Als er sprach, klang es leiser als vorher, aber seine Stimme drang bis in den hintersten Winkel des Raumes. Es schien, als spräche er jeden der Männer einzeln an.

»In meinem Buch gibt es zwei Wege, einen Mann zu motivieren – entweder zünden Sie ihm ein Feuer unter seinem Hintern an, oder Sie setzen ihm eine brennende Flamme ins Herz. Glauben Sie mir, beide Möglichkeiten des Feueranzündens und -nährens sind mir vertraut. Aber man kann sich nicht immer darauf verlassen, daß da jemand ist, der dies für einen erledigt. In jedem von Ihnen muß das Feuer der Ehre, des Ruhms und des Stolzes brennen. Dann, und nur dann, kann aus Ihnen die beste Kampftruppe werden. Wir von der 2567. können es schaffen. Und wir werden es schaffen. Oder aber wir sterben bei dem Versuch.«

11

Rilus V, Shannedam County
Commonwealth
3. November 6830

Eine dünne Rauchfahne stieg von der Kommandoluke des stehenden Liberator-Gravpanzers auf. Jeder, der den Kommandanten nicht kannte, mußte annehmen, das Fahrzeug sei in Brand geraten. Eingeweihte jedoch wußten, daß der Rauch von einer dicken schwarzen Zigarre stammte, die zwischen den verfärbten Zähnen des Kommandanten steckte.

Lucifer K. Mullins, Sergeant und Zugführer des Zweiten Zuges der Zweiten Mittelschweren Grav-Zenturie auf Rilus V, zwängte seinen muskelbepackten Körper durch die enge Luke. Sein kahlrasierter, kugelförmiger Kopf spiegelte das frühe Mondlicht wider, als er die Reihe der anderen Panzer betrachtete. Sein Helm hatte rote Streifen an den Seiten des Kopfes hinterlassen, und er rieb heftig daran, um den Blutkreislauf zu unterstützen.

Die anderen Liberator-Panzer standen an den Ecken eines etwa gleichseitigen Dreiecks auf dem in dieser Gegend von Rilus häufig vorkommenden hügeligen Grund. Die Geschütztürme zeigten von der Mitte des Dreiecks weg. Allerdings war dies nicht die übliche Verteidigungsformation. Die Zenturie wie auch der Rest der Manus befand sich noch im Einsatz. Die Panzer in der gegenüberliegenden Ecke hätten nach vorn kommen müssen, um dem Rest der Zenturie ein zusammenhängendes Deckungsfeuer zu bieten, aber Mullins hatte die SOP (Standard-Operations-Prozedur) des Zuges verändert. Er sorgte sich mehr um die Verteidigung des gesamten Raumes, da er weder dem Einsatz der anderen Züge noch den Fähigkeiten des Zenturios, Cobaro Freund, traute. Er hatte leise mit den Fahrern der anderen Panzer geredet und ihnen erklärt, wie sein Zug bei jedem Halt Aufstellung nehmen sollte. Sein Mißtrauen war ansteckend, und die Männer hatten schnell eingewilligt. Jetzt, im silbernen Licht des Mondes, sah er die anderen Panzer, die ihre Positionen eingenommen hatten und lautlos die 6400 Strich Rundumverteidigung der Einheit sicherstellten.

Mullins zupfte sich am rechten Ohr – eine typische Geste, wenn er in Gedanken versunken war. Die Einheit hatte noch immer viel zuwenig Männer, nur fünf von neun Positionen waren besetzt. Sie hatten gerade genügend Leute, um alle Panzer fahren zu können, mit einem Richtschützen in einem Fahrzeug und einem Kommandanten – Mullins selbst – in einem anderen. Das bedeutete, daß ein Panzer weder einen Richtschützen noch einen Kommandanten hatte und keiner voll besetzt war. Die ersten Ersatzleute hatten zwei Positionen eingenommen, beide als Fahrer.

Grouse, der die kamelähnliche Fähigkeit besaß, Essen und Schlaf zu speichern, war zum Kanonier-Kommandanten von Panzer drei ernannt worden. Ein neuer Mann, Triarii William Umbartis, war sein Fahrer. Umbartis erwies sich als guter Soldat, und Mullins plante, ihn sobald wie möglich zum Princeps zu befördern. Er war ein qualifizierter Richtschütze und würde diese Stellung in Panzer drei einnehmen, wenn die volle Besatzung eingetroffen war. Der andere Überlebende, Triarii Sedgwick Abul, war der vorläufige Fahrer von Panzer eins. Ebenfalls ein guter Mann. Mullins wollte ihn zu sich in den Panzer holen, wenn ein dritter Fahrer auftauchte. Triarii Graff Kloun, vorläufiger Fahrer von Mullins' Liberator, sollte zu Nummer drei wechseln. Damit hätte er den besten Fahrer bei sich, und wenn Umbartis auf Nummer drei ging, würde Grouse wieder zu Mullins zurückkehren. Mullins beabsichtigte, die besten Leute in seiner Crew und die größten Überlebenschancen im nächsten Kampf zu haben. Zur Hölle mit den anderen.

Drei Männer, die aus der Richtung des Hauptquartiers kamen, schritten auf das Lager zu und steuerten geradewegs den großen Kreis mit den strategisch aufgestellten Panzern an. Mullins erkannte an den neu aussehenden Packsäcken der Männer, daß es sich um Ersatz handelte. Die beiden vorderen schritten schnell voran, der hintere, ein Stück weiter zurück, hatte Schwierigkeiten beim Tragen des Packsacks. Schließlich endete es damit, daß er ihn über den Boden schleifte. Das, dachte Mullins, war bestimmt der neue Zugführer. Das war genau das, was er brauchte: einen Offizier, der noch feucht hinter den Ohren war. Typisch, dachte er, typisch. Na, er war schon früher mit jungen Optios fertig geworden, und er würde auch mit diesem klarkommen.

Der Offizier hielt sich im Hintergrund, während die anderen beiden Männer Meldung machten.

Der erste war ein Sergeant, Hampert Farwell, der hauptsächlich Erfahrung mit Panzern hatte. Farwell war schlank und drahtig, hatte eine dünne Narbe am Kinn. Mullins freute sich, ihn zu sehen, denn mit ihm erhielt der Zug ein erfahrenes Mitglied. Farwells ursprüngliche Legion war die 1717. gewesen, die kürzlich unter den Befehl des Commonwealth gestellt worden war. Farwell hatte, wie auch andere Soldaten, dafür gestimmt, unter dem Befehl der Rebellen zu bleiben. Jetzt, als Angehöriger der 2567., war er nicht glücklich.

Der zweite Mann, Duncan Spint, war früher bei der Flugabwehr gewesen. Der kleine, aber äußerst kräftige Spint war als einer der Überlebenden der Katastrophe von Caralis versetzt worden, allerdings nicht auf eigenen Wunsch. Es war Brauch bei der Rebellenlegion, diejenigen Leute, die fast die einzigen Überlebenden einer Einheit waren, nicht zum alten Standort zurückzuschicken. Spint schien es egal zu sein. Er war Fahrer und würde fahren, was man ihm zuteilte. Mullins beschloß, ihn zu Nummer eins zu schicken. Da der neue Offizier noch immer nicht herangekommen war, würde das nur die Stelle des Richtschützen in diesem Panzer auflassen. Abul, der derzeitige Fahrer von Nummer eins, konnte zu Mullins wechseln, und Grouse, der Richtschütze der drei, ebenfalls. Somit kam Kloun als Fahrer zu drei und Umbartis als Richtschütze. Farwell war der Kommandant.

Als die Formalitäten vorüber waren, näherte sich der neue Offizier. Mullins hatte Jugend erwartet, aber dies war einfach zuviel. Hier war eine Amme vonnöten! Aber Offiziere waren Offiziere und mußten respektvoll behandelt werden.

»Guten Abend, Sir. Dies ist der Zweite Zug.« Mullins kletterte vom Geschützturm herab, auf dem er während der Begrüßung der beiden Soldaten gesessen hatte.

»Guten Abend, Sergeant. Ich bin Lieut ... 'tschuldigung, Optio Karstil. Ich bin Ihr Zugführer.« Roglund Karstil betrachtete den Sergeanten, der – fast in Habachtstellung – vor ihm stand. Der Mann war ungefähr sieben Zentimeter kleiner als er, aber viel schwerer, mindestens um die 15 Kilogramm. Der glatte, runde Schädel war völlig kahl, aber Karstil konnte Stoppeln entdecken. Anscheinend rasierte sich der Sergeant den Kopf. Das war nicht ungewöhnlich bei Panzermannschaften, denn so paßte der Helm bedeutend besser. Wenigstens hatte er keine Tätowierung auf dem Kopf.

»Ich bin Sergeant Mullins, Sir. Der Zugsergeant.«

Sie grüßten einander gleichzeitig und schüttelten sich dann die Hand. Mullins liebte es, einen Mann nach dem Händedruck zu beurteilen. Karstils war sanft und schwach.

Karstil holte tief Luft und hielt sie an, bis ihm etwas schwindlig wurde. Man hatte ihm gesagt, daß man auf diese Art seine Unruhe in den Griff bekommen konnte, und er war unruhig. Er fühlte sein Herz wild in der Brust klopfen, während er im Kopf fieberhaft die Worte zusammensuchte, die ein Optio sagen mußte, wenn er zum ersten Mal seinen Zug sah. Er müßte sagen, daß er sich freute, hier zu sein, daß er nichts ändern würde, bis er die Gelegenheit gehabt hätte, sich umzusehen, und wie er mit dem Sergeanten zusammenarbeiten wollte. In der Schule war es einfach gewesen, jetzt aber nicht. Karstils Magen knurrte und erinnerte ihn daran, daß er noch nicht zu Abend gegessen hatte.

»Ich dachte, Sie würden Panzer Nummer eins nehmen, Sir«, sagte Mullins, der nicht wartete, bis der Optio reden würde. »Er steht da drüben, rechts.« Mullins wies in die Dämmerung, wo die rechte Flanke des Liberators aus dem Trichter ragte. Mullins sah, daß Abul bereits herauskletterte und der neue Fahrer den Panzer übernahm. Wenigstens würde es keine langen Diskussionen darüber geben, wer warum auf welchem Fahrzeug saß. »Ist noch etwas, Sir?«

Natürlich war da noch etwas, und Mullins wußte es genau. Der Optio müßte Fragen über den Einsatz des Zuges stellen, über die letzten Serviceberichte, die Kampfbereitschaft des Zuges, darüber, wer wo zugeteilt war, freie Stellen, Standardüberholungen und so weiter und so weiter. Der Optio müßte etwas in der Art sagen wie: »Ich gehe jetzt zu meinem Panzer, Sergeant. Kommen Sie bitte in fünf Minuten herüber, um mich betreffs des Zuges zu informieren.«

»Warum suchen Sie nicht erst einmal Ihren Panzer auf, Sir?« drängte Mullins. »Ich werde in ungefähr zehn Minuten da sein, um Sie über den Zug aufzuklären.« Das würde Mullins Zeit lassen, ein wenig zu essen und die Zigarre zu Ende zu rauchen.

»Gut, Sergeant.« Karstil war dankbar, daß ihn der Sergeant in Bewegung brachte. Die zehn Minuten würden ihm Gelegenheit geben, den Panzer aufzusuchen, sich einzurichten und auf das Gespräch vorzubereiten. Außerdem hatte er dann die Möglichkeit, im Offiziershandbuch nachzusehen, was er als nächstes tun mußte. Mit hörbarem Grunzen schulterte er den Packsack und wandte sich dem kaum sichtbaren Panzer zu.

Als Karstil das Gefährt erreichte, kletterte er den Geschützturm des Liberators empor. Auf der Offiziersakademie und beim Übergangskurs der Rebellenlegion hatte er auf Panzern gelernt, aber noch nie war er auf oder in einem Liberator gewesen. Sämtliche Waffen – die 150-mm- und 50-mm-Gausskanonen, der 5/6-Laser und das Vulcan III – waren außen am Geschützturm angebracht. Dadurch waren sie einfacher zu überholen, aber auch empfindlicher in der Schlacht. Der Liberator stand im Ruf, schnell und leicht zu sein; notwendige Attribute, wenn man die recht leichte Panzerung bedachte. Aber der Geschützturm war viel geräumiger als die meisten Türme, was zu den beliebten Vorteilen dieses Panzers zählte.

Egal wie brutal und tödlich ein Kampf war, ein Soldat verbrachte die meiste Zeit damit, auf die Feinde zu feuern. Im Liberator, mit seinem großen Innenraum, konnte man es gut aushalten. Eine Geschichte – wahrscheinlich ohne jeden Wahrheitsgehalt – war im Übergangskurs herumgegeistert, daß ein Panzerkommandant im Rumpf des Liberators eine vollständig ausgerüstete Bar eingerichtet hatte. Wahr oder nicht – Platz genug gab es jedenfalls.

Die drei Luken des Geschützturms waren geöffnet, der sanfte Schein der Gefechtsbeleuchtung im Inneren leuchtete schwach nach draußen. Es gab genug Licht, um den Fahrer erkennen zu können, der in der Nähe seines im Mittelpunkt des Rumpfes befindlichen Sitzes herumkramte. Im Gegensatz zu vielen gepanzerten Kampffahrzeugen (GKF) befand sich der Fahrersitz im hinteren Teil des Rumpfes, hinter dem Richtschützen und dem Kommandanten. Der Fahrer steuerte mit Hilfe von Monitoren und Geländedisplays, konnte also nie wirklich sehen, wohin er fuhr. Soweit es den Fahrer betraf, war das System sicher, aber auch schrecklich klaustrophobisch.

Karstil kletterte durch die rechte vordere Luke und zerrte den Packsack hinter sich her. Der Fahrer schaute auf, Erleichterung malte sich auf seinen Zügen ab.

»Guten Abend, Sir. Ich bin Duncan Spint, der Fahrer.«

»Abend, Spint. Karstil. Ich sehe, Sie machen es sich gemütlich.«

Spint grinste verlegen. Er hatte es sich in der Tat gemütlich gemacht. In der Annahme, der einzige Insasse des Panzers zu sein, hatte er seine Sachen über das ganze Turmdeck verteilt. Seine eigene Kabine war winzig, da der Konstrukteur des Panzers die Geräumigkeit nicht auf die Fahrerkabine ausgedehnt hatte. Er fing an, ein paar Sachen zusammenzusuchen.

»Schon in Ordnung, Spint. Lassen Sie alles liegen«, sagte der Optio. »Bis jetzt sind wir nur zu zweit, und ich brauche nicht soviel Platz für meine Sachen.« Er bereute den Satz, sobald er ihm über die Lippen gekommen war. Nun würde Spint glauben, das Turmdeck gehöre ihm, und Karstil wollte den Platz gern ordentlich haben, wenn Mullins eintraf. Entweder mußte er Spint zum Aufräumen bringen oder dem Sergeanten den Eindruck von Schlamperei vermitteln. Befehle zu erteilen fiel ihm noch nicht leicht. Er beschloß, es in Zukunft besser zu machen.

Karstil brauchte nur wenige Sekunden, um den schweren Sack in der rechten Turmhälfte zu verstauen.

Er entschied, die persönlichen Sachen erst nach dem Gespräch auszupacken, zog sein Notizbuch hervor und schrieb ein paar Stichpunkte auf. ›Personal‹ war das einfachste Thema, gefolgt von ›Lage‹ und ›Ausrüstung‹. Wieder knurrte ihm der Magen, worauf er den Sack durchwühlte, um nach einer Notration zu suchen. Dann entschied er sich anders und schrieb ›Versorgung‹ in das Notizbuch.

»Abend, Sir.« Mullins' runder Kopf zeichnete sich in der Kommandoluke ab, der kalte Stummel einer Zigarre hing im Mundwinkel.

»Kommen Sie rein, Sergeant. Ich habe ein paar Fragen.«

12

Rilus V, Shannedam County
Commonwealth
3. November 6830

Roglund Karstil starrte durch die offene Luke seines Panzers auf die unbekannten Sternbilder des Nachthimmels und ließ seine Gedanken zu dem Gespräch mit dem Zugsergeanten zurückschweifen. Es war ein gutes, wenngleich etwas vorsichtiges Treffen gewesen, denn jeder der beiden hatte versucht, etwas über das Wesen des anderen herauszufinden. Mullins schien fähig zu sein, aber ein wenig eigensinnig. Die Zugformation, die Karstil nicht verändert hatte, war ein Zeichen des Selbstbewußtseins des Sergeanten und zeigte, wie gering sein Vertrauen zur Obrigkeit war. Es schien, als glaube Mullins nicht an die offiziellen Berichte, daß Rilus ziemlich weit von der Front entfernt lag. Darüber mußte Karstil noch nachdenken. Am besten war es, die Dreiecksformation bei Nacht beizubehalten, aber er würde noch zwei Panzer mit dem seinen in einer Reihe aufstellen. Dadurch konnten sie die Vorderseite besser im Auge behalten und Feuerschutz gewährleisten, während sein Panzer hinten für Sicherheit sorgte.

Die Stärke des Zuges war gut, nur ein Mann zu wenig. Die Entscheidung, diesen Mann im Gefährt des Zugführers fehlen zu lassen, war annehmbar, da dieses wahrscheinlich der letzte Panzer sein würde, der während der Schlacht feuerte. Die Pflicht des Zugführers bestand darin, die Bewegungen und das Feuer der anderen Panzer zu führen und nicht selbst teilzunehmen, außer wenn es unumgänglich war. Der Panzerkommandant konnte die Waffen augenblicklich selbst abfeuern, also stellte das Fehlen des Richtschützen kein unüberwindliches Problem dar.

Die anderen Panzer besaßen volle Mannschaften. Mullins hatte alle alten Hasen in seinem Fahrzeug versammelt. Auch das war verständlich, aber eigentlich nicht der beste Platz für die erfahrenen Leute. Mullins wollte Männer um sich haben, die er kannte und denen er vertraute. Das ließ seine Beurteilung der anderen Zugmitglieder ein wenig hart erscheinen, aber Karstil war sicher, daß zukünftige Übungen die Einheit fest zusammenschweißen würden.

Sein eigener Fahrer, Duncan Spint, war eine unbekannte Größe. Früher hatte er einen Eradicator gefahren, ein bedeutend moderneres und ausgefeilteres Fahrzeug als der alternde Liberator. Spint mußte sicher einiges Neue lernen, aber ein Fahrer blieb ein Fahrer. Der einzige Haken bei Spint war, daß er Karstil und die 2567. Legion als Unglücksfall betrachten mochte. Etwas derartiges hatte Präfekt Kenderson in seiner Ansprache erwähnt, dagegen mußte man sich wappnen.

Farwell, Umbartis und Kloun, Kommandant, Richtschütze und Fahrer von Nummer drei, waren ausnahmslos neue Leute. Farwell war ein Veteran, wie es sein Rang anzeigte, und man konnte davon ausgehen, daß er das Richtige tun würde. Die 1717. Legion, seine alte Einheit, hatte einen guten Ruf, und er wäre nicht Sergeant geworden, wenn er nicht gut gewesen wäre. Umbartis, laut Mullins, war ebenfalls fähig. Die Versetzung an die Geschütze in Nummer drei war die Belohnung für die harte Arbeit, die er in der Woche geleistet hatte, seitdem er bei dem Zug weilte. Das mußte beachtet werden. Kloun war zur gleichen Zeit wie Umbartis gekommen und war Mullins' Fahrer gewesen. Gemäß Mullins' Aussage konnte man auch gegen ihn nichts Schlechtes sagen.

Die jetzige Situation hatte zwei verschiedene Bedeutungen. Sicher, der Zug war Teil einer Zenturie, die einen Teil einer Kohorte bildete, die wiederum Teil einer Manus war, welche schließlich einen Teil einer Legion darstellte. Und die Legion schrieb Übungen vor, um den Zustand und die Leistungsfähigkeit der Panzer und der Kommunikationsausrüstungen zu überprüfen. Das war verständlich, aber es gab noch eine andere, zweite Seite. In jeder Nacht bezogen die Züge eine andere Verteidigungsstellung. Heute sollten sie als Teil einer Manus-Reihe Aufstellung nehmen, um den Rest der Legion nach hinten zu verteidigen. Dahinter lag ein bestimmter Gedanke betreffs des ›Standorts des Feindes‹. Aber Mullins hatte den Zug in einer Rundumverteidigung aufgestellt, als sei er Teil einer Patrouille auf feindlichem Gebiet. Das zeigte sein fehlendes Vertrauen in die Fähigkeiten der Zenturie, sich selbst zu verteidigen. Aber wenn jeder Zug es vorzog, lieber sich selbst anstelle der Zenturie zu schützen, würde sich das zu einem Problem auswachsen. Die Zenturie bestand aus den verstreuten Einheiten, die zusammenarbeiten mußten, um vorwärtszukommen. Genau aus diesem Grund waren sie nach Rilus gerufen worden, um Übungen durchzuführen.

Karstil wollte glauben, daß die Zenturie ›lebensfähig‹ war. Er wollte den anderen Panzerzügen und Infanterietruppen vertrauen können. Aber ganz offensichtlich hatte Mullins keinerlei Vertrauen zu den übrigen Zügen. Er hatte etwas über die Lage auf Caralis gemurmelt und das Thema dann fallenlassen. Es gab etwas, das die Dinge auf jener gräßlichen Welt betraf und wie ein Virus in den Adern derjenigen wühlte, die schon dort gewesen waren. Karstil nahm sich vor, das näher zu untersuchen. Die Ausrüstung war der zweite wunde Punkt bei Mullins. Zwischen Mullins und der Instandsetzungstruppe herrschte ein unübersehbarer Mangel an Vertrauen. Als Karstil sich erkundigte, wann die Fahrzeuge zur monatlichen Überprüfung durch die Legionstechniker mußten, hatte Mullins geknurrt: »Das machen wir selbst. Wir kennen die Panzer besser als diese Schraubenjockeys.« Weitere Fragen hatten den Eindruck an den Tag gebracht, daß Mullins, je ›höher‹ die Stelle war, der die Instandsetzungstruppe angehörte, um so weniger von ihr hielt. Der Instandsetzungspunkt der Zenturie war annehmbar, solange die Mannschaft des Panzers das Fahrzeug zur Wartung begleitete. Der Kohorteninstandsetzungspunkt war mit Mißtrauen zu betrachten, und das Wartungszentrum der Legion mußte unter allen Umständen gemieden werden. »Wir müssen deren Arbeit nachprüfen«, hatte Mullins gesagt. »Und wenn ich sage: prüfen, dann meine ich das auch. Wir müssen den ganzen Panzer auseinandernehmen, wenn er von denen zurückkommt. Man kann nie wissen, was diese Dummköpfe mit ihren Wurstfingern zerbrochen oder verbogen haben, während der Panzer unter ihrer zartfühlenden Obhut war.«

Auch das würde ein Problem sein, und Karstil wußte nicht, wie er es handhaben sollte. Das ›Wir sind alle Brüder‹-Konzept, das Teil der Rebellenlegion war, schien bei dieser Legion keinen Anklang zu finden. Karstil hatte immer gern mit Fahrzeugen gearbeitet und als Junge am Familien-Gravsedan herumgeschraubt. Er hätte den Liberator mit Freuden auseinandergenommen, hatte aber keine Lust, die zwei Kilotonnen schweren Greshamfedern mit dem einfachen Werkzeug des Zuges wieder einzubauen. »Wie viele Männer brauchen Sie, um eine Gravfeder auszuwechseln?« »Zwölf. Elf, um die Feder zu halten, einen, um den Panzer zu drehen.« Sogar der alte Witz verlangte zuviel. Er hatte bloß neun Männer im Zug.

Die Liberatoren waren alte Modelle, den TOF-Opprimos nachempfunden, die vor fast 150 Jahren von den Rebellen mitgebracht worden waren. Natürlich hatte man sie unzählige Male verbessert und verändert, neue Schilde und Panzerungen entworfen, wenn sich in der Schlacht die Schwächen des Originals zeigten. Viel zu viele Liberatoren waren im Einsatz, wurden dringend im Kampf gegen das TOG gebraucht, so daß keine Zeit blieb, sie ganz aus dem Verkehr zu ziehen, um die Schwachstellen zu beheben. Sie mußten weitermachen, so gut es ihnen möglich war.

Ein paar Schwierigkeiten konnten auf dem Feld oder durch die Legionswartung behoben werden. Das schwierige Problem des Geschützturmrings konnte bis zu einem gewissen Grad gelindert werden, wenn die Mannschaft ihre Packsäcke außen am Fahrzeug anbrachte. Das sorgte zwar nicht gerade für viel mehr Schutz, gab aber der Crew die Illusion von Sicherheit. Sie mußten aufpassen, um die seitlich angebrachten Waffen nicht zu behindern, indem sie die Traverse mit Ausrüstung beluden. Schließlich sollte der Panzer in erster Linie schießen und nicht Schutz bieten. Die Legionswartung konnte das alte J-04 Vulcan III-Abwehrsystem durch das neuere J-11 oder J-12 ersetzen, aber dazu mußte man die Panzer einer der Gruppen überlassen, denen Mullins mißtraute. Karstil fragte sich, ob das neue Vulcan-System es wert war, sich mit seinem Zugsergeanten anzulegen.

Der Liberator hatte auch seine Vorteile. Er war ungefähr 50 % schneller als der Catapult, und, anders als der neue Scorpion, Spartius oder das Trojanische Pferd, verfügte er sowohl über kinetische Energiewaffen als auch über tödliche Distanzlaser. Auf 3000 Meter konnte er einen feindlichen Romulus mit der 150-mm-Gausskanone zerstören, während der Gegner noch damit beschäftigt war, den Rumpf des Liberators anzupeilen.

Der TOG-Horatius war ein würdiger Gegner, aber seine Hauptwaffe, ebenfalls eine 150-mm-Gausskanone, war im Rumpf angebracht. Der Liberator konnte, auf offenem Gelände und bei schneller Geschwindigkeit, neben den Horatius gelangen und seine am Geschützturm sitzenden Waffen voll ausnutzen. Einen Frontalkampf zu provozieren war völlig unsinnig, denn der Turm des Liberators war viel zu ungeschützt für dergleichen Gefechte. Das Überleben des Liberators hing davon ab, daß er sich schnell bewegen und direkt feuern konnte.

Bei einem schweren Gravpanzer wie dem Trajan sah die Sache anders aus. Um diesem einen tödlichen Treffer zu verpassen, mußte der Liberator mehrmals mit der 150-mm-Kanone treffen. Die Kanone war gut, mußte sich aber erst durch einen 100 Zentimeter dicken Panzer fressen, bevor die Möglichkeit eines Todesstoßes bestand. Die Tatsache, daß der 5/6-Laser das gleiche Zielsystem wie die Kanone benutzte, war von Vorteil. Konnte der Richtschütze den äußeren Panzer mit den hochexplosiven Außenhautpenetrations-Salven (HEAP) der Kanone aufbrechen, brauchte er nur noch den 5/6-Laser hinterherzuschicken. War der Kanonier geschickt oder hatte er Glück, fand der Laser dieselbe Öffnung. Jeder weitere Treffer in die HEAP-Wunde drang mindestens bis zum ballistischen Schutz vor, und wenn der Laser den gleichen Weg wie die Salve nahm, waren die Ergebnisse spektakulär. Zwei solcher Treffer erledigten das Waffensystem, trafen den Richtschützen oder verwundeten den Kommandanten. Außerdem blieb ein riesiges Loch im Geschützturm zurück. Das reichte aus, um jedem TOG-Zenturio Zeit zum Nachdenken zu geben.

Die ganze Zeit während des Gesprächs mit Mullins hatte Karstils Magen geknurrt, aber der andere hatte nicht einmal über die Verpflegung für den Abend gesprochen. Karstil entschied, daß auch morgen noch Zeit genug war, sich um etwas Eßbares zu kümmern. Das Fett, das er an Bord der *Maiestas* angesetzt hatte, würde ihn bis zum Morgen über Wasser halten. Vielleicht verlor er sogar ein wenig des Gewichts, das er während der Reise zugenommen hatte. Er rollte sich auf die Seite und zog sich die Decke über den Kopf. Morgen war auch noch ein Tag, der erste Tag. Er würde sein Offiziershandbuch studieren, jede Regel und jede Vorschrift in sein Gehirn einbrennen. Um mit Präfekt Kendersons Worten zu sprechen: Er würde das tun, was nötig war, um der beste Offizier der Einheit zu werden, oder aber bei dem Versuch sterben. Mit Vorsätzen und Hoffnungen angefüllt, fiel er in tiefen Schlaf.

Mullins zündete die Zigarre wieder an, schnippte das Streichholz mit den Fingern aus und ließ es in den Turm fallen. Unten schliefen Grouse und Abul, zusammengerollt wie ein paar Katzen. Mullins würde sie noch ein wenig schlafen lassen, bevor er Grouse weckte und zur Bewachung des Zuges abstellte. Er hatte dem Optio gegenüber nichts von der Nachtwache erwähnt, und der junge Offizier hatte nicht daran gedacht, zu fragen. Gut. Mullins würde den Zug leiten und die internen Schwierigkeiten regeln, während der junge Optio sich mit den großen Dingen herumschlug.

Er war mit dem ersten Treffen mit Karstil zufrieden. Der Optio hatte nicht unbedingt die richtigen Fragen gestellt, aber zumindest genug Fragen. Als sie über die Wartung redeten, hätte Mullins beinahe den Draht erwähnt, den er an der Beschleunigungsspule der 50-mm-Kanone entdeckt hatte. Dann entschied er sich dagegen. Sollte sich der Optio erst einleben. Mullins wollte den jungen Offizier erst einmal besser kennenlernen, bevor er ihm eine solch schwerwiegende Angelegenheit unterbreitete.

Die Erinnerung an den kleinen Draht geisterte durch seine Gedanken, obwohl er alle Waffen des Zuges überprüft hatte, ohne noch etwas zu entdecken. Er versuchte, sich mit der Gewißheit zu beruhigen, daß sie es richtig anfingen. Der Optio hatte ihn gedrängt, die

Panzer zur Legionswartung zu bringen, um die monatliche Inspektion durchführen zu lassen. Mullins entschied, daß er jedes Fahrzeug überprüfen mußte, wenn es zurückkam, aber das konnte er unter dem Mantel einer Generalüberholung tun. Er hatte keine Ahnung, was er dem Optio sagen würde, wenn er noch etwas fand. Nun, das hatte Zeit, bis es soweit war.

Ein Blick auf das schwache Licht des Datendisplays zeigte ihm den Standort der anderen Fahrzeuge des Zuges und der Zenturie an. Sein Zug war der einzige mit Rundumverteidigung, aber das konnte er rechtfertigen, denn sie bildeten die Flanke der Zenturie. Der andere Panzerzug befand sich auf der rechten Flanke, der Infanteriezug am Hauptquartier. Mullins schnaubte. Es gab genug Leute im Hauptquartierzug, die deren eigene Sicherheit gewährleisten konnten. Dafür brauchten sie keine zusätzliche Infanterie.

Es gefiel Mullins gar nicht, die ganze Infanterie beim Hauptquartier zu wissen. Gravpanzer waren eindrucksvolle Kampfmaschinen, aber sie waren der Infanterie gegenüber im Nachteil. Er war der Ansicht, daß man gegen feindliche Fußtruppen am besten eigene Fußtruppen einsetzte. Es war immer beruhigend, wenn eine Infanteriegruppe bei den Panzern lagerte, besonders bei Nacht. Sie sorgte für zusätzliche Sicherheit und konnte die feindlichen Legionäre wenigstens 600 Meter weit entfernt halten. Die Feinde waren auf diese Entfernung immer noch gefährlich, konnten dann aber wenigstens keine Nahangriffe auf die ruhenden Panzer ausführen. Kein Panzerführer, der bei klarem Verstand war, wollte feindliche Soldaten über seinen Geschützturm kriechen sehen. Auf keinen Fall. Und schon gar nicht bei Nacht.

Er zündete die Zigarre wieder an und sah dem erlöschenden Streichholz nach, das in das Panzerinnere fiel. Die herumliegenden Stäbchen verrieten ihm, daß er viel mehr Streichhölzer verbrauchte als Tabak – ein sicheres Zeichen dafür, daß das Leben seiner Zigarre dem Ende zuging. Er überlegte, ob er eine andere aus der verschlossenen Kiste im Kampfdeck holen sollte. Das bedeutete dann noch eine Stunde Wache. Er ließ die Zunge durch den Mund gleiten und schmeckte den säuerlichen Geschmack von zuviel Kampfverpflegung, zu vielen Zigarren und zu wenig Schlaf.

Franklin Grouse war die Wachablösung. Mullins kletterte in den Turm hinab und achtete darauf, nicht auf die Hände und Füße der Schlafenden zu treten. Er sah, daß Abuls Thermodecke von den Schultern des Mannes gerutscht war. Mullins zog sie wieder zurecht, bevor er seinen Nachfolger weckte. Sanft schüttelte er Grouse an der Schulter.

»Sie sind dran. Wecken Sie Abul in zwei Stunden, und sagen Sie ihm, daß er mich nach zwei Stunden wecken soll.« Mullins wartete, bis Grouse richtig wach war, sich die Stiefel angezogen, die Augen gerieben und gestreckt hatte. Dann sah er ihm fest in die Augen und wiederholte seine Anweisungen. »Ich nehme Ihre Koje. Sie seine. Völlig unnötig, überall Schlafsäcke rumliegen zu lassen.«

Grouse murmelte etwas.

»Was?«

»Ich nehme die Hängematte«, witzelte Grouse, als befände er sich an Bord eines uralten U-Bootes.

»In Ordnung. Halten Sie Kurs und Geschwindigkeit. Rufen Sie mich, wenn was ist.«

»Roger, Sergeant. Roger, Roger.«

Mullins kroch in den warmen Thermokokon. Wie alle guten Soldaten brauchte auch er keine Anpassungszeit. Er schlief in dem Moment ein, als sein Kopf das Titangitter des Fußbodens auf dem Kampfdeck berührte.

13

Rilus V, Shannedam County
Commonwealth
10. November 6830

Das Trainingsprogramm der 2567. lief weiter. Der letzte Neuzugang, Quentain Podandos, stieß zu Karstils Zug, nachdem man ihn eine Woche im Hauptquartier festgehalten hatte. Er hatte sich direkt vom Krankenhaus dort gemeldet, und der Zenturio hatte ihn eine Woche lang leichten Dienst verrichten lassen, bevor er ihn zu Karstil schickte. Der Mann trug noch immer Plastohaut an Gesicht und Händen – anscheinend Wunden, die er in einer kürzlich stattgefundenen Schlacht erlitten hatte. Die rosige Ersatzhaut würde nach ein paar Wochen eine normale Färbung annehmen, aber bis dahin mußte der Mann vorsichtig sein. Karstil wunderte sich oftmals über die Fortschritte der medizinischen Wissenschaften. Sie waren so gut, daß sie synthetische Haut herstellen konnten, die der Gastkörper nicht abstieß, aber sie waren nicht so gut, daß die Haut auch sofort nach dem Auftragen echt aussah. Karstil erkundigte sich bei dem Triarii nicht wegen der Wunden, sondern prüfte die Vorgeschichte des Mannes, um herauszufinden, was geschehen war. Podandos hatte als Kanonier auf einem Pedden gedient und war verwundet worden, als seine Kohorte auf dem Planeten Caralis angegriffen wurde. Als er wieder aus der Klinik entlassen wurde, hatte ein anderer seinen Platz eingenommen, und Podandos war als ›Springer‹ zur Manus gekommen, ein Soldat, der bisher noch keine bestimmte Aufgabe hatte. Er war in die Reihe der Ersatzleute eingegliedert worden, bis er schließlich bei der Legion und bei diesem Zug gelandet war. Karstil brauchte eigentlich keinen weiteren Fahrer, aber Podandos' Akte wies ihn als qualifiziert in der Handhabung des AP-Lasers aus. Zwar gab es diese Waffen im Zug nicht – etwas, das der Optio tief bedauerte –, aber jeder in der Waffenbedienung ausgebildete Soldat war eine Bereicherung.

Aus einem Karstil unbekannten Grund war der Mann bis jetzt von jedem Kommando abgelehnt worden. Karstil schüttelte sich bei dem Gedanken an die Kette seiner Versagen, die ihn zu seinem jetzigen Posten geführt hatten. Vielleicht ging es diesem Podandos ähnlich. Außerdem glaubte er, daß es ein gutes Omen war, zwei ›einzige Überlebende‹ in seinem Panzer zu haben. Die Tatsache, daß sowohl Quentain wie auch Duncan Überlebende waren, mochte dem Kommandopanzer Glück bringen. Und nach dem Verlauf des Trainings zu urteilen, brauchte Karstil alles Glück, das er bekommen konnte.

Der Zug war recht gut, aber unter der Oberfläche schwelte eine ungute Spannung. Karstil merkte es daran, wie die Männer ihren Pflichten nachgingen. Sie waren nicht träge. Seine Leute waren fähig, aber es schien, als wäre ihnen nichts wichtig. Mullins und Farwell waren Berufssoldaten, die ihre Arbeit mit Stolz erfüllte, aber Karstil konnte nicht feststellen, was bei den anderen nicht stimmte.

Als die Panzer von der Legionswartung zurückkamen, hatte Sergeant Mullins die Männer jedes Teil der Fahrzeuge überprüfen lassen. Kommunikationssysteme, Zielcomputer und Waffen wurden abmontiert und untersucht. Mullins sagte, es sei eine gute Übung für die Truppen, alles vor sich liegen zu sehen. Sie würden mit den Einzelteilen vertraut werden und Vertrauen zur Ausrüstung und zu sich selbst bekommen. Wie sagte er immer wieder zu den Männern? »Euren Panzer kennen heißt, euren Panzer zu lieben.« Das stimmte. Während bei den anderen Zügen kleinere Pannen vorkamen und die Panzer zur Zenturien- oder Kohorteninstandsetzung gebracht werden mußten, brachte Karstils Zug alle Fahrzeuge jeden Abend zurück ins Lager. Einmal mußte Mullins seitlich auf Nummer zwei mitfahren und einen Teil des Marshman-Antriebs festhalten, damit der Panzer nicht aus der Reihe fiel. Mullins und die Mannschaft verbrachten die Nacht damit, den Antrieb mit Teilen zu reparieren, die aus unbekannten Quellen stammten. Karstil fragte nicht, woher sie kamen, und Mullins gab auch keine Erklärungen ab.

Die Kohorte war der Zenturie recht ähnlich. Die Dinge gingen ihren Gang, aber man spürte den fehlenden Zusammenhalt. Laut Mullins, der eine Quelle für alle militärischen Informationen und Meinungen war, lag es daran, daß der Zenturio Maximus ›verrückt geworden war‹. Der Sergeant wollte nichts weiter über das Thema verraten, aber jedesmal, wenn ein Befehl der Kohorte den Zug erreichte, schüttelte er den Kopf und murmelte vor sich hin.

Karstil fiel auf, daß er jetzt auch noch andere Dinge zu tun hatte. Zum einen begriff er erst jetzt das Rangsystem der Rebellenlegion. Es wurde ein organisatorisches System angewandt, das man fast 6000 Jahre, bis zum Römischen Reich, zurückverfolgen konnte. Sowohl das Commonwealth als auch die Rebellen benutzten die Legion als große Haupteinheit, aber in den Abteilungen darunter differierten die Namen mit dem Kommando. Wo das Commonwealth eine Brigade hatte, hatten die Rebellen eine Manus. Wo das Commonwealth Bataillone und Kompanien hatte, benutzten die Rebellen Kohorten und Zenturien.

Die Ränge der Führer waren ebenso archaisch. Die Rebellen-Zenturie (eine Commonwealth-Kompanie) wurde von einem Zenturio kommandiert, nicht von einem Commonwealth-Captain. Die Kohorte (das Bataillon) wurde von einem Zenturio Maximus anstelle eines Lieutenant-Colonels befehligt, und ein Legatus und kein Colonel hatte die Manus (Brigade) unter sich. Die Rebellen hatten verschiedene Ränge, die im Commonwealth benutzt wurden, abgeschafft. Es gab bei den Rebellen nur zwei Ränge für jüngere Offiziere, Optio und Zenturio, während das Commonwealth Second Lieutenant, Lieutenant und Captain hatte. Bei den älteren Kommandeuren gab es den Zenturio Maximus und Legatus, während das Commonwealth Major, Lieutenant-Colonel und Colonel hatte. Bei den Rebellen ernannte der Legatus Maximus den Legatus zum Kommandeur der Manus Prima oder Ersten Manus.

Es gefiel Karstil, Zugführer zu sein, ohne daß sich das Hauptquartier in seine Angelegenheiten mischte. Zenturio Cobaro Freund sollte den Zug einmal in der Woche inspizieren, aber im großen und ganzen glänzte er durch Abwesenheit. Der Zenturio Maximus, Tartus Nollen, war erst einmal, im Anfangsstadium des Trainings, vorbeigekommen. Der Besuch war nichts als eine Pflichtübung gewesen, hatte Karstil aber beunruhigt.

An jenem Tag hatte sich der Zug während der Mittagsruhe unter ein paar Bäume zurückgezogen. Mullins hatte – wie immer – die Mannschaften aus den Panzern geholt und an die Gravantriebe gesetzt. Nicht, daß etwas nicht gestimmt hätte. Mullins war einfach nur besessen davon, bei jeder Pause neue Überprüfungen durchführen zu lassen. Die Männer nahmen ihre Mahlzeit während der Arbeit ein, und Karstil war bei ihnen. Erst als er einen Schritt rückwärts machte und seinem Zenturio auf die Zehen trat, erfuhr er von dem offiziellen Besuch. Der Mann, den er angerempelt hatte, war Nollen, ein verehrter Held der Rift County-Kampagne und Zenturio Maximus der Kohorte. Karstil stand stramm und salutierte, wobei er den ölbeschmierten Arm heben mußte. Sein Kampfoverall stand bis zur Hüfte auf, das Oberteil hatte er heruntergeschält und die Ärmel um den Bauch geknotet. Das entsprach zwar nicht den Regeln betreffs des Tragens einer Uniform, aber so wurde sie wenigstens nicht fleckig.

»Hat man Sie gelehrt, Ihre Uniform so zu tragen?« Zenturio Freund spuckte die Worte einzeln aus; offensichtlich war er verärgert. Hinter ihm, in korrektem Abstand, wartete Sergeant Justine Gortos, Senior Sergeant der Zenturie. Mit einem Metallstift machte sie heftig Notizen auf ihrem Elektroblock. Karstil war verwirrt und spürte seine aufkeimende Selbstsicherheit schwinden. Er wußte, daß die Gegenwart seines Vorgesetzten irgendwelche Handlungen erforderte, aber in diesem Augenblick hatte er keine Ahnung, welche. In der Kaserne hätte er »Achtung!« gebrüllt. Im Feld oder während die Männer bei der Arbeit waren, hätte er etwas anderes rufen müssen. Er glaubte, »Rührt euch!« wäre der richtige Befehl gewesen, aber da der Kommandeur direkt vor ihm stand, konnte er schlecht losbrüllen, ohne daß es ausgesehen hätte, als wolle er den Kommandeur zum Schweigen bringen. Er wählte die dritte Lösung jedes Problems: Er schwieg. Er hoffte, daß Mullins die Neuankömmlinge erspäht hatte und die ordnungsgemäßen Schritte einleiten würde.

Weder Freund noch Nollen hatten bisher seinen Gruß erwidert. Dadurch ergab sich ein weiteres kleines Problem. Karstil fühlte sich wie ein Idiot, weil er mit erhobenem rechten Arm, der im 45-Grad-Winkel gebogen war, die Handfläche offen nach außen zeigend, vor seinen Vorgesetzten stand. Wie lange muß ein Mann grüßen, wenn sein Gruß nicht erwidert wird? Das Handbuch wußte darüber Bescheid, aber Karstil kannte die Regel nicht auswendig. Wenn er den Arm zu früh senkte, bestand die Gefahr, daß er Freund oder Nollen in dem Moment nicht mehr grüßte, wenn sie den Salut erwidern wollten. Während er innerlich mit sich rang, ermüdete sein Arm, er fühlte, wie sich die Schultermuskeln immer mehr verspannten.

»Sie sind eine Schande für die Uniform«, fuhr der Zenturio fort. »Offiziere haben nicht an Wartungsarbeiten teilzunehmen. Dafür gibt es die einfachen Soldaten.«

Karstil konnte die anderen Mannschaftsmitglieder nicht sehen, aber er spürte ihre Augen und die des ganzen Zuges auf sich ruhend. Wo, zum Teufel, steckte Mullins? Sein Arm, den er noch immer erhoben hielt, brannte vor Erschöpfung. Hinter Freunds Rücken sah er, wie sich Nollen bückte, um etwas vom Boden aufzuheben.

»In Ordnung. In Ordnung.« Freund erwiderte den Gruß, so daß Karstil den Arm senken konnte. Inzwischen starrte Zenturio Maximus Nollen in die Baumwipfel, als habe er das kleine Drama gar nicht bemerkt. Er hielt sich eine kleine Blume vor die Nase, während er den Wald betrachtete.

»Dies ist ein offizieller Halt. Warum befinden sich alle Panzer im Wald? Wir konnten Sie kaum finden«, bellte Freund. Die Sergeantin machte sich fortwährend Notizen. Karstil wußte, daß dies in seiner Führungsakte erscheinen würde.

»Ein männliches Rotkehlchen«, sagte Nollen, der immer noch von dem Geschehen in den Bäumen gefesselt zu sein schien. Groß und dünn stand er da, leicht schwankend, als würde ihn der staubige Wind hin- und herwiegen.

Der Zenturio zögerte, beeilte sich dann aber, seine Tirade wiederaufzunehmen, als versuche er, die seltsamen Worte Nollens ungeschehen zu machen.

»Sagen Sie, Optio, ist das Ihre Auffassung eines Kommandos? Die Männer ohne Uniform herumrennen zu lassen, während Sie …«

»Tatsächlich, ein männliches Rotkehlchen. Kein

Zweifel. Ich kann es von hier aus sehen«, fuhr Nollen fort.

Karstil, der immer noch reglos und steif dastand, warf Nollen einen verstohlenen Blick zu. Was war das? Vielleicht ein neuer Geheimcode?

Freund redete sich in Wut. Er war in Verlegenheit gebracht worden, weil der Zug nicht an dem Platz gestanden hatte, den er dem Zenturio Maximus genannt hatte. Jetzt wollte er sich reinwaschen, indem er dem Zenturio Maximus klarmachte, wessen Schuld das in Wirklichkeit war. Aus den Augenwinkeln bemerkte Karstil, daß die anderen Soldaten seines Zuges die Uniformen anlegten. Wenigstens brachte Mullins die Männer auf Trab, damit es keine weiteren Probleme gab.

Der Zenturio Maximus war eifrig damit beschäftigt, sein Ohr mit dem Nagel des kleinen Fingers zu säubern, und betrachtete das Resultat eingehend. Die kleine Blume lag vergessen auf dem Boden.

»In dieser Zenturie folgen wir bestimmten Regeln, Optio. Das sollten Sie wissen. Eine davon besagt, daß Sie Ihrem Hauptquartier mitteilen müssen, wo Sie sich aufhalten *und* was Sie tun.« Freund beugte sich von der Hüfte aufwärts vor, so daß sein Gesicht immer näher und näher auf Karstil zukam. »So weiß das Hauptquartier, was vorgeht. Egal, was Sie denken, Optio, Sie sind hier nicht allein.«

Karstil spürte, daß die ›Wenn ich die Möglichkeit hätte, würde ich Sie feuern‹-Rede dicht bevorstand. Er hatte sie schon öfter gehört, nicht nur einmal. Diesmal fühlte er jedoch, wie die Wut in ihm aufstieg. Es war nicht seine Schuld. Niemand hatte ihm gesagt, daß dies ein offizieller Halt war, und es war auf jeden Fall richtig, sich unter den Bäumen zu verbergen. Er befand sich genau da, wo er sein sollte. Vielleicht hätte er die Uniform anlassen sollen, doch auch das war verständlich. Es war richtig, daß Offiziere keine Wartungsarbeiten durchführen sollten, aber bei drei Fahrzeugen und nur neun Männern im Zug war es absurd, mehr als 10 % der Crew herumsitzen zu lassen wegen einer Formalität wie dem Offiziersprivileg. Wenn er gehen mußte, dann ging er mit fliegenden Fahnen. Er holte tief Luft und bereitete sich auf etwas vor, das er später bereuen würde.

»Reite auf dem Steckenpferd nach Banbury Cross, um die feine Dame auf dem weißen Pferd zu sehen.«

»Sir?« fragte Karstil völlig verdutzt. Er bemühte sich, sich daran zu erinnern, was das Handbuch über Codes sagte. Der Zenturio Maximus stand halb abgewandt von den beiden, sein Blick streifte durch den Wald. Karstil und Freund starrten einander an; der junge Optio suchte nach einer Erklärung, während der ältere Offizier sich einzugestehen weigerte, daß es etwas Ungewöhnliches gab.

»Was sagten Sie, Sir?« fragte Freund und trat unruhig hin und her.

»Ringe an ihren Fingern und Glöckchen an ihren Zehen, sie hört Musik, wohin auch immer sie geht.« Nollen beendete den alten Kindervers und schien sehr zufrieden mit sich zu sein. »Was wir brauchen, ist Musik, wenn wir uns bewegen.«

»Musik, Sir?«

»Ja. Ich habe Musik schon immer geliebt. Nicht unbedingt Militärmusik, obwohl wir die auch brauchen. Aber auch Balladen.«

»Ja, Sir«, sagte die Sergeantin.

Nollen starrte an den beiden Offizieren vorbei und nahm ihre Gegenwart kaum wahr.

Karstils Kiefer sackte nach unten, als ein Gedanke ihn traf. Dieser hohe Offizier, dieser vielfach ausgezeichnete Kriegsheld der Rebellenlegion, redete nicht in Codes. Er redete Unsinn.

Freund und die Sergeantin mit dem Notizblock wechselten entnervte Blicke, als hätten sie dies alles schon einmal erlebt. Der Zenturio Maximus hatte ihnen gar nicht zugehört. Die Wut schien Freund zu verlassen. Er sah Karstil in die Augen. »Vergessen Sie, was ich sagte, Optio. Vergessen Sie die ganze Begebenheit. Machen Sie weiter.«

»Ja, Sir. Das werde ich, Sir.«

»First Sergeant.«

»Sir?«

»Der Zenturio Maximus und ich werden jetzt gehen. Sorgen Sie dafür, daß man ihn zurück zur Kohorte bringt.«

»Ja, Sir.«

Als sie sich zum Gehen wandten, nahm Freund den Elektroblock aus den Händen der Sergeantin. Er drückte den ›Löschen‹-Knopf. Augenblicklich war das Gespräch für die Nachwelt verloren. Karstil drehte sich langsam herum und erblickte Sergeant Mullins, der eine gut zerkaute Zigarre aus der Brusttasche seines Anzugs zog.

»Haben Sie das gesehen?« fragte Karstil. »Der Kerl ist total verrückt.«

»Ja, Sir, das ist er tatsächlich«, erwiderte Mullins trocken, zündete die Zigarre an und wandte sich seinem Panzer zu.

Die Märsche und Scheingefechte wurden auf den weiten, endlosen Ebenen von Rilus fortgesetzt, während die Zenturie in die Kohorte und die Manus integriert wurde. Obwohl Karstil und seine Einheit zuversichtlicher wurden, vermeinte er doch das Fehlen eines wichtigen Bestandteils zu spüren. Der Infanteriezug der Zenturie hielt sich bei Nacht immer in der Nähe des Hauptquartiers auf. Dadurch war es den Gravpanzern möglich, sich ungehindert zu bewegen, ohne Angst haben zu müssen, versehentlich einen unglücklichen Fußgänger in den Boden zu rammen. Die Regeln der Rebellen besagten, daß die Infanterie sich um die Panzer versammeln mußte, aber die Standard-Operations-Prozedur (SOP) der Legion hielt sich nicht daran.

Alle Einheiten von der Manus bis zur Zenturie mußten üben, sich schnellstmöglich aus der geordneten Marschformation einer Kolonne zu lösen und anzugreifen. Dies lief nach dem Prinzip ab, mehr und mehr Druck auf den Feind auszuüben, indem die unbeteiligten Einheiten der Kolonne den Angriff plötzlich unterstützten. Um erfolgreich zu sein, mußte die Kommunikation auf ein Minimum beschränkt werden, und jeder Führer einer Teileinheit sollte seinen Instinkten folgen, wie es die jeweilige Situation erforderte.

Sobald die Führer der Formation Kontakt meldeten, wurde der Feind beschossen und angegriffen. Der Kommandeur der Truppe schätzte die Stärke des Feindes ab, die er dann dem Kolonnenführer mitteilte. Danach ging die nächste Einheit zum Angriff über, während der Kommandeur seinen Vorgesetzten in Kenntnis setzte. Der Prozeß wurde fortgesetzt, bis entweder der Feind besiegt oder die Kolonne keine Truppen mehr zur Verfügung hatte.

Dies setzte voraus, daß die Kommandanten in der Lage waren, schnelle und genaue Schätzungen der feindlichen Absichten und Kräfte zu machen, ihre Truppen so einzusetzen, daß sie mit der geschätzten Feindeszahl fertig wurden, und ihre Kommandeure über die sich fortwährend ändernde Lage auf dem laufenden zu halten. Zuverlässige Untergebene, gut ausgebildete Truppen und ein scharfes Auge waren die Stützen dieses Systems. Das – und Training, Training, Training.

Karstil liebte die Übungen. Mit 240 Stundenkilometern einen Meter über dem Boden auf offenem Gelände dahinzurasen, die Schutzmaske über das Gesicht gezogen, und das Gefühl des Windes, der an dem Overall zerrte – alles das gab ihm das Gefühl von Macht und Unbesiegbarkeit. Wenn sein Zug die Spitze übernahm, setzte er sich normalerweise in die Mitte, Farwell und Mullins auf die Seite, und sie bildeten ein fliegendes V. Es war ihm lieber, wenn Farwell und Mullins vornewegrasten. Farwell war ein guter Navigator und konnte sich erwartungsgemäß sofort in den Angriff stürzen, und Mullins war der überaus fähige Profi.

Von dem hinteren Platz aus konnte Karstil jede sich entwickelnde Lage übersehen und die entsprechenden Maßnahmen treffen. Außerdem wurde er so nicht sofort in den Wirrwarr einer Schlacht geschleudert und konnte die zusätzliche Zeit nutzen, das Hauptquartier von den Vorfällen in Kenntnis zu setzen. Wenn der Zug nicht in Führung war, setzte er die Panzer entweder als rechte oder linke Staffel zu der ersten Einheit ein, lauschte dem Sprechfunk, versuchte, die Situation selbst abzuschätzen, und bereitete sich darauf vor, ein Flankenmanöver durchzuführen, wenn der Zug in Feindberührung kam.

Das Problem bei der Technik lag im dauernden Funkverkehr. Auch mit vielerlei Kanälen und Synchronempfängern war es schwierig für Karstil, die Berichte der anderen Züge und die Befehle der Zenturie, seine eigenen Befehle und die Antworten der Panzer und die inneren Panzergespräche auseinanderzuhalten. Bei manchen Gelegenheiten schwoll das Gerede zu einem unverständlichen Gebrabbel an. Mullins ließ den Optio eine Weile schmoren, bevor er eine Lösung des Problems vorschlug; das Benutzen von Hand- und Armsignalen.

Auf der Offiziersakademie sprach man flüchtig über Hand- und Armsignale, aber die Vielfalt der Kommunikationssysteme machte sie überflüssig. In der Ausbildung traf das zu, da die Entfernung zwischen den einzelnen Panzern auf ein Minimum begrenzt wurde und die Lehrer die Anzahl der Einheiten, die eine Frequenz benutzten, niedrig hielten. Im Feld wurde das System schon bald mit Stimmen verstopft, die Befehle brüllten oder Berichte an Vorgesetzte weitergaben. Die Entfernung zwischen den Panzern betrug oftmals 400 Meter oder mehr. Wenn man aber sichtbare Zeichen geben wollte, mußte der Kommandant mit offener Geschützturmluke in die Schlacht ziehen. Das sprach gegen die Langlebigkeit eines Panzerkommandanten.

Andererseits, wie Mullins erklärte, war es leichter, von einem Standort zu befehligen, von dem aus man selbst etwas sehen konnte, als sich auf elektronische, thermale und seismische Sensoren auf dem Kommandodeck zu verlassen. Mullins war ein großer Befürworter des Gebrauchs der eigenen Augen und mißtraute elektronischen Geräten, lehnte sie sogar ab. Karstil konnte nicht feststellen, ob diese Abneigung nur ein vages Gefühl war oder aber auf Erfahrung beruhte. Anfangs zögerte er, die Arm- und Handsignale auszuführen, aber dann versuchte er es – und es klappte. Ein großer Nachteil dieses Systems war, daß die anderen Panzerkommandanten den Optio beobachten mußten. Nach ein wenig Übung gewöhnte sich der Zug aber an die Signale, und der Sprechfunk wurde auf ein zu bewältigendes Maß herabgesetzt. Die anderen Züge bedienten sich jedoch nicht dieses Systems.

Die Anwendung der Signale bei größeren Entfernungen war einfacher, als Kritiker glauben mochten. Jeder Panzerkommandant hatte ein Lasersignal zur Verfügung. Dieser Stift sandte einen winzigen Lichtstrahl über große Entfernungen, und die Kampfhelme waren rundum mit Lasersensoren ausgerüstet. Wenn eine Person ein Signal geben wollte, mußte sie nur den Laser auf den Empfänger richten und den Lichtstrahl betätigen. Der Sensor teilte dem Empfänger mit, daß seine Aufmerksamkeit gewünscht wurde. Danach war es einfach, sich durch Hand- oder Lichtzeichen zu verständigen.

Karstil fragte sich, ob Mullins das System empfahl, weil es einfacher war oder weil es ihm Gelegenheit gab, seine stinkenden Zigarren zu rauchen. Es war schlimm für die anderen Besatzungsmitglieder, eine Zigarre in einem verschlossenen Panzer ertragen zu müssen. Das Sensorenbild gewährte einen Rundumblick über 6400 Strich, aber Menschen mögen es nun einmal nicht, in einem Stahlkasten eingeschlossen zu sein.

Sichtbare Zeichen gaben dem Zug eine zusätzliche Sicherheit, die mit normaler Sensorausrüstung nicht zu erreichen war. Wenn man sich in einer mit elektronischen Sensoren angereicherten Umgebung ohne Elektronik verständigen konnte, so war dies von Vorteil. Es bereitete dem Feind Schwierigkeiten, einen stehenden Panzer zu entdecken. Die Benutzung des üblichen Funkverkehrs ermöglichte es den Gegnern, den Sender mittels ihrer Lauschausrüstung zu ›sehen‹. Handzeichen hinterließen keine Spuren.

Dann gab es noch einen verdeckteren Grund für das Handzeichensystem. Der Zug begann, wie eine Einheit zu denken und zu fühlen. Es gab ihm etwas, das die anderen nicht hatten. Das Gefühl, zusammenzugehören und den Befehlen des Zugführers zu gehorchen, leitete den Prozeß der ›Brüderlichkeit‹ ein. Die Panzerkommandanten beachteten die Standorte und Bewegungen der anderen Panzer mehr als zuvor. Schließlich wurde diese Beachtung zur Routine, und sie mußten die jeweils übrigen beiden Panzer des Zuges nicht mehr suchen. Da sie sie während der ruhigen Phasen beobachtet hatten, waren sie, wenn die Lage hitziger wurde, immer noch fähig, ihre Gefährten im Auge zu behalten.

Die Zenturie übte den Angriff nach Vorbereitung, die eilige Verteidigung und die Verteidigung vorbereiteter Stellungen. Der schnelle Angriff war ziemlich aufregend, aber die anderen waren entsetzlich langweilig. Langatmige Planungen für Bewegungen und den Feuerkampf kennzeichneten die vorbereitete Attacke.

Die Einheiten näherten sich der Sturmausgangsstellung und warteten, während das simulierte Artillerie- und Geschützfeuer auf die feindlichen Stellungen niederregnete. Sobald der Feind angeschlagen und verwirrt war, begann der Angriff und überrollte den Gegner. Die Geschwindigkeit bei diesen Attacken war gering, und Karstil fühlte sich nackt und unsicher, als er mit 120 Stundenkilometern vorwärtsschwebte. Der Angriff wurde verzögert, bis die Flankeneinheiten aus der Schußlinie gingen und alle feindlichen Widerstände gebrochen waren. Das bedeutete, daß alle erfolgreichen Angreifer ihre Geschwindigkeit drosseln mußten, während die Nachzügler aufschlossen. Das war nichts für einen Panzer!

Die Verteidigung war noch schlimmer. Die Panzer hockten in ihren Stellungen, während um sie herum die simulierten Artillerieeinschläge explodierten; die Schiedsrichter markierten alle in der Simulation zerstörten und beschädigten Panzer mit kleinen Lasern, die diese Fahrzeuge vorübergehend lahmlegten und aus dem Kriegsspiel ausscheiden ließen. Der erste Panzer, der bei jeder Verteidigung ausschied, war der des Zugführers. Das wurde gemacht, um die Verteidiger zu verwirren, aber erfüllte nie diesen Zweck. Bei der ersten Verteidigung hatte Mullins den Einsatz des Zuges und die Manöver geplant. Als Karstils Liberator für abgeschossen erklärt wurde, änderte sich am Kommando eigentlich gar nichts. Weil Karstil immer sofort tot war, lernten die beiden anderen Panzer, ohne die Anweisungen des Optio zu handeln. Und Karstil hatte nie die Gelegenheit, sich mit einem Angriff auseinanderzusetzen. Mullins war gut, und Karstil saß oben auf seinem ausgefallenen Panzer und beobachtete, wie sein Sergeant die Liberatoren von einer vorbereiteten Stellung zur anderen führte, um die näher kommenden ›TOG-Fahrzeuge‹ zu ›zerstören‹.

Das Training ging weiter. Karstil stellte sich jedem

neuen Tag, jeder neuen Herausforderung mit wachsender Zuversicht. Das Ende des Trainings war in Sicht. Die Richtschützenprüfung und ein endgültiger Betriebstest samt Inspektion kennzeichneten die Beendigung des Wiederholungstrainings der Manus. Danach kam der große Test auf sie zu.

Der Kampf.

14

Rilus V, Shannedam County
Commonwealth
14. November 6830

»Morgen, Sir. Nollen ist weg«, sagte Mullins.

Karstil kletterte gerade an der Vorderseite seines Panzers herab, als Mullins ihn mit dieser Ankündigung begrüßte. Er stand neben dem linken Bugsponson. Die muskulösen Arme waren verschränkt, die gewohnte Zigarre steckte zwischen den Zähnen. Die Bemerkung war nur eine Bemerkung gewesen, sonst nichts. Karstil hörte die Gleichgültigkeit seines Sergeanten heraus.

»Nollen?« fragte Karstil und blinzelte ins Sonnenlicht.

»Ja. Der komische Vogel, der mit den Vögeln redete und Musik wollte, wenn wir uns bewegen. Er ist weg. Letzte Nacht haben sie ihn in die Gummizelle gebracht.«

Die Neuigkeit löste keine Bestürzung bei Karstil aus. Soweit es ihn betraf, hatte Nollen bloß eine abstrakte Größe dargestellt, und ihre einzige und erste Begegnung war nicht gerade überwältigend verlaufen. Allerdings war es seltsam, wenn ein Kohortenkommandeur mitten in der Nacht verschwand. Normalerweise gab es ein Fest, und die Offiziere und Soldaten überreichten ein Geschenk. Als Adjutant eines Generals hatte Karstil gelernt, wie man aus den Leuten Geld herausholte, um ein Geschenk für einen ausscheidenden Kameraden zu kaufen. Wenn sich ein Kommandeur verabschiedete, den Ehrenstab in der Hand haltend, hatten die Offiziere und Soldaten der Einheit entlang der Straße Spalier gestanden, um einen letzten Salut auszubringen. Dies kommte eine eindrucksvolle Zeremonie sein.

Karstil wußte von seiner Erfahrung mit General Gentrund P. Beldarnus her, daß es nicht üblich war, die Kommandeure am Ende des Trainings auszuwechseln. Normalerweise geschah dies, *bevor* die Einheit mit dem Training begann, damit der neue Mann die Gelegenheit hatte, die Einheit kennenzulernen, bevor er mit ihr in die Schlacht zog. Diesmal hatte es kein Geschenk und kein Fest gegeben, und der Kommandeur war gegen Ende des Trainings gegangen. Sehr seltsam.

»Ich nehme an, sie haben die Leiche über Bord geworfen und heimlich davontreiben lassen«, sagte Mullins.

»Er war doch gar nicht so übel, Sergeant«, erwiderte Karstil, der sich verpflichtet fühlte, einen anderen Offizier zu verteidigen. Nichts als ein Reflex auf die Kritik eines Unteroffiziers an einem Offizier. Ich hätte besser gar nichts gesagt, dachte er.

Mullins hob eine Augenbraue, sagte aber nichts mehr. Weitere Kommentare hätten die Situation nur mehr angespannt, und er mochte Karstil. Der junge Optio lernte schnell, und es war schwer, nicht von seiner Begeisterung angesteckt zu werden. Am besten fand Mullins, daß Karstil die Pflichten des Optios erfüllte und ihn seine Arbeit erledigen ließ. Die meisten Offiziere, die jüngeren, waren zu Sergeanten ausgebildet worden. Wenn sie zu ihren Einheiten stießen, fuhren sie fort, wie Sergeanten zu handeln und die Arbeit der anderen zu übernehmen. Karstil dagegen nicht.

»Wie haben Sie davon erfahren?«

»Hörte es von Uva, dem Oberkotzbrocken der Haupthütte.«

»Dem was?«

»Oberkotzbrocken. Sie wissen schon, Sir. Dem Messesergeanten im Hauptquartier.«

»Ah«, antwortete Karstil. Lieber »Ah« sagen, als hätte man es vergessen, als Unwissenheit zugeben. Sollte der Sergeant doch raten, wieviel Karstil wußte.

Mullins lehnte sich vor, stützte die Ellenbogen bequem auf den Steuerbordsponson des Liberators. »Glauben Sie, daß sich etwas ändert?«

Karstil bemerkte das fehlende »Sir« am Ende der Frage. In letzter Zeit geschah das häufig, wenn sie sich privat unterhielten, aber in der Öffentlichkeit vergaß es Mullins nie.

»Ich weiß nicht, Mullins. Ist auch nicht mein Problem.« Karstil sprang wieder auf den Panzer. »Zeit zum Start. Satteln Sie, Mullins. Heute müssen wir die Biester vorführen.«

Die Luft um die Panzer herum war heiß und vom Staub geschwängert, der durch Fahrzeuge aller Arten aufgewirbelt wurde. Die 2567. erreichte den Platz, gerade als ein Bataillon schwerer Sterling-Bodenpanzer abzog. Karstil fragte sich, woher die Commonwealth-Sterlings kamen. Vielleicht gehörten sie zur Miliz des Planeten, da er sie während des Trainings nie gesehen hatte. Der Sterling war das größte Bodenfahrzeug des Commonwealth; eine Reminiszenz einer längst vergangenen Zeit, als Bodenpanzer die Hauptverteidigungslast trugen. Die Monster wälzten sich an der Zenturie vorbei und zogen riesige Staubfahnen hinter sich her. Sobar beim Standard-Schweben einen Meter über dem Boden spürte Karstil die Erde beben. Die Geschützturmluken standen offen, und die Oberkörper des Richtschützen und des Kommandanten waren sichtbar. Sie winkten den Gravpanzern zu und brüllten etwas, das vom Kreischen der riesigen Ketten übertönt wurde.

Karstil schaute zu, wie sie die letzte Biegung nahmen und verschwanden. Er wartete, bis sich der Staub ein wenig gelegt hatte, bevor er dem Zug befahl, auf den Schießplatz einzubiegen. Die Sensoren der Liberatoren hätten ihnen erlaubt, auch bei einer Sichtweite von Null zu manövrieren, aber es hätten sich andere Panzer, ohne Sensoren, auf dem Platz befinden können.

Auch mit geschlossener Gesichtsmaske spürte Karstil, wie der gelbe Staub in seinen Kampfanzug eindrang. Der Mund trocknete aus und die Lippen verfärbten sich ockerfarben, als er sich darüber leckte, um sie anzufeuchten. Der feine Staub setzte sich auf die waagerechten Flächen des Panzers und klebte sogar an den Seiten des Rumpfes und des Geschützturmes. Die Waffen waren staubbedeckt, und noch mehr pudriger Staub drang in das Innere des Kampfdecks. Karstil wußte, daß die Panzer bis zum Abend wieder sauber waren; Mullins würde sich darum kümmern.

Auf dem Schießplatz wurden zuerst die kleinen, dann die großen Waffen geprüft. Je kleiner die Waffe, um so früher war sie an der Reihe. Die letzte Probe fand an Platz VIII statt, Schießbahn 42. Dann würden alle Waffen und Kommunikationssysteme als Ganzes geprüft werden. Das Bestehen oder Nichtbestehen des Tests war nicht gleichbedeutend mit einer Fahrkarte an die Front. Jeder wurde in der Einheit eingesetzt, egal wie er beim letzten Test abschnitt. Wenn ein Fahrzeug in den vorhergehenden Prüfungen versagte, wurde es von den Technikern überprüft, um sicherzugehen, daß dieses Versagen nicht auf beschädigte Ausrüstung zurückzuführen war. Wenn die Ausrüstung fehlerfrei war, erhielten die Panzer eine Chance, die Prüfung zu wiederholen. Bestehen oder versagen – dann ging es zur nächsten Schießbahn.

Der Gedanke, einen Panzer in die Schlacht zu schicken, der versagt hatte, erschien Karstil anfangs seltsam. Mullins erklärte es ihm. Wenn eine Mannschaft wußte, daß sie beim Versagen des Fahrzeugs im

Trainingslager blieb, konnte sich die Versagensrate steigern, wenn die Crews die Tests dann absichtlich nicht bestehen wollten. Auf der anderen Seite versuchten sie natürlich, unbedingt zu bestehen, wenn bekannt war, daß sie bei der Einheit blieben. Bestandene Prüfungen gaben der Mannschaft nicht nur das Gefühl, etwas erreicht zu haben, sondern förderten auch die Zuversicht und den Stolz der Leute. Die Gewißheit, daß alle anderen Panzer des Zuges, der Zenturie und der Kohorte durchgekommen waren, verringerte die Angst vor dem Feind. Es wäre entsetzlich, mit einer Kohorte in den Kampf ziehen zu müssen, deren Fahrzeuge nicht einwandfrei waren.

Die Techniker in ihren weißen Helmen wimmelten im Sicherheitsbereich des Schießplatzes zwischen den Panzern umher, prüften die Waffen und entfernten die Sicherheitsdrähte, die sie dauerhaft gesichert hatten. Während des gesamten vorhergegangenen Trainings war es unmöglich gewesen, mit den Laserwaffen oder Gausskanonen zu feuern. Bis heute hatten die Fahrzeuge keine scharfe Munition verschossen. Das Training war gefährlich genug, und wenn ein Panzer versehentlich eine scharfe Salve hätte abgeben können, wäre es nur noch gefährlicher geworden. Aber von nun an waren alle GKFs in der Lage, richtige Munition zu verschießen.

Sogar die Veteranen wurden von der Veränderung der Liberatoren berührt. Die Gewißtheit, daß die Panzer jetzt kampfbereit waren, schien sie wertvoller zu machen. Tödlicher. Wirklicher. Näher an der Schlacht.

Karstil fühlte den Schweiß unter seinem Kampfanzug. Das Wetter war nicht so heiß, daß er schwitzen mußte, daher wußte er, daß dies auf die Nerven und nicht das Klima zurückzuführen war. Das Wissen, jetzt scharfe Salven abfeuern zu können, ließ sein Herz schneller schlagen. Auf ein einziges Wort von ihm konnte Karstils Richtschütze eine tödliche Salve abschießen.

Er steuerte den Liberator in die vorbereitete Stellung des Schießstandes für die 50-mm-Kanone. Zu seiner linken und rechten Seite begaben sich die anderen Panzer der Zenturie auf ihre Positionen, die ihnen die Unteroffiziere zuwiesen. Um die riesigen Panzer zu dirigieren, benutzten sie farbige Stäbe. Sie standen auf der linken Panzerseite, wo sie von den Kommandanten gesehen wurden. Obwohl die Kanonen noch gesichert waren, wollten die Unteroffiziere nicht das Risiko eingehen, sich direkt vor den Panzern aufzustellen. Ihre unübersehbare Vorsicht trug zu der angespannten Stimmung bei. Der Liberator bebte, als er sich in dem Erdaushub niederließ und dort verharrte.

Ein Schießstandoffizier kletterte seitlich am Panzer hoch und setzte eine Warnleuchte oben auf das Gehäuse des Vulcan-Lasers. Dann schob er die Kontrollkabel durch die Kommandoluke. Podandos nahm sie entgegen und stöpselte sie in den Feuerleitcomputer des Panzers. Von nun an war es unmöglich, eine der Waffen zu bedienen, ohne daß dadurch das Warnlicht in Gang gesetzt wurde. Auch das Ausschalten des Lichts war nicht mehr möglich. Ein Versuch würde die Warnleuchte sofort in Betrieb setzen, und die eingebaute Alarmsirene würde losheulen, bis ein Sicherheitsoffizier mit dem entsprechenden Schlüssel kam, um sie abzuschalten. Der Schießstand war so gut abgesichert, wie es nur menschenmöglich war.

Der erste Stand bestand aus zwei Meter großen, viereckigen Zielen. Das erste stand auf 500 Metern Entfernung, das zweite auf 1000. Die Ziele waren auf Drehscheiben angebracht, damit sie sich bewegen und damit in die Feuerlinie der Panzer kommen konnten. Bei der ersten Übung mußte man dreimal auf jedes Ziel feuern, um sicherzugehen, daß die Visiereinrichtungen mit der Kanone übereinstimmten. Beim zweiten Teil des Tests wurden die Ziele abwechselnd präsentiert. Der Richtschütze mußte das Ziel identifizieren und jeweils zwei Salven abfeuern. Der Panzerkommandant hatte nichts zu tun, außer im Geschützturm zu sitzen und den Geschossen nachzusehen.

»Alle Panzer, Waffen bereithalten.« Auf das Kommando der Schießstandkontrolle aktivierten die Richtschützen das Feuerleitsystem. Die Warnlampen blitzten auf.

»Wir können«, flüsterte Karstil ins Helmmikrofon – mehr, um sich selbst zu überzeugen als die anderen Besatzungsmitglieder.

Eine angespannte Pause folgte, während der die Sicherheitsoffiziere feststellten, ob alle Panzer ›heiß‹ waren. Dann ertönten die Worte der Kontrollstation: »Rechts bereit. Links bereit. Fertig zum Feuern. Ziele erfassen, sobald sie sich zeigen. Feuer frei!«

Karstil stand im Geschützturm des Liberators und fühlte seinen Körper erzittern, als Podandos auf die entfernten Ziele schoß. Die erste Salve ging knapp vorbei, aber nach einer schnellen Visierjustierung traf die zweite den Mittelpunkt des Ziels. Quentain Podandos erwies sich als guter Richtschütze des Nummer eins. Karstil beobachtete, wie die anderen beiden Panzer des Zuges ihre Ziele zerfetzten. Zu seiner Rechten feuerten Mullins' Panzer auf ein Ziel. Grouse, Mullins' Richtschütze, jagte gleich beim ersten Versuch vier Salven in die Mitte der Scheibe. Als die Ziele zum zweiten Mal erschienen, schickte er die 50-mm-Geschosse in die Rahmen, von denen die Scheiben umgeben wurden. Das Gestell explodierte unter dem Aufprall der Uranprojektile. Das war kein schlechter Schuß. Die Rahmen waren nicht mehr als fünf Zentimeter dick, und es war eine Leistung, sie auf 1000 Meter Entfernung zu treffen.

»Panzer sieben, Panzer sieben, was, zum Teufel, machen Sie da?« Der Kontrolloffizier rief Mullins' Panzer an.

»'tschuldigung. Mein Visier war ein bißchen verrutscht.«

»Nun, 'tschuldigung reicht nicht, Panzer sieben.« Karstil merkte, daß der Kontrolloffizier, ein diensteifriger Lieutenant Colonel des Commonwealth, wütend war. Jetzt mußte er ein paar Leute schicken, um das Ziel zu reparieren. »Sie können da sitzen bleiben, bis die anderen fertig sind. Auf diesem Stand werden Sie nicht mehr schießen.«

Mullins erhob sich aus der Kommandoluke, streckte sich und zündete den Zigarrenstummel an, der zwischen seinen Zähnen klemmte. Als er das zu seiner Zufriedenheit erledigt hatte, lehnte er sich gegen die Vulcan-Kanone und lächelte herausfordernd.

Die dritte Zielformation erschien und wurde von dem scharfen ›Wang‹ der 50-mm-Kanonen der restlichen Panzer begrüßt. Karstil spürte den Rückstoß seines Liberators, als die Salve abgefeuert wurde.

Die Panzer waren Mullins' Beispiel gefolgt, als habe ihnen jemand den Befehl erteilt.

»Feuer einstellen! Feuer einstellen!« kreischte der Sprechfunk. »Was denkt ihr denn, was ihr da macht?«

Karstil blickte über das Gelände. Kein einziger Zielrahmen hatte überlebt.

»Das habt ihr absichtlich gemacht! Das weiß ich ganz genau!« War der Lieutenant Colonel vorher wütend gewesen, so stand er jetzt kurz vor einem Tobsuchtsanfall. »Das ist vorsätzliche Zerstörung von Commonwealth-Besitz.« Karstil konnte den Kontrolloffizier sehen, der mit den Armen fuchtelte und mit den Füßen auf den Boden stampfte, während er in das Mikrofon brüllte. Ein wirklich lächerlicher Anblick.

»Verschwindet! Ihr alle! Weg von meinem Schießstand! Ich werde es dem Oberkommando melden!«

Alle anderen lachten und kicherten. Ganz besonders Karstil. Zur Hölle mit deinem kleinen Schießstand, dachte er. Dieser Zug ist bereit für die Schlacht.

Als sich die Liberatoren vom Schießplatz entfernten, blickte Karstil an der Kolonne entlang. Trotz der geschlossenen Visiere spürte er die Spannung und Aufregung der anderen Führer. Jetzt würde es sie packen, das war so sicher wie die Tatsache, daß Gott kleine grüne Äpfel wachsen ließ. Willkommen bei der Zweiten Kohorte, Erste Manus der 2567. Legion, dachte Karstil im Hinblick auf den neuen Kohortenkommandeur. Wer auch immer Sie sind, woher Sie auch kommen mögen, wir sind bereit, Sie kennenzulernen.

15

Rilus V, Shannedam County
Commonwealth
14. November 6830

Die Kohorte befand sich auf dem riesigen Paradeplatz, die Männer standen aufgereiht vor ihren Panzern. Eine Kolonne aus drei mittelschweren Zenturien stand auf der rechten Seite, die drei leichten Zenturien auf der linken. Jede Gruppe war in Reih und Glied. Vor den beiden Kolonnen standen Offiziere des Hauptquartiers. Die Kohorte war vom Biwak abgerufen worden, um den Commonwealth-Brigadegeneral zu sehen, der für die Richtschützenprüfung zuständig war. Den Gerüchten zufolge würden viele Köpfe rollen.

Der Befehl, sofort zum Paradeplatz zu fahren, war so plötzlich nach dem Vorfall auf dem Schießstand gekommen, daß die Männer keine Gelegenheit gehabt hatten, die Panzer zu säubern oder die Uniformen zu wechseln. Jetzt standen sie im hellen Licht der Nachmittagssonne, die Kampfhelme zu ihren Füßen, und warteten auf die Axt, die fallen würde. Von Karstils Platz im Zweiten Zug der Zweiten Zenturie aus konnte man nur die Gestalten der Offiziere sehen, aber den Kohortenkommandeur unter den vielen Männern nicht ausmachen.

Ein Sedan mit Rädern traf auf dem Platz ein und fuhr von rechts auf die Kolonne zu. Direkt vor den aufgereihten Männern stand ein Inspektionsstand, neben dem Fahnen im Wind flatterten. Offensichtlich hielt der Sedan darauf zu. Anstatt den Stand von hinten anzusteuern, hielt er genau vor den Offizieren des

Hauptquartiers und bedeckte sie mit Staub. Der Fahrer stieg aus und rannte um den Wagen herum, um die Tür aufzuhalten.

Karstil verlor den Neuankömmling aus den Augen, als dieser die Stufen des Podiums emporstieg. Dann war die Gestalt deutlich zu sehen. Sogar auf 35 Meter Entfernung konnte Karstil die Abzeichen des Commonwealth-Brigadegenerals auf den Schultern aufblitzen sehen und die Orden, die an der linken Brustseite hingen. Der Brigadegeneral trat an den Rand der Plattform und ließ den Blick über die versammelten Truppen schweifen.

»In meinen dreißig Dienstjahren ist mir eine solch unverschämte Mißachtung von Commonwealth-Besitz noch nicht vorgekommen.« Die Stimme des Mannes war kalt, schrill und klagend. »Der Mangel an Disziplin, der zur willkürlichen Zerstörung eines Schießstandes geführt hat, läßt auf die armselige Haltung schließen, die für diese Einheit typisch ist. Weil Sie zu den Rebellen gehören, heißt das noch lange nicht, daß Sie dem Commonwealth gegenüber keine Verpflichtungen mehr haben.

Leider habe ich keine Macht über die Handlungen einer Einheit der Rebellenlegion. Wäre es mir möglich, dann würde ich diese Kohorte, ja, die ganze Manus über den Commonwealth zerstreuen, um Ihresgleichen davon abzuhalten, weiter schlechten Einfluß auf unsere Truppen auszuüben. Aber leider liegt das nicht in meiner Macht.

Ihre Legion steht in dem Ruf, eine Ansammlung von Außenseitern zu sein. Ihr Schlachtbericht spricht Bände. Die 2567. ist eine Versagertruppe, und das seit ihrer Gründung. Und nach dem, was man mir berichtet hat, werden Sie dafür sorgen, daß sich daran nichts ändert.

Ab sofort bis zu dem Zeitpunkt, wenn Sie uns verlassen werden, wird sich Ihre Einheit nur noch im Biwak oder auf dem Schießstand aufhalten. Es ist

Ihnen untersagt, Außenposten aufzusuchen. Die Militärpolizei dieses Postens wird darauf achten, daß Sie sich an das Verbot halten. Sie wird mit der Militärpolizei zusammenarbeiten, die Ihrer Manus zugeordnet ist. Jeder Verstoß gegen den Befehl zieht sofortige Verhaftung, Arrest und ein Verfahren des Kriegsgerichtes nach sich.

Außerdem wird der Schaden, den diese Einheit auf dem Schießstand oder sonstwo angerichtet hat, von Ihnen ersetzt. Allen Angehörigen des betreffenden Zuges wird der Sold gekürzt, bis die Schäden beglichen sind. Ist der Zug nicht auszumachen, dann tragen die Offiziere und Soldaten der Einheit die Verantwortung und begleichen den Schaden anteilmäßig.

Sie sind eine Schande für die Uniform, die Sie tragen. Wäre Ihr Kommandeur dieser Einheit nicht neu zugeteilt, würde ich ihn persönlich für Ihr Betragen verantwortlich machen. Da er noch neu und erst heute eingetroffen ist, werde ich ihn nicht zur Verantwortung ziehen oder in meinem Bericht an das Commonwealth-Hauptquartier erwähnen. Jeder weitere Zwischenfall wird jedoch in seiner Akte vermerkt, und das gilt auch für alle anderen Offiziere der Einheit.«

Der Brigadegeneral wirbelte herum, und Karstil fiel auf, daß die Kehrtwendung nicht besonders zackig war. Als der General die Drehung ausführte, schwangen beide Arme nach außen. Das, dachte Karstil, hätte den Ausbildern der Offiziersakademie Anfälle beschert.

Der Brigadegeneral stapfte über die Tribüne und die Treppen hinab. Der Fahrer stand stramm neben der geöffneten Tür des Sedans, bis sich der General gesetzt hatte, dann schloß er die Tür mit einem hallenden ›Klonk‹, als wolle er die Worte des Redners unterstreichen. Der Sedan rauschte von dannen und bedachte die Offiziere des Hauptquartiers mit einer weiteren Staubwolke. Stille senkte sich über den Platz.

Die Truppen warteten. Die Versammlung war noch nicht vorüber. Jeder Mann, vom untersten Triarii bis zum Senior Zenturio, der als Kommandant in der Kohorte diente, wußte, daß der Zenturio Maximus etwas sagen würde. Und dieses Etwas würde mit Sicherheit nicht angenehmer sein als die Worte des Brigadegenerals.

Die Reihen der Offiziere regten sich. Karstil konnte den Mann, der aus den Reihen heraustrat, nicht sehen, bis eine Gestalt die Stufen der Plattform erklomm. Der Mann war klein, maß nicht mehr als 1,70 Meter, war zierlich und wog weniger als 60 Kilogramm. Und er war alt. Karstil sah, wie das weiße Haar im Licht der Nachmittagssonne glänzte. Der Zenturio Maximus schritt zum Rand der Tribüne und blickte über die Kohorte hinweg.

»Rührt euch.« Autorität lag in der Stimme, und die Reihen der Soldaten rührten sich. »Passen Sie gut auf. Mein Name ist Harras. Milton Harras. Ich bin Ihr neuer Kommandeur.« Karstil beobachtete Harras. Obwohl der Mann so klein war, verfügte er über eine starke Ausstrahlung. Über bedeutend mehr Ausstrahlung als der General, der kurz zuvor auf der Tribüne gestanden hatte. Die Stimme war kräftig und überall deutlich zu hören, obwohl der Mann nicht brüllte.

»Ich hatte gehofft, Sie unter anderen, weniger förmlichen Umständen kennenzulernen. Aber einer Ihrer Sergeanten scheint dieses Treffen auf eigene Veranlassung hin einberufen zu haben, daher bin ich jetzt hier.«

Karstil sah, wie sich die Köpfe nach Mullins umwandten. Endlich einmal stand nicht er im Brennpunkt des Interesses. Er spähte zu seinem Zugsergeanten hinüber und sah, wie sich Mullins' Schädel unter den Blicken der anderen Männer rot färbte. Offensichtlich wußte Harras ganz genau, wer die ersten Schüsse abgegeben hatte. Karstil schaute zum Kommandeur, dessen Blick ebenfalls auf Mullins ruhte.

»Der Sergeant, der für immer ungenannt bleiben soll, hat Sie alle hier unter wenig glücklichen Umständen zusammengebracht.« Harras' Augen wichen nicht von Mullins, und Karstil bemerkte, wie sein Sergeant immer dunkler anlief. Wenigstens würde man ihn nicht beim Namen nennen und offiziell Anonymität wahren. »Damit lassen wir die Sache fallen.« Harras wandte den Blick ab und betrachtete die vor ihm Stehenden.

»Ich bin neu bei der Rebellenlegion. Die letzten zwanzig Jahre habe ich beim Commonwealth verbracht und hörte während dieser Zeit sehr viel über die Legion. Vieles davon wies darauf hin, daß Sie ein wenig eigenwillig mit der Disziplin umgehen. Das scheint zu stimmen. Aber ich hörte auch, daß Sie Kämpfer sind. Ich hoffe, auch dies ist zutreffend.

Ich habe die Geschichte dieser Kohorte und dieser Legion studiert. Wir scheinen vom Pech verfolgt zu sein. Aber ich glaube, daß eine Einheit ihr Glück selbst bestimmen kann, indem sie in jeder Hinsicht professionell arbeitet. Das können wir erreichen, indem wir alles genau prüfen – zweimal. Wir können diese Kohorte auf den Panzerschießständen qualifizieren. Wir können uns vom Brigadegeneral fernhalten.

Wenn wir genau das tun, werden die meisten von uns noch dabeisein, wenn wir von Caralis zurückkehren.« Harras schwieg und ließ die Augen über die Kohorte gleiten. »Übrigens sollten wir feststellen, ob wir unsere Schießkünste nicht verbessern können, während wir hier sind. Versuchen Sie, die Ziele und nicht die Halterungen zu treffen.«

Ein allgemeines erleichtertes Aufseufzen lief durch die Menge, als man erkannte, daß keine weitere Strafe verhängt wurde. Aber die Erwähnung von Caralis erinnerte alle daran, daß da draußen ein Krieg tobte und sich die TOG-Übermacht nicht allzu weit fort befand.

Der Abend senkte sich über das Lager. Mullins zündete sich eine Zigarre an und schnippte das Streichholz in die einsetzende Dunkelheit. Er griff in die Innentasche des Overalls und zog das in Klarsichtfolie gehüllte Päckchen heraus, das er seit jenem Tag im Wartungsbereich bei sich trug. Es enthielt ein Stück jenes Kupferdrahtes, den er in den Antriebsspulen der 50-mm-Kanone entdeckt hatte. Wie unzählige Male zuvor, so untersuchte er den Draht auch jetzt. Im letzten Licht der untergehenden Sonne glänzte der Draht in warmem Kupferton durch die transparente Folie.

Wie schon so oft, kämpfte Mullins auch heute mit sich, ob er jemandem von der Sabotage berichten sollte. Er fällte eine Entscheidung. Er würde es seinem Optio mitteilen und ihm vertrauen, daß er das Richtige tat. Mullins steckte das Päckchen wieder ein und kletterte vom Geschützturm des Liberators hinab.

Karstil beendete gerade seine Mahlzeit, als Mullins durch die Dämmerung näher kam, und der Optio schaute zu ihm auf.

»'n Abend, Sergeant.«

»Sir? Können wir uns unterhalten, Sir?«

Karstil spürte eine Veränderung. Vielleicht waren es die beiden »Sirs« in einem Satz, die ihn sich aufmerksam aufrichten ließen. Mullins mußte ihm etwas Wichtiges zu sagen haben, sonst würde er privat nicht so formell reden.

»Ich habe ein Problem, das ich mit Ihnen besprechen möchte, Sir.«

Karstil spürte, wie sich ein Gewicht auf seine Schultern senkte. Jetzt kommt es, dachte er. Mullins wird mir eine Familiengeschichte aufbürden. Jetzt werde ich herausfinden, daß er eine kranke Frau und ein verletztes Kind irgendwo auf einer gottverlassenen Welt hat. »Was ist denn, Mullins?«

Mullins wühlte in seinem Anzug herum und suchte

in der Innentasche. Bestimmt Familienfotos, dachte Karstil. Der Sergeant fand das Gesuchte und hielt es Karstil hin.

»Sehen Sie sich das an, Sir.«

Karstil nahm den Plastikumschlag entgegen und starrte den Kupferdraht an. »Das sieht aus wie ein Kupferdraht, Sergeant.«

»Das ist es auch, Sir.« Mullins hockte sich neben den Optio. »Interessant ist die Geschichte, wo ich ihn gefunden habe.«

»Schießen Sie los.«

Als Mullins seine Geschichte beendet hatte, war es völlig dunkel, und Karstil war froh, daß der Sergeant sein Gesicht nicht sehen konnte. Der Gedanke, daß irgendwer die Einheit vernichten wollte, drehte ihm den Magen um. Sein Gesicht verzog sich zu einer Grimasse. Er hatte keine Ahnung, was er mit der Nachricht anfangen sollte, und schwieg.

»Denken Sie, wir sollten den neuen Zenturio Maximus einweihen?« Mullins hatte das »Sir« fallengelassen. »Ich glaube, wir können ihm vertrauen. Er hat sich heute ganz O. K. angehört.«

»Sie könnten recht haben, Mullins. Dies Problem ist so übel, daß weder Sie noch ich es bewältigen können.«

Milton Harras lauschte der ganzen Geschichte schweigend, die von Karstil begonnen und von Mullins beendet wurde. Er saß in seinem persönlichen Kommandowagen, von den üblichen Stabsutensilien umgeben. Karten, Listen, Grafiken, Dokumente und Berichte lagen überall verteilt. Er hielt den Kupferdraht in der Hand, während er den beiden Männern zuhörte. Als sie geendet hatten, blickte er sie an, als wolle er die Wahrheit oder Unwahrheit der Erzählung feststellen. Dann öffnete er die oberste Schublade seines Schreibtischs, legte den Draht hinein und schloß sie wieder.

»Ich freue mich, daß Sie mir Mitteilung gemacht haben. Ich werde mich darum kümmern.« Harras erhob sich von seinem Stuhl und deutete damit an, daß die Unterredung beendet war. »Reden Sie mit niemandem darüber.«

Die beiden Männer salutierten und verließen das Quartier des Zenturio.

Schweigend gingen Karstil und Mullins zurück zur Einheit. Keiner von beiden sagte ein Wort, bis sie Karstils Liberator erreicht hatten.

»Haben wir es richtig gemacht, Optio?« fragte Mullins.

»Wenn man seinem Kommandierenden Offizier nicht trauen kann …«

»Ich weiß. Wem kann man dann trauen?«

Das war eine Frage, die beide überschlafen mußten.

16

RLS Tacitus, unterwegs
Commonwealth
24. Dezember 6830

Roglund Karstil starrte in das schattenhafte Dämmerlicht des Ladedecks der *RLS Tacitus*. Trotz der vielen Fluorleuchten, die an der Seite und der Decke des Ladedecks befestigt waren, schien der höhlenartige Raum das gesamte Licht zu verschlucken. Im Gegensatz zur *Maiestas* mit ihren unzähligen Decks bestand die *Tacitus* aus einer Reihe von Hallen und darüberhängenden Laufstegen aus Gitterrosten. Das Schiff war gebaut worden, um große Ladungen über große Entfernungen zu transportieren, und genau das geschah jetzt – es hatte den größten Teil der Ersten Manus der 2567. Rebellenlegion an Bord.

Nach zwei Monaten harten Trainings war Roglund Karstil froh, daß sie sich endlich auf dem Weg von Rilus nach Caralis befanden. Die 2567. Legion war gleich einer komplizierten Maschine systematisch auseinandergenommen, fast von Grund auf neu zusammengestellt und schließlich formiert worden. Jetzt war es an der Zeit, sich in den Kampf zu stürzen.

Die *Tacitus* verfügte über keine der Annehmlichkeiten der *Maiestas*: kein Speiseraum, kein Salon, keine Privatsphäre. Die Truppen waren in röhrenähnliche Kojen gezwängt worden, die zu beiden Seiten des Decks verliefen. Die Offiziere hatte man auf dem untersten Querdeck unter der Ladefläche einquartiert. Dort befanden sich auch, in Abständen von 100 Metern, die Toiletten, sowohl im Bug wie auch im Heck.

Auch die Messe war auf diesem Deck untergebracht, genau im Mittelpunkt. Sie war ununterbrochen geöffnet und versorgte die Truppen rund um die Uhr. Da sich eine ganze Manus an Bord befand, war ein Ende der Warteschlange niemals abzusehen. Ein paar Männer, die sich zum Frühstück anstellten, mußten feststellen, daß sich die Mahlzeit plötzlich und ohne erkennbare Pause zum Mittagessen gewandelt hatte.

Wenn er nicht gerade in der Essensschlange wartete, verbrachte Karstil soviel Zeit wie möglich in seinem Liberator. Das Fahrzeug erforderte keine Arbeit, aber wenigstens verfügte er dort über ein wenig Privatsphäre inmitten des Reisetrubels. Tatsächlich fühlte er sich langsam heimisch im Panzer. Dort hatte er Zeit zum Nachdenken. Er dachte an den bevorstehenden Kampf. An seine Vergangenheit. An seine Unterredung mit Mullins.

In den sieben Wochen, seitdem sie über den Draht gesprochen hatten, war keiner von ihnen wieder darauf zurückgekommen. Aber in Karstils Gedanken ragte der Zwischenfall so stark heraus, daß er nur noch als ›das Treffen mit Mullins‹ daran dachte. Vielleicht führte auch das völlige Schweigen über die Angelegenheit dazu, daß diese ihm immer bedeutungsvoller erschien. Niemand sonst hatte Karstil darauf angesprochen, auch Harras hatte sich nicht mehr gemeldet. Während er durch die Halle zu seinem Liberator ging, grübelte Karstil wieder über Mullins' Geschichte nach.

Die Luft im Hangar war schal und kalt und roch beißend nach frischer Farbe. Die letzte Aufgabe auf Rilus hatte darin bestanden, alle Fahrzeuge der Manus mit weißer Tarnfarbe zu streichen – als Vorbereitung auf die Landung in der arktischen Zone von Caralis. Aber gestern, einen Tag nachdem sie in das T-All eingetreten waren, kam der Befehl, die Fahrzeuge dunkelgrün zu streichen. Warum mußten sie an Bord des Schiffes gestrichen werden? Warum wurde zu Dschungelgrün gewechselt? Das konnte nur bedeuten, daß jemand von ›ganz oben‹ Verrat fürchtete. Jetzt, da die *Tacitus* in den T-Raum eingetreten war, konnte keine Kommunikation vom Schiff aus geführt und somit auch kein Geheimnis verraten werden. Vielleicht wissen diese Leute doch, was zu tun ist, dachte sich Karstil.

Die Panzer, Artillerie, Mannschaftstransporter und Frachtfahrzeuge standen in langen Doppelreihen im Laderaum. Sie standen Bug an Heck, Seite an Seite, ohne Zwischenraum. Jede Doppelreihe befand sich weniger als einen Meter von der angrenzenden Doppelreihe entfernt. Um ein bestimmtes Fahrzeug zu erreichen, mußte man den Gang entlanggehen, bis man sich genau gegenüber dem Fahrzeug befand. Dann mußte man einen Wagen erklimmen, über die Fahrzeugdächer klettern und den meterbreiten Zwischenraum der Doppelreihen überspringen.

Karstil schritt durch die fast verlassen daliegende Halle an den langen Reihen der Fahrzeuge entlang auf seinen Liberator zu. Der Bug der *Tacitus* war mit drei Kampfkohorten beladen, den dazugehörigen Panzern und Versorgungsfahrzeugen. Seine Kohorte zählte zur Reserve, daher waren die Panzer weit hinten untergebracht. Niemand erwartete während der Landung oder am Boden einen Angriff, aber andererseits wollte auch niemand unangenehm überrascht werden.

Die Größe der Halle und das fortwährende Gemurmel der Truppen, das durch die Wände drang, dämpften Karstils Schritte. Es kehrte keine Ruhe auf dem Schiff ein, aber es war auch nie besonders laut. Hin und wieder ertönte ein Lachen oder Rufen, aber es war unmöglich, die Quelle herauszufinden, bevor die Halle und das Gemurmel den Laut verschluckten. Hier, im Bauch der *Tacitus*, war Karstil allein unter Tausenden von Männern.

Genau in diesem Augenblick einsamer Stille hörte

Karstil plötzlich ein scharfes metallisches Klicken. Er hielt an, alle Sinne wach. Es war kein lautes Geräusch gewesen, nur anders als die gewohnten Laute. Im Halbdunkel wartete er, daß sich der Laut wiederholte. Es war von rechts vorn gekommen, dachte er, von irgendwo tief im Inneren der Halle. Da! Er vernahm es noch einmal.

Mit langsamen und vorsichtigen Bewegungen kletterte Karstil auf einen Gravmunitionstransporter. Der Wagen war auf den Rumpf einer Viper gebaut worden, das Infanteriegelaß war offen, um die Munitionspaletten aufzunehmen. Das Munitionssystem gestattete es, daß ein gepanzerter Transporter die unterschiedlichen Munitionen fast bis an die Front brachte. Obwohl der Wagen im Vergleich zu den meisten Schlachtfahrzeugen nur leicht gepanzert war, konnten ihm doch viele der einfachen Lenkflugkörper und Infanteriewaffen nichts anhaben. Da die neueren Gravpanzer mit einem automatischen Schnellfeuerladesystem ausgestattet waren, konnte ein Deliverer-Gravpanzer in weniger als einer Minute mit einer vollen Munitionsladung versorgt werden. Leider erforderten die Liberatoren noch immer manuelle Neubestückung, und die gesamte Mannschaft mußte mit anpacken, um die 150-mm- und 50-mm-Munition zu verstauen.

Von oben hatte Karstil einen recht guten Überblick. Licht drang durch das Gitterwerk des über ihm liegenden Decks und warf ein Mosaikmuster über den Bereich. Es war schwierig, bestimmte Umrisse auszumachen, aber eine Bewegung würde zu sehen sein. Schließlich gab er es auf und wollte sich abwenden, als er es noch einmal hörte.

Diesmal war es mehr ein kratzendes Quietschen als das feste Klirren, das er vorhin gehört hatte. Als er in das Dämmerlicht spähte, um die Geräuschquelle ausfindig zu machen, versuchte er sich daran zu erinnern, wo er ein ähnliches Geräusch gehört hatte. Er dachte, daß es sich anhörte, als entferne jemand eine große Mutter von einem rostigen Gewinde, und dieser Jemand bemühte sich, möglichst leise zu sein. Es schien von ganz hinten zu kommen.

Langsam und bemüht, sich aus den großen Lichtflecken herauszuhalten, kletterte Karstil von dem Transporter auf einen der kleineren Kommandowagen. Die lange Reihe der Gravfahrzeuge würde ihn vor den Augen dessen verbergen, der sich hinter den Transportern aufhielt.

Er sprang über den Zwischenraum, kletterte von einem Fahrzeug zum anderen und betrachtete vorher sorgfältig jede Landefläche. Er wollte nicht durch eine Plane treten oder über einen Laser stolpern. Er hätte auch einen der Gänge betreten können, fürchtete aber, daß jede Bewegung dort seine Beute alarmieren würde. Nach der zweiten Reihe Transporter hielt er wieder inne und wartete auf das Geräusch, um den Standort und die Entfernung besser ausmachen zu können. Nach einer endlos scheinenden Wartezeit, die er neben einer Kommandoluke hockend verbrachte, hörte er es wieder. Noch immer kreischte Gewinde auf Gewinde, aber die Richtung hatte sich leicht verändert und war bedeutend näher, als er vermutet hatte. Alarmsirenen schrillten in seinem Kopf auf. Er ließ sich auf alle viere fallen und kroch vorsichtig über das Deck eines anderen Wagens.

Als er die Seite des Transporters erreichte, streckte er sich, um einen guten Halt am hinteren Teil des Fahrzeugs zu erhalten. Dann packte er die mittlere Auftriebskette, die über der großen Kabine hing, und zog sich auf das Dach. Er sah durch den durchsichtigen keramischen Sichtblock nach unten, um sicherzugehen, daß niemand in der Kabine hockte und zu ihm heraufsah. Das hätte ich die ganze Zeit über tun sollen, dachte er grimmig. Nun, zu spät. Wenn hier irgendwo ein Posten gesessen hat, hat er mich inzwischen entdeckt.

Er hockte sich auf die Kabine und legte sich dann langsam auf den Bauch. Einen Augenblick lang hatte er das Gefühl, sein Gegner lauere ganz in der Nähe. Er spürte, wie sich ihm die Nackenhaare sträubten, wie ihm der Schweiß unter dem Schutzanzug ausbrach. Was mache ich hier eigentlich? fragte er sich. Wahrscheinlich ist gar nichts geschehen, und ich sollte mich um meine eigenen Angelegenheiten kümmern und nicht herumspionieren. Aber er verwarf den Gedanken sofort wieder. Er hatte die Spionagesache angekurbelt, indem er Mullins zugehört hatte und zu Harras gegangen war. Also war er bereits mittendrin. Er konnte sich nicht aus der Affäre ziehen, nur weil sich höhere Instanzen darum kümmerten. Es war seine Pflicht, der Sache nachzugehen. Er schob sich zum Rand des Daches vor und spähte auf die dichtgedrängt stehenden Fahrzeuge hinab.

Zuerst überblickte er den ganzen Bereich, um sicherzugehen, daß niemand in der Nähe stand. Es war nichts zu sehen, schon gar nichts Bedrohliches. Dann begann er, die Umgebung abzusuchen. Dabei nahm er sich anfangs den nächsten Umkreis vor, blickte von links nach rechts. Wieder nichts. Er weitete die Suche aus, Stück für Stück, und starrte auf alles, was sich im Licht abzeichnete. Aber egal wie sehr er sich anstrengte, er konnte das Dämmerlicht nicht völlig durchdringen. Fast fünf Minuten lang lag er reglos auf dem Dach des Fahrzeugs und hielt Augen und Ohren offen. Seine Einbildungskraft spielte mit ihm. Riesige Gestalten schienen in dem unheimlichen Licht aufzuragen; rauhes Kreischen und schwere Schläge klangen ihm in den Ohren. Aber in Wirklichkeit war nichts zu hören. Was auch immer das Geräusch gewesen war, es war vorbei.

»Komm schon, Karstil, reiß dich zusammen«, murmelte er und ließ sich langsam nach unten gleiten. Er wandte sich um und ging zu seinem Panzer zurück.

Die Schatten der beiden Männer, die auf einem Liberator hockten, hatte er nicht gesehen. Sie sprachen leise miteinander; die Stimmen verloren sich in der riesigen Halle. Einer der beiden wirkte klein, wahrscheinlich, weil der andere bedeutend größer war. Der kleinere kniete auf dem vorderen Glacis des Panzers, der größere neben ihm. Sie hielten sich auf der linken Seite des Geschützturms, um nicht gesehen zu werden. Der größere Mann beugte sich über den hinteren Teil der 50-mm-Kanone und den 5/6-Laseraufbau.

Ihre Arbeit – worin sie auch bestanden haben mochte – war beendet, und sie wandten sich einer neuen Aufgabe zu. Sie trugen besondere Uniformen und nicht die normalen Kampfanzüge. Der Stoff war mit unterschiedlichen dunklen Flecken bedeckt. Der Anzug ging bis über den Kopf und ließ nur ein kleines Stück des Gesichts frei. Auch die Hände waren mit Tarnfarbe bedeckt. Ein großer Schraubenschlüssel, der unter der Tarnfarbe glänzte, bewegte sich über den Kanonenaufbau. Das Geräusch dieser Bewegung hatte Karstils Aufmerksamkeit geweckt.

Die beiden Männer sprangen leise zum letzten Liberator in der Reihe und schlichen lautlos um den Geschützturm herum, um an den Kanonenaufbau zu gelangen. Der größere Mann setzte den Schraubenschlüssel an und drehte ihn herum. Die Mutter leistete Widerstand, und das leise Kreischen, das Karstil vernommen hatte, ertönte. Als die Mutter entfernt worden war, löste der Mann eine der Antriebsspulen von der Waffe und reichte sie dem zweiten Mann. Dieser untersuchte sie im bleistiftdünnen Strahl einer Taschenlampe, die er in der Hand hielt. Dann, nach vollendeter Prüfung, gab er sie dem ersten Mann zurück, der die Spule wieder einsetzte und die andere herauszog.

Als der Kleine die zweite Spule untersuchte, erhob sich der Große und spähte umher, um Eindringlinge zu entdecken. Dann hockte er sich wieder neben den

Geschützaufbau. Er nahm die Antriebsspule wieder in Empfang, setzte sie ein und schraubte die Mutter wieder fest.

Die beiden hockten dicht nebeneinander und flüsterten. Der kleinere Mann schien recht beharrlich zu sein, schüttelte den Kopf und fuchtelte mit den Händen. Der andere, der wie ein Bär neben dem Turm hockte, wirkte unbeeindruckt. Während er zuhörte, schüttelte er hin und wieder den Kopf, anscheinend, weil er anderer Meinung war. Dann sagte er etwas; seine tiefe Stimme bildete einen deutlichen Kontrast zu der helleren seines Gefährten.

Endlich trennten sie sich und gingen in entgegengesetzte Richtungen. Der kleinere Mann sprang über die Panzer zur Linken, seine zierliche Gestalt verlor sich schnell im Dämmerlicht. Der große blieb einen Augenblick lang stehen, als wolle er den Abzug des anderen sichern. Dann verließ auch er den Liberator. Sein Weg führte ihn an dem Transporter vorbei, neben dem Karstil noch vor wenigen Augenblicken gestanden hatte. Der Mann setzte seinen Weg in den vorderen Teil des Schiffes fort, zweifellos sehr zufrieden, daß seine Mission ohne Entdeckung verlaufen war.

17

RLS Tacitus, unterwegs
Commonwealth
30. Dezember 6830

Während der letzten drei Reisetage auf dem Weg nach Caralis entfernte sich Karstil äußerst selten vom Liberator. Er ließ sogar Mahlzeiten aus, um seine Zeit in der Nähe oder auf dem Panzer zu verbringen. Quentain Podandos war auch häufig dort, da er Ruhe und das Lesen von Büchern dem Spiel vorzog, mit dem sich die meisten Männer die Zeit vertrieben. Karstil unterstützte Podandos darin, während des Lesens auf dem Geschützturm zu sitzen; er befestigte sogar eine kleine Lampe auf dem Vulcan III-Aufbau, um für die notwendige Helligkeit zu sorgen. In der Zwischenzeit behielt er den nagenden Verdacht über die Geräusche im Laderaum für sich.

Die Kämpfe auf Caralis, die sich nun auf den mittleren Kontinent Alsatia konzentrierten, waren während der letzten zehn Wochen nur sporadisch gewesen, während TOG und Commonwealth sich zurückgezogen hatten, um Legionen neu zusammenzustellen, die in früheren Kämpfen auseinandergerissen worden waren. Die Manus Prima, oder Erste Primus, der 2567. war fast vernichtet worden, und man hatte die Veteranen nach Rilus geschickt, um sie – nach den schweren Verlusten, die sie durch die 3241. TOG-Stoßtruppe erlitten hatten – mit Verstärkungstruppen neu aufzubauen. Jetzt versuchten beide Seiten, die Einheiten, die noch in Kämpfe verwickelt waren, zu unterstützen. Große Schlachten zeichneten sich ab, und sowohl das

TOG als auch der Commonwealth transportierten eilig neue Truppen ins Kampfgebiet. Derjenige, der die Initiative auf seiner Seite hatte, würde den Planeten erobern. Das Terran Overlord Government war vor 20 Jahren zum ersten Mal in Shannedam County eingefallen und hatte die Hälfte der Welten besetzt. Unter den derzeit umkämpften Planeten ragten Caralis und Messana weit in das TOG-regierte Gebiet hinein. Aus diesem Grund wollten beide Gegner Caralis unbedingt halten. Das TOG, weil es eine gerade Grenze haben wollte, und das Commonwealth, weil es den Planeten als strategischen Stützpunkt zwischen den vom TOG besetzten Welten Mysia und Tarraco benötigte.

Das Commonwealth hatte versucht, die Ankunft der Ersten Manus der 2567. Legion geheimzuhalten. Nachdem die *Tacitus* Rilus verlassen hatte, sprang sie kurzerhand in die Richtung von Neu Janos, verließ dann aber urplötzlich den T-Raum, um Kurs auf Caralis zu nehmen. Dies geschah, um TOG-Agenten auf Rilus über das Ziel der Manus zu täuschen, aber Gerüchten zufolge verstärkte das TOG die Truppen auf Caralis, und die Schlacht würde losbrechen, sobald die Flotte ins rationale All nahe dem Planeten eintrat. Das Commonwealth sandte Truppen in das Gebiet, um die Ankunft der Ersten Manus zu sichern. Das Leben würde aufregend werden.

An Bord der *Tacitus* wurde nicht mehr gespielt, und die Reihen vor der Essensausgabe wurden kürzer. Die Männer verbrachten mehr Zeit mit ihrer Ausrüstung und überprüften alles, soweit auf engem Raum möglich. Es war unmöglich, die Gravantriebe zu testen, aber die Geschützturmsysteme wurden wieder und wieder geprüft.

Mullins und Karstil nahmen die Kanonen und Lasersysteme auseinander; froh, daß die Waffen des Liberators außen angebracht waren. Im vollgestopften Laderaum konnte man die gut geschützten Waffen der neueren Panzer nicht untersuchen. Deren Besatzungen konnten nur hoffen, daß auf der achttägigen Reise nichts geschehen war.

Der Übergang vom T-Raum wieder ins rationale All mußte sorgfältig geplant werden. Wenn er zu dicht an einem Planeten erfolgte, konnte es geschehen, daß einem Schiff nicht genügend Platz zum Manövrieren blieb. Aber der Übergang durfte auch nicht in zu großer Entfernung erfolgen, denn dadurch würden die Verteidiger die Gelegenheit erhalten, das Schiff zu entdecken und einen Gegenangriff auszuführen. Ein Transporter von der Größe der *Tacitus* und ihr Zerstörer-Begleitschutz gaben wunderbare Ziele ab, und die feindlichen Jäger würden sie im Nu überfallen. Egal, wie heftig die Eskorte den Transporter zu schützen versuchte, sie würde nicht in der Lage sein, die Jäger aufzuhalten, wenn die Feinde genügend Entschlossenheit an den Tag legten. Die *Tacitus* verfügte über eigene Waffen, aber die konnten einer Gruppe feindlicher Jäger nicht standhalten.

Würden die äußeren und inneren Schichten der *Tacitus* beschädigt, wäre der Laderaum innerhalb von Minuten ohne Druckausgleich. Da er ausgesprochen riesig war, würde es ungefähr zehn Minuten dauern, bis der Druck entschwand, wenn ein ungefähr zehn Meter breiter Riß entstanden war. Das gab jenen, die weit genug von dem Loch entfernt waren, genug Zeit, um sich auf den Druckverlust vorzubereiten. Die anderen aber, die dicht an der Öffnung standen, mußten bereits auf den Vorfall vorbereitet sein.

Jedes der Kampf- und Unterstützungsfahrzeuge konnte versiegelt werden, und die durchsichtige Kuppel der Kommandoluke sorgte für optische Orientierungsmöglichkeiten. Die Mannschaften der Transporter verfügten über einen Kampfanzug, der vollständig geschlossen war, bis auf Öffnungen am Hals und an den Handgelenken. Plexiglashelme und Handschuhe versiegelten den Anzug, und das eingebaute Filtersystem konnte 15 Minuten lang für Sauerstoff sorgen. Diese Anzüge ähnelten denen, die von der Crew der *Tacitus* getragen wurden, allerdings verfügten die letzteren über Sauerstoff für zwei Stunden.

Der Transporter war zu groß, um auf der Oberfläche des Planeten zu landen, daher würde die Manus ungefähr 90 Kilometer über dem Boden ins All abgesetzt werden. Spezialshuttles, die von der *Tacitus* starteten, würden die Vorräte zum Planeten bringen. Das war der gefährlichste Teil des Absetzvorgangs. Von Gravpanzern konnte man erwarten, daß sie einen Angriff überstanden, wenn sie zu Boden glitten. Aber die Shuttles waren ein leichtes Ziel für feindliche Jäger, wenn sie dem Planeten entgegenwatschelten.

Aber das waren alles nur Gerüchte. Obwohl die Männer der Ersten Manus noch über die derzeitige Situation auf Caralis in Kenntnis gesetzt werden mußten, gingen bereits Schauergeschichten um. Karstil hörte ihnen zu und versuchte, sie nach möglichen Hinweisen auf wahre Begebenheiten zu sieben. Der Gedanke, in 90 Kilometern Höhe über dem Planeten zu kämpfen, war nicht gerade das, was er sich unter seinem ersten Gefecht vorgestellt hatte. Und die Aussicht, in einem angeschlagenen Transporter erwischt zu werden, war ebenfalls beunruhigend. Karstils Kohorte befand sich zusammengedrängt im hinteren Teil der *Tacitus,* wo kaum eine Chance zur Flucht bestand, wenn der Riese vor dem Aussetzen getroffen wurde. Er stellte sich vor, wie der Transporter – mit zerstörtem Antrieb und defekten Kontrollen – dem Planeten entgegenfiel. Im Geiste sah Karstil die Türen des Laderaums zerfetzt vor sich; die Oberfläche des Planeten war durch die Öffnung deutlich zu sehen.

Ein Fall aus 90 Kilometern Höhe gab jedem die Gelegenheit, sich mit dem Tod vertraut zu machen. Fast vermeinte er die Schreie der Männer zu hören, die ihre

Fahrzeuge auf die Tür zusteuerten. Das Brausen der Atmosphäre im Laderaum würde ohrenbetäubend sein. Gravpanzer würden auf die Öffnung zustürmen, aber nur wenige würden es schaffen. Die anderen würden sich nahe der Tür verkeilen. Beschädigte Panzer würden durch den Raum gleiten und gegen andere prallen, die nach vorn drängten. Der Fall würde lange dauern. Es wäre besser, beim Wiedereintritt in einem weißglühenden Blitz zu sterben, als auf den Planeten zu stürzen.

»Alle Mannschaften auf den Übergang vorbereiten!« Mit einem Ruck kehrte Karstil in die Wirklichkeit zurück. Das Kommunikationssystem des Schiffes wurde sowohl von allen Fahrzeugen aufgefangen als auch von den Lautsprechern im Laderaum.

Karstil schluckte, als sich sein Magen verkrampfte.

Der grelle weiße Blitz des Übergangs vom T-Raum ins rationale All zuckte durch jeden Winkel des riesigen Laderaums, und Karstil verspürte das Gefühl des Fallens, das den Eintritt jedesmal begleitete. »Notieren Sie 192 Stunden im T-Raum auf Ihren PCs.« Karstil hatte das Kommando zuvor schon vernommen und wunderte sich, daß die Männer solche Mitteilungen speichern mußten. Er dankte den Sternen, daß er sich nicht darum kümmern mußte. Bald würde er auf dem Planeten weilen, wo die Wirklichkeit herrschte, und mußte sich nicht um die tödlichen Folgen von zuviel Zeit im T-Raum sorgen.

»Standard-Orbit wird in null-acht Minuten erreicht sein. Manusbesatzung, zum Absetzen bereit halten.« Karstil rutschte auf seinem Sitz herum und wartete auf weitere Informationen. Er wollte wissen, ob sie sicher auf dem Planeten landen würden. Er drückte den Zugsprechfunkkanal. »Erwarte Meldung.«

»Zwei ist bereit.« Das war Mullins' Mitteilung, daß er startklar war.

»Drei, bereit.« Auch Farwell im hinteren Panzer war

fertig. Karstil ging auf den Zenturienkanal und wartete, daß Zenturio Freund seine Meldung anforderte. Eigentlich war das unnötig, denn die Datendisplays zeigten den Stand der Panzer und GMTs an. Hellblaue Vierecke standen für die Panzer, Dreiecke für die Viper-GMTs. Leuchtend rote Dreiecke unter jedem Zeichen bedeuteten, daß die Fahrzeuge noch mit dem Laderaum des Transporters verbunden waren. Wenn sich die Innentüren öffneten, würden die Haltevorrichtungen sich nacheinander lösen. Es wäre schließlich nicht gut, wenn die Fahrzeuge im Innenraum herumschlitterten, bevor sie abgesetzt werden konnten.

»Meldung der Züge! Bestätigen Sie, wenn ich Ihre Einheit aufrufe.« Freunds Stimme klang gelassen. Er hatte das alles schon erlebt und wußte, daß ein ruhiger Führer eine Truppe beruhigen konnte.

»Hauptquartier.«

»Hauptquartier. Bestätigt.« Die leise, aber feste Stimme Sergeant Gortos' erklärte die Stabs- und Versorgungseinheiten startklar.

»Infanterie.«

»Infanterie. Bestätigt.«

»Erster Panzerzug.«

»Erster Panzerzug. Bestätigt.«

»Zweiter Panzerzug.«

Karstil drückte den Sprechknopf am Joystick seines Kommandositzes und schrie förmlich in das Helmmikrofon. »Zweiter Panzerzug. Bestätigt.«

»In Ordnung, Zweiter Panzerzug, ganz ruhig. Wir sind noch nicht da. Alle Kommandos melden Bereitschaft. Absolute Ruhe! Ende.« Über den Sprechfunk würde nichts mehr kommen, bis die absolute Ruhe aufgehoben wurde oder der Feind erschien.

Karstil lehnte sich im Sitz zurück und versuchte, sich zu entspannen. Er blickte im Kampfdeck umher. Podandos saß über die Waffenvisiere gebeugt und starrte eindringlich auf das Datendisplay. Um seiner Pflicht als Kommandant nachzukommen, neigte sich Karstil vor und tippte dem Richtschützen auf die Schulter. »Entspannen Sie sich, Quentain. Wir heben noch längst nicht ab.«

Podandos erwiderte sein Lächeln, aber es wirkte verkrampft und verzerrt. Der Richtschütze wußte, was eine Schlacht bedeutete, und das Desaster, das er überlebt hatte, konnte keine angenehmen Erinnerungen zurückgelassen haben. Ich hoffe, er schafft es, dachte Karstil. Verdammt, ich hoffe, wir alle schaffen es. Duncan Spint war in der Fahrerkabine, hinten im Kampfdeck des Geschützturms, kaum zu sehen. Karstil erblickte die Hände, die das Ruder umklammerten; die behandschuhten Finger öffneten und schlossen sich langsam. Auch Spint war ein Überlebender. Karstil wußte, daß er bereits ein Absetzen – wenn auch kein ›heißes‹ – in einer Kampfzone überstanden hatte. Er würde in Ordnung sein, wenn er den Liberator durch die Türen geschleust hatte.

Karstil fühlte die *Tacitus* erbeben und hoffte, daß dies auf das normale Drosseln der Geschwindigkeit zurückzuführen war. Schweiß bedeckte seinen Körper. Er wandte sich ab, damit der Richtschütze sein Gesicht nicht sehen konnte.

»Startposition erreicht. Status Blau. Äußere Türen öffnen.«

Die *Tacitus* hatte den Standard-Orbit bei 90 Kilometern erreicht, am äußeren Rand von Caralis' Atmosphäre. Kein Feind in Scannerreichweite. Karstil spürte, wie ein Teil seiner Aufregung verschwand. Ein leises Knacken in den Ohren zeigte an, daß der Druck im Laderaum nachließ. Die Ventile des Liberators füllten sich mit einem befriedigenden Zischen.

Wieder erzitterte der Transporter, als sich der Bug des Schiffes in die Schrägstellung legte. »Status Blau. Innere Türen öffnen.« In 300 Metern Entfernung sah Karstil die riesigen Tore des Rumpfes auseinandergleiten, um die Schwärze des Alls zu enthüllen. Die Nase der *Tacitus* senkte sich langsam dem Planeten zu, und die Linie des Horizonts erschien in der Öffnung. Karstil spürte die Bewegung des Decks, als die hydraulischen Stützen sich hoben, um die hinteren Flächen gerade zu halten, indem die Vorderbereiche sich neigten. Die Prozedur des Absetzens sollte dann folgendermaßen vor sich gehen: Während die einzelnen Truppen abgesetzt wurden, glitten die nachfolgenden Einheiten vor, bis sie die Grenze zwischen der geraden und der schrägen Fläche erreichten. War sie überschritten, begann das Absetzen.

»Hier spricht die *Tacitus.* Ausstoß von Little Fish bereit. Startmanöver beginnt.«

»Verstanden, *Tacitus.* Little Fish auf interner Kontrolle. Market Crowbar beginnt mit dem Absetzen.« Der Manus-Kommandeur oder sein ernannter Vertreter hatte der Ersten Manus befohlen, die *Tacitus* unter seiner Kontrolle zu verlassen. Wenn die erste Gruppe die Türen passierte, würden die anderen Einheiten folgen. »Treffpunkt bei Navis Regal Kilo Ferax Drei-Zwei-Vier-Fünf.«

Karstil tippte die Koordinaten des Landeplatzes in den Navigationscomputer ein, NRKF 3245. Jetzt würde der Liberator den Heimweg finden, selbst wenn die gesamte Besatzung bewußtlos werden sollte.

Hoch über dem Ladedeck bereitete sich Commodore James Elwin darauf vor, seine Ladung auszusetzen. Jetzt war die Zeit ihr Feind. Das Rennen vom Übergang bis zum Planeten war vorbei. Jetzt mußte er bloß noch die Panzer ins All schleudern. Und da lag das Problem.

Die Grenzschicht zwischen dem All und der Atmosphäre lag 90 Kilometer über der Oberfläche des Planeten. Die höchste Entfernung vom Boden, in der die Gravpanzer und Gravfahrzeuge arbeiten konnten, der

Punkt, an dem die Gravantriebe die Schwerkraft fassen konnten, betrug 15 Kilometer über der Planetenoberfläche. (Das Absetzen konnte in jeder Höhe zwischen 15 und 90 Kilometern stattfinden.) Alles hing von der Zeit ab.

Die *Tacitus* konnte in die Atmosphäre eintreten und die Entfernung von 90 auf 15 Höhenkilometer mit mehr als 300 Stundenkilometern zurücklegen, aber dadurch würde der große Transporter mitsamt seiner Eskorte 15 Minuten für den Hinweg und 15 Minuten für den Rückweg ins All brauchen. Das war viel zuviel Zeit. Ausreichend Zeit, um vom Feind gegrillt zu werden. Noch schlimmer wäre es, auf die TOG-Jäger zu treffen, wenn das Schiff die Atmosphäre verließ. Es würde sich nur langsam bewegen; ein hervorragendes Ziel für die Hochgeschwindigkeitsjäger. Besser war es, entschied Elwin, die Fahrzeuge in der Entfernung abzusetzen und sie im freien Fall zum Planeten rasen zu lassen.

Soweit Karstil beurteilen konnte, verlief das Absetzen problemlos, da jede Einheit bis zum gesenkten Teil des Bodens vorrutschte, um dann auf die offenen Türen zuzugleiten. Zuerst wurden die unteren Decks abgesetzt, dann die oberen. Er sah Licht hereinströmen, als die oben gelegenen Einheiten vor ihm davonglitten. Vor ihm und über ihm standen nun keine Fahrzeuge mehr, sogar die riesigen Gravfrachter, die zusätzliche Vorräte und Wagen enthielten, waren bereits verschwunden.

»Barber Donkey, hier spricht Little Fish. Beginnen Sie mit dem Absetzen.«

»Verstanden, Little Fish. Barber Donkey auf dem Weg zur Startposition.« Die kleinen roten Dreiecke, mit denen die Haltesysteme gekennzeichnet waren, erloschen; die Fahrzeuge der Kohorte waren nicht mehr mit dem Mutterschiff verbunden. Barber Donkey, der

Rufname für Milton Harras und seine Kohorte, war auf sich selbst gestellt.

»Barber Donkey, Barber Donkey. Leiten Sie die Gravsequenz ein.« Karstil sah, wie sich die blauen Vierecke und Dreiecke orangefarben färbten, als die Gravantriebe der einzelnen Fahrzeuge angeworfen wurden, sah, wie sie wieder blau leuchteten und die erfolgreiche Inbetriebnahme der Gravantriebe anzeigten. Er suchte das Datendisplay nach unbekannten oder feindlichen Objekten ab. Er mußte nicht wirklich suchen. Die Sensoren hatten eine maximale Reichweite von 50 Kilometern, und alles, was angreifen konnte, würde diese Entfernung blitzschnell überwunden haben.

Im Dämmerlicht des Laderaums sah Karstil, wie Zenturio Freunds Liberator sich in Bewegung setzte.

»Folgen Sie ihm, Duncan. Und bleiben Sie möglichst dicht dran.«

»Ich habe ihn auf dem Monitor, Sir. Ich bleibe ihm am Hintern kleben, bis wir unten sind.«

»Kleben müssen Sie nicht, Duncan. Dicht dabei tut es auch.«

»Verstanden, Sir.«

Mit den beiden anderen Panzern des Zuges auf den Fersen führte Karstil seine Soldaten in die Schwärze der Troposphäre, 90 Kilometer über Caralis.

18

Caralis, Shannedam County
Commonwealth
30. Dezember 6830

Karstil fühlte, wie sich ihm der Magen umdrehte, als der Panzer durch die äußeren Türen der *Tacitus* glitt und sich auf den 90 Kilometer langen Weg in die Tiefe machte. Er sah nach unten, dann wieder zu Spint hinüber, froh, daß der Fahrer nur Sensormonitore hatte. Er konnte den Wechsel vom bequemen Kokon des Transporters in die unendliche Troposphäre nicht spüren.

Karstil, der in der durchsichtigen Kuppel über der Kommandostation hockte, hatte freien Blick über die ganze Lage.

Vor ihm glitt der Liberator des Zenturios auf den Planeten zu. Karstil sah zurück und erblickte die anderen Panzer, die aus der Dunkelheit des Schiffsrumpfes auftauchten und in das gleißende Licht gehüllt wurden. Die *Tacitus* wurde zu einem sich rasch verkleinernden Schatten, der bald mit der Dunkelheit des Alls verschmolz.

»Little Fish, Little Fish.« Das war die *Tacitus* mit einer Mitteilung, bestimmt ein ›Viel Glück und auf Wiedersehen‹-Gruß. »Mehrere unbekannte Flugobjekte. Vier-null-eins-null Strich. Entfernung: eins-zwei-null Kilometer. Nähern sich rasch. Höhe: neun-sechs und tiefer.«

Karstil warf einen Blick über die linke Schulter in die Richtung, die von der *Tacitus* gemeldet worden war. Auf 120 Kilometer konnte man die Angreifer noch nicht sehen, aber seine Bewegung war reflexweise erfolgt. Er blickte auf das Datendisplay – eine weitere nutzlose Geste, da sie sich noch immer außer Reichweite der 50-Kilometer-Sensoren befanden.

»Hier spricht Barber Donkey. Alle Einheiten klar zum Gefecht! Ziele nach Möglichkeit erfassen.«

Würden sie in 85 Kilometern Höhe einen Kampf austragen müssen? Freunds Liberator senkte die Nase steil nach unten, um die Oberfläche und den Schutzschirm der Flugabwehr zu erreichen. Karstil fühlte den eigenen Panzer sich neigen, um dem Vordermann zu folgen. Jetzt wurden die Schwierigkeiten des Gravantriebs offenbar. Der Marshman-Antrieb erlaubte einem Objekt, parallel zur Oberfläche zu fallen, statt nur geradewegs darauf zu. Um das zu erreichen, mußte das Gravsystem etwa senkrecht zum Gravgefälle stehen. Wenn sich der Winkel zwischen der Antriebseinheit und der Schwerkraftrichtung verringerte, ließ auch die Kraft des Antriebs nach. Das bedeutete kein Problem, wenn sich die Fahrzeuge nahe der Oberfläche eines Planeten befanden, da Aufstieg und Absinken nur von kurzer Dauer waren. Wenn ein Gravpanzer jedoch ins All abgesetzt wurde, erwies sich der Fallwinkel als Problem. Ein kontrollierter Fall von 85 bis 90 Kilometer war nur in einem relativ flachen Winkel möglich. Dieser Winkel ließ die Kontrollen verschwimmen und in großer Höhe unempfänglich werden.

Wenn ein Gravfahrzeug 85 bis 90 Kilometer abtauchte, fielen neue Parameter für den Antriebsausgleich an. Da war zuerst einmal der Parameter des Fallwinkels des Panzers und das Verhältnis dieses Winkels zum Antrieb. Alles lief glatt, solange der Angriffswinkel 20 Grad nicht überschritt. Neigte sich der Panzer tiefer, verloren die Gravantriebe mehr und mehr ihre Wirksamkeit, bis sie schließlich nutzlos waren. Bei einem Winkel von 45 Grad arbeitete der Gravantrieb nur zu 50 Prozent. Betrug er dann 55 Prozent, war der Antrieb wirkungslos. Raumschiffe mit

Gravantrieb, wie die *Gladius* oder die *Na'Ctka Moquka*, bewältigten das Problem durch den Schub ihrer Maschinen. Aber die Gravpanzer hatten keinen anderen Schub als den der Marshman-Antriebe.

Das bedeutete, daß die Liberator-Panzer den 20-Grad-Sicherheitswinkel einhalten mußten. Um die Planetenoberfläche in diesem Winkel zu erreichen, mußte man 270 Kilometer weit horizontal schweben. Selbst mit der Höchstgeschwindigkeit von 600 Stundenkilometern, 10 Kilometern pro Minute, würde es 27 Minuten dauern, bis man den Planeten erreichte. Um vor den angreifenden Feinden in Sicherheit zu sein, mußten die Panzer die Oberfläche jedoch nicht erreichen. Irgendwo zwischen dem Rand der Troposphäre und dem Boden befand sich ein Schutzschirm, der von den Flugabwehreinheiten der Legion gestellt wurde. Die Angreifer konnten mit hoher Geschwindigkeit in die dünnen äußeren Lagen eindringen, gerieten sie aber in die dicken unteren Schichten, wurden die Turbulenzen zu stark. Dann mußten sie entweder das Tempo verringern oder aber riskieren, daß ihnen die Tragflächen vom Rumpf gerissen wurden. Wenn die Jäger die Geschwindigkeit drosselten, um in der dichten Atmosphäre kämpfen zu können, würden sie selbst zu Zielen der Flugabwehrraketen werden. Ihre Hauptverteidigung war die Schnelligkeit.

Daher mußten die Gravpanzer den 270 Kilometer langen Weg zum Planeten nicht vollständig zurücklegen, um der Vernichtung zu entgehen. Wenn sie die 10- oder 15-Kilometer-Marke erreichten, waren sie in Sicherheit. Aber auch der Fall von 90 auf 15 Kilometer dauerte 20 Minuten. Das gab den Angreifern Zeit genug, großen Schaden anzurichten.

Der zweite Parameter für das Absetzen der Gravpanzer bestand in dem Verhältnis zwischen dem Angriffswinkel, der Geschwindigkeit und der Masse des Panzers. Beim 90-Kilometer-Fall war es möglich, schneller als 900 Stundenkilometer zu werden. Aber je größer der Winkel, um so geringer die Sicherheitsgeschwindigkeit. Trat ein Objekt in einem 20-Grad-Winkel und mit 900 Stundenkilometern in die Atmosphäre ein, hatte es Schwierigkeiten, sich wieder aufzurichten, bevor seine Flugbahn die Wölbung der Planetenoberfläche kreuzte. Das Resultat dieses unbeabsichtigten Manövers bestand in einem üblem Trauma: Aufprall, in den Boden bohren, Zusammenbruch. Es gab zahlreiche Namen dafür, aber das Ergebnis blieb immer tödlich.

Der ideale Winkel betrug 10 Grad, bei einer Geschwindigkeit von 600 Stundenkilometern. Dafür benötigte man einen Weg von 90 Kilometern – eine Entfernung, die in neun Minuten zurückgelegt werden konnte. Natürlich war es möglich, 20 Grad und 900 Stundenkilometer zu erreichen, aber nahe der Oberfläche waren ein flacher Winkel und niedrigere Geschwindigkeit unumgänglich. Jedes Fahrzeug verfügte über Warnsysteme, die den Kommandanten und den Fahrer in Kenntnis setzten, wenn die Parameter übertreten wurden.

Karstil suchte das Datendisplay nach Anzeichen eines nahenden Feindes ab. Wenn es sich um Jäger handelte, was anzunehmen war, würden sie sich mit drei Kilometern pro Sekunde nähern. Angenommen, die Sensoren griffen sie auf und identifizierten sie aus der größtmöglichen Entfernung, vergingen zwischen dem Auftauchen und dem Überqueren des Monitors 33 Sekunden. Etwas länger als eine Sekunde würden sie sich innerhalb der 4000-Meter-Reichweite des 5/6-Lasers befinden. Der Richtschütze mußte das Ziel erkennen und sofort anlegen. Wenn sich das Zielobjekt näherte, blieb ihm eine Sekunde, um einen Schuß abzugeben, bevor das Schiff vorüberraste. Es blieb keine Gelegenheit, den Geschützturm zu wenden, um einen zweiten Schuß auf den Fliehenden abzugeben.

Es war möglich, mit allem außer dem TVLG auf den Jäger zu feuern, solange sich der Angreifer vor ihnen befand. Alle anderen Schüsse waren reine Zufallssache und wahrscheinlich Munitionsverschwendung.

Seit der Warnung der *Tacitus* waren nur Sekunden vergangen. Karstil warf einen Blick auf die Anzeige des Angriffswinkels und sah, daß 15 Grad überschritten wurden. Die Warnleuchte der Gradanzeige blinkte schneller und schneller, als sich das Gefälle vergrößerte. Die Anfangsgeschwindigkeit hatte gemächliche 300 Stundenkilometer betragen, lief aber jetzt über die 500-Kilometer-Marke. Karstils Augen flogen über die Kontrollen, während er versuchte, die Situation im Griff zu behalten, wie es die Pflicht jedes guten Kommandanten war.

Plötzlich flackerten Warnsignale über das Datendisplay, denn der gesamte Monitor wurde von gelben Dreiecken überschwemmt. Das Identifikationssystem des Computers war auf das Erkennen von Bodenfahrzeugen ausgerichtet, daher dauerte es geraume Zeit, bis es diese Objekte durchgearbeitet haben würde. Es handelte sich um Feinde, und das war alles, was Karstil im Moment wissen mußte. Ein paar Sekunden lang saß er da und starrte auf die sich nähernden Zeichen. Dann riß er sich zusammen. Er schwenkte den Geschützturm nach links und richtete die Waffensysteme aus, so daß sie mit der Flugbahn des nahenden Feindes übereinstimmten.

Ein gutes Stück von den fallenden Panzern entfernt war ein tödliches Ballett im Gange. Rebellen- und Commonwealth-Abfangjäger, die von den Eskortenschiffen oder vom Planeten starteten, formierten sich, um sich zwischen die verletzlichen Gravfahrzeuge und die feindlichen Jäger zu werfen. Karstil schaute nach draußen und sah einen hellen Blitzstrahl in der Dunkelheit aufzucken; irgendwer würde nicht nach Hause zurückkehren. Aber ganz egal, wie sehr sie sich bemühten, die Verteidiger würden nicht alle Angreifer davon abhalten können, zu den Verstärkungstruppen, die auf Caralis zuschwebten, durchbrechen zu können. »Ziel identifiziert«, verkündete der Computer gelassen. »Daten folgen.« Informationen über die feindlichen Objekte liefen über den Monitor. Zuerst erschien der Name: »Pilum.« Weitere Daten folgten, aber Karstil war egal, was es sonst noch an Informationen gab. Einzig und allein die Tatsache, daß es sich um einen Feind handelte, war ausschlaggebend.

Eine dreiseitige Ansicht der Pilum erschien; im rechten unteren Bereich des Monitors verlief die Zeichnung zu einer zweidimensionalen Silhouette. Neue Daten tauchten auf, gaben die Entfernung zum Ziel und die Anfluggeschwindigkeit an. Noch war der Abstand zu groß, um den Jäger zu markieren oder zu feuern. Karstil bewegte den Geschützturm, um das Ziel in der Mitte des Monitors zu halten. Wenn sich der Abstand auf Waffenreichweite verringerte, würde er die Turmkontrolle und die Waffen Podandos übergeben. »Er kommt schnell näher, Quent, aber es wird ein gerader Schuß vor den Bug. Er gehört Ihnen.«

»Verstanden, Sir. Ich habe ihn.«

»Spint.«

»Sir.«

»Halten Sie ihn ruhig. Behalten Sie den Winkel bei. Sobald Quent feuert, steigern Sie die Fallgeschwindigkeit. Wir versuchen, den anderen auszuweichen. Bereiten Sie sich auf einen Rückstoß vor. Ich halte den Geschützturm links, bis alle vorüber sind.«

»Verstanden, Sir.«

»Quent. Feuern Sie mit allen Waffen gleichzeitig. Der Rückstoß der Kanone könnte die anderen Schüsse abweichen lassen.«

»Verstanden, Sir.«

Karstil drückte den Fußhebel, um den Zielmarkierungslaser zu aktivieren. Die Flimmerschilde der Jäger änderten sich nicht, daher war das Objekt, wenn es einmal markiert wurde, für immer gezeichnet. Der Laser tastete sich über die 4000-Meter-Marke vor und glitt über die Schilde des Jägers.

Die Ziele waren jetzt in Sichtweite, und Karstils Herz klopfte, als er sah, wie die schlanken Umrisse der Pila größer wurden. Die auf den Tragflächen angebrachten Laser und die Beschleunigerkanonen des Bugs blitzten auf, als sie das Feuer auf die fallenden Panzer eröffneten. Es handelte sich um mindestens zwei Gruppen mit vier oder mehr Jägern, die in loser Formation heranschossen. Die erste Gruppe hielt genau auf Karstils Zenturie zu, die andere lag höher und griff eine der hinteren Einheiten an. Der Liberator bebte, als ein Beschleunigergeschoß die Schilde durchdrang und ein Stück der Titanpanzerung im hinteren linken Bereich über dem Steuerruder abriß.

»Ziel markiert und erfaßt«, ertönte die ausdruckslose Computerstimme.

Er wartete drei Sekunden. »Geben wir's ihnen!«

Karstil spürte die 273 Tonnen des Liberators erzittern, als die drei Waffen des Geschützturmes gleichzeitig feuerten. Podandos hatte die Feuertasten festgestellt, so daß er nur noch den Hauptauslöser drücken mußte. Das war zwar nicht die Standardprozedur, aber es funktionierte.

Durch die Sichtkuppel sah Karstil, wie die Nase des Jägers rot aufleuchtete, als die Schüsse ihr Ziel fanden. Der Liberator sackte weg, als Spint ihn nach unten neigte, und die Warnsignale leuchteten grellrot, als der 20-Grad-Winkel überschritten wurde.

Dann war die Pilum vorüber, und die restlichen Jäger stürzten sich auf die Zenturie.

Vor ihnen erhielten die Vipern Treffer, und Karstil erblickte die flackernden Lichter auf dem Heckschild der Frachter. Die Vipern schossen zurück, aber ihre 25-mm-Kanonen waren gegen die rasenden Jäger beinahe nutzlos. Sie feuerten, um die eigene Moral aufrechtzuerhalten, und hofften, daß die 25-mm-Geschosse die feindlichen Piloten belästigen würden, rechneten aber nicht damit, wirklichen Schaden anzurichten.

Als Karstil nach hinten sah, fiel ihm auf, daß er sich jetzt zum ersten Mal um die übrigen Panzer seines Zuges kümmerte. Er war viel zu vertieft in den Kampf seines Liberators gewesen, um daran zu denken, das Feuer des ganzes Zuges zu befehligen. Jetzt sah er, daß ein Panzer fehlte. Farwells Nummer drei. Er überflog das Datendisplay und erblickte ihn. Der Panzer war während des Absetzens zurückgefallen, und Farwell hatte nicht versucht, aufzuholen, sondern sich an eine der anderen Einheiten gehängt. Bleib, wo du bist, dachte Karstil. Du wärst ein leichtes Ziel für die Feinde, wenn du uns allein folgen würdest.

Noch mehr feindliche Jäger erschienen auf dem Bildschirm, in größerer Höhe als die Gruppe, die Karstil angegriffen hatte. Sie steuerten auf die hinteren Zenturien zu und gestatteten den Vorderleuten, in die Sicherheit der dichten Atmosphäre abzutauchen. Noch immer glühte die Warnleuchte, und Karstil starrte auf die Winkelanzeige. 35 Grad!

»Spint! Aufrichten!« Karstil bemühte sich, seine Stimme zu kontrollieren, aber sein Ruf klang etwas gehetzt.

»Ich arbeite daran, Sir! Ich arbeite daran!«

»Sie müssen ihn in den Griff kriegen!«

»Er richtet sich aber nicht auf.«

»Er muß aber!«

Die Geschwindigkeitsanzeige stieg auf 850.

Irgendwo über und hinter ihnen zerstörten ein paar Jäger einen Liberator. Karstil sah die Blitze in der Dunkelheit des Alls, als der Titanpanzer unter den Einschlägen der Laser und Massebeschleunigergeschosse verglühte. Sein eigener Panzer bebte, als Spint mit dem Kontrollknüppel kämpfte, um die tonnenschwere

Masse in seine Gewalt zu bekommen. Hilflos mußte Karstil zusehen, als der Winkelmesser die immer steiler werdende Neigung anzeigte: 34 ... 33 ... 32. Der Höhenmesser ging mit überraschender Schnelligkeit an 39.000 Metern vorbei und raste immer weiter.

Der Liberator hinter ihm war in Schwierigkeiten. Der Beschuß der Pila hatte ihn von unten getroffen und die Gravantriebe und Steuerkontrollen zerstört. Ohne Antriebsenergie und Steuerung rollte der Liberator herum und stürzte senkrecht auf den Planeten zu. Aus 50.000 Metern Höhe dauerte der Fall zehn Minuten. Würde der Absturz in einem Vakuum erfolgen, würde es nur vier Minuten dauern. Aber auch ein Liberator-Panzer erreicht eine Endgeschwindigkeit und kann dann nicht schneller fallen. So erhielten die Besatzungsmitglieder, die noch am Leben waren, sehr viel Zeit, um über ihren bevorstehenden Tod nachzudenken.

Der beschädigte Panzer fiel an Karstils Liberator vorbei. Er sah die zerschmetterten Gravspulen auf der Unterseite hängen. Auch der Geschützturm war beschädigt, der hintere Teil des Rumpfes aufgerissen, er glühte rot. Abgerissene Teile des Panzers hinterließen einen gespenstischen Schweif, als das Fahrzeug der Vernichtung entgegenstürzte. Ich hoffe, sie sind alle tot, dachte Karstil. Wenn ich gehen muß, soll es schnell und schmerzlos geschehen.

Er sah zu seinem Fahrer hinüber. »Wie sieht's aus, Spint?«

»Ich ... weiß ... nicht ..., Sir«, würgte Spint durch zusammengebissene Zähne, während er mit dem Ruder kämpfte. »Er ... reagiert ... nicht.«

Warnsirenen schallten durch den Panzer. Das ist es, dachte Karstil und schloß die Augen. Das war's.

Dann spürte er, wie sich die straffen Sicherheitsgurte in seine Schultern gruben. Es fühlte sich an, als würden 100 Männer von hinten an ihm ziehen. Das konnte nur eines bedeuten: Die Hilfstriebwerke des Panzers waren eingesprungen, und Spint hatte das Ruder herumwerfen können.

Er öffnete die Augen wieder und sah, daß die Warnleuchte nicht mehr dauerhaft glühte, sondern nur noch vereinzelt aufblinkte. Die Fallwinkelanzeige stand auf 20 Grad und nahm stetig ab. Der Geschwindigkeitsmesser fiel auf 650 Stundenkilometer. Spint hatte alles im Griff. Der Höhenmesser zeigte 8000 Meter an; weit unterhalb der Sicherheitsgrenze und dem Schutzschirm der Flugabwehr. Karstil holte tief Luft und fühlte, wie die Spannung aus seinem Körper wich. Plötzlich fröstelte er, der Schweiß auf der Haut fühlte sich kalt an. Seine Hände begannen heftig zu zittern, sein Magen rebellierte. Er sah auf und bemerkte, daß die Landekoordinaten noch immer im Computer standen, daher schaltete er auf Automatik um. Der Liberator reagierte mit einer langsamen Rechtsdrehung, als er nach dem Zielpunkt suchte und schließlich das Landelicht aufnahm und zu einer sanften, genauen Landung ansetzte.

Als es endlich vorüber und der Panzer zum Stillstand gekommen war, sah Karstil seine beiden Leute an, Podandos und Spint.

Podandos redete als erster. »Herzlichen Glückwunsch, Sir. Jetzt haben Sie den ersten heißen Sprung hinter sich.«

Spint grinste und machte das traditionelle Daumenhoch-Zeichen. Daraufhin wischte sich Karstil die schweißnasse Stirn. »Kleinigkeit.«

Der Panzer hallte vom Gelächter wider.

RENEGADE LEGION

ZWEITES BUCH

HALBE KRAFT

19

Alsatia, Caralis
Commonwealth
2. Januar 6831

Das dämmrige Licht verlieh den Umrissen der Panzer und Begleitfahrzeuge, die auf dem offenen Feld standen, ein sanfteres Aussehen. Die Ausrüstung der Zenturie und der übrigen fünf zur Kohorte gehörenden Zenturien war über ein großes Gebiet verteilt, um die Einheit zu einem weniger anziehenden Ziel für einen Luftangriff oder eine Thor-Satellitenattacke zu machen. Eine Besprechung aller Kohortenoffiziere war für 2100 anberaumt worden – direkt nach Einbruch der Dämmerung –, und Karstil machte sich auf den Weg zum Zenturien-Hauptquartier, von dem aus der Transport zum Kohorten-Hauptquartier organisiert wurde.

Die Kohorte war auf Rundumverteidigung ausgerichtet. Die fünf mittelschweren Zenturien bildeten eine fünfeckige Form um das Hauptquartier herum. Die leichte Zenturie und das Hauptquartier befanden sich im Mittelpunkt. Jede Seite maß 10 bis 15 Kilometer, das Fünfeck selbst hatte einen Durchmesser von 20 Kilometern. Die Zweite Zenturie verteidigte auf gewohnte Weise: Panzereinheiten als Flügel, Infanterie in der Mitte und hinten, in der Nähe des Zenturien-Hauptquartiers.

Die vier Manus-Verbände der Legion hatten sich im Kreis um das Legions-Hauptquartier geschart. Da die Manus Prima der 2567. Legion über 22 Kampfzenturien verfügte – verglichen mit zwölf bei den anderen –, nahm sie mehr Raum ein und war dem Feind zugewandt. Die gesamte Legion hielt eine 65 Kilometer breite Zone besetzt, ein Gebiet von fast 4000 Quadratkilometern. Der Transport im Legionsbereich wurde von den Vorrats- und Hilfsfahrzeugen der 2567. gestellt. Um größere Truppen zu befördern, die keine eigenen Fahrzeuge besaßen, stellte die Versorgungseinheit ungepanzerte Gravtransporter zur Verfügung, die ironisch als ›Viehwagen‹ bezeichnet wurden. Um kleinere Gruppen zu transportieren, setzte man Asinus-Gravwagen ein, in denen sechs Leute bequem reisen konnten, zehn Leute sehr gedrängt saßen und zwölf Leute eng zusammengequetscht wurden. Karstil würde mit einem dieser Fahrzeuge reisen.

Als der Asinus das Hauptquartier erreichte, befanden sich neun Soldaten, acht Offiziere und der Fahrer, an Bord. Die vier Zenturienoffiziere klebten aneinander, aber ein Optio mußte sich außen anhängen. Als jüngstem Offizier der Zenturie wurde Karstil dieses Privileg zuteil. Zenturio Freund hatte natürlich einen Vordersitz ergattert, während sich Holden Ventis, der Infanterieführer, und LaTonta Broast, der zweite Panzerzugführer, in den Laderaum zwängten. Ventis und Broast hatten eine kürzere Dienstzeit hinter sich als Karstil, waren aber schon länger bei den Rebellen. Da in den Augen der Rebellen nur die Rebellenzeit zählte, war Karstil das, was die Veteranen gern als ›Juniorballon‹ bezeichneten. Er begriff die Regeln der älteren Rechte und kletterte wortlos auf den Asinus.

Das Hauptquartierzelt der Kohorte war bereits mit Offizieren gefüllt, als der Asinus-Schlitten ankam. Karstils Hände waren vom Anklammern an das Gestänge, das die Plane über dem Laderaum hielt, steif und wund. Gespräche schwirrten durch das Zelt; die meisten drehten sich um den Angriff der TOG-Jäger bei der Ankunft. Harras' Kohorte hatte keine ernsthaften Schäden erlitten, denn der zerstörte Liberator hatte einer anderen Kohorte angehört. Allerdings waren ein paar Fahrzeuge beschädigt, und die Instandsetzung der Kohorte war zwei Tage lang in fieberhafte Arbeit gestürzt worden. Der Anflug auf Caralis hatte den Männern einen Vorgeschmack auf den Kampf geliefert, und schon jetzt flogen wilde Erzählungen umher.

Das Gerücht kursierte, daß einige Panzer seltsame Funktionsstörungen während des Falls erlebt hatten. Zumeist handelte es sich um das Versagen der Datendisplays, die keine feindlichen Jäger gemeldet hatten. Alle Computer wurden mit Klonen der TOG-Transponder überprüft. Obwohl kein Versagen festgestellt werden konnte, liefen die Tests weiter. Als jüngster der jungen Offiziere wurde Karstil nicht in ein Gespräch hineingezogen. Sogar Holden und LaTonta trafen auf Freunde aus der Rebellenoffiziersakademie und verloren sich rasch im Gedränge. Das machte Karstil nichts aus. Er wußte, wo sein Platz war, und begnügte sich damit, Augen und Ohren offenzuhalten.

Als der Kohortenstab das Zelt betrat, senkte sich Schweigen über die Menge. Nach einer kurzen Einleitung eines unbekannten Stabsoffiziers übernahm der Ops-Offizier das Wort.

Zenturio Moldine Rinter war eine kleine, dunkelhaarige, energische Frau, die jeden Offizier mit ihrem scharfen Blick zu durchbohren schien. Sie redete, ohne einen Blick auf ihre Notizen zu werfen, und ihr Überblick über die unzähligen Kleinigkeiten, die einen Feldzug ausmachten, war beeindruckend. Sie begann mit Zahlen und Fakten über Caralis, die den meisten Leuten bekannt waren.

Caralis war der dritte Planet des Systems und der einzige, der menschliches Leben zuließ. Der äquatoriale Durchmesser betrug 13.002 Kilometer, mit einem Umfang von 40.847 Kilometern. Die Oberfläche bestand zu 55 Prozent aus Wasser und zu 45 Prozent aus Land, wodurch knapp die Hälfte des Planeten trocken lag. Nachdem vor drei Jahren der Kampf um Caralis begonnen hatte, war die Bevölkerung des Planeten nach Rolandrin umgesiedelt, dem westlichen, vom Commonwealth regierten Kontinent. Der größte Teil der 2567. Legion war ebenfalls versetzt worden, um die Basen auf Rolandrin zu schützen, während die Manus Prima auf Rilus neu formiert wurde. Als die Manus sich wieder der Legion anschließen sollte, war der Rest der 2567. auf den umkämpften Kontinent Alsatia zurückgekehrt. Er war es auch gewesen, von dem aus die Landezone für den Fall gesichert wurde.

Auf Alsatia waren nur vereinzelte Farmen und Bergwerke verblieben, wenngleich auch die großen Wüsten im Landesinneren verhindert hatten, daß der Kontinent jemals dicht besiedelt worden war. Die Bevölkerung auf Caralis' drittem und östlichsten Kontinent, Malthus, war schon vor langer Zeit evakuiert worden. Während der frühen Kämpfe war Malthus vom TOG erobert worden und bildete jetzt die Ausgangsbasis der feindlichen Operationen.

Der wichtigste Teil der Rede behandelte Caralis' Lage im Vergleich zu den nahegelegenen bewohnbaren Welten. Die Caralis-Messana-Spitze schob sich tief in die TOG-Gebiete von Shannedam County vor, beinahe bis an die Grenze von Keserdal County. Hielten das Commonwealth und die Rebellen diese Spitze, dann bedrohten sie die Flanken jeder weiteren TOG-Ausbreitung sowohl in Shannedam als auch in Pembroke County. Nach drei Jahren ununterbrochener Kämpfe auf Caralis war keine Seite in der Lage, die andere zu vertreiben.

Zur Zeit befanden sich die Rebelleninfanterie-Legion der 2567., die 2031. Stoßtruppe des Commonwealth und die 354. Panzerlegion auf Alsatia und warteten auf den Einsatz. Auf der TOG-Seite standen die 3241. und die gefürchtete 13379., die Herolde des Todes. Außerdem sprachen unbestätigte Berichte davon, daß die 149. Praetorianergarde, eine Reserveeinheit, auf Malthus gelandet war und sich auf den Transfer vorbereitete. Aufgrund des Pechvogel-Rufes der 2567. würde jeweils eine Manus in einem recht ruhigen Gebiet eingesetzt werden. Jede Manus würde ein Stück Grenze zwischen 100 und 500 Kilometern Länge zu verteidigen haben, wo sie begrenzte Offensiven durchführen konnte. Sobald die Manus kampferprobt war, sollte sie zurückgerufen werden, um eine Ruhepause einzulegen, während eine andere Manus ihren Platz einnahm. Die Manus Prima würde als Legionsreserve eingesetzt werden, deren Kohorten kleine Teile der Front verteidigten, bis sämtliche Manus etwas Erfahrung gesammelt hatten. Auf diese Weise konnte die 2567. ein wenig Schlachterfahrung gewinnen, bis dann die gesamte Legion in den Kampf zog. Von der Manus Prima würde die Kohorte Harras' als erste gehen.

Karstil freute sich über die Nachricht, denn dies bedeutete, daß die Warterei ein Ende hatte. Kein weiteres Herumsitzen, keine weitere Chance für die Gerüchteküche mehr. Sie würden sich aufmachen und ihren Mann stehen.

Zenturio Rinter fuhr fort, sie über das Gebiet und die Feinde zu informieren. Die Gegend, in der die Kohorte arbeiten würde, war öde und karg, bis auf ein paar steile Schluchten mit messerscharfen Kanten und Gestrüpp. Das Gebiet, auf dem die Verteidigung mit Leichtigkeit ausgeführt werden konnte, war begrenzt. Nachschubtransporte stellten keine Schwierigkeit dar, weil sämtliche Fahrzeuge der Einheit mit Gravantrieb ausgestattet waren. Berichte besagten, daß dieses Gebiet leicht zu halten war. Feindliche Angriffe konnten in den Hügeln erwartet werden, aber dazwischen lagen große Abstände.

TOG-Einheiten verteidigten sich aufs heftigste, bis sie besiegt wurden, um dann auf den nächstwichtigsten Landstrich zurückzufallen. Die rauhe Gegend bedeutete, daß es unzählige verdeckte Wege zu den

Orten gab, an denen sich Feinde aufhalten konnten. Aber die gleiche Eigenschaft des Gebietes konnten sich die vorbereiteten, vorgewarnten Verteidiger zunutze machen, um einen Hinterhalt zu legen. Angriffe sollten mit »der höchsten Geschwindigkeit, die aus Sicherheitsgründen zu vertreten ist«, durchgeführt werden. Karstil wußte, daß dies bedeutete: Bist du zu langsam, wirst du bestraft; fangen sie dich, warst du zu schnell. Er sah, wie sich die Kommandeure der Zenturie bei dem Ausspruch wanden.

Als Zenturio Maximus Harras das Wort ergriff, redete er eine andere Sprache. Vergessen waren Zenturio Rinters Ermahnungen in bezug auf die Sicherheit. Es war ihre Pflicht, auf Gefahren hinzuweisen, seine Pflicht jedoch, die Truppen anzuspornen. Er machte seine Sache ausgezeichnet. Diejenigen, die von den TOG-Verteidigern überrascht würden, sollten nicht automatisch verurteilt werden. Harras erklärte, daß die Kohorte vorstoßen und vorstoßen und vorstoßen werde, um die Feinde mit Geschwindigkeit und Überraschungsangriffen zu verwirren.

Mit jedem Wort des Zenturio fühlte Karstil, wie Aufregung und Zuversicht in ihm und den anderen Offizieren wuchsen. Als Harras sich setzte, wäre er beinahe in Jubelrufe ausgebrochen. Die Besprechung war beendet, und die Offiziere eilten hinaus, um sich zu den Einheiten zurückbringen zu lassen. Morgen begann der Zug an die Front, und vor Morgengrauen mußten noch viele Pläne mit den Truppen besprochen werden. Die Offiziere würden heute nacht wenig Schlaf bekommen.

Offiziere und Unteroffiziere hatten innerhalb der Kohorte kleine Gruppen gebildet. Jeder Zenturienführer hatte kleine Chips erhalten, die geographische Informationen über sein Gebiet enthielten und auf die anderen Fahrzeuge des Kommandos übertragen wurden. Bald würde jeder Panzer und jedes Fahrzeug über einen aktuellen Bericht verfügen. Der Kohortengeheimdienst würde neue Berichte weitergeben, sobald sie eintrafen, und den Fahrzeugen übermitteln. Die Männer, die nicht an den Besprechungen teilnahmen, überprüften ihre Fahrzeuge und legten sich dann hin, um soviel Schlaf wie möglich zu bekommen.

Der winzige Equus-Gravschlitten glitt aus dem Bereich des Legionshauptquartiers heraus und bewegte sich langsam über die 25 Kilometer, die ihn von der Manus Secunda trennten. Der Fahrer und sein Passagier schwiegen. Alle aktiven Sensoren waren stillgelegt, nur die passiven Thermalfelder wurden benutzt, um den Schlitten zu steuern.

Am Rande des Manusgebietes verlangsamte der Fahrer das Gefährt und lenkte es in eine Schlucht hinab. Nachdem der Schlitten in der Schlucht verschwunden war, stiegen die beiden Insassen aus und bedeckten ihn mit einem besonderen Anti-Thermaltuch. So blieb der Equus für visuelle und Sensorsucher unsichtbar. Man mußte schon über ihn stolpern, wenn man ihn finden wollte.

Hastig legten beide Männer Tarnanzüge an, die nur das Gesicht und die Hände frei ließen. Dann bestrichen sie die entblößten Stellen mit Tarnfarbe. Aus dem hinteren Teil des Schlittens nahmen sie Rucksäcke, die sie schulterten. Dann schlichen sie aus der Schlucht und wandten sich in Richtung der nächstgelegenen Zenturie.

Als sie dem Lager nahe waren, gingen sie in die Hocke, ließen sich dann auf Hände und Knie nieder, bis sie schließlich auf dem Bauch robbten. Sie benutzten jeden Busch und Felsvorsprung als Deckung und arbeiteten sich immer weiter ins Lager vor. Die Männer der Zenturie eilten zwischen den Fahrzeugen und Zelten herum, kamen oft nur wenige Meter von den Eindringlingen entfernt vorbei, ohne sie zu bemerken.

Endlich erreichten die beiden Männer ihr Ziel, das Kommando- und Kommunikationsfahrzeug der Zenturie.

Es stand in einem flachen Trichter, dessen Ränder abgerundet waren, so daß der Wagen hineinfahren konnte. Die Eindringlinge rollten sich auf der entgegengesetzten Seite zum Eingang in den Trichter hinab und krochen unter das Fahrzeug. Nun lagen die Gravantriebe und Steuerkontrollen vor ihnen. Die beiden arbeiteten in der Dunkelheit nur nach Gefühl und wandten sich den Steuersystemen zu.

Die Kontrollen waren durch eine Leiste gesichert, die mit vier gefederten Flügelmuttern befestigt war und sich leicht lösen ließ. Der größere Mann entfernte die Leiste und legte sie vorsichtig auf den Boden neben seinen Kameraden. Dann fummelte er zwischen den unzähligen Kabeln und Verbindungsstücken herum, bis er das schwere Kabel entdeckte, das die Kommandos zum Steuer übertrug. Der zweite Mann knipste einen kleinen Hitzestrahler an, der einen bleistiftdünnen Strahl in die verworrenen Kabel sandte. Die Infrarotbrille seines Gefährten erlaubten diesem, die Szene zu sehen, als herrsche helles Tageslicht. Vorsichtig entwirrte er die Kabel, behielt nur eines zurück. Dies hielt er fest in der rechten Hand, griff in seine Schultertasche und entnahm ihr ein fingerlanges Rohr. Mit den Zähnen schälte er die Schutzhülle von dem Röhrchen und enthüllte einen Klebestreifen.

Er hielt das Kabel so, daß er das Röhrchen dagegendrücken konnte; der Klebestreifen verband die beiden Teile. Dann entnahm er dem Röhrchen eine Nadelspitze und drückte sie durch den Schutzmantel des Kabels. Die Röhre piepte leise auf, und an ihrer Spitze leuchtete ein rotes Licht sekundenlang auf. Der Mann stopfte das Kabel zurück zwischen die anderen und befestigte die Leiste.

Die fingerlange Röhre bestand aus starkem Sprengstoff, die Nadel diente als Zünder. Die Bombe würde ruhig inmitten des Kabelgewirrs sitzen und jeden Schubwechsel notieren, der an die Steuerkontrollen übertragen wurde. Irgendwann in der Zukunft hatte der Zünder dann genügend gezählt, um den einprogrammierten Befehl zu erfüllen, und die Bombe würde explodieren. Die Detonation zerstörte die Fähigkeit des Fahrzeugs, auf Richtungsbefehle zu reagieren. Wenn das während einer Schlacht geschah, hätte der unerwartete Kontrollverlust katastrophale Folgen. Auf der Unterseite des Fahrzeuges und hinter der Leiste würden keine Spuren äußerer Einwirkung zurückbleiben.

Die beiden Männer schlichen zurück zum Equus, wo sie die eben ausgeführte Prozedur wiederholten, diesmal aber in umgekehrter Reihenfolge. Zuerst entfernten sie die Tarnfarbe, zogen dann die Uniformen aus und entfernten schließlich die Abdeckung des Schlittens. Sobald sie im Equus saßen, warfen sie die Gravantriebe und die Sensoren an. Von jetzt an waren sie nur zwei Männer von der Wartungsgruppe Kohorte, die von einer Inspektion zurückkehrten, sollte sie jemand anhalten und fragen. Um ihre Tarnung zu vervollständigen, wählten sie irgendeine Zenturie aus und führten eine Inspektion an drei Kampfpanzern durch, um allen Fragen gerecht zu werden.

All das geschah, ohne daß irgendwer etwas vermutete. Nachdem sie ganze Arbeit geleistet hatten, erreichten sie das Legionshauptquartier gerade rechtzeitig zum Frühstück.

20

Alsatia, Caralis
Commonwealth
3. Januar 6831

Die Kohorte Harras' startete pünktlich. Die Rebellenkohorte arbeitete sich in der Diamanten-Formation vor. Die leichte Zenturie an der Spitze, eine mittlere an jeder der übrigen drei Ecken, und zwei mittlere Zenturien nahe dem Kohortenkommando. Diese Formation war angebracht, wenn Feindkontakt bevorstand, dessen Stärke und Ort nicht bekannt waren. Obwohl sich die Kohorte hinter der gegenwärtigen Frontlinie befand, hatte Harras diese Aufstellung gewählt, um den Eindruck zu verstärken, daß die Einheit jetzt wirklich am Kriegsgeschehen teilnahm. Da man sich auf heimischem Gebiet befand, hätte man auch hintereinander fahren können. Das wäre einfacher gewesen, denn die Fahrzeuge hätten nur dem Führer folgen müssen.

Bei der Diamant-Formation befanden sich die Flügel 20 Kilometer vom Mittelpunkt entfernt und hätten jeden Feind in der Gegend aufgespürt. Jede Zenturie, die in Feindberührung kam, würde sich augenblicklich umdrehen und kämpfen. Die Kohorte würde um die kämpfende Zenturie herum aufschließen und die neuen Flankeneinheiten um die Feinde gruppieren. Die hinteren Zenturien wurden so zu Reserveeinheiten. Die Aufstellung war perfekt, um Feinden angemessen zu begegnen, und wurde von verschiedenen Armeen seit über 6000 Jahren angewandt.

Die Fahrt verlief ereignislos, und die Kohorte erreichte den Stützpunkt rechtzeitig. Als die Zenturien eintrafen, löste sich die Diamant-Formation auf und machte sich daran, sich der 2031. anzuschließen, die fünf Kilometer von der Front entfernt lag. Jetzt standen die Zenturien mehr unter dem direkten Kommando der Kohorte als dem der Legion. Die Zenturien würden ihre Positionen nacheinander einnehmen, gedeckt und beobachtet von den Zenturien, die sich bereits in Verteidigungsstellungen befanden.

Das Ablösen einer kampfbereiten Truppe war schwierig, da es dem Feind eine Gelegenheit bot, das Durcheinander zum Angriff zu nutzen. Aus diesem Grund befanden sich die Zenturien an dieser Stelle – weit entfernt genug, um nicht beschossen zu werden, aber auch nah genug, um, wenn nötig, schnell einzugreifen. Karstils Zenturie befand sich auf der linken Seite, und sein Zug, der zweite Panzerzug, fuhr links von der Zenturie. Er brachte den Liberator hinter einer kleinen Erhebung zum Stehen und beobachtete, wie die beiden anderen Panzer 400 Meter weiter links und rechts anhielten, beide ein kleines Stück vor ihm. Auf diese Weise war es unnötig, die Auflockerungsladungen zum Sprengen von Stellungslöchern einzusetzen, da die Hügelkuppe ausreichenden Schutz für den Rumpf bot. Sobald die Flankenpanzer stillstanden, befahl Karstil Spint, den Liberator den Hügel hinablaufen zu lassen, bis nur noch der Geschützturm sichtbar war. So konnte er die Flankenpanzer sehen und ihnen Deckung geben. Gleichzeitig bot der Panzer einem Angreifer, der von vorn kam, kein leichtes Ziel. Dadurch blieb ihm Raum zum Manövrieren – falls notwendig –, und er konnte die Waffen einsetzen, bevor jemand den Liberator unter Beschuß nahm.

Eine Stunde später erreichte eine der anderen Zenturien Karstils Stellung, geführt von einem Mann der 2031. Der Führer hockte auf dem Turm des ersten Liberators und bot den Anblick nonchalanter Langeweile. Als er sah, daß Karstil seinen Geschützturm nach hinten drehte, auf den Näherkommenden zu, malte sich gespielte Angst auf seine Züge. Karstil winkte, und der Führer winkte zurück. Der Panzerkommandant, ein eingefleischter Profi, nahm davon keine Notiz. Der Führer ahmte ihn nach, als der Panzer an Karstil vorüberglitt, und machte sich lautlos über das grimmige Gesicht des Kommandanten lustig. Dann brüllte er Karstil ein »Das wird dir noch leid tun!« zu, als sie zehn Meter weit entfernt waren.

Die Ablösung verfügte über einen GMT, der an dritter Stelle in der Reihe lag. Die Infanteristen hingen an den Außenseiten der Viper und benahmen sich mehr wie Touristen als wie Soldaten, die in den Krieg zogen. Aber das war typisch für Infanteriesoldaten, die sich gern so aufführten, als gäbe es keine Gefahren. War das Leben eines Panzers kurz und gefährlich, so galt das um so mehr für die Infanterie. Da nur der dünne Panzer der Viper zwischen ihnen und dem Tod lag, fuhren sie meistens freiwillig außen auf dem Fahrzeug. Die meisten zogen es vor, das Risiko einzugehen, da sie die Viper als Titansarg bezeichneten, und verließen sich lieber auf die eigene Geschicklichkeit und ihr Glück, dem feindlichen Beschuß zu entkommen. Sie hielten die GMTs für gepanzerte Busse, und es gefiel ihnen nicht, daß der Fahrer, der Richtschütze und der Kommandant die Viper als leichten Panzer bezeichneten.

»Sieh ihn als Bus an«, hatte Ventis gesagt, als Karstil die Infanteriefahrzeuge der Zenturie zum ersten Mal sah. »Wenn es nach mir ginge, dann müßten sie alle Waffen von dem Ding runternehmen. Meine Fahrer halten immer Ausschau, was sie mit dem verdammten Teil erwischen können. Ich nicht. Ich will am Boden kämpfen. Infanteristen werden einzeln beerdigt und mit Orden behängt. Panzer aber immer gleich zu dritt.«

Karstil wußte, daß die Panzercrews oftmals auf die

Infanterie herabsahen: dumme, arme Bodenhüpfer. Der Liberator mit seinen 273 Tonnen Titanrüstung und keramischen Schilden flog mit mehr als 200 Stundenkilometern über den Boden. Die Fußtruppe kam wesentlich langsamer voran und mußte sich über jede Unebenheit hinwegquälen. Aber auch hier gab es Vorteile. Männer, die auf Panzern eingesetzt waren, konnten die Arbeit, die diese Monster mit sich brachten, nie ganz bewältigen. Immer mußte man an Wartung und Reparaturen denken, an Überprüfungen und Tests, und alles nahm Zeit in Anspruch. Zeit, Zeit und nochmals Zeit. Um sich auf den kommenden Tag vorzubereiten, mußten die Mannschaften oft die ganze Nacht arbeiten. Die Fußtruppen nicht.

Befanden sich die Vipern in Ruhestellung, konnte sich auch die Infanterie hinlegen. Das Säubern der persönlichen Waffen und das Prüfen der Minenwerfer nahm fast keine Zeit in Anspruch. Anschließend legten sie sich schlafen, in der Gewißheit, daß sich die Panzercrew um das Biest kümmerte. Wenn sich die Infanteristen und der Panzerkommandant gut verstanden, bestand die Möglichkeit, daß die Fußsoldaten bei der Wartung mithalfen. Die Vipern benötigten nur ein Zehntel der Zeit, um startbereit zu sein, die ein Liberator brauchte. Ein Leben in der Infanterie hatte seine Vorteile.

Der letzte Panzer der Ablösung verschwand hinter einem Hügel, der 1000 Meter entfernt lag, und schon wirkte die Landschaft so öde wie zuvor. Der Boden war eben und nur hin und wieder leicht gewellt; ungefähr 1500 Meter zur Linken erstreckten sich tiefe Schluchten. Karstil machte sich deswegen Gedanken und hätte am liebsten eine Infanteriegruppe an der Flanke gehabt. Seine Sorgen waren unbegründet, denn der Feind konnte sich keinesfalls so weit nach hinten gewagt haben, ohne gesehen zu werden. Aber sich zu sorgen war eine gute Übung. Es war das, was man von einem Optio erwartete.

»Hasty Warbler zwei-zwei-sechs, hier spricht Hasty Warbler sechs.« Der Funkkanal erwachte zum Leben. ›Hasty Warbler‹ lautete das Rufsignal der Zenturie. ›Sechs‹ war Zenturio Freund. ›Zwei-zwei-sechs‹ war Karstil. ›Hasty Warbler‹ schien gut zu Freund zu passen, dachte Karstil, die Ähnlichkeit mit einer Grasmücke war nicht unbedingt abzustreiten.

»Warbler sechs, hier spricht Warbler zwei-zwei-sechs.«

»Zwei-zwei-sechs, gehen Sie auf meinen Befehl nach OPLAN Capto vor.«

»Zwei-zwei-sechs, verstanden.«

Operationsplan C bedeutete, daß die Zenturie 15 Kilometer weiter hinten ihr Nachtlager aufschlagen sollte. Dort würde man sich auf den morgigen Auftrag vorbereiten, der wahrscheinlich aus einer Reihe von Angriffen bestand. Karstil wunderte sich über den Gebrauch von Namen für Buchstaben. Dies wurde angewandt, um Verwirrung zu vermeiden, wenn es sich um Buchstaben wie ›C‹, ›B‹ und ›T‹ handelte, die leicht im Funkverkehr verwechselt werden konnten. Daher hatte jeder Buchstabe einen Namen: ›C‹ wurde zu ›Capto‹, ›B‹ zu ›Bellum‹ und ›T‹ zu ›Toga‹. Das Erlernen der Buchstaben gehörte zur Ausbildung und wurde ›Militärischer Code‹ genannt. Die Zyniker nannten es ›Milsprech‹.

Karstil bückte sich und zog eine rote Fahne aus dem Fach rechts neben der Kommandoluke. Er steckte sie in einen Halter auf dem Geschützturm, der offiziell gar nicht existieren sollte. Die anderen Panzer mußten es bemerken und würden ebenfalls mit roten Fahnen antworten. Das Flaggensystem war Mullins' Idee, um eine Verständigung ohne Sprechfunk oder Laserlampe möglich zu machen. Wie die Handsignale auch, zeigte es, daß dieser Zug eine Einheit war.

Fast augenblicklich erschienen die roten Fähnchen, die anzeigten, daß die anderen Panzerkommandanten

Karstil beobachteten. Er richtete sich im Turm auf und signalisierte einen schnellen Code mit dem Handlaser, um weiterzugeben, daß der Zug sich in Bewegung setzen sollte. Dann deutete er in die Richtung des Lagerplatzes und gab die Formation an, die der Zug einnehmen sollte.

»Hasty Warbler zwei-zwei-sechs, hier spricht Hasty Warbler sechs. Befehl ausführen.«

»Sechs, hier ist zwei-zwei-sechs. Verstanden.«

Karstil hob den Handlaser über den Kopf und sah, wie die Gravantriebe der anderen Panzer ansprangen und die Liberatoren einen Meter über dem Boden schweben ließen. Er senkte den Arm, und die übrigen Panzer folgten ihm aus den Verteidigungsstellungen heraus.

21

Alsatia, Caralis
Commonwealth
4. Januar 6831

Die lange Nacht war mit Arbeit angefüllt gewesen. Alles hatte mehrfach überprüft werden müssen. Die Munition der Haupt- und Nebenwaffen, Netzteile und Laserspulen, Geschoßhalterungen und Feuerleitsysteme. Gravantriebe mußten in Gang gesetzt und getestet werden, Gebietssensoren und Schaltkreise geprüft werden. Jeder Panzerkommandant inspizierte und prüfte den eigenen Panzer. Dann prüften die Zugsergeanten die Panzer, dann die Zugführer und schließlich die Zenturios. Niemand kam zum Schlafen, oder man konnte höchstens ein Nickerchen machen. Alle waren nervös. Waren mit ihrer Geduld am Ende.

Für die meisten Männer der Zenturie war dies der erste wirkliche Kampfeinsatz. Einige schwiegen und brüteten darüber nach, was der Morgen bringen mochte. Andere waren gereizt, knurrten die Gleichrangigen an und warfen den Vorgesetzten böse Blicke zu. Ein paar Männer waren fröhlich und lebhaft, arbeiteten überall mit und suchten pausenlos Beschäftigung. Und alle hatten Angst.

Umbartis, der Richtschütze von Karstils Nummer drei, gehörte zu den Fröhlichen und redete pausenlos in Sätzen, in denen es von ›kein Problem‹ und ›Kleinigkeit‹ nur so wimmelte. Er arbeitete an seinem eigenen Panzer und bot sich an, auch den anderen zu helfen. Irgendwann, mitten in der Nacht, wanderte er zum Infanteriezug und half den Viper-Mannschaften, die 25-mm-Munition und die Geschosse zu verladen. Mullins mußte ihn suchen und zum Panzerzug zurückzerren. »Kein Problem, Sergeant«, lautete seine Erwiderung, als Mullins ihn packte. »Hab den armen Kerlen bloß geholfen, ihr Zeug zu laden. Wir sitzen doch alle im selben Boot. Kein Problem.«

Mullins sah zu, wie er in der Dunkelheit verschwand, um wieder zu seinem Panzer zurückzukehren. Den Mann mußte man im Auge behalten. Die Fröhlichen brachen normalerweise als erste zusammen. Er machte sich eine geistige Notiz, mit Sergeant Farwell zu reden, bevor sie am Morgen ausrückten. Die Panzercrew war zu klein, um es verkraften zu können, daß einer der Männer mitten im Kampf verrückt spielte. Wenn Umbartis seine ganze Energie schon jetzt verbrauchte, würde er im Morgengrauen keine Reserven mehr haben. Mullins hatte erlebt, daß Männer, die beim Gedanken an den Kampf überaus aufgeregt gewesen waren, dann beim ersten Feindkontakt eingenickt waren.

Graff Kloun, Farwells Fahrer, war gereizt. Jede Andeutung, daß irgend etwas am Navigationssystem oder an der Steuerung überprüft werden mußte, erzeugte eine heftige, böse Reaktion. Der kleine, muskulöse blonde Mann zählte zu den jüngsten des Zuges. Er liebte seinen Panzer und das Gefühl der Macht, das dieser ihm vermittelte. Lieber würde er den Panzer durch ein Hindernis steuern, als darüber- oder drumherumzugehen. Er fummelte besorgt am Panzer herum, und das ›Laßt-uns-fröhlich-sein‹-Benehmen von Umbartis erwischte ihn auf dem falschen Fuß. Nach zu vielen ›Kein-Problem‹-Antworten von Umbartis wandte sich Kloun um und packte einen Schraubenschlüssel. »Noch eine blöde Bemerkung, und ich verpasse dir eine Kerbe in den Schädel.« Klouns braune Augen funkelten, und Umbartis, der einen Kampf witterte, zog sich zurück.

Franklin Grouse und Sedgwick Abul, Richtschütze und Fahrer von Nummer zwei, schwiegen still. Gleich Mullins hatten sie Panzerschlachten erlebt und wußten, daß sie sich so gut wie möglich vorbereiten mußten. Mullins würde sich um sie und den Panzer kümmern; sie würden überleben. Aber auch mit diesen Gedanken schliefen die beiden nicht. Wie die anderen Mitglieder des Zuges, der Zenturie und der Kohorte wußten sie, daß der Sonnenaufgang sie von der Sicherheit des Biwaks in die brutale Welt des schnellen Todes schleudern würde.

Jedesmal, wenn er damit aufhörte, etwas zu tun, fühlte Karstil, wie sich ihm der Magen umdrehte. Die Angst vor dem Morgen lauerte wie ein gefährliches Tier im Hinterkopf. Solange er einen Panzer inspizierte, Munition auflud, Befehle erteilte oder mit einem Zugmitglied sprach, hielt sich das Biest im Hintergrund. Aber sobald er untätig blieb, regte es sich und krallte seine Klauen um Karstils Magen. Manchmal reichte auch die rege Betriebsamkeit nicht aus, das Vieh abzuwehren, und es packte ihn mitten im Satz.

Karstil hatte vor zwei nicht miteinander verbundenen Dingen Angst, die zusammenarbeiteten, um ihn in Schweiß ausbrechen zu lassen. Er hatte Angst vor den Panzern. Die ganze Titan- und Keramikpanzerung vermittelte ein Gefühl von Unverletzlichkeit, aber er wußte, daß dies täuschte. Während der Ausbildung und bei dem Training der Rebellenarmee hatte er oft genug die tödliche Auswirkung der Gausskanonen und schweren Laser erlebt.

Die Ausbildungssergeanten waren sehr stolz auf die Tatsache gewesen, daß eine 150-mm-Kanone sich durch dickste Panzerungsschichten fressen und das Innere des Panzers mit tödlichen Splittern geschmolzenen Titans und Keramikfragmenten überschwemmen konnte. Er hatte Videos von Panzerkämpfen gesehen, in denen die schweren Monster in brennende Infernos verwandelt worden waren, aus denen es kein Entkommen gab. In einem Fall hatte eine Crew versucht, von einem Panzer zu fliehen, der durch Treffer in Brand gesetzt worden war. Der Kommandant war noch in der Luke; die Gestalt wurde beinahe von den riesigen Flammensäulen verdeckt, die aus dem Geschützturm loderten. Der Körper hing fest, die Arme bewegten sich durch die Hitze auf und nieder. Der Mann war offensichtlich tot, aber die Hitze bewegte den Körper, als sei er noch lebendig. Der Kommandant winkte der Kamera zu, als wolle er den Filmenden auffordern, sich zu ihm auf den Scheiterhaufen zu gesellen. Jedesmal, wenn er daran dachte, überlief es Karstil kalt. Laß es schnell gehen, dachte er. Laß es schnell gehen. Diese entsetzlich zerschmetterten und verkohlten Körper, die er vor langer Zeit im Basishospital gesehen hatte. Diese Männer, die unter Betäubungsmitteln und Pseudohaut ruhiggestellt worden waren, als er General Gentrund P. Beldarnus begleitet hatte. Jemand hatte ihm erzählt, daß sie genesen und wieder ganz die Alten sein würden. Aber welche Schmerzen hatten sie erleiden müssen? Ein schneller Tod war dem vorzuziehen. Oder nicht? Der Tod war auch nicht besser als alles andere. Ärztliche Magie konnte auch an den auf furchtbarste Weise zerstörten Körpern Wunder wirken. Diese Männer hatten wenigstens überlebt. Er war erst 20 Jahre alt; es lag noch so viel vor ihm.

Der Tod war nicht die einzige Angst. Er fürchtete sich auch vor dem Versagen. Müßte er sich nur um sich selbst sorgen, meinte Karstil, dem Tag mit Ruhe entgegensehen zu können. Aber der Gedanke, die anderen Männer des Zuges im Stich zu lassen, entsetzte ihn. Er war derjenige, der Entscheidungen fällte und die anderen Panzer in den Kampf schickte. Er hatte es schon nicht geschafft, den Zug während des kurzen Luftkampfes hoch über dem Planeten im Griff zu behalten. Würde er am Boden auch versagen? Und was geschah, wenn er der einzige Überlebende blieb? Wie konnte er mit dem Wissen leben, daß acht Männer durch seinen Fehler ums Leben gekommen waren? Was war, wenn die ganze Zenturie durch sein Versagen umkam?

Er versuchte, sich die Probleme vorzustellen, die während des Angriffs eintreten konnten. Wenn alle bereit waren, konnte eigentlich nichts schiefgehen. Er würde den Zug V-förmig aufstellen, seinen Panzer in der Mitte. Mullins würde er an die gefährlichste Flanke nahe der feindlichen Stellungen setzen. Das war zwar ein höllischer Job für einen Zugsergeanten, aber irgendwer mußte es schließlich machen. Es war sicherer, den besten Mann dort einzusetzen, wo Gefahr drohte. Aber sollte er die Flanke übernehmen? Es gab den Leitsatz, daß ein Führer niemals etwas von einem Soldaten erwarten durfte, das er nicht selbst tun würde. Sollte er die Führung des Keils übernehmen, die übrigen Panzer hinter ihm und an den Seiten? Das würde ihn in die kritische Position bringen – eine heroische Tat –, aber es bestand die Gefahr, die Kontrolle über den Zug zu verlieren. Nein, das V war die beste Lösung. Er würde hinten in der Mitte bleiben.

Und welche Feinde würden ihnen begegnen? Er hoffte auf Panzer, die er einschätzen konnte. Wenn die Geheimdienstberichte zutrafen, würden sie das TOG zahlenmäßig übertreffen. Das bedeutete, daß viele von ihnen auf wenige Feinde schießen würden. Der, der zuerst schießt, gewinnt. Das war das Motto der Akademie und auf dem Panzerübungsplatz gewesen. Markiere das Ziel und puste es weg. Schieß nur auf markierte Ziele und hoffe, daß du nicht selbst markiert wirst. Wenn das Glück auf deinem Geschützturm sitzt, wirst du überleben.

»Schieß auf das markierte Ziel. Schieß auf das markierte Ziel«, murmelte er vor sich hin, als er durch das Lager schritt.

»Entschuldigung, Sir. Was sagten Sie?« Quentain Podandos tauchte aus der Dunkelheit auf.

»Schießen Sie auf das markierte Ziel, Richtschütze.«

»Verstanden, Sir.«

Die ersten Sonnenstrahlen tauchten den Himmel in ein rosiges Licht. Bäume, Panzer und Männer zeichneten sich allmählich in der zurückweichenden Dunkelheit ab, die sie wie eine tröstliche Decke eingehüllt hatte. Gravantriebe von Panzern, die noch hinter den Bäumen verborgen standen, heulten auf. Panzercrews rollten die Thermal-Tarnplanen ab, mit denen die Fahrzeuge in der Dunkelheit bedeckt worden waren, um sie für die suchenden Augen der Orbitstationen unsichtbar zu machen. Karstil spürte, wie das Monstrum nach seinen Eingeweiden griff; die Knie wurden ihm schwach, der Mund trocknete aus. »Aufsitzen, zweiter Panzerzug. Auf geht's!«

Das Kommando wäre nicht nötig gewesen, da sich bereits alle Männer auf den Panzern befanden. Die Gravantriebe erwachten zum Leben, und Staub wurde unter Panzer zwei und drei aufgewirbelt, als sie sich zu einem Ein-Meter-Schweben erhoben. Nur sein eigener Panzer stand noch am Boden und wartete auf ihn, wie vor 5000 Jahren ein Streitroß auf den Ritter gewartet hatte. Karstil schaute noch einmal über den Biwakplatz. Wo vorher die Männer in großer Eile herumgelaufen waren, standen jetzt nur noch schwebende Panzer. Die Gravantriebe, die auf Hochtouren liefen, wollten endlich zum Einsatz gelangen. Eine Kappe schwebte über den Boden, wurde vom aufkommenden Morgenwind und der Turbulenz der Gravkräfte getragen – unsichtbare Kräfte, die dennoch am Werk waren. Die Morgensonne sandte ihre Strahlen über die große Ebene und tauchte die grau-grünen Monster, die schwebend verhielten, in helles Licht; tonnenweise Titan, das auf einem unsichtbaren Kissen urzeitlicher Energie ruhte.

Langsam wandten sich die Panzer des Zuges dem Platz zu, an dem der Optio stand. Wie riesige Dickhäuter drehten sie sich und verneigten sich vor ihrem Führer. Die Kanonen schienen wie ausgefahrene Rüssel an diesem winzigen, unscheinbaren Menschen in ihrer Mitte zu schnüffeln und kamen näher und näher. Karstil drehte sich um, seinem eigenen Panzer zu, der ruhig und still auf dem Boden stand. Er schritt zwischen den beiden Sponsonen durch und kletterte das TVLG-Gestell hoch.

Als seine Stiefel den oberen Teil des Rumpfes berührten, spürte er, wie sich der Liberator erhob und dann schwebend verhielt.

Spint hatte ihn durch die Sensoren beobachtet. Karstil kletterte auf den Turm und ließ sich durch die Kommandoluke fallen. Er hob den Arm und signalisierte den anderen, ihm nacheinander in einer Reihe zu folgen. Es war an der Zeit, sich dem unbekannten, dem tödlichen Kampf zu stellen.

Auch an anderen Stellen des Lagers kam Leben in die Zenturien der Kohorte. Liberatoren und die begleitenden Viper-GMTs wandten sich langsam der entfernten Frontlinie zu und gingen auf Position. Die leichte Zenturie, die mit leichten Wolverine-Gravpanzern ausgerüstet war, setzte sich als erste in Bewegung. Sie würde die Kohorte zur Front führen, ruhige Zonen suchen und als Späher der mittleren Truppen dienen, die nachfolgten. Anschließend würde sie zurückfallen und als Flankenschutz der Zenturien arbeiten, die die ruhigen Zonen durchquerten. Der Wolverine war ein annehmbarer Panzer für Hochgeschwindigkeits-Aufklärung und Überfälle, aber sollte es zu einem Kampf kommen, würde er sich eher als Behinderung denn als Unterstützung erweisen. Wenn Feindkontakt stattgefunden hatte, deckten die Wolverines die Flanken und dienten als mobile Reserve der Kohorte. Die leichte Zenturie war der ideale Ort für die besondere Rasse der wagemutigen, ein wenig undisziplinierten jungen Männer, die dem Tod bei jeder Gelegenheit ins Gesicht lachten. Sie lebten schnell, kämpften tapfer und starben haufenweise. Aufklärungszenturien trugen meistens einen Totenkopf als Abzeichen, und diese machte keine Ausnahme.

Und so begab sich die Pechvogeltruppe der Rebellenlegion auf den Weg, um dem Feind zu begegnen.

Im tiefsten Inneren des Magens lockerte das Biest, das Karstil während der Nacht gepackt gehalten hatte, den harten Griff. Es würde sich für immer in seiner Vorstellung verstecken, aber im Moment hatte er es in tiefere Regionen verbannt. Es war Zeit zum Kämpfen.

22

Alsatia, Caralis
Commonwealth
4. Januar 6831

Der Befehl war erteilt worden. »Zenturie Secundus wird auf Achse ZEPHYR vorrücken, um Objekt REGAL anzugehen. Zenturie Quintus wird notfalls Unterstützung liefern. Zenturie Secundus wird vorrücken und Objekt SALTUS angehen. Zenturie Quintus wird Objekt SALTUS auf Befehl angreifen. Plan OPLAN 2567-34, Milton Harras, Zenturio Maximus, /g/ Moldine Rinter, Ops-Offizier.«

Zenturie Secundus streifte in einem breitgezogenen Keil über die trockene Ebene von Alsatia; zwei Panzerzüge bildeten die Spitze der Formation. In der Mitte und hinten lagen das Zenturien-Hauptquartier und der Infanteriezug. Die Aufstellung war bestens geeignet, um einen Feind unbekannter Größe und Herkunft ausfindig zu machen und anzugreifen. Der Geheimdienst hatte berichtet, daß die TOG-Truppe in der Gegend, die 13379. Legion, nur spärlich verteilt lag, um wichtige Punkte zu verteidigen. Diese Elemente der berühmten TOG-Legion waren – laut geheimer Information – mit leichten Aeneas-Gravpanzern und Lupis-Fahrzeugen ausgerüstet. Der Lupis war ein harmloser Gegner, der sich mehr auf seine Geschwindigkeit und Panzerung als auf seine Waffen verließ. Beim Aeneas sah es schon anders aus. Die 1,5/4-Laser machten ihn zu einem würdigen Gegner der Wolverines, aber gegen die Liberatoren war er machtlos.

Außerdem verfügte die 13379. über mittlere Horatius-Gravpanzer, die ein würdiger Gegner der Liberatoren waren, wenn sie sich verteidigten, aber in einem Feuermanöver hatten auch sie kaum Chancen. Der Geheimdienst berichtete, daß die Horatius-Zenturien in den letzten Wochen so stark angeschlagen worden waren, daß nur wenige Panzer eingesetzt werden konnten. Darüber hinaus mußten noch die schweren Kohorten der Herolde des Todes berücksichtigt werden. Laut Bericht befanden sie sich mit den Trajan- und Octavian-Panzern weit hinten.

Karstils Zug, die linke Flanke der Zenturie, hatte ebenfalls Keilformation angenommen, mit Mullins links, Farwell rechts und Karstil hinten in der Mitte. Der Keil maß 800 Meter Breite und 400 Meter Länge. Das Gebiet war offen und öde, bis auf seltene Acalababüsche. Die Sensoren auf Höchstleistung gestellt, konnte Karstil 50 Kilometer in alle Richtungen sehen. Er würde alles entdecken, was in dieser Reichweite Energie freisetzte, lange bevor es auf Schußweite der Laser oder der Kanone kam. Passive Ziele würden schwerer auszumachen sein.

Es war beinahe vorbei, bevor man es recht begriffen hatte. Hinter einem kleinen Hügel hockte ein Liberator, gut versteckt unter einer Thermalplane. Wenn sie den passiert hatten, war der Zug auf feindlichem Gebiet. Von jetzt an war alles, was sie sahen oder ahnten, TOG.

Karstil fühlte, wie sich das Monster in seiner Vorstellung regte, wie es seine Krallen nach dem Magen ausstreckte. Sein Griff war weniger stark als in der vergangenen Nacht, aber es war da und wartete auf die Chance, zuzuschlagen. Karstil drängte es zurück, während er die Flankenpanzer beobachtete. Ein perfektes Panzergelände: offenes Land, keine tiefen Täler, keine Wälder, kein Feind …

Kein Feind. Kein Feind. Kein Feind. Wo war der Feind?

Schweiß rann unter dem Helm hervor, brach in den

Handflächen aus und lief ihm über die Arme und den Rücken hinunter. Er rieb die Handflächen an den Hosenbeinen ab, aber der Schweißausbruch ließ nicht nach. Der größte Teil der Feuchtigkeit sammelte sich auf seinem Hinterteil, um den ›Schweißhintern‹ zu produzieren – eine häufige Schmerzquelle bei denjenigen, die lange Zeit sitzen mußten. Er rutschte hin und her, versuchte, die Backen auseinanderzubekommen, aber es half nichts, sie klebten sofort wieder zusammen. Karstil hätte sich gern gekratzt, aber er wagte es nicht. Er blickte nach unten zur linken Seite hinüber, um festzustellen, ob Podandos sein Problem bemerkt hatte. Der Richtschütze saß vornübergebeugt, die Augen klebten am Monitor, und er nahm keine Notiz von Karstil.

Plötzlich blitzte einer der Sensoren rot auf. Karstil starrte ihn an, und das Herz klopfte ihm bis zum Hals. *Der Feind.* Daten erschienen auf dem Monitor und zeigten an, daß sich der unbekannte Feind in 30 Kilometern Entfernung befand. Er schaute zu den anderen Panzern hinüber. Sowohl Farwell als auch Mullins hielten ihre Laserlampen hoch, um anzuzeigen, daß auch sie den Feind gesehen hatten. Beide wandten sich Karstil zu und warteten auf Befehle. Er wies in die angezeigte Richtung und riß den Arm hoch und runter. Die Köpfe drehten sich wieder um, und Karstil sah, wie die Liberatoren beschleunigten.

»Spint, folgen Sie ihnen. Richtschütze, mögliches Ziel auf Sechshundert, 30 Kilometer entfernt.«

»Hab ihn.« Der Liberator drehte sich und sprang mit dem größtmöglichen Schub vor. Die anderen Panzer wirbelten Staubfahnen hinter sich auf, als sie über den trockenen Boden rasten. Der Sensormonitor zeigte noch immer einen unbekannten Eindringling, der sich jetzt auf Null befand; die Entfernung verringerte sich mit drei Kilometern pro Minute. Der Liberator behielt 170 Stundenkilometer bei und bewegte sich damit noch im Bereich einer sicheren Fluggeschwindigkeit.

Der Boden raste nur so vorüber, ein gelber Strich unter dem dahinpreschenden Panzer. Die anderen Liberatoren des Zuges brachen durch die Acalababüsche und vereinzelte, mickrige Bäume. Karstil beobachtete sie auf dem Monitor – blaue Zwillingsquadrate, die vor der vorbeirasenden Landschaft stillstanden. Der Zielcomputer versuchte, die eingehenden Nachrichten zu entschlüsseln, und durchsuchte seine TOG-Erkennungsarchive. Als die Entfernung immer geringer wurde und der Computer immer mehr Daten erhielt, verringerte sich die Auswahl.

Bei zehn Kilometern war sich der Computer sicher: ein leichter Aeneas-Gravpanzer. Die Leistungsdaten des Fahrzeugs liefen über den Monitor, aber Karstil sah kaum hin. Er kannte den Aeneas und wußte, was er zu erwarten hatte. Der Computer war zu 70 Prozent zufrieden, durchstöberte aber weitere Daten. Bei acht Kilometern blinkten die Alarmlampen erneut auf. Ein zweiter Aeneas befand sich in der Nähe.

Karstil warf einen Blick auf die Geländeanalyse auf dem Kommandomonitor. Die TOG-Panzer lagen hinter einer langen, tiefen Schlucht; wahrscheinlich schwebten sie mit schußbereiten Geschütztürmen über dem Boden. In drei Minuten befand sich der Zug innerhalb der Schußweite der 1,5/4-Laser. Zwar bedeuteten diese keine tödliche Bedrohung für den Liberator, aber es war dumm, ihnen frontal entgegenzulaufen.

»Drei, hier spricht sechs. Richtung beibehalten. Auf eins-zwanzig drosseln. Zwei, drehen Sie sich nach links, um die Schlucht zu flankieren. Wir kreisen sie ein.«

»Zwei, verstanden.«

»Drei, verstanden.«

»Spint.« Karstil ging auf den Bordfunk. »Gehen Sie auf Zwanzig runter, wenn Sie vor drei sind.«

»Verstanden, Sir.« Der Liberator wurde langsamer und verringerte den Abstand zur rechten Flanke, zu

Nummer drei. Karstil sah das blaue Bildschirmsymbol für Mullins nach links rutschen und auf den Rand der Schlucht zuschweben. Die Aeneas-Panzer hatten ihn ganz sicher gesehen, und Karstil wartete auf ihre Reaktion. Er spähte über den Geschützturm, um den lauernden Feind zu sehen. Der Abstand betrug nur noch vier Kilometer, und er hatte noch immer keinen Blickkontakt zum Ziel. Wie die meisten Kommandanten vertraute auch er beim Kampf lieber den Augen als dem Monitor.

Der schlanke Turm eines Aeneas erschien auf dem Zielbildschirm. »Hab ihn!« brüllte Podandos über den internen Kanal. Karstil aktivierte den Ziellaser und sah den Anzeiger aufleuchten, zum Zeichen, daß der Laser abgefeuert worden war. Kein ›Ziel markiert‹ erschien auf dem Bildschirm, und Karstil drückte den Knopf noch einmal. Der Aeneas-Panzer verfügte über gute vordere Schilde, und die Chance, daß der Zielmarkierungslaser auf vier Kilometer Entfernung Erfolg hatte, war gering. In 30 Sekunden spielte es keine Rolle mehr, dann konnte die 150-mm-Kanone feuern. Auch ein gut geschützter Panzer bot, wenn auf Schußweite herangekommen, ein gutes Ziel. Er betätigte die Sitzkontrolle und versank im schützenden Panzer des Turms. Von der Kommandostation aus hatte er eine 6400 Strich-Rundumsicht, und die seitlichen Sichtvergrößerer erlaubten ihm, auf weite Entfernungen klar zu sehen. Als nächstes hätte er die Luke schließen müssen, aber Karstil bekam – wie die meisten Panzerkommandanten – Klaustrophobie innerhalb eines geschlossenen Turms, auch bei einem Fahrzeug von der Größe des Liberators. Die Radarkontrolle leuchtete kurz rot auf; der Ziellaseralarm plärrte sein ›Wuup, wuup, wuup‹. Ein Zielmarkierungslaser griff nach dem Liberator und versuchte, die Frontschilde zu markieren. Hatte der Feind Erfolg, würde der Alarm ein schrilles Kreischen ausstoßen. So weit, so gut, dachte Karstil.

Als sie auf drei Kilometer herangekommen waren, feuerte die 100-mm-Kanone eines Panzers. Karstil sah das blaue Licht an der Mündung aufblitzen. Was soll das? fragte er sich. Wir sind noch außerhalb ihrer Reichweite. Er erhielt die Antwort auf diese Frage beinahe sofort, als die Wolken aus künstlichem Nebel den Weg der Liberatoren verdeckten.

Eine tolle Verteidigung! dachte Karstil. Der Rauch war ausgesprochen dicht. Die Wolke war mit Metallgasen vermengt, die von den Sensoren nicht durchdrungen werden konnten. Kein Fahrer, der bei Verstand war, würde in diesen Rauch hineinrasen, der ihn völlig blenden würde.

»Nach rechts! Nach rechts!« Karstil fühlte, wie der Liberator sich drehte, sein Körper wurde hart gegen den Sitz geworfen. Er stemmte sich gegen die Luke, um nicht in den Innenraum zu fallen. Er war nicht angeschnallt gewesen, und nun blieb ihm keine Zeit mehr. Nummer drei verschwand hinter einer Nebelwolke zur Rechten. Als der Liberator die Nebelwand umgangen hatte, begab er sich wieder auf den ursprünglichen Kurs. Der Ziellaseralarm heulte einmal auf und kreischte dann los. Verdammt! dachte Karstil. Verdammt! Verdammt! Und noch mal verdammt! Er hieb auf den eigenen Zielmarkierungslaserknopf und hoffte, daß er das Ziel trotz des ruckartigen Ausweichmanövers nicht verloren hatte. Noch immer keine Bestätigung.

»Ziel bestätigt. Markiert. Entfernung eins-fünf-null-null«, meldete der ballistische Computer.

»Feuer! Feuer!« brüllte Karstil in den internen Kanal. Sein Befehl war unnötig. Der Liberator bockte, und die 150-mm-Kanone spuckte die 40-Kilogramm-HEAP-Salve aus. Karstil sah den rechten Sponson rot aufglühen, als der feindliche Laser die Flimmerschilder durchdrang. Ein hübsches Loch erschien im hochstehenden Teil der Waffen, geschmolzenes Titan floß aus der Öffnung.

Der Richtschütze schwenkte den Turm nach rechts. »Ein markiertes Ziel innerhalb des Feuerwinkels. Markiert. Entfernung eins-fünf-null-null«, verkündete der Computer. Die sanfte weibliche Stimme schien zufrieden zu klingen. Sie freut sich, dachte Karstil. Noch zu weit entfernt für die 50-mm-Kanonen und die TVLGs, aber die anderen Waffen würden ausreichen. Der Rückstoß der Kanone wurde vom schrillen ›wing‹ des 5/6-Lasers begleitet. Die Gausskanone brauchte kein markiertes Ziel, aber die Theorie besagte: »Schießt auf das markierte Ziel.« – also taten sie es. Die beiden Aeneas-Panzer schwebten 600 Meter voneinander entfernt. Beide Türme deuteten auf den Liberator, da die erfolgreiche Markierung ihre Waffensysteme alarmiert hatte. Die TVLG-Raketen, die an den rechten Turmseiten hingen, waren schußbereit. Sobald er in den 1200-Meter-Bereich kam, würden beide Panzer feuern. Der eine der beiden war erfolgreich markiert worden, bestimmt von Farwell, der sich irgendwo rechts befand. Die Markierung hatte den ballistischen Computer und Podandos aufmerksam gemacht, der den Turm ein wenig zur Seite drehte, um den 5/6-Laser einzusetzen.

Karstil staunte, wie riesig eine 100-mm-Waffe von vorn aussah. Es schien, als könne er von der Mündung bis zum Ende der Kanone sehen. Das Rohr war so dick wie eine Mülltonne. Er bereitete sich auf den Einschlag des 100-mm-Geschosses vor.

Die HEAP-Salve des Liberators traf den Aeneas auf den Waffenschild und schickte einen glühenden Metallhagel über den Turm. Kurz darauf bohrte sich der 5/6-Laser wenige Zentimeter rechts von der HEAP-Salve in den Geschützturm. Grau-grüner Rauch drang aus den Einschlagstellen.

Sekunden später wurde der Aeneas wieder getroffen, und zwar auf der linken Seite. Farwell hatte sich in die Flanke des Feines vorgearbeitet und auf weniger als 1000 Meter sämtliche Waffen abgefeuert. Karstil sah den doppelten Blitz des TVLG-Schusses, sah die Geschosse fliegen und den Aeneas am linken Schild treffen. Die 150-mm- und 50-mm-Kanone hatten zuerst gefeuert, beide waren mit HEAP geladen gewesen. Der dünne Seitenschutz schälte sich in einem goldenen Schein schmelzenden Titans und Keramik ab. Die TVLGs bohrten sich in die nun offene Flanke und explodierten innerhalb des leichten Panzers. Der schwere Laser richtete zusätzlichen Schaden an. Der Aeneas taumelte, und die Titanpanzerung blätterte ab wie die Haut nach einem Sonnenbrand.

Zu Karstils Überraschung war der Aeneas noch nicht zerstört, aber seine Zeit als funktionstüchtige Kampfmaschine war abgelaufen. Die einzige Hoffnung auf Überleben bestand in der Beschleunigung seiner Schnelligkeit und der Hoffnung, daß nun der zweite Aeneas zum Ziel der Liberatoren wurde. Die Entfernung zwischen Karstil und dem unbeschädigten Panzer war bei 1000 Metern angekommen und verringerte sich stetig. Er drückte den Ziellaserknopf, und dieses Mal verkündete die Frauenstimme einen Erfolg: »Ziel markiert. Entfernung zehn-null-null.« Wieder drehte sich der Geschützturm ein wenig nach links, als Podandos das neue Ziel aufs Korn nahm.

Der funktionstüchtige Aeneas wartete nicht ab, bis ihn das Schicksal seines Gefährten erreichte. Der Doppelblitz der abgefeuerten TVLGs schoß aus den kastenförmigen Waffen auf der rechten Turmseite. Karstil beobachtete gebannt, wie die Zwillingsgeschosse über den aufgerissenen Boden flogen, der den Panzer von seinem Liberator trennte. Sie bewegten sich langsam; die roten Nasen waren deutlich vom Strahlenkranz der Raketenantriebe umgeben. Kein Zweifel, sie würden ihn treffen, denn das ›wuup, wuup‹ des Alarms zeigte an, daß man ihn erfolgreich markiert hatte. Sie kamen näher und näher. Karstil fühlte Panik aufsteigen. Das darf nicht das Ende sein, dachte er. So nicht. Er hielt den Atem an und erwartete die Gluthitze und den Blitz, der das Eindringen kennzeichnete. Er biß die Zähne zusammen, schloß die Augen und stemmte die Arme gegen das Computerpult.

Ein schrilles Kreischen erfüllte die Kabine. Das Abwehrsystem Vulcan III hatte beide TVLGs abgefangen. Der ballistische Computer und der Radar hatten die Bedrohung abgewehrt, da sie erkannt hatten, daß der andere Aeneas nicht mehr feuern würde. Karstil schaute auf und sah, wie Teile der zerstörten Geschosse um den Liberator herum herabregneten und teilweise auf den Flimmerschilden blitzten. »Ja!« schrie er in das Helmmikrofon, während der Atem ihm förmlich die Brust zu sprengen drohte. »Ja! Ja! Weiter so!«

Er starrte auf die Überreste des Feindes und fühlte beinahe Mitleid. Der Aeneas wurde fürchterlich gebeutelt. Während Karstil in Panik ausgewichen und hin- und hergeschwenkt war, um den TVLGs auszuweichen, hatte Quentain Podandos mit allen Waffen auf den Aeneas gefeuert. Wiederholt war der Gegner von der 150-mm- und 50-mm-Kanone und dem 5/6-Laser getroffen worden. Die Panzerung fiel in großen Stücken ab, der darunterliegende Keramikschutz war zerrissen und zerfetzt. Die TS&R-Systeme waren vernichtet, die Kabel hingen wie die Eingeweide eines verwundeten Tieres heraus. Der Aeneas hob sich und versuchte, Karstil die unbeschädigte Seite zuzuwenden, aber es war zu spät. Mullins, der von links kam, schoß auf den verbeulten Bugschild. Der ballistische Computer des Aeneas, der die Bedrohung von Karstils Liberator aus nächster Nähe und Mullins' Flankenangriff vor sich hatte, konnte sich nicht für ein Ziel entscheiden. Dieser Augenblick der Unentschlossenheit besiegelte sein Schicksal. Die Kanonen und der Laser von Karstils Liberator trafen den Aeneas am hinteren Teil des Rumpfes, bohrten sich durch die Türen des Steuersystems und rissen die Mannschaftsleiter ab.

Gleichzeitig dröhnten Mullins' Waffen auf die Vorderseite auf. Ein Bild zuckte durch Karstils Kopf. Er sah es deutlich vor sich: der Panzer hing in der Luft, die Kabel schleiften über den Boden, eine 150-mm-Salve explodierte direkt vor dem glühenden Wrack.

Dann löste sich alles in einem blau-weißen Blitz auf, der ihn blendete. Der Geschützturm explodierte in einem Feuerball, die schmalen Umrisse waren im Lichtschein deutlich zu sehen. Die Hitze brachte die Hauptwaffe zum Glühen, die schließlich dahinschmolz. Der Rest des Turms rollte seitlich weg, als hätte man eine große Last von ihm genommen, und krachte zu Boden. Eine Salve mußte noch festgehangen haben. Als er den Boden berührte, erfolgte eine Explosion, die das Gehäuse wie eine Eierschale zerfetzte. Nur einige Einzelteile des Geschützturms blieben von dem Aeneas übrig. Alles andere war in der Gluthitze geschmolzen.

Der Schock der Explosion ließ Karstil erstarren. Auch die 273 Tonnen des Liberators waren nicht immun dagegen, und er schwankte wild von einer Seite zur anderen, während er noch immer auf die Position des zerstörten Panzers zuhielt. Der Liberator wälzte sich durch die Gaswolke, die über dem Standort des Aeneas hing; die ätzenden Dämpfe drangen in den Turm ein und ließen Karstil nach Atem ringen. Als die Sicht klarer wurde, setzte er den Ziellaser wieder ein – mehr ein Reflex als das Erkennen eines neuen Ziels. Der vernichtete Panzer hatte die Sensoren für alles, was dahinterlag, gehemmt, und es befand sich noch immer ein weiterer Panzer in der Nähe.

»Ziel markiert. Entfernung eins-sieben-null-null«, meldete die Stimme. »Zielgeschwindigkeit: zweihundert. Beschleunigt. Entfernung vergrößert sich mit zehn-null-null pro Minute.« Der zweite Aeneas versuchte zu fliehen und benutzte den Untergang des Gefährten als Deckung für den eigenen Rückzug. Ein schneller Blick auf den Zielcomputer bestätigte die Information. Gerade erreichte der Feind die maximale Schußentfernung und würde sich bald außerhalb der 150-mm-Reichweite befinden. Dann fiel Karstil auf, daß der Aeneas bei dem Versuch, schneller zu werden, auf Baumwipfelhöhe gestiegen war, um einer kleinen Baumgruppe auszuweichen. Das bedeutete, daß noch eine Möglichkeit bestand, seine verwundbare Unterseite zu treffen.

»Quent. Laden Sie APDS. Feuer! Spint! Höchster Schub!«

»Verstanden.« Karstil hörte das Surren des Munitionsladesystems, als Podandos den Wechsel der Munition eingab. Die Nase der Waffe senkte sich ein wenig, um die gesteigerte Mündungsgeschwindigkeit der neuen Munitionsart auszugleichen und auch die zusätzliche Beschleunigung des Liberators. Der Panzer bebte, als die Gausskanone den hyperschnellen Schuß abgab, der Laser feuerte Sekunden später.

Karstil wußte, daß die Chance, mit beiden Schüssen die Unterseite des flüchtenden Aeneas treffen zu können, recht gut aussah. Die erste Salve traf direkt in die Mitte der Unterseitenpanzerung, einer Panzerung, die so dünn war, daß sie anscheinend von den Konstrukteuren zunächst ganz vergessen und erst nachträglich angebracht worden war. Der schwere Laser traf auch, aber der von ihm angerichtete Schaden war zweitrangig, verglichen mit dem vernichtenden Schlag des Urankerngeschosses. Dessen geschmolzene Überreste schlugen durch die Steuerkontrollen des Aeneas.

Die Männer an Bord des Panzers mußten einen Augenblick lang entsetzliche Angst verspürt haben, als sie erkannten, daß sie verloren waren. Mit zerstörten Steuerkontrollen schlitterte der Panzer über den Boden. Er überschlug sich einmal, große Teile der Panzerung und Kabel flogen durch die Luft. Dann krachte er erneut in einer Staub- und Funkenwolke zu Boden, wobei so viel von der Panzerung weggerissen wurde, daß die Munition freilag. Gleich dem ersten Aeneas wurde auch dieser in einen blau-weißen Lichtblitz gehüllt. Nicht einmal der Geschützturm überlebte. Nicht eine Sekunde lang.

Mit 190 Stundenkilometern war Karstils Liberator blitzschnell an der Unglücksstelle. Diesmal hatte Spint genug Zeit, um der trüben Wolke aus Trümmern auszuweichen, die die Sensoren blockierte und den Boden mit winzigen Teilen dessen bedeckte, was einst eine Kampfmaschine gewesen war. Von dem Aeneas blieb nichts übrig. Er war verschwunden. Atomisiert. Eine zusehends dünner werdende Wolke aus Gasen. Der erste Schlag des Optio Roglund Karstil.

23

Alsatia, Caralis
Commonwealth
4. Januar 6831

Karstil kehrte zum Zug zurück. Sogar von weitem konnte er sehen, daß Mullins schlechter Laune war. Der Zugsergeant hockte auf dem Turm seines Liberators, den Helm unter dem linken Arm, eine Zigarre zwischen den Zähnen. Die Augen waren auf Karstil gerichtet. Duncan Spint brachte den Panzer zum Halten und ließ ihn 20 Meter von Mullins' Fahrzeug entfernt schweben, bevor er ihn sanft aufsetzte. Die ganze Zeit über beobachtete Mullins den Optio. Die Freude über den Sieg war so groß, daß Karstil sie sich nicht von seinem Sergeanten verderben lassen wollte. Es war fast zu schön, um wahr zu sein, daß der Zug ohne sichtbare Verluste gesiegt hatte. Karstil sprang auf den Boden und schritt zu Mullins hinüber; hätte er eine Augenklappe gehabt, hätte man ihn für einen modernen Piraten halten können.

»Schöner Tag für einen Kampf, Sergeant.«

»Hat Ihnen Ihr kleines Abenteuer Spaß gemacht, Sir?«

»Warum nicht? Haben Sie gesehen, wie Spint den kleinen Scheißer fertiggemacht hat? Der arme Kerl hatte keine Chance. Als ich ihn erst einmal im Visier hatte, gab es keinen Ort mehr, an dem er sich hätte verstecken können. Als ich feuerte, wollte er's versuchen, aber er schaffte es nicht. Wenn der Rest der Zenturie sich so gut geschlagen hat wie wir, dann wird das Ganze hier ein Kinderspiel. Ich dachte, die Toggies würden sich ein bißchen besser verteidigen. Schöner Tag für einen Krieg, Sergeant. Ein schöner Tag.«

»Wenn Sie die Zenturie erwähnen, Sir – haben Sie Meldung vom Feindkontakt gemacht? Haben Sie unsere Position durchgegeben?«

Karstils Stimmung sank. Eine der ersten Lektionen, die ein junger Offizier lernt, besagt, daß der übergeordnete Führer immer informiert werden muß. Er hätte das Erspähen der Aeneas-Panzer melden, den Standort durchgeben, den Zug zusammenhalten, den Boden nach Spähern absuchen sollen und, und, und ...

»Kein Problem, Mullins. Ich erledige es jetzt. Übrigens, warum haben wir angehalten?«

»Keine Bange, Sir. Ich habe bereits mit der Zenturie geredet, die Position durchgegeben und nach TOG-Leuten geforscht. Hinter den Büschen da hinten habe ich zwei Infanterie-TVLGs entdeckt. Habe ich der Zenturie gemeldet.« Mullins warf Karstil einen Blick zu, der Bände sprach. »Die Kohorte«, fuhr er fort, »hat befohlen, daß wir kurz anhalten, damit der Rest der Zenturie die Reihen schließen kann. Und die Zenturie möchte mit Ihnen reden, Sir. Wenn Sie Zeit haben.«

»Das hätte ich machen können, wenn ich zurückkehre.«

»Ja, Sir, das hätten Sie. Aber die Zenturie hat die Aktion über die Sensoren beobachtet. Sie funkten mich an.«

Das niederschmetternde Gefühl erfaßte Karstil noch einmal. Er war so beschäftigt gewesen, daß er vergessen hatte, den Funk auf die Zenturien-Frequenz zurückzustellen. Er hatte auch den Monitor nicht umgestellt, um die Zenturie informieren zu können. Dummer Fehler Nummer ... Nummer ... Nun, wieder ein dummer Fehler mehr. Er war so damit beschäftigt gewesen, die Panzer zu erledigen, daß er sich nicht um den Rest des Zuges gekümmert hatte. Jetzt mußte er Mullins besänftigen.

»Ich werde sie anfunken.«

»Nicht mehr nötig, Sir. Ich glaube, da drüben kommt Zenturio Freund.« Mullins deutete auf eine Staubwolke, die sich dem Zug schnell von hinten näherte. Als habe er ein Stichwort erhalten, hob Sedgwick Abul, der Fahrer von Nummer zwei, den Liberator vom Boden und ließ ihn zur Seite schweben. Als der Panzer von Zenturio Freund anhielt, stand Karstil völlig allein.

Freunds Panzer landete neben ihm und wirbelte eine Wolke aus Staub und Geröll auf. Noch bevor sie sich verzogen hatte, stand Freund bereits neben dem glücklosen Optio. »Guten Morgen, Karstil. Haben Sie schon Pläne für den heutigen Tag gemacht? Ich meine natürlich Pläne, die ich kennen sollte?«

»Nein, Sir. Ich meine, ja, Sir.«

»Gut. Gut. Wenn Ihre Zeit es zuläßt, könnten Sie mir vielleicht freundlicherweise mitteilen, worum es geht.«

»Ja, Sir. Es tut mir leid, daß ich den Feindkontakt nicht gemeldet habe. Ich habe es einfach vergessen.«

»Es tut mir leid? Vergessen? Nun, für ein ›Tut mir leid‹ können wir uns nichts kaufen, Optio!« brach es aus Freund heraus. »Und in dieser Zenturie hat ein ›Ich habe es vergessen‹ keinen Platz. Die Offiziere hier sollen ihre Einheiten kommandieren, nicht bloß einzelne Panzer. Können Sie sich überhaupt vorstellen, was Sie angerichtet haben?«

Jetzt steckte Karstil mitten in einem Dilemma. Wenn er zugab, daß er es wußte, stand er als eigensinniger Egoist da, der nur auf persönlichen Ruhm aus war. Tat er so, als würde er es nicht wissen, wäre er unfähig, einen Zug zu leiten. Solche dornigen Wege zu beschreiten hatte man ihn während des Offizierstrainings nicht gelehrt. Er zögerte und bedachte die richtige Antwort.

Anscheinend wollte oder brauchte Freund keine Erwiderung. »Während Sie sich amüsierten und nach persönlichen Abschüssen Ausschau hielten, steckte der

Rest der Zenturie fest, um den Ausgang Ihres Vergnügungsausfluges abzuwarten. Woher sollte ich wissen, daß Ihnen drei Aeneas-Panzer begegnet sind? Wie sollte ich den Rest der Zenturie befehligen, wenn mein Zugführer sich nicht die Mühe gemacht hat, den Feindkontakt zu melden? Wissen Sie überhaupt, was Sie der Zenturie angetan haben? Durch Ihre egozentrischen Handlungen haben Sie den Auftrag der gesamten Kohorte gefährdet. Sie haben Ihre Position verlassen, die Flanke nicht abgedeckt und alle zum Halten und Warten verurteilt. Hat man Ihnen denn beim Commonwealth überhaupt nichts beigebracht? Das wird mich lehren, je wieder einen Offizier des Commonwealth anzunehmen. Holen Sie Ihren Verstand aus der Hose und stopfen Sie ihn wieder unter den Helm, wo er hingehört!«

Karstil fühlte sich unter der Rede seines Vorgesetzten zusammenschrumpfen. Außerdem sah er vor seinem geistigen Auge den Kommentar, der in seine Akte gelangen würde. Tödliche Worte wie ›egozentrisch‹ und ›kein Gefühl von Verantwortung gegenüber seinen Vorgesetzten‹. Mehr brauchte es nicht, um seiner Karriere bei den Rebellen ein Ende zu machen.

»Niemals wieder, ich wiederhole, niemals wieder werden Sie es unterlassen, einen Feindkontakt an mich weiterzugeben. Haben Sie das verstanden?« Karstil nickte ergeben, eine Erwiderung blieb ihm im Halse stecken. »Jetzt machen Sie, daß Sie zu Ihrem Panzer zurückkommen, und sehen Sie zu, daß dieser Zirkus, den Sie als Zug bezeichnen, wieder an seine Position zurückkehrt.«

Als Karstil die Hand zum Gruß hob, drehte sich Freund auf dem Absatz um und kletterte wieder in den Liberator. Karstils Hand war noch immer erhoben, als sich Freund wieder umwandte. »Und noch etwas, Optio. Wenn ich nicht so wenig Ersatzoffiziere hätte, würde ich Sie auf der Stelle entlassen. Stehen Sie da nicht rum wie ein Idiot. Nehmen Sie Ihren Panzer und verschwinden Sie.« Der Zenturio ließ sich ohne ein weiteres Wort in den Panzer fallen. Der Liberator hob sich, vollführte eine enge Wendung und wirbelte davon, eine dichte Staubwolke hinterlassend. Karstil senkte die Hand.

Als sich der Staub verzogen hatte, stand Mullins neben ihm. »Der Alte schien nicht sehr zufrieden zu sein«, stellte er sachlich fest.

Karstil blickte seinen Zugsergeanten an. Auf Mullins' Gesicht lag keine Genugtuung, und der Tonfall seiner Stimme ließ nicht darauf schließen, daß er sich über den Zugführer lustig machte.

»Eins von den Dingen, die wir nie besprochen haben, Sir, waren die Feindkontaktmeldungen. Und wer sie machen soll.«

Karstil spürte, wie ihm das Blut ins Gesicht stieg. »Ich weiß, wie man Berichte macht, Sergeant, und ich weiß auch, wer sie machen soll.«

»Ja, Sir. Ich habe auch nicht angenommen, daß Sie es nicht wissen. Es ist bloß so, daß Sie einen Zug führen müssen, und es gibt Momente, wenn das wichtiger ist, als Meldungen durchzugeben.«

Karstil starrte seinen Zugsergeanten an und versuchte herauszufinden, was hinter dem Vorschlag steckte. Er war nicht sicher, ob Mullins hilfsbereit oder sarkastisch sein wollte. »Wie meinen Sie das?« Es gelang ihm nicht, den jämmerlichen Unterton zu unterdrücken. Entweder bemerkte Mullins es nicht oder aber zog es vor, nichts zu bemerken.

»Wenn wir das nächste Mal Feindkontakt haben, Sir«, fuhr Mullins fort, »werde ich die Zenturienfrequenz abhören. Wenn ich Ihre Meldung nicht höre, werde ich Sie auf dem Zugkanal anfunken. Sollten Sie zu beschäftigt sein – und das werden Sie bestimmt – können Sie mir sagen, daß ich den Bericht abgeben soll. Farwell und ich können das ebenso gut erledigen wie Sie, Sir. Dann müssen Sie sich nicht darum kümmern. Wenn die mit Ihnen reden wollen, gebe ich die Verbindung weiter.«

Wieder bemühte sich Karstil, die Motive des Mannes zu durchschauen. Aber Mullins' Gesicht wirkte offen und ehrlich. Entweder führte ihn der Sergeant auf verschlungenen Wegen in die Falle, oder aber er wollte ihm wirklich helfen. Karstil entschied, dem äußeren Anschein zu trauen. »Hört sich wie ein Plan an, den man in die Tat umsetzen sollte, Sergeant. Wir werden das in Zukunft so machen.«

»Verstanden, Sir. Ich denke, wir sollten aufbrechen.« Mullins hob den Arm und schwenkte die Hand über dem Kopf – das Zeichen für Abul, den Liberator heranzufahren. Karstil folgte seinem Beispiel, und beide Liberatoren kamen näher – wie Schlachtrösser, die dem Ruf der Ritter folgten.

Als die Panzer anhielten, um den Kommandanten das Aufsteigen zu ermöglichen, wandte sich Mullins seinem Optio zu. »Übrigens, Sir. Es war gar nicht so übel. Podandos hat gut geschossen.« Mullins blinzelte und gab ihm das Daumen-hoch-Zeichen. »Wenn wir das Nachtlager aufschlagen, sollten Sie die Zieleinrichtung des 5/6-Lasers im Verhältnis zur Hauptwaffe überprüfen. Ihr Lasertreffer war ein wenig seitlich gerutscht.«

Karstil überlief eine Welle des Stolzes. Mullins hatte ihn nicht fertigmachen wollen. Er gab ihm sogar Ratschläge für seine Schüsse. Er kletterte auf den Geschützturm. Freund, dachte er, konnte zum Teufel gehen. Er konnte und würde den Zug führen. Er hatte gar nicht so viel Mist gemacht.

Mullins schlüpfte durch die Kommandoluke seines Liberators und beugte sich zu der angeschweißten Kiste hinab. Er zog eine Zigarre heraus, biß das Ende ab und steckte sie sich zwischen die Zähne. Dann zündete er ein Streichholz an und wartete, bis die Mini-Explosion verklungen war, bevor er die Flammenspitze an die Zigarre hielt. Er atmete tief ein und ließ den Rauch ganz langsam entweichen, bis er in eine blau-weiße Wolke gehüllt war. Sein Optio hatte Mist gebaut, und wahrscheinlich wußte nur er, wieviel Mist.

Der fehlende Bericht reichte, um Karstil eine königliche Standpauke Freunds einzubringen; die hatte er verdient. Die Art, wie Karstil wie wild hinter dem Aeneas-Panzer hergejagt war, konnte den Zug in Schwierigkeiten bringen. Wenn er seinen Panzer weiterhin so führen würde, konnte er viel mehr als nur seine Karriere ruinieren. Mullins hatte das ›gut geschossen‹ sowohl als Lob wie auch als Warnung gemeint. Ein Lob, daß der Richtschütze gut geschossen, eine Warnung, daß der Optio falsch gehandelt hatte. Mullins befürchtete, daß Karstil nur das Kompliment und nicht die Warnung gehört hatte.

Nun, dachte er, wenn heute nichts mehr schiefgeht, kann man alles in einem kleinen abendlichen Gespräch klären. Zu den Aufgaben eines Zugsergeanten gehörte es schließlich, Ammendienste bei den Optios zu leisten.

Er sah, wie Karstil das Zeichen gab, damit der Zug sich zum V formierte. Er würde sich wieder nach links begeben. »Los, Sedge, voran. Wir sind wieder links.«

»Verstanden, Sarge. Haben Sie den Optio zurechtgebügelt?«

»Das ist nicht Ihr Problem, Triarii. Sie fahren dieses Ding. Lassen Sie mich über den Zug nachgrübeln.«

»Ganz, wie Sie wollen.«

24

Alsatia, Caralis
Commonwealth
4. Januar 6831

Der Zug bewegte sich unter den heißen Strahlen der Sonne voran. Die hohe Geschwindigkeit des Morgens war nicht beibehalten worden. Die Zenturie Tertius auf der rechten Seite war auf Feind gestoßen, und Karstil, der die Kommandofrequenz der Kohorte abhörte, lauschte den Berichten über den Kampf. Die Unterstützung, Zenturie Quartus, schob sich durch die Linie und rückte weiter vor. Es war unmöglich, festzustellen, wieviel Schäden Tertius erlitten hatte, aber dem Gerede nach handelte es sich um erhebliche Einbußen.

Secundus rückte ebenfalls weiter vor, aber es gab zahlreiche Aufenthalte, wenn die Liberatoren hinter kleinen Hügeln in beobachtender Stellung warten mußten, bis das Kommando zum Weitermarsch erneut erteilt wurde. Karstil freute sich, daß er keinen weiteren Feindkontakt erlebte. Seiner Ansicht nach hatte er das Seine bereits getan und war für seinen Erfolg arg getadelt worden.

Das Warnblinklicht seines Sensordisplays leuchtete rot auf. »Objekt unbekannter Größe. Auf 800 Strich, Entfernung 30 Kilometer. Objekt nähert sich.« Die Stimme des Computers klang ein wenig verzweifelt, als sei auch er der Meinung, daß ein Kampf pro Tag ausreichte. Karstil schaute zu seinen Flankenpanzern hinüber. Das Aufblitzen der Laserlampen signalisierte, daß sie den Eindringling ebenfalls entdeckt hatten.

»Atlas Snapper zwei-sechs, hier spricht Atlas Snapper zwei-zwei-sechs«, rief Karstil. Diesmal würde Freund sämtliche Informationen bekommen. Das Rufzeichen der Zenturie wechselte alle sechs Stunden. Die Änderung sollte den feindlichen Abhördienst verwirren, der vielleicht mithörte. Karstil fragte sich, ob es funktionierte. Hauptsächlich brachte es eher die eigenen Stationen als irgendwelche Zuhörer durcheinander, und oftmals benutzte ein Funker den alten Code, korrigierte sich und benutzte dann den neuen Namen.

»Snapper zwei-sechs«, meldete sich Freund.

»Zwei-zwei-sechs. Wir haben Feind auf 800 Strich. Entfernung: 30 Kilometer, nähert sich.« Der Optio redete so ruhig, wie er nur konnte.

»Verstanden, zwei-zwei-sechs. Ihr Gebiet. Rücken Sie vor und greifen Sie an.«

»Zwei-zwei-sechs, verstanden. Ende.«

Karstil hob den Arm und wartete, ob die anderen den Befehl bestätigten. Die beiden Sergeanten hoben ebenfalls den Arm. Er wies auf das sich nähernde Ziel und bewegte den Arm auf und ab. Die Sergeanten senkten die Arme. Befehl verstanden. Karstil ging auf Bordfunk. »Die Jagd ist freigegeben. Formation beibehalten, Spint. Quent, lassen Sie sich nicht so hängen da unten.« Beide Soldaten grunzten bestätigend, und Karstil spürte, wie der Liberator beschleunigte, während Spint manövrierte, um die Formation einzuhalten.

Das offene, überschaubare Gebiet, das sie am Morgen durchquert hatten, hatte sich in die tiefen Schluchten und steilen Berge gewandelt, die während der Geländeeinweisung durch den Kommandeur erwähnt worden waren. Nun konnte man nicht länger mit einem Meter Höhe voranstürmen. Die felsigen Gipfel ragten bis zu 60 Meter hoch empor und bildeten Spitzen, die nicht breiter als zwei Meter waren. Die Täler zwischen diesen Bergen waren tief und gewunden, an manchen Stellen nicht mehr als 50 Meter breit, ausgelaugt durch lang vergessene Ströme, die unzählige

Falten in die Oberfläche gezogen hatten. Manche Täler knickten so plötzlich ab, daß jede Geschwindigkeit über 60 Stundenkilometer die Liberatoren gegen die Wände geschleudert hätte.

Entweder drosselte man das Tempo auf die Sicherheitsgeschwindigkeit, während man sich im Tal befand, oder die Panzer mußten über die zerrissene Landschaft aufsteigen, um über die messerscharfen Gipfel der Berge zu rasen. Beide Möglichkeiten bargen Gefahren. Die Fortbewegung im tiefen Tal bedeutete, daß der Zug auf ein unmögliches Tempo heruntergehen mußte und die Panzer sich nicht gegenseitig helfen konnten, wenn der Kampf begann. Beim Überfliegen war gegenseitige Unterstützung möglich, aber wenn feindliche Infanterie in den Felsen verborgen lag, konnte diese gezielte Schüsse auf die weiche Unterbodenpanzerung der Liberatoren abgeben. Welch ein Dilemma.

Die TS&R-Systeme zeigten deutlich an, daß die Bodenbeschaffenheit schlechter anstatt besser wurde. Zahlreiche braune Linien erschienen auf dem Sensormonitor; die Seiten der Täler waren rot gekennzeichnet, denn der Computer vermerkte die Beschleunigung.

Karstil beobachtete das rote Quadrat des Feindes und versuchte, dessen Höhe aufgrund der Geschwindigkeit auszumachen. Anscheinend legte er mehr als 150 Stundenkilometer zurück – entweder war der Boden besser beschaffen, oder aber er befand sich in der Luft.

»Zwei-zwei, hier spricht zwei-zwei-sechs. Steigen Sie auf Toga Toga Ferrax. Geschwindigkeit: eins-neun-null.«

»Zwei, verstanden.«

»Drei, verstanden.«

Die Panzer kletterten aus den Tälern empor, um mit der Baumwipfelmethode über die Berge zu fliegen. Zwar gab es hier keine Bäume, aber er würde die Liberatoren über die messerscharfen Gipfel schweben lassen, die das Gebiet durchzogen. Es war ein Risiko, das Karstil bereitwillig einging.

Zenturio Maximus Harras hatte gesagt, daß Geschwindigkeit und Überraschung das Motto des Auftrags seien; Vorsicht blieb den TOG-Truppen überlassen. Mit 190 Kilometern pro Stunde überquerten die Panzer alle zwei oder drei Sekunden tiefe Schluchten; das Heulen der Gravantriebe hallte durch die Täler wie Donnergetöse, schwoll an und ab in wildem Stakkato.

Das rote Quadrat auf dem Monitor kam näher und teilte sich auf zehn Kilometer Entfernung in zwei Teile. Die Sensoren und der ballistische Computer verarbeiteten Informationen über die unbekannten Ziele und warteten auf die 70prozentige Wahrscheinlichkeit, die ihnen gestattete, den Feind als ›identifiziert‹ anzusehen.

»Ziel identifiziert. Zwei leichte Lupis-GMTs. Flugbereich: Toga Toga Ferrax. Geschwindigkeit: einhundertzwanzig. Entfernung: fünf-null-null-null. Luken geschlossen.«

Daten der Lupis-GMTs liefen über den Monitor. Karstil mußte gar nicht hinsehen. Diesen Quatsch kannte er auswendig.

Lupis? Lupis? Das würde ein leichtes Spiel werden. Die leichten GMTs hatten eine 25-mm-Kanone und SMLMs. Karstil mußte nur außerhalb der 2000-Meter-Reichweite der SMLMs bleiben und nach Herzenslust feuern. Seine 150-mm-Kanone und der 5/6-Laser würden sie zerreißen, bevor sie noch eine Chance hatten. Wahrscheinlich flüchteten die Lupis vor der rechten Flanke und suchten ihr Heil in der Geschwindigkeit. Aber nun stolperten sie über die linke Flanke der Kohorte und würden für ihre Feigheit bezahlen. Und die Narren kamen immer näher! Es schien wie ein wahr gewordener Traum. Anscheinend hatten sie die Liberatoren nicht bemerkt.

Karstil beschloß, daß er diesmal Farwell und Mullins den Abschuß überlassen würde. Er wollte nur Zuschauer sein.

»Snapper zwei-sechs, hier spricht Snapper zwei-zwei-sechs.« Dieses Mal würde er Freund genau berichten, was geschah.

»Zwei-sechs.«

»Hier spricht zwei-zwei-sechs. Ziele als Lupis-GMTs identifiziert. Werde angreifen und zerstören.«

»Verstanden, zwei-zwei-sechs.«

»Zwei-zwei-sechs, Ende.«

Karstil schaltete um auf die Zugfrequenz. »Zwei, abdrehen, Drei, hier ist sechs. Sie feuern, ich überwache.«

»Drei, verstanden.«

»Zwei, verstanden.« Karstil vermeinte, Besorgnis in Mullins' Stimme zu hören. »Zwei, der Bericht?«

»Sechs, verstanden. Bericht durchgegeben. Gute Jagd.«

»Zwei, verstanden.«

Verdammt, dachte Karstil. Die Lupis hatten ihn bemerkt. Sie drehten ab. Aber viel zu langsam. Und sie beschleunigten nicht. »6300 Strich. Entfernung: 3600 Meter. Entfernung verringert sich«, verkündete die Stimme des ballistischen Computers. Karstil sah, daß die Lupis ausweichen wollten und im Zickzack über die Berggipfel flogen. Die Signale der Sensoren zeigten an, daß sowohl Mullins als auch Farwell die Zielmarkierungslaser einsetzten. Kurz darauf erblickte er den blauen Schimmer, der die Mündung der 150-mm-Kanonen umgab, als beide Panzer auf ihre flüchtenden Feinde schossen. Blinkzeichen tauchten auf dem Monitor auf, die Treffer an den Hinterseiten der beiden Lupis anzeigten.

Die Jagd war eröffnet und die höhere Beschleunigung der GMTs hätte sie retten können. Sie waren schneller als die schweren Liberatoren, aber die Ausweichmanöver verringerten die Entfernung schnell. Sie hätten sich schnellstens aus dem Staub machen sollen, aber anscheinend waren die Kommandanten in Panik geraten. Sie hatten vergessen, daß Schnelligkeit ihr größter Verbündeter war.

Ein zweifaches, blinkendes Viereck erschien über dem rechten Lupis und zeigte an, daß er markiert worden war – sogar auf 3000 Meter. Farwell hatte heute Glück mit seinem Ziellaser. Jetzt war es nur noch eine Sache der Zeit, bis der Lupis nichts als ein Schrotthaufen am Boden einer tiefen Schlucht sein würde. Wieder sah Karstil Farwells Kanone aufleuchten; die unglaublich heißen Gase an der Mündung weiteten sich aus, als der Schuß das Rohr verließ. Trotz der Hypergeschwindigkeit des Projektils war Karstil in der Lage, seine Flugbahn zum Ziel zu verfolgen. Der Schuß traf den hinteren Teil des Geschützturms und deckte den Lupis mit einem weißglühenden Funkenhagel ein. Der Laser mußte vorbeigegangen sein, denn es gab kein Anzeichen für einen Treffer. Mullins hatte sich nicht aufgemacht, den markierten Lupis zu verfolgen. Offensichtlich nahm er an, daß Farwell die Nummer allein beenden konnte, ohne die Hilfe des Zugsergeanten. Wenn er den Gegner erledigte, würde es kein geteilter Erfolg werden wie bei dem Aeneas. Er folgte dem eigenen Ziel, sein Fahrer hielt den Panzer ruhig auf Kurs, um dem ballistischen Computer eine bessere Möglichkeit einzuräumen, den Lupis ins Visier zu nehmen. Ob in Panik oder nicht, der Fahrer oder Kommandant des Lupis war ein geschickter Soldat. Er würde warten, bis Mullins ihn hatte und feuerte, um dann nach links oder rechts auszuweichen. Nur ein plötzlicher Treffer konnte richtigen Schaden anrichten, aber der Lupis entkam nicht ungeschoren. Karstil sah eine 150-mm-Salve in die rechte Seite des Feindes eindringen und ein großes Stück der Panzerung abreißen, was eine glühende Narbe hinterließ, die sich über die vier Infanterietüren erstreckte.

Beide Lupis-GMTs spuckten Rauch, entweder vom erlittenen Schaden oder durch die brennenden Nebelgranaten, die noch in den Werfern am Geschützturm steckten. Rauch als Schutzschild zu werfen war hoffnungslos. Die Geschwindigkeit des Panzers und die fortwährende Bewegung der feindlichen GMTs machte eine Nebelwand nutzlos. Aber es bestand kein Zweifel daran, daß die Nebelgranaten des linken Panzers getroffen worden waren. Eine weiße Wolke umgab den Geschützturm, und es war vorteilhaft, daß sich die Sensorsysteme im Rumpf befanden, sonst wäre der Panzer völlig blind gewesen.

Spint hielt den Kommandopanzer hinten, zwischen den beiden anderen Liberatoren. Aus dieser Position hatte Karstil einen Logenplatz, um dem Kampf zuzusehen. Am Ausgang des Zwischenfalls gab es keinen Zweifel. Es war nur eine Sache der Zeit, bevor die beiden Gegner zerstört sein würden. Karstil hieb auf die Oberfläche seines Geschützturmes. »Räuchert sie aus! Räuchert sie aus!« brüllte er vor sich hin. Sein Herz klopfte wie rasend, der Atem ging schnell und flach. Ein Adrenalinstoß fuhr ihm durch den Körper, ließ sein Gesicht rot anlaufen.

»Wuup, wuup, wuup, wiii!« Das Warnsignal für Markierungslaser heulte in Karstils Turm auf, verkündete den feindlichen Markierungsversuch. Warum markieren sie mich? dachte er. Sie haben doch gar nicht so viel Reichweite, und ich bin doch nicht das Hauptziel. Dummheit. Nichts, worum ich mich sorgen muß. Wenn die flüchtenden Lupis ihre Ziellaser auf ein unmögliches Ziel einrichten wollen, ist das ganz in Ordnung. Dafür werden sie unter den Hammerschlägen der 150-mm-Kanonen um so schneller sterben.

»Macht schon«, brüllte er. »Schießt doch auf mich, ihr Idioten! Schießt!« Er lehnte sich zurück und lachte schrill und laut. Soviel Spaß hatte er noch nie gehabt. Er merkte, daß man nicht unbedingt selbst feuern mußte, es machte ebensoviel Spaß, den anderen beiden Panzern des Zuges dabei zuzusehen.

»Ziele identifiziert. Zwei Horatius-Panzer. Fünf-zwei-hundert Strich. Entfernung: zwei-vier-hundert Meter. Ziele unbeweglich.« Die sanfte Stimme des ballistischen Computers säuselte ihm ins Ohr. Zwei Horatius-Panzer? Woher kamen denn die? Dann wurde ihm alles klar. Die Lupis-GMTs hatten die Lockvögel gespielt, um den Zug in einen Hinterhalt zu locken. Er war blind in die Falle getappt. Sein Zug war auseinandergerissen worden und jagte zwei leichte Fahrzeuge. Jetzt war der wirkliche Feind am Zug, der mit ruhenden Gravantrieben tief in den Schluchten gelauert hatte.

25

Alsatia, Caralis
Commonwealth
4. Januar 6831

»Feind auf fünf-zwo-null Meter. Lösen vom Feind, Feind links bekämpfen!« Karstil schaltete um auf Bordfunk. »Drück ihn runter! Nebeln!« Karstil spürte, wie der Liberator abkippte, als er in die zweifelhafte Sicherheit eines der engen Täler hinabzog. Eine 150-mm-Salve schlug über ihm ein, genau dort, wo jetzt sein Geschützturm gewesen wäre, wenn der Panzer den alten Kurs beibehalten hätte. Hinter ihm quoll der künstliche Nebel aus den Nebelwerfern hoch; dann befand sich der Panzer auch schon unterhalb der Kammlinie und preschte zwischen den Felsgraten weiter.

Die nackten Felswände sausten verschwommen vorbei, ihre scharfen Vorsprünge verwischten sich bei der Geschwindigkeit. Weiter vorn knickte das Tal in einer so scharfen Biegung nach links ab, daß es der Liberator bei seiner gegenwärtigen Geschwindigkeit kaum schaffen konnte. Die ferne Felswand kam unerbittlich näher; sie würde wohl die letzte Ruhestätte des dahinrasenden Panzers abgeben.

»Nach oben! Nach oben!« brüllte Karstil in das Helmmikrofon. Er hätte nicht schreien müssen. Duncan Spint hatte nicht vor, in der Statistik der Kampftoten der 2567. Legion aufzutauchen. Er hatte die Wand gesehen und wußte, daß der Panzer bei einem Frontalzusammenstoß wie eine überreife Frucht aufplatzen würde. Er hielt beide Hände am Steuer und zog es mit aller Kraft zurück, um den Panzer zu kontrollieren. Langsam, kaum merklich, hob sich die Nase des Panzers. Dann stieg der Bug über den Rand der Schlucht hinaus, und der Liberator hob sich mit steigender Geschwindigkeit hoch in die Luft.

Unter ihm lag Mullins' Panzer in einer engen Linkskurve; er hatte die neuen Ziele im Visier. Farwells Panzer war weit und breit nicht zu sehen, denn sein eigener Rumpf verdeckte die Sicht. »Wiii!« Wieder schrillte der Ziellaseralarm. Wenn auch sonst nichts, aber beharrlich waren diese TOG-Bastarde.

Der Liberator taumelte, als ihn eine 150-mm-Salve auf der linken Seite traf, direkt vor den Geschützturm. Wenigstens hatte der Feind keine HEAP-Salve gefeuert, die ein großes Loch in den Rumpf gebrannt hätte. Unwillkürlich duckte er sich bei dem Treffer. Ein Laserschuß zerschmetterte die Vulcan III-Kuppel hinten links, und Splitter aus geschmolzenem Kunststoff regneten über seinen Kampfhelm und versengten seinen Anzug.

Im hinteren Teil des Kampfdecks kämpfte Duncan Spint mit den Kontrollen des schwankenden Panzers. Der Treffer an der linken Seite war Glück gewesen, denn bei dieser großen Höhe hätten die Schüsse in die Bodenpanzerung eindringen können. Anders als beim Eradicator, wo die Crew im Geschützturm untergebracht war, saß der Fahrer des Liberators buchstäblich im Gedärm des Panzers. Dadurch war das Kampfdeck in Sicherheit, aber es gab kaum Möglichkeiten zur Flucht, wenn der Panzer getroffen wurde. Spint warf seine 85 Kilo gegen das Ruder und zwang die Nase nach unten. Er hob sich aus dem Sitz, der Panzer sackte unter ihm weg. Sein linker Fuß drückte das Gegenschubpedal. Wenn er den Panzer nicht wieder in die Hand bekam, würden auch weitere Treffer nichts mehr ausmachen.

Über ihm im Turm wurde Karstil hin- und hergeschleudert, während der Panzer Spints Bemühungen trotzte. Der Liberator warf sich in eine Richtung, der Turm drehte sich 1600 Strich nach links, und Karstil wurde seitwärts geworfen. Wiederholt trat er auf den Zielmarkierungslaserhebel. Der ballistische Computer, der gegen das Gebaren des Panzers immun war, hatte fortwährend Informationen durchgegeben. »Ziel identifiziert. Ziel erfaßt. Ziel markiert. Entfernung: eins-neun-null-null.« Karstil schien es, als klänge die elektronische Stimme überrascht. Unmöglich, ermahnte er sich und erkannte, daß er sich zusammenreißen mußte.

Ein blauer Kreis erschien an der Mündung der 150-mm-Kanone. Karstil hoffte, daß Podandos sich besser im Griff hatte als er selbst. Der Richtschützensitz hatte Arm- und Beinstützen, damit er auch in einem sich wild bewegenden Panzer noch ruhig saß. Der Kommandant, der mehr Bewegungsfreiheit brauchte, hatte nicht soviel Glück.

Er zwang sich, nicht über den Turm hinauszuschauen; die Monitore im Inneren zeigten ein besseres Bild des Geschehens. Spint hatte es geschafft, den Liberator wieder unter Kontrolle zu bekommen, der jetzt im rechten Winkel zu den beiden Horatius-Panzern über die Schluchten sauste. Er warf einen Blick auf das Datendisplay, aber der Anblick erschien völlig unsinnig. Der Monitor hätte das Gebiet und die Fahrzeuge in der Nähe des Rumpfes und nicht des Turms anzeigen sollen. Da der Turm auf 4800 Strich gedreht war und sich immer weiter nach links bewegte, befand sich der Monitor 1600 Strich abseits von der Panzerrichtung. Karstil stellte fest, daß noch immer drei blaue Quadrate sichtbar wären, also war der Zug noch vollständig.

Karstils Liberator schoß am Bug von Mullins' Panzer vorbei – so dicht, daß er sich unwillkürlich zurückwarf, als wolle er verhindern, das andere Fahrzeug zu streifen. Nummer zwei drehte ab, und auch Karstils Panzer vollführte eine scharfe Linkskurve. Die 150-

mm-Kanone feuerte noch einmal, und er hörte das Heulen der 5/6-Laser, das dichtauf folgte. Als der Panzer wieder ruhigen Kurs hielt, hatte Karstil endlich Gelegenheit, sich über den Kampf und das Gelände zu orientieren.

Die beiden Horatius verhielten noch immer über den Rändern der Schlucht. Beide hatten Karstil anvisiert, aber als er an Mullins vorübergebraust war, hatten sie den Panzer des Sergeanten erfaßt. Karstil sah, daß Mullins' Liberator hinter eine der Felswände geglitten und nur noch teilweise zu sehen war. Diese Position bot zwar nicht allzuviel Schutz auf nur 1800 Meter, aber es war besser, als völlig frei im Schußfeld der beiden Horatius zu sitzen. Karstil beobachtete, wie die 3/6-Laser der Feinde niedrig zielten und sich dann einen Weg durch die Felsen bahnten.

»Spint. Erfassen Sie die Ziele. Nach rechts halten.« Er betätigte den Ziellaser.

»Ziel markiert, Ziel erfaßt. Ziel unbeweglich. Entfernung: 1600 Meter, kommen näher.« Klang die Stimme ein wenig zittrig? War der Computer aufgeregt? Die Kanone und der Laser feuerten gemeinsam. Der Turm des am nächsten stehenden Horatius schwang herum und richtete sich auf seinen Panzer aus. Noch war die 50-mm-Kanone außer Reichweite, genau wie seine eigene, aber die 3/6-Laser und SMLM-Systeme nicht. Das andauernde »Wuup, wuup, wuup« des Alarms zeigte an, daß der Horatius versuchte, ihn zu markieren. Der feindliche Richtschütze hatte anscheinend beschlossen, daß jeder Schuß besser war als gar keiner, und Karstil sah, wie sich das SMLM-Gehäuse öffnete, um eines der Langstreckengeschosse abzufeuern. Der Laser traf die Vorderseite des Liberators, direkt unter dem Behälter der Langstreckengeschosse, aber der TOG-Computer war nicht in der Lage gewesen, die Flimmerschilde des Panzers zu berechnen. Das Licht des Lasers huschte über die Schilde und erstrahlte in irisierenden Farben, während er seine Energie einsetzte. Die SMLM-Salve traf das vordere Glacis, und Karstil blinzelte. Der Treffer wies auch darauf hin, daß der TOG-Ziellaser nicht durch die Panzerung dringen konnte. Die Flimmerschilde ließen das Geschoß vorzeitig explodieren; der Knall überschwemmte den Panzer.

Die Hauptwaffen der beiden Horatius schlugen weiter auf Mullins' Panzer ein, die 150-mm-Salven trafen das Glacis und den Turmschild. Anzeigen auf Karstils Datendisplay bewiesen, daß Rumpf und Waffensysteme die kritische Grenze erreicht hatten. Mullins konnte nicht viel mehr aushalten. Er trat erneut auf das Ziellaserpedal und wurde mit einem ›Ziel markiert‹ belohnt. Die Entfernung war auf 1200 Meter geschrumpft und eröffnete somit die Möglichkeit, TVLGs und 50-mm-Kanonen einzusetzen.

Karstil krümmte sich, als zwei Geschosse gleichzeitig zwischen den Seitentragflächensponsonen herausschossen. Beide Kanonen hatten gleichzeitig gefeuert, die 150-mm- mit HEAP, die 50-mm mit APDS. Das Vulcan-Abwehrsystem des am nächsten stehenden Horatius erfaßte die anfliegenden Salven, aber es war von weniger guter Qualität als das des Liberators. Ein Geschoß war unter dem Schlag der Vulcan-Laser zu mikroskopisch kleinen Partikeln zerschmettert worden, aber das andere war den Kanonen- und Lasersalven gefolgt. Alle vier Salven schlugen in die Vorderseite des Turms ein. Brocken geschmolzenen Titans und Teile der keramischen Panzerung flogen herum. Fast augenblicklich hörte der Turm auf, sich zu bewegen; der Zielcomputer bestand nur noch aus glühenden Teilchen und schmorenden Kabeln.

Hinter seinem ursprünglichen Ziel erblickte Karstil den anderen Horatius, der ihm nun den Geschützturm zuwandte. Der Panzer hob sich ein wenig in die Höhe, um über seinen Partner hinweg zu feuern. Die riesige 150-mm-Kanone richtete sich auf. Im Inneren des

Turms schrillte das durchdringende ›Wiiiiii‹ des Laseralarms, um anzuzeigen, daß ihn der Feind erfolgreich markiert hatte. Auf diese Entfernung hatte sogar der beschädigte Panzer, dessen Zieleinrichtungen gelitten hatten, eine Chance. 1000 Meter waren einmal eine bedeutende Entfernung gewesen, aber durch die neuen Systeme, die Hochgeschwindigkeitskanone, Laser und Lenkflugkörper war das heutzutage gar nichts mehr. Karstil neigte den Kopf und murmelte das uralte Gebet der britischen Soldaten: »Lieber Gott, laß uns Dank empfinden für alles, was wir erhalten werden.«

Die SMLMs der Horatius wurden zuerst abgefeuert, eines von jedem Panzer. Sie beschrieben einen Bogen am blauen Himmel, zogen helle Feuerschweife hinter sich her. Dann trafen die 50-mm-Kugeln und die HEAP-Granaten. Der Liberator erbebte unter den Hammerschlägen der vier Salven. Das Kampfdeck füllte sich mit beißendem Rauch schmelzender keramischer Panzerung und dem Geruch verbrannter Kabel. Der ballistische Computer blinkte, als die Energiezufuhr abriß, leuchtete aber wieder auf, als die zweite Leitung einsprang. Karstil blickte zu seinem Richtschützen hinüber. Podandos war in Schweiß gebadet, das Gesicht eine wütend verzerrte Maske. Schweißbäche rannen ihm über die Wangen und zogen helle Linien in den Schmutz, der sein Gesicht bedeckte. Die Finger des Mannes krampften sich zusammen, betätigten die Feuertasten, und der Liberator bäumte sich auf, als seine Waffen zum Einsatz kamen. Jetzt gab es keine Hoffnung mehr. Nur die Hauptwaffe fand ihr Ziel, die HEAP-Salve explodierte auf dem rechten oberen Sponson des Horatius. Beide feindlichen Panzer bereiteten sich auf den tödlichen Schlag vor. Karstil starrte auf das vor ihm liegende Gebiet und hielt nach einer nahen Schlucht Ausschau, um mit dem Panzer abzutauchen. Nichts. Inmitten der unzähligen Täler und

Schluchten, die sie überquert hatten, lag ausgerechnet dieser Fleck völlig flach und eben vor ihm. Eine gerade Fläche trennte den Liberator von den Gegnern. Der Laseralarm schrillte sich zu Tode. Das, dachte Karstil, ist wahrscheinlich das letzte Geräusch, das ich hören werde.

Als die Horatius-Panzer die Falle zuschnappen ließen, hatte sich Sergeant Farwell mit Panzer Nummer drei ziemlich weit rechts vom Geschehen befunden. Er hatte den Ruf des Optio gehört, als dieser die Falle entdeckte, aber sein erfahrenes Auge sagte ihm, daß er sich mit fünf Kilometern Abstand zu weit entfernt befand, außer Reichweite des Feindes. Außerdem mußte er sich mit den zwei beschädigten Lupis befassen. Er fällte spontan die Entscheidung, daß die beiden GMTs eine Gefahr darstellten, der er sich widmen mußte. Ein Abschiedsschuß auf das erste Ziel schickte den Lupis mit weggeschossenen Steuer- und Gravkontrollen frontal in eine Feldwand.

Der andere Lupis, in der Annahme, daß alle Liberatoren mit den TOG-Panzern beschäftigt waren, wandte sich dem entfernten Kampf zu. Diese Vermutung wurde ihm zum Verhängnis. Als der Lupis nach links schwenkte, um seine schwachen Waffen einzusetzen, feuerte Farwell ihm die 150-mm-Kanone und den Laser in die Flanke. Der 5/6-Laser war in das gleiche Loch gehuscht, durch das auch die HEAP-Salve eingedrungen war, hatte sich durch den Titanpanzer, den keramischen Schutz und die Kabine gebohrt und war schließlich in das Munitionslager gelangt. Der Lupis war in einem blau-weißen Blitzstrahl verschwunden, der die Augen auch auf 1200 Meter Entfernung blendete.

Nachdem er die Feinde beseitigt hatte, wandte sich Farwell wieder der großen Schlacht zu. Er sah Mullins, der hinter einer Felswand hockte und in einen Schußwechsel mit den beiden Horatius verstrickt war, als Karstil hinter ihm herflog. Ein Frontalangriff stand außer Frage. Schnell gab er die zuletzt bekannten Koordinaten der TOG-Panzer in den ballistischen Computer ein und verschwand dann mit dem Liberator im Gewirr der Schluchten, die links vom Schlachtfeld lagen.

Er ließ den Panzer durch ein Tal gleiten und tauchte ein Stück hinter den Feinden auf, die gerade begonnen hatten, Panzer Nummer eins in Stücke zu schießen. Der ballistische Computer erkannte den ihm am nächsten liegenden Panzer, der auf Karstil zielte, als bereits markiert. Er ließ den Geschützturm nach links schwingen und zielte sorgfältig auf den breiten Bug des Feindes. Sein Computer bestätigte und notierte eine Entfernung von 1100 Metern, und er feuerte sämtliche Waffen des Liberators ab.

William Umbartis, der Mann, den Mullins zur Beförderung zum Princeps vorgeschlagen hatte, war ein hervorragender Schütze. Alle Waffen trafen das Ziel. Die 150-mm-Salve riß ein großes Stück des Metallpanzers ab und brannte sich in den keramischen Schild. Die 50-mm-Salve schlug dicht daneben ein und riß noch ein Stück ab. Aber die TVLGs und die Laser beendeten das Werk. Die Heckschilde verschwanden innerhalb eines Augenblicks, die Gravantriebe waren zu geschmolzenen Partikeln reduziert. Der 5/6-Laser, der nichts fand, was sich ihm in den feurigen Weg stellte, biß sich durch die letzte Schicht und fraß sich ins Herz des Panzers.

Einen Moment lang schwebte der Panzer noch, als habe er den brutalen Angriff von hinten überstanden. Dann hob sich der Bug, und der Panzer fiel rückwärts in die Schlucht, aus der er sich vor kurzem erhoben hatte, um die Falle zu stellen. Als er den halben Weg hinter sich hatte, wurde er von einer Explosion zerrissen, die seinen glücklicheren Partner verdeckte.

Das Alarmsignal in Karstils Panzer beendete sein

verzweifeltes ›Wiiiii‹-Geheul. Das einzige Geräusch war das plötzliche Dröhnen der 150-mm-Kanone, die eine weitere HEAP-Salve auf den Turm des beschädigten Horatius feuerte. Dieser Panzer, dessen Geschützturm bereits so stark zertrümmert war, daß die Ziel- und Kommunikationseinrichtungen nicht mehr arbeiteten, hatte genug. Der Kommandant und der Richtschütze starben in einem aufzuckenden Lichtblitz. Teile des Rumpfes explodierten, der Turm zerfiel in Einzelteile wie Waffengehäuse, Kanone und Laseraufbauten. Die Gravspiralen fielen krachend in die Schlucht und vereinten sich mit den Überresten des Schwesterpanzers. Endlich lag das Schlachtfeld ruhig da.

Spint ließ den Liberator neben der Schlucht anhalten, da er den Panzer nicht über einen Abgrund fliegen wollte, solange er nicht sicher war, ob seine Steuersysteme einwandfrei arbeiteten. Farwells Panzer hielt in der Nähe; der Rumpf war vom Rauch eingehüllt, der aus der hinter ihm liegenden Schlucht aufstieg. Karstil lehnte sich über den Turm und starrte in Farwells unbewegtes Gesicht. Dann wandten sich beide Männer zu der Stelle um, an der sie Mullins zuletzt gesehen hatten.

Aus der Tiefe eines Tals kroch der beschädigte Liberator an die Oberfläche. Die linke Seite des Turms war abgerissen worden, ebenso die 50-mm-Kanone und der 5/6-Laser. Große Panzerungsteile hingen von den Sponsonen herab; die Hitze hatte sie verbogen. Während sie noch starrten, erschien ein Kopf in der Luke, gefolgt vom geschwärzten Körper eines Mannes. Mit angehaltenem Atem sahen sie zu, wie die Gestalt ins Innere des Turms griff und ein kleines, zylindrisches Objekt herausholte. Der Mann steckte es zwischen die Lippen, spuckte aus und steckte es noch einmal zwischen die Lippen. Dann flackerte ein Streichholz auf, dessen Flamme an den Gegenstand im Mund gehalten wurde. Die Gestalt wurde von Rauch eingehüllt und lehnte sich im Turm zurück, beide Hände gegen den Rand gestützt. Dann lächelte der Mann.

Als Karstil seinen Zugsergeanten lebendig samt beschädigtem Panzer vor sich sah, wurden ihm die Knie weich und gaben nach. Erleichterung überflutete ihn. Jetzt war es Zeit für den Bericht. Karstil konnte sich des Lächelns nicht erwehren, als er sprach. »Atlas Snapper zwei-sechs, hier spricht Atlas Snapper zwei-zwei-sechs. Lagebericht, kommen.«

»Snapper zwei-zwei-sechs, hier spricht zwei-sechs. Verstanden, erwarte Ihren Bericht.«

26

Alsatia, Caralis
Commonwealth
4. Januar 6831

Technologie ist etwas Großartiges. Computer können Dinge aufspüren und erkennen, die außerhalb der menschlichen Wahrnehmungskraft liegen. Moderne Panzerungen sind von den meisten Waffen nicht zu durchdringen. Laser und Gausskanonen können ein Ziel treffen, das sich mit hoher Geschwindigkeit bewegt und von Flimmerschilden geschützt wird. Technologie ist etwas Großartiges. Aber letzten Endes ist es doch die harte Arbeit, durch die alle Systeme in Gang gebracht werden.

Harter Arbeit, jener erschöpfenden, anstrengenden körperlichen Arbeit, sahen sich Karstil und sein Zug in der kalten Nachtluft gegenüberstehen. Die atemberaubende, herzklopfenbereitende Aufregung der Schlacht hatte dem Werk der Reparaturarbeiten und Wartungen Platz gemacht. Eine schnelle Überprüfung des Zuges offenbarte die Schäden. Karstils Panzer war vorn und seitlich getroffen worden. Kein Schuß war durchgedrungen, aber große Teile aus Titan und Keramik waren vom Rumpf abgerissen worden. Bevor der Panzer erneut einsatzbereit sein würde, mußten sie ersetzt werden. Farwells Nummer drei war von leichten Waffen getroffen worden und konnte ohne größere Schwierigkeiten instandgesetzt werden. Aber Mullins' Nummer zwei war ein Wrack. Die Frontpanzerung verdiente diesen Namen nicht mehr, und die keramische Panzerung war von so vielen Geschossen zerfetzt worden, daß man in das Kampfdeck sehen konnte. Einer der TS&R-Schaltkreise sowie beide vordere Schildgeneratoren waren verschwunden. Die 50-mm-Kanone und der 5/6-Laser waren von der Turmseite abgerissen worden, das Vulcan-Abwehrsystem fehlte. Der Panzer schien ein Kandidat für das Ersatzteillager oder den Schrottplatz.

Mullins akzeptierte die Tatsache mit gelassener Resignation. Sein Liberator hatte ihn durch manchen Kampf getragen, und er war so etwas wie ein alter Freund gewesen. Aber der Freund hatte seinen Zweck erfüllt. Er brach die Zigarrenkiste ab, die im Kampfdeck angeschweißt war. Danach hörte der Panzer auf, ›seiner‹ zu sein, und wurde zu irgendeinem Wrack, das auf seine Beseitigung wartete.

Inzwischen arbeitete der Rest des Zuges an den anderen Panzern. Hochintensive Oxy-Brenner schnitten die Titanstücke ab, die während des Kampfes beschädigt worden waren. Sobald die Männer das geschafft hatten, setzten sie neue Panzerplatten ein und befestigten sie. Rasierklingendünne Sonden wurden zwischen die Platten gesteckt. Wenn man die Sonden geschickt einsetzte, hielten sie die Ersatzplatte und den Rumpf zusammen.

Die Reparatur der keramischen Rüstung war einfach, aber zeitaufwendig. Die beschädigten und gesplitterten Stücke wurden weggeschlagen. Die Arbeit erforderte Geschick, denn der Mann mußte mit einem Hammer im Inneren des Kampfdecks arbeiten. Kloun und Umbartis waren die stärksten Männer des Zuges, daher verbrachten sie die meiste Zeit in Karstils Panzer. Der keramische Schild von Nummer drei hatte keine Schäden erlitten, deshalb war es nicht schwer, ihn wieder kampfbereit zu machen.

Karstil und die übrigen Crewmitglieder von Nummer eins wechselten sich ab, den 5-Kilogramm-Hammer in dem engen Deck zu schwingen. Obwohl weder

Podandos noch Karstil kräftig genug waren, feste Schläge auszuführen, so waren sie aber klein und wendig genug, um die Stellen zu erreichen, an denen die großen Männer Schwierigkeiten hatten. Karstil verbrachte eine Stunde im Inneren des rechten Sponsons und hämmerte auf die steinharte Keramik ein. Während er dort drinnen steckte, traf Zenturio Freund ein, um die Fortschritte des Zuges zu begutachten. Da er die Meinung des Zenturios kannte, daß Offiziere Offiziersarbeit und Soldaten Soldatenarbeit verrichten sollen, sprang Mullins für seinen Optio ein. Während Freund Nummer drei inspizierte, zerrte er Karstil aus dem Sponson, damit er den Zenturio begrüßen konnte.

»Beeilen Sie sich ein bißchen, Karstil. Sie halten die ganze Zenturie auf«, sagte Freund, als er näherkam. »Broast hat fast keine Schäden erlitten, und Ventis ist startbereit.«

Die hatten auch so gut wie keine Kämpfe zu bestehen, dachte Karstil. Sein Zug hatte zwei Feindkontakte hinter sich, einer davon mit großem Risiko verbunden, und war siegreich geblieben. Und sie hatten keine Verletzten. »Ja, Sir. Wir sind so schnell, wie nur möglich.«

»Das reicht nicht«, bellte Freund. »Einen Panzer in einen Schrotthaufen zu verwandeln ist nicht die beste Art, sich kampfbereit zu halten. Ich mußte bei Harras um Ersatz betteln. Er wird in einer Stunde hier sein. Eine ›fähige‹ Mannschaft sollte in der Lage sein, ihn in weniger als einer Stunde zu überprüfen. Halten Sie sich bereit, in zwei Stunden zu starten.«

Zwei Stunden? dachte Karstil. Das war so gut wie unmöglich. »Ja, Sir. Eine Stunde, nachdem der Panzer ankommt, werden wir fertig sein.«

»Nein, Optio. Sie haben nicht zugehört. Ich befahl Ihnen, in zwei Stunden fertig zu sein, und genau das meine ich. Ich habe keine Lust, den Zenturio Maximus am Hintern hängen zu haben, weil Sie nicht vorankommen. Ich sagte ihm, zwei Stunden, und ich sage Ihnen, zwei Stunden. Ich erwarte, daß Sie Ihre Pflicht erfüllen.«

»Ja, Sir. Zwei Stunden.« Sogar in der kalten Nachtluft spürte Karstil, wie sein Gesicht rot anlief. Er war wütend. Sein Zug hatte sich heute gut geschlagen, besser, als man hätte erwarten können. Sie hatten sechs feindliche Fahrzeuge zerstört und nur einen beschädigten Panzer im Zug. Seiner Meinung nach waren sein Fahrzeug und Farwells nicht wirklich beschädigt, nur ein wenig verbeult. Außerdem hatte er keinen Mann verloren.

»Ihr Commonwealth-Typen«, fuhr Freund fort, der sich für das Thema erwärmte, »müßt lernen, wie echte Kämpfer ihre Arbeit erledigen. In der Rebellenlegion arbeiten wir nicht mit halber Kraft. Ich weiß alles über Ihre Akte. Meiner Meinung nach ist der Dienst als Assistent eines Generals keine richtige Arbeit. Hier läuft es nach Rebellenart. Und das heißt, eine Sache rechtzeitig zu erledigen.«

Die Hitze wich aus Karstils Gesicht. Jetzt endlich verstand er, warum Freund so unwirsch war. Er mochte keine Commonwealth-Offiziere, die sich den Rebellen anschlossen. Harras gehörte auch dazu. Auf gar keinen Fall konnte Freund seinen Ärger am Kohortenkommandeur auslassen, daher wandte er sich einfach an Karstil.

»Sehen Sie zu, daß dieser Zirkus der Mißgeburten fertig wird, und zwar schnell.« Freund drehte sich auf dem Absatz um und verschwand in der Dunkelheit.

»Wir könnten es schaffen, Sir.« Mullins mußte ganz in der Nähe gewartet haben, um das Gespräch mithören zu können. »Wir können einen Mann Wache stehen lassen, alle anderen kümmern sich um Ihren Panzer. Abul wird wachen, damit er den neuen Liberator in Empfang nimmt, sobald er eintrifft, um ihn dann ins Lager zu bringen.« Mullins legte Karstil die Hand auf die Schulter. »Wir schaffen es.«

»In Ordnung, Sergeant.« Karstil wollte Mullins danken, aber die Worte blieben ihm im Hals stecken. Er hatte Angst, Mullins würde die unterdrückten Gefühle bemerken, wenn er sprach. Offiziere weinten nicht, egal wie groß der Schmerz war.

Die Zugmitglieder fielen über Karstils Panzer her und wechselten sich ab, wenn die Arbeitenden nach einer Pause riefen. Panzercrews erledigten normalerweise nicht die Arbeit der ›Schraubenschlüsseljockeys‹, aber dies war etwas anderes. Sogar die Wartungsleute beteiligten sich und ließen die keramische Masse in die aufgeschlagenen Stellen einlaufen. Während Podandos und Kloun die Löcher füllten, ersetzten Spint und Karstil das TS&R-System im linken Bereich. Mullins und Farwell verschwanden im Maschinenraum, überprüften die Leitungen und Kontrollkabel der Gravantriebe und der Steuerung. Die Arbeit war nicht besonders anstrengend, erforderte aber eine besonders hohe Fingerfertigkeit in mechanisch-elektronischen Dingen. Mullins verfügte darüber und war erfreut, daß es Farwell ähnlich ging. Der junge Sergeant stellte sich als hervorragender Neuzugang heraus.

Sie krochen durch die Innereien des Grav- und Steuersystems. Mullins verfolgte das Gewirr der Kabel und Röhren. Er arbeitete sich tiefer und tiefer vor, bis zur Fusionsspirale, und prüfte, ob nichts zerbrochen oder abgerissen worden war. Mit der rechten Hand tastete er sich vom Ausgang der Steuerkontrolle bis zur Energiespirale in seiner linken Hand vor. Fast berührten sich die Hände, die Arbeit wäre schon vollbracht gewesen, als er eine kleine Wölbung im Kabel spürte. Wahrscheinlich ein defektes Kabel, dachte er.

»Willie, ich brauch hier drüben ein bißchen mehr Licht.« Umbartis schob die Lichtsonde tiefer in die Gedärme des Panzers. Durch die größere Helligkeit konnte Mullins die Wölbung jetzt genauer sehen. Er vermutete, daß sich das Kabel während des Kampfes gelöst hatte und aufgerieben worden war, bis sich die Oberfläche gebogen hatte. Das war nicht weiter schlimm. Das Innere des Kabels wurde von einer flexiblen Metallschicht geschützt, die über einer weiteren Lage Isolationsmaterial lag. Wenn keine zusätzlichen Schäden zu entdecken waren, machte es nichts aus. Noch einmal glitten seine Finger über die Unebenheit und prüften, ob die zweite Schutzschicht noch unversehrt war. Überrascht hielt er inne. Dort, wo er ein Loch erwartet hatte, wölbte sich das Kabel. Anscheinend war seine erste Vermutung falsch, denn es handelte sich nicht um eine aufgeriebene Stelle. Er reckte den Hals, um besser sehen zu können, und fummelte an der Unebenheit herum, um herauszufinden, was darunter lag.

»Umbartis! Rufen Sie Optio Karstil. Er soll reinkommen. Ich will ihm etwas zeigen.«

Umbartis verschwand und kehrte kurz darauf mit dem leicht zerzausten Karstil zurück. »Was ist los, Sergeant?«

»Ich möchte Ihnen zeigen, wie das hier unten funktioniert, Sir. Ich dachte, wir sollten uns das mal ansehen, weil es gerade offenliegt.«

»Gute Idee, Sergeant, aber ich glaube nicht, daß jetzt gerade eine günstige Zeit dafür ist.«

»Würde es Ihnen was ausmachen, hier hereinzukriechen, Sir? Ich denke, es wird Sie interessieren.«

Karstil hatte nicht vor, in die Tiefen des Liberators zu kriechen. Sie hatten alle genug zu tun, auch ohne sich auf eine Vergnügungsreise in den Liberator zu begeben. Aber etwas in Mullins' Stimme ließ ihn aufmerken und hielt ihn davon ab, dem Mann zu sagen, daß er keine Zeit hatte. »Ist es wirklich wichtig, Sergeant?«

»Sir, ich finde wirklich, Sie sollten mal runterkommen.«

Karstil zuckte die Achseln. Wenn es so wichtig für Mullins war, mußte er sich eben auf eine Führung durch die Welt der Kabel begeben. Er schlängelte sich durch die Tür im hinteren Rumpfbereich und kroch in den beengten Raum. Er fand Mullins' Füße im Halbdunkel; der Körper des Sergeanten wurde vom Leuchten der Sonde erhellt. Eigentlich hatte er erwartet, Mullins am Eingang vorzufinden, ohne daß er zu ihm nach hinten kriechen mußte.

»Ich finde, Sie sollten das hier sehen, Sir.« Mullins' Stimme klang gedämpft.

»Was ist los?«

»Sehen Sie nur, Sir.« Mullins hielt das Kabel der Steuerkontrolle auf, so daß das Licht von oben hereinfiel. Karstil starrte hinein. An einer Stelle, in einem Schlitz im Kabel, steckte eine fingerlange Röhre. Ein dünner Draht führte davon weg und verschwand im Inneren des Kabels.

»Nun, was haben wir denn hier?« Das, dachte Karstil, gehörte wohl zu den dümmsten Fragen der menschlichen Geschichte, aber die Worte waren ihm einfach entschlüpft.

»Was wir hier haben, Sir, ist eine kleine, ungenehmigte Manipulation Ihrer Steuerung.«

»Können wir das rausholen?«

»Das, Sir, ist eine Frage, die ich mir auch schon gestellt habe. Und noch eine Frage: Wem erzählen wir davon?«

»Wenn wir das Ding nicht abnehmen können, müssen wir uns bestimmt keine Gedanken mehr machen, wem wir davon berichten. Glauben Sie, daß es ein Sprengsatz ist?«

»Zweifellos, Sir. Jemand versucht, Ihre Steuerung auszuschalten. Ich schätze, das Kabel ist eine Art Zünder. Das Ganze kann in die Luft fliegen, wenn man etwas unternimmt. Wenn wir den Draht kappen, könnte alles vorbei sein.«

»Geben Sie mir etwas mehr Licht.« Karstil untersuchte die Röhre, einen dünnen weißen Gegenstand, so groß wie sein Zeigefinger. »Die Zeichen am anderen

Ende sehen aus wie Markierungen. Vielleicht können wir das Ende abdrehen.« Karstil bemerkte, daß der Gebrauch des Personalpronomens in der ersten Person im Plural etwas damit zu tun hatte, daß er sich nur wenige Zentimeter von einem kleinen, hochexplosiven Sprengkörper entfernt befand. Der ganze Zug war zu einem ›wir‹ anstelle eines ›ich‹ und ›sie‹ geworden.

»Sir?« Umbartis rief von draußen. »Der neue Liberator ist da. Jemand muß dafür unterschreiben.«

Als ob er nicht schon genug am Hals hätte. »Farwell soll den Empfang bestätigen. Dann sollen er, Grouse und Abul anfangen, ihn zu überprüfen. Mullins kommt, sobald wir hier fertig sind.« Er wandte sich wieder dem Sergeanten zu. »Wenn Sie das Kabel ruhig halten, versuche ich, das Ende mit den Fingern freizulegen. Ich glaube, ich kann den Daumennagel in die Kerbe bekommen. Ich möchte nichts Metallenes benutzen. Man weiß nie, wie diese Dinger funktionieren.«

»Fangen Sie an, Sir.«

Mullins hielt das Kabel so ruhig wie möglich, und Karstil steckte den Daumennagel in die Kerbe am Ende der Röhre. Mit sanftem Druck bearbeitete er das Ende des Röhrchens. Die Kappe gab unter dem Druck des Daumens nach und löste sich langsam. Karstil wollte die Röhre nicht aufbrechen; man konnte nicht wissen, was passieren würde. Die Kappe fiel herab, und Karstil hielt vor Spannung den Atem an. Nichts geschah.

»Halten Sie es noch ein wenig höher, Sergeant.« Mullins hob das vordere Ende der Röhre. »Es ist etwas Loses darin. Geben Sie mir das Licht.«

Mit der linken Hand stützte Karstil Kabel und Röhre, mit der rechten Hand bewegte er die Sonde, bis der Lichtschein in das Innere des kleinen Behälters fiel. Innen erblickte Karstil ein grau-grünes Teil, das die Röhre beinahe ausfüllte. Zwei dünne Kabel, ein grünes und ein gelbes, waren daran befestigt. Karstil beschrieb Mullins, was er sah.

»Wahrscheinlich eine M-Komposition, Sir«, erklärte Mullins. »Ein ziemlich explosiver Sprengstoff. Die Verbrennungsrate liegt bei 10.000 Metern pro Sekunde. Schneller, als wir laufen können, wenn es hochgehen sollte. Die Kabel führen bestimmt zum Zünder.«

»Also müssen wir sie durchschneiden. Welches zuerst?«

»Eine interessante Frage, Sir. Wenn es einen Unterschied macht und wir falsch raten, wird es uns egal sein. Wenn es aber egal ist, welches wir zuerst zerschneiden, dann ...«

»Ich werde nicht versuchen, den Zünder zu entfernen, bevor ich geschnitten habe. Geben Sie mir Ihre Zange.«

Mullins machte eine Verrenkung und griff nach der Werkzeugtasche, die er sich um die Hüfte geschnallt hatte. Er reichte Karstil die kleine Zange. »Also«, sagte der Optio, »auf geht's.« Er legte die Schneiden um das gelbe Kabel. Er fragte sich, ob es wohl das richtige war, und starrte in Mullins' angespanntes Gesicht. Ohne die Augen von Mullins abzuwenden, drückte Karstil zu.

Mit einem leisen, metallischen Knacken durchtrennte er das Kabel. Karstil blickte nach unten und legte die Zange an das zweite Kabel. Er schnitt es durch.

»Gut, daß Sie zuerst das grüne gekappt haben, Sir. Das gelbe war bestimmt eine Falle.«

Karstil blickte Mullins an. Unnötig, ihm mitzuteilen, daß er das gelbe zuerst durchtrennt hatte.

»Ich versuche jetzt, alles aus dem Hauptkabel zu ziehen. Es ist besser, wenn wir dem Geheimdienst alles komplett übergeben können.« Ein straffer Zug holte das ganze Röhrchen aus dem Kabel heraus. »So, das hätten wir. Ich behalte es, bis wir eine Gelegenheit haben, es Harras zu geben. Ich traue sonst keinem hier.«

»Gute Arbeit, Sir. Es war mir ein Vergnügen, mit Ihnen zusammenzuarbeiten.«

27

Alsatia, Caralis
Commonwealth
5. Januar 6831

Karstil und seine Männer blieben innerhalb der Zwei-Stunden-Frist, die ihnen Freund gesetzt hatte, allerdings unter großen Schwierigkeiten. Das Entfernen des kleinen Sprengkörpers hatte wertvolle Minuten von der für die Wartung vorgesehenen Zeit abgezwackt. Obwohl die Mannschaft des Legions-Wartungsdienstes noch immer damit beschäftigt war, eine neue Abdeckung für sein Vulcan-Abwehrsystem anzubringen, funkte Karstil durch, daß der Zug startbereit sei. Er fragte sich, wie sie vorankommen würden, wenn noch an seinem Liberator gearbeitet wurde, aber er hätte sich keine Sorgen machen brauchen. Freund bestätigte die Meldung, erteilte aber keinen Marschbefehl. Statt dessen wurde Karstil gesagt, startbereit zu bleiben und auf Befehle zu warten.

Es blieb aber noch etwas zu tun. Karstil hatte keine Ahnung, warum an einem nagelneuen Panzer etwas geschweißt werden mußte, aber Mullins bestand darauf, daß sein Liberator eine Reparatur benötigte. Er überredete den Zugsergeanten des Wartungsteams, ihm einen Oxy-Brenner zu leihen, um damit im Geschützturm zu arbeiten. Es war ungewöhnlich, daß ein Sergeant der Technischen Truppe einem Panzersoldaten einen Brenner lieh, aber das war eine Anerkennung für die Hilfe der Zugmannschaft während der nächtlichen Arbeiten. Was auch immer Mullins tat, es dauerte nicht lange.

Karstil stellte den Zug auf den vollen Umfang der 6400 Strich in Rundumverteidigung auf und wartete auf Befehle. Seit dem gestrigen Sonnenaufgang war der Zug auf den Beinen. Es war keine Zeit zum Schlafen gewesen, und sie hatten nur zwischendurch ein paar Happen gegessen. Der Boden von Karstils Panzer war mit Verpackungsmaterial bedeckt, das dort fallen gelassen worden war, wo es von den getrockneten Notrationen gerissen wurde. Er hatte angenommen, daß die Zenturie das Essen für den Zug bringen würde, aber es war nichts eingetroffen. Eine diskrete Anfrage bei der Zenturie erhielt die Erwiderung, daß man kein Essen geschickt hatte, weil er keines bestellt hatte. Wieder ein Fehler des jungen Optio.

»Noch eine Lektion für Sie«, sagte ihm Freund. »Bei der Rebellenlegion liefern wir Berichte beim Hauptquartier ab, wenn sie erwartet werden. Sie hätten letzte Nacht Bericht erstatten sollen. Jetzt müssen Sie bis heute abend warten, um den nächsten Report abzuliefern. Machen Sie es in Zukunft besser.« Die Antwort war über die Kommandofrequenz der Zenturie erfolgt, nicht über die der Versorgung. Karstil wußte, daß die anderen Züge mitgehört hatten, auch die Kohorte empfing diesen Kanal wahrscheinlich. »Wenn Sie Ihren Zug nicht führen können, zwei-zwei-sechs, dann suchen Sie jemanden, der es kann.«

Erschöpft und enttäuscht spürte Karstil, wie ihm wieder Tränen in die Augen traten. In dieser Zenturie, dachte er, gab es keine Gerechtigkeit. Die Zwei-Stunden-Frist war unbegründet gewesen, und es gab ihm den Rest, jetzt in Stücke gerissen zu werden, weil er kein Essen bestellt hatte. Es gab keinen Grund, den Bericht zu machen, und das wußte er. Die Versorgungsgruppe der Zenturie war angewiesen, die Rationen auszuteilen. Die Position des Zuges war bekannt, da er durchgegeben hatte, keine Zwischenfälle zu haben, als sie das Nachtlager aufschlugen. Freund nahm ihn einfach bloß öffentlich aufs Korn. Nun, er würde Freund keine Gelegenheit geben, ihn wegen eines unordentlichen Panzers zu tadeln; er befahl Spint und Podandos, den Innenraum zu säubern.

Sonnenaufgang ist wahrscheinlich die schlimmste Tageszeit für einen Mann, der seit 24 Stunden nicht geschlafen hat. Karstils Augen brannten, als er das Datendisplay kontrollierte und in die Dämmerung starrte. Podandos nickte immer wieder auf seinem Sitz ein und kämpfte gegen die Müdigkeit. Obwohl er kein besonders kräftiger junger Mann war, hatte Podandos viel Zeit damit verbracht, auf die beschädigte Panzerung einzuhämmern. Jetzt bezahlte er dafür. Karstil tippte Podandos jedesmal ›unabsichtlich‹ mit dem Fuß an, wenn er sah, daß der junge Mann eingenickt war.

Nicht, daß Karstil nicht genug Sorgen gehabt hätte. Der fingergroße Sprengkörper steckte, sorgfältig verpackt und gesichert, in seinem Kampfanzug. Dort würde er bleiben, bis sich eine Gelegenheit fand, ihn dem Zenturio Maximus Milton Harras zu übergeben. Er überlegte, ob er ihn auch dem Sergeanten des Wartungsteams zeigen sollte, Dixon Quail, damit ihn dieser an Harras weitergab, entschied sich dann aber dagegen. Quail schien in Ordnung zu sein, aber wer weiß, was noch alles geschah. Karstil wollte Quail trauen, aber wie sollte er bei dieser Sache überhaupt jemandem trauen?

Zur Zeit war der Zug in einer großen Dreiecksformation aufgestellt, deren Schenkel jeweils zehn Kilometer maßen. Das war keine große Strecke, denn die jeweiligen Züge konnten jedem, der angegriffen wurde, in weniger als vier Minuten zu Hilfe eilen. Aber Karstil spürte den räumlichen Abstand. Man konnte nur mit den Leuten seines Zuges reden, und er fühlte sich isoliert und allein in der Dämmerung. Er riß sich zusammen. Einer der Büsche da drüben hatte sich bewegt. Er war ganz sicher. Dann schaltete sich sein

Verstand ein und sagte ihm, daß die Dunkelheit und die Müdigkeit ihm etwas vorgaukelten. Mißtrauisch beobachtete er den Busch, aber nichts rührte sich.

Als das volle Tageslicht die Gegend erhellte, befand sich der Zug in kreisförmiger Verteidigungsstellung auf einem kleinen, mit struppigem Buschwerk bewachsenen Tafelberg. Die Panzer waren nach außen gerichtet. Die Anti-Thermal-Tarnplanen, die über den Fahrzeugen lagen, machten sie unsichtbar, nur die Spionagesensoren der Orbitstationen konnten sie erspähen. Auf jedem Geschützturm befand sich direkt unterhalb der 150-mm-Hauptwaffe eine Kuppel, und unter der Kuppel steckte der Kopf des Panzerkommandanten. Fast alle Kommandanten führten ihre Panzer von oben, aus der Luke heraus, und fügten so den von den Konstrukteuren des Panzers vorgesehenen Sensoren noch ein weiteres Paar hinzu. Jeder gute Konstrukteur würde sagen, daß Augen eine altmodische Vorrichtung seien, aber die Männer trauten ihnen noch immer mehr als einem leuchtenden Monitor. Aber nicht diesen Augen, und nicht um diese Zeit. Jeder Panzerkommandant des Zuges schlief tief und fest.

Die Schlachtsensoren und ballistischen Computer, unermüdlich beim Durchsuchen und Analysieren des Gebietes, sandten laufend aktuelle Daten über den Bildschirm. Fortwährend prüften die Computer die Informationen und warfen blaue Quadrate und Dreiecke auf den Monitor. Hin und wieder entdeckten die Sensoren am Rand ihrer Reichweite einen Eindringling und bereiteten sich darauf vor, die menschliche Crew zu warnen. Dann wurden weitere Informationen gespeichert, der Besucher als Freund eingestuft, und der Alarm blieb still. Der Zug schlief ungestört weiter. Vor Sonnenaufgang näherte sich ein leichter Equus-Gravschlitten im dämmrigen Licht dem Zug, sah die Hauptwaffen, die einen Umkreis von 6400 Strich abdeckten, sah die Panzerkommandanten in den Luken und schien nicht weiterfahren zu wollen. Der Schlitten verschwand, ohne daß die Computer Alarm gaben und ohne daß er von einem Zugmitglied bemerkt wurde.

Ein Sonnenstrahl wurde von der flossenförmigen Mündungsbremse der 150-mm-Kanone zurückgeworfen und durchdrang die Lider des schlafenden Optio. Er warf den Kopf zurück und war erstaunt, ins helle Tageslicht zu sehen, anstatt verschwommene Umrisse im Dämmerlicht vorzufinden. Nachdem ihm klarwurde, daß er geschlafen hatte, spähte Karstil zu den anderen Panzern hinüber, sah die Kommandanten in den Luken sitzen und schämte sich seiner Schwäche. Ein schneller Blick ins Kampfdeck zeigte ihm, daß sein Nickerchen nicht aufgefallen war. Podandos lag vornübergeneigt, den Kopf auf dem Monitor, die Augen geschlossen, und atmete tief und ruhig. Spints Kopf war nach hinten gefallen, gegen die Kopfstütze seines Fahrersitzes, die Beine waren lang ausgestreckt und völlig entspannt.

Karstil beugte sich vor und packte Podandos bei der Schulter. »Pause beendet. Aufwachen.«

»Hab nur die Augen ausgeruht, Sir. Sonst nix.« Quentains Stimme klang undeutlich, die Zunge weigerte sich, die notwendigen Bewegungen auszuführen, um die Worte klar und deutlich klingen zu lassen.

»Ich weiß. Sorgen Sie dafür, daß Spint geweckt wird. Ich sehe bei den anderen Panzern nach dem Rechten.« Er warf einen Blick auf das Datendisplay, um zu sehen, ob alles in Ordnung war. Ein blaues Quadrat blinkte auf und zeigte einen freundlich gesinnten Eindringling der Zenturie an. Bestimmt Freund, dachte er, der wieder herkommt, um mich zu überprüfen. Karstil kletterte vom Turm herunter und rieb sich den Schlaf aus den Augen. Dann lief er schnell zu den anderen Panzern hinüber und rief beim Näherkommen nach Farwell und Mullins. Wenn sie schliefen, wollte er sie nicht mehr als nötig in Verlegenheit bringen. Als die beiden Sergeanten antworteten, hörte es sich an, als seien sie gerade aufgewacht.

Der gesamte Zug war wach, als Freunds Liberator in Sicht kam, dessen wuchtige Form über dem Equus-Gravschlitten aufragte, der ihn begleitete. Der Schlitten trug die Nummer des Kohortenkommandeurs, und Karstil lächelte vor sich hin. Er fragte sich, wie sich Freund in Gegenwart des Zenturio Maximus benehmen würde. Beide Fahrzeuge senkten sich neben Karstils Panzer auf den Boden.

Freund sah aus, als habe er die ganze Nacht über gut geschlafen; die Uniform war makellos und frisch gebügelt. Eigentlich sollten die Kampfanzüge nicht gebügelt, sondern so angezogen werden, wie sie aus der Reinigung kamen. Ein paar Offiziere, die besonders ordentlich aussehen wollten, ließen die Uniformen aber noch extra bügeln. Harras dagegen wirkte zerknittert, aber sauber. Karstil war sich peinlichst bewußt, wie schlimm er aussehen mußte. Sein Overall war von der gestrigen Schlacht beschmutzt und hatte auch während der nächtlichen Arbeiten gelitten. Außerdem merkte er, daß sein Körper einen starken Geruch verströmte.

»Hier ist mein Kampfzug«, erklärte Freund dem Zenturio Maximus. »Sie sahen übel aus, als sie letzte Nacht hereinkamen, aber ich habe es geschafft, sie wieder in Schuß zu bringen. Es war harte Arbeit, aber wir haben alle mit angefaßt.«

»Das sehe ich, Zenturio. Das sehe ich.« Die nicht übermalten Stellen auf Karstils Panzer bezeugten die Schwere des Kampfes und die Unmenge an Arbeit, die geleistet worden war, um ihn wieder startbereit zu bekommen.

»Lassen Sie mich Ihnen zeigen, was wir tun mußten, Sir«, fuhr Freund fort. »Dieser Panzer erlitt schweren

Schaden, der repariert werden mußte. Oh, ich glaube, Sie haben Karstil, den Zugführer, schon kennengelernt.«

»Ja, das habe ich, Zenturio.« Harras wandte sich an Karstil. »Sie scheinen sehr beschäftigt gewesen zu sein, Optio. Warum führen Sie mich nicht ein wenig herum?«

Karstil sah zu Freund hinüber. Die Lippen des Zenturios waren zu einer dünnen Linie zusammengepreßt, die Augen funkelten böse. Das wird ein Spaß, dachte Karstil, aber wahrscheinlich muß ich später dafür büßen.

»Hatten Sie schon Gelegenheit, die Waffen des neuen Panzers zu überprüfen?« fragte Harras.

Karstil schaute an den Offizieren vorbei, zu Mullins hinüber, der ein wenig entfernt stand. Der Sergeant hatte die Frage gehört und schüttelte den Kopf.

»Noch nicht, Sir.« Karstil hielt es für besser, zuerst die Wahrheit zu sagen. »Ich hatte geplant, bei Tageslicht damit zu beginnen. Mullins wollte gerade anfangen, als Sie zu uns kamen.«

Karstil bemerkte das ironische Lächeln auf Mullins' Gesicht. Der Sergeant nickte und ging auf seinen Panzer zu.

»Optio«, mischte sich Freund ein, »das war eine Sache, die Sie sofort hätten prüfen sollen, als der Panzer gebracht wurde.« Freund sah äußerst selbstzufrieden aus. »Sie hatten genug Zeit, es zu schaffen, und Sie meldeten den Zug einsatzbereit. Wenn Sie nicht fertig waren, hätten Sie das auch nicht melden dürfen!«

Karstil vermied es, seinen Kommandeur anzusehen, da er fürchtete, sich durch Blicke zu verraten. Er nickte nur und sprach wieder mit Harras. »Wir mußten eine zusätzliche kleine Reparatur an meinem Panzer erledigen. Es scheint, daß sich Mäuse ins Kontrollgehäuse geschlichen haben.«

»Mäuse, Optio? Wieso Mäuse?« Harras schien interessiert.

»Nichts Schlimmes, Sir. Sie haben nur das Kontrollkabel des Steuers angeknabbert.«

»Oh, wirklich? Haben Sie sonst noch etwas gefunden?«

»Nein, Sir.«

»Zeigen Sie mir die Stelle. Ich interessiere mich für die Arbeit von Nagetieren, für den Fall, daß sie auch die anderen Fahrzeuge befallen.« Harras wandte sich zu Freund um. »Entschuldigen Sie mich, Zenturio. Würde es Ihnen etwas ausmachen, das Kommandonetz für mich zu überwachen? Ich begleite Karstil.«

»Verstanden, Sir«, erwiderte Freund und warf Karstil einen ›Paß-bloß-auf-was-du-sagst‹-Blick zu, als er sich dem Equus-Schlitten zuwandte.

Als die beiden Offiziere auf der Seite von Karstils Liberator angelangt waren, die Freund nicht überblicken konnte, drehte sich Harras zu Karstil um. »Was haben Sie für mich, Optio?«

»Das hier, Sir.« Karstil griff in den Overall und zog die fingergroße Röhre mit dem Sprengstoff heraus. Als Harras sie untersuchte, öffnete Karstil die Seitentür des Panzers.

»Ein nettes kleines Spielzeug. Irgendeine Vorstellung, wie lange es schon da unten hing?«

»Eine ganze Weile, Sir. Wenigstens würde ich das annehmen. Es war schon recht schmutzig, was bedeuten kann, daß es schon beim Verlassen des Transporters dagewesen sein muß.«

»Nun, ich werde es ein paar neugierigen Freunden übergeben. Die werden sich die Sache ansehen. Wer weiß davon?«

»Mullins hat es gefunden, Sir. Wir haben es niemandem sonst erzählt.«

»Gut. Es ist unser kleines Geheimnis.«

Karstil schloß die Tür wieder, und die beiden Männer gingen zu den Fahrzeugen zurück. Freund beobachtete sie mißtrauisch, als befürchte er, Karstil habe aus der Schule geplaudert. Aber Harras war nichts anzumerken, daß etwas nicht stimmte. »Lassen Sie die Waffe prüfen, Optio«, sagte Harras. »Sie haben eine Stunde, bevor wir abrücken, das sollte reichen. Wir müssen erst gegen Mittag im Einsatz sein.« Harras wandte sich an Freund. »Wir sollten in den Sattel steigen, Zenturio. Ich muß noch viel erledigen und viele Leute treffen.«

Die beiden Männer kletterten in ihre Fahrzeuge. Als sie außer Sichtweite waren, hatte sich Mullins zu Karstil gesellt.

»Waffentest beendet, Sir«, sagte Mullins. »Und ich hatte Gelegenheit, die 50-mm-Kanone zu überprüfen, ob etwas Ungewöhnliches zu finden ist. Aber es war alles bestens.«

»Ich gab dem Zenturio Maximus ein kleines Geschenk.«

»Wie hat er es aufgenommen, Sir?«

»Sehr interessiert. Ich befürchte, daß wir alle Kontrollkabel durchsehen müssen.«

»Ja, Sir. Ich weiß nicht, wie wir das machen sollen, ohne es dem Zug mitzuteilen.«

»Wenn wir es ihnen sagen, wie lange dauert es dann, bis die ganze Legion Bescheid weiß?«

Mullins zupfte sich am Ohr. »Wir dürfen eben jeweils nur einen Panzer untersuchen.« Er starrte in die Ferne. »Und beten wir, daß weitere Geschenke unserer Freunde ruhig bleiben, bis wir sie gefunden haben.«

Karstil nickte. »Ach, übrigens, Sergeant«, sagte er. »Ich habe das gelbe Kabel als erstes zerschnitten.«

28

Alsatia, Caralis
Commonwealth
5. Januar 6831

Am zweiten Tag der Rebellenoffensive kam man nur langsam voran; die Zweite Mittlere Gravzenturie kroch förmlich hinter den Spitzentruppen her. Die TOG-Verteidigung von Alsatia wurde stärker und stärker, und die führende Zenturie auf der linken Seite wurde in einen harten Kampf verwickelt, als sie versuchte, eine eigensinnige Infanterieeinheit zu überwältigen, die sich hinter einer Hügelgruppe verschanzt hatte. Voller Verzweiflung mußte sie sich ans Zenturien-Hauptquartier und die letzte Infanteriegruppe wenden, um der Lage Herr zu werden. Trotz allem rückten sie weiter vor.

Als Karstils Zug über ein Stück des Schlachtfeldes zog, schickte ein brennender Lupis-GMT eine Rauchwolke gen Himmel. Der Boden rings um das Wrack herum war aufgerissen und von Minen zerwühlt. Die runden Krater bildeten eine gerade Linie von der Hügelkuppe bis über den Rumpf des Lupis. Waffen lagen verstreut umher. Hinter dem Lupis lagen zwei TVLG-Werfer mit leeren und zerschmetterten Röhren. Rechts und links des Fahrzeugs lagen zusammengesunkene Körper in TOG-Uniform. Karstil war überrascht, wie klein und erbärmlich die Menschen wirkten, wenn sie tot waren – trotz ihrer starken Kampfausrüstungen. Es schien, als verließe ein Teil des Fleisches den Körper, wenn der Tod eintrat. Er hielt nicht an, um die Leichen anzusehen, da er vor dem Anblick Angst hatte. Über diesen Teil der Schlacht hat uns niemand etwas gelehrt, dachte er bitter.

Die Sonne stand tief am Horizont, als sie sich der Position der Spitzenzenturie näherten. Die Schrammen des Liberators und der zerstörte Geschützturm der Viper zeugten von den Gewalttaten des Tages. Die Infanterie hatte sich in Stellungslöchern rings um das Gefährt niedergelassen; wahrscheinlich waren die Leute froh, aus dem fahrbaren Sarg heraus zu sein. Sobald Karstils Zug die Gruppe erreichte, hielt er an, und die Infanterie kletterte in die Fahrzeuge. Die Männer und ihre Panzer legten eine unglaubliche Hast an den Tag, von hier fortzukommen, und die beiden Zugführer wechselten nur wenige Worte. Nur eine schnelle Erklärung über die Geschehnisse, die Geländeeinweisung und das, was von den Toggies erwartet werden konnte. Dann eilte der angeschlagene Zug nach hinten.

Karstil blickte über den Stellungsraum, der auf einem breiten Hügelkamm lag. Der Hügel war acht Kilometer breit, im hinteren Teil abgeflacht, vorne von tiefen Schluchten durchzogen. Einen Kilometer hinter dem vorderen Kamm ging das offene Land über in ein Wäldchen aus Carnobbäumen. Manche ragten bis zu 20 Meter hoch auf, die Äste hatten sich zu einem dichten Baldachin verschlungen. Unter den Bäumen war ausreichend Platz, daß ein Fahrzeug mit 70 Stundenkilometern bequem manövrieren konnte.

Beide Flanken des Hügels waren von Ausläufern des Waldes bedeckt, die den Stellungsraum einkreisten.

Das Zenturien-Hauptquartier und der Infanteriezug standen in zehn Kilometern Entfernung, die anderen Panzereinheiten fünf Kilometer dahinter. Was er sah, gefiel Karstil nicht. Der Zug befand sich weit links vom größten Teil der Zenturie, wie ein Seitenarm. Der Wald bot erstklassige Möglichkeiten, daß sich eine Infanterieeinheit nähern konnte, und die Bäume waren hoch genug, um eine Beobachtung zu verhindern und die

Rebellen beschießen zu können. Er hätte am liebsten eine oder zwei Infanteriegruppen zur Verfügung gehabt, aber seine Bitte wurde abgewiesen. Der Zenturio teilte ihm mit, daß die Einheit anderes zu tun habe, als einen nervösen Zugführer zu unterstützen. »Verteidigen Sie die Stellung mit Ihren Panzern«, hatte er gesagt. »Sie haben mehr, als Sie brauchen, um einen einfachen Hügel zu halten.«

Karstil konnte wenig unternehmen, als den Tadel hinzunehmen. Vielleicht kennt der Zenturio die Lage besser als ich, dachte er. Vielleicht denkt er, daß die Stellungen rechts und links weitaus gefährdeter sind. Er überlegte, ob er um ein Anti-Fußtruppen und Anti-Panzer-Minenfeld bitten sollte, entschied sich aber dagegen. Ein Verweis pro Tag reichte.

Das Gebiet war zu groß, um es mit der ›Zwei vorne und einer hinten‹-Formation zu halten, wie er es am liebsten getan hätte. Er mußte alle drei Liberatoren in einer Reihe lassen und die normale Ordnung beibehalten, die sie am ersten Tag des Aufmarsches eingenommen hatten. Mullins übernahm die linke Flanke, Farwell die rechte, sein eigener Panzer blieb in der Mitte. Wenn die anderen erst einmal gute, geschützte Plätze gefunden hatten, würde er ein paar ausgehobene Stellungen markieren lassen. So konnten sie auch in der Dunkelheit die vorbereiteten Orte erreichen. Nichts würde verraten, daß sie sich in ausgebauten Stellungen aufhielten, Karstil hatte keine Ahnung, ob das nützlich sein würde, aber es bedeutete, daß alle Sprengvorrichtungen geladen sein mußten, wenn sie weiterfuhren.

Aber er wollte wissen, was da vorne zu sehen war. Ohne Infanterie, die als Späher ausgeschickt werden konnten, und mit nur neun Männern im Zug, entschied er sich, es selbst zu tun. Er ließ den Liberator von Spint zum hinteren Ende des Zuges fahren und nach links steuern, neben Mullins. Der neue Panzer des Zugsergeanten stand im krassen Gegensatz zu

Karstils verbeultem Vehikel. Alles wirkte sauber und neu. Er winkte Mullins im Vorbeifahren zu und deutete sein Vorhaben an, den vorderen Teil der Stellungszone zu erkunden. Mullins winkte fröhlich zurück, eine Zigarre zwischen den Zähnen haltend.

Das schwindende Licht war unter dem Dach der Baumwipfel kaum mehr spürbar. Karstil schaltete die Sensoren auf volle Kraft und kleine Reichweite. Er sorgte sich nicht um Dinge, die außerhalb der 50-Kilometer-Grenze lagen, denn das würden die anderen Panzer rechtzeitig bemerken. Er wollte nur verhindern, daß Nachzügler der TOG-Infanterie, die unter den Bäumen lauerten, den Zug mit TVLG oder Minen angriff.

Die Bäume lagen weiter auseinander, als er aus der Entfernung angenommen hatte. Man würde sich schneller bewegen können, als vermutet, wahrscheinlich mit etwa 90 oder 100 Stundenkilometern. Er rechnete schnell: Wenn ein feindlicher Panzer sich mit ungefähr 90 Stundenkilometern Geschwindigkeit im Wald näherte und beschleunigte, wenn er die Bäume hinter sich gelassen hatte – nehmen wir an, um 86 Stundenkilometer mehr –, würde er ungefähr 180 Stundenkilometer schnell sein, wenn er die Hügelkuppe erreichte. Bei diesem Tempo würde der Feind in 20 Sekunden jeweils einen Kilometer zurücklegen. Das war recht schnell für seine Liberatoren. Mit den Rumpf- und Geschützturmwaffen hatten die Panzer sechs Zielmöglichkeiten. Aber die Zielmarkierungslaser konnten nur drei Ziele markieren, was bedeutete, daß entweder die Laser oder die TVLGs blind gefeuert werden mußten.

Deshalb wäre eine Infanteriegruppe ein Vorteil gewesen. Wenn man die acht Mann starke Gruppe in drei Trupps teilte, hätten sie eine Chance, die näherkommenden Fahrzeuge zu markieren und eigene TVLGs und Minen einzusetzen. Karstil zuckte die Schultern.

Er hatte keine Infanterie. Er schüttelte den Kopf. Egal, was die Panzercrews auch für Vorurteile gegenüber den Infanteristen hatten, er wünschte sie sich herbei. Die Infanteristen, um die Worte eines uralten Historikers zu benützen, waren wie die Läuse. Sie versteckten sich in den Spalten des Bodens und waren schwer zu beseitigen.

Langsam arbeitete sich der Liberator durch den Carnobwald. Karstil wollte auch nicht schneller vorankommen. Ein Panzer, der mit maximaler Sicherheitsgeschwindigkeit im Wald dahinbraust, erfordert höchste Konzentration des Fahrers und des Kommandanten. Er wollte sich seine Energie für später sparen. Es gab keinen Grund, seine Reserven jetzt zu verbrauchen. Die tiefen Schluchten, die den vorderen Geländeabschnitt kennzeichneten, zogen sich zwischen den Bäumen durch – perfekte Stellungen für feindliche Stoßtrupps. Wieder wünschte er die Infanterie oder ein Minenfeld herbei.

Es gab noch eine Lösung, aber er versuchte, nicht daran zu denken. In diesen Stellungen konnte man sich kaum zur Verteidigung bewegen, und sämtliche Richtschützenkontrollen waren auf den Kommandanten übertragen worden. Es war möglich, entweder den Richtschützen oder den Fahrer – oder sogar beide – auszuschicken, um für zusätzliche Sicherheit zu sorgen. Wenn der Außenposten einen Kommunikator mitnahm, konnte er zumindest eine Warnung abgeben. War das Ziel identifiziert, konnte die Artillerie eingreifen. Aber auf diese Weise würde er den Zug auseinanderreißen. Er würde später darüber nachdenken.

Farwells Panzer war hervorragend untergezogen, und obwohl Karstil wußte, wo er sich befand, wurde er überrascht. Er bemerkte, daß sich der Turm von Nummer drei stets auf ihn gerichtet hielt – der Sicherheit halber.

Farwell saß in der Luke, die rechte Hand unter dem

Rand der Turmkontrollen. Umbartis und Kloun standen draußen; ihr kleiner Rationswärmer schickte eine kleine Dampfwolke in die Luft. Farwell sorgte also dafür, daß seine Crew eine warme Mahlzeit bekam. Gute Idee, dachte Karstil und gab seinem Sergeanten ein Daumen-hoch-Signal, als er hinter ihm vorbeiglitt. Er hatte heute nichts außer einer Ration gegessen, und die lag ihm wie ein Ziegelstein im Magen.

Anders als die Standardrationen konnte man die Notrationen kalt oder warm verzehren, aber warm schmeckten sie hundertmal besser. Karstil machte sich oft Gedanken über diese Rationen. Bestimmt waren sie nahrhaft und gesund, aber es blieb nichts davon übrig außer den ungenießbaren Verpackungen. Das Essen verwandelte sich im Magen zu Asche, wurde dann zu winzigen Kügelchen. Wenn ein Mann nur von Kampfrationen lebte, egal ob Standard- oder Notverpflegung, litt er an unglaublicher Verstopfung. Wenn er eine Latrine erreichte, war der untere Teil seines Verdauungstrakts mit steinharten Stückchen angefüllt, die den Darm zerreißen konnten. Aber Karstil hatte die Latrine nicht aufsuchen müssen – jedenfalls nicht, seitdem sie den Transporter verlassen hatten.

Karstil ließ den Panzer in mittlerer Stellung aufsetzen. Er entschied, den Sensoren auf kurzer Reichweite zu belassen. Wenn die Flankenpanzer die ihren auf größter Weite arbeiten ließen, würde das ausreichen, um den Bereich der Stellung abzudecken. Seine Nahsensoren suchten die unmittelbare Umgebung ab, und nur, wenn die TOG-Infanterie sehr vorsichtig war, konnte man sie nicht schon auf zwei Kilometer Entfernung sehen.

»In Ordnung, ihr zwei!« rief er Spint und Podandos zu. »Macht etwas Eßbares heiß. Ihr müßt hungrig und müde sein.« Die beiden Männer brauchten keine weitere Ermutigung. Sie kletterten aus dem Liberator und stellten den Kocher hinter dem Panzer auf. Karstil wollte gerade eines der Päckchen mit Notverpflegung öffnen, als Duncan Spint den Turm heraufgeklettert kam.

»Es ist nichts Besonderes, Sir«, sagte er und reichte Karstil einen Teller mit dampfenden, duftenden Stücken. »Wir haben das, was von zwei oder drei Rationen übrig war, zusammengerührt. Das war Quents Idee.«

Karstil starrte auf die braune, klumpige Masse auf dem Teller. »Das sieht doch ganz gut aus. Mein Kompliment an den Koch.«

»Das sage ich ihm, Sir. Aber probieren Sie es doch mal.«

»Ist denn genug für Sie beide da?«

»Ja, Sir. Quent ißt schon, und es ist noch viel übrig. Er meinte, er hätte das Rezept aus einem dieser Bücher, die er dauernd liest.«

Karstil versuchte die Mischung. Sie schmeckte auf jeden Fall interessant, wie eine Kreuzung aus den Hauptgerichten, die in den Verpflegungspäckchen enthalten waren. Es war ihm auch egal; das Essen war warm.

Die Mahlzeit spendete Wärme, die vom Magen aus durch den Körper strömte. Das brachte ihn auf den Gedanken, daß das Leben doch nicht so übel war. Mit ein wenig Glück würde der Zug die Nacht ohne Störung überstehen. Standardsicherheit, mit einem Mann als Wache, würde genügen. Es war nicht mehr wie in den schlechten alten Zeiten vor den Sensoren, als die Truppen sich hauptsächlich auf Augen und Ohren verlassen mußten. Die Datendisplays hatten vorzüglich gearbeitet, man konnte sich auf sie verlassen. Er rief die beiden anderen Männer zum Turm.

»Wir teilen die Nacht in Neunzig-Minuten-Wachen auf«, erklärte Karstil. »Podandos, Sie übernehmen die erste Wache, Spint die zweite, ich die dritte. Dann gehen wir in umgekehrter Reihenfolge vor. Ich nehme die vierte, Spint die fünfte, Podandos die sechste. So kriegen wir wenigstens einmal drei Stunden ungestörten Schlaf hintereinander. Schlafen Sie nahe Ihrer Station. Sie beide können drinnen schlafen. Ich bleibe draußen, oben auf dem Rumpf hinter dem Turm. Wer auch immer gerade Wache hat, muß darauf achten, daß ich geweckt werde, bevor Sie das Ding bewegen. Ich möchte nicht darunter zerquetscht werden.«

Die beiden Männer nickten zustimmend, und Spint streckte Podandos mit gespieltem Hohn die Zunge heraus, da dieser die erste Wache hatte. Der Fahrer wich der Hand aus, die nach ihm schlug, kletterte in den Geschützturm und rollte sich auf dem Boden zusammen. Eine Hand wie ein Kissen unter den Kopf gelegt, die andere vor dem Gesicht, atmete er schon tief und fest, bevor Podandos sich auf dem Kommandositz niederließ.

»Ich habe die Sensoren auf kurze Reichweite gestellt«, erklärte Karstil und erteilte seinem Richtschützen letzte Anweisungen. »Lassen Sie das so stehen. Wir sind auf Lauschfrequenz, aber wenn Sie etwas sehen, geben Sie es unbedingt über den Kommunikator weiter. Ich werde Mullins und Farwell besuchen, bevor ich mich hinlege. Sie befinden sich 800 Meter weiter links und rechts. Sie können sie auf dem Monitor sehen. Da die Sensoren auf Nahbereich stehen, müssen Sie mich sehen können, wenn ich hinübergehe.«

Podandos nickte und wiederholte die Anweisungen des Optio. Nicht schlecht, dachte Karstil. Quentain war noch jung, aber er erinnerte sich an seine Ausbildung. Karstil wußte, daß er vergessen hatte, seine Befehle von dem jungen Richtschützen wiederholen zu lassen.

Der Weg durch die Stellung dauerte fast die ganze erste Wache lang. Die fast drei Kilometer lange Strekke – erst zu Mullins, dann zurück zur Mitte, dann zu Farwell, und dann wieder zum Kommandopanzer, nahm mehr Zeit in Anspruch, als Karstil geglaubt hatte. Und mehr Energie. Beide Panzer waren bereit gewesen, da Mullins und Farwell einen Besuch ihres Zugführers erwartet hatten. Er erzählte ihnen von seiner Sensoreinstellung, damit sie nicht annehmen mußten, daß niemand daran gedacht hatte.

Karstil spürte, wie der Energieschub der Mahlzeit nachließ. Die Beine waren schwer wie Blei. Der letzte Teil des Weges, von Farwell zu seinem eigenen Liberator, war alles, was er noch schaffte. Als er den Rumpf erreichte, war er beinahe zu müde, um über den TVLG-Aufbau zu klettern. Podandos hockte im Kommandositz, beobachtete das Datendisplay und starrte in die Dunkelheit. Er hatte sich wach gehalten, wie Karstil auffiel, indem er Stücke der Rationsverpackung faltete und in das Kampfdeck warf. Spint war von zahlreichen Papierresten umgeben.

»Passen Sie auf, Sir«, sagte Quentain. Er faltete ein neues Stück und schnippte es zu dem schlafenden Fahrer hinüber und traf Spint genau an der Nase. Der Fahrer krauste die Nase und schlug mit der freien Hand nach dem Störenfried, wachte aber nicht auf.

»Hören Sie lieber damit auf, Quent. Denken Sie daran, es macht sich nicht bezahlt.«

»In Ordnung, Sir. Gehen Sie jetzt schlafen, Sir?«

»Ja. Erinnern Sie Duncan daran, wo ich schlafe, wenn er Sie ablöst.«

»Ja, Sir.«

Karstil fragte sich, ob er die Thermodecke, die zu seiner Ausrüstung gehörte, holen sollte. Der Gedanke, in den Turm zu steigen, seine Sachen zu durchsuchen und wieder nach oben zu klettern, war unerträglich. Er suchte sich seinen Weg um den Turm herum und streckte sich auf dem hinteren Teil des Rumpfes aus. Er wußte, daß er eigentlich über vieles nachdenken mußte, aber er schlief bereits, bevor ihm einfiel, worum es sich handelte.

29

Alsatia, Caralis
Commonwealth
6. Januar 6831

Ein Mann, der einem Bären nicht unähnlich war, hockte in der morgendlichen Kühle vor Sonnenaufgang in einer kleinen Bodensenke, die von Büschen umgeben war. Seit drei Tagen schon beobachtete er schweigend die umliegende Gegend. Er zog sich den Thermalumhang über den Kopf und vergewisserte sich, daß nicht nur der Körper, sondern auch die Füße bedeckt waren. Dann stellte er das passive Sensorgerät am Rande der Senke auf und stellte das Leuchtzeichen so niedrig ein, daß es kaum mehr zu sehen war. Jeder Eindringling würde als schwacher Lichtumriß erscheinen, aber der Bildschirm würde seinen eigenen Aufenthaltsort nicht verraten, es sei denn, jemand schaute aus nächster Nähe hin. Er richtete den Scanner auf ein Rundumprogramm ein. Es ging schließlich nicht, daß jemand sich von hinten näherte und aus Versehen über ihn stolperte.

Als alles vorbereitet war, legte er die 2-mm-Nadelpistole auf den vor ihm liegenden Rand der kleinen Senke. Die Waffe enthielt 30 Schuß Munition und konnte auf Halbautomatik oder Automatik gestellt werden. Die 2-mm-Flechetten erzeugten beinahe gar keinen Rückstoß, und die Waffe konnte alle 30 Schuß in weniger als zwei Sekunden abfeuern. Der Mann besaß noch zwei zusätzliche Magazine. Neben die Pistole legte er zwei Handgranaten. Es handelte sich um Mark-9-Blitzgranaten. Sie richteten keinen wirklichen

Schaden an, explodierten nur mit einem grellen Blitzstrahl. Jeder, der ein Nachtsichtgerät bei sich trug, würde geblendet werden, und das Gerät würde durch die Überlastung ausbrennen. Waren die Augen nicht geschützt, konnten sie dauerhaft Schaden nehmen. In jedem Fall blieb das Opfer wenigstens 20 Minuten ohne Sehvermögen. Eine unvorbereitete Person befand sich unter allen Umständen im Nachteil. Die Ein-Sekunden-Zündung gab keine Warnung ab. Einfach ziehen und werfen.

Als seine Pflichten erledigt waren, ließ sich der Späher nieder. Er verharrte regungslos, bis sein Stoffwechsel so ruhig ging, daß man das Klopfen des Herzens und den Atem kaum wahrnehmen konnte. Aber die Augen wichen nicht von dem dunklen Monitor, der vor ihm stand. Die Fähigkeit, den Herzschlag und die Atmung zu verringern, gehörte zu den nützlichen Begabungen, die er trainiert hatte. Es schien, als schlafe er bei der Arbeit, war aber in Wirklichkeit hellwach. Es hatte Jahre gedauert, um dieses Talent zu vervollkommnen. Jetzt blieb der Mann wach, während um ihn herum die anderen Mitglieder der 2567. Legion schliefen, arbeiteten, sich Sorgen machten oder Wache hielten.

Auch gab es jene, die nicht das Wohl der Legion im Sinn hatten. Auch sie arbeiteten, sorgten sich oder hielten Wache. Die wenigsten von ihnen schliefen.

Der Mann hatte mehr als eine Stunde reglos gesessen, als sich ein schwaches blaues Licht auf dem Datendisplay zeigte. Er bewegte nicht den Kopf, sondern nur die Augen, die sich auf das Licht konzentrierten, das langsam über den Bildschirm wanderte. Das Licht zeigte an, daß der Eindringling näher kam und sich in gerader Linie zwischen der Legionskolonne und einer der Zenturien bewegte, die fünf Kilometer weiter entfernt lagerten. Der Eindringling, ein leichter Equus-Gravschlitten, hielt 100 Meter von dem Beobachter entfernt an. Er aktivierte die Nachtsichtanlage, um einen genaueren Blick auf den Schlitten werfen zu können.

Zwei Männer saßen darin. Sie versteckten den Schlitten in einer kleinen Bodenwelle, bedeckten ihn sorgfältig mit einer Thermalplane und zerrten Sträucher am Rande der Ausbuchtung zurecht. Das blaue Quadrat auf dem Datendisplay erlosch, und hätte der Späher nicht gewußt, wo der Schlitten verborgen lag, hätte er ihn nur per Zufall entdecken können.

Die beiden Männer strichen sich schwarze Tarnfarbe auf Gesichter und Hände und legten dunkle Kleidung an, die sie vom Gesicht bis zu den Handgelenken bedeckte. Sie beeilten sich nicht und führten ihre Arbeit mit geübter Sorgfalt durch. Dann nahmen sie ihre Werkzeuge aus dem Schlitten und entfernten sich in die Richtung der schlafenden Zenturie beinahe unsichtbar gegen den Nachthimmel.

Der Späher wartete, bis sie gegangen waren, und merkte sich den Weg. Dann erhob er sich aus dem Versteck, ließ den Thermalumhang liegen und schlich zu dem Schlitten hinüber. Die 2-mm-Pistole und die Handgranaten nahm er mit.

Blitzschnell entdeckte er die Rumpfmarkierung des Gravschlittens; er gehörte zur Wartungskohorte der 2567. Legion. Eine hastige Suche förderte Material zutage, das nicht für Reparaturcrews bestimmt war. Zwischen den normalen Werkzeugen lagen eine kleine Schachtel mit fingerlangen Sprengkörpern und mehrere Transponder. Außerdem fand sich eine kleine Sonde, mit der man Datendisplays überprüfen konnte. Auf den ersten Blick erschien sie völlig normal, aber eine genaue Untersuchung förderte einen zusätzlichen elektronischen Chip ans Licht. Nichts wies darauf hin, was dieser Chip bewirkte, aber der Späher zog das dünne Silikonstück mit einer Pinzette heraus und steckte es in ein Zellophanbeutelchen. Er würde es später untersuchen.

Dann stellte er das Nachtsichtgerät auf den Rand der kleinen Senke, in der der Schlitten lag, und suchte die Gegend rings um die Zenturie ab. Als er die Energie fast ganz aufgedreht hatte, konnte er die beiden Männer entdecken, die auf einen Deliverer zugingen, der in einem Stellungstrichter lag. Wenn die Männer im Panzer die Sensoren nicht auf kurze Reichweite und volle Kraft eingestellt hatten, würden sie die Eindringlinge niemals bemerken. Egal wie gut die Sicherheitsmaßnahmen um den Panzer herum waren, es gab immer einen Weg, in seine Nähe zu gelangen. Bei einer Crew von drei Leuten wachte immer nur ein Mann, und dieser Soldat konnte seine Augen nicht überall gleichzeitig haben.

Der Späher sah, wie die Männer unter das Tarnnetz krochen und verschwanden. Mehr brauchte er nicht zu wissen. Jetzt war er sicher, daß diese Männer, und wahrscheinlich auch andere, für ein paar ›Unglücksfälle‹ verantwortlich waren, die der Legion zugestoßen waren. Die Frage blieb, was er jetzt tun sollte.

Das einfachste, das am wenigsten auffallen würde, war, sich davonzumachen und den Beweis der Nachtarbeit mitzunehmen. Wenn er so handelte, würden die Saboteure merken, daß man sie entdeckt hatte. Es würde andere, die ebenfalls an dieser elenden Sache beteiligt waren, vorsichtiger machen. Wahrscheinlich würden sie auch eine Weile nichts mehr unternehmen. Das könnte der Legion zwar kurzfristig helfen, das Problem aber nicht beseitigen.

Der Späher war sich ziemlich sicher, wer hinter der Sabotage bei der Legion steckte, und hatte den Verdächtigen durch das halbe Commonwealth-All verfolgt, bis hierher nach Caralis. Wenn zwei kleine Fische die ganze Aktion durcheinanderbrachten, wäre das äußerst dumm. Es war besser, wenn die TOG-Agenten gar nicht merkten, daß man sie entdeckt hatte. Das war die einzige Möglichkeit, daß sie ihn zum großen Fisch führen konnten.

Um ein Auffallen zu verhindern, mußte der Späher den Chip zurücklegen, den er der Sonde entnommen hatte. So wurde wichtiges Beweismaterial über das Tun der TOG-Agenten aus der Hand gegeben und hinderte die Spionageabwehr daran, den Schaden zu beheben. Die Reparatur war einfach. War die Art der Sabotage bekannt, konnten die Prüfsonden der Datendisplays der anderen Wartungsteams untersucht und mit einem Gegenchip versehen werden. Dann würde eine Überprüfung der Datendisplays der ganzen Legion die Schäden enthüllen, die behoben werden konnten. Er mußte den Chip mitnehmen.

Und wenn er den Chip mitnahm, mußte er die Saboteure töten. Das Schwierige daran war, es wie einen Unfall aussehen zu lassen. Er mußte sich beeilen, denn er wußte nicht, wann die feindlichen Agenten zurückkamen.

Er glitt den Abhang hinab, in die Senke, die den Gravschlitten verbarg. Mit den Werkzeugen, die im Fahrzeug lagen, entfernte er die Klappe, die über dem Fusionskern lag, der die Gravsysteme und die Steuerung antrieb. Die Sprengkörper, die von den Agenten zurückgelassen worden waren, eigneten sich ganz hervorragend für die Aufgabe. Jeder gegnerische Agent, der das Wrack des Schlittens untersuchte, würde nur ›eigenen‹ Sprengstoff finden. Es war besser, die Agenten mit ihren eigenen Waffen zu schlagen, als etwas Fremdes zu benützen. Außerdem war das poetische Gerechtigkeit.

Als der Sprengstoff angebracht war, verschloß er die Klappe und führte die Metalldrähte der Sprengkörper nach außen. Die Zünder saßen im Inneren der Röhrchen, daher mußte er nichts suchen, was die ganze Sache hochgehen lassen würde. Aber er brauchte einen Zeitzünder, damit der Schlitten weit genug entfernt war, daß die Explosion nichts anderes zerstörte. Auch das war nicht schwierig. Er wickelte die Drähte um die

Steuersäule. Führte der Schlitten eine weite Drehung aus, drehte sich auch die Säule, und die beiden blanken Drähte würden sich berühren. Bingo!

Man konnte nicht sagen, wie weit der Schlitten fahren mußte, bevor der Kontakt zustande kam, aber der Späher testete den Mechanismus. Ungefähr 1000 Strich Spielraum bestanden, bevor sich die Enden berührten. Das, dachte er, mußte die Saboteure zwischen 500 und 1000 Meter weit fort bringen, bevor die Explosion stattfand. Das reichte aus. Jetzt wartete er darauf, daß die beiden Männer zurückkehrten.

Plötzlich brach Unruhe im Lager aus. Anscheinend gab es bei einer der weiter vorn stehenden Zenturien Probleme, und diese Einheit machte sich auf, etwas dagegen zu unternehmen. Der Späher sah, wie die beiden Männer unter einem Deliverer hervorkrochen und leise in der Dunkelheit verschwanden. Als die Commonwealth-Panzer sich einen Meter über den Boden hoben, sich formierten und auf die in der Ferne sichtbaren grellen Blitzlichter des Kampfes zueilten, rührten sie sich nicht. Das würde den Unfall erleichtern, denn niemand würde in der Nähe sein, um die Zerstörung des Equus-Schlittens zu beobachten.

Als alles still und verlassen dalag, traten die beiden Männer hinter einem Acalababusch hervor und kehrten zum Schlitten zurück. Sie schritten mit der Sicherheit derjenigen aus, die sich allein und sicher wähnen und gute Arbeit geleistet haben. Der Späher zog den Sicherheitsstift einer der Handgranaten und achtete darauf, daß der Zündknopf in seiner Handfläche lag. Mit der rechten Hand entsicherte er die Pistole und wartete.

Die Männer waren so selbstsicher, daß sie nicht einmal mehr leise heranschlichen, sondern hochaufgerichtet näher kamen und sich sogar unterhielten. Der Späher fuhr fort, sie durch das Nachtsichtgerät zu verfolgen, das die Körper als weiche, verschwommene

Umrisse auf dem Monitor zeigte. Zum ersten Mal bemerkte er, daß die beiden mit Standard-5-mm-Nadelpistolen bewaffnet waren, die in den Gürteln steckten. Wenn sie die Waffen nicht zogen, würde dies ein Kinderspiel sein. Als er das gerade zu Ende gedacht hatte, griffen sie nach den Waffen.

Als sie bis auf 100 Meter an den Schlitten herangekommen waren, gingen sie langsamer und suchten den Boden ab. Der Beobachter war sicher, daß sie ihn nicht gesehen hatten. Bestimmt hielten sie nur die üblichen Vorsichtsmaßnahmen ein, wenn sie sich dem Schlitten näherten. Die Schritte der Männer wurden kürzer und vorsichtiger. Die Waffen hielten sie an den Seiten in den Händen. Interessant, dachte der Beobachter. Einer ist Rechtshänder, der andere Linkshänder. Und sie gehen so, daß beide Waffenhände an den Außenseiten sind. Sehr gute Angewohnheit. Diese Leute sind Profis.

Ein Gefühl des Stolzes überkam ihn. Drei Profis auf tödlicher Mission. Die beiden wußten nicht, welcher schrecklichen Gefahr sie gegenüberstanden, aber sie hielten instinktiv Vorsichtsmaßnahmen gegen das Unbekannte ein. Die Männer waren keine Amateure, die für Geld oder Ruhm für das TOG arbeiteten. Es handelte sich um gut ausgebildete Agenten. Nach 50 Metern sah der Beobachter, daß die Männer sich leicht voneinander abgewandt hatten und nach außen blickten. Dann suchten sie den Boden ab, teilten sich die Strecke und hielten nach etwas Verdächtigem Ausschau, nach etwas, das eine Alarmglocke im Gehirn schrillen lassen würde. Sie kamen näher.

Der Beobachter schätzte die Entfernung zu den Zielen ab. Er konnte eine Granate auf mindestens 30 Meter genau werfen, aber mit der rechten Hand. Jetzt hielt er die Waffe mit rechts, mußte also mit links werfen. Die meisten linkshändigen Würfe hatte er bisher auf kurze Entfernungen ausgeführt, die ungefähr zehn Meter betrugen. Erschwert wurde die Sache auch noch dadurch, daß er am Rande des Trichters lag und aufstehen mußte, um weit ausholen zu können. Das würden die Agenten natürlich bemerken. Er mußte warten, bis sie ganz nah waren, bevor er etwas unternahm.

Sie näherten sich: 25 Meter, 20, 15, 10. Er bewegte die Hand, um die Granate über den Rand zu schleudern. Der Mann auf der linken Seite, der größere der beiden, blieb wie angewurzelt stehen und riß den rechten Arm hoch, um seinen Gefährten zu warnen. In dem Augenblick, als er den Mund öffnete, um zu schreien, warf der Späher die Granate und drückte dann das Gesicht auf den Boden, um sich vor dem blendenden Licht zu schützen.

Obwohl er die Augen derart geschützt hatte, drang das grelle Licht durch die geschlossenen Lider. Er hatte diese Granaten schon früher geworfen, aber noch nie bei Nacht. Man hatte ihm beigebracht, sie in einen erleuchteten Raum zu werfen, kurz bevor er selbst durch die Tür schritt. Selbst in einem hellen Zimmer reichte die Explosion aus, einen unvorbereiteten Menschen zu blenden. Bei Nacht, wenn sich die Pupillen weiteten, um das schwache Licht der Sterne aufzunehmen, war die Helligkeit der Granate unbeschreiblich.

Er rollte sich nach rechts und streckte den Waffenarm aus, als sein Körper zur Ruhe kam. Er öffnete die Augen und wurde von einer Reihe winziger grüner Punkte begrüßt, die in seinem Blickfeld herumwirbelten. Dahinter konnte er undeutlich die Gestalt eines Mannes erkennen, der rückwärts taumelte. Instinktiv und ohne an genaues Zielen zu denken, schoß er mit der 2-mm-Pistole.

Die Waffe hatte auf Vollautomatik gestanden, und der Schuß löste 15 der tödlichen Projektile aus. Die 2-mm-Flechetten, die wie die Mine eines Bleistifts aussahen und 25 mm lang waren, legten 1500 Meter pro Sekunde zurück – was beinahe der Schallgeschwindigkeit auf Caralis entsprach. Die Erfinder der Pistole hatten die Geschwindigkeit so niedrig gehalten, damit die Geschosse keinen Überschallknall verursachten, wenn die Waffe abgefeuert wurde. Aber selbst bei dieser ›geringen‹ Geschwindigkeit war der Schaden, der einem menschlichen Körper zugefügt wurde, ungeheuerlich. Die Salve traf mit solcher Gewalt, daß der ganze Körper zerfetzt wurde – es war, als jage man eine Kugel in eine Pampelmuse. Wenn 15 Projektile trafen, gab es keine Überlebenschance.

Das Ziel des Spähers explodierte unter dem Einschlag, Brust und Bauch wurden von den winzigen Nadeln aufgerissen, die Fleisch, Knochen und Innereien zerfraßen. Sogar in der Dunkelheit konnte er erkennen, wie sich Kopf und Schultern vom Körper lösten, nur die dünne Wirbelsäule bildete noch eine Verbindung der Einzelteile. Dann schlug der Oberkörper nach hinten, und die Wirbelsäule riß die Beine mit sich.

Er blickte nach rechts, um sein zweites Ziel zu suchen. Der Gesuchte lag auf den Knien, fast völlig geblendet. Die Mündung der 5-mm-Pistole war auf den Boden gerichtet und feuerte mehrmals auf die Stelle, an der der Späher vorhin gehockt hatte. Der Mann war blind und schoß instinktiv und mit festem Überlebenswillen. Ein Geschoß traf den Späher an der Schulter und bohrte sich in seine Muskeln. Er hob die 2-mm-Waffe, zielte in die Mitte der grünen Punkte und schoß noch einmal.

Der geblendete Mann hatte keine Chance. Viele Salven verfehlten ihr Ziel, denn der Schütze war durch die eigene Wunde behindert. Aber die Treffer bohrten sich in den Oberkörper des Opfers, fraßen sich über die Schultern und den Kopf. Der enthauptete Körper krachte rücklings auf den Boden. Nicht schön, dachte der Späher. Nicht schön.

Der bärenähnliche Mann kam schwankend auf die Beine und blinzelte, um die grünen Punkte zu vertreiben, die ihm noch immer vor den Augen tanzten. Um seine Tarnung aufrecht zu erhalten, mußte er das Chaos beseitigen, damit alles wie ein Unfall aussah. Bei dem zweiten Mann war es recht einfach, denn der Treffer hatte saubere Arbeit geleistet. Der erste Mann stellte ihn vor ein Problem. Der Beobachter war erstaunt, wieviel sich im Inneren eines menschlichen Körpers befand, wenn es erst einmal herausgequollen ist. Es dauerte eine ganze Weile, bis er die größeren Spuren gefunden und im Gravschlitten verstaut hatte. Ein paar Körperteile sahen aus wie gegrillter Schinken.

Er spürte, wie ihm das Blut den Rücken hinablief und der Tarnanzug an den Hüften klebte. Die Knochen schienen unverletzt zu sein, denn seine Beine taten ihren Dienst. Aber er hatte Angst, daß er durch den Blutverlust das Bewußtsein verlieren würde. Bei einer Rückenwunde bestand nicht nur das Problem, daß er sie erklären mußte, sondern auch, daß er sie nicht selbst behandeln konnte. Er mußte Hilfe finden, und das könnte schwierig werden, wenn der Helfer nicht auf seiner Seite stand. Er arbeitete schnell, denn die Angst zu versagen wuchs.

Als er den letzten Agenten im Schlitten verstaute, fühlte er ein Schwindelgefühl aufkommen. Jetzt mußte er nicht mehr auf Ordnung achten, Hauptsache, die Angelegenheit war erledigt. Er griff in die Kontrollen, betätigte den Hauptschalter und spürte, wie der Fusionskern zum Leben erwachte. Er hielt den Atem an und wartete auf den Blitz und die Explosion, die ihm mitteilen würde, daß er die Kabel zu gut angeschlossen hatte. Nichts. Noch war er in Sicherheit.

Er drückte einen der leblosen Füße gegen das Gaspedal, und der Schlitten schoß vor. Ein hervorstehendes Stück des Schlittens verfing sich in einem Riß des Tarnanzugs, den eines der 5-mm-Geschosse verursacht hatte, und hakte ihn an der Seitenwand des Fahrzeugs fest. Der Vorsprung aus Metall, wahrscheinlich ein Werkzeughalter, drückte sich in seinen Rücken und die

Wunde. Der Schlitten wurde schneller und schleifte ihn über den Boden.

Der Beobachter wand sich, Fleisch und Anzugfetzen zerrissen. Langsam wurde ihm schwarz vor Augen, sein Blickfeld verkleinerte sich, und die Bewußtlosigkeit kam immer näher auf ihn zu. Mit einem letzten, überwältigenden Aufwallen seines Überlebenswillens riß er sich von der mechanischen Klaue, die ihn fest umklammert hielt, los und stürzte zu Boden, während der Schlitten weiterfuhr.

Undeutlich bemerkte er, wie sich das Fahrzeug immer weiter entfernte und nach rechts drehte. Dann wurde es schneller und beschrieb einen großen Bogen. Er wartete auf die Explosion, die unweigerlich folgen mußte. Der Schlitten verschwand aus seinem Blickfeld und wurde noch schneller, während er dem Untergang entgegenfuhr. Eine leuchtende Explosion, ein weiß-gelber Lichtregen am dunklen Himmel, kennzeichnete das Ende.

Der Späher mußte sich mit dem gesunden Arm vom Boden hochstemmen, um aufstehen zu können. Er stützte den linken Arm mit der rechten Hand und wankte zu seinem Versteck zurück. Langsam und mühselig suchte er seine Ausrüstung zusammen und ging im Kopf durch, was er bei sich gehabt hatte. Er verstaute alles in dem Rucksack und befestigte es mit den dafür vorgesehenen Knöpfen und Schnallen. Es war Platz für alles, und alles hatte seinen Platz. Einen Augenblick lang geriet er in Panik, als er bemerkte, daß eine der M-9-Granaten fehlte. Dann fiel ihm ein, daß er sie benutzt hatte. Anschließend wechselte er das Magazin der 2-mm-Pistole aus. Er wollte ein volles Magazin haben, falls er in Schwierigkeiten geriet. Als alles verstaut war, machte er sich auf den fünf Kilometer langen Rückweg zurück zum Legionshauptquartier, um Bericht zu erstatten.

30

Alsatia, Caralis
Commonwealth
6. Januar 6831

Karstil blickte zu den Sternen auf. Er war hellwach.

»Zeit für Ihre Wache, Sir«, sagte Duncan Spint und sah auf den Optio hinunter, unsicher, ob er wach war oder nicht.

»In Ordnung. Ich bin wach.«

Spint rührte sich nicht und wartete darauf, daß der Optio sich von seinem Schlafplatz auf dem Hinterdeck des Liberators erhob. »Ich bin wach, sage ich Ihnen. Ich bin wach.«

Spint rührte sich noch immer nicht. Auf keinen Fall würde er den Optio verlassen, bis er sicher war, daß der junge Offizier auf und wach war. So wach, wie man erwarten konnte, wenn ein Mann nur zwei von 48 Stunden geschlafen hatte.

»In Ordnung«, stöhnte Karstil, rollte sich herum und kniete auf allen vieren. Den Geschützturm als Hilfe benutzend, zog er sich hoch. Jeder Muskel, jeder Knochen und jedes Gelenk schrien nach Ruhe. Die Knie krachten protestierend. Er war in Seitenstellung eingeschlafen und hatte sich nicht bewegt. Jetzt litt er am ›Bergmannssyndrom‹, dem Ergebnis davon, daß man zu lange in einer Stellung lag. Die Haut auf der linken Körperseite trug die Abdrücke der Uniformfalten. Karstil schälte sich den öligen Tarnanzug vom Oberkörper, um die Nachtluft zu spüren. Er war schmutzig und verströmte einen Geruch, der Abscheu erregt hätte, wenn die anderen Männer ringsumher nicht ebenso gerochen hätten. Dann rieb er sich das Gesicht mit den Händen, um die Blutzirkulation anzuregen. »Ich bin jetzt da. War etwas?«

»Alles ruhig, Sir. Seitdem Sie sich hingelegt haben.«

»Gut. Hoffen wir, daß es so bleibt. Gute Nacht, Duncan. Süße Träume.«

»Ich möchte lieber nicht träumen, nur gut schlafen.«

»In Ordnung.«

Der Fahrer kletterte ins Kampfdeck hinein und bemühte sich, nicht auf Podandos zu treten, der bereits auf dem Boden lag und schlief. Karstil beobachtete, wie er seinen Gefährten sanft zur Seite schob und sich neben ihn legte. Duncan Splint schlief fast augenblicklich ein. Der menschliche Körper ist wundervoll, dachte Karstil. Wenn man ihm lange genug Schlaf entzieht, kann er überall einschlafen, sogar auf dem dreckigen Fußboden eines Geschützturms.

Er warf einen Blick auf das Datendisplay und suchte die beiden anderen Panzer des Zuges. Sie hatten die Position nicht verändert, seitdem er sie verlassen hatte. Er fragte sich, ob er sie anfunken und befehlen sollte, sich auf andere Plätze zu begeben, falls sie entdeckt worden waren. Auch er sollte das mit seinem Liberator machen. Dann sah er zu Spint hinunter, der fest schlafend unter ihm lag, und entschied sich dagegen. Völlig sinnlos, ihn jetzt zu wecken, und wenn die TOG-Leute die Gegend absuchten, würden seine Sensoren es ihm melden.

Ein rotes Warnlicht blinkte kurz auf. Karstil starrte auf den Monitor und fragte sich, ob er es wirklich gesehen hatte oder ob ihn seine Augen trogen. Es war nichts zu sehen. Vielleicht eine Fehlfunktion. Vielleicht eine Einbildung. Er sah über die Spitze des Geschützturms; die Augen brannten sich geradezu in die dunklen Wälder, die einen Kilometer weit entfernt lagen. Nichts.

Er wartete, daß sich sein Herzschlag nach dem

Schreck beruhigte, zwang das Herz, langsamer zu schlagen, sammelte Kraft. Er würde sich nicht von dem Schreckgespenst seiner Einbildung verrückt machen lassen. Er würde ganz ruhig bleiben. Aber seine Nackenhaare ließen es nicht zu. Er spürte, daß ihn jemand beobachtete. Aus der Dunkelheit heraus beobachtete.

Da! Das rote Licht blinkte noch einmal auf. Da draußen, 1200 Meter weit entfernt, hatten die Sensoren einen Eindringling entdeckt. Es konnte sich nur um einen Infanteristen handeln, der langsam auf sie zukroch. Aha, dachte er, du willst also spionieren. Nun, diesmal nicht. Bloß weil wir keine eigene Infanterie haben, heißt das nicht, daß wir nicht bereit sind. Er öffnete den Sprechfunk und hob das Mikrofon an die Lippen.

»Zwei-zwei-sechs, hier ist zwei-zwei-drei.« Das war Farwell, der auf der rechten Seite stand. »Eindringlinge. Entfernung: dreitausend Meter. Geschwindigkeit: einhundert. Ziele nähern sich.«

»Zwei-zwei-sechs, hier ist zwei-zwei-zwei. Ich habe sie. Hinter den Bäumen. Nicht in Sichtweite.« Auch Mullins hatte sie.

»Sechs. Verstanden. Sie sind auch im Wald.« Auch Karstil wollte Neuigkeiten mitteilen. Er blickte ins Kampfdeck hinunter, um Podandos und Spint mit einem Tritt zu wecken, aber Quentain schnallte sich gerade im Richtschützensitz an, und Duncans Füße verschwanden schon in der Fahrerkabine. Beim ersten Laut der Sprechverbindung waren sie aufgewacht. Erstaunlich, wie ein Mann tief und fest schlafen konnte, um beim Quietschen des Funkgerätes sofort aufzuwachen. Training und Instinkt, die Lebensquellen eines Soldaten. Sekunden später fühlte Karstil, wie der Energieschub die Gravantriebe erreichte. Er sah die orangefarbenen Dreiecke unter den anderen Panzern aufblinken, als die Gravantriebe einsetzten, und sie zu Blau wechseln, als die Panzer startbereit waren. Das Datendisplay wimmelte nur so von nahen roten Lichtern. Die TOG-Infanterie hatte den Waldrand erreicht.

»Ziel identifiziert. Sechs Lupis-Transporter. Drei mittlere Horatius-Gravpanzer. Entfernung zwei-vierhundert Meter. Eins-zweihundert Strich. Geschwindigkeit einhundert. Ziele nähern sich. Keine Erfassung möglich.« Der ballistische Computer spuckte Informationen über die näherrückenden TOG-Truppen aus. Karstil überprüfte das Datendisplay. Drei rote Ovale befanden sich am Waldrand: drei Infanteriegruppen. Wahrscheinlich gehörten sie zu dreien der Lupis-Transporter. Die anderen beförderten sicher TVLG-Infanteriegruppen, die abgesetzt wurden, sobald sie den Wald hinter sich gelassen hatten. Kein schlechter Plan. Drei schossen, die anderen markierten.

»Hier spricht sechs. Zuerst die Transporter aufs Korn nehmen. Die Horatius nicht beachten. Die Infanterie wird uns zu schaffen machen.«

»Zwei, verstanden.«

»Drei, verstanden.«

Beide Panzer akzeptierten seinen Befehl. Die Zeit würde zeigen, ob sie ihm auch nachkamen.

»Conquest Farmer zwei-sechs, hier spricht Conquest Farmer zwei-zwei-sechs. Kurzmeldung. Feind in meinem Gebiet. Drei Horatius-Panzer, sechs Transporter, drei Gruppen.« Das Rufsignal und die Frequenz hatten sich um Mitternacht geändert. Karstil hatte keine Meldungen von den anderen Zügen gehört und nahm an, daß sie nicht angegriffen worden waren.

»Quent. Zielen Sie mit dem Turmgeschütz auf einen Transporter, mit den TVLGs auf einen anderen. Wir versuchen, das TVLG-Ziel zu markieren.«

»Ziel erkannt, Sir.«

»Ziel identifiziert. Zwei Lupis-Transporter. Entfernung: achtzehnhundert Meter. Zwölfhundert Strich. Geschwindigkeit: hundert. Ziele nähern sich. Keine Erfassung möglich.« Der ballistische Computer gab neue Informationen aus.

»Spint. Halten Sie sich bereit, in die zweite Stellung zu gehen, sobald wir schießen. Quent, ich übernehme die TVLGs. Sie behalten den Geschützturm.«

»Verstanden.«

»Ziel identifiziert. Zwei Lupis-Transporter. Entfernung: vierzehnhundert Meter. Zwölfhundet Strich. Geschwindigkeit: hundert. Ziele nähern sich. Keine Erfassung möglich.«

Karstils Herz klopfte wie wild, die Handflächen troffen vor Schweiß.

»Conquest Farmer zwei-zwei-sechs, hier spricht Conquest Farmer zwei-zwei.« Das war die Stimme von Freunds Funker. »Bitte bestätigen Sie Feindkontakt. Wir haben nur drei Ziele auf unserem Monitor.«

»Hier spricht zwei-zwei-sechs. Ich wiederhole. Drei Horatius-Panzer, sechs Transporter, drei Gruppen.« Wo steckte Freund? Warum saß er nicht am Funkgerät?

»Hier spricht zwei-zwei. Letzteres negativ. Unser Bildschirm zeigt immer noch drei Ziele. Prüfen Sie Ihre Daten und melden Sie sich noch einmal bei mir.«

»Bei dir und dem Gaul, auf dem du in die Stadt kamst«, knurrte Karstil. »Hier spricht zwei-zwei-sechs. Sie haben meine Daten. Arbeiten Sie damit.«

»Ziele identifiziert. Zwei Lupis-Transporter. Entfernung: zwölfhundert Meter. Zwölfhundert Strich. Geschwindigkeit: hundert. Ziele nähern sich. Keine Erfassung mög … Erfaßt.« Karstil trat auf das Pedal des Ziellasers und feuerte Sekunden später die beiden TVLGs vom oberen Aufbau. Er wartete nicht ab, ob der ballistische Computer mitteilte, ob er getroffen hatte oder nicht. Auf 1200 Meter hatte er eine 50prozentige Chance zu markieren. Hatte er keinen Erfolg gehabt, blieb den Geschossen die gleiche Chance. Der Liberator bebte, als die beiden Gausskanonen gleichzeitig feuerten. Das Dröhnen der Kanonen wurde vom schrillen Heulen des schweren Lasers untermalt. Der ganze Waldrand wurde in helles Licht getaucht, als die Geschosse des Liberators einschlugen. Karstils Panzer zog sich vom Rand des Hügels zurück.

Die TOG-Truppen hatten gewußt, wo sich der Zug befand, hatten wahrscheinlich schon die vorherige Truppe Stellung nehmen sehen. Sie hatten darauf gezählt, den Zug zu überwältigen, indem sie ihm mehr Ziele anboten, als ihm Waffensysteme zur Verfügung standen. Und sie hatten recht gehabt. Bei neun möglichen Zielen, von denen jedes wenigstens einen schweren Treffer verkraften konnte, würden sie die Stellung überschwemmt haben, bevor die Verteidiger handeln konnten.

Als Karstils Liberator zurücksetzte, um der Infanterie mit den TVLGs auszuweichen, die im Wald lauerten, warfen sich die neun Fahrzeuge, die allesamt von Treffern gezeichnet, aber dennoch einsatzbereit waren, über die Stellung. Selbst bei dem Brüllen der Gravantriebe und dem Donnern der Waffen war das unverkennbare ›Pop‹ zu hören, das anzeigte, daß die Transporter weitere Infanterie aussetzten. Die Lupis hatten sich nicht die Mühe gemacht, ihre Waffen einzusetzen; sollten die Liberatoren sich mit der Infanterie auseinandersetzen.

»Conquest Farmer. Conquest Farmer. Hier spricht Conquest Farmer zwei-zwei-sechs. Sind von Infanterie und Panzern überrollt worden.« Es war Karstil völlig gleichgültig, wer ihn hörte. Sollte doch die ganze Zenturie hören, was los war.

»Drehen Sie ihn um, Spint. Sie kommen wieder.« Der Panzer warf sich herum, als Spint volle Kraft voraus auf ein Leitwerk einsetzte und volle Kraft zurück auf das andere. Er wurde gegen die Seite geschleudert. Das Datendisplay wimmelte nur so von roten Quadraten und Dreiecken. Wieder trat er auf das Ziellaserpedal, in der Hoffnung, daß der Computer das richtige Ziel gewählt hatte.

»Ziel identifiziert. Lupis-Transporter. Entfernung: achthundert Meter. Zwölfhundert Strich. Geschwindigkeit: siebenundneunzig. Ziel markiert.«

Das, dachte Karstil, war nicht das gewünschte Ziel. Er hatte versucht, die Lupis-Transporter auszuschalten, bevor sie die Infanterie absetzten. Ohne Erfolg. Jetzt war die Infanterie da, und die wahre Gefahr stellten die Horatius-Panzer dar. Aber der Computer, dem gesagt worden war, die Panzer zu ignorieren, schoß noch immer auf die Transporter. Die Waffen des Turms feuerten noch einmal. Irgendwo im Hintergrund, in der Dunkelheit, trafen sie die Seite eines Lupis-Transporters. Der Lupis war ein gepanzerter Mannschaftstransporter, aber nur ein wenig besser geschützt als die Viper der Rebellen. Er war nicht dazu gedacht, schweren Panzergeschossen zu widerstehen. Karstil sah den Lupis aufglühen; die Umrisse wurden mit Flammen an den dunklen Himmel gemalt. Es erfolgte keine Explosion, aber der Transporter war beschädigt. Er sah die nachglühenden, geschmolzenen Tropfen zu Boden fallen.

»Wuup, wuup, wuup, wiiiiii!« Die Alarmsirene schrillte ihm ins Ohr. Man konnte nicht feststellen, ob ein Panzer, ein Transporter oder eine der Infanteriegruppen der Gegner war, aber der Liberator war unzweifelhaft markiert worden. »Oh, Gott, für alles, was wir erhalten ...«

»Ziel identifiziert. Horatius-Panzer. Entfernung: sechshundert Meter. Dreizehnhundertvierzig Strich. Geschwindigkeit: einhundert. Erfaßt.« Karstil fiel auf, daß er das Ziellaserpedal die ganze Zeit über getreten hatte, sogar als Podandos nach einem Panzer und nicht nach einem Transporter gesucht hatte. Der Turm zitterte, als die Waffen feuerten, und Karstil wartete darauf, daß auch die TVLGs eingesetzt wurden. Dann fiel ihm ein, daß er diese Geschosse übernommen hatte, und feuerte. Die Vorderseite des Panzers wurde in gleißendes Licht gehüllt, als die Geschosse dem Ziel zuflogen.

Wie zur Antwort darauf wurde der Liberator von Explosionen geschüttelt, als zwei TVLGs das Vulcan III-Abwehrsystem durchdrangen und einschlugen. Weitere Treffer von mindestens einer 150-mm-Kanone, einer 50-mm-Kanone und verschiedener Laser rissen die Seite auf. Der Panzer bäumte sich auf, als der größte Teil der sieben Tonnen Panzerung, die die Seite des Liberators schützten, abgerissen wurden oder sich auflösten. Dichter Rauch füllte das Kampfdeck, als die keramische Panzerung unter dem gleißenden Licht der 3/6-Laser verglühte. Das Datendisplay flackerte, verdunkelte sich und leuchtete dann wieder auf, als die Notaggregate die Arbeit aufnahmen. Noch immer schrillte der Laseralarm.

Ein Horatius-Panzer flog dröhnend über die Bäume, um nicht irgendwelche Hindernisse am Boden zu rammen. Dahinter erfolgte eine Explosion, die riesige Erdbrocken durch die Luft schleuderte. Podandos wartete nicht, bis das Ziel markiert war, sondern feuerte alle zur Verfügung stehenden Waffen auf den Bauch des Panzers ab. Warum nicht? dachte er. Warum sollen wir mit unseren TVLGs sterben? Zwei weitere suchten sich ihr Ziel.

Auf weniger als 200 Meter war auch ein nicht markiertes Ziel ein beinahe sicherer Treffer, und wenn dieses Ziel dann noch den Bauch präsentiert, schreit es geradezu danach. Natürlich konnten sie nicht alle Treffer hintereinander landen, aber selbst eine 50-mm-Salve würde einen dünnen Boden beschädigen. Die ganze Unterseite des Panzers glühte rot auf, Gravspiralen und Panzerung flogen durch die Luft. Karstil machte sich nicht die Mühe, weiter hinzusehen; der Panzer war für eine Weile außer Gefecht gesetzt. Wenn er nicht beim Landen zerstört wurde, konnte man sich später um ihn kümmern.

Im Glutschein des Horatius erblickte er eine Infanteriegruppe, die sich durch das Unterholz schlug. Ringsumher war jetzt genügend Licht, um ein Stück weit zu sehen, denn viele Panzer brannten, und auch die Waffen spien Feuer. Die Infanterie trug TVLG-Röhren, und Karstil wünschte, er hätte einen AP-Laser. Eine 50-mm-Kanone war gar nichts wert, wenn man es mit Infanterie zu tun hatte. Wenn sie traf, tötete sie, aber meistens nur einen Mann pro Schuß. Dann fiel ihm auf, daß er nicht im Inneren des Turms saß und ungeschützt war.

Die linke Turmseite wurde von einem neuen TVLG-Treffer geschüttelt; die ganze keramische Rüstung erglühte. Das tat weh, dachte er. Dieses Ding ist so heiß, daß ich nicht mal meine Hand darauf legen kann. Er sah nach rechts. Ein Mann kletterte auf seinen Geschützturm. Was will denn der? dachte Karstil. Dann wußte er es. Der Mann trug eine Sprengladung bei sich. So, wie er die Ladung nach oben zerrte, mußte sie mindestens 25 Kilogramm wiegen. Wenn er die ansetzt, dachte Karstil, bin ich tot.

»Runter von meinem Panzer!« brüllte er. Er beugte sich unter dem Rohr der 150-mm-Kanone vor und versetzte dem Mann einen Stoß. Der TOG-Soldat, überrascht durch den Ruf und den Stoß, blickte auf. Er verlor den Halt auf dem schrägen Untergrund, taumelte nach hinten und drückte im Fall die Sprengladung gegen die Brust. Anscheinend war sie nicht mehr gesichert gewesen, denn sie explodierte, als er den Boden berührte. Der Soldat wurde in grelles Licht gehüllt. Langsam löste sich der Körper auf, das Licht fraß sich ins Innere des Mannes. Dann war er verschwunden. Die Vorderseite des Liberators erhielt mehrere Treffer. Eine starke Salve, vermutlich ein 50-mm-APDS, schlug frontal in eine der leeren TVLG-Röhren ein, die Metallhülle und Feuerschienen wirbelten in die Dunkelheit hinaus. Der rechte Sponson öffnete sich wie eine Blume unter einer 150-mm-HEAP-Salve, und der linke

Sponson, der mehr durch Einbildung als durch etwas anderes zusammengehalten wurde, schluckte zwei TVLG-Geschosse. Rauch drang durch die Luken, und man hörte die Männer unten im Kampfdeck husten. Irgendwo in den Tiefen des Panzers entdeckte Karstil eine kleine Flamme. Das Feuerlöschsystem erwachte heulend zum Leben, und die schweren Gase erstickten die Flammen im Handumdrehen. Der Rauch verdichtete sich.

Der ballistische Computer am Kommandopult flackerte wieder. Er erlosch, leuchtete auf und erlosch wieder. Das Feuer ohne Computer zu steuern war, als laufe man blindlings in ein offenes Messer.

»Conquest Farmer zwei-zwei-sechs, hier spricht Conga Whiplash eins-drei-sechs. Was haben Sie für ein Problem?«

Karstil erkannte weder die Stimme noch das Rufzeichen. Es konnte sonstwer sein, sogar eine TOG-Verstärkung. »Unbekannte Station, hier spricht Farmer zwei-zwei-sechs. Ich bin von TOG-Panzern und -Infanterie umzingelt. Wonach, zum Teufel, sieht es denn sonst aus?«

»Verstanden, Farmer zwei-zwei-sechs. Kein Grund, so empfindlich zu sein. Die Kavallerie sollte nie eingreifen, bevor die Lage kritisch wird, sonst fehlt jede Spannung.«

Karstil hörte sie kommen. Das Dröhnen eines 2500er Gravpanzers hat etwas an sich, das es eindeutig von allen anderen Panzern unterscheidet. Karstil hörte, wie die schweren Antriebe arbeiteten, um die gepanzerten Monstren voranzubringen. Im Schein eines brennenden Panzers erblickte er einen Bug, der eigentlich wie eine dreizackige Gabel aussah. O je, wie häßlich, dachte er – ein Gedanke, der Sekunden später erstickt wurde, als er den riesigen Umriß eines schweren Deliverers erkannte. Die 200-mm-Hauptwaffe, die tief angesetzt im mittleren Teil des Rumpfes steckte, stieß einen riesigen, sich ausbreitenden blauen Ball aus ionisiertem Gas aus, als das Projektil aus der Mündung schoß.

Die 200-mm-Kanone feuerte ein Projektil ab, das beinahe zweimal so schwer war wie das der 150-mm-Waffe. Wenn das 150-mm-Geschoß vorüberfliegt, ertönt ein deutliches ›Krack‹, aber das 200-mm-Geschoß läßt die Luft erzittern. Karstil hörte, wie das Geschoß dicht über ihn hinwegflog, und er duckte sich in den Turm. Irgendwo hinter ihm erbebte der Boden unter einer Explosion, gefolgt von vielfältigem Metallgeklapper, als sei das Ziel unter dem Aufprall in sämtliche Bestandteile zersplittert. Auch die Buglaser spien Feuer, aber er konnte sie nicht sehen, außer wenn das Licht durch die Rauchwolken drang, die über dem Schlachtfeld lagen.

Hinter dem Deliverer erschien ein mittlerer Spartius, und Karstil beobachtete, wie die Rebelleninfanterie hinten vom Fahrzeug sprang. Kleinere, heftige Feuergefechte brachen im hinteren Bereich des Hügels aus, als die Rebellen die TOG-Fußsoldaten jagten. Langsam ratterte ein zweiter Deliverer vorbei, der seine Hauptwaffe hin und her schwenkte, als wolle er sich einen Weg für seinen massiven Rumpf bahnen. Die Kämpfe zogen sich den Abhang hinunter, denn die TOG-Leute suchten im Wald Deckung, und die Rebelleninfanterie war nicht gewillt, sie entkommen zu lassen.

Ein Deliverer setzte sanft neben dem zerschlagenen Wrack auf, das einmal Karstils Liberator gewesen war. Der Kommandant winkte Karstil fröhlich zu, der viel zu entsetzt war, um zu reagieren. Der Panzer war riesig. Die 50-mm-Kanone, eigentlich keine kleine Waffe, wirkte neben dem Geschützturm winzig. Und der Rumpf schien kein Ende zu nehmen. Der Kommandant des Deliverers klopfte gegen seinen Helm, um zu fragen, ob Karstils Funkgerät defekt sei.

»Conquest Farmer zwei-zwei-sechs, hier spricht

Conga Whiplash eins-drei-sechs. Dieser Worin-auch-immer-Sie-sitzen sieht ein wenig angekratzt aus. Anscheinend haben wir unser Eingreifen in Ihren kleinen Zank ganz gut abgepaßt.«

Karstils Liberator setzte auf. Der Rauch im Kampfdeck ließ ein wenig nach, und er sah, wie sich Podandos erhob, die Hände noch immer an den Feuerhebeln. Spint war noch unsichtbar. »Wer sind Sie, Whiplash?«

»Ts, ts, ts, mein Junge. Erkennen Sie etwa das Rufzeichen und den vielgerühmten Elan Ihrer eigenen Primus-Kohorte nicht? Das ist das Schlimme bei euch mittelschweren Burschen. Ihr habt keine Ahnung, was ein echter Panzer und wirkliche Panzercrews alles erreichen können.«

31

Alsatia, Caralis
Commonwealth
6. Januar 6831

»Oberoptio Greerson Kane, zu Ihrer Verfügung«, verkündete der Zugführer der Deliverer-Panzer, nachdem er ausgestiegen war. »Ich betone die Bezeichnung ›Ober-‹, denn soviel ich weiß, bin ich der dienstälteste Optio dieser ›provisorischen‹ Legion. Aber man sagt«, fuhr er fort, »daß es mit der Bezeichnung der ranghöheren Optios so ist wie mit der Jungfräulichkeit bei den Prostituierten: sie existiert nicht. Aber da ich bald Zenturio werde, mit allen Privilegien, die zu einem so hohen Rang gehören, denke ich, daß ich meine Position klarstellen sollte. So könnt ihr jungen Kerle, die ihr noch nach Ruhm und Aufstieg innerhalb der Rebellenlegion strebt, mir den Respekt erweisen, der mir in Kürze gebührt.«

Der grinsende junge Optio nahm den Kampfhelm ab und kletterte auf Karstils Liberator. Die Morgensonne verfing sich in dem blonden Haarschopf, der vom Helm völlig zerzaust war. Kane spuckte auf die Finger und fuhr sich durch das Haar. Sofort glättete es sich. Er steckte den Helm unter den linken Arm, setzte sich halb auf die 150-mm-Kanone und streckte Karstil die rechte Hand entgegen.

»Freut mich, Sie kennenzulernen«, sagte Karstil und reichte ihm die Hand. »Karstil, Roglund Karstil.«

»Sie scheinen eine heiße Nacht hinter sich zu haben.« Von seinem luftigen Posten aus überblickte Greerson den hinteren Bereich des Abhangs. »Unsere

TOG-Freunde leiden offensichtlich unter einer echten Darmverstopfung wegen dem Stück Land hier.«

Auch Karstil blickte sich um. Die Überbleibsel eines Horatius-Panzers lagen überall verteilt herum. Wahrscheinlich handelte es sich um den Panzer, der während der Schlacht über sie hinweggeflogen war. Aus einem nicht identifizierbaren Wrackteil loderten immer wieder hochschießende Flammen, deren Zungen in einer dichten grauen Rauchwolke verschwanden. Eine Infanterietür, die von der Seite eines Transporters abgerissen worden war, lag verloren und vergessen auf dem verbrannten Boden, ihr Besitzer war fort und würde sicher nicht zurückkommen. Alle Arten von Trümmern bedeckten den Boden. Minenbehälter, TVLG-Röhren, Helme, Rucksäcke, Geschoßhülsen und Panzerungsteile waren zu erkennen. Andere Teile wirkten völlig fremd.

Hinter sich hörte Karstil, wie die beiden anderen Luken des Liberators geöffnet wurden, als Duncan und Quentain herauskamen. Zum Glück lebten beide noch. Das erinnerte ihn an die beiden anderen Panzer seines Zuges, die er in der Aufregung der Schlacht völlig vergessen hatte. Er blickte nach rechts und links und erhob sich aus der Luke, um besser sehen zu können. »Ah«, meinte Greerson. »Der Kellerbewohner entsteigt dem tapferen Panzer. Sie möchten sicher etwas über Ihre ebenso heldenhaften Freunde erfahren.« Kane beugte sich hinab und zog Karstil nach oben, damit er auf dem Turm stehen konnte. »Da kommen sie.«

Beide Liberatoren, die anscheinend von Deliverern abgelöst worden waren, näherten sich seinem Panzer. Ein schneller Blick zeigte Karstil, daß sein Zug wieder einmal außer Gefecht gesetzt worden war. Diese Panzer würden nur noch im Notfall eine Schlacht sehen.

Mullins, der von links kam, ritt auf einem 200-Tonnen-Wrack. Die TVLG-Ständer waren leer und zerschmettert; ein Loch gähnte im Bug, genau unter dem Aufbau. Die 150-mm-Kanone war komplett abgerissen worden, die spitz zulaufende Mündungsbremse konnte auch nur noch als Schrott bezeichnet werden. Auch der Aufbau der Vulcan III-Abwehr war nicht mehr vorhanden, im Feindfeuer zerschmolzen, das wahrscheinlich aus unzähligen Lasern gekommen war. Die Überbleibsel waren an den Rumpf geschweißt worden und hatten den Turm auf 5600 Strich festgesetzt. Der Ziellaser war noch an seinem Platz, aber das war alles. Mullins saß oben auf der Luke, mit verschränkten Beinen, den Helm zwischen den Knien. Er sah böse aus.

Nummer drei, mit Farwell in der Kommandoluke, zerrte etwas hinter sich her. Eine Gravspule, die noch am beschädigten Rumpf des Panzers hing, holperte über den Boden. Karstil hörte das hohe Geheul der Gravantriebe, die auf volle Kraft gestellt waren, um den Liberator voranzutreiben. Noch immer stieg von den hinteren Seitenteilen Rauch auf.

Doch es gab nicht nur Schäden am Rumpf; auch der Turm wies nur noch eine rechte Seite und die 150-mm-Kanone auf. Die linke Seite des Turms war völlig zerfetzt, und man sah nur noch die keramische Panzerung, wo die Titanplatten weggeblasen worden waren. Auch dort zeigten sich unzählige Risse und Krater – anscheinend ein SMLM-Treffer eines der Lupis-Träger. Farwell setzte den Panzer in zehn Metern Entfernung auf, Mullins hielt direkt dahinter. Beide Panzerkommandanten kletterten auf den Boden und schritten erschöpft auf Karstil und Greerson zu. Die Offiziere warteten, während die Sergeanten Bericht erstatteten.

»Umbartis, William«, sagte Farwell. »Richtschütze in Panzer Nummer drei, leichte Verletzungen im Gesicht und an den Händen. Lazarett nicht nötig. Kloun, Graff; Fahrer von Panzer Nummer drei, Schock und Gehirnerschütterung. Braucht Ruhe. Empfehle Lazarett.

Steuerung und Antriebe von Panzer Nummer drei beschädigt. Nicht mehr einsatzbereit.«

Karstil nickte. Sein eigener Panzer war zerstört, zwei Soldaten verwundet. Er wandte sich Mullins zu. Die Gesichtsmuskeln des Sergeanten waren angespannt, die Zähne zusammengebissen, die Lippen nur noch eine dünne Linie.

»Grouse, Franklin«, stieß er hervor. »Grouse, Franklin, Richtschütze von Panzer Nummer zwei, tot.« Die Augen starrten in Karstils Augen. Weder Ärger noch ein Vorwurf waren darin zu lesen, es war nur der 1000-Kilometer-Blick eines Mannes, der den brutalen Tod aus nächster Nähe gesehen hat. »Abul, Sedgwick, Fahrer von Panzer Nummer zwei, rechte Hand verzerrt. Kein Lazarett notwendig. Panzer Nummer zwei, alle Waffensysteme zerstört. Nicht mehr einsatzbereit.«

»Ein bißchen verbeult, würde ich sagen«, bemerkte Greerson. »Sie selbst sehen auch nicht allzu gut aus. Sie haben da eine häßliche Wunde am linken Arm.«

Zum ersten Mal fiel Karstil auf, daß sein linker Arm und die Schulter von pochendem Schmerz erfüllt waren. Er blickte nach unten. Der Kampfoverall war von der Schulter bis zum Ellenbogen weggebrannt worden, darunter lag blasenbedeckte Haut. Eine glänzende, klebrige Flüssigkeit lief heraus. Er stellte fest, daß es sich um Verbrennungen zweiten Grades handelte, die wahrscheinlich daher stammten, daß er sich gegen die linke Turmseite gelehnt hatte, nachdem die TVLGs die Panzerung zerfetzt hatten. Er schaltete das Funkgerät an; Zeit für den Bericht an die Zenturie. Er öffnete den externen Lautsprecher und verdrehte das Helmmikrofon, damit er es benutzen konnte, ohne den Helm aufzusetzen.

»Conquest Farmer zwei-sechs, hier spricht Conquest Farmer zwei-zwei-sechs. Lagebericht.«

Eine kleine Pause, dann: »Conquest Farmer zwei-zwei-sechs, hier spricht Conquest Farmer zwei-zwei. Senden Sie Lagebericht.«

Freund war immer noch nicht am anderen Ende. »Hier spricht Farmer zwei-zwei-sechs. Lagebericht. Ein Toter. Drei Verwundete.« Er entschied, sich selbst nicht als verwundet zu melden. »Zwei Verwundete benötigen Behandlung. Ein Verwundeter ins Lazarett empfohlen. Drei Panzer beschädigt. Nicht mehr einsatzbereit.«

»Hier spricht Conquest Farmer zwei-sechs.« Endlich. Freund hatte es geschafft, ans Funkgerät zu kommen. »Das ist jetzt das zweite Mal in vierundzwanzig Stunden, daß Sie es geschafft haben, Ihren Zug zu zerstören. Wird das bei Ihnen jetzt zur Gewohnheit?«

Karstil sah zu Greerson Kane hinüber. Der ranghöhere Optio blickte zur Seite, über die rauchenden Wrackteile hinweg. Karstil fühlte Ärger in sich aufsteigen. Jetzt mußte er sich nicht nur mit seinem Zenturio herumschlagen, sondern auch mit einem fremden Optio einer anderen Kohorte. Er wünschte, er hätte nur den Helmfunk eingeschaltet und nicht den externen Lautsprecher. Es war zu spät, noch umzuschalten.

»Ich muß das dem höheren Hauptquartier melden«, fuhr Freund fort. »Sie kommen uns viel teurer zu stehen, als Sie uns überhaupt wert sind. Ihre Zeit als Commonwealth-Offizier hat Ihnen anscheinend nicht genützt.« Karstil sah, wie Kane die Augenbrauen hob – ein lautloser Spott, weil Karstil zu ›denen‹ gehört hatte, bevor er sich der ›richtigen‹ Truppe anschloß. »Es gibt keine Entschuldigung für Sie. Halten Sie sich bereit, auf meinen Befehl hin abzurücken. Hier spricht Conquest Farmer zwei-sechs. Ende der Übertragung. Keine Antwort erwünscht.«

»Liebe Güte«, sagte Kane lächelnd. »Ihr Chef scheint ja irgend etwas quersitzen zu haben. Mir ist klar«, meinte er, »daß Offiziere, besonders junge Offiziere, nichts in dieser Art über ihre Vorgesetzten sagen sollten, aber hin und wieder rutscht einem mal was raus. Gestatten?« Er beugte sich in die Kommandoluke hinunter und stöpselte seinen Helmfunk in den offenen externen Funkkanal.

Karstil war noch immer viel zu entsetzt über die Worte seines Zenturios, um Einwände zu erheben.

»Conquest Farmer zwei-sechs, hier spricht Conga Whiplash eins-drei-sechs.« Greerson Kane warf Karstil ein verschwörerisches Grinsen zu.

»Conga Whiplash eins-drei-sechs, hier spricht Conquest Farmer zwei-sechs.«

»Hier spricht Conga Whiplash eins-drei-sechs. Ich befinde mich bei Conquest Farmer zwei-zwei-sechs. Sein Bericht war völlig zutreffend. Sie sollten dem Jungen zuhören. Er hat eine ziemlich heftige Schlacht hinter sich, und wenn er nicht viel Glück gehabt hätte oder sehr gut gewesen wäre, hätte er sich nicht bei Ihnen melden können. Man müßte Ihnen vorschlagen, wenn man hier was zu sagen hätte, daß Sie selbst herkommen und sich hier mal ein wenig umschauen. Hier spricht Conga Whiplash eins-drei-sechs. Ende der Übertragung. Keine Antwort erwünscht.« Kane beugte sich wieder vor und stöpselte seinen Funk wieder aus.

»Wenn Ihrem Chef etwas quersitzt, und ich will das nicht behauptet haben, dann hat ihm das Feuer gegeben. Es gibt Dinge, die wir ›Ober‹-Optios uns erlauben können.« Er sprang vom Liberator herunter. »Möchten Ihre Leute und Sie mit uns frühstücken? Mein Fahrer hält sich für einen guten Koch.«

Milton Harras dachte über den Zustand der Zenturien seiner Kohorte nach. Die meisten Einheiten waren in schwere Kämpfe verwickelt worden und hatten zum Teil arge Schäden erlitten. Aber im großen und ganzen hatte sich die Kohorte gut gehalten. Er war zufrieden, denn sie hatten die TOG-Offensive zurückgeschlagen. Er blickte auf die Kampfberichte der Zenturie Secundus. Der größte Teil der Zenturie hatte nicht viel zu tun gehabt, aber ihm fiel auf, daß der zweite Panzerzug zum zweiten Mal in ebenso vielen Tagen als ›nicht einsatzbereit‹ gemeldet wurde. Alle drei Panzer waren nun so schwer beschädigt, daß die Zenturie von der Front zurückgezogen werden mußte, bis der Zug neu ausgestattet werden konnte. Der Tote mußte ersetzt werden, aber die Verwundeten mußten beim Zug bleiben. Es gab nicht genügend Ersatzmänner, um die gehfähigen Verletzten auszutauschen.

Der Führer der Zenturie, Cobaro Freund, hatte einen bitterbösen Bericht über den Zugführer geschrieben. Harras kannte Karstil und hatte auch den Bericht des Optio Greerson Kane von Kohorte Primus gelesen. Die beiden Berichte unterschieden sich auffällig. Er öffnete das Kommunikationsprotokoll, das haarklein sämtliche Gespräche zwischen den Zügen, Zenturien und Kohorten aufzeichnete. Der Kommunikationszug der Kohorte überwachte alle Botschaften und nahm sämtliche Gespräche auf. Jeden Tag wurde ein Ausdruck angefertigt, jede Botschaft war mit dem Datum und der Sendezeit versehen. Er überprüfte das Protokoll und wandte sich dann wieder den beiden Berichten zu.

Greerson Kanes Bericht war die lebhafte Schilderung der nächtlichen Geschehnisse, angefüllt mit kraftvollen Worten und farbigen Redewendungen, aber er war leicht zu lesen. Freunds Bericht enthielt einen klagenden Unterton. Zum Schluß schlug er vor, Karstil ablösen zu lassen. Der Bericht des Zenturios mußte mit einem Kommentar, den der Zenturio Maximus hinzufügen konnte, zum Manus-Hauptquartier geschickt werden.

Harras seufzte. Was er nicht gebrauchen konnte, waren persönliche Streitereien an der Front, und genau das schien sich zusammenzubrauen. Immerhin war Freund ein Zenturio, und gute Zenturios waren schwer aufzutreiben. Aber er mußte auch an die anderen Optios denken. Er rieb sich das Gesicht. Dann war da noch der gestrige Bericht des Geheimagenten. Der

Mann erholte sich im Legionshospital von einer 5-mm-Kugel im Rücken. Der Bericht war mündlich überliefert worden; niemals würde es davon Aufzeichnungen geben.

Er beugte sich nach vorn und klammerte den Bericht von Greerson Kane an den von Cobaro Freund. Dann zog er seinen Stift hervor und schrieb unter das Ablösungsgesuch:

»Mein einziger Kommentar zum Betragen des Optios Karstil, Roglund I., 005-997-4242, ist der, der auch schon vor fünftausend Jahren unter ähnlichen Umständen gegeben wurde: Ich kann diesen Mann nicht entbehren. Er kämpft.«

32

Alsatia, Caralis
Commonwealth
6. Januar 6831

Der Schrottplatz war ein deprimierender Anblick. Viele Hektar weit nur zerfetzte Fahrzeuge, verbeulte Türme, defekte Kanonen und verzogene Rüstungen, soweit das Auge reichte. Roglund I. Karstil, Führer des nicht mehr existierenden zweiten Panzerzuges der Zenturie Secundus, wartete mit den anderen sieben Überlebenden der Einheit. Sie waren hier, um drei ›neue‹ Liberatoren abzuholen.

Die Wartungs- und Reparaturteams arbeiteten hart, hoben hier einen Geschützturm vom Rumpf, schnitten dort einen Sponson ab. Die Einzelteile wurden auf riesige Gravfahrzeuge geladen, um zur Zentrale gebracht zu werden, wo man sie zusammenschweißte, um brauchbare Fahrzeuge zu erhalten. Wenn alle nützlichen Teile der Wracks entfernt waren, wurden die Überreste beiseite geworfen, um irgendwann eingestampft zu werden. Daraus entstanden dann nagelneue Panzer und GMTs.

Panzer sind Persönlichkeiten. Jene, die sich nicht mit gepanzerten Fahrzeugen auskennen, mögen annehmen, daß dieser Gedanke recht unsinnig klingt, aber jeder, der eine Zeit mit den Biestern verbracht hat, weiß, daß dies nicht so ist. Ein paar Panzer sind zahm und lenkbar. Andere sind aufsässig. Wieder andere haben Eigenarten, die nicht ausgemerzt werden können, egal, wie lange die Reparaturcrews auch daran arbeiten. Ein paar Panzer ziehen nach links, andere nach rechts. Einige sind kopflastig, andere schleifen immerzu mit dem Bug über den Boden. Ein paar Panzer springen schnell an und sind sofort einsatzbereit. Andere müssen erst langsam aufwachen. Panzer sind so unterschiedlich wie die Menschen, die darin arbeiten.

Panzerbesatzungen gewöhnen sich an ihre Panzer. Manchmal dauert es eine Weile, alle Eigenarten und Tricks zu lernen, aber früher oder später schaffen es die Mannschaften. Dann geht es nur noch darum, die guten Eigenschaften zu nutzen und die schlechten zu meiden, wie bei einem launischen alten Pferd, das einen eigenen Willen hat. Mit der Zeit entwickelt sich ein gewisser Respekt zwischen der Mannschaft und ihrem gepanzerten Roß.

Wenn diese Persönlichkeiten zum Schrottplatz gebracht, ausgeschlachtet und zu einer anderen Maschine zusammengebaut werden, stirbt dieser Charakter nicht. Statt dessen wird er aufgesaugt, zusammen mit den Persönlichkeiten der anderen Teile, und entwickelt eine neue, andere Psyche. Panzer, die direkt aus der Herstellung kommen, haben eine einzige Seele; jene, die vom Schrottplatz kommen, bestehen aus vielen Charakteren. Wenn die Crew Glück hat, sind sie alle freundlich gesinnt und ergeben ein harmonisches Ganzes. Vertragen sich die Charaktere aber nicht, dann wehe der Mannschaft, die dieses Monster erhält. Mullins und Farwell, und ein wenig auch Karstil, verstanden die Probleme, die das Führen eines schizoiden Fahrzeugs mit sich brachte. Sie erwogen die Vorstellung eines Zuges aus Schrottplatzpanzern mit wenig Freude. Der einzige Weg, um festzustellen, ob das zugeteilte Fahrzeug freundlich war, bestand darin, es gründlich auszuprobieren, bevor man es akzeptierte. Glücklicherweise waren sie die einzigen, die heute morgen Liberatoren benötigten. Das bedeutete, daß sie die Panzer ausprobieren konnten, bevor sie ihnen zugeteilt wurden. Vielleicht hatten sie sogar Gelegenheit, die Waffen abzufeuern.

Dixon Quail war überrascht, Karstil wiederzusehen. Erst kürzlich hatte er eine ganze Nacht damit verbracht, Karstils Zug zu reparieren, und hatte nicht erwartet, den Optio zu Fuß, auf der Suche nach drei neuen Panzern, anzutreffen.

»Oh, Mann, Sir, Sie müssen ein bißchen vorsichtiger mit den Panzern umgehen«, lautete sein Kommentar, als er Karstil erblickte. Quail hätte vielleicht noch mehr gesagt, aber die Verbände, die Karstil und die anderen Soldaten trugen, sowie Mullins' böses Gesicht ließen ihn verstummen. Diese Männer sahen aus, als könnten sie sich verteidigen, und jetzt waren sie zu acht. Nicht gerade die Sorte Leute, mit denen Quail sich anlegen wollte.

»Ihr möchtet sicher die neuen Liberatoren sehen, mit denen wir gerade fertig geworden sind. Ich reiche euch an meinen Gehilfen weiter, Mastati Lynwood Sparks. Er ist gerade irgendwo da draußen. Ihr könnt ihn nicht verfehlen; er ist der größte Kerl des Wartungsteams.« Mit diesen Worten winkte er sie zu der Reihe ›neuer‹ Fahrzeuge hinüber, um entweder den Mastati oder die reparierten und überholten Liberatoren zu finden.

Schweigend schritt der Zug zwischen den Vipern, Wolverines und vereinzelten Pedden oder Cincinnatus herum, die ein wenig abseits standen. Frische Farbe verdeckte die Schrammen der Gefechte, und die Rumpfnummern waren übermalt worden, um Platz für die Identifikationsnummer des neuen Besitzers zu schaffen. Karstil hielt bei einer Viper an, die zwei verschiedene Nummern auf dem vorderen Rumpf und eine dritte auf dem Geschützturm trug. Eine der Nummern gehörte zu Harras' Kohorte, und Karstil fragte sich, wer der unglückliche Führer gewesen sein mochte.

Die zwölf überholten Liberatoren standen sich durch

einen schmalen Gang getrennt gegenüber. Es roch stark nach frischer Farbe. Niemand hatte geredet, während sie umhergewandert waren, und nun stand der Zug schweigend am Anfang der Reihen. Aber das änderte sich bald.

Wenngleich das alte Spielzeug sehr geliebt wird, ist es doch aufregend, ein neues auszuwählen, das als Ersatz für das verlorene dienen soll. Spint, Abul und Kloun waren die ersten, die sich von der Gruppe lösten und auf die Liberatoren kletterten, um nach ›ihrem‹ Panzer zu suchen. Es wurde ein Rennen daraus, weil jeder sich bemühte, den besten der Gruppe zu finden und den schlechtesten stehenzulassen. Abul und Kloun untersuchten die Fahrzeuge der Reihe nach und begannen am Anfang. Spint lief ans andere Ende und fing hinten an. Während sie die Panzer begutachteten, ließen sie einander nicht aus den Augen, um feststellen zu können, ob die anderen ein Fahrzeug gefunden hatten, das ihnen gefiel. Schon bald riefen sie sich Bemerkungen zu.

»Hier ist ein richtig mieser.« »Dieser hier wird mich nicht am Steuer haben.« »Nicht schlecht für einen zusammengestückelten.« Die Rufe hallten durch die Reihen.

Quentain Podandos und William Umbartis, die überlebenden Richtschützen, gingen als nächste. Sie hatten die Panzer vom Gang gemustert, insbesondere die 150-mm-Kanone und die leichten Waffen. Nachdem sie die besten Kandidaten herausgesucht hatten, liefen sie die Reihen entlang zum Liberator ihrer Wahl. Bald schon kletterten auch sie wie die Fahrer von einem Panzer zum anderen und riefen jedem, der es hören wollte, ihre Kommentare zu. Die drei Panzerkommandanten sahen zu, wie ihre ›Kinder‹ losrannten.

Karstil konnte es kaum ertragen. Er war genauso aufgeregt wie die Soldaten. Er wollte wieder einen eigenen Panzer.

Die drei Kommandanten warfen sich verstohlene Blicke zu, jeder von ihnen wirkte wie die personifizierte Gleichmütigkeit. Alle wußten, daß die anderen darauf brannten, mit der Auswahl zu beginnen, aber keiner wollte den ersten Schritt tun. Mullins wußte, daß er es aushalten konnte, denn er hatte dies schon so oft erlebt, daß man ihm keine Aufregung mehr anmerkte. Farwell folgte dem Beispiel des älteren Sergeanten. Schließlich ertrug Karstil die Spannung nicht länger. »Ich glaube, ich sehe mir diesen hier mal an«, erklärte er und ging auf den am nächsten stehenden Liberator zu. Die Jagd hatte begonnen.

Während der folgenden 15 Minuten kletterten die Männer auf allen Panzern herum, jeder in Gedanken vertieft, aber dennoch gewillt, den anderen zuzuhören und zu antworten. Sie waren so beschäftigt, daß sie sich nicht um den jungen Soldaten kümmerten, der zwischen den Reihen stand, seine Ausrüstung vor sich auf dem Boden. Niemand sah ihn ankommen. Er war plötzlich da und stand im Staub. Einem Zugmitglied nach dem anderen fiel er auf, sie hielten inne und starrten ihn an.

Hätte man ihn zierlich genannt, wäre das eine Untertreibung gewesen, verhungert hätte besser gepaßt. Der Kopf wurde von einem grashalmdicken Hals gehalten, von dem die Schultern steil abfielen. Die dünnen Arme waren zu lang für den Körper und mündeten in großen, knochigen Händen. Er stand mit nach innen gedrückten Knien und einwärts gerichteten Fußspitzen und sah aus, als würde er gleich zu weinen anfangen.

Karstil sah ihn und wandte sich in der aussichtslosen Hoffnung ab, daß dies nicht der Ersatz für Franklin Grouse war. Bitte, dachte er, bitte mach, daß er nur ein Mitglied des Wartungsteams ist. Als er aber wieder hinschaute, stand der Junge noch immer da, und Mullins ging auf ihn zu.

Lucifer K. Mullins stand vor der Vogelscheuche und

musterte sie von Kopf bis Fuß. Wir werden immer jünger, dachte er. Franklin Grouse war vierundzwanzig gewesen. Dieses Kind sah nicht einen Tag älter als fünfzehn aus. »Was möchtest du, Junge?«

»Triarii Drinkel Yennan meldet sich beim zweiten Panzerzug, Sergeant.« Die Stimme zitterte, als er die Schultern zurückwarf und eine steife und übertriebene Haltung annahm. »Man hat mich Ihrem Zug als Ersatz zugeteilt.«

»Als was wurden Sie ausgebildet, Yennan?«

»Ich bin Küchengehilfe, Sergeant.«

»Küchengehilfe? Was wollen Sie dann bei einem Panzerzug?«

»Ich weiß nicht, Sergeant. Man hat mich gemäß den Bedürfnissen der Rebellenlegion zugeteilt.«

»Wenn man das zum Besten der Rebellenlegion gemacht hat, hätte man Sie zu Hause lassen sollen.«

»Schon in Ordnung, Sergeant«, sagte Karstil, der dazukam. »Können Sie noch etwas, Yennan, außer kochen?«

»Ja, Sir. Ich bin ausgebildeter Fahrer eines Pilus-GMT. Nun, nicht wirklich ausgebildet, Sir. Aber ich habe während des Trainings einmal einen gefahren.«

Karstil wandte sich an Mullins. »Kann ich Sie mal sprechen, Sergeant?«

Mullins drehte sich um und folgte dem Optio von dem Platz weg, wo die anderen Mitglieder des Zuges inzwischen im Kreis um den Ersatz herumstanden.

»Was denken Sie?«

»Jung, Sir. Jung.«

»Wir mußten alle mal anfangen. Jeder Zug kriegt früher oder später einen grünen Jungen.«

»Ja, Sir. Das stimmt. Ein grüner Junge ist in Ordnung, aber nicht in einem Panzer. Bei einem Zug aus neun Männern ist ein grüner Bursche viel. Ich habe nichts gegen grüne Jungs, aber dieses Kind ist nicht mal trocken.«

»Wir haben ihn, und ich glaube kaum, daß wir eine Wahl haben«, sagte Karstil. »Wir können ihn zur Zenturie zurückschicken, aber wir werden keinen anderen bekommen. Wenn wir ihn nicht nehmen, gehen wir mit einem leeren Platz an die Front.«

»Ich weiß, ich weiß.«

»Ich nehme ihn, Sergeant. Sie können Spint als Richtschützen haben oder als Fahrer, wenn Sie Sedgwick befördern wollen.«

»Nein«, sagte Mullins. »Ich nehme ihn.«

»Dafür sind Sie zu wichtig, Sergeant. Ich nehme ihn, und dabei bleibt es.«

»Keine Antwort notwendig, Sir?« Mullins hob die Augenbrauen.

»Ich denke nicht, Sir.« Er sah dem Optio genau in die Augen. »Sie scheinen nicht zu verstehen, Sir, daß Sie der wichtigste Mann des Zuges sind. Sie führen das Ganze. Und Sie können nicht Zeit damit verbringen, ans Gefecht zu denken, und gleichzeitig den Panzer fahren. Wenn Sie Ihr eigener Richtschütze werden, sind Sie ein ziemlich teurer Richtschütze. Nicht bloß, was Ihre Bezahlung angeht, sondern auch den Preis, den der Zug und die Zenturie für diese Entscheidung zahlen müssen. Ich kann Ammendienste bei dem jungen Herrn Yennan leisten. Behalten Sie, was Sie haben. Und dabei, Sir, bleibt es.«

Karstil starrte den Zugsergeanten an. Noch nie hatte er Mullins so reden gehört, und er war nicht sicher, ob er es hinnehmen konnte. Aber was der Mann sagte, war einleuchtend, und er war klug genug, keine Diskussion zu beginnen. »Sie haben gewonnen, Sergeant.« Sie wandten sich wieder der Traube von Soldaten zu, die um den Ersatz gestanden hatte. Jetzt war keine Traube mehr zu sehen; niemand stand dort.

Karstil und Mullins sahen sich verständnislos an. Dann erblickten sie die anderen. Die sechs jungen Männer des Zuges kletterten wieder auf den Panzern herum, bis auf Farwell, der dies für unter seiner Würde hielt. »Anscheinend haben sie ihn akzeptiert«, sagte Mullins.

Und so war es. Alle Männer des Zuges behandelten den mageren Rekruten wie einen jüngeren Bruder. Sie nahmen ihn gemeinsam unter die Fittiche und zeigten ihm, wie er überleben konnte. Es begann auf dem Schrottplatz und ging weiter, nachdem sie ihre Panzer ausgewählt hatten. Während der Auswahl der Panzer hatte niemand zugesehen; die Leute des Wartungsdienstes waren die ganze Zeit über bemerkenswert abwesend gewesen. Es gab sogar Zweifel, ob sie für die Panzer unterschreiben mußten. Schließlich mußten sie es.

Der Zug bewegte sich gerade auf die Tore des Platzes zu, als Dixon Quail sie anhielt.

»Halt, halt, Jungs. Äh, Sir, Sie müssen für die Dinger unterschreiben. Gehen Sie nur in mein Büro. Mastati Sparks wird den Papierkram erledigen. Bringen Sie die Seriennummern der ballistischen Computer mit. Wegen der Maschinen- oder Waffennummern brauchen Sie sich keine Gedanken zu machen.«

Podandos, Yennan (er war nun Richtschütze von Nummer zwei) und Umbartis krochen aus ihren Panzern und gingen mit den Informationen zum Büro hinüber. Dabei schubsten sie sich gegenseitig vor Übermut. Die Fahrer folgten den Richtschützen, und zum Schluß gingen die Kommandanten. Die letzteren grinsten sich an, denn sie waren froh, daß der Zug das bedrückende Gefühl abgeschüttelt hatte, das sie vorher belastet hatte. Sogar Mullins blickte nicht mehr grimmig drein; die Aufgabe, bei Yennan Ammendienste zu versehen, tröstete ihn ein wenig über den Verlust von Grouse hinweg.

Im Büro herrschte Stimmengewirr, als jeder Richtschütze versuchte, seine Angaben als erster loszuwerden. Sparks saß irgendwo hinter den Körpern, die sich in dem kleinen Raum drängten. Karstil konnte kaum den Haarschopf sehen. Er muß ziemlich groß sein, dachte Karstil. Sogar wenn er sitzt, ist er größer als die meisten Männer. Karstil befand sich hinter Sparks und bemerkte, daß der Mann den linken Arm in einer Schlinge trug. »Der hat sich einen Schraubenschlüssel auf den kleinen Finger fallen lassen«, flüsterte Karstil Mullins zu.

»Ja, Sir. Und jetzt muß der größte Kerl der Wartungsmannschaft den Papierkram erledigen. Ich wette, der kleinste benutzt gerade das schwere Stemmeisen.«

Während sie sich allmählich zum Schreibtisch vorarbeiteten, fühlte sich Karstil beunruhigt. Sparks hatte etwas an sich, das Erkennungssignale in seinem Kopf läuten ließ. Wie der Mann am Schreibtisch saß, den Stift wie ein Bär in der Hand hielt. Da war doch etwas. Karstil versuchte, sich zu erinnern, wo er den Kerl schon gesehen hatte. Er ging die Wartungsleute durch, die er in der Schule oder beim Commonwealth getroffen hatte. Nein, da nicht. War es jemand im Ersatztruppenzentrum gewesen? Er bemühte sich, sich an die Männer zu erinnern, die hinter den Tischen gestanden hatten. Nein, keiner von denen.

Es fiel ihm nicht ein. Aber er war sicher, daß er den Mann schon gesehen hatte. Er näherte sich dem Tisch Schritt für Schritt und sah jetzt, daß sich ein dicker Verband von der linken Schulter über den ganzen Rücken bis fast zur Hüfte zog. Der Soldat litt nicht an einem verzerrten Handgelenk. Er erreichte den Tisch. Sparks wandte sich ihm zu und blickte ihn an. Karstil wich zurück und keuchte vor Überraschung.

Er blickte genau in die Augen von Optio Lawrence (»Nennt mich einfach Larry«) Stone, dem großen, bärenähnlichen Geheimdienstoffizier für Psychologische Kriegsführung, mit dem er vor Monaten an Bord des Transporters *Maiestas* Pendulos gespielt hatte. Er öffnete den Mund, um etwas zu sagen, aber es fiel ihm nichts ein. Was machte Stone hier? Und warum nannte er sich Sparks? Und warum war er kein Offizier? Er brachte nur ein ersticktes »Äherach« heraus.

Die anderen drehten sich zu ihm um. »Was ist los, Sir?« fragte Farwell.

»Äherach, äh, ehm, nein. Ja«, stotterte Karstil, und die Männer seines Zuges starrten ihn an. »Es ist nur …«

Dann sah er die Augen von Stone/Sparks warnend aufleuchten – der gleiche brennende Blick, den Durban Collins erhalten hatte, als sie Pendulos spielten. Er schloß den Mund. »Nichts weiter, Männer. Gar nichts. Alles in Ordnung. Bringen wir diesen Papierkram hinter uns und lassen wir dann diese Leute in Ruhe.«

33

Alsatia, Caralis
Commonwealth
6. Januar 6831

Die Zenturie bewegte sich als Teil der Kohortenreserve voran, die wiederum die Manusreserve darstellte. Man mußte dabei nicht besonders viel bedenken, nur den kleinen blauen Vierecken auf dem Datendisplay folgen. Darüber war Karstil froh. Nach allem, was ihm in den letzten Tagen passiert war, brauchte er die Wohltat einer einfachen Fahrt über Land, um nachzudenken. Sein Geschützturm wies nach vorn, um den vorderen Halbkreis zu schützen, während die nachfolgenden Panzer links und rechts wie Heringsgräten aneinandergereiht waren. Farwells Liberator lag 400 Meter hinter ihm, der von Mullins 400 Meter hinter Farwell.

Sie bewegten sich durch offenes, weites Farmland. Große Weizen- und Gerstefelder füllten die weite Landschaft mit ihren dichtstehenden Wäldern aus Stengeln und boten ein abwechslungsreiches Bild. Kleine, schmucke Bauernhäuser mußten entlang der breiten Straße gestanden haben, aber die meisten hatten den Preis des Krieges gezahlt. Die TOG-Truppen hatten diese Gegend eine Zeitlang besetzt gehalten, und die 2567. Legion drängte den Feind auf breiter Front zurück. Die Legion schlug sich außerordentlich gut – besser, als jedermann zu hoffen gewagt hatte.

Es sah nicht so aus, als wären die Bauerngehöfte während der Schlachten abgebrannt. Man sah keine der üblichen Anzeichen eines Kampfes: Krater, brennende Wracks und andere Spuren des Krieges. Diese

Gehöfte waren durch einzelne, gutgezielte Lasertreffer in Brand gesetzt worden. Überall lag totes Vieh herum. Von den Bewohnern erblickten die vorüberziehenden Soldaten keine Spur.

Während sie durch die menschenleere Landschaft zogen, hing Karstil seinen Gedanken nach. Er durchdachte seine Handlungsweise der letzten Woche, untersuchte jede Begebenheit samt seiner Reaktion darauf. Aber zwei Fragen drängten sich immer wieder vor und beharrten auf Antwort. Die erste bezog sich auf die Sabotage an der 50-mm-Kanone und der Steuerung. Die zweite drehte sich um die Gegenwart von Optio Lawrence Stone in der Wartungszenturie der Legion.

Es lag auf der Hand, daß Stone/Sparks in geheimer Mission dort arbeitete. Karstil konnte sich zwei Möglichkeiten vorstellen: Sein Name war Stone, er war Offizier, arbeitete für den Geheimdienst und gab sich als Sparks aus, um auf Caralis eine Mission zu erfüllen. Oder: Sein Name war Sparks, er hatte sich auf der *Maiestas* als Offizier Stone ausgegeben, und er gehörte zur Wartungsmannschaft der Legion.

Die zweite Möglichkeit war unwahrscheinlich. Es gab keinen Grund, warum der Mann sich als Offizier tarnen sollte. Auch hätte er dann Angst gezeigt, als Karstil ihn erkannte. Statt dessen hatten Sparks' Augen ihm eine Warnung, nichts zu sagen, durchgegeben.

Also mußte Stone als Spion auf Caralis arbeiten. Aber für wen? War er hierher befohlen worden? War er hier, um die Legion zu überwachen? Folgte er jemandem? War er wegen der Funde von Mullins und Karstil hier? Es gab zu viele Fragen, als daß Karstil sie hätte beantworten können. Er mußte warten. Aber er durfte und sollte niemandem mehr trauen. Er entschied, daß er sich völlig normal verhalten mußte. Vielleicht wurde er beobachtet. Es konnte einen Spion innerhalb des Zuges geben. Karstil ging die Akten der einzelnen

Zugmitglieder durch; nicht einmal Mullins entging der Prüfung.

Durch eine plötzliche Richtungsänderung wurde er aus seinen Gedanken gerissen. Das schnelle Vorrücken der Manus hatte eine große Lücke auf der rechten Flanke geöffnet. Kohorte Harras hatte den Befehl erhalten, die Lücke zu schließen. Ein schneller Befehl von Harras, und die Kohorte wandte sich 1600 Strich rechts. Die fünf mittleren Zenturien bildeten eine Linie, die leichte Zenturie in der Mitte, und zogen sich über die ganze Vorderseite der Kohorte.

Eine Kohorte, die taktisch aufgefächert vorrückt, erstreckt sich über eine riesige Fläche. Ein Zug mit drei Fahrzeugen bewegt sich in 400-Meter-Intervallen; 800 Meter liegen zwischen diesem und dem nächsten Zug. Daher liegen zwischen der Nase des einen Zuges und der des anderen 1600 Meter. Eine Zenturie besteht aus drei Zügen (4800 Meter) und dem Zenturien-Hauptquartier (1500 Meter). Weil die Entfernung zwischen den Zenturien 2000 Meter beträgt, mißt die Länge vom Kopf einer Zenturie zum Kopf der nächsten Zenturie 8300 Meter. Sechs Zenturien mit Hauptquartieren in einer Reihe ergeben eine Linie von ungefähr 45 Kilometern. Das ist schon ein recht großes Gebiet. Dazu kam die Tatsache, daß die Hauptquartiere nicht genau in der Reihe lagen. Es ging schließlich nicht, daß das Hauptquartier der Kohorte über eine feindliche Einheit stolperte. Das bedeutete, daß die Zenturien, die neben den Hauptquartieren lagen, sich ausdehnen mußten, um diese Lücken zu füllen. Das Ganze war recht schwierig und wurde bei Geschwindigkeiten von 100 Stundenkilometern vollzogen.

Als der Zug die Drehung vollführte und wieder in die Reihe kam, tauschten Karstil und Farwell die Plätze. So geriet Karstil wieder in die Mitte, Farwell nach links und Mullins nach rechts. Der Zug donnerte dahin, wich – wenn möglich – Bäumen aus oder aber erhob sich über die Wipfel. Die Panzercrews liebten diese Art der Fortbewegung. Nichts lag vor ihnen ausgenommen die eigenen Spähtrupps und offenes Gelände. Die Sensoren waren auf große Reichweite gestellt, ihre Tastfinger suchten das 50-Kilometer-Gebiet ab, während man sich mit 100 Kilometern pro Stunde voranbewegte. Die Luft strich über die offenen Luken, die Gravantriebe dröhnten. Das war besser, als zu Fuß zur Arbeit zu gehen.

Sie kamen an einem kleinen Dorf vorbei, oder besser gesagt dem, was von einem kleinen Dorf übrig war und jetzt nur noch aus einer Reihe Kellerlöcher bestand, die wie leere Augenhöhlen nach oben starrten. Wieder gab es keine Anzeichen eines Kampfes, nur die systematische Zerstörung von Zivilistenbesitz.

Nach einer Stunde befanden sie sich auf der Flanke der Manus und füllten die entstandene Lücke. Jetzt fingen die schwierigen Manöver an. Die linke Zenturie hielt Verbindung mit der Manus und richtete ihre Bewegungen nach der rechten Flanke. Die anderen Zenturien hielten Verbindung mit der Zenturie zur linken und versuchten, die ganze Bewegung so auszugleichen, daß sie den Linksdrall überbrücken konnten. Eine gute Theorie, aber sehr schwierig in der Praxis. Die Führer aller Bereiche mußten wissen, was vor sich ging, und sämtliche Bewegungen nachvollziehen können. Das erforderte ein feines Gespür und vorsichtiges Herantasten, damit das System ohne Probleme und Unterbrechungen funktionierte.

Karstil formierte den Zug in einer V-Formation, sein eigener Panzer hinten in der Mitte zwischen den beiden anderen Liberatoren. Die Flankeneinheiten bewegten sich auf einen Waldrand oder eine Schlucht zu und überwachten den Vordergrund. Dann drang Karstil vor, um den weiteren Vormarsch der Flanken zu dekken. Dieses kunstvolle Ballett wurde bei 100 Stundenkilometern vollzogen, und die Panzer schwebten auf der Stelle, wenn sie ihre Position erreicht hatten. Und immer wieder mußte die linke Seite überwacht werden, um sicherzugehen, daß der angrenzende Zug noch da war und die gleiche Richtung eingeschlagen hatte.

Als Karstil eine flache Senke zwischen den anderen Panzern erreicht hatte, sah er die Laserlampen in den Händen von Mullins und Farwell, die einen Feindkontakt auf größte Entfernung signalisierten. Er ging auf Position, und schon flackerten auf dem Datendisplay rote Zeichen auf 50 Kilometer Entfernung auf. »Mandate Saddle zwei-sechs, hier spricht Mandate Saddle zwei-zwei-sechs. Feindkontakt.«

Freund mußte informiert werden. Auf diese Entfernung bestand die Möglichkeit, daß seine Sensoren den Eindringling nicht entdeckt hatten.

»Mandate Saddle zwei-zwei-sechs, hier spricht Mandate Saddle zwei-sechs. Berichten Sie.«

»Saddle zwei-sechs, Feindkontakt, Entfernung 50 Kilometer, 6300 Strich. Ziel bewegt sich auf Achse 550. Geschwindigkeit 12.«

»Zwei-zwei-sechs. Haben keinen Kontakt. Vorrükken und aufklären. Denken Sie daran, daß Salamander Knapsack vor Ihnen liegt. Ende. Mandate Saddle zwei-eins-sechs, folgen Sie Navigationskurs 2400. Nehmen Sie zur Kenntnis, daß zwei-zwei-sechs Feindkontakt hat. Er wird links von Ihnen bleiben. Ende. Saddle zwei-drei-sechs, folgen Sie mir.«

Die Zenturie setzte sich in Bewegung. Karstil würde vorrücken, um weiter aufzuklären, während sich der erste Panzerzug, zwei-eins-sechs, hinten rechts anschloß. Irgendwo hinter und zwischen den beiden befanden sich der Infanteriezug, zwei-drei-sechs, und das Zenturien-Hauptquartier. Weiter vorn bewegten sich die Einheiten der leichten Zenturie, Salamander Knapsack. Freund führte wieder von hinten und überließ den Zugführern die Arbeit. Normalerweise saß ein

Zenturio in einem Panzer des ersten Zuges, um seine Leute von dort aus zu führen. Dadurch verlor der erste Zug einen Panzer an das Hauptquartier, aber das war in Ordnung, denn so befand sich der Zenturio gleich an der Front.

Freund saß zwar in dem Panzer. Entgegen der üblichen Prozedur hatte er den Liberator aber nach hinten zwischen die Hauptquartierfahrzeuge gezogen und sich zusätzlich noch mit der Infanterie umgeben. Das bedeutete, daß der erste Zug mit einem Panzer zuwenig kämpfte und auch keine Infanterieunterstützung bestand. Sehr absonderlich.

Karstil starrte ungläubig auf das Funkgerät. Freund hatte seine Feindmeldung ohne Kommentar hingenommen und die Zenturie in Marsch gesetzt, ohne die Nachrichten auf seinem eigenen Datendisplay bestätigt zu finden. Vielleicht wurde jetzt alles besser.

»Saddle zwei-sechs, hier spricht zwei-zwei-sechs. Verstanden. Rücken vor. Gehen auf 2470 mit eins-fünf-null Kilometern.« Karstil hob und senkte den Arm und wies auf das weit entfernte Ziel. Mullins und Farwell hoben die Hände in Erwiderung.

Karstils Liberator schoß vor, als Spint die Antriebe aufdrehte. Es gab keine Signale über Vektoren oder Geschwindigkeit; alle Panzer hatten ihre Datenübertragung an die der Zenturie angeschlossen. Die Panzer des Zuges würden eine Richtung von 2470 Strich und eine Geschwindigkeit von 150 Kilometern beibehalten. Die Jagd begann.

34

Alsatia, Caralis
Commonwealth
6. Januar 6831

Weitere rote Kreissymbole erschienen auf dem Monitor, als die feindlichen Panzer vorrückten. Das weite, offene Land ging über in niedrige, kahle Hügel; die dazwischenliegenden Täler waren mit Bäumen bewachsen. Die Zenturie näherte sich der hohen Bergkette, die das Ende des fruchtbaren Landstriches anzeigte. Von jetzt an würde es wenig Besiedlung geben.

»Mandate Saddle zwei-zwei-sechs, hier spricht Salamander Knapsack drei-drei-sechs.« Eine der Aufklärungseinheiten hatte ihre Frequenz auf die der Zenturie Secundus geschaltet. »Wir befinden uns eins-null Kilometer vor Ihnen. Übertrage meine Aufklärungsergebnisse an Sie. Schicke Informationen über mein Datendisplay.«

»Verstanden, Knapsack drei-drei-sechs. Erwarte Ihre Informationen.« Karstil drückte den Schalter seines DDP, um Informationen empfangen zu können, die kürzlich von den Sensoren der Wolverines des Spähtrupps aufgenommen worden waren. Diese Trupps hatte man mit Sensoren ausgerüstet, die besser waren als die der Kampfpanzer. Auf dem Monitor erschienen zusätzliche Daten, die eine Reihe von roten Punkten enthielten, die fünf Kilometer vor den entdeckten TOG-Einheiten funkelten. Die roten Punkte markierten aktive Sensoren, die 5000 Meter vor den Linien der Verteidiger angebracht waren.

Obwohl Karstil während der Ausbildung aktive Sensoren gesehen hatte, erlebte er sie jetzt zum ersten Mal im Feld. Laut den Anweisungen auf der Akademie deuteten aktive Sensoren auf eine vorbereitete Verteidigungsstellung hin. Diese Sensoren konnten näher kommende Fahrzeuge identifizieren und sogar markieren, damit sie zu Zielen für indirektes Artilleriefeuer und Thor-Satellitenangriffe wurden. Der Zug würde also unter Beschuß genommen, lange bevor er die gegnerische Front erreicht hatte. Das Monster in seinem Kopf regte sich und griff nach ihm.

»Knapsack drei-drei-sechs, hier spricht Saddle zwei-zwei-sechs. Warten Sie auf mich. Wir werden die Sensorlinie gemeinsam überrennen.«

»Verstanden, zwei-zwei-sechs. Erwarte Ihre Ankunft.« Karstil sah die beiden blauen Quadrate, die den Standort der Wolverines markierten. Sie standen zehn Kilometer vor der Linie der roten Punkte, außerhalb der Sensor- und Markierungsreichweite. Hoffte er jedenfalls. Die Quadrate drehten sich im Kreis.

»Mandate Saddle zwei-sechs, hier spricht Mandate Saddle zwei-zwei-sechs. Lagebericht.«

»Saddle zwei-zwei-sechs, hier Saddle zwei-sechs. Erwarten Bericht.«

»Zwei-zwei-sechs. Aktive feindliche Sensoren entdeckt. Salamander Knapsack schließt sich uns an. Wir versuchen, die Sensoren gemeinsam zu überrennen.«

»Verstanden«, erwiderte die Stimme. »Halten Sie uns auf dem laufenden.«

Die blauen Wolverine-Quadrate lagen nur noch drei Kilometer entfernt. Karstil konnte sie an den Flanken des Zuges entdecken, wo sie im Kreis schwebten, um hinter den Liberatoren aufzuschließen. »Kommen Sie näher«, befahl er über Funk. »Bleiben Sie dicht dran. Wir gehen mit Höchstgeschwindigkeit durch die Sensorzone. Wenn wir durch sind, verteilen wir uns. Ich führe.«

Die flankierenden Panzer antworteten sofort und arbeiteten sich zur Mitte vor. Die Zugformation betrug 200 Meter Breite, als die Wolverines von hinten aufschlossen. Karstil brachte seinen eigenen Panzer nach vorn, und die Linien schlossen sich hinter ihm. Da die Sensoren deutlich auf seinem Datendisplay zu sehen waren, wollte er die Führung übernehmen. Karstil hob den Arm und wartete, daß die anderen Kommandanten antworteten. Sobald die vier nachfolgenden Panzer Bereitschaft meldeten, wies er auf die vor ihm liegende Gegend. »Los, Spint. Bringen Sie ihn auf 200 und halten Sie ihn da. Ich dirigiere Sie.« Der Panzer schoß voran, als Spint den Maximumschub einlegte. Um die Wolverines mußte er sich keine Sorgen machen; im Vergleich zu den Liberatoren hatten sie mehr als genug Schubkraft.

Der beste Weg, durch eine Sensorzone zu brechen, besteht darin, daß der Angreifer direkt über einen Sensor gleitet. Das konstante Näherkommen und die sich schnell verringernde Entfernung können dazu beitragen, daß ein einzelner Sensor verwirrt wird, und die zusätzlichen Daten der Flankensensoren können wiederum einen Computer verwirren. Die meisten Sensorsysteme gehen davon aus, daß ein Ziel von zwei Sensoren erfaßt und eingeordnet wird. Eine dritte Sensorenquelle bringt das Ganze eher durcheinander, als daß sie die Information der ersten beiden bestätigt. Karstil hoffte, daß diese Theorien zutrafen. Er benutzte die Lösung aus der Vorschrift, um ein Problem aus der Vorschrift zu bewältigen.

Dann blickte er nach hinten aus der Luke heraus, um die anderen Panzer zu sehen. Sie folgten ihm in einer unregelmäßigen Linie, die Geschütztürme waren in Fischgrätenformation nach rechts und links gerichtet. Zuletzt kamen die beiden Wolverines; der letzte Panzer hatte den Turm nach hinten gedreht. Die Männer wußten, was sie taten. Zwei Kilometer von der Sensorreihe entfernt heulte der Markierungslaseralarm in

Karstils Turm auf. Er zog sich von der Luke zurück, nur der Kopf schaute noch hinaus.

»Quent. Schauen Sie, ob Sie einen Sensor auf dem Zielcomputer erfassen können. Wenn wir einen finden, können wir ihn vielleicht wegpusten.«

»Suche, Sir. Bisher kein Glück.«

»Schalten Sie auf volle Kraft, kurze Reichweite.«

»Verstanden.«

Karstils Augen glitten über das DDP. Die Sensoren erschienen nur, weil die Wolverines ihm die Informationen übertrugen. Ich hätte die leichten Panzer führen lassen sollen, dachte er. Zu spät. »Quent. Die Fünfziger. Feuer! Nebelmunition!«

»Verstanden.«

»Feuer!«

Die 50-mm-Kanone krachte, die APDS-Salve flog kreischend über das Gebiet und explodierte weit hinter der effektiven Reichweite. Karstil erblickte ›Nebel‹ im Verzeichnis des ballistischen Computers, als Podandos andere Munition anforderte. Die Kanone würde Nebelgranaten laden, bis eine neue Munitionsart angefordert wurde. Kurz darauf feuerte sie wieder, und der Kunstnebel bauschte sich 1200 Meter vor dem Liberator auf. Das Datendisplay wurde hinter der Wolke, die das Gebiet bedeckte, leer. Nur 20 Sekunden später warf sich der Liberator um die Nebelwand herum ins Freie. Der Markierungslaseralarm wechselte von dem schrillen ›Wiii‹ zum üblichen ›Wuup, wuup, wuup‹, dann wieder zum ›Wiii‹, als der Panzer den Nebel hinter sich gelassen hatte. Nicht genug Nebel, dachte Karstil. »Beide Kanonen auf Nebel, Spint. Versuchen Sie, dem Qualm auszuweichen. Nicht hindurchfahren.«

Beide Soldaten bestätigten. Der Turm bebte, als die 150-mm-Waffe die HEAP-Salve abfeuerte. Der einfachste und sicherste Weg, eine Panzerwaffe zu entladen, war der durch die Mündung. Jetzt schossen beide Kanonen. Das Schrillen der Alarmsirene brach ab, heulte noch einmal auf und erstarb. Der Liberator warf sich nach rechts und links, als Spint der ersten Nebelwand auswich und auf die zweite zuhielt.

Karstils Datendisplay verblaßte ein wenig, als die Wolverines die Sensoren in seiner Rauchwolke verloren. Dann erschien ein roter Punkt genau vor dem Panzer, um Sekunden später dahinter aufzuleuchten, als der Liberator über ihn hinwegrauschte. Karstil hieb auf den Auslöser für die Bodensprengladungen. Keine große Chance, aber vielleicht konnte er den Sensor durchschütteln. Die Explosion ließ den Boden erzittern. Er verlor die Spur des Sensors.

»Geschosse nähern sich. Fahrzeug erfaßt.« Die Stimme des Computers, die bis jetzt geschwiegen hatte, sprach in zwei Sätzen Bände. ›Nähern‹ bedeutete, daß indirektes Artilleriefeuer aufgerufen worden war, ›Fahrzeug erfaßt‹ hieß, daß entweder der Panzer im Wirkungsfeld explodierender Minen saß, oder aber, daß er markiert und zum direkten Ziel geworden war. Das Fehlen der Alarmsirene bewies, daß es sich um Flächenfeuer handeln mußte.

»Spint, scharf rechts.« Der Fahrer antwortete nicht, aber aus den Augenwinkeln bemerkte Karstil eine heftige Bewegung. Der Liberator warf sich scharf nach rechts, und der Rumpf geriet gefährlich nah an den Boden. Solche Manöver erforderten ein großes Geschick des Fahrers oder aber großes Glück. Karstil war es egal, was Spint hatte, Geschick oder Glück. Was auch immer es war, es klappte. Der Panzer ging wieder auf Kurs.

Karstil schaute unter das 150-mm-Rohr und sah, daß ihm die anderen Panzer folgten und sich auch nach rechts warfen. Im Hintergrund wurde die Erde von einer gewaltigen Explosion aufgeworfen, als eine Artilleriegranate einschlug. Ein gleißender Ball grellen Lichtes verwandelte die gerade in die Luft geschleuderten Schollen Erde in Glas. Er schluckte heftig. Na wartet, bis ich meine Hände an euch Kanonenschweine legen kann, dachte er. Es wird mir eine echte Freude sein. Die Panzer schwenkten wieder nach links auf den ursprünglichen Kurs zurück.

Die Landschaft raste vorüber. Baumgruppen wurden zu verschwommenen grünen Strichen, in die sich das Gold des trockenen Grases und graue Felsenfarben mischten. Karstil wunderte sich, wie Spint so ruhig im Inneren des Panzers sitzen konnte, der durch das Gelände raste. Spint konnte nichts sehen; er steuerte den Liberator gemäß dem taktischen Display, das er vor sich hatte.

Vor ihnen erstreckte sich ein dichter Wald. Dahinter lag eine breite Schlucht. Spint, der den Liberator einen Meter über dem Boden hielt, steuerte auf die Öffnung zu. Es war sicherer, den Panzer niedrig zu halten, als über die Bäume oder in geringer Höhe zu fliegen. In der Lücke sah Karstil eine Reihe kleiner Explosionen. Das Gras zitterte vom Aufprall. »Luken dicht«, befahl er über Funk, ohne sich die Mühe zu machen, einen Code zu benützen. Er ließ sich in den Turm sinken, und die gepanzerte Lukenabdeckung fiel an ihren Platz.

Die im Inneren herrschende Dunkelheit war überraschend. Das Leuchten des DDP, des Zielcomputermonitors und des Steuerbildschirms zeichnete sich hell im Dämmerlicht, das die Kampfbeleuchtung verströmte, ab. Schatten warfen scharfe Linien über Podandos' Gesicht, der wie eine Erscheinung außerhalb des normalen Lebens wirkte. Das Gesicht war blaßgrün, die Augen reflektierten das Licht des vor ihm liegenden Bildschirms.

Das DDP zeigte an, daß sich die Lücke verkleinerte. Ein rotes Warnsignal blinkte auf, als weitere Salven detonierten. Am unteren Monitorrand erschien die Bemerkung, daß HAFEs abgeschossen wurden. Wir werden hindurchsein, bevor es uns zu voll erwischt, dachte Karstil. Wir müssen schnell sein. Er hörte die Flechetten gegen den Rumpf des Panzers regnen wie Regentropfen, die auf ein Blechdach rieseln. Weitere Daten erschienen auf dem Display: »Gebiet ist vermint.«

»Hoch mit ihm. Gleiten in geringer Höhe.« Minen konnten Fahrzeuge auf normaler oder Baumwipfelhöhe entdecken. Außerdem konnten sie zwischen feindlichen und eigenen Panzern oder GMTs unterscheiden und griffen die Unterbodenpanzerung an. Bei geringer Flughöhe lagen die Ziele außerhalb der Sensorenreichweite. Der Panzer erhob sich, und Karstil wurde in seinen Sitz zurückgedrückt, als die Schwerkraft ihn nach unten zog. Zu beiden Seiten des DDP erschien die Schlucht, verschwand, und sie befanden sich wieder über offenem Land. »Runter. Bringen Sie ihn nach unten.« Die Reaktion erfolgte sofort, und er wurde aus dem Stuhl gerissen, stieß mit dem Helm an die geschlossene Luke und mußte das Gesicht auf die Brust legen.

Er wartete, bis das flaue Gefühl aufhörte, bevor er die Luke öffnete. Licht strömte herein. Er warf einen Blick auf das Datendisplay. Einer der Wolverines war aus der Formation gefallen; das blinkende blaue Licht zeigte an, daß er nicht weiter vorrückte. Er saß inmitten der Bäume rechts von der Schlucht und bewegte sich nicht. Ein kleines Symbol unter dem Licht wies darauf hin, daß die Steuerung beschädigt war. Als Karstil es beobachtete und lautlos wünschte, der Wolverine möge wieder zum Leben erwachen, erschien ein roter Kreis über dem Viereck und darüber die knappe Bemerkung ›GLAD‹. Weg. Einfach so – weg. Wenn die Mannschaft nicht geflohen war, wenn sie versucht hatte, das Fahrzeug zu reparieren, waren sie alle tot. Man würde nicht nach Überlebenden suchen müssen.

Rote Symbole leuchteten auf dem DDP auf. »Ziele identifiziert. Zwei schwere Trajan-Panzer, drei mittlere

Horatius-Panzer, sechs Lupis-Transporter. Transporter sind leer. Zahlreiche Infanterieziele. Entfernung zwei-null-null-null. Entfernung verringert sich.«

Er hatte gefunden, was er suchte. Hier lag eine schwere TOG-Einheit an der Flanke der Legion. Jetzt mußte er sehen, daß er davonkam.

»Umkehren auf drei-zwei-null-null. Höchstgeschwindigkeit!« brüllte er. »Feuer!« Der Liberator warf sich scharf nach links und zwang Karstil gegen die rechte Seite des Turmrandes. Er kämpfte um sein Gleichgewicht, um nicht vom Sitz geworfen zu werden und nicht ins Innere des Turms zu purzeln. Der Turm drehte sich nach rechts, die beiden Kanonen feuerten gleichzeitig. In großer Entfernung explodierten ein paar Salven, und einige der roten Vierecke wurden vom Rauch verdeckt.

»Saddle zwei-sechs, Saddle zwei-zwei-sechs. Zwei schwere Trajan-Panzer, drei mittlere Horatius-Panzer, sechs Lupis-Transporter. Transporter sind leer. Viele Infanterieziele.« Er wiederholte die Nachrichten des ballistischen Computers für Freund, der irgendwo im Hintergrund weilte. »Ziehe mich mit Höchstgeschwindigkeit zurück.«

»Zwei-sechs. Erwarte Ihre Ankunft.«

Jetzt bewegten sie sich rückwärts, wieder auf die Bäume zu; der Geschützturm wies nach hinten. Eine 150-mm-Salve dröhnte über den Panzer, gefolgt von einer 200er. Die Sirene begann ihr eintöniges ›Wuup, wuup, wuup‹, als sich der Panzer erhob, um über die Baumwipfel zu fliegen. Die hinteren Schilde blitzten hell auf, als sie einen schweren Lasertreffer abwehrten. Eine andere Salve fuhr unter dem Panzer hindurch, dann erlitt der linke Sponson einen derben Treffer, der die Luft mit geschmolzenem Titan füllte. Wieder feuerte die Kanone des Liberators, wieder wurde Rauch aufgewirbelt. Karstil schlug auf den Nebelwerfer, und die Mini-Raketen sausten aus den Gehäusen an den

Turmseiten. Sie explodierten nicht weit entfernt, und sofort verstummte der Alarm.

Rechts und hinten sah er die rauchenden Krater von zahlreichen GLAD-Salven. Der überlebende Wolverine umkreiste einen Krater und beschleunigte dann, um den davoneilenden Liberatoren zu folgen. Schließlich wurden sie von einer natürlichen Wolke umschlossen, und Spint verlangsamte das Tempo. Als sie die sichere Wolke verließen, warteten Farwell und Mullins bereits auf ihn. Auf der rechten Seite brach der Wolverine durch den Nebel. »Nach Hause, James«, sagte Karstil in den Lautsprecher. »Und diesmal können Sie die Pferde schonen.«

35

Alsatia, Caralis
Commonwealth
6. Januar 6831

Der schnelle Vorstoß der 2567. Legion hatte eine große Einbuchtung in der Front geschaffen, die 1000 Kilometer breit und 1500 Kilometer tief war. Eine solche Einbuchtung ist gefährlich, sowohl für den Angreifer als auch für den Verteidiger. Für den Verteidiger kann eine Einbuchtung leicht weiter aufbrechen. Wenn das geschieht, reißt die Front ein, der Kontakt zu den feindlichen Reihen geht verloren, und bevor der Verteidiger noch reagieren kann, findet er Angreifer tief hinter seinen eigenen Reihen. In diesem Fall kann der Verteidiger nichts tun, als seine Einheiten schnellstens zurückzuziehen, um seine Front weiter hinten wieder zusammenhängend aufzubauen.

Aber auch die Position des Angreifers ist nicht ohne Risiko. Wenn sich die Einbuchtung vergrößert, wird sie auch immer ein wenig schmaler. In relativ kurzer Zeit kann er von indirektem Artilleriefeuer zerschlagen werden. Dieser Beschuß, selbst wenn er blindlings ausgeführt wird, kann zum Zeitpunkt des Angriffs erheblichen Schaden anrichten. Um das Schmalerwerden des Einbruchbereiches zu verhindern, muß der Angreifer die Eckpunkte der Einbuchtung sichern und nach Möglichkeit ausdehnen. Natürlich versucht der Verteidiger, die Flanken zur Einbuchtung hin zu halten, um von dort aus seinerseits Attacken durchzuführen. Angriffe von den Flanken einer Einbuchtung in diese hinein gehören zu der klassischen Taktik, diesen Boden zu zerstören.

Hierbei ist ein hervorragendes Zeitgefühl gefragt. Der Verteidiger setzt sämtliche Hilfsmittel ein, um die Eckpunkte und Flanken zu halten, während er gleichzeitig versucht, eine Front zu bilden, um angreifen zu können. Setzt er zu viele Verstärkungen an den Eckpunkten ein, kann er sich anderenorts nicht vor katastrophalen Einbrüchen schützen. Versucht er aber, den Angriff mit seinen Hilfsmitteln zurückzuschlagen, hat er nicht genug Material, um die Eckpunkte zu halten und von dort aus selbst anzugreifen.

Der Angreifer muß bei seinem Vorstoß sehr umsichtig vorgehen. Wenn er sehen kann, was vor ihm liegt, nicht aber, was an den Flanken und Eckpunkten geschieht, kann es geschehen, daß ihm feindliche Truppen in den Rücken fallen. Wenn er sich wegen der Flanken und Eckpunkte sorgt, hat er nicht genügend Kraft, um energisch vorzustoßen und einen Durchbruch zu erzwingen.

Dieser Situation sah sich die 2567. (provisorische) Rebellenlegion bei ihrem Angriff auf die TOG-Truppen in Alsatia gegenüber. Ein großer ›Sack‹ war entstanden. Kohorte Harras, die zur rechten Flanke geschickt worden war, um sie gegen TOG-Übergriffe zu schützen, war geradewegs in die Truppenmassierungen der TOG-Einheiten geraten. Jetzt mußte die Entscheidung gefällt werden, ob sie in den Flanken angreifen oder zurückfallen sollten, während der eigentliche Angriff weiter in die Tiefe vorstieß. In jedem Fall bestanden die verfügbaren Truppen aus der Kohorte und ein paar unterstützenden Einheiten. Nach langer Diskussion im Legionshauptquartier wurde die Entscheidung gefällt, daß Kohorte Harras, von Pionier- und Artillerietruppen unterstützt, die TOG-Verteidiger angreifen sollte, um die Flanken an der Einbruchstelle zu übernehmen oder wenigstens den TOG-Angriff zu unterbrechen.

Diese Entscheidungen auf höchster Ebene bedeuteten den Männern an der Front überhaupt nichts. Flankenangriffe, tiefes Vordringen, vorbereitete Attacken – alles das sind Frontalangriffe für den einzelnen Soldaten. Für ihn ist der Feind aktiv und greifbar, bereit, Menschen und Fahrzeuge zu vernichten. Für ihn ist kein Angriff ein Flankenangriff, sondern immer eine Frontalattacke. Ein Geschoßfest. Für die Zenturios und Präfekten mögen die blauen Vierecke die roten an der Flanke oder von hinten erwischen. Für die Bodentruppen geht es um einen Kampf Kopf an Kopf, Mann gegen Mann. Befehle gingen von der Legion zur Manus, von der Manus zur Kohorte, von der Kohorte zur Zenturie: Angreifen und Boden gewinnen.

Karstil fand die Stellungen der Zenturie 25 Kilometer weit von den aktiven Sensoren entfernt vor. Entweder hatte sie sich zurückgezogen, als er vor dem Gegenangriff ausgewichen war, oder sie war zu weit hinten gewesen, um ihn unterstützen zu können. Im Hauptquartier herrschte dicke Luft. Optio Holden Ventis war mit seiner Infanterie beschäftigt, und LaTonta Broast saß allein unter einem Baum. Die ›Bürohengste und Idioten‹ im Hauptquartier schwiegen, als Karstil näher kam, und vermieden, ihm in die Augen zu sehen.

»Na«, sagte Freund, und ein Lächeln erreichte fast die Augen, »wie ist es meinem kämpferischen Zugführer ergangen?« Der Zenturio durchwühlte einen Papierstapel. »Ich sehe, daß es Ihnen gelungen ist, einen Wolverine zu verlieren. Sie sind damit beschäftigt, die Truppe auf einen nicht mehr einsatzfähigen Haufen zu reduzieren, wie?«

Karstil hatte keine solche Begrüßung erwartet. Der Funksprechverkehr hatte angedeutet, daß sich etwas geändert hatte, aber anscheinend war das nicht der Fall. Er warf Sergeant Justine Gortos, der Obersten Sergeantin der Zenturie, einen Blick zu, aber sie wich ihm aus. »Ich traf auf mehr Feinde, als ich bewältigen konnte. Es sieht so aus, als würden sie mit voller Kraft verteidigen.«

»Anscheinend. Ich habe Ihren Bericht an die Kohorte weitergeleitet. Was Sie gesehen haben, schien ihnen zu gefallen. Wir haben Befehl, morgen früh um sechsdreißig anzugreifen. Tertius wird links angreifen, Quartus rechts. Wir bleiben in der Mitte. Wenn es Ihnen nicht zu viele Ungelegenheiten bereitet, möchte ich darum bitten, daß Sie um sechs-null-null startklar sind. Meinen Sie, daß Sie das schaffen?«

Karstil starrte seinen Zenturio an. Natürlich konnte er bereit sein. Jetzt war es 1635. Es blieben ihm knapp 14 Stunden, um den Zug auszurüsten und zu verpflegen. Die Reparatur seines beschädigten Hecks würde höchstens zwei Stunden dauern. Er konnte bereits um 1900 bereit zum Angriff sein. »Ja, Sir. Ich benötige eine Reparatur an meinem Liberator. Ich habe eine 150-mm-Salve ins Heck bekommen.«

»Das hört sich nach einer selbstverschuldeten Beschädigung an, Optio.« Er wandte sich an Gortos, die eifrig einen Stapel Berichte überprüfte. »Was meinen Sie, Gortos? Können wir Instandsetzungsleute abrufen, um den Panzer von Optio Karstil reparieren zu lassen?«

Gortos blickte auf und öffnete den Mund, um zu antworten. »Nun, wir sehen, was wir tun können, Optio«, erwiderte Freund, ohne auf Antwort zu warten. »Sie müssen daran denken, daß die Kohorte und die Zenturie Prioritäten setzen müssen. Wir setzen Sie auf die Liste.« Noch immer lächelte er dieses Lächeln, das fast bis zu den Augen ging. »Vielleicht können Sie Ihre Freunde bei Kohorte Primus dazu überreden, Ihnen das zu geben, was Sie brauchen. Sie scheinen dort ganz dicke Freunde zu haben.«

Karstil sah, wie sich die Züge des Zenturios verhärteten und das Lächeln durch ein etwas hämisches Grinsen ersetzt wurde. Ganz offensichtlich hatte er vom Hauptquartier keine Hilfe mehr zu erwarten. Gortos beobachtete ihn, und Karstil meinte, sie mit den Schultern zucken zu sehen, als sie sich wieder dem Papierkram zuwandte. »Wir werden bereit sein, Sir.«

»Ich bin sicher, Zenturio Maximus Harras wird darüber hoch erfreut sein. Um zwanzig-drei-dreißig findet die Besprechung statt. Versuchen Sie, pünktlich zu sein.« Freund wandte Karstil den Rücken zu. Die Unterredung war beendet.

Karstil war noch immer wütend, als er den Rückweg zum Zug antrat. Mullins hatte ein Lager aufschlagen lassen und die Vorräte vervollständigt. Sonst konnte der Zugsergeant nichts weiter unternehmen. Mullins kannte alle Einzelheiten der Operation, denn der Soldatentelegraf lief auf Hochtouren. Oftmals wußten die einfachen Soldaten, was die Offiziere tun würden, bevor die Offiziere eine Entscheidung gefällt hatten. Es war ein Fall von: »Ich habe einen Freund, der diesen Kerl im Hauptquartier kennt, der es von einem anderen gehört hat, der für so-und-so arbeitet.« Trotz der vielen Umwege und Abweichungen, trotz der vielen Leute, die andere kannten, war das Ergebnis meist erstaunlich treffsicher. Karstil stellte das System nicht in Frage, aber der offensichtliche Mangel an Geheimhaltung verstörte ihn. Er zuckte die Achseln. Weder er noch sonst jemand konnten daran etwas ändern. Außerdem glaubte er nicht, daß das TOG besonders intensiv nachdenken mußte, um zu erraten, was die Kohorte vorhatte.

Bei Einbruch der Dunkelheit war noch immer niemand vom Reparaturteam der Legion erschienen. Vielleicht hatten sie, wie Freund gesagt hatte, genug zu tun. Den ganzen Tag über hatte sich die Legion kämpfend an der Front befunden, und wahrscheinlich gab es viele Panzer, die schlimmer beschädigt worden waren und ihre Zeit beanspruchten. Er ließ den Zug in Mullins' Händen zurück und ging noch einmal zum

Hauptquartier, um an der Zwanzig-drei-dreißig-Besprechung teilzunehmen.

Als er das Kommandeurszelt betrat, war augenscheinlich, daß die Besprechung schon vor längerer Zeit begonnen hatte. Ventis und Broast machten eifrig Notizen, und ein unbekannter Sergeant des Spähtrupps war ebenfalls anwesend. Auf einer Seite stand ein Optio der Pioniere, neben ihm sein Zugsergeant. Ein zweiter Zenturio, der das Abzeichen der Artillerie trug, deutete auf numerierte Kreuze, die auf einer Gebietskarte eingezeichnet waren. Alle drehten sich bei seinem Eintritt um.

»Nett von Ihnen, sich zu uns zu gesellen, Optio Karstil«, sagte Freund und stand mit wütendem Blick auf. »Wir entschlossen uns, die Besprechung ohne Sie anfangen zu lassen. Ein Zwanzig-drei-hundert-Treffen sollte auch um zwanzig-drei-hundert beginnen. Normalerweise warten wir nicht auf einen jungen Offizier, aber bei Ihrem Ruf haben wir fünfzehn Minuten ausgeharrt.«

Karstil errötete. Es war schlimm genug, kritisiert zu werden, aber in Gegenwart anderer war es demütigend. Er war sicher, daß Freund ihm gesagt hatte, das Treffen würde um 2330 beginnen. Er war sogar fünf Minuten zu früh dran und zermarterte sich sein Hirn, ob man etwas darüber gesagt hatte, daß die Besprechung vorverlegt wurde. Egal, was er auch sagen würde, es würde die Situation nur noch verschlimmern.

»Wir haben keine Zeit, noch mal von vorn anzufangen, Optio«, fuhr Freund fort. »Sie müssen einfach mithalten. Ich bin sicher, daß jemand mit Ihrer raschen Auffassungsgabe dabei keine Schwierigkeiten hat.« Ohne ihn noch eines Blickes zu würdigen, setzte sich Freund. Karstil suchte sich einen Platz an der Wand und bemühte sich, zuzuhören.

Der Plan war, soweit er feststellen konnte, einfach zu

verstehen, aber schwierig auszuführen. Es gab zwei Wege, eine ausgebaute Stellung anzugreifen: Panzer vorweg oder Infanterie vorweg. Die Panzer gingen voran, wenn die Stellungssysteme als schwach eingestuft wurden. Dann durchbrachen die Panzer die Reihen, und die Infanterie sammelte die Widerstand leistenden Truppen auf, die übrigblieben. Die Infanterie ging voran, wenn die Stellungssysteme stark waren. Sie stöberte die Verteidiger auf und holte sie aus der Deckung, so daß die Panzer dann die schweren Waffen einsetzen konnten. Die morgige Attacke verlangte, daß die Infanterie voran marschierte.

Ventis wirkte nicht sehr begeistert von der Idee. Kein Infanterieführer konnte sich jemals mit einem Plan anfreunden, der eine Infanterieattacke verlangte. Die Zenturie würde sich hinter der Feuerwalze der Artillerie bewegen, bis sie an die letzte sichere Stelle vor der Sensorreihe gelangte. Dort würde die Infanterie aussteigen und sich zu Fuß weiterbewegen. Die Panzer und Viper-Transporter würden für direkten Feuerschutz sorgen, wenn die Fußsoldaten mehr Schwierigkeiten bekamen, als sie selbst bewältigen konnten. Ein Artilleriespäher würde Ventis begleiten.

Broasts erster Panzerzug sollte die rechte Flanke der vorrückenden Infanterie unterstützen; die Panzer lagen dabei nach rechts gestaffelt, um Kontakt zur Zenturie Quartus zu halten. Karstil sollte mit seinem Zug links bleiben und auch die Fahrzeuge nach links staffeln, um die Fußtruppe zu unterstützen und Kontakt zur Tertius zu halten.

Eine Gruppe zweier mittelschwerer Pionier-Constructoren würde sich in der Mitte der Formation bewegen, zusammen mit dem Hauptquartier der Zenturie. Obwohl die Pioniere Spezialisten waren und daher nicht unter die taktische Befehlshoheit der Zenturie fielen, war es Freunds Aufgabe, ihnen Bereiche zuzuteilen, die sich nach der Empfehlung des Pionier-Optios richteten. Der Optio der Pioniere lehnte mit verschränkten Armen und halb geschlossenen Augen an einem Zeltpfosten. Für ihn gab es nichts zu tun, außer der Erklärung, was ein Constructor tun konnte und was nicht. Danach mußte er nur die Entwicklung des Vormittags abwarten. Seine Leute waren Profis, die gezwungen wurden, mit Amateuren zu arbeiten. Panzertruppen begriffen nichts, was über das bloße Ballern auf Ziele hinausging. Er würde morgen denken und reden.

Der Artillerie-Zenturio, ein nervös wirkender, lispelnder Mann, beendete seinen Teil der Besprechung und verteilte Chips, die den Plan des Deckungsfeuers auf alle DDPs bringen würden. Als er Karstil den Chip reichte, wandte er die Augen ab, da er keinen Offizier ansehen wollte, der unter dem üblichen Niveau lag. Die Befehlsausgabe löste sich auf, die Offiziere verschwanden in der Dunkelheit. Karstil verzögerte seinen Abgang, da er noch mit Freund reden wollte, aber der Zenturio begann sofort ein Gespräch mit den beiden Spezialisten. Egal, wie sehr sich Karstil bemühte, es gelang ihm nicht, Blickkontakt herzustellen. Er verließ das Zelt durch die doppelseitigen schwarzen Zelttüren.

Die Nacht war kühl geworden, die Sterne zeichneten sich hell leuchtend gegen den schwarzen Himmel ab. Es dauerte eine Weile, bis sich Karstils Augen an die Dunkelheit gewöhnten, obwohl das Innere des Zeltes nur von Kampflampen in rotes Licht getaucht gewesen war. Langsam wurde ihm bewußt, daß er nicht allein war. Zwei Männer standen herum und schienen auf ihn zu warten. Er spannte die Muskeln an, als sie näherkamen.

»Schöne Nacht.« Karstil erkannte die Stimme von Holden Ventis. »Tut mir leid, was da drinnen gelaufen ist.«

»Ja.« Das war Broast. »Wirklich blöd.«

Karstil antwortete nicht. Er wußte nicht, ob er ihnen oder sich selbst trauen konnte, wenn er etwas auf die Kritik des Zenturios erwiderte. Da Zurückhaltung oft empfehlenswert ist, entschied er sich, zu schweigen. Schweigend verharrten die drei in der Dunkelheit.

Die beiden anderen Optios traten unruhig hin und her. »Äh … Hm.« Ventis brach das Schweigen. »Das ist morgen mein erstes Mal, wissen Sie.« Es fiel ihm schwer, das Beben der Stimme zu unterdrücken. »Ich bin links, nahe Ihrem Zug. Halten Sie Ausschau nach mir.«

»Ich tue meine Pflicht.« Die Antwort klang scharf, und Karstil wünschte, er hätte einen anderen Tonfall angewandt. Ventis war beunruhigt, hatte Angst vor morgen.

»Sie haben viel mehr Erfahrung als wir beide.«

Broast grunzte zustimmend.

»Ich weiß, daß Sie alles im Griff haben«, fuhr Ventis fort. »Auch wenn Freund es auf Sie abgesehen hat, wissen wir, daß Sie gut sind.«

»Ich werde auf Sie aufpassen«, sagte Karstil mit freundlicher Stimme. Vielleicht waren die beiden nur zwei junge Männer, die zum ersten Mal in gefährliche Kämpfe eintreten würden. Unsicher vor dem endgültigen Test.

»Danke«, erklang es im Chor. »Ich mache mir große Sorgen«, sagte Ventis.

»Völlig unnötig«, beruhigte ihn Karstil. »Es ist nie so schlimm, wie man befürchtet.« Er lächelte im dunklen vor sich hin. Zum ersten Mal fühlte er sich wie ein Veteran, der mit Ersatzleuten sprach. Und diese Männer dienten länger bei den Rebellen als er. Vielleicht wurde er langsam volljährig.

36

Alsatia, Caralis
Commonwealth
7. Januar 6831

Die Viper setzte 400 Meter vor Karstils Kommando-Liberator sanft auf dem Boden auf. Ein kleiner Hügel bot ein wenig Schutz vor Geschossen und Beobachtung, und die Rebelleninfanterie hatte diese Stelle als letzten geschützten und verborgenen Punkt vor der Sensorreihe gewählt. Karstil war verwirrt und besorgt. Der Wolverine des Zenturien-Hauptquartiers hatte die Sensoren nicht wie am vorhergehenden Tag entdeckt. Entweder waren sie entfernt worden oder aber nicht länger aktiv. Gemäß der Redewendung »Es ist besser, den Teufel zu sehen«, wünschte sich Karstil, sie wären sichtbar und nicht verschwunden.

Die Gruppe verteilte sich zu beiden Seiten des Viper, die 5-mm-Waffen im Anschlag. Wie alle Offiziere, hatte auch Karstil eine Infanteriegrundausbildung mitgemacht. Er erinnerte sich an den Adrenalinstoß, der – sogar während des Trainings – den Befehl zum Aussteigen begleitete. Außerdem hörte das Gefühl des Gefangenseins auf. Jeder Mann war auf sich selbst gestellt, sein Überleben hing völlig von den eigenen Fähigkeiten ab. Nicht, daß es so übel gewesen wäre, die ›Geisel‹ einer Viper zu sein. Als Passagier mußte man keine Entscheidungen fällen. Man konnte alles, was draußen vorging, aus den Gedanken ausschließen und sich in andere Welten begeben. Am Boden aber gab es keine Möglichkeit, zu entspannen.

Die Infanterie überquerte den Hügel, ihre Silhouetten zeichneten sich gegen den Himmel ab. Die Viper kroch den Hang hinauf, bis der Geschützturm über die Kuppe ragte. Von dort aus konnte der Transporter die Bewegungen der Gruppe beobachten und die 25-mm-Kanone oder andere Geschosse zur Unterstützung abfeuern. Er würde dort bleiben, bis die Infanterie 600 Meter vorgerückt war, um ihr dann zu folgen, während sie auf ihn wartete. Dann wiederholte sich der Vorgang. Gravinfanterie konnte, anders als normale Fußtruppen, in einer Minute 600 Meter überwinden. Theoretisch konnten sie also 36 Kilometer in der Stunde hinter sich bringen. Die Gravapparate, Miniatur-Gravgeneratoren, ermöglichten diese Fortbewegung. Sie waren nicht stark genug, um die Männer schweben zu lassen, aber sie verringerten die Schwerkraft. Daher konnten die Soldaten mit langen, leichten Schritten vorankommen, die eine Geschwindigkeit von 36 Stundenkilometern erreichten. Das Problem bei den Gravapparaten und der Rüstung lag in der Energiezufuhr. Ein Panzer konnte einen Fusionskern befördern, aber ein Infanterist nicht. Selbst der kleinste Fusionsreaktor samt Marshman-Antrieb wog eine Kilotonne. Eher noch als der Anti-Gravgenerator waren die Energiezufuhr und die Antriebswellen für den größten Teil des Gewichts verantwortlich. Wenn man das Antriebssystem und den Fusionskern wegließ, konnte der Rest von einem Mann getragen werden. Energie wurde durch wiederaufladbare Batterien geliefert. Diese Energiequelle sorgte auch dafür, daß die Waffen der Soldaten funktionstüchtig waren.

Die Batterien waren so stark, daß ein Mann eine Stunde lang bis zu 600 Meter pro Minute zurücklegen konnte, doch dann waren sie verbraucht. Kein Soldat wünschte sich in eine Lage, wo die Energiereserven so tief sanken, denn dann wurde die Bewegung angehalten, und die Waffe konnte nicht mehr abgefeuert werden. Die Sicherheitsgrenze lag üblicherweise bei einer halben Stunde, und die meisten Infanteristen wollten niemals weiter als fünfzehn Minuten vom Transporter entfernt sein. Daher wurde der Vormarsch alle fünfzehn Minuten unterbrochen, und die Soldaten schlossen ihre Generatoren an die äußeren Anschlüsse der Viper an, um die Energie aufzufüllen. Im Gegensatz zu dieser langsamen Fortbewegungsmethode konnte man auch die Infanterie im Transporter sitzen lassen und so vorrücken. Wenn die Soldaten jedoch den GMT einmal verlassen hatten, haßten sie es, wieder hineinzusteigen, nachdem der Feind gefunden war. Die Fußtruppen genossen es so sehr, endlich von der Metallhülle befreit zu sein, daß sie dieses Gefühl nicht gegen die Sicherheit, sich im Inneren des Fahrzeugs Träumen hingeben zu können, eintauschen wollten. Eine weitere Alternative war es, die Infanterie außen aufgesessen mitfahren zu lassen. Oben auf dem Geschützturm und auf dem hinteren Rumpfteil war Platz genug für die Soldaten. Vor dem Turm befand sich ebenfalls ein wenig Raum, aber weder Besatzung noch Infanterie mochten dort jemanden befördern.

Die Zenturie bewegte sich zehn Minuten lang voran, ohne Kontakt oder Anzeichen von TOG-Truppen wahrzunehmen. Es ging einfach zu leicht voran, und Karstil sorgte sich, was geschehen würde, wenn sie den Feind aufstöberten. Auch die Fußtruppen waren beunruhigt. Karstil erkannte es an den verkrampften Bewegungen, die trotz der Gravsprünge sichtbar waren.

»Flicket Market zwei-drei-sechs, hier spricht Flicket Market zwei-sechs.« Freund rief die Infanteriegruppe. »Vormarsch zu langsam. Soldaten aufsitzen lassen und vorrücken.«

Karstil hatte geahnt, daß es nur eine Zeitfrage war, bis der Zenturio einen schnelleren Vormarsch befehlen würde. Er konnte die Gründe verstehen. Die Zenturie war auf eine Schlacht vorbereitet, aber nichts geschah.

Jetzt wollte der Zenturio die Angelegenheit beschleunigen. Er war nicht auf ein langsames Marschieren auf einen abwesenden Feind zu gefaßt gewesen. Karstil sah, wie die Soldaten vor ihm auf die Viper kletterten. Sie fuhren lieber außen mit, als im Inneren zu hocken. Das war zu erwarten gewesen.

Jetzt kamen sie schneller voran. Ohne Fußtruppe, die ihr Tempo verlangsamte, konnten sie mit 70 Stundenkilometern vorrücken. Das war schnell, aber Infanteristen, die mit Gravgeneratoren ausgerüstet waren, konnten auch noch bei größeren Geschwindigkeiten abspringen. Doch war es schnell genug? Da die Soldaten nun nicht mehr am Boden waren, gab es keinen Grund, warum die Panzer zurückbleiben sollten. Karstil gab den anderen ein Zeichen, die Entfernung zwischen den Liberatoren und der Viper zu verringern. Er wollte dem Feind, wenn er feuerte, die Auswahl zwischen dem Liberator und der Infanterie geben.

Ohne Schwierigkeiten passierten sie die hohen Bäume, die Karstil tags zuvor gesehen hatte, ohne ein Anzeichen der TOGs zu erblicken. Das dahinterliegende, unebene Gebiet war menschenleer, und die DDPs des Zuges ließen keine TOG-Einheiten erkennen. Karstil brach der Schweiß unter dem Kampfanzug aus, und seine Handflächen lagen feucht auf dem Lukenrand. Der verbundene linke Arm begann zu jucken, und er wurde allmählich wütend. Gestern hatte er die TOGs hier gefunden und ihre Position an die Zenturie durchgegeben. Er hatte sogar ein Loch im Heck, das bewies, daß sie hier gewesen waren. Und jetzt – nichts. Sogar die TOGs versuchten, ihn lächerlich zu machen.

»Hier spricht Tambourine Mistral drei-drei-sechs. Schicke Ihnen Sensorinformationen.« Der Wolverine-Späher hatte etwas entdeckt und gab die Nachricht an die anderen Mitglieder der Zenturie weiter. Karstil beobachtete sein Datendisplay, auf dem sich rote Punkte abzeichneten, die weit hinter dem Panzer lagen. Die Toggies waren die ganze Zeit über dagewesen, hatten gewartet und beobachtet. Jetzt war die Zenturie zwischen der Sensorreihe und den TOG-Einheiten eingeschlossen.

»An Viper vorbeiziehen«, rief er ins Mikrofon, und der Liberator schoß nach vorn, als Spint beschleunigte. Die anderen Panzer des Zuges folgten beinahe augenblicklich, als sie seine Reaktion begriffen. Nun, dachte Karstil, wenigstens verstehen mich Mullins und Farwell.

»Salven nähern sich. Fahrzeug erfaßt.« Das war zu erwarten gewesen, und der ballistische Computer lieferte nur noch die Bestätigung. Bestimmt HAFE, dachte Karstil. Die Infanterie mußte das auch gedacht haben, denn sie sprang noch vom Transporter, während die Geschosse ringsumher explodierten. Arme, verdammte Fußsoldaten. Auf freiem Feld würden sie von den Flechetten abgeschlachtet werden.

»Spint. Suchen Sie die Männer und parken Sie über ihnen.«

Karstil drehte sich um und winkte Farwell zu, der ihm folgte. Der Sergeant winkte zurück und bestätigte Karstils Zeichen. Der Optio schloß die Luke. Der Liberator schwankte und schwebte dann auf der Stelle. Der letzte Eindruck, den er erhaschen konnte, war der Anblick der Infanterie, die unter seinen Panzer flüchtete. Auf dem DDP sah er, daß Farwell neben ihm lag und ebenfalls angehalten hatte. Dann erfüllte das Krachen der Salven das Kampfdeck, gefolgt von durchdringendem Kreischen, als Hunderte winziger Stahlstifte gegen den Rumpfpanzer prallten.

Das Geräusch verebbte, und Karstil öffnete die Luke, um sich umzusehen. Der Boden rings um den Panzer war von dünnen Rauchschwaden bedeckt, die Grashalme lagen reihenweise geknickt, wo sie von den fliegenden Stahlgeschossen abgemäht worden waren. Soldaten krochen unter den Panzern hervor; einer von ihnen warf Karstil das Daumen-hoch-Zeichen zu. Er erwiderte es und deutete auf die Viper, die hinter ihnen schwebte. Die Männer stürmten durch die Türen ins Innere des GMT, froh, daß sie sich wieder im Titanrumpf befanden.

»Market zwei-zwei-zwei, wenden. Einen Keil bilden. Ich führe. Drei rechts. Wenden. Zwei-drei-drei, hinter mir einreihen.« Der Zug würde einen Keil bilden, mit Karstil vorn in der Mitte. Farwell ging nach rechts, Mullins nach links. Die Infanterie im Inneren der Viper würde Karstil mit dem Transporter folgen. Wenn sich die Soldaten im Inneren des Transporters befanden, bestand kein Grund, warum die Viper führen sollte. Nach einer kurzen Pause, in der die Fahrzeuge ihre Positionen einnahmen, schoß der Zug mit steigender Geschwindigkeit vorwärts.

Das Datendisplay zeigte an, daß die Front der Zenturie in Unordnung geraten war. Die mittlere Viper, in dem Holden Ventis saß, war hinter die anderen gefallen und befand sich fast auf gleicher Höhe mit dem Hauptquartier. Weit rechts lag der erste Panzerzug noch immer gestaffelt hinter seiner Viper und weit vor dem Rest der Zenturie. Entweder waren sie nicht von der Artillerie beschossen worden, oder aber sie hatten keine Notiz davon genommen. Man konnte nicht feststellen, was geschehen war. Karstil sah, daß eines der Constructor-Fahrzeuge zurückgefallen war und an der Reihe der aktiven Sensoren entlangglitt, die auf dem DDP markiert waren. Es benutzte sein Minenzerstörungssystem, um die Sensoren zu vernichten. Der Constructor verfügte über massive Gravimpulse, um die zerbrechlichen Sensoren zu zerschmettern. Der unsichtbare Hammer arbeitete gut, und die kleinen Punkte erloschen nacheinander, als das Pionierfahrzeug über sie hinwegglitt.

Rote Kreise erschienen auf dem DDP und zeigten

die Anwesenheit feindlicher Infanterieeinheiten an. Der ballistische Computer notierte, daß die TOG-Soldaten sich in Gräben und Bunkern aufhielten – schwer von Panzerkanonen zu treffen und zu verletzen waren. Karstil aktivierte den Feuerleitcomputer, und eine Reihe numerierter Kreuze erschien auf dem Monitor.

»Privet Sickle zwei-sechs, hier spricht Flicket Market zwei-zwei-sechs. Feuerauftrag.«

»Hier spricht Privet Sickle zwei-sechs. Feuerauftrag.« Die Artillerie war bereit für die Koordinaten.

»Market zwei-zwei-sechs. Ansammlung vier-drei-drei Navis. Sechshundert dazu, vierhundert links. Infanterie eingegraben. Werden umstellen.«

Die feindliche Infanterie lag noch immer 3000 Meter vor ihnen, und auch bei 70 Stundenkilometern würde es länger als zwei Minuten dauern, sie zu erreichen. Karstil wollte den Aufprall mildern, bevor er in die 1200-Meter-Reichweite ihrer TVLGs geriet. »Sickle zwei-sechs. Auf dem Weg. Warten.« Der Feuerauftrag war von der Artillerie angenommen worden, und die Salve auf dem Weg. Karstil suchte das DDP ab, ob Fahrzeuge zu entdecken waren, die zur Unterstützung der Infanterie dienten. Bis jetzt konnte er nichts sehen. Der Zug und die unterstützende Infanterie fuhren fort, 20 Meter pro Sekunde zurückzulegen. Die Formation hielt an, nur die Viper fiel zurück. Nicht gut.

»Sickle zwei-sechs. Einschlag. Ende.«

Als die Salve traf, blitzte ein gelber Punkt nahe der erfaßten feindlichen Infanterie auf, und der HAFE-Anzeiger bewies, daß die Legions-Artillerie Flechetten benutzt hatte.

»Market zwei-zwei-sechs. Hundert dazu. Zweihundert links. Eine Salve. Feuer nach Resultat«, dirigierte Karstil.

»Sickle zwei-sechs. Eine Salve. Feuer nach Resultat. Auf dem Weg.«

Die Infanterie mußte gewußt haben, daß sie Schläge

bekommen würde. Karstil sah, wie sich die Zielkreise bewegten, um den Salven auszuweichen. Herumlaufende Infanterie war gefährlich, aber wenigstens bestand jetzt die Möglichkeit, sie mit den Kanonen zu bekämpfen. Das DDP zeigte einen weiteren gelben Kreis über der verlassenen Infanteriestellung.

»Sickle zwei-sechs. Feuerauftrag durchgeführt.«

Die ausweichende Infanterie hatte eine Lücke in die Verteidigung der TOG-Reihen gerissen. Sie war in 1000-Meter-Abständen postiert gewesen, damit die TVLG-Wirkungsbereiche sich überschnitten. Da eine feindliche Gruppe aufgestöbert worden war, hatte sich eine Lücke ergeben, die es dem Zug erlaubte, hindurchzustoßen. Die Liberatoren mußten nur näher an eine der Flanken heransteuern, um dem Feuer der feindlichen Gruppe auszuweichen.

»Quent. Auf die flüchtende Gruppe schießen, sobald wir in Reichweite sind. Mal sehen, ob wir sie zerschlagen können, bevor wir zu nahe herankommen. Spint, ein bißchen weiter nach rechts.«

Die 150-mm-Kanone schoß, der blaue Lichtschein breitete sich um die Mündung herum aus. »Wuup, wiiii«, schrillte der Laseralarm. Sie waren noch immer viel zu weit von den Fußsoldaten entfernt, um markiert zu werden. Karstil überprüfte das DDP. Links von ihnen befand sich ein aktives Fahrzeug.

»Ziel identifiziert. Horatius-Panzer. Entfernung zwei-zwei-null-null. Auf fünf-acht-null-null.« Der Turm schwenkte von der Infanterie weg, auf den Panzer zu. Die Zielkreise des ballistischen Computers liefen über den Monitor und konzentrierten sich auf den roten Punkt. Er drückte den Zielmarkierungslaser.

»Ziel identifiziert. Erfaßt.« Die 150-mm-Kanone schoß sofort. Blaues Licht ergoß sich über den Geschützturm, das Kreischen des Lasers folgte dicht dahinter. Rote Punkte, die Treffer anzeigten, erschienen im Kreis.

Noch immer schrillte der Alarm. Der ballistische Computer blieb gelassen und berichtete von der Identifizierung und Erfassung des Ziels. Rechts und links eröffneten Farwell und Mullins das Feuer auf den Horatius. Der Ziellaser arbeitete hervorragend. Auf diese Entfernung mußte eine 10prozentige Erfolgschance bestehen, wenn man die Flimmerschilde des Horatius berücksichtigte. Karstils Kanone und der Laser feuerten noch einmal. Weitere Treffer. Der Horatius war schwer herunterzukriegen. Er wußte, daß er vier Treffer gelandet hatte. Da Mullins und Farwell auf das gleiche Ziel feuerten, hätte es sich längst in einen Feuerball auflösen müssen. Außerdem hätte der Feindpanzer das Feuer erwidern müssen. Die Mannschaft mußte vom ersten Treffer erwischt worden sein, oder aber der Turm und die Rumpfwaffen waren zerstört worden.

»Ziel identifiziert. Horatius-Panzer. Entfernung eins-sechs-null-null. Auf vier-vier-null.« Noch ein Horatius, rechts neben dem ersten. »Quent, Ziele wechseln.« Der Turm schwang nach rechts, der Zielkreis erreichte den neuen Panzer.

»Ziel identifiziert.« Er betätigte den Ziellaser. »Erfaßt.« So machte Schießen Spaß. Kanone und Laser feuerten zusammen. Neue rote Punkte zeigten die Treffer an.

»Market zwei-zwei-sechs, zwei-zwei-zwei. Ziele nur Scheinstellungen! Ich wiederhole, Ziele Scheinstellungen. Nur Transponder.« Mullins' Stimme klang ruhig. Irgendwie hatte er entdeckt, daß die Ziele nur aus Sendern bestanden, die dazu dienten, die Angreifer zu verwirren, und sie ihre Munition vergeuden ließen.

Der ganze Aufwand nur für ein paar Vogelscheuchen!

37

Alsatia, Caralis
Commonwealth
7. Januar 6831

Irgendwo da draußen lagen die echten Panzer, verborgen, wartend. Der Zug hatte sich entfaltet und mit falschen Zielen herumgeschlagen. Kein Wunder, daß die Schüsse so gut getroffen hatten. Die Panzer lagen jetzt vor den Infanteriestellungen und waren zu tief vorgestoßen, um den Plan noch ändern zu können. »Market zwei-sechs, hier spricht Market zwei-zwei-sechs. Viele Zielattrappen«, sagte Karstil.

»Market zwei-sechs, hier spricht Market zwei-eins-sechs. Bestätige Zielattrappen«, meldete sich Broast.

Ventis folgte dichtauf. »Market zwei-sechs, hier spricht Market zwei-drei-sechs. Bestätige Zielattrappen.«

Die drei Züge der zweiten Zenturie stimmten überein. Niemand konnte sagen, wie viele TOG-Verteidiger sich in der Nähe befanden oder wo die Front lag. Inzwischen steckte die gesamte Zenturie tief in feindlichem Gebiet und erfaßte TOG-Panzer, die verschwanden, wenn man sie beschoß.

»Market zwei-sechs«, ließ sich Freund vernehmen. »Panzer vor. Zwei-drei-sechs, suchen und ausgraben. Zwei-eins, wenden. Zwei-zwei, 400 halten.«

Hinter dem Zug setzte eine Viper auf und grub sich in den Boden; die Infanterie schwärmte aus, um die TOG-Legionäre im Nahkampf zu stellen. Die Panzer fuhren weiter, bis sie sich 400 Meter hinter dem Infanteriegefecht befanden. »Zwei-zwei-drei, schließen Sie zu mir auf. Wenden. Zwei-zwei-zwei, Staffelung nach links.« Mullins würde den linken hinteren Teil der Stellung sichern, während Farwell Verbindung mit dem ersten Zug auf der rechten Seite hielt. Karstils Liberator schob sich durch eine Baumgruppe, deren Stämme abknickten, als sie mit dem Rumpf in Berührung kamen. Spint paßte gut auf, daß kein Baum zwischen die Waffen geriet, denn das hätte die dort angebrachten TVLGs beschädigt.

Noch immer wies das DDP falsche Horatius-Panzer aus, einen davon nur 50 Meter von Karstils Liberator entfernt. Er suchte den Boden rechts unter den Bäumen ab, um den Sender zu finden. Dann entdeckte er die kleine, getarnte Kiste, die auf allen Seiten ungefähr einen halben Meter maß und mit Gestrüpp bedeckt war. Da keine Ziele vor ihm lagen, schwang er den Turm nach rechts und schoß mit der 50-mm-Kanone. Der Metallkasten zerbarst unter der APDS-Salve, und der rote Kreis verschwand vom Datendisplay.

Hinter den Panzern hörte Karstil die Vipern mit den SMLMs auf die Bunker einhämmern. So blieben sie außer Reichweite der Infanteriewaffen und hielten den Feind nieder. Die eigene Infanterie umzingelte die Stellungen im Schutz der Panzer und stürmte los, als die letzten Geschosse seitlich explodierten. Die verblüfften TOG-Verteidiger sahen sich unverhofftem Kampf gegenüber, als die Angreifer plötzlich dicht vor ihnen standen und das Feuer eröffneten. Da ihre sich überschneidenden Schußfelder durch das Artilleriefeuer unterbrochen worden war, sahen sich die Verteidiger plötzlich Angriffen von den Flanken und von hinten ausgesetzt. Die TOG-Infanterie kämpfte tapfer, aber ihre Chancen standen schlecht. Karstil hörte, wie die Rebellensoldaten zahlreiche Gefangennahmen meldeten, nachdem eine Stellung nach der anderen gefallen war.

Sogar die nicht angegriffenen Stellungen waren in

Schwierigkeiten. Die Vipern riefen nach Artilleriefeuer auf die letzten Bunker und verurteilten die dort verbliebenen feindlichen Fußsoldaten durch die HELL-Salven zum Tode. Alles lief sehr methodisch ab, brachte aber keinen entscheidenden Vorteil. Die Panzer warteten auf Befehle der Zenturie, während die Gefangenen nach hinten gebracht wurden.

Karstil beobachtete sein DDP und suchte nach Zielen. Die Mittagssonne schien ihm auf den Rücken und ließ Wärme über seine Schultern strömen. Die Augen wurden müde, und er sehnte sich nach Schlaf. Da der Rumpf des Panzers unter der glühenden Sonne immer heißer wurde, mußten sie eigentlich Thermalnetze über die Panzer breiten, wenn sie hierbleiben wollten. Ansonsten würden sie wie Leuchtfeuer glühen, wenn sie jemand mit einem Hitzesensor beobachtete. Noch immer kamen keine Befehle der Zenturie.

Natürlich wußte jeder da draußen, wo sie sich befanden. Sie hatten soviel gefeuert, daß der Feind gewarnt war. Die TOGs schienen auf ein Zeichen zu warten. Er blickte ins Kampfdeck hinunter auf seine Leute. Podandos war vornüber auf den ballistischen Monitor gesunken und atmete tief und gleichmäßig. Spint wirkte aufmerksam, aber Karstil vermutete, daß auch er gegen den Schlaf kämpfte. Karstil wünschte, Freund würde die Infanterie nach vorn schicken, um das Gelände außerhalb der TVLG-Reichweite zu sichern. Das würde die TOG-Infanterie fernhalten und eine ganze Reihe Zielmarkierer stellen, wenn der Angriff stattfand. Alle Infanteriegruppen waren mit Farblasermarkierern ausgerüstet und konnten die Ziele markieren, wenn sie in eine Reichweite von 200 Metern kamen. Dieser Situation hatte er sich schon einmal gegenübergesehen; Panzer allein reichten nicht aus, um eine Verteidigungsstellung zu halten.

Dann meldete sich der Computer. »Unbekanntes Ziel. Entfernung drei-null-null-null-null. Auf null-null-eins-null Strich. Geschwindigkeit vier-zwei-null. Ziel nähert sich.« Endlich. Die TOGs kamen. Bei diesem Tempo würden sie in drei Minuten hier sein. Sie mußten auf Baumwipfelhöhe oder niedriger fliegen, um sich so rasch fortzubewegen.

»Market zwei-sechs, hier spricht zwei-zwei-sechs. Banditen. Äußerste Entfernung. Nähern sich schnell.«

»Zwei-sechs. Verstanden. Haben sie. Artillerie auf dem Weg.«

»Ich habe sie«, meldete sich Podandos über Funk, und Karstil wunderte sich, wie schnell sein Richtschütze wieder wach war. Der Turm drehte sich nach rechts, um die Ziele aufzunehmen.

»Unbekanntes Ziel. Entfernung zwei-zwei-null-null-null. Kurs unverändert. Geschwindigkeit zwei-acht-null. Ziel nähert sich.« Karstil nahm an, daß viele Fahrzeuge im Pulk flogen, so daß der Computer Schwierigkeiten hatte, sie zu trennen. Der Feind verlangsamte das Tempo, wahrscheinlich wollte er auf normale Flughöhe gehen, wenn er in Reichweite gelangte. Der einzelne Kreis teilte sich.

»Ziel identifiziert. Zwei Horatius-Panzer, ein Trajan. Entfernung eins-sechs-null-null-null. Geschwindigkeit zwei-acht-null. Ziel nähert sich.« Die TOGs griffen nur mit Panzern an. Keine kluge Entscheidung, dachte Karstil. Nicht, wenn Freund die eigene Infanterie einsetzte.

»Market zwei-drei-sechs, hier spricht Market zwei-sechs. Rüber zu mir«, befahl Freund. Nein! dachte Karstil. Nicht die Infanterie abziehen! Hinter sich hörte er, wie sich die Viper erhob und abdrehte. Jetzt war die Situation verloren. Er mußte die Stellung ohne die Markierungs- und TVLG-Unterstützung der Fußtruppe verteidigen. Auf dem Monitor sah er, wie sich das blaue Viereck nach rechts bewegte, um sich dem acht Kilometer entfernt liegenden Hauptquartier anzuschließen.

»Ziel identifiziert. Zwei Horatius-Panzer, ein Trajan. Entfernung eins-zwei-null-null-null. Geschwindigkeit zwei-vier-null.« Jetzt waren sie unten und glitten über den Boden, ohne daß die Verteidiger eine Chance hatten, die Bodenpanzerung anzugreifen. Karstil spürte, wie sich ihm der Magen zuschnürte, und merkte, daß er die Schultern angespannt und die Arme ausgestreckt hielt. Diese TOGs kamen daher, als wollten sie den Boden an sich reißen.

»Ziel identifiziert. Zwei Horatius-Panzer, ein Trajan. Entfernung acht-zwei-null-null. Geschwindigkeit zwei-vier-null.« Nur noch wenige Augenblicke. Er konnte die Anzeichen der Panzer am Horizont erkennen. Auch auf acht Kilometer Entfernung war die hohe Staubwolke leicht auszumachen.

»Zwei, zu drei. Zuerst auf den Trajan halten.« Karstil stellte den Funk um. »Quent. Auf den Trajan. Über die mittleren Biester denken wir anschließend nach.« Es gab zwei Möglichkeiten, eine gemischte Truppe anzugreifen: zuerst die Leichten oder zuerst die Schweren. Beides hatte Vorteile. Karstil hoffte, das kombinierte Feuer der stehenden Liberatoren würde den Trajan so stark beschädigen, daß die Horatius-Panzer dann die einfacheren Ziele abgaben. Wenn sie sämtliche Laser und Kanonen auf den Trajan richten konnten, erhoffte sich der Optio einen Glückstreffer. Der Zielkreis des DDP stellte sich auf den Trajan um. Ich hoffe, es handelt sich um einen echten Panzer, dachte Karstil. Ich habe keine Lust, auf diesen Kerl zu schießen und wieder mit einer Attrappe zu enden.

Er beobachtete die näherkommenden Panzer mit seinem Monokular und bemühte sich, den schweren Trajan von den beiden mittelschweren Horatius-Panzern zu unterscheiden. Die Entfernung war noch immer zu groß, um etwas Eindeutiges ausmachen zu können, aber er war sicher, den breiteren Rumpf eines schweren Panzers in der Mitte der TOG-Staffel zu erblicken.

»Ziel identifiziert. Trajan-Panzer. Entfernung drei-neun-null-null. Geschwindigkeit zwei-vier-null.«

Er trat auf das Ziellaserpedal und wußte, daß auch Mullins und Farwell zu markieren versuchten. »Ziel identifiziert. Erfaßt. Ziel markiert.« Karstil fand, der ballistische Computer hörte sich erstaunt an. Die Entfernung war noch zu groß, um die 150-mm-Kanone einzusetzen, aber der schwere Laser erwachte zum Leben. Irgend jemand hatte den Trajan markiert, und obwohl die Laser den Rumpf nicht durchdringen konnten, würden zahlreiche Treffer die Panzerung allmählich abschälen. Ein riesiger blauer Ball schoß aus der Mitte der TOG-Formation, als die 200-mm-Kanone des Trajan antwortete. Die Salve schoß rechts an ihm vorbei. Der Trajan setzte die große Kanone ein, obwohl sich Karstils Liberator außer Reichweite befand. Vielleicht war der Kommandant durch die Lasertreffer nervös geworden. Die Sirene begann mit ihrem Warngeheul.

»Ziel identifiziert. Trajan-Panzer. Entfernung drei-null-null-null. Geschwindigkeit zwei-vier-null. Erfaßt. Ziel markiert.« Ein greller Lichtblitz auf der rechten Seite riß Karstils Aufmerksamkeit auf sich. Farwells Liberator war von einer Wolke aus geschmolzenen Splittern und leuchtenden Kleinteilen umgeben. Das Datendisplay zeigte an, daß der Sergeant markiert worden war; alle TOG-Panzer hatten nacheinander auf seinen Panzer gezielt. Die beiden Sponsone schmolzen unter dem Geschoßhagel. Die 150-mm-Kanone erhielt einen Treffer auf die Mündungsbremse und wurde bis hinunter zum Rumpf abgeschält. Der Panzer war von Rauch eingehüllt, als Farwell zurücksetzte und den eigenen Rückzug mit Nebelgranaten deckte. Als sich der Panzer drehte, um dem Feind die unbeschädigte Seitenpanzerung zuzuwenden, wurde die 50-mm-Kanone von einer 200-mm-Salve getroffen, die alle Waffen vom Turm riß und in die Luft schleuderte.

»Hier spricht Privet Sickle«, erklang die Stimme des Artillerie-Kommandos. »Thor-Satellit. Gefahr im Anzug.«

Auf dem DDP blitzte ein ganzer Wald roter Kreise auf und gab Informationen weiter, als die Ziele identifiziert wurden. Zwei weitere gemischte Züge aus Horatius- und Trajan-Panzern erschienen an der rechten Flanke gegenüber Broasts Zug. Auf 1200 Meter wimmelte es geradezu von Infanteriesymbolen. Es handelte sich um TOG-Soldaten, die entlang der ganzen Front der Zenturie still und verborgen gewartet hatten.

»Flicket Market. Flicket Market. Hier spricht Flicket Market zwei-sechs. Sämtliche Flicket Market-Einheiten ziehen sich zum Rendezvous Toga Regal vier-drei-fünf-null zurück. Von rechts nach links. Auf meinen Befehl.« Zenturio Freund schien genug zu haben. Jetzt befahl er die Zenturie zurück, bevor sie vernichtet wurde.

Wenn während eines Feindkontaktes ein Rückzug stattfand, fielen die am wenigsten betroffenen Einheiten zuerst zurück und gaben den nachfolgenden Deckung. Daher zog die Zenturie zuerst den Zug ab, der kaum beteiligt gewesen war, dann den nächsten und zum Schluß den, der am meisten in die Kämpfe verwickelt war. Optio Broast hatte mit seinem ersten Panzerzug bis auf die Begegnung mit der Infanterie noch keinen TOG-Kontakt gemacht. Er konnte sich jetzt zurückziehen, um eine Abschirmstellung im Hintergrund einzunehmen. Das Zenturien-Hauptquartier, die Pioniere und das Artilleriekommando würden mit ihm gehen. Ihnen sollte der Infanteriezug folgen, und zum Schluß würde der zweite Panzerzug, Karstils Truppe, sich vom Feind lösen, um auszuweichen.

»Flicket Market zwei-eins-sechs, hier spricht Flicket Market zwei-sechs. Vom Feind lösen.« Der erste Zug war in Sicherheit. Auch für Karstil traf der Leitsatz, daß der am wenigsten Betroffene zuerst abzog, zu.

Mullins, der sich hinten links befand, würde als erster abrücken und eine Stellung 600 bis 800 Meter weiter hinten einnehmen. Dann würde Karstil sich schrittweise 600 bis 800 Meter hinter ihm aufbauen. Farwell, falls er überhaupt wegkam, war der letzte. Das machte ihn zum Opfer, das den Abzug des Zuges sicherte. Es war nicht möglich, seinen Panzer zu retten. Besser, man verlor nur etwas, was sowieso schon halb dahin war, als daß man versuchte, die Lage und den Panzer zu retten, indem man einen anderen aufs Spiel setzte, Panzer wurden immer zu dritt beerdigt oder geehrt.

Karstil wandte sich an seine Leute. »Zwei, hier spricht sechs. Horatius-Panzer markieren. Thor nähert sich. Quent, auf Horatius-Panzer umstellen. Nehmen Sie den rechten.« Der Turm drehte sich ein wenig, und Karstil betätigte den Ziellaser. Thor-Angriffe erforderten keine markierten Ziele, aber Karstil mißtraute wie die meisten Bodenoffiziere indirektem Artilleriefeuer, das einen eigenen Willen hatte. Er wollte die Ziele sicherheitshalber markieren.

»Ziel identifiziert. Horatius-Panzer. Entfernung eins-sechs-null-null. Geschwindigkeit zwei-vier-null. Erfaßt. Ziel markiert.« Ein grimmiges Lächeln flog über Karstils Gesicht. Sein Laser hatte das sehr weit entfernte Ziel markiert. Wer auch immer diesen Ziellaser vor ihm besessen hatte, war ein Glückspilz gewesen. Oder aber die Kombination verschiedener Teile, die gebraucht worden waren, um diesen Schrottplatz-Liberator zusammenzusetzen, hatte so gut funktioniert, daß der Laser jetzt überdurchschnittlich gut lief. Die Sirene heulte unentwegt. »Flicket Market zwei-drei-sechs, Flicket Market zwei-sechs. Lösen vom Feind.« Auf Freunds Befehl begab sich die Infanterie in Sicherheit. Es war an der Zeit, die eigenen Panzer abzurufen. »Zwei-sechs. Lösen vom Feind.«

»Zwei. Negativ. Ich gebe von hier aus Feuerschutz.«

»Zwei-sechs. Lösen! Das ist ein Befehl. Los jetzt!«

»Zwei. Verstanden. Ich erwarte Sie hinten.« Mullins zog ab.

»Privet Sickle. Achtung. Warten.«

Einer der Horatius-Panzer hatte sich von dem engen Keil abgesetzt, der auf Farwell einhämmerte, und bewegte sich zum linken Rand des Zuges. Karstil war noch immer mit dem anderen beschäftigt. Also übernahm Mullins den freien Panzer.

38

Alsatia, Caralis
Commonwealth
7. Januar 6831

Der Thor-Satellit hatte 700 Kilometer über der Schlucht gehangen. Als die Warnung der Artillerie erfolgte, drehte sich der Satellit bereits, um seine gebündelten Uranspeere in die richtige Feuerposition zu bringen. Dann wartete er, bis die Bodenstation den Feuerauftrag in das ballistische System eingegeben hatte. Der Bordcomputer analysierte Feuerauftrag und verglich ihn mit den eigenen Daten, den Anfragen anderer Stellungen, dem Bedrohungsfaktor und der geladenen Munition. Dieser Vorgang dauerte nur wenige Mikrosekunden. Nachdem die Analyse komplett war, wählte der Thor die Zielgebiete und die Anzahl der abzufeuernden Speere.

Jeder dieser Speere war 1,5 Meter lang und hatte einen Durchmesser von 25 mm. Sie wurden mit einer Anfangsgeschwindigkeit von 3200 Metern pro Sekunde abgeschossen. Allerdings hatte die Anfangsgeschwindigkeit nicht viel mit dem endgültigen Tempo zu tun – die Beschleunigung durch die Schwerkraft hatte viel mehr Auswirkungen als die anfängliche Geschwindigkeit. Erreichten die Speere die Planetenoberfläche, waren sie durch ihre Reise durch die Atmosphäre weißglühend geworden. Wenn ein Stab dieser Größe und Länge auf ein gepanzertes Ziel trifft, sind die Ergebnisse aufsehenerregend. Die Spitze des glühenden Speeres schmilzt die Oberfläche der Panzerung und dabei entsteht eine so heiße Flüssigkeit, daß auch die tieferen gepanzerten Schichten sich auflösen. Während der Speer seinen Weg fortsetzt, bohrt sich die Spitze durch das Ziel, bis sie das ganze Objekt durchdrungen hat und schließlich in den darunterliegenden Boden fährt.

Der Thor-Satellit über der Zenturie Secundus bearbeitete den Feuerauftrag, der von Privet Sickle zwei-sechs aufgefangen worden war. Er wählte zwei Bündel aus, die jeweils drei Uranspeere enthielten, und schoß sie auf das Schlachtfeld hinab. Die Stäbe flogen aus den Abschußdüsen. Um das Rütteln des Ausstoßes zu mildern, feuerte der Satellit Maschinenstabilisatoren ab, um die richtige Lage der Abschußrampe beizubehalten. Sobald die Speere auf ihrem Weg waren, wandte sich der Thor anderen Angelegenheiten zu und ließ die Geschosse auf die Oberfläche von Caralis zurasen.

Der Flug aus 700 Kilometern Höhe dauerte drei Minuten. Die Speere brachten ihn ohne zusätzliche Steuerung hinter sich, da der Vektor, der beim Abschuß festgelegt worden war, ausreichte, um sie auf das Ziel zu lenken. Bei 100 Kilometern hatten sie sich kirschrot gefärbt, und die Bordsensoren suchten die Oberfläche des Planeten ab, um die Signaturen ausfindig zu machen, die die TOG-Panzer kennzeichneten. Fünf dieser Speere entdeckten lohnende Ziele. Der sechste verschwand in einer grellen Wolke aus Licht und Hitze – zweifellos eine Fehlzündung. Die anderen fünf setzten ihren Weg fort.

Der Horatius-Panzer versuchte, den Zug zu umrunden, um Mullins' zurückweichenden Liberator zu stellen. Karstil verfolgte ihn mit dem TVLG-System seines Panzers und schwang den Liberator nach rechts, um den Horatius in die Schußlinie zu bekommen. Der Geschützturm fuhr fort, den anderen Horatius zu verfolgen, der sich Farwells zerstörtem Panzer näherte. Der Feind in der Flanke bewegte sich schnell, und es fiel

Karstil schwer, die TVLGs auszurichten. Natürlich konnte er den Panzer schneller drehen, wollte aber nicht riskieren, daß Podandos, der den Turm steuerte, sein erfaßtes Ziel verlor.

Der erste Thor-Speer traf den Horatius-Turm direkt hinter dem 3/6-Laseraufbau, drang durch den Markierungslaser und in die Panzerung des Turms. Eine Millisekunde später grub sich der zweite Speer daneben ein. Der glühende Ball aus Titan und Uran, durch den ersten Treffer gebildet, brannte sich durch das Turmdach in den Kommandobereich. Der zweite Treffer, der sich beinahe an der gleichen Stelle in den Panzer gebohrt hatte, landete auf ähnliche Weise im Kampfdeck, drang durch den Zielcomputer und die Waffenkontrollen, um dann durch den Boden des Fahrzeugs auszutreten. Die Kraft der Speere nagelte den Horatius am Boden fest. Der Panzer, der sich mit 240 Stundenkilometern fortbewegt hatte, hielt abrupt und vollständig an. Alles, was im Inneren nicht fest angebracht war, wurde herumgeschleudert und gegen die Vorderseite des Kampfdecks geworfen; selbstverständlich auch die drei Männer der Besatzung. Das Schleudertrauma durch den schockartigen Halt hätte ausgereicht, die Soldaten zu töten, aber niemand würde je deren wahre Todesursache herausfinden, denn der Horatius explodierte als riesiger Feuerball, als ihn die Speere so glatt wie Messer zerteilten.

Der zweite Horatius-Panzer war rechts neben der Stellung aufgeschlagen, die Gravspulen hatten sich über die Landschaft von Alsatia verteilt und die 150-mm-Kanone in den Boden gebohrt. Der unbeschädigte Turm schwang zu Karstil hinüber und feuerte ein SMLM-Geschoß ab, gefolgt von dem 3/6-Laser und der 50-mm-Kanone. Farwells Panzer lag direkt dahinter; Rauch drang aus den Luken und Rissen an Rumpf und Turm. Der Trajan arbeitete sich durch den Qualm und richtete die Hauptwaffe auf Karstil.

»Fahrer! Zurück! Zurück!« brüllte Karstil in das Mikrofon und spürte, wie der Liberator ins Rutschen geriet. Spint hatte den Trajan gesehen und wußte, daß der Panzer sich mit der beschädigten Hinterseite nicht umdrehen konnte. Der Liberator wich zurück und beschleunigte dabei.

Die bewaldete Anhöhe, auf der Karstil seinen Panzer plaziert hatte, ragte wie ein Finger über das Schlachtfeld hinaus. Rechts und links ging es steil bergab. Obwohl ein Panzer rückwärts fahren konnte, betrug die höchstmögliche Geschwindigkeit ungefähr 36 Kilometer. Der Schub eines Liberators erreichte dieses Tempo innerhalb von 30 Sekunden und konnte, falls notwendig, auch schneller fahren. Aber lag die Geschwindigkeit über 36 Kilometern, war das Fahrzeug nur noch schwer zu kontrollieren. In der Eile, dem Trajan zu entkommen, überschritt Spint das Sicherheitstempolimit. Der Liberator rutschte über die Seite des Abhangs und krachte durch die Bäume, bis auf den Boden des Tals. Von seinem Platz aus konnte Karstil das Wrack von Farwells Panzer sehen, das jetzt in Flammen stand. Er erblickte mindestens einen Mann, der hinter dem Panzer in einem Krater hockte. Anscheinend hatte es Farwell geschafft, seine Sprengladungen auszulösen, um ein Deckungsloch zu erhalten, bevor er den Panzer verließ. Der Hügel versperrte die Sicht auf den zweiten Horatius, aber er befand sich noch immer in TVLG-Reichweite. Der Trajan – unsichtbar, aber auf dem DDP markiert – suchte weiterhin das Gebiet ab.

Hinter Farwells Panzer sah Karstil eine Bewegung im Unterholz. Während er auf die Stelle starrte, steckte eine Viper die Nase durch die Büsche und glitt vorwärts. Er erkannte einen der eigenen GMTs, der – nach Freunds Befehl – schon längst den Rückzug angetreten haben sollte. Der Viper-Kommandant schaute aus der rechten Luke und suchte das Feld mit dem

Monokular ab. Die Viper kroch mit weniger als sechs Stundenkilometern voran und bewegte sich so langsam, daß der Transporter fast keine Thermalspuren hinterließ.

Karstils DDP zeigte an, daß der Trajan die andere Seite des Hügels hinaufglitt. Anscheinend wußte die TOG-Crew, wo sich Karstil befand, und hatte erraten, daß er in Schwierigkeiten schwebte. Nun kroch der große Panzer heran, um die schweren Laser und Kanonen auf den Liberator zu richten. Wenn er über den Rand des Abhangs kam, würden die Waffen aus nächster Nähe auf Karstil deuten. Bei einem Kampf Nase an Nase mit dem Trajan war der Liberator ohne Chancc. Selbst ein Treffer mit der 150-mm-Kanone, gefolgt von einem schweren Laser, würde nicht in der Lage sein, den Trajan auszuschalten. Auch die TVLGs würden nicht helfen. Andererseits besaß der Trajan drei Waffen, die sich mit Leichtigkeit durch den Panzer des Liberators bohren konnten. Die beiden auf dem Turm angebrachten 7,5/6-Laser drangen in die keramische Panzerung ein, egal, an welcher Stelle sie trafen, und die 200-mm-Kanone konnte überall, außer an der Turmvorderseite, eindringen. Dazu verfügte der Panzer über SMLM- und TVLG-Salven. Trotz der unmittelbaren Bedrohung durch den Trajan konnte Karstil die Augen nicht von dem Drama abwenden, das sich zu seiner Rechten abspielte. Der Vipernkommandant hatte den Überlebenden entdeckt, der hinter Farwells Panzer kauerte. Er näherte sich dem brennenden Liberator Stück für Stück und nutzte die Thermalabsonderungen des Panzers als Schild gegen die Sensoren des Horatius. Viper und Horatius konnten sich gegenseitig nicht sehen, aber der Moment nahte, wenn die Flammen den GMT nicht länger schützen würden. Das Fahrzeug bewegte sich nur wenige Zentimeter über dem Boden. Es war sehr, sehr leise.

Der Horatius hatte den Turm nach rechts gedreht und war bereit, die SMLM-Salve auf Karstil abzufeuern, sobald der Trajan den Abhang erreichte und den Feind markierte. Er hielt den Atem an, beobachtete den Monitor und den Viper-Transporter und versuchte auszurechnen, welcher Panzer sein Ziel zuerst erreichen würde. Könnte er den Horatius sehen, würde er ihn beschäftigen, während die Viper weiterschlich. Das Infanteriefahrzeug richtete den Turm auf den Horatius, um den Panzer zu markieren, sobald die Waffen zuschlagen konnten. Da die TVLGs im Rumpf steckten, würde es eine Weile dauern, bis sie auf den Horatius schießen konnten. Der SMLM auf dem Turm würde die erste Chance bekommen, wenn der Feind markiert war.

Karstil warf einen Blick auf das Datendisplay. Der Trajan hatte den Abhang beinahe erreicht und bewegte sich langsam zwischen den Bäumen hindurch. Die niedrige Hauptwaffe und der Zwillingssponson waren nicht für Waldspaziergänge entworfen worden, und der Fahrer umging die Bäume so gut wie möglich, damit er sie nicht mit dem Rumpf beiseite fegen mußte. Die Viper war fast an dem brennenden Panzer vorbei; nur noch 30 Meter trennten sie von dem Überlebenden.

Die Viper beschleunigte, überwand die Entfernung mit einem einzigen Satz und warf sich nach rechts, um dem Horatius von vorn zu begegnen. Die hinteren Infanterietüren öffneten sich, Männer sprangen heraus und rannten auf den Überlebenden zu. Die TVLGs auf beiden Vorderseiten spuckten Feuer; die Geschosse flogen heulend auf den versteckten TOG-Panzer zu. Sofort danach feuerten die Steuerbord-SMLMs, und Karstil sah, wie die 25-mm-Kanone in unglaublicher Eile schoß. Die Geschosse waren tödliche Waffen, die Gausskanone nur ein Ärgernis für den Feind.

Über ihm krachte ein Baum den Abhang hinunter, und das DDP zeigte an, daß der Trajan fast genau über ihm stand. Die Infanterie zerrte eine Gestalt aus dem Krater und schoß wild um sich, um den Rückzug zu decken. Noch ein Baum donnerte zu Boden, als die Bugsponsone des Trajan erschienen.

Die Infanterie schob eine, vielleicht auch zwei Personen in das gepanzerte Fahrzeug. Karstil sah, wie sich ihre Beine unter dem GMT bewegten. Die anderen TVLGs feuerten zusammen mit dem letzten SMLM. Jetzt war der Transporter leergeschossen, bis auf die 25-mm-Kanone. Der gewaltige Lauf des Trajan ragte über den Abhang, gefolgt von der Bugfläche.

»Fertig machen, Quent.«

»Ich habe ihn, Sir.«

Jetzt verdeckte der Trajan den Himmel über dem Liberator und würde in einem Augenblick das Gleichgewicht verlieren und ins Tal rutschen.

»Ziel identifiziert. Trajan-Panzer. Entfernung zweinull.«

Podandos trat das Ziellaserpedal. »Ziel erfaßt. Markiert.«

»Panzer!«

»Identifiziert!«

»Feuer!«

Das Kommando war ein Reflex und überflüssig. Karstil wußte, daß Quentain nicht warten würde, um auf ein markiertes, erfaßtes Ziel in nur 20 Meter Entfernung zu schießen. Das Schlachtfeld gehörte den Schnellen und Toten, und jeder wußte es. Die drei Turmwaffen feuerten zusammen, und der Knall der 150-mm-Kanone hallte ohrenbetäubend von den Wäldern des Tals wider. Der blaue Ball aus ionisiertem Gas sprang aus der Mündung, erreichte die Unterseite des Trajan und hüllte sie ein.

Der Titanpanzer, der dicker war als der, den ein Liberator an den Seiten trug, verschluckte den Schaden.

Ein Regen aus glühenden Metallsplittern ging ins Tal und auf den Bug des gestrandenten Liberators nieder. Der Trajan – angeschlagen aber nicht außer Gefecht – sank auf den Rand des Abhangs und schwankte. In wenigen Augenblicken, wenn Antriebe und Steuerung weggeschossen waren, würde er sich so weit nach unten neigen, daß er die Waffen auf den Angreifer richten konnte.

»Noch mal! Noch mal! Schießen! Schießen!« Es dauerte, bis die Gausskanone und die schweren Laser wieder geladen waren. Es schien unendlich viel Zeit zu vergehen. Der Trajan neigte sich. Grüne Lichter funkelten über das DDP und zeigten an, daß die Waffen bereit waren. Karstil betätigte den Ziellaser. »Ziel erfaßt. Markiert.«

Podandos wartete gar nicht erst auf den Befehl. Er sah die grünen Lichter und hieb auf den Hauptfeuerknopf. Noch einmal brüllten die Turmwaffen auf. Noch einmal hüllte der blaue Schein der 150-mm-Kanone den Trajan ein. Und wieder schoß Karstil die TVLGs ab.

Diesmal gab es keine Hoffnung mehr für den beschädigten Panzer, dessen vorderer Bodenpanzer durch die erste Attacke abgerissen worden war. Der Trajan lag jetzt am Rand des Hügels und konnte seinem leichteren Gegner nichts entgegenhalten. Der Laser, die Kanone und die Geschosse bohrten sich tief in den Rumpf und fraßen sich durch die bereits beschädigten Steuerkontrollen. Als der schwere Laser und ein TVLG die 200-mm-Munition trafen, die am Boden des Panzers gelagert wurde, riß der Rumpf an der Stelle entzwei, wo die Sponsone befestigt waren. Ein Arm wurde vom Feuer geschmolzen, der andere fiel auf den Turm des Liberators. Die Erschütterung traf Karstil an der Brust, schlug ihm den Atem aus dem Körper und schleuderte ihn gegen die Rückseite des Lukenrandes. Er spürte einen stechenden Schmerz im Rücken, und irgend etwas knackte in der linken Schulter. Dann wurde er in das Kampfdeck geworfen und fiel auf den Boden zu Spints Füßen.

»Bringen Sie uns heil hier raus«, war alles, was er noch sagen konnte, bevor ihn die Dunkelheit mit sich riß.

39

Alsatia, Caralis
Commonwealth
7. Januar 6831

Die vereinte Rebellen- und Commonwealth-Legion erlitt eine Niederlage auf der ganzen Linie. Kohorte Harras wurde an der rechten Flanke der Fronteinbuchtung zurückgeschlagen, die anderen an der Front. TOG-Zenturien, die mit Horatius- und Trajan-Panzern, unterstützt von Romulus-GMTs, angriffen, schlugen die 2567. Rebellen-Infanterielegion zurück. Starke Feuerunterstützung sowohl durch Pompey-Gravartillerietruppen als auch Thor-Satelliten unterstützte die Angriffe. Unzählige Jäger überrannten die Luftabwehr der 2567. und legten sie lahm.

Die Zenturie Secundus löste sich von den TOG-Einheiten ab und fiel 40 Kilometer weit zurück, bis hinter eine Bergkette. Dort wurden die Überreste der zerschlagenen Truppe neu geordnet. Alle drei Züge hatten Schaden erlitten, aber nur Karstils Zug hatte einen Panzer verloren. Aber diesmal hatte Freund keine Zeit, Karstil wegen des Verlustes zu rügen, denn er war zu sehr damit beschäftigt, die nächsten Schritte mit Harras zu besprechen.

Abgesehen davon stand Karstil zeitweilig nicht zum Abkanzeln zur Verfügung. Der Sanitäter hatte eine oder mehrere gebrochene Rippen und einen möglichen Bruch des Schulterblattes festgestellt. Karstil gehörte zu den Zusammengeflickten. Sofortiger Lazarettaufenthalt und Ruhe wurden verordnet.

Verordnet, aber nicht eingehalten. Niemand, der

gehen, kriechen oder kämpfen konnte, verließ die Zenturie oder Kohorte. Es gab Männer, die schlimmer verwundet waren als Karstil und auch an ihrem Platz blieben. Anstatt ihn zu evakuieren, wickelten sie seinen Körper in Verbände und verabreichten ihm eine große Dosis lokaler Schmerzmittel. Alles andere hätte ihn müde und einsatzunfähig gemacht, und er wurde dringend gebraucht.

Sogar Farwell, verwundet und ohne Fahrzeug, wurde als Ersatzmann in einen beschädigten Liberator eines anderen Zuges gesteckt, der den größten Teil der Soldaten verloren hatte. Karstil bedauerte, daß er sie verließ, aber er war glücklich, daß der Mann überlebt hatte. Er nahm sich vor, den Vipernkommandanten ausfindig zu machen, wenn dieser noch lebte. Der Sergeant mußte für seine Tat belobigt oder befördert werden.

Über Funk hörten die Männer der Kohorte Harras, wie die Reserveeinheiten zum Kampf gerufen wurden. Kohorte Primus zog eiligst aus, um die TOG-Attacken aufzuhalten, und ihr erregtes Geschnatter war über den Kampflärm hinweg zu hören. Sie wußten genau, daß sie die letzte Hoffnung der Legion waren. Kommandeure setzten die Reserven ungern ein, um sich vor einer Katastrophe zu retten; Reserven dienten der Ausdehnung eines Sieges. Aber im Augenblick gab es keine andere Möglichkeit. Präfekt Kenderson versuchte, die zerschmetterten Überbleibsel seiner Truppe zu retten, aber es war vergebens, zu spät. Es gab einfach zu viele TOG-Panzer, zu wenig Deliverer.

Eine Kommandostation der Kohorte Primus nach der anderen gab im Laufe der Schlacht auf. Zenturie auf Zenturie meldete die Zerstörung, die Führer bestätigten die ungleichen Chancen. Nicht einmal die tapferen Reiter der schweren Panzer reichten aus, um die gähnenden Löcher zu stopfen, die in die Front gerissen wurden. Es war soweit: Man mußte sich zurückziehen und abwarten.

Kohorte Harras sollte als Deckung der rechten Manus arbeiten, die versuchte, eine günstigere Position aufzusuchen. Sie sollte die Front in kleinen Gruppen verteidigen und den Rückzug der Manus-Einheiten decken, auf große Entfernung kämpfen und den Feind zum Anhalten zwingen. Waren die TOG-Truppen erst einmal soweit, daß sie gesammelt angriffen, sollten die Truppen der Kohorte nach hinten zurückfallen. Das Motto des Auftrags lautete: Keinen Nahkampf und keine Einzelkämpfe riskieren.

Karstil beobachtete das schmale Tal, das sich vor ihm erstreckte. Die Gegend, die vor wenigen Stunden noch mit zurückweichenden Einheiten überfüllt gewesen war, lag jetzt verlassen vor ihm. Er hatte gesehen, wie die Unterstützungsfahrzeuge vorübergebraust waren und Sicherheit in den hinteren Reihen suchten. Dabei benutzten sie den Talboden, um die eigenen Bewegungen zu bemänteln. Zuerst kamen die Nachschubfahrzeuge, lange Reihen von Asinus, Equus und Transportern. Einige waren mit Ausrüstung und Nachschubtruppen gefüllt und so vollgestopft, daß die Männer und die Gegenstände wild durcheinander an den Seiten heraushingen. Andere wiederum waren ordentlich gepackt, Fahrer und Beifahrer saßen in den Sitzen, die Soldaten hockten ruhig im Laderaum. Wieder andere waren fast leer, und die Fahrer schlängelten sich aus der Reihe, um die langsameren Fahrzeuge zu überholen.

Dann kamen die Artillerie- und die Pionierfahrzeuge. Die Einheiten trugen die furchterregenden Spuren der Schlacht; die Panzerung der Pedden und Constructoren war zerrissen und zerfetzt, und die Zerstörungen zogen sich über die glatten Flächen des Rumpfes. Je näher die Fahrzeuge an der Kampflinie gestanden hatten, um so grimmiger und schweigsamer waren die Besatzungen. Schmutzige Gesichter, rot geränderte Augen und verbissene Mienen zeichneten die Soldaten aus. Zuletzt erschienen die Kampftruppen der Legion. Die Einheiten waren klein, und Karstil las die Rumpfnummern der Fahrzeuge, um herauszufinden, wie sie sich geschlagen hatten.

Die meisten Zenturien bestanden nur noch aus drei oder vier Kampffahrzeugen, anstelle der ursprünglichen neun oder zehn. Die meisten waren beschädigt. Ein Liberator kroch vorüber, dessen Gravspulen locker aus dem Rumpf herabhingen und funkensprühend auf den Boden prallten. Der Turm eines anderen Liberators war bis auf den Ring völlig zerstört, und das ganze Kampfdeck lag offen. Der einzig sichtbare Mann an Bord war der Fahrer, der die Gesichtsmaske heruntergezogen hatte, um sich vor dem Staub zu schützen. Nur wenige Vipern und Wolverines waren zu sehen. Entweder hatten sie einen anderen Weg gewählt, oder aber sie kamen gar nicht mehr zurück.

Hinter Karstil lag Mullins, der ihm von seiner Stellung aus Feuerschutz geben sollte. Er hatte das alles schon einmal miterlebt, bei dem anderen Rückzug auf Caralis – der vorherigen Katastrophe der 2567. Wieder einmal war die Legion von stärkeren Truppen besiegt und zum Rückzug gezwungen worden. Wieder einmal hatte die Flugabwehr versagt. Das inoffizielle Motto der Legion lautete: »Wir sterben täglich ein bißchen«, und heute starb ziemlich viel. Irgendwo, Hunderte von Kilometern entfernt, lagen die Reihen der 2031. Stoßtruppe des Commonwealth. Wenn sich die 2567. Legion dorthin retten konnte, bestand die Möglichkeit, daß man sie auf einen anderen Planeten oder Kontinent brachte, um sie neu zu ordnen und zu bewaffnen. Sie mußten einfach nur überleben, bis sie dort ankamen.

Karstils DDP ließ eine Warnung aufleuchten. In 50 Kilometern Entfernung lagen die ersten TOG-Einheiten. Sie näherten sich schnell, rasten mit 600 Stundenkilometern über das Gebiet und flogen in geringer

Höhe, um die letzten Reste der zurückweichenden Legion zu zermalmen. Karstil verkrampfte sich. Die Anzahl der roten Quadrate und Dreiecke war beeindruckend, auch wenn sie noch nicht genau identifiziert waren. Bei der Geschwindigkeit würden sie ihn in fünf Minuten erreichen. Der Pedden, den man ihm zur Unterstützung gegeben hatte, würde ein paar ungewöhnliche Schüsse abgeben müssen.

»Gable Fungus zwei-zwei-drei, hier spricht Teacher Haddock zwei-zwei-sechs. Feuerauftrag«, meldete Karstil.

»Gable Fungus zwei-zwei-drei. Feuerauftrag. Ich bin genau hinter Ihnen. Habe sie auf dem Monitor.«

»Haddock. Bereiten Sie sich darauf vor, eine HELL nach rechts zu jagen. Ich will sie auf die linke Seite zwingen, um von weitem auf den Bodenschutz schießen zu können. Ich möchte nicht, daß sie zu nahe kommen, bevor ich verschwinde.«

»Fungus. Negativ für HELL. Ich habe HAFE, ADM, Nebel und GLAD.«

Karstil dachte nach. Ohne die kraftvollen HELL-Salven gab es keine Hoffnung, die TOG-Fahrzeuge aufzuhalten. Seine einzige Chance bestand darin, den Feind glauben zu machen, daß er einer viel stärkeren Truppe gegenüberstand. Bei einer Annäherung von 600 Stundenkilometern mußte das blitzschnell geschehen.

»Haddock. Sofort mit GLAD beginnen. Eine Rauchbombe in das Gebiet rechts der Straße feuern. Sie sollen wissen, daß jene Gegend unter Beschuß steht.«

»Fungus. Negativ GLAD. Ich brauche ein gut erfaßtes, markiertes Ziel, um einen Treffer landen zu können.«

»Haddock. Das weiß ich. Ich möchte Feuer auf weite Entfernung eröffnen, um ihre Formation aufzubrechen. Es ist mir egal, ob etwas getroffen wird.«

»Fungus. Das ist aber nicht die korrekte Anwendung einer GLAD-Salve.«

»Haddock. Dies ist weder der Ort noch die rechte Zeit, um Anwendungen von Artilleriesalven zu besprechen. Sie wurden mir zugeteilt. Sie werden meine Befehle befolgen. Feuern Sie GLAD.«

»Fungus. Ich werde in meinem Logbuch notieren, daß ich es nur unter Protest mache.«

»Haddock. Verstanden. Feuern Sie GLAD.«

»Fungus. Auf dem Weg.«

Karstil hörte das dumpfe Dröhnen des Artilleriefeuers. Mit ein wenig Glück würde der TOG-Kommandant merken, daß GLAD abgeschossen wurde, und wissen, daß eine solche Verwendung der Artillerie unüblich war, und eine Falle wittern. Es gab keinen Grund, warum die Rebellen GLAD auf so große Entfernung abfeuern sollten, außer, wenn sie so viel Artillerie zur Verfügung hatten, daß es ihnen egal war, oder die Infanterie mit Ziellaser lauerte, um Ziele zu markieren. Oder gar beides.

Karstil wußte, daß es alte Kommandanten gab und wagemutige Kommandanten, aber keine alten, wagemutigen Kommandanten. Der TOG-Mann kannte sich anscheinend aus, denn er verhielt sich vorschriftengetreu. Karstil wußte, daß die TOG-Regeln nicht gestatteten, daß die Kommandanten Hals über Kopf in eine Falle rannten. Als die ersten GLAD-Salven auf die anrückenden Truppen regneten, fällte sein Gegner eine schnelle Entscheidung.

Die roten Quadrate und Dreiecke, die nur noch 40 Kilometer entfernt waren, setzten negativen Staub ein und drehten ab. Auf diese Entfernung konnte man kaum etwas treffen, selbst wenn der Vektor bekannt war. Sobald die Ziele verlangsamten und abdrehten, vervielfältigten sich die möglichen Zielzonen schnell. Es gab keinen ballistischen Computer, der hier noch einen Feuerauftrag festlegen konnte.

»Fungus. Ziele drehen ab. Feuerauftrag beendet.«

»Haddock. Negativ. Weiterschießen.«

»Fungus. Ich habe keine Ziele mehr«, widersprach der Pedden-Kommandant.

»Haddock. Denken Sie sich welche aus. Benutzen Sie Ihre Phantasie.«

»Fungus. Das ist gegen die Regeln.«

»Haddock. Feuern Sie. Noch zwei Salven.«

»Fungus. Unter Protest.«

»Haddock. Ich schicke Ihnen gleich einen ziemlich wütenden Zugsergeanten rüber. Dieser Mann wird Ihnen auf der Schulter hocken und Sie dazu bringen, mir zu gehorchen. Jetzt schießen Sie endlich.«

Mullins, der verborgen im Inneren seines Panzers hockte, hörte den Wortwechsel zwischen Karstil und dem Artilleriesergeanten. Ein grimmiges Lächeln überflog sein Gesicht.

Durch das Funkgerät sagte er, an niemand Bestimmten gewandt: »Ich denke, wir bleiben bei unserem jungen Helden. Er scheint die Lage gut im Griff zu haben.«

Das Manus-Hauptquartier befand sich im Chaos. Überall liefen Männer herum und versuchten, herauszufinden, wo die Front lag, welche Einheiten noch operierten, wer noch kämpfte. Der Optio ließ den Equus-Gravschlitten aufsetzen und beobachtete die Lage. Der genaue Standort des Kommandeursfahrzeugs war in dem allgemeinen Durcheinander nicht auszumachen.

Aber dann sah er unter einer Baumgruppe die Radar- und Funkantennen, die ein wichtiges Fahrzeug kennzeichneten. Ein umgebauter Spartius, dessen Turm entfernt worden war und der statt dessen das Kommunikationssystem mit sich führte. Die hinteren Türen waren herabgelassen worden. Darüber hatte man Zelte aufgebaut. Viele Männer, wahrscheinlich Offiziere, standen in Gruppen herum. Hier bot sich ein lohnendes Ziel.

Der Optio verließ den Equus und bedeutete dem Fahrer, den Schlitten wegzubringen. Als sich das Gefährt entfernte, öffnete der Offizier eine kleine Gürteltasche. Darinnen befanden sich mehrere Rang- und Abteilungsabzeichen. Er betrachtete sie nachdenklich und suchte nach einem Rang, der hoch genug war, um seine Gegenwart im Manus-Hauptquartier zu rechtfertigen, aber wiederum nicht so hoch, daß er Aufsehen erregte. Außerdem mußte die Abteilung sinnvoll erscheinen. Er wählte den Rang eines Zenturio Maximus und die Medizinische Versorgungseinheit. Dann hob er seine kleine Tasche auf und schritt mit den Insignien und Rangabzeichen an der Uniform auf den Spartius zu.

Das Gewirr rings um das Fahrzeug erlaubte es ihm, bis auf 10 Meter heranzugehen, bevor er angerufen wurde, wenngleich das mehr eine Formsache war. Der Triarii, der Wache hielt, war anscheinend neu und verängstigt, und der grimmig aussehende Zenturio Maximus wirkte nicht wie jemand, der sehr umgänglich war. Die Wache erlaubte dem Offizier, zu passieren, ohne ihn zu zwingen, das Losungswort zu sagen.

Der Zenturio Maximus schritt eine Rampe hinauf, durch das Innere des Gefährts und an der anderen Seite wieder hinaus. Er setzte die Tasche neben dem Fahrzeug ab, öffnete sie und holte eine 50 Zentimeter lange Antenne heraus. Mit einem schnellen Blick schaute er sich um, ob er beobachtet wurde. Dann setzte er die Antenne oben auf das Fahrzeug, mitten zwischen die vielen anderen Antennen. Die neue Antenne, an deren Fuß ein Magnet saß, saugte sich an der Oberfläche des Spartius fest.

Der Zenturio Maximus schloß die Tasche, durchquerte den Innenraum und verließ das Fahrzeug. Er warf dem Triarii einen bösen Blick zu, als er die Sicherheitskontrolle passierte, und ging mit schnellen Schritten auf den Gravschlitten zu.

Oben auf dem Spartius sandte die Antenne ein kodiertes Signal aus, dessen Frequenz nur unscharf auf dem normalen Funkkanal zu hören war. Hunderte von Kilometern entfernt nahm das Datendisplay einer TOG-Empfangsstation die Übertragung auf, und ein roter Punkt erschien. Von jetzt an war das Manus-Hauptquartierfahrzeug als Ziel für Artillerie- und Luftangriffe markiert. Es würde nicht lange überleben. Der Legatus Maximus, der hinter dem Display stand, lächelte. Er würde sich rechtzeitig um die Rebellenmanus kümmern.

40

Alsatia, Caralis
Commonwealth
8. Januar 6831

Die Schlucht war die letzte zu verteidigende Stellung innerhalb der nächsten 45 Kilometer. Dort, weit im Hintergrund, lagen die Reihen der 2031. Commonwealth-Stoßtruppe und die Sicherheit. Die 2031. hatte ausreichend Zeit gehabt, Minenfelder und andere Hindernisse aufzubauen, eine Verteidigung, durch die alle TOG-Angreifer so lange aufgehalten werden konnten, bis die 2567. Legion den Kontinent von Alsatia verlassen hatte.

Vor 36 Stunden hatten die Männer der 2567. sich zurückgezogen, hatten die TOG-Angreifer vorrücken und suchen lassen, während die Verteidiger sich davonstahlen. Die Strategie war nicht ausschließlich erfolgreich gewesen. In einer Manus waren drei Zenturien überrollt und zerstört worden, als ihr Hauptquartier angegriffen wurde. Das Hauptquartier war gut versteckt gewesen, mit Thermalnetzen abgetarnt, aber die TOG-*Pilum*- und *Martiobarbulus*-Jäger hatten es entdeckt und eine Stunde damit verbracht, das Ziel in Schutt und Asche zu legen. Ihres Kontrollzentrums beraubt, waren die Zenturien von den anstürmenden TOG-Kräften aufgerieben worden.

Karstil streckte die Beine aus, so gut es in dem vollgestopften Kampfdeck möglich war. Er konnte sich nicht daran erinnern, wann er zuletzt gegessen hatte, aber der Fußboden des Decks war mit unzähligen Rationsverpackungen bedeckt. Das Essen bildete eigentlich kein Problem, aber der Schlafmangel war entsetzlich. Seine Augen brannten, und die Rippen und die Schulter schmerzten sehr. Nachdem er die lokalen Schmerzmittel längst verbraucht hatte, wagte er nicht, die schweren Betäubungsmittel zu benutzen, die ihm noch blieben. In seinem jetzigen erschöpften Zustand würden sie ihn innerhalb von Sekunden einschlafen lassen, und das wollte er nicht. Niemand konnte sagen, ob man ihn im Notfall hätte wecken können. Nun ja, der Schmerz hielt ihn wach. Das Licht des frühen Abends warf tiefe Schatten über den 60 Meter breiten Spalt, durch den sich die Straße auf die TOG-Truppen zu schlängelte. Die steilen Hänge zu beiden Seiten machten alle Bewegungen abseits der Straße gefährlich, denn sonst würden die Fahrzeuge aus der Dekkung der Schlucht treten. Vor wenigen Augenblicken hatten die Überreste der 2567. diesen Weg genommen. Um oberhalb der Talwände arbeiten zu können, mußten die Fahrzeuge den Verteidigern die Unterseite bieten, und er war sicher, daß die TOGs nicht auf Baumwipfelhöhe oder niedriger Höhe herankommen würden. Das hatten sie bereits getan und waren hoch und schnell geflogen, um hinter die Reihen der Verteidiger zu gelangen. Es hatte geklappt, und die Rebellentruppen waren auf dem Rückzug mehrmals gezwungen gewesen, die TOG-Leute zurückzuschlagen. Dafür hatten sie einen hohen Preis gezahlt.

Mehr als einmal hatte Karstil seine Liberatoren in Tälern versteckt und auf die Bodenpanzerungen der Aeneas und Lupis-Transporter geschossen, die vorüberrauschten. Auf dem Talboden lagen genügend Wracks herum, die den Wert dieser Angriffe bezeugten. Als er die Infanteriegruppe aufsammelte, wurden die Angriffe noch gezielter. Die Infanterie markierte gut, und sie besaß viele TVLGs, die sie von Mal zu Mal besser und besser einsetzte. Er hatte den Pedden verloren; der Sergeant war glücklich gewesen, den Panzer zu verlassen und sich seiner Truppe anzuschließen. Jetzt war die Kanone weit hinten beschäftigt, hinter den Reihen der 2031. Die Truppe war zwar noch immer seine Notfallartillerie, würde aber jetzt als Gesamteinheit arbeiten und nicht mehr als einzelne Einheit, die an der Front verteilt war. Nicht, daß er ihnen wirklich vertraut hätte.

Beim letzten Mal, als Karstil nach Artillerieunterstützung verlangt hatte, war ein Mißverständnis entstanden. Er hatte nach einem Minenfeld verlangt, das über seine Stellung hinweg direkt vor die TOG-Reihen gelegt werden sollte. Die Minen waren rechtzeitig eingetroffen, waren aber 800 Meter hinter ihm hochgegangen – nicht vor ihm. Zum Glück hatten die TOG-Soldaten die Minenexplosion gesehen. Sie hatten eine Falle gewittert und angehalten, bis ihre eigenen Remus-Pionierfahrzeuge aufgeholt hatten. Karstil hatte die Zeit genutzt, sich über das Minenfeld zu bewegen. Es war knapp gewesen, und er hatte keine Artillerieunterstützung mehr angefordert.

Jetzt lagen die Infanterie und ein Panzer jeder Einheit vorn, um ein verborgenes Minenfeld zwischen den Bäumen auszulegen. Es gefiel den Männern nicht. Das Legen der Minen war anstrengend und erforderte viel Graben ohne ersichtliche Erfolge. Außerdem wirkte es entmutigend, weil die Truppen wußten, daß die Artillerie die gleiche Arbeit in einem Zehntel der Zeit bewältigen konnte, und das, ohne Kraft einzusetzen. Aber sie taten, was man ihnen befohlen hatte. Auf den Befehl eines jungen Optios, der getreu der Vorschriften handelte.

Die Truppen legten die Minen in unregelmäßigen Reihen zwischen den Bäumen und an den Abhängen der Schlucht – eine noch schwierigere Arbeit, da die Hänge äußerst steil waren. Es erforderte gutes Gleichgewicht, wenn man eine 15 Kilo schwere Mine bergauf tragen, in ein fertiges Loch legen und dann entsichern mußte. Die wahre Herausforderung bestand darin, die Erde über die Mine zu decken. Der Zünder gehörte zu jenen, die nur explodierten, wenn ein Fahrzeug darüberfuhr, aber die Männer fühlten sich nicht wohl, wenn sie eine entsicherte Mine vergraben mußten. Karstil mußte die ersten Minen selbst legen, um ihnen zu zeigen, daß es ging. Trotz der schmerzenden Schulter versuchte er, es lässig und locker anzufangen, aber er hatte die ganze Zeit über stark geschwitzt.

Als die Minen endlich gelegt waren, plazierte er den Panzer so, daß er die Straße gut im Blick hatte. Mullins war hinter ihm, seine Kanone wies auf den hinteren Rand des verminten Gebietes. Die Infanterie hielt sich an den Seiten des Tals auf.

Der Plan war einfach. Alle Fahrzeuge würden still liegen und mit Thermalnetzen getarnt werden, um für die TOG-Sensoren unsichtbar zu bleiben. Aktivitäten waren untersagt. Karstil konnte die TOG-Leute mit passiven Sensoren auf vier Kilometer Entfernung entdecken. Er hoffte, daß die Feinde in der Dunkelheit im Tal bleiben würden, um es als Deckung gegen die weit entfernten Rebellentruppen zu nutzen. Karstil hatte über Funk gehört, wie alle anderen Posten zurückgezogen wurden.

Die 2031. hätte ihn auch längst rufen sollen. Es war sinnlos, einen Stützpunkt so weit vor der Hauptgruppe zu lagern, wenn alle anderen fort waren. Der Zenturio, der diesen Sektor befehligte, mußte sehr langsam arbeiten, dachte Karstil, denn diese Einheit hätte jetzt auch weg sein müssen. Er wagte aber nicht, ihn anzufunken, da die TOG-Armee sein Signal entdecken konnte. Und Nörgeln half nicht. Wenn die Zenturie bereit war, würden sie ihn rufen. Er machte sich auf den nächsten Kampf gefaßt. Mehr als eine Stunde nach dem Einbruch der Dunkelheit sandte das DDP die erste Warnung aus. Eine Reihe roter Quadrate erschien auf dem Monitor und bewegte sich langsam das

Tal entlang. Sie rückten so langsam vor, daß auch die passiven Sensoren sie erst auffingen, als das erste Fahrzeug nur noch drei Kilometer entfernt war. Nicht schlecht, dachte Karstil. Die 2031. hat sie bestimmt noch nicht auf den Monitoren. Ein Schauder durchlief ihn und weckte den Schmerz in der Schulter aufs neue. Es zuckte wie ein Stechen durch ihn hindurch, und ihm wurde schwindlig. Vorsicht, Junge, sagte er sich. Bloß nicht ohnmächtig werden. Halt nur noch eine Stunde aus.

»Quent«, flüsterte er über Funk, »Sie kennen den Plan. Warten Sie, bis die Spitze der Truppen die nächstgelegene Ecke des Minenfeldes erreicht, dann nehmen Sie sich das letzte Fahrzeug, das Sie erfassen können. Mullins nimmt die Spitze.«

»Alles klar.«

Karstil beobachtete die Reihe roter Quadrate auf dem Monitor, die immer näher kam. Er konnte nicht mehr sagen, ob sie langsamer wurden oder nicht. Er hätte gern mit Mullins geredet, um sicherzugehen, daß der Zugsergeant aufpaßte und die Feinde im Auge behielt. Was war, wenn Mullins sie noch nicht gesehen hatte? Was war, wenn Mullins eingeschlafen war? Was war mit der Infanterie? Sie verhielt sich so still, daß Karstil sie nicht mehr auf dem Monitor sehen konnte. War sie noch da? War sie wach? Würde sie dem Plan folgen?

»Sie kommen näher, Quent. Fertig machen.«

»Ja, Sir.«

Es gab eigentlich keinen Grund, mit Podandos zu sprechen. Er kannte den Plan und würde ihn so gut wie möglich durchführen. Aber Karstil mußte einfach mit jemandem reden, auch wenn es nur unnötiges Gerede war. Es schien Podandos nicht zu stören. Vielleicht teilte er Karstils Gefühle.

Das führende rote Quadrat war beinahe am Rand des verminten Gebietes angelangt. Am Schluß der

Reihe tauchten keine weiteren Ziele auf, aber Karstil konnte nicht erkennen, ob die Reihe wirklich zu Ende war oder ob die Sensoren keine neuen Fahrzeuge aufnahmen. Er holte tief Luft und hielt kurz den Atem an. Dann stellte er den Funk auf den offenen Kanal um; Mullins und Podandos würden die Kommandos gleichzeitig erhalten. Warte. Warte. Warte.

»Panzer!«

»Identifiziert!«

»Feuer!«

Der Liberator bäumte sich auf und warf Karstil gegen die Luke, ließ ihn für einen Augenblick erstarren. Ein greller blauer Ball aus ionisiertem Gas fuhr aus der Mündung der 150-mm-Kanone, und auch die 50-mm-Waffe knatterte. Er sah, wie das Geschoß in die Dunkelheit schwirrte, sah eine zweite Salve direkt vor seinen Augen davonfliegen. In 75 Meter Entfernung prallte Mullins' HEAP-Salve mit ohrenbetäubendem Lärm auf einen Horatius-Panzer.

Da die Sensoren nur passiv gewesen waren, hatten sie keine Zieltypen unterscheiden können, nur deren Anwesenheit. Die Flanke des Horatius glühte auf, als der schwere Laser sein Ziel fand. Der ballistische Computer notierte, daß der führende Panzer markiert worden war, und er betätigte den Feuerknopf. Das letzte TVLG-Geschoß, das sich noch in der Halterung befand, machte sich auf den Weg. Es würde den starken Frontpanzer des Horatius nicht durchdringen können, aber die kombinierten Treffer und Schüsse könnten die TOG-Soldaten in Panik versetzen.

Vom Licht der Geschoßexplosionen erhellt, wandte sich der Horatius Mullins zu. Weiter rechts befand sich ein anderer Horatius, dessen Geschützturm qualmte. Podandos hatte hervorragend gezielt, der Laser folgte der 150-mm-HEAP-Salve genau in dieselbe Öffnung. Die Funken, die der Treffer erzeugte, sprühten über den beschädigten Turm. Zwischen den Panzern lag ein halbes Dutzend Lupis-Transporter, deren Sicht- und Schußfeld von den beiden mittelschweren Panzern verdeckt wurde. Die SMLM-Halterungen der ersten Fahrzeuge wurden ausgefahren, während sie die Talwände emporkletterten, um auf die Liberatoren zu zielen, die sie in die Falle gelockt hatten.

Der erste Horatius wandte Karstil die Breitseite zu, um die auf dem Turm befestigte 150-mm-Kanone auf Mullins zu richten, aber der Kommandant zögerte, als Karstils TVLG einschlug. Der TOG-Panzer wich zurück. Der Turm war völlig herumgedreht worden, um Mullins anzugreifen, und feuerte auf ihn los. Mullins, der alle Waffen einsetzte, übertraf den Gegner an Feuerkraft. Aus der Tiefe des Tals schossen drei SMLMs aus den Halterungen, stiegen in hohem Bogen über den Abhang und senkten sich auf Mullins. Karstil sah die Feuerschweife, die sich durch die Dunkelheit zogen, sah, wie sie langsamer wurden und dann auf den Panzer des Zugsergeanten zustrebten. »Vorsicht!« brüllte Karstil und vergaß, daß der Funkkanal noch geöffnet war.

Er hätte seine Energie nicht verschwenden müssen. Das Vulcan III-System auf Mullins' Liberator verfolgte die Geschosse. Da sie alle aus dem gleichen Vektor angriffen, mußte sich das Abwehrsystem nicht anstrengen. Lange bevor sie ihm zu nahe kamen, wurden sie vernichtet. Es war das erste Mal, daß Karstil das Vulcan als bloßer Zuschauer sah, und er war beeindruckt.

Die Luken des zweiten Horatius wurden aufgerissen, Qualm drang heraus. Da sich die Mannschaft entfernte, beachtete Karstil den Horatius nicht länger. Panzerbesatzungen ohne Panzer sind für niemanden eine Bedrohung, außer für sich selbst. Hinter dem Panzer kletterten die Lupis-GMTs die Talwände empor und blockierten das Sichtfeld des anderen Horatius. Podandos wechselte das Ziel und feuerte auf die

Flanke des nächstgelegenen Lupis. Auf diese Entfernung war der schwere Laser genau genug, und ein Markieren war fast überflüssig.

Der Lupis ging in Flammen auf, und die Infanterie stürmte aus den Seitentüren, um zu fliehen. Dahinter warf sich ein anderer Lupis über den Talrand, auch seine Infanterietüren standen auf. Es war zu spät. Die Rebelleninfanterie, die dort oben gelauert hatte, feuerte ihre TVLGs ab. Der Lupis erlitt einen Volltreffer in den Boden. Er taumelte nach rechts, verlor gleichzeitig Steuerung und Antriebe und setzte auf dem Boden auf. Dann rutschte er weg, fiel über den Rand der Schlucht, überschlug sich während des Falls und schlug schließlich auf der Talsohle auf. Dort verwandelte er sich in einen Feuerball.

Die brennenden Fahrzeuge sorgten für übermäßige Beleuchtung der schrecklichen Szenen, die sich im Tal abspielten. Der erste Horatius stand im Mittelpunkt. Hinter ihm lag der Lupis auf dem Rücken und spuckte Feuer. Die GMTs im Hintergrund versuchten, die Hänge des Tals zu erklettern, wurden aber von scharfem Infanteriefeuer erwartet.

Der zweite Horatius, Karstils erstes Ziel, schob sich durch die Trümmer. Er kletterte ebenfalls an der Seitenwand entlang, um einem verkrüppelten Lupis auszuweichen, und fuhr geradewegs in das vor Stunden ausgelegte Minenfeld. Die Unterseite des Panzers wurde von Explosionen geschüttelt, als er die dicht gelegten Minen überquerte. Die 150-mm-Kanone fiel nach unten und bohrte sich in den Erdboden. Der Panzer blieb stehen.

»Eins, hier spricht sechs!« rief Karstil. »Abhauen!« Er würde der Infanterie 30 Sekunden Vorsprung geben und dann seinen Panzer abziehen. Mullins mußte als letzter gehen und den Rückzug der anderen decken. Er mußte die 2031. anfunken, um ihr sein Kommen anzukündigen.

»Sealskin Sword drei-sechs, hier spricht Bicycle Gadfly zwei-zwei-sechs«, meldete sich Karstil.

Der Infanterieführer antwortete sofort. »Gadfly, Sword drei-sechs.«

»Gadfly zwei-zwei-sechs. Ziehe mich zurück.«

»Verstanden, Gadfly. Kommen Sie zur Mutter.«

»Sechs, eins. Wir steigen ein. Es wird höllisch Zeit, Dodge zu verlassen.«

»Verstanden, eins. Mir hat es in Dodge sowieso nie gefallen.«

Der Viper-Transporter heulte auf, da der Fahrer volle Kraft einlegte und auf die Geschwindigkeit vertraute, die ihn in Sicherheit bringen sollte. Sein Vertrauen war gerechtfertigt.

»Zwei, sechs. Geben Sie mir Deckung.«

»Zwei. Verstanden.«

»Spint, zurück mit ihm. Nicht wenden, bevor wir nicht aus diesem Chaos heraus sind.« Karstils Liberator zitterte, als die Gravantriebe in Gang gesetzt wurden. Der Panzer hob sich und setzte gleichzeitig zurück. Nachdem er das Tal hinter sich gelassen hatte, drosselte er das Tempo, drehte sich um und glitt an Mullins vorbei, der bereits schwebte. Auch sein Panzer drehte um und folgte Karstil. Er winkte, als sie aneinander vorbeiflogen. Es war gut, endlich nach Hause gehen zu können.

DRITTES BUCH

VOLLE KRAFT

41

Alsatia, Caralis
Commonwealth
8. Januar 6831

Die Kohortenbesprechung war kleiner als jene, die vor sechs Tagen stattgefunden hatte, denn viele Sitzplätze im Versammlungszelt blieben leer. Alle sahen müde und abgespannt aus, auch die Stabsmitglieder. Beim letzten Mal hatten Aufregung und Angst in der Luft gelegen. Aufregung, weil sie mit einer gut ausgebildeten Einheit in voller Kampfkraft in die Schlacht zogen. Angst, weil viele der Männer noch niemals dem endgültigen Kraftakt gegenübergestanden hatten.

Bei diesem Treffen spürte Karstil gleichmütige Resignation und Erleichterung. Resignation, weil die Kohorte die Kampfprobe überstanden, die entscheidende Schlacht aber verloren hatte. Erleichterung, weil bald alles vorbei sein würde. Sie wurden evakuiert, um Ersatzleute, neue Ausrüstungen und Ruhe zu erhalten. Ruhe. So lautete jetzt das neue Schlüsselwort.

Zenturio Moldine Rinter eröffnete das Treffen; sie sah noch müder aus als die anderen Offiziere. Als Verbindungsoffizier der Kohorte mußte sie jederzeit den Finger am Puls der Einheit haben und in kritischen Augenblicken zur Verfügung stehen. Aber niemand konnte vorhersagen, wann diese Augenblicke eintraten. Daher versuchten die Verbindungsoffiziere, die ganze Zeit über wach zu bleiben, und behandelten selbst Routineberichte wie etwas überaus Wichtiges. Ihre einzige Ablösung bestand in Bonto Lavayal, dem Zenturio, der die Geheimdienstabteilung des Hauptquartiers leitete. Eigentlich war Lavayal der stellvertretende Verbindungsoffizier und hätte die Hälfte der Wachen übernehmen sollen. Aber das geschah niemals. Weder bei der Kohorte Harras noch bei einer anderen Kohorte, Manus oder Legion. Der Offizier war die meiste Zeit im Einsatz, und der Stellvertreter wurde mit untergeordneten Aufgaben betraut.

Zuerst sprach Rinter über die derzeitige Lage auf Caralis. Die 2031. Commonwealth-Legion war eiligst auf den Rückzugsweg der 2567. geschickt worden, um den vollständigen Zusammenbruch der bewohnten Gebiete des Kontinents zu verhindern. Es handelte sich um eine Veteranenlegion, die ursprünglich die Aufgabe gehabt hatte, den Angriff der 2567. zu unterstützen. Als die Rebellenlegion zusammenbrach, war die 2031. eingesetzt worden, um die Stellung zu halten. Diese Stellung war nun gesichert, aber die 2031. stand unter zunehmendem Druck und brauchte Hilfe.

Die TOG-Truppen, die der 2031. jetzt gegenüberstanden, beinhalteten die 149. Praetorianergarde, die 3241. Stoßtruppe und die 13379. Legion, die Herolde des Todes. Die 13379. war ein alter Feind auf Caralis, die 3241. war neu. Neu und anders organisiert. Berichte meldeten auffallend viele schwere Fahrzeuge, und die Panzerzüge bestanden aus verschiedenen Klassen, anstatt nur einem Panzertyp. Deshalb war die 2567. in letzter Zeit auf so viele Trajan-/Horatius-Züge gestoßen. Die schweren Einheiten bestanden nur aus Trajan-Panzern, aber den Zenturien-Hauptquartieren war außer dem Standardzubehör noch ein Remus-Pionierpanzer zugeteilt. Dieses Fahrzeug gab jeder Zenturie bessere Möglichkeiten für Angriff und Verteidigung, insbesondere, wenn vorbereitete Verteidigungsstellungen attackiert wurden.

Die Offiziere im Versammlungszelt hörten mit geringer Aufmerksamkeit zu. Soweit es sie betraf, war das alles nicht mehr wichtig und konnte warten, bis sie sich in den Transportern befanden. Was sie interessierte, war die Tatsache, ob sie die Fahrzeuge zurücklassen sollten oder ob sie mit den Mannschaften ausgeflogen wurden. So sehr sie auch an ihren Panzern hingen, sie wollten jetzt so schnell wie möglich von hier fort. Ein paar Offiziere dösten vor sich hin und verließen sich auf ihren Instinkt, wenn etwas Wichtiges gesagt wurde. Meistens mußten sie jedoch auf einen Rippenstoß des Mannes neben ihnen hoffen. Vorausgesetzt, daß dieser nicht auch schlief.

Als der Bericht weiterging, setzten sich ein paar Zuhörer auf und hörten aufmerksamer zu. Plötzlich hörte sich das Ganze mehr wie eine Angriffsbesprechung als wie das Vorwort zur Evakuierung an. Entsetzte Gesichter wandten sich Rinter zu, während sie sprach. Es war eine Angriffsbesprechung! Die Offiziere machten sich Notizen.

Als sie sah, daß die jüngeren Offiziere begriffen hatten, lächelte Zenturio Rinter innerlich. Sie hatte nie gesagt, daß sie nach Hause gehen würden, sondern nur, daß es sich um eine Besprechung des nächsten Auftrags handelte. Aber ihr war bekannt, daß die Gerüchteküche hart gearbeitet hatte; jetzt würde es Harras leichter fallen, die Neuigkeiten zu verkünden. Es gab keinen Flug in die Sicherheit, wenigstens nicht jetzt. Für viele der Männer würde er nie stattfinden. Nachdem sie den Hintergrundbericht beendet hatte, überließ sie Harras das Wort.

»Der Auftrag, meine Herren«, begann er, »besteht darin, einen schweren Angriff auf die TOG-Truppen an der Front durchzuführen.« Harras beobachtete die Zuhörer und entdeckte auf einigen Gesichtern Enttäuschung, auf anderen Resignation. »Die 2031. hält die Stellungen, aber es gibt Anzeichen, wie der Zenturio bereits gesagt hat, daß sich das TOG auf den großen Schlag vorbereitet. Wir werden ihm eine blutige Nase verpassen, damit es so lange die Luft anhält, bis der

Commonwealth Ersatztruppen herschickt. Wir brauchen fünf Tage.«

Karstil nahm die Nachricht mit gemischten Gefühlen auf. Er hatte sich bei dem Gedanken, den umkämpften Kontinent zu verlassen, nicht wohl gefühlt. Wäre die Flugabwehr nicht zerstört und das Manus-Hauptquartier nicht zerschmettert worden, hätte sich die Legion gut geschlagen. Ein Rückzug war unter diesen Voraussetzungen keine Schande. Natürlich würde er als Rückzug in die Geschichte eingehen, aber manchmal war ein erfolgreicher Rückzug auch ein Sieg.

Da die Flugabwehr nicht mehr existierte, stand Präfekt Kenderson einer schwierigen Entscheidung gegenüber. Die Kampftruppen der Legion konnten Luftangriffen widerstehen, aber die Versorgungseinheiten, die keine schweren Waffen mit sich führten, waren leichte Ziele. Um die Versorgungs- und Unterstützungseinheiten zu verteidigen, mußte er Kampfpanzer von der bereits geschwächten Front abziehen. Dadurch konnten die hinteren Staffeln verteidigt werden, aber die Spitze wurde geschwächt. Es war, wie man sagt: »Du bist verdammt, wenn du es machst, und verdammt, wenn du es nicht machst.« Kenderson hatte die Front intakt gelassen. Das Ergebnis war, daß TOG-Jäger viele Versorgungseinheiten zerschlagen hatten.

Bei Karstil hatte die Aussicht, Alsatia zu verlassen, ein Gefühl hervorgerufen, daß die Legion eine gestellte Aufgabe nicht bewältigt hatte. Jetzt bekamen sie eine neue Chance. Er wunderte sich über seine Auffassung. Vor die Entscheidung gestellt, Sicherheit oder möglichen Tod zu wählen, schien es, daß er die Gefahr vorzog. Das hatte nichts mit besonderer Loyalität für die 2031. zu tun, denn sie war nicht mehr als eine Nummer für ihn. Auch ausgesprochener Patriotismus war kein Grund, denn der Commonwealth schien zu groß und zu weit entfernt zu sein, als daß gefühlvolle Bande bestanden hätten. Und die Rebellen waren bloß der

Name eines unbekannten Traumes. Was war es denn dann, das ihn freiwillig dem Feind entgegentrieb?

Vielleicht war es die Tatsache, daß er gern Soldat war, dachte Karstil. Die Welt des Kampfes, mit den Gefahren plötzlichen Todes und schrecklicher Verwundungen, war ihm sehr bewußt, aber er fühlte sich dort zu Hause. Es war mehr als nur Aufregung, mehr als der Adrenalinstoß, der beim Feindkontakt erfolgte. Es war das Gefühl, einen verantwortungsvollen Beruf zu haben und ihn gut auszuführen. Nirgendwo sonst übertrug man einem so jungen Mann die Verantwortung für so wichtige Entscheidungen. Acht andere Männer, und eigentlich noch viele weitere, waren davon abhängig, daß er zur richtigen Zeit die richtige Entscheidung fällte. Er war stolz auf das, was er erreicht hatte, stolz auf sein Vorankommen. Er war gerne Soldat.

Und Soldaten kämpfen, das ist ihr Lebensinhalt. Jetzt wurde von der Legion verlangt, anzuwenden, wofür sie ausgebildet worden waren. Der Sicherheit wegen auf Transporter klettern war gut und schön, aber wenn gekämpft werden mußte, ging er gerne zurück. Der Plan der schweren Angriffe war einfach genug. Teilen der 2567., Kohorte Harras inbegriffen, wurden bestimmte Gebiete zugeteilt, in denen sie agieren mußten. Innerhalb dieser Gebiete sollten sie, je nach Möglichkeit, Angriffe und Überfälle durchführen. Wenn den TOG-Truppen kleine, heftige Stiche versetzt wurden, würden sie sich über deren Sinn und die nächsten Schritte der Rebellen Gedanken machen. Außerdem mußten sie die eigene Front verstärken, um sich zu verteidigen, was ihre Angriffspläne durcheinanderbringen würde. Wenn Einheiten bis zur Front gelangen konnten, würden sie tief in TOG-Gebiete vordringen und sich sofort wieder zurückziehen, wenn der Feind sich sammelte, um sie zu vertreiben. Dann sollten die Angreifer in die eigenen Reihen zurückweichen, und der Schlag der TOG-Soldaten ging ins Leere. Diese Art von Plan war hervorragend für eine gemischte Truppe aus Panzern und Infanterie geeignet. Außerdem ergab sich hier die Gelegenheit, Tapferkeit zu beweisen, ohne den Rest der Legion in Gefahr zu bringen.

Harras beendete die Ansprache, indem er das Wort an Zenturio Jantus Golliatus übergab, den Versorgungsoffizier. Die Versorgung stellte den kniffligen Teil des Auftrags dar. In einigen Fällen würden die Einheiten außerhalb des normalen Radius liegen, daher war es für sie besonders wichtig, ausreichend Munition zu hamstern. Auch die Evakuierung Verwundeter war von Interesse. Da die Kampfeinheiten nicht von Schlachtsanitätern begleitet wurden, mußten Verletzte in den Kampffahrzeugen bleiben. Jeder, der sofortige medizinische Versorgung benötigte, mußte den TOG-Leuten überlassen werden. Das klang brutal, aber die Schwerverletzten hatten als Gefangene eine bessere Überlebenschance, als wenn sie von den eigenen Leuten in die hinteren Reihen transportiert wurden. Führer mußten die schwierige Entscheidung an Ort und Stelle treffen.

Das war eine Verantwortung, die Karstil nicht gefiel. Er war ein Kämpfer, ein Panzeroffizier, kein Sanitäter. Er hatte die gleiche medizinische Unterweisung erhalten, wie sie alle Offiziere auf der Akademie bekommen, aber das befähigte ihn nicht, derartige Entscheidungen zu treffen. Wie sollte er mit seinem geringen Wissen erkennen, ob ein Mann lange genug leben würde, um den Rückweg zu überstehen? Er dachte an die überlebenden Mitglieder des Zuges. Auf gar keinen Fall würde er einen von ihnen der Gnade der Toggies ausliefern. Die Toggies mißhandelten die Gefangenen nicht, aber sie waren auch nicht nett zu ihnen. Er hoffte, niemals vor der Notwendigkeit zu stehen, einen seiner Männer zurücklassen zu müssen.

Er erinnerte sich an die Tat des Infanterieführers, als es an der Zeit war, beim ersten Rückzug die Verteidigungsstellung zu verlassen. Jener Sergeant hatte sein Fahrzeug und seine Gruppe aufs Spiel gesetzt, um die Überlebenden aus Farwells Panzer zu retten. Die Gruppe war beim ersten Rückzug abhanden gekommen – wahrscheinlich bei dem Versuch, einen Freund zu retten. Das war kein annehmbares Risiko, aber Karstil wußte, daß er ebenso gehandelt hätte.

Als er mit der Nachricht über den Angriff zu seinem Zug zurückkehrte, beschwerten sich die meisten Männer – genau die Reaktion, die Karstil erwartet hatte. Yennan, der neue Richtschütze von Mullins' Panzer, war der lauteste. Als jüngstes Mitglied des Zuges fand er, daß er seinen Teil geleistet hatte, und sah nicht ein, warum er noch mehr tun sollte. »Soll doch die 2031. auch mal ein bißchen Drecksarbeit erledigen«, murrte er. Die anderen schwiegen, da sie Karstils Stellung als Kommandant und Zugführer nicht gefährden wollten. Mullins sprach ein Machtwort.

»Du kannst nicht ewig leben«, sagte er. »Außerdem heißt es: ›Dulce et decorum est pro patria mori‹.«

Damit begaben sich die Männer des zweiten Panzerzuges zu ihren Fahrzeugen, um sich vorzubereiten.

42

Alsatia, Caralis
Commonwealth
9. Januar 6831

Der Plan des morgendlichen Vergnügens war mehr als schlicht. Sowohl der erste Panzerzug, Broasts, und der zweite, Karstils, sollten sich mit den beiden verbliebenen Infanteriegruppen zusammenschließen. Beide Züge würden auf langgestreckten Achsen angreifen und vorrücken, so daß sie manövrieren konnten, solange sie dem anderen Zug nicht in die Quere kamen. Jeder sollte so weit wie möglich vorrücken und sich nicht auf längere Gefechte einlassen. Sobald das TOG Gegenschritte unternahm, würden die Züge, unabhängig voneinander, zurückgerufen werden. Der Plan verlangte keine Eroberung oder Beibehaltung irgendwelcher Gebiete.

Vor fünftausend Jahren hatten die Kommandeure ihre Kavallerie in ähnlicher Weise auf der Erde eingesetzt. Dadurch gewannen und verloren diese Offiziere ihren Ruhm. Jetzt würden die Gravpanzer die gleiche Funktion ausüben und allgemeine Unruhe hinter den feindlichen Linien stiften, alles zerstören, was ihnen vor die Mündung geriet, und fliehen, sobald der Gegenschlag erfolgen sollte. Zugsergeant Mullins beobachtete seinen jungen Optio, den der bevorstehende Kampf in Aufregung versetzte. Er hatte die Anzeichen zuvor auch bei anderen jungen Führers erlebt, aber normalerweise zeigten sie sich, bevor sie den ersten Kampf mitmachten. Karstil war allmählich ein Veteran, jedenfalls beinahe. Er sollte der Schlacht mit einer Art

Resignation entgegensehen, anstatt bei dem Gedanken, den Zug zu führen, überaus fröhlich herumzulaufen. Mullins dachte, daß die jungen Leute heutzutage irgendwie anders waren.

Karstil hatte den Zug hintereinander aufmarschieren lassen, da er den Angriff in dieser Formation angehen wollte. Mullins war zufrieden, daß er sich am Ende der Reihe befand. Das bedeutete, daß er vom Ende der Gruppe aus Feuerschutz geben mußte, da auch noch ein Viper-GMT zwischen den beiden Liberatoren steckte. Gern hätte er Farwell dabeigehabt, aber wer wußte schon, wo sich dieser befand? Ersatzmannschaften oder Panzer waren nicht verfügbar, daher stellte das GMT das dritte Fahrzeug des Zuges – ein dünner Strohhalm, wenn man in eine Schlacht zog.

Mullins war enttäuscht, daß die Legion nicht von Alsatia abgezogen wurde. Nach sechzehn Jahren als Panzerfahrer spürte er, wie sich die Legion unter dem stetigen Druck auflöste. Anfangs war es nicht so schlimm gewesen. Die Legion hatte nach Erreichen der Oberfläche keine schweren Fehler begangen, und seitdem er den Auslöser in Karstils Panzer gefunden hatte, war alles ruhig geblieben.

Dann war die vergebliche Attacke auf die TOG-Stellungen erfolgt. Danach hatte nichts mehr geklappt. Aus den Gerüchten, die im Netzwerk der Sergeanten kursierten, wußte er, daß die Flugabwehr wieder geschlafen hatte. Sie war nicht in der Lage gewesen, auch nur einen der angreifenden TOG-Jäger zu markieren oder zu erfassen. Nachdem die Zenturie zerstört worden war, waren die TOG-Jäger über das ganze Feld geschwärmt. Der Verlust der Flugabwehr hatte zur Zerstörung des Manus-Hauptquartiers geführt. Es überstieg sein Begriffsvermögen, warum der Legatus das zugelassen hatte. Männer in solchen Positionen sollten eigentlich fähig sein, die richtigen Kommandos zu erteilen. Und wenn sie das nicht schafften, gab es keine

Entschuldigung, sich dabei erwischen zu lassen. Es hätten ausreichend Offiziere im Hauptquartier sein müssen, um die Schnitzer ihres Vorgesetzten zu überspielen. Na, dachte er, so ist das eben in der guten alten 2567.

Mullins hielt auch nicht viel von dem neuen Plan. Das Losstürmen auf TOG-Stellungen und die Flucht, wenn man angegriffen wurde, hörte sich eher wie eine Verzweiflungstat als wie ein guter Plan an. Er war ganz sicher, daß sämtliche Züge, einer nach dem anderen, zerstört werden würden, und zwar ohne jeden Sinn oder Gewinn. Es schien, als habe das Oberkommando beschlossen, dic 2567. zu opfern, da die Legion anscheinend nutzlos war. So konnten die da oben die Legion vergessen, nachdem sie die tapferen gefallenen Soldaten gerühmt hatten. Das Gute an diesem Plan, wenn es denn etwas Gutes gab, war die Tatsache, daß keine Katastrophe mehr als einen Zug gleichzeitig zerstören konnte.

Mullins war ein Überlebender. Er hatte in den anderen Legionen überlebt und würde es auch jetzt schaffen. Es gab eine dünne Linie zwischen Treue und Dummheit. Als letzter Panzer in der Reihe mußte er den Rückzug decken, wenn die Fahrzeuge des Zuges fliehen wollten. Er mochte Karstil und dachte, daß er einen guten Zenturio abgeben würde, wenn er überlebte.

»Placid Gargoyle, Placid Gargoyle, hier spricht Placid Gargoyle zwei-sechs. Bereiten Sie sich darauf vor, Spider zu vernichten.«

Karstil hörte, wie Zenturio Freund den Befehl zum Angriff gab. Er wartete, bis Broast bestätigte, und folgte dessen Beispiel. Die 2031. würde mit Panzern, Infanterie und Artillerie beginnen und die Front mit Beschuß eindecken. Nach fünf Minuten würden die Züge der Kohorte Harras durch die eigenen Reihen vorrücken. Die 2031. würde während der ersten drei

Kilometer Unterstützung und Feuerschutz geben. Danach waren die Züge auf sich selbst gestellt. Er vernahm das Dröhnen der ersten HAFE-Salve. Überall entlang der Front vibrierte die Luft unter dem Donnergetöse der vielen Waffen, die gleichzeitig feuerten. Sogar beim Schweben in einem Meter Höhe fühlte er das Zittern, als die Gravwellen von den Erschütterungen gebeutelt wurden. Wenn die Nachwirkungen Kilometer hinter der Front so stark waren, würden die Gegner am anderen Ende hart zu kämpfen haben. Er beobachtete, wie die Sekunden auf dem Chronometer verrannen. Zeit, sich auf den Weg zu machen.

Er stand im Turm und reckte sich über die Brüstung, um die kleinere Viper zu sehen, die sich im Hintergrund unter Bäumen versteckte. Er winkte dem Panzerkommandanten zu und deutete nach vorn. »Los«, sagte er über Funk, und Spint sorgte für Höchstschubkraft. Der Ruck der Bewegung und der Beschleunigung warf ihn gegen die Brüstung, worauf er einen stechenden Schmerz in der Schulter und im Rücken verspürte. Trotz der Kunststoffrüstung, die er auf dem Rücken trug, schmerzte es, wenn er gegen einen festen Hintergrund prallte. Dafür werde ich bezahlen, wenn ich alt bin, dachte Karstil. Wahrscheinlich werde ich so verkrüppelt sein, daß ich mich kaum bewegen kann.

Der Optio hatte die Pläne für die Angriffe mitgehört und war sogar für die Aufzeichnung einiger Anweisungen verantwortlich gewesen. Er war im Legionshauptquartier so beschäftigt gewesen, daß er keine Möglichkeit gehabt hatte, sich davonzustehlen. Außerdem fühlte er sich beobachtet. Er hatte keine Ahnung, von wem, aber ein sechster Sinn sagte ihm, daß da draußen jemand wartete. Er hatte die Gesichter im Hauptquartier betrachtet, aber keine Veränderung des Personals festgestellt. Jetzt hatte er eine wichtige Aufgabe vor sich.

Es war gut und schön, den Auftrag zu erfüllen, das Zubehör und die Ausrüstung der 2567. zu sabotieren. Seine Leute und er hatten gute Arbeit geleistet, aber sie mußten auch das eigene Hauptquartier in Kenntnis darüber setzen, was die Legion unternahm. Obwohl der Bericht auf Gerüchten beruhte, hatte er eine Nachricht verschickt, daß die Legion Caralis verlassen würde. Jetzt wünschte er, er hätte das nicht als Tatsache hingestellt. Seine Vorgesetzten würden nicht erfreut sein, wenn sie merkten, daß die 2567. angriff. Und sie würden doppelt verärgert sein, wenn die 2567. ihre eigenen Angriffspläne verdarb. Verärgerte Vorgesetzte waren keine einfachen Ansprechpartner, insbesondere, wenn es sich um TOG-Generäle handelte.

Der Optio war erstaunt, wie weich und dumm die Rebellen waren. NaBesta Kenderson war unfähig, eine TOG-Gruppe, die größer als ein Zug war, zu befehligen. Er hatte zugelassen, daß sich Dinge in der Legion ereigneten, die niemals im TOG-Regiment toleriert worden wären. Die Männer im Hauptquartier behandelten den Präfekten mit so familiärem Ton, daß viele ihn mit dem Vornamen anredeten. Es schien den Mann tatsächlich zu kümmern, ob ihn die Soldaten mochten oder nicht. Ein TOG-Präfekt sagte seinen Untergebenen, was sie zu tun hatten, und diese führten es aus. Der Gedanke, seine Untergebenen zu fragen, wie es ihnen gehe, oder ihnen bei etwas zu helfen, reichte aus, um es einem wahren Offizier schlecht werden zu lassen.

Aber der Optio mußte diese Gedanken beiseite schieben, damit seine Offiziere erfahren konnten, daß die 2567. angriff und was diese Attacken bedeuteten. Wenn die TOG-Verteidiger informiert waren, konnten sie den unwissenden Rebellen eine Falle stellen. Mit ein wenig Glück konnte die gesamte Legion zerstört werden. So würde er in den Augen seiner Vorgesetzten ein wichtiger Agent werden, wurde vielleicht sogar befördert. Diese Gelegenheit bot sich ihm auf einem Silbertablett.

Der Bericht der Legion und der vollständige Angriffsplan mußten an das Commonwealth-Hauptquartier für die Planeten-Verteidigung in Rolandrin gesandt werden. Jede Kohorte und jede Zenturie hatte eine ausführliche Beschreibung abgegeben, wo und wie sie angreifen würde, damit die anderen Legionen, die in dem gleichen Gebiet arbeiteten, wüßten, daß die 2567. an der Front lag und sie, wenn nötig, Feuerschutz geben mußten. Das Planetenhauptquartier mußte unterrichtet werden, damit es für Satelliten- und Luftunterstützung sorgen konnte. Da der Bericht besonders lang war, hatte man einen eigenen Funkkanal eingerichtet. Aber dieser Kanal lief über einen Funkwagen und nicht über das Legionshauptquartier. Der Kanal bestand nur für eine Botschaft und die Erwiderung. Danach wurde er zerstört. Man hatte dem Optio die Aufgabe übertragen, den Kanal zu öffnen und die Botschaft durchzugeben.

Der Wagen stand ein Stück vom Hauptquartier entfernt. Die Wachen bildeten das kleinere Problem. Da die Botschaft auf einem begrenzten Kanal versandt wurde, war es wichtig, daß der Absender einen freien Vektor fand, der bis zum Orbitsatelliten führte. Vom Satelliten aus würde die Botschaft wieder zum Planeten, zum Empfänger, übertragen werden. Der Satellit nahm die kodierte Nachricht, entschlüsselte sie, kodierte sie erneut und sandte sie zum Planeten. So erfolgte ein doppelter Verschlüsselungsvorgang und machte die Botschaft des Satelliten für alle nicht Eingeweihten unlesbar.

Aber der Optio hatte andere Pläne. Als er an der Funkanlage saß und versuchte, die Verbindung zum Satelliten herzustellen, nahm er sich vor, die Nachricht auch auf einer zweiten Frequenz zu verschicken. Die zweite Frequenz war weit genug entfernt von der offiziellen, so daß sich die beiden nicht überschneiden konnten. Jene zweite Frequenz war seine private Verbindung zu seinen Vorgesetzten. Er dufte sie nur zu bestimmten Zeiten aufnehmen, und dieser Zeitpunkt war eigentlich ungeeignet. Allerdings befand sich der Empfänger bei der TOG-Station die ganze Zeit über auf Aufnahme. Er würde die Nachricht empfangen und speichern. Wenn der Funker seinen Dienst antrat, mußte er nur die Botschaften überprüfen und sich vorspielen. Vielleicht war es ein wenig spät, aber die Botschaft enthielt so viele Informationen, daß auch spät noch gut genug war.

Der Funksergeant erkannte ihn, als er den Wagen, einen umgebauten Spartius, betrat. Das Hauptquartier verfügte über unzählige dieser Fahrzeuge. Dieser Sergeant war neu, aber man hatte ihm anscheinend gesagt, daß der Optio kommen würde. Der Sergeant hing in seinem Stuhl, die Füße lagen auf dem Schreibtisch vor dem Funkgerät. Der Optio unterdrückte seine normale Regung, den Mann von vorne bis hinten fertigzumachen, aber das war bei der 2567. nicht üblich.

»Sind Sie zum Funken bereit?«

»Sir.«

»Was?«

»Sir. Sie sollen ›Sir‹ sagen, wenn Sie mit einem Offizier reden.«

»In Ordnung, Sir. Sind Sie bereit, SIR?«

Der Optio fühlte seinen Nacken heiß werden. Das war typisch für das Benehmen der ganzen Legion. Hier saß ein unbedeutender Sergeant und redete einen Offizier in einem solchen Ton an. Er knirschte mit den Zähnen, zählte leise und langsam bis zehn. »Ich übernehme jetzt den Funk.«

»Ich bleibe hier und helfe Ihnen.«

Wieder biß der Optio die Zähne zusammen. Dieser Sergeant war schwierig. »Nein, Sergeant. Ich kann das allein. Dies ist geheimes Material.«

»Kein Problem. Ich bin dazu ermächtigt.«

»Das sind Sie bestimmt«, antwortete der Optio langsam, aber bestimmt. »Aber Sie müssen es nicht unbedingt mitbekommen. Bitte, verlassen Sie das Fahrzeug.«

Der Sergeant nahm die Beine vom Tisch und stand auf. Er trug den linken Arm in der Schlinge und bewegte sich, als habe er große Schmerzen. Unter dem Kampfanzug sah der Optio Verbände. Der Mann schien beleidigt zu sein, daß er wegen einer so unwichtigen Sache wie einer höchst geheimen Botschaft, von der das Schicksal der Galaxis abhängen konnte, von seinem bequemen Sitz vertrieben wurde. Der Optio sah ihm nicht nach.

Die Vorbereitung für den Funkspruch dauerte nicht lange. Der Optio mußte nur den geheimen Kanal öffnen und die Verbindung zum Satelliten herstellen. Der gesamte Plan umfaßte siebzehn ausgedruckte Seiten, die in vier Gruppen numerierter Kodes abgefaßt waren. Die Dekoder benutzten Einmalpapier, um die Botschaft zu entziffern, nachdem der Satellit sie kodiert hatte. Die Botschaft konnte, genau wie jede Übertragung, unterbrochen werden, wäre aber dann nutzlos. Die Zahlengruppen wurden auf eine Platte übertragen, die das Signal in einem einzigen, zweisekündigen Kreischton übermittelte.

Eigentlich war ›Kreischton‹ keine gute Bezeichnung. Die Botschaft ging per Laser zum Satelliten, was einer der Gründe war, warum der Standort des Fahrzeugs so wichtig war. Von dort aus würde sie mit einem anderen Laser zur Bodenstation gesandt. Wenn niemand den Laserstrahl unterbrach, gab es keine Möglichkeit, daß ein Außenstehender die Nachricht lesen konnte. Der schwierige Prozeß des Entschlüsselns und Kodierens wurde angewandt, um sicherzugehen, daß ein Störenfried nichts mit der Botschaft anfangen konnte.

Der Optio hörte das Satellitensignal. Es stieß den

normalen Ton aus und informierte die Bodenstationen über seine Anwesenheit. Die TOG-Station würde keine Antwort schicken; das tat sie nie. Er hielt den Atem an und betätigte den Übertragungsknopf. Drei Sekunden später hörte er, daß der Satellit den Empfang der Botschaft bestätigte. Er schloß beide Kanäle und verstellte die Frequenzanzeigen, so daß niemand die vorherige Stellung erkennen konnte. Nachdem er das Funkgerät abgeschaltet hatte, verließ der Optio den Wagen.

43

Alsatia, Caralis
Commonwealth
9. Januar 6831

Der Boden war von dichten Rauch- und Staubwolken bedeckt. Die Luft war so dick, daß Karstil die eigenen Reihen nicht einmal wahrnahm, als er hindurchglitt. Seine Sensoren zeigten die Stellungen der 2031. als blaue Quadrate an, aber er konnte die Fahrzeuge nicht mit eigenen Augen sehen. Und so sollte es auch sein. Die Kampfpositionen der verteidigenden Legion lagen 800 Meter auseinander, und sie wurden von Thermalnetzen und Abdeckungen getarnt. Nur das Feuer der Waffen konnte von den Sensoren als das der eigenen Leute identifiziert werden und ließ eine Anzeige auf dem Monitor zu. Rote TOG-Zeichen waren nicht zu sehen.

Der Zug glitt über Minenfelder, die von der 2031. Legion ausgelegt worden waren. Winzige Sender waren in die Zwischenräume gesteckt worden, die ihre Nachrichten nur an die eigenen Leute ausstrahlten. Die Sensoren der Fahrzeuge nahmen die kodierten Signale auf und zeigten die Information als blaue Punkte auf dem DDP. Die Panzer mußten nur der gepunkteten Linie folgen, die jeden Sender, der überquert wurde, markierte. Die Sender besaßen eingebaute Aufnahmesicherungen im Fuß. Wenn jemand versuchte, einen der Sender aufzunehmen und zu versetzen, entdeckte die Senderbasis die Einwirkung und ließ den Sender explodieren. Normalerweise hielt das von weiteren Versuchen ab.

Es war den Fahrzeugen problemlos möglich, an jeder Stelle über das Minenfeld zu gelangen. Die Minen enthielten ein eingebautes Identifikationssystem für Freund oder Feind (IFF), aber es war besser, kein Risiko mit einem fehlerhaften Sender einzugehen. Eine explodierende Mine richtete bei einem Freund ebensogroßen Schaden an wie bei einem Feind, und die 2567. hatte keine Reservefahrzeuge übrig.

»Placid Gargoyle zwei-sechs, hier spricht Placid Gargoyle zwei-zwei-sechs.«

»Gargoyle, zwei-sechs.«

»Zwei-zwei-sechs. An Ratchet vorbei. Spider kann beginnen.«

»Verstanden, zwei-zwei-sechs. An Ratchet vorbei. Spider beginnt. Kontrollen los. Waffen bereit.«

»Zwei-zwei-sechs. Verstanden.« Jetzt waren sie auf sich selbst gestellt. Ratchet, das war der Deckname der Stellungen der 2031., lag hinter ihnen. Der Plan mit Kodenamen Spider hatte nun in diesem Gebiet begonnen. Karstil lehnte sich gegen den Turmrand zurück und zuckte zusammen, als der Schmerz ihn an seine verletzte Schulter und die gebrochenen Rippen erinnerte. Besser nach vorn als nach hinten neigen, dachte er. Nicht so entspannend, aber unter diesen Umständen bequemer. Er warf einen Blick auf das DDP. Die beiden Fahrzeuge folgten ihm hintereinander. In der Morgensonne hätten sie neu und frisch aussehen können, taten es aber nicht.

Karstils Liberator hatte noch immer ein großes Loch im linken Sponson. Er hatte versucht, es reparieren zu lassen, aber die Zeit hatte nicht ausgereicht. Die Mannschaft hatte ihre Rucksäcke und andere persönliche Besitztümer in die Öffnung gestopft, aber Karstil wußte, daß sie es nur gemacht hatten, um sich besser zu fühlen. Eine 150-mm-Salve, die in dasselbe Loch traf, würde sich kaum von solchen Dingen zurückhalten lassen. Der Viper-Transporter hatte einen der SMLM-

Träger verloren – ein ernstes Problem, da es die beschränkte Fernfeuerkraft des Panzers um 50 Prozent minderte. Das Fahrzeug führte viele TVLGs mit sich, da die Crew noch zusätzlich fünfzehn Geschosse ins Infanteriekampfdeck gepackt hatte. Sie wußten, welches Risiko sie eingingen, nahmen aber an, daß sie, wenn es soweit kam, daß die Zusatzmunition explodierte, sowieso schon tot sein würden.

Mullins' Liberator war von allen Fahrzeugen der Formation am besten erhalten. Er hatte einen Beinahe-Treffer abbekommen, dessen heftiger Abprall die TS&R-Systeme durcheinandergebracht hatte. Die Systeme stammten aus verschiedenen Panzern des Schrottplatzes, und wahrscheinlich hatten sie nie gut miteinander gearbeitet. Die meiste Zeit funktionierten sie normal, aber der zeitweilige Kontrollverlust hatte dazu geführt, daß der Panzer ein paar interessante Manöver ausgeführt hatte. Sedgwick Abul war ein guter Fahrer, deshalb geriet er nicht in Panik, wenn das TS&R-System verrückt spielte, aber es war gefährlich. Karstil mißtraute dem TS&R. Es war ein kluges System, aber wenn es sich – wie alle klugen Dinge – entschied, etwas Seltsames zu tun, dann war es wirklich seltsam.

Ihr erstes Ziel war ein felsiger Vorsprung links vom eigentlichen Operationsgebiet. Der diesseitige Abhang stieg sanft an, fiel aber steil zur anderen Seite ab. Von der Anhöhe aus könnte Karstil das weite Tal, das dahinter lag, beobachten. Der Vorsprung war nicht breit genug, um einer großen TOG-Truppe Platz zu bieten, also würde alles, was dort versteckt lag, ein leichter Gegner für den Zug sein.

Die Sensoren zeigten keine Feinde an, aber Karstil war sicher, daß das TOG den Vorsprung nicht ohne Verteidigung lassen würde. Sein sechster Sinn sagte ihm, daß er einen Außenposten erwarten mußte, und er bereitete sich im Geiste auf eine Gruppe vor, die von Lupis und vielleicht Aeneas begleitet wurde. Die einzige Gefahr, die von einem Lupis ausging, bestand in den SMLMs. Der Aeneas verfügte über einen leichten Laser und eine 100-mm-Kanone. Solange sich der Kampf auf eine Entfernung von 2 bis 3 Kilometer abspielte, hatten sie nichts zu befürchten.

Als sie sich dem Vorsprung näherten, ließ Karstil den Zug in einem weitgezogenen V ausschwärmen, mit Mullins rechts und der Infanterie hinten in der Mitte. Die Arme des V lagen tausend Meter auseinander. Egal, wann oder wo sich der Feind zeigte, der nicht angegriffene Panzer würde die Stellung flankieren können. Schlicht, aber effektiv.

»Quent.«

»Sir.«

»Sehen Sie doch mal da oben auf den Vorsprung. Da ist eine Art Klumpen, rechts von der Kante. Sobald wir auf drei Kilometer rangekommen sind, versuchen Sie, ihn mit einer APDS-Salve zu treffen.«

»Verstanden, Sir. Feuer bei drei.« Der Zug glitt weiter über das unbedeckte Land und näherte sich dem Objekt mit 120 Stundenkilometern. In einer Minute waren sie in Reichweite für die Hauptwaffen, und die Laser konnten jedes Ziel treffen. Karstil spürte, wie sich der Turm drehte, als Podandos die Hauptwaffe auf den Felsen richtete. Größere Drehungen wurden mit dem Turm ausgeführt, und die Kanone selbst vollzog die feineren Ausrichtungen. »Im Visier. Feuer bei drei.«

Karstil beobachtete die Zielinformation auf dem DDP. Der Klumpen war erfaßt worden, aber der ballistische Computer weigerte sich, ihn als richtiges Ziel zu erkennen. Er konnte keine Informationen über ein Ziel abgeben, das nicht in seinen geräumigen Datenbänken gespeichert war – und Felsen gehörten keinesfalls dazu. Die Zahlen liefen über den Bildschirm, als sich die Entfernung verringerte. Auf 3000 Meter sprach die 150-mm-Kanone an, der blaue Ball ionisierten Gases breitete sich rings um die Mündung aus. Nur zum Spaß schickte Podandos der Salve einen Schuß des 5/6-Lasers hinterher.

Felsen brennen eigentlich nicht, aber sie explodieren. Die 150-mm-APDS-Salve traf den Klumpen genau in der Mitte und zerschlug den Stein in eine Wolke mikroskopisch kleiner Staubpartikel. Der Laserbolzen fuhr durch die Staubwolke und ließ die Partikel sofort aufleuchten. Die ganze Wolke explodierte in einem grellen Blitz. Sehr eindrucksvoll.

Als sich die Detonation über den Vorsprung ausbreitete, lebten plötzlich rote Kreise auf dem DDP auf. Die Infanterie, die im Unterholz gelegen hatte, rannte von dem Ort weg, der anscheinend das Ziel der Hauptwaffe war. »Halali!« brüllte Karstil über Funk. »Schnapp sie dir, Quent! Pack sie! Zieh ihnen eins über! Hey, Spint. Genau draufloshalten.« Der Liberator änderte den Kurs ein wenig und beschleunigte. Die Hauptwaffe feuerte noch einmal, und wieder stieg eine Staubwolke auf. Wenn man mit einer 150er auf Infanteristen schoß, war es, als würde man Moskitos mit einem Hammer erschlagen; nicht besonders elegant, aber spektakulär, wenn es klappte. Karstil wollte sie eigentlich nur in Bewegung halten, damit sie sich nicht noch einmal gruppieren und schießen konnten.

Zwei rote Kreise tauchten auf dem DDP hinter dem Felsen auf. Die Gravantriebe einiger Fahrzeuge waren in Gang gesetzt worden. Die Sensoren konnten nichts Genaues erkennen, daher wurden die Ziele nicht identifiziert. Aber Mullins war auf der richtigen Seite. Bald würde er etwas erkennen können.

»Unidentifizierte Ziele. Entfernung eins-sieben-null-null. Auf null-eins-null. Ziele stehen still.« Der ballistische Computer hatte die Ziele gesehen, aber noch nicht herausgefunden, um was es sich handelte. Er mußte seine Daten durchsuchen und ihm den besten Rateversuch durchgeben, der auf dem Ergebnis der Suche basierte. »Maschinenkraft deutet auf leichte Panzer und Transporter hin.« Er hatte recht gehabt. Wenn die TOGs nicht mit ihren Antrieben spielten, würde Mullins einen Lupis und einen Aeneas hinter dem Felsen finden. Der Markierungslaseralarm schrillte und schrie dann auf.

Die Infanterie war also in Bewegung gekommen. Die Gruppe, oder wenigstens ein Teil davon, hatte sich darauf konzentriert, seinen Panzer zu markieren.

»Nach links, Spint. Wir versuchen, sie auf uns aufmerksam zu machen.« Der Liberator schwang herum, und Karstil riß seinen Arm gerade noch rechtzeitig hoch, um nicht gegen die Turmbrüstung geworfen zu werden. Der Turm drehte sich nach rechts. Inmitten der Infanterie erfolgten Explosionen, die auf TVLGs hinwiesen. Die Fußsoldaten schlugen zu. Hinter dem Vorsprung stieg ein weiterer Flammenschweif auf, ein Zeichen, daß auch hier gefeuert wurde.

Hinter seiner linken Schulter drehte sich die Vulcan III auf dem Aufbau und suchte die sich nähernden Geschosse. Der systemeigene Computer untersuchte die Bedrohung durch die Salven und fand heraus, welche den Panzer treffen würden. Er ließ die Ziele, die ganz bestimmt vorbeigingen, außer acht und beschäftigte sich mit denen, die eine Chance hatten, den Panzer zu treffen. Der Mehrfachlaser erwachte zum Leben, und zwei der Geschosse verschwanden in grellen Blitzen aus Treibstoff und Munition.

Die roten Punkte krochen über den Felsen davon, um ihren Panzer und den dahinter wartenden Transporter zu erreichen. Sie kamen ein wenig zu spät. Mullins und die Viper waren um den Felsen herumgeschlichen und befanden sich jetzt in der Flanke der Truppe. Der Aeneas hatte die Wahl, den Lupis zurückzulassen, um sich zu retten, oder sich auf einen Schußwechsel mit dem schwereren Liberator einzulassen. Der Lupis hatte die Wahl, die Infanterie im Stich zu lassen, um sich zu retten, oder aber die Fußsoldaten aufzusammeln, bevor er floh. Der Lupis blieb. Der Aeneas floh. Mullins sandte dem fliehenden Aeneas einen schnellen Schuß mit dem schweren Laser und der 150-mm-Kanone hinterher. Beide Schüsse trafen das Heck, und der leichte Panzer verschwand in einer Rauchwolke. Sekunden später erschien er wieder, langsamer und qualmend, aber er würde überleben, um noch einmal in den Kampf zu ziehen. Der Lupis bezahlte für seine Treue zur Infanterie. Da der Aeneas nun ein schwieriges Ziel geworden war, wandte sich Mullins dem Lupis zu.

Die Infanterie hatte gerade die Türen geschlossen, als die erste 150-mm-Salve die Flanke traf. Eine der Türen flog davon, die andere hing nur noch lose an den Scharnieren. Der Lupis wankte, seine 25-mm-Waffe ließ winzige Geschosse auf Mullins regnen. Der Richtschütze hatte eine der SMLMs abgefeuert, während die anderen auf das Markieren der Ziellaser warteten. Er hätte früher schießen sollen. Auf 1000 Meter gab es keinen Vorteil, auf den Ziellaser zu warten, der die Flimmerschilde entlarven sollte. Hätte er die SMLMs abgefeuert, wäre er nicht mit den Geschossen in der Halterung gestorben, obwohl die Salve nicht den größten Anteil an der Explosion des Fahrzeugs hatte.

Karstils Liberator überquerte den Vorsprung, als der Lupis den ersten Treffer von Mullins hinnehmen mußte. Die Entfernung betrug weniger als 200 Meter, und er wartete nicht, bis der Laser das Ziel markiert hatte. Der schwere Laser, die 150-mm- und 50-mm-Salve und ein TVLG schlugen gemeinsam zu. Die 150-mm-Kanone feuerte HEAP, die 50-mm-Kanone schloß sich mit APDS an. Beide Salven trafen einen Meter voneinander entfernt ein und rissen den größten Teil der Heckpanzerung ab. Das TVLG bohrte sich durch die verbliebene Titanpanzerung und den keramischen Schutz, um in den Maschinenraum zu krachen. Gravspulen und Kabel lösten sich auf. Die Gewalt der Explosion warf den Lupis nach vorn und trieb die Nase in den Boden. Der schwere Laser drang in das zerfetzte Heck ein und wühlte sich durch das Wrack und die Antriebe.

Die Explosion begann genau hinter der letzten Infanterietür und breitete sich über das Fahrzeug aus. In einer Sekunde stand noch ein Lupis-Transporter da, in der nächsten gab es nichts mehr außer Feuer und Qualm. Teile des Transporters regneten auf Karstils Panzer nieder. Das Prasseln der fallenden Wrackstücke hielt viele Sekunden an.

»Placid Gargoyle zwei-sechs, hier spricht Placid Gargoyle zwei-zwei-sechs.«

»Gargoyle zwei-sechs.«

»Zwei-zwei-sechs. Objekt Zephyr gesichert. Keine Schäden.«

»Verstanden, zwei-zwei-sechs. Frage: Feindberührung?«

»Zwei-zwei-sechs. Negativ. Ein fliehender Aeneas. Kein anderes TOG-Fahrzeug in Sicht oder Sensornähe. Aeneas flieht, drei-zwei-null-null. Beschädigt.«

»Hier spricht zwei-sechs. Warten Sie.«

Karstil wußte, daß er laut Plan zuschlagen und fliehen sollte. Warten kam im Plan nicht vor. Freund hielt sich nicht an den Plan. Jetzt wurde ihm und seinem Zug nach der ersten erfolgreichen Attacke befohlen, zu warten, bis im Hauptquartier irgendeine Entscheidung gefällt wurde.

»Placid Gargoyle zwei-zwei-sechs, hier spricht Placid Gargoyle sechs.«

Karstil starrte auf den Lautsprecher. Placid Gargoyle sechs? Placid Gargoyle sechs war Zenturio Maximus Milton Harras. Der Kohortenkommandeur wollte mit ihm sprechen.

»Hier spricht Placid Gargoyle zwei-zwei-sechs.« Es war besser, den Zenturio Maximus nicht warten zu lassen, während ein einfacher Optio über die Ehre nachdachte, direkt mit dem Kohortenkommandeur zu reden.

»Hier spricht sechs. Können Sie den Vormarsch fortführen?«

»Hier spricht zwei-zwei-sechs. Ja, Sir.«

»Hier spricht sechs. Sie brauchen beim Funken nicht ›Sir‹ zu sagen. Haben Sie Schaden erlitten?«

»Hier spricht zwei-zwei-sechs. Nein, Sir ... ich meine, nein ... Negativ. Keine Schäden.«

»In Ordnung, Junge. Wir schicken Sie tiefer rein. Die anderen Angriffe waren nicht so erfolgreich. Machen Sie sich auf und treten Sie die Kerle in den Hintern. Bauen Sie auf Ihre eigene Initiative. Kommen Sie zurück, wenn es brenzlig wird. Wir halten Sie auf dem laufenden.«

»Zwei-zwei-sechs. Verstanden.« Karstil fühlte das Herz in der Brust weiter werden. Harras hatte praktisch gesagt, daß er der beste Zugführer der Kohorte war.

»Hier spricht Placid Gargoyle sechs. Viel Erfolg, Karstil.«

44

Alsatia, Caralis
Commonwealth
9. Januar 6831

Der Zug rückte vor, noch immer in dem breiten V, das er zu Beginn der Attacke innegehabt hatte. Jede andere Formation war nutzlos, denn niemand konnte sagen, wann sie dem Feind begegnen würden. Während die Kilometer an ihnen vorüberglitten und sie weiter und weiter in TOG-Gebiet eindrangen, befand sich Karstil in Hochstimmung. Als es Mittag wurde und sie noch immer keinen Kontakt zum Feind gehabt oder Zeichen auf dem DDP bemerkt hatten, befanden sie sich am äußersten Rand der eigenen Artilleriereichweite. Wenn sie noch weiter vorrückten, würden sie wirklich auf sich selbst gestellt sein.

Als Karstil berichtete, daß sie den eigenen Bereich verließen, sagte man ihm, er solle weitermachen. Vielleicht lag es an der Entfernung oder an TOG-Einwirkung, aber die Funkverbindung zum Hauptquartier war schwach und gestört. Das gefiel ihm nicht, aber sie setzten den Weg fort.

Bis zum Nachmittag hatte sich der Zug in ein Gebiet vorgewagt, das mit Panzerwracks und Panzerteilen übersät war. Anscheinend hatten schwere Kämpfe stattgefunden. Auf einer niedrigen Felsnase lag ein Liberator-Turm, der blind über das Schlachtfeld schaute. Dahinter hatte ein Trajan seinen Bug in den Boden gebohrt; die 200-mm-Kanone war verdreht und zerschmettert.

Gravspulen lagen wie Miniaturstrohhaufen herum.

Man konnte nicht sagen, woher sie stammten, aber mehrere gehörten zu 2500er Maschinen. Entweder waren hier schwere Panzer zerstört worden, oder sie waren davongekrochen, um von den Instandsetzungseinheiten wiederhergestellt zu werden.

»Zahlreiche unbekannte Ziele. Entfernung zwei-null-null-null-null. Auf acht-null-null. Zielgeschwindigkeit drei-sechs.« Karstil warf einen Blick auf sein DDP. Eine Reihe schwach sichtbarer roter Quadrate war 20 Kilometer rechts vor ihm aufgetaucht. Sie bewegten sich so langsam wie Gravinfanterie, aber die Größe der Vierecke wies auf irgendeine Art von Fahrzeugen hin. Der Computer durchforschte seine Daten. Da zu wenig Informationen zur Verfügung standen, fand er keine Lösung.

»An alle Gargoyles. Banditen auf acht-null-null. Nähere mich ihnen. Behalte derzeitige Formation bei. Behalten Sie uns im Auge.« Der Zug wandte sich nach rechts und beschleunigte.

Karstil beobachtete die roten Quadrate auf dem Datendisplay. Sie waren schlechter zu sehen als alles, was er je zuvor dort erblickt hatte, und bewegten sich langsam. Der Zug glitt mit 180 Stundenkilometern über das Gebiet hinweg. Er fragte den Zielcomputer nach neuen Aufgaben, und sofort liefen Zahlen über den Bildschirm. Leider war es nur die Zeitangabe, denn der Computer brauchte Zeit, um das Ziel zu identifizieren.

In weniger als fünf Minuten würde der ballistische Computer das Ziel kennen. In sechs Minuten konnte er markieren und den schweren Laser abfeuern. Er konnte sämtliche Zahlen abändern, indem er die Geschwindigkeit steigerte oder verringerte, aber 180 Stundenkilometer lag im Sicherheitsbereich für diese Gegend. Eine geringere Geschwindigkeit würde dem Ziel Gelegenheit geben, sich auf ihn einzustellen. Wenn sie nicht sicher waren, was er so tief im TOG-Gebiet wollte, würden sie vielleicht auf seinen ersten Angriff reagieren.

»Zahlreiche unbekannte Ziele. Entfernung eins-sieben-null-null-null. Auf null. Zielgeschwindigkeit drei-sechs.« Noch immer war der ballistische Computer unsicher wegen der Ziele und wartete auf eine wenigstens 70prozentige Sicherheit, bevor er einen Tip abgab. Die Ziele bewegten sich entlang einer Straße in dichten Wäldern. Wenn sie sich nicht auf freies Feld wagten, befanden sie sich den Gravpanzern gegenüber im Vorteil.

Hielt der Zug sich in normaler Flughöhe, mußte er die unbekannten Ziele zwischen den dichten Bäumen frontal angreifen und die Feuerkraft der schweren Waffen opfern, um die Höhe beizubehalten. Oder sie mußten auf Baumwipfelhöhe gehen, damit sämtliche Waffen eingesetzt werden konnten. Der Nachteil der Baumwipfelhöhe bestand darin, daß die TOG-Gegner die Möglichkeit erhielten, auf die recht weiche Unterbodenpanzerung zu schießen.

»Zahlreiche unbekannte Ziele. Entfernung eins-vier-null-null-null. Auf null. Zielgeschwindigkeit drei-sechs.« Sie befanden sich noch immer in den Wäldern. Der Zielpunkt, eine Entscheidung zu fällen, nahte schnell.

»Zwei, hier spricht sechs. Ich folge der Straße, um ihnen entgegenzugehen. Nehmen Sie drei mit und wenden Sie sich nach rechts. Versuchen Sie sie, wenn möglich, an der Flanke zu erreichen.«

»Zwei, verstanden.«

Karstil beobachtete, wie Mullins und der Infanterietransporter sich nach rechts schlugen, den Zielen entgegen. »Zahlreiche unbekannte Ziele. Entfernung eins-eins-null-null-null. Auf null. Zielgeschwindigkeit drei-sechs.« Noch immer bewegte sich der Feind durch den Wald. Karstil blickte auf das DDP, das die sich windende Straße anzeigte. Noch ungefähr eine Minute, und er würde die Bäume erreichen.

»Spint. Wir folgen der Straße. Seien Sie vorsichtig.

Wahrscheinlich müssen wir langsamer werden, wenn wir den Wald erreichen. Ungefähr auf 70 gehen, denke ich.«

»Verstanden, Sir. Ich drossele auf 70, wenn wir da sind.« Der Liberator drehte sich, um den Bug auf die Lücke zwischen den Bäumen auszurichten. Karstil sah die Öffnung inmitten des dichten Waldes; auch der Waldrand war von dichtem Unterholz gesäumt.

»Zahlreiche unbekannte Ziele. Entfernung sieben-acht-null-null. Auf null. Zielgeschwindigkeit sechs-null, zunehmend. Ziele verteilen sich.« Die schwachroten Quadrate bewegten sich nicht mehr in einer Reihe, sondern hatten zwei Keile gebildet. Die Flankenfahrzeuge zogen zwischen den Bäumen hindurch. »Zahlreiche unbekannte Ziele. Entfernung sieben-fünf-null-null. Zielgeschwindigkeit sechs-null.« Noch immer keine Angaben über die Art der Ziele. Der Liberator wurde langsamer, als er sich den Bäumen näherte.

Spint drosselte das Tempo nicht abrupt, sondern ließ den Panzer allmählich auf 70 Stundenkilometer verlangsamen. Er wußte von Karstils Verletzung und fand es unnötig, den Liberator ins Schleudern zu bringen, wenn kein zwingender Grund vorlag. Schon bald würden sie genug hin- und hergeworfen werden. Die Lücke zwischen den Bäumen näherte sich mit beunruhigender Geschwindigkeit, aber keines der feindlichen Fahrzeuge war bisher zu sehen. »Ziele halten an. Ziele feuern«, meldete der ballistische Computer.

Aber was feuerten sie? Noch bestand kein Sichtkontakt, daher konnten sie keinesfalls auf ihn schießen.

»Anrückende Artillerie«, fuhr der Computer fort. »Gebiet erfaßt.« Viele rote Kreise zeigten sich auf dem Bildschirm über seinen Standpunkt und verteilten sich, als der Computer die Salven erfaßte. Auf den äußeren Kreisen erschien das Wort ›AM‹, das mittlere war mit ›HELL‹ beschriftet. Der Zug war über ein Artilleriebataillon gestolpert, das nun das Feuer eröffnet hatte.

»Nach rechts! Beschleunigen!« Sie mußten das Risiko der Artillerieriemen eingehen, um nicht von der HELL-Salve erwischt zu werden. Der Liberator drehte sich jäh zur Seite, als Spint auf den Befehl reagierte; der rechte Sponson kratzte heftig über den Boden. Der Liberator geriet ins Schleudern, richtete sich aber wieder auf, als die Steuerung die Drehung ausglich. Karstil wurde in der Luke hin- und hergeworfen, während rasende Schmerzen durch Rücken und Schulter zuckten. Graue Schatten tanzten ihm vor den Augen.

Der Liberator hatte den Wirkungsbereich der Artillerie verlassen, bevor die Geschosse niederregneten, die HELL-Salve explodierte als weißglühender Ball weiter hinten. Die AMs waren Hunderte von Minen, die ringsherum zu Boden fielen. Das DDP verzeichnete deren Lage für die Zukunft.

Es gehörte zur Standardphilosophie des Militärs, daß man Panzer nicht mit Artillerie jagt. Sie konnte nicht schnell genug ausgerichtet werden, um den Panzer zu erfassen, und die Geschwindigkeit und Manövrierfähigkeit des Panzers ermöglichten es ihm, den Salven auszuweichen. Das bedeutete jedoch, daß der Panzer Salven auswich, anstatt seiner Hauptfunktion als offensive Waffe nachzugehen. Wenn ein Panzer nichts tat, außer der Artillerie auszuweichen, konnte er sie nicht angreifen – und auch sonst niemanden. Selbst bei der unendlich geringen Möglichkeit, daß die Artillerie den Panzer traf, garantierte das Gesetz der Wahrscheinlichkeit, daß, wenn genügend Salven abgefeuert wurden, früher oder später eine treffen würde.

Karstil begriff, daß es nur eine Frage der Zeit war, bis ihn eine der HELL-Salven erwischte. Er konnte sich nur hin- und herschlängeln, um die Chance so gering wie möglich zu halten. Wenn ihm das gelang, konnten die anderen Fahrzeuge des Zuges vielleicht näher kommen und das Ziel zerstören. Eine Flucht war nutzlos. Die Artillerie konnte bis zu 100 Kilometer weit schießen, und selbst wenn er mit Höchstgeschwindigkeit auswich, würde er zu lange als Ziel zur Verfügung stehen. Außerdem mußte der Panzer sich dann geradeaus bewegen und war leicht zu erfassen.

Das Datendisplay gab einen Einblick in den Verlauf des Geschehens. Drei der Artilleriefahrzeuge beschäftigten sich mit seinem Liberator, während sich die übrigen den Flanken zuwandten. Andere rote Kreise setzten Mullins und dem Infanteriefahrzeug nach. Sein eigener Panzer wich weiterhin den Salven aus, da die Kreise rechtzeitig auf Spints Bildschirm erschienen, so daß er ihnen entgehen konnte. Aber sie waren noch nicht näher an die Artillerie herangekommen.

Die Zeit sprach für die feindlichen Waffen. Abgesehen vom Gesetz der Wahrscheinlichkeit mußten die TOGs auf jeden Fall ihr Hauptquartier von der Gegenwart der Rebellenpanzer informiert haben. Von irgendwoher war Verstärkung unterwegs, wenngleich auch aus größerer Entfernung. Wenn sie hier erschienen, standen die Chancen mehr als schlecht für Karstil. Er mußte etwas unternehmen.

»Spint, wenden Sie sich ihnen zu, nicht mehr von ihnen weg«, befahl er.

»Sehen wir mal, ob wir nah genug herankommen können, um zu feuern.« Als Antwort drehte Spint den Liberator dem Wald zu. Er beschleunigte und brachte den Panzer auf Baumwipfelhöhe.

»Ziel identifiziert. Sechs Kershaw-Spezial-Artillerieplattformen. Entfernung vier-null-null-null. Keine Erfassung möglich.« Der Name sagte Karstil nichts. Er drückte die ›Fragetaste‹, um weitere Informationen zu erhalten. Sofort erschienen neue Daten. Sie sagten aus, daß es sich bei den Kershaw-Spezial-Artillerieplattformen um Fahrzeuge handelte, die von einem Kershaw-Panzer zu einem Artilleriefahrzeug umgebaut worden waren. Sie waren langsam, schwach bewaffnet und wenig gepanzert. Das Display teilte ihm außerdem mit, daß die GPE-5-Röhre dem Kershaw eine Reichweite von 75 Kilometern einräumte und sich meistens in der zweiten Reihe der TOG-Legionen aufhielt.

Endlich wußte Karstil, gegen wen er kämpfte. Eine Legion der zweiten Reihe. Aus der Statistik der Fahrzeugkennung entnahm er, daß ein Angriff von hinten am günstigsten sein würde, aber der Feind hatte die Fahrzeuge im Kreis aufgestellt, mit den Vorderseiten nach außen. Die Frontpanzerung war nicht besonders dick, es gab keine Flimmerschilde, um den schweren Laser abzuwehren, und sie hatten keine Waffen außer der Hauptwaffe. Wenn er näher kommen konnte, waren sie ein leichtes Ziel für die schwereren, schnelleren Panzer.

»Spint, schneller ran an den Feind. Wir versuchen, über die Einheit zu fliegen. Versuchen Sie, den Schüssen auszuweichen. Quent, feuern Sie auf das erste Ziel, das Sie erfassen können. Sie haben keine Schilde.«

Der Liberator warf sich herum, als Spint versuchte, den Artilleriegeschossen auszuweichen. Früher oder später würden sie merken, daß der Panzer sie überfliegen wollte, um das Feuer zu eröffnen, und ihr eigenes Feuer entsprechend umstellen.

»Zwei, sechs. Ich überfliege das Ziel. Folgen Sie mir.«

»Zwei, verstanden.« Mullins' Liberator befand sich mehrere Kilometer entfernt und war damit beschäftigt, den Salven auszuweichen. Die Viper war noch weiter weg, wurde nicht vom Feuer belästigt, wollte aber auch nicht auffallen, um keine Vergeltungsschläge hinnehmen zu müssen.

»Drei, sechs. Bin gleich da. Ich versuche, einen zu markieren, wenn ich drüberfliege. Halten Sie das SMLM bereit. Ich versuche, es zu leiten.« Der Infanterietransporter bestätigte und wandte sich dem Bataillon zu. Karstils Liberator rauschte über die Bäume, auf den Feind zu. Rote Kreise erschienen vor dem Panzer auf dem DDP. Jeder trug die Bezeichnung der Munition, die eingesetzt wurde, aber Karstil war zu sehr damit beschäftigt, sich auf die Fahrzeuge zu konzentrieren, als sich deswegen Sorgen zu machen. Spint soll sich darum kümmern, dachte er. Er wird schon das kleinere Übel wählen.

Die Baumwipfel flogen als grüner Fleck unter ihnen vorbei, die höchsten schlugen gegen den Rumpf. Rechts und links von ihnen schlugen Artilleriegeschosse durch die Bäume, und weiter hinten zeigte eine weiße Explosion eine HELL-Salve an. Der Panzer kurvte hin und her, um den AM-Salven zu entkommen. Die roten Quadrate auf dem DDP befanden sich beinahe genau unter ihm. Karstil erblickte eine kleine Lichtung, an deren Rand die Fahrzeuge unter den Bäumen standen. Kurz hatte er den Eindruck, als deute eine riesige Kanone himmelwärts, deren Mündung so groß wie eine Abfalltonne war. Dann bebte der Liberator, als Podandos die drei Turmwaffen gemeinsam sprechen ließ.

Eine Anzahl Explosionen zog über die Artillerie hinweg; dem Aufglühen schmelzender Panzerung folgten dichte Rauchwolken. Dann war Karstils Liberator vorbei, über die Bäume hinweg. Die Artillerie hatte keine Zeit, die 3200 Strich so schnell nachzurichten. Sie hatten ihn als Hauptziel erfaßt, als wirkliche Bedrohung ihrer Existenz. Im Moment war er in Sicherheit.

Der Liberator warf sich in eine scharfe Linkswendung, und Karstil fiel mit der rechten Schulter gegen die Brüstung der Luke. Wie gut, daß Spint nach links gedreht hatte, so daß die gesunde rechte Schulter anstelle der verletzten linken Schulter getroffen wurde. Karstils Augen verfärbten sich vor Schmerz, dann klärte sich sein Blickfeld langsam wieder auf. Er sah Mullins' Liberator, der von explodierenden Granaten umschwirrt wurde, obwohl er sich noch einen Kilometer von den TOG-Stellungen entfernt befand. Kurzfristig verschwand der Panzer im Feuerhagel, erschien aber wieder und raste vom Ziel fort. Mullins hatte es nicht geschafft, die Stellung zu überfliegen.

Der Liberator drehte nach links, als ihn weitere Geschosse verfolgten. In der Entfernung sah Karstil Mullins und die Viper sich der feindlichen Position zuwenden. Wenn sie alle Waffen zusammen einsetzten, konnten sie eine Chance haben. Das DDP zeigte, daß es nur noch fünf Ziele gab, da die Waffen des Liberators ein Fahrzeug vernichtet hatten. Kein Kershaw konnte einen derartigen Schlag überstehen.

»Zwei, sechs. Diesmal fliegen wir sie gemeinsam an. Auf mein Kommando«, befahl Karstil.

»Zwei. Verstanden. Ich nehme die Infanterie mit.«

»Drei. Ich lasse die Leute raus, sobald wir das Ziel überqueren.«

»Drei, sechs. Setzen Sie die Soldaten 600 Meter vorher ab. Unnötig, sie dem Beschuß auszusetzen.«

»Drei. Verstanden.«

Bei drei Fahrzeugen, die mit Höchstgeschwindigkeit den 200 Meter breiten Bereich des Ziels kreuzten, war es nicht notwendig, das Risiko einzugehen, die Infanterie in dem gefährdeten Gebiet auszusetzen. Karstil lehnte sich gegen den vorderen Rand der Brüstung und wartete, bis die anderen Fahrzeuge Aufstellung genommen hatten.

»Werfen Sie mal einen Blick auf das DDP, Sir.« Das war Podandos.

»Unsere Leute sind in der Nähe.«

Karstil beugte sich nach hinten und überprüfte den Monitor. Dort, rings um die Kershaws herum, wimmelten blaue Punkte, Rebelleninfanterie. Ganz in der Nähe erschien ein blaues Quadrat, ein Infanterietransporter.

»Los jetzt!« brüllte er in das Funkgerät. »Höchstbeschleunigung!«

Spint hatte gar nicht auf sein Kommando gewartet.

Der Liberator schoß nach vorn; der Rumpf streifte die Spitzen der Bäume. In weiter Entfernung sah Karstil Mullins wenden und ebenfalls voranstürmen, der Viper-Transporter lag dicht hinter ihm. Eine Explosion erschütterte die Lichtung und eine zweite Rauchwolke vereinte sich mit der ersten, die noch von Karstils Angriff stammte. Zwischen den Bäumen zerbarsten nun keine Minen mehr.

Als er die Stellung überflog, bemerkte Karstil, daß zwei der TOG-Fahrzeuge in hellen Flammen standen. Ein anderes konnte nicht mehr feuern, denn die Mündung war abgeknickt und deutete in den Wald. Der Liberator schwankte leicht, und der Turm drehte sich nach links, als die drei Waffen auf einen der Kershaws schossen, den das DDP als funktionstüchtig anzeigte. Die HEAP-Salve traf den hinteren Teil des Geschützturms, der schwere Laser folgte ihr. Mullins' Herumbasteln an den Zielvorrichtungen machte sich bezahlt; der Laser drang in die Öffnung ein, die von der 150-mm-Kanone geschaffen worden war. Ein greller Blitz zuckte auf, und der Turm zerplatzte in viele Einzelteile. Dann ging der Rumpf in Flammen auf.

Irgend etwas Verschwommenes flog hinten an Karstil vorüber. Es war Mullins, der über das Ziel hinwegrauschte. Sein eigener Panzer drehte sich wieder nach links, und er sah nun die Infanterie, die aus den Türen des Viper-Transporters sprang. Die Fußsoldaten nutzten gern den schützenden Schild der Viper, um abzuspringen. Der mit heftiger Gewalt erfolgende Ausstieg gehörte nicht gerade zur sichersten Art, wie man ein Fahrzeug verlassen konnte. Er sah die Körper der Soldaten, die durch die Bäume krachten, als ihre Gravgürtel den Fall abfingen. Das, dachte er, ist eine verdammt harte Weise, zur Arbeit zu gehen.

Mullins mußte etwas getroffen haben, denn ein weiterer Blitz und ein Feuerball waren auf der Lichtung zu sehen. Das DDP zeigte nur noch drei rote Quadrate an, und eines davon erlosch gerade. Der Liberator hielt wieder auf den Kampfplatz zu.

»Unbekannte Rebellenpanzer, hier spricht Empire Hearty drei-eins-drei. Wir haben TOG-Gruppen, die sich ergeben. Bitte Feuer einstellen.« Die Übertragung wurde vom Krachen zerberstender Minen begleitet.«

»Empire Hearty drei-eins-drei, hier spricht Placid Gargoyle zwei-zwei-sechs. Werden das Gebiet umkreisen. Ende. Zwei, sechs. Eigene Leute in der Nähe. Werde umkreisen. Geben Sie mir Deckung.«

»Zwei, verstanden.«

Der Liberator kreiste langsam über die Gegend. Unten auf der Lichtung erblickte Karstil vier Artilleriefahrzeuge, die im Licht des Spätnachmittags in hellen Flammen standen. Der lange Schatten, der von den Bäumen geworfen wurde, unterstrich die Helligkeit der Flammen noch. Zwischen den Fahrzeugen liefen ein paar Männer herum, von denen die meisten die Kampfanzüge und Gravgürtel der Rebelleninfanterie trugen. Eine kleinere Gruppe stand mit hinter dem Kopf verschränkten Händen an einer Seite. Mitten auf der Lichtung stand ein Viper-Transporter, dessen 25-mm-›Knallkanone‹ auf eines der feindlichen Fahrzeuge wies.

»Landen«, sagte er.

Spint brachte den Liberator auf einen Meter Höhe herunter, bevor er den Panzer sanft neben der Viper aufsetzte.

45

Alsatia, Caralis
Commonwealth
9. Januar 6831

Der Führer der Infanteriegruppe saß auf dem Turm der Viper und beobachtete die Rebelleninfanterie, die die letzten TOG-Artilleristen zusammentrieb. Unter Schmerzen kroch Karstil aus seinem eigenen Panzer und glitt vom Liberator herab zu Boden. Jede Bewegung bedeutete eine Anstrengung, die stechende Schmerzen durch Rücken und Schulter jagte. Er lehnte sich gegen den rechten Sponson und stützte sich mit dem gesunden Arm auf, bis das Schwindelgefühl verflog.

Dann warf er einen Blick auf die Viper und stellte fest, daß diese schwere Kämpfe mitgemacht haben mußte. Auf der linken Seite waren die Türen weggerissen worden, und die schützende Panzerung war so oft getroffen worden, daß fast nichts mehr davon übrig war. Die Fahrerkanzel war zerschmettert, und nun war wenig mehr als ein gähnendes Loch übrig, wo eigentlich Sichtschlitze und eine Luke sein sollten. Die Nebelgranatenhalter an der Vorderseite des Turms und die Zwillings-SMLMs waren verschwunden. Karstil konnte nicht sagen, ob sie während des Kampfes oder bei dem Durchqueren des Waldes abgerissen waren.

Der Sergeant sprang vom Turm und schritt auf Karstil zu. Karstil richtete sich langsam auf, um sich nicht anmerken zu lassen, daß er starke Schmerzen hatte. Die sinkende Sonne spiegelte sich im Visier des Helms und ließ ihn zusammenzucken. Er erwiderte den Salut.

»Danke für Ihre Hilfe, Sergeant.«

»Ich danke Ihnen, Sir.« Die Stimme war weich und melodisch. »Wir haben gar nicht erwartet, so weit hinten eigene Leute zu finden.« Als der Sergeant den Helm abnahm, quoll eine Fülle rotbraunen Haares darunter hervor, das in der Sonne glänzte. »Wir wußten nicht, was wir tun sollten, bis Ihr Panzer zwischen den Bäumen erschien.«

Karstils Unterkiefer klappte auf. Das Mädchen war zwölf Zentimeter kleiner als er; die dunklen Augen leuchteten in dem rosigen Gesicht. Das hatte er nicht erwartet. »Äh«, stammelte er. »Äh. Wer sind Sie?«

»Sergeant Honor Ross, Sir. Dritte Gruppe, erster Zug, dritte Zenturie der 2031. Legion«, antwortete sie. »Oder vielmehr das, was von der Gruppe übrig ist. Es gibt nur noch fünf Männer und mich. Und der Viper-Transporter ist in ziemlich schlechtem Zustand.« Sie sah ihn an. »Wir sind froh, hier herauszukommen.«

»Nun, Sergeant Ross. Es war doch Ross?«

Sie nickte.

»Nun, Sergeant Ross. Ich bin nicht hier, um ›herauszukommen‹. Wir befinden uns auf einem Vorstoß, so weit wir es schaffen, und haben keine Anweisungen, uns zurückzuziehen.«

Der Optio und die Sergeantin starrten sich schweigend an, da keiner einen Vorschlag machen wollte. Es lag auf der Hand, daß Ross fortwollte, aber er hatte keine Befehle, zurückzuweichen. Er mußte beim Hauptquartier anfragen, bevor er etwas unternahm.

Die Stille wurde gebrochen, als Mullins seinen Liberator landete und sich zu ihnen gesellte.

»Sir, Sergeant. Entschuldigen Sie, Sir«, sagte er. »Die große Sechs hängt am Horn. Will mit Ihnen sprechen.« Er wies auf seinen Panzer. »Ich habe ihn auf fünf-fünf, und Quentain sagt, er kann ihn nicht hören. Sie nehmen daher besser meinen Funk.« Er griff nach Karstils Arm.

Tatsächlich wollte Harras mit ihm sprechen. Mullins hatte bereits Bericht erstattet, und der Zenturio Maximus war hoch erfreut. Er befahl dem Zug, weiter vorzustoßen, während die 2567. ihm folgte und die TOG-Truppen angriff, um sie unter Druck zu setzen. Aus irgendeinem Grund waren die TOG-Pläne anscheinend durcheinandergeraten, und überall herrschte Chaos. Druck, insbesondere Druck auf die hinteren Reihen, war jetzt genau das richtige. Karstil verabschiedete sich mit gemischten Gefühlen.

Er wäre gern zurückgegangen. Der Schmerz im Rücken und in der Schulter waren jetzt so stark, daß er Schwierigkeiten beim Atmen hatte. Er mußte kurze Atemzüge nehmen und die Luft anhalten, bis der Schmerz nachließ. Er wußte, daß der Schmerz vergessen sein würde, wenn sich die Lage wieder zuspitzte, aber er war nicht sicher, wie lange er in der Lage war, sich auf das Geschehen zu konzentrieren. Glücklicherweise hatte Mullins einen Plan. Da der Abend anbrach, entschieden sie, die beschädigte linke Seite von Ross' Viper in eine Gefängniszelle zu verwandeln. Nachdem sie die Artilleristen hineingezwängt hatten, wurde die durchlöcherte Wand nach unten gebogen, um die Öffnung zu bedecken. Sie mußten Mullins' Panzer dafür einspannen, da die Titanpanzerung zu hart war, um per Hand gebogen zu werden. Danach benutzten sie die 25-mm-Kanone, um die anderen Kershaws zu zerstören. Es dauerte länger, ersparte aber den Einsatz der wertvolleren 150-mm-Munition des Liberators.

Als sie die Lichtung gesäubert, die Fahrzeuge zerstört und die Gefangenen untergebracht hatten, war es bereits völlig dunkel. Jetzt traten die Probleme der Müdigkeit und der anfallenden Reparaturen in den Vordergrund. Ross' Viper war schlimmer beschädigt, als es den Anschein hatte, denn die Maschine hatte Treffer erlitten, die das Fahrzeug auf halbe Geschwindigkeit setzten.

Wieder fand der Veteran Mullins die Lösung. Die Einheit sollte sich auf den mit Wrackteilen übersäten Kampfplatz, den sie vor einiger Zeit gesehen hatten, begeben. Dort konnten sie die Nacht verbringen und vielleicht genügend Teile aus den beschädigten Fahrzeugen retten, um Ross' Viper zu reparieren.

Als sie sich mit zwei Stundenkilometern schwebend der Gegend näherten, um keine Sensoren zu alarmieren, zuckte ein Paar blauer Quadrate über den Monitor. Karstil fragte sich, wer sich in der Dunkelheit herumtrieb, Freund oder Feind. Er ließ den Liberator landen und befahl den anderen Fahrzeugen, seinem Beispiel zu folgen. Nach einem schnellen Kriegsrat, an dem Mullins, Honor Ross und Infanteriesergeant Dunstan Crown teilnahmen, faßten sie einen Plan.

Crown würde eine Fußtruppe über die zehn Kilometer führen, um die Eindringlinge zu beobachten. Irgend etwas war an diesen Fahrzeugen, das Karstil beunruhigte. Das eine wurde als Wolverine angezeigt, das andere als Eradicator-Flugabwehrpanzer. Sämtliche Eradicatoren waren aber als zerstört gemeldet, und die TOGs hätten auf jeden Fall den Überlebenden nachgespürt. Und jetzt tauchte eine weit hinter den eigenen Reihen auf.

Die Patrouille wanderte los, ohne die Gravantriebe zu benutzen, da sie befürchteten, die Sensoren des unbekannten Fahrzeugs zu alarmieren. Der Rest der Truppe ließ sich nieder, um abzuwarten. Eine 10-Kilometer-Wanderung durch die Dunkelheit würde, trotz der Thermalleuchten und Helmdisplays, lange dauern. Ein Mann konnte fünf Kilometer in der Stunde marschieren, aber nur, wenn er nicht vorsichtig sein mußte. Es konnte drei Stunden dauern, bevor sich Crown zurückmeldete.

Der Zug hatte sich in einer kleinen Mulde auf dem offenen Feld niedergelassen. Die Infanteristen bildeten ein großes Dreieck, mit Ross' beschädigtem Viper in der Mitte und Karstils Panzern an der Seite, die den unbekannten Fahrzeugen zugewandt war. Es blieb keine Zeit, um auszuruhen. Neben den schweren Schäden, die alle erlitten hatten, gab es auch kleinere, die jetzt repariert werden konnten. Mullins' Training war ihnen in Fleisch und Blut übergegangen, und die Panzercrews machten sich daran, ihre Ausrüstung zu überprüfen, sobald die Fahrzeuge gelandet waren. Die Infanterie folgte dem Beispiel der Panzersoldaten. Sogar in der Dunkelheit gab es viel zu tun. Karstil versuchte, zu helfen, aber die schmerzende Schulter ließ es nicht zu. Er sackte gegen die Seite des Panzers.

»Kann ich Ihnen helfen, Sir?« Es war Honor Ross, die von ihrem Viper-Transporter herüber kam. Sie hatte wegen eines Rückzugs mit ihm reden wollen. Der Auftrag war beendet, sie befanden sich tief im TOG-Gebiet, hatten Gefangene gemacht, die Munition nahm ab, und auch die Erschöpfung der Truppe spielte eine Rolle. Jetzt fand sie den Panzerführer kurz vor einem Zusammenbruch.

»Es geht schon, Sergeant«, schnauzte Karstil. »Was gibt's?« Es tat ihm leid, daß die Worte in diesem Ton hervorgesprudelt waren, aber in letzter Zeit passierte ihm das häufig. Er mußte nachdenken, bevor er den Mund aufmachte. Es hatte keinen Sinn, die Truppe anzubrüllen.

»Die Schulter sieht schlimm aus, Sir. Sie muß bestimmt neu verbunden werden. Ihre Mannschaft ist beschäftigt. Ich könnte das erledigen.«

Er wußte, daß sie recht hatte. Der Verband war verrutscht und stützte die verletzte Schulter nicht länger. Er suchte nach einem Grund, weshalb sie es nicht tun konnte, und gab auf. Er war einfach zu müde. »Wieso halten Sie sich für einen Arzt?« Wieder ärgerte er sich über den Tonfall und die Worte. Ihre Gegenwart wirkte so beruhigend auf ihn wie die von Julianna Pope vor zwei Monaten auf dem Transporter.

Seine Familie und das Militär hatten ihn erzogen, Frauen als gleichberechtigt anzusehen. Er hatte es bei seinen Ausbildern und bei Julianna akzeptiert. Der Verbindungsoffizier der Kohorte war eine Frau, und er hatte ihre Befehle wie die eines Mannes befolgt. Man hatte es ihm eingebleut: Frauen sind gleich. Behandele sie, wie du jeden anderen behandelst.

Aber jetzt, mit einer Frau in der Truppe, die ihm unterstellt war, wußte er nicht, wie er sich verhalten sollte. Sie stand vor ihm, und das gedämpfte Licht der Kampfbeleuchtung spiegelte sich in ihren Augen. Ich gebe auf, dachte er. Ich ergebe mich. »Tut mir leid, Sergeant. Machen Sie, was Sie für richtig halten.«

Mit einem einzigen gesunden Arm war es fast unmöglich, den Kampfoverall zu öffnen. Ross mußte ihm helfen, den Anzug aufzumachen und ihn von den Schultern zu schälen. Sein Körpergeruch wurde ihm bewußt. Seit einer Woche steckte er in dem Overall, ohne daß er sich hatte waschen können. Das war ganz in Ordnung unter den Männern des Zuges, aber in Ross' Gegenwart empfand er es als demütigend. Wäre er nicht so müde gewesen und so voller Schmerzen, wäre es ihm peinlich gewesen.

Sie entfernte den Kunststoffschutz und schnitt dann mit ihrem Kampfmesser den verschmutzten Verband ab, um das Schulterblatt und die gebrochenen Rippen freizulegen. Sie war kein Arzt, aber sie hatte ganz sicher schon früher Wunden und gebrochene Knochen gesehen. Aber eine Verletzung, die mehrere Tage ohne die Behandlung eines Arztes gewesen war, hatte sie noch nicht erblickt. Die linke Schulter war herabgesunken, als habe sie jegliche Stütze verloren, und sie sah den Winkel des Bruchs, der sich gegen die Haut drückte. Die Schwellung reichte von der Mitte der Brust über die Schulter und den Rücken hinab bis zur Wirbelsäule. Sie hatte eine tief violett-schwarze Färbung angenommen, nur im Schulterbereich war sie dunkelgrün. Außerdem roch es, als sei unter der Haut etwas Totes verborgen.

Karstil stemmte sich gegen den Sponson des Panzers, während Ross die Medizintasche aus dem Kampfdeck des Liberators holte. Podandos und Spint warfen ihr mißtrauische Blicke zu.

»Das wird weh tun«, sagte sie und drückte den hervorstehenden Bruch nach unten, bis sich die beiden Teile auf gleicher Höhe befanden. Für die Rippen konnte sie wenig tun, außer sie zu polstern. Sie wußte, daß man gebrochene Rippen nicht unbedingt verbinden sollte, denn dadurch konnten gebrochene Teile in den Brustraum gedrückt werden und vielleicht einen Lungenflügel beschädigen. Sie befestigte den Kunststoffschutz wieder an dem alten Platz.

Karstil ließ sie drücken und tasten und biß die Zähne zusammen, um den Schmerz zu unterdrücken. Allerdings war es gar nicht so schlimm, halbnackt in der Dunkelheit zu stehen, während eine fremde Frau sich an seinem Rücken zu schaffen machte. Ihre Hände waren sanft und weich, und sie roch besser als die anderen Mitglieder des Zuges. Er fragte sich, ob sie Parfüm benutzte.

Als der Verband angelegt und der Overall wieder geschlossen war, fühlte sich Karstil besser als seit Tagen.

»Sie wollten mich sprechen, Sergeant?«

»Ja, Sir. Es geht um den Operationsplan.« Sie bereitete sich vor, ihre Argumente für einen Rückzug anzubringen.

Genau in diesem Augenblick erwachte das Funkgerät des Liberators so plötzlich zum Leben, daß beide zusammenzuckten. »Sechs, hier spricht drei.« Karstil griff nach seinem Helm und drehte das Mikrofon nach außen, damit er sprechen konnte, ohne den Helm aufzusetzen.

»Drei, hier spricht sechs.«

»Drei. Es sind eigene Truppenteile, Sir. Aber Sie werden nicht glauben, was wir hier haben. Am besten kommen Sie her.«

»Sechs. Auf dem Weg.« Karstil schickte sich an, seinen Liberator zu erklimmen. »Danke für Ihre Hilfe, Sergeant«, meinte er sachlich. »Ich rufe Ihren Transporter, daß er Sie hier abholt.« Er drehte sich wieder seinem Panzer zu. »Spint! Podandos! Geben Sie Gas. Wir brechen auf.«

46

Alsatia, Caralis
Commonwealth
9. Januar 6831

Bei den aufgeklärten Fahrzeugen handelte es sich in der Tat um einen Wolverine und einen Eradicator, oder um das, was davon übrig war. Crown hatte die Mannschaften befragt und schien sie für unverdächtig zu halten.

Als sich der Zug den gelandeten Fahrzeugen näherte, konnte Karstil schon auf dem DDP feststellen, daß der Eradicator beschädigt war. Das blaue Lichtzeichen blinkte an und aus, als sei die Energieversorgung mangelhaft. Der Wolverine war als ruhiges blaues Quadrat zu sehen, also war die Energieversorgung fehlerlos. Der Sergeant des Wolverine grüßte als erster, anscheinend war er froh, eigene Truppen zu sehen.

Der Eradicator stellte nur noch ein Wrack dar. Der Turm war durch eine Munitionsexplosion im Innenraum abgerissen worden. Der Fahrer wurde dabei hinausgeschleudert. Der andere Überlebende war ein Legatus aus dem Hauptquartier der 2567. Legion. Karstil hätte ihn umarmen mögen. Endlich, dachte er, ist jemand da, der das Kommando über diesen Zirkus übernimmt. Er grüßte den Legatus, meldete ihm ihren Auftrag und den Zustand der Truppe.

»Haben Sie mich genau angesehen, Optio?« Sie standen in der Dunkelheit, und Karstil konnte nur den Umriß des Mannes erkennen.

»Sir?«

»Haben Sie mich und meine Rangabzeichen genau angesehen?«

»Nein, Sir.«

»Nun, dann tun Sie es.«

Im Dunklen konnte Karstil nur die Krone und das Schwert am Kragen der Kampfuniform sehen. »Ich verstehe nicht, Sir.«

»Sehen Sie genau hin, Optio, und Sie werden sehen, daß vom Griff des Schwertes ein kleines ›K‹ hängt. Das ›K‹ bedeutet, daß ich das Rangabzeichen eines Legatus der Flugabwehrtruppen trage, daß ich aber in Wirklichkeit ein Kriegsberichterstatter bin. Den Rang des Legatus erhielt ich nur ehrenhalber. Damit kann ich in der Offiziersmesse essen und so weiter.«

Karstils Herz sank. Das fehlte ihm noch: ein Legatus ohne richtigen Rang und ohne Funktion.

»Ich bin sicher, daß die anderen das ›K‹ bemerkt haben, Optio. Dies ist Ihr Kommando. Ich fahre nur den Eradicator. Was halten Sie davon?«

Was halte ich davon? dachte Karstil. Was halte ich davon? Ich finde, ich brauche das alles nicht. Mein Zug ist um ein Drittel kleiner geworden, ich habe die Infanteriegruppe einer anderen Zenturie bei mir, eine weitere Gruppe einer fremden Legion, deren Transporter mit Gefangenen vollgestopft ist, einen Wolverine von sonstwoher und einen nutzlosen Eradicator, in dem ein Häufchen Nichtkommandanten hockt. Was halte ich davon? Ich glaube, ich will damit nichts zu tun haben.

»Hört sich gut an, Sir«, erwiderte er. »So machen wir es.«

»Fein! Übrigens, ich heiße Lurron Johnston. Ich gehöre zur Holovidstation GHTY.«

Der Name ließ eine Alarmglocke schrillen. Irgend etwas klang vertraut bei der Erwähnung der GHTY, und Karstil versuchte, sich zu erinnern. O ja, jetzt fiel ihm ein, wo er das GHTY-Logo schon gesehen hatte. Judith Westover hatte es am Abend des Festbanketts an ihrer Jacke getragen. Wenn es nicht dunkel gewesen wäre, hätte Lurron Johnston gesehen, wie der junge Optio erbleichte.

Die beiden Offiziere machten sich auf den Weg zu den anderen. Mullins und der Wolverine-Sergeant tauschten gerade Prahlereien über die letzten Gefechte aus, was man auch Kriegsgeschichte nannte, und der Zugsergeant wandte sich sofort Karstil zu.

»Sir, Sergeant Glover sagt, daß sich hier nirgendwo TOG-Einheiten aufhalten«, begann Mullins. »Er behauptet, daß sich viel in der Nähe unserer Linien tut, aber hier hinten gar nichts.« Mullins winkte den Wolverine-Kommandanten herbei. »Das ist Sergeant Jason Glover von der leichten Kohorte der Zweiten Manus. Er liegt seit fünf Tagen hinter den TOG-Linien.«

»Nett, Sie kennenzulernen, Glover. Was gibt's?«

Der Wolverine-Sergeant salutierte. »Nicht viel, Sir. Ich war so lange hier, daß ich nicht weiß, was vorne passiert. Gestern abend habe ich die beiden im Eradicator aufgesammelt. Die scheinen so verloren zu sein wie wir. Der Fahrer ist in Ordnung, aber der Kriegsberichterstatter ist ein wenig verrückt.« Er bemerkte den Legatus, der hinter Karstil stand. »Entschuldigung, Sir. Ich habe Sie nicht gesehen.«

»Schon in Ordnung, Sergeant«, erwiderte der Legatus. »Es macht mir nichts aus, verloren zu wirken. Ich habe mit dem Optio geredet, und er wird das Kommando übernehmen. Ich gehorche seinen Befehlen.«

Die vier Sergeanten tauschten Blicke aus. Ein Legatus, der das Kommando einem Optio überläßt, war keine Alltäglichkeit, auch wenn er nur einen Ehrenrang innehatte. Irgend etwas braute sich zusammen, und sie wußten nicht, ob ihnen das gefiel.

Karstil verlangte einen Bericht über die Ausrüstung. Der Wolverine besaß einen kompletten Munitionsvorrat, da er noch keinen Schuß abgegeben hatte, seitdem er sich auf Caralis befand. Der Eradicator war schwer beschädigt, aber die Fahrerzelle und die rechten

Rumpfgeschütze funktionierten, auch die Datenantenne war unbeschädigt. Da die Feuerleitstelle ohne DDP war, konnte aber keine Munition verschossen werden. Das größte Problem der Gestrandeten, auch für Ross' Infanteriegruppe, stellte die fehlende Nahrung dar. Der Zug teilte auf, was er besaß.

Die Truppe machte sich in Rundumsicherung zur Nachtruhe bereit. Karstil machte sich keine Gedanken, daß er ein Artillerieziel abgeben könnte. Auch wenn sie von einem Satelliten entdeckt wurden, hoffte er, daß die vielen Fahrzeuge als Einzelstück durchgehen würden und nicht als größere Truppenansammlung. Er wollte so wenig Aufmerksamkeit wie möglich erregen. Die Mannschaften brauchten Ruhe, und seiner Meinung nach erforderte eine Rundumsicherung weniger Wachen. Außerdem brauchte auch er Schlaf. Da sich die Schulter besser als seit Tagen anfühlte, wurde er ziemlich schläfrig.

Die roten Kampfbeleuchtungen des TOG-Hauptquartiers ließen die Kunstledertuniken der Männer fast schwarz aussehen. Sechs Männer standen um das taktische Display herum und versuchten es zu deuten. Die Luft war von dichtem Rauch erfüllt, der von den Zigarren der Offiziere aufstieg. Niemand sprach, alle dachten nach. Die Mitte des taktischen Displays erwachte zum Leben; ein Lichtstrahl des Projektors beleuchtete es. Einen Augenblick lang funkelte das Licht, dann erschien die winzige Gestalt eines Offiziers. Das Laserhologramm des Großgenerals Oliodinus Severus Septimus wandte sich dem General zu. »Caesar zum Gruße, General Arcadius.«

»Salve, Caesar«, erwiderte der General, der strammstehend salutierte.

»Wir machen uns Sorgen«, fuhr das Hologramm fort. »Sorgen über die Berichte der Vorgänge auf Caralis. Ihre Legionen sollten seit zwei Tagen in der Offensive sein. Wir haben noch keine Siegermeldungen erhalten.«

Brigadegeneral Arcadius behielt Haltung bei, aber seine Zehen bewegten sich unruhig in den Stiefeln. Er hatte gewußt, daß ihm diese Unterredung bevorstand, und auch geahnt, daß sie nicht gut ausgehen würde. Der Großgeneral hatte das Wort »wir« benutzt, und Arcadius wußte nicht, ob dies ein Hinweis darauf war, daß man sich auf höchster Regierungsebene Sorgen machte. Er hoffte es nicht.

»Nach unseren Informationen«, fuhr der Großgeneral fort, ohne Arcadius eine Antwort zu gewähren, »sollten Sie vor 48 Stunden entlang der ganzen Front angreifen. Man hat uns ebenfalls informiert, daß Sie sich jetzt in der Defensive befinden.« Selbst auf dem 25 Zentimeter großen Hologramm war das grimmige Lächeln zu erkennen.

»Es gab«, unterbrach der Brigadegeneral, »eine kleine Änderung unserer Pläne.« Arcadius wußte, daß sich diese Lüge nicht als die größte Untertreibung des Jahrtausends erweisen würde, aber sie war nicht weit davon entfernt. »Die Rebellen- und Commonwealth-Truppen scheinen entschlossen, sich selbstmörderisch auf unsere Schwertspitzen zu stürzen. Sie haben auf der ganzen Linie einen verzweifelten Vorstoß gewagt.« Er redete jetzt schneller, um noch mehr sagen zu können, bevor er unterbrochen wurde. »Wir besitzen Informationen, die es uns erlauben, ihre Angriffe zurückzuschlagen und sie einen hohen Preis zahlen zu lassen.« Er schloß und wartete auf eine Antwort.

»Für Sie und Ihre Familie hoffe ich, daß Sie recht haben. Die Regierung hat Ihnen das zur Verfügung gestellt, worum Sie gebeten haben. Dafür sollten Sie die Commonwealth-Einheiten auf Caralis zerschlagen. Ihre Taten müssen dieses Vertrauen rechtfertigen.« Das Hologramm ließ Arcadius keinen Moment lang aus den Augen.

Der General starrte auf das Licht. Er haßte holographische Gespräche. Dort, vor ihm, stand das körperlose Bild seines Kommandeurs, so zerbrechlich und doch so real. Könnte er nur die Hand ausstrecken, das Lichtbild stören und das Leben aus dem glänzenden Schatten schütteln. Er zog das Funkgerät oder persönliche Gespräche vor. Beim Funkverkehr konnte der Gesprächspartner die Augen nicht sehen, und bei einer Unterredung von Angesicht zu Angesicht konnte man viel aus der Atmosphäre entnehmen. Der Befragte konnte sich nicht verbergen, aber es lag auch kein Gefühl in der Luft, das für die Antworten einen Anhalt geben konnte. Er öffnete den Mund, um Bestätigungen zu murmeln, aber das Hologramm kam ihm zuvor. »Salve, Caesar«, sagte es und verschwand, als der Großgeneral Oliodinus Severus Septimus die Verbindung abbrach. Das »Salve, Caesar« der Offiziere verklang ungehört.

Brigadegeneral Arcadius wandte sich seinen Offizieren zu. Einer von ihnen, das wußte er, war ein Spitzel, der Berichte an Großgeneral Septimus sandte. Das war nicht verwunderlich. Er selbst hatte das auch noch vor wenigen Jahren gemacht. Jeder TOG-Kommandeur hatte jemanden in seinem Umfeld, der Berichte über ihn an die Vorgesetzten weitergab. Dieses System hielt die Kommandeure auf Trab, aber es erlaubte keinem Mann ein wenig Freiraum, wenn die Dinge schlecht liefen. Und das geschah im Moment.

»Legatus Maximus Philippicus«, sagte er zu einem der Offiziere, der sofort Haltung annahm. »Haben wir etwas Neues von Ihrer Quelle?« Er hatte mit Absicht die Worte ›Ihre Quelle‹ benutzt.

»Nein, Sir. Wir bearbeiten die ursprüngliche Information noch immer. Leider erhielten unsere Analytiker sie nicht so früh, wie wir erhofften. Einige Punkte geben uns Rätsel auf.«

Philippicus hielt inne und bedachte die nächsten Worte.

»Weiter.«

»Nun, Sir, es scheint echt zu sein, sehr detailliert. Wir haben alles, auch Angriffszeiten und sogar Zustellungen. Es ist beinahe zu umfangreich.«

»Wollen Sie sagen, Sie halten es für eine Fälschung? Daß man Sie zum Narren gehalten hat? Daß Sie mir Fehlinformationen gegeben haben?«

»Ich weiß nicht, Sir. Alles stimmt irgendwie nicht. Entweder haben wir einen Kode verpaßt, oder der ganze Bericht ist eine unglaubliche Lüge.«

General Drusus Arcadius näherte sich seinem unglücklichen Geheimdienstoffizier. Er sprach langsam und spuckte die Worte einzeln aus. »Legatus Maximus Antipolous Philippicus, Sie sind der Chef meines Geheimdienstes. Sie sollten wissen, ob die Berichte, die Sie empfangen, echt oder nichts als Schall und Rauch sind. Jetzt erzählen Sie mir, daß die Informationen, die Sie mir und meinem Stab präsentiert haben, falsch waren. Ihr wunderbarer Geheimplan ist nichts als Dreck.«

Philippicus lehnte sich zurück, als sein Kommandeur vor ihm stand, die Füße fest auf den Boden gestemmt. »Ich werde die Wahrheit innerhalb der nächsten zwölf Stunden wissen, General.«

Legatus Maximus Philippicus floh aus dem Hauptquartier zu seinen Leuten. Nichts würde ihn davon abhalten, die Wahrheit herauszufinden. Der Bericht war so vollständig gewesen, so detailliert. Er konnte die Hauptpunkte auswendig sagen: Die 2567. wurde von Caralis evakuiert, die 2031. verteidigte in aufgelockerter Formation, die Überbleibsel der 354. führten Kurzangriffe aus, neue Rebellentruppen würden nicht eintreffen. Sogar die Angriffspositionen und -zeiten waren angegeben worden. Jetzt wurde der Bericht durch die Geschehnisse widerlegt. Die 2567. hatte angegriffen, sogar teilweise erfolgreich. Mindestens eine neue Legion war gelandet. Die 354. hatte überhaupt nicht angegriffen. Der Bericht hatte alles anders vorausgesagt. Irgendwer mußte wissen, was vorging. Vor ein paar Stunden hatte er Legatus Targus Vortrun zum Hauptquartier der Manus geschickt, das dem Schwerpunkt der Angriffe der 2567. gegenüberlag. Vortrun sollte die Lage einschätzen und Bericht erstatten. Über die sicheren Landverbindungen zum Manus-Hauptquartier konnte Philippicus völlig abhörsicher mit Vortrun reden. Er stellte eine Verbindung her.

Der Ruf wurde beantwortet, aber es waren so viele Störungen in der Leitung, daß sich Vortrun anhörte, als schreie er ins Mikrofon. Philippicus konnte kaum verstehen, was der Legatus sagte, aber es hörte sich wie »Angriff! Angriff! Angriff!« an. Dann brach die Verbindung ab. Philippicus starrte eine Weile auf das Gerät und legte dann vorsichtig den Kopfhörer auf die Halterung.

47

Alsatia, Caralis
Commonwealth
10. Januar 6831

Der Tag war bereits fortgeschritten, als Karstil den Zug in Bewegung setzte. Mullins hatte genügend Ersatzteile gefunden, um die Gravantriebe von Ross' Viper wieder zur Höchstgeschwindigkeit zu befähigen. Er hatte keine Ahnung, wie lange die Reparaturen halten würden, aber wenigstens konnte sie jetzt mithalten. Für den Eradicator konnten sie nichts weiter tun, denn die Schäden waren zu schwerwiegend. Aber eine Verbesserung war ihm gelungen. Er hatte sein DDP an den Eradicator angeschlossen und war sicher, daß das Fahrzeug nun eines der Flugabwehrgeschütze abfeuern konnte.

Die Reparaturen, von denen die meisten bei Tageslicht ausgeführt werden mußten, verspäteten die Abreise des Zuges vom nächtlichen Lagerplatz. Nicht, daß es Karstil viel ausgemacht hätte. Zum ersten Mal seit Tagen hatte er gut geschlafen, war aber trotzdem steif und wund erwacht. Honor Ross bot sich an, die Verbände neu zu wickeln, aber er wies sie ab. Statt dessen machte es Quentain, und hinterher wünschte sich Karstil, er hätte ihr Angebot angenommen. Podandos versuchte sein Bestes, aber er war nicht so geschickt wie Ross.

Mit dem Wolverine an der Spitze setzte sich der Zug in Bewegung. Die Panzer folgten der Reihe nach, hinter ihnen lagen die drei übrigen Fahrzeuge. Zuerst kam Ross, gefolgt von dem Legatus in seinem beschädigten

Eradicator und zuletzt Crown mit der Viper. Auf diese Weise, dachte Karstil, hatte er starke Fahrzeuge an jedem Ende und die lahmen Enten in der Mitte. Ross konnte wahrscheinlich nicht besonders gut manövrieren, und es war besser, sie in der Nähe zu haben. Es mochte einen anderen Grund geben, daß er sie in der Nähe wissen wollte, aber darüber wollte Karstil nicht nachdenken. Das Gebiet war nicht so eben wie das am Vortag, die Erhebungen wurden immer scharfkantiger, die Wälder dichter und größer. Karstil hielt die Geschwindigkeit niedrig, um nicht unvorbereitet auf etwas Ungewöhnliches zu stoßen. Alle aktiven Sensoren waren abgestellt worden, da die Sensorzeichen noch weit außerhalb ihrer Reichweite entdeckt werden konnten. Ein Fahrzeug, das eine Sendeeinheit auf 50 Kilometer orten konnte, vermochte ein Ziel durch aktive Sensoren über 25 Kilometer hinweg aufzuspüren. Ziele auf 50 Kilometer Entfernung konnten nicht nach dem Typ bestimmt werden, nur nach der Nationalität. Sämtliche Fahrzeuge hielten sich aus demselben Grund auf Empfangsbereitschaft.

Da der Wolverine 25 Kilometer voran flog, bestand wenig Risiko, daß der Zug den Feind überraschend treffen würde. Um 1100 drehte sich der Wolverine den Panzern zu und glitt mit 120 Stundenkilometern über den Boden, dicht neben Karstils Liberator. Glover winkte Karstil und Mullins, der 400 Meter dahinter lag, ein Zeichen zu, daß sie anhielten. Beide Liberatoren schwebten auf einem Meter Höhe, die übrigen Fahrzeuge folgten ihrem Beispiel.

Jason Glover kletterte auf Karstils Liberator, um ihm die Neuigkeit mitzuteilen. »Auf der anderen Seite des Berges habe ich eine Menge Feind aufgeklärt, Sir«, sagte er. »Ich habe mich, so schnell ich konnte, aus dem Staub gemacht. Glaube kaum, daß sie mich gesehen haben.«

»Was genau bedeutet ›eine Menge‹, Sergeant?« Karstil konnte jetzt keine übertriebenen Angaben gebrauchen. »Versuchen Sie mir ganz genau zu schildern, was Sie gesehen haben.«

»Ja, Sir.« Glovers Begeisterung war durch Karstils Tadel nicht gedämpft worden. »Es waren mindestens zwölf, Sir.« Diese Zahl hatte er sich ausgedacht, während er redete. Er hatte die roten Quadrate nicht gezählt, wußte nur, daß es viele waren. »Die meisten standen dicht beieinander im Tal, und ein paar andere ein wenig abseits. Sah aus wie ein Gefechtsstand.«

»War es ein Gefechtsstand?«

»Ich weiß nicht, Sir.«

Ungefähr 1500 Meter hinter dem letzten Viper-Transporter lagen Wälder, und Karstil signalisierte den Fahrzeugen, ihm dorthin zu folgen. Er benutzte die Laserlampe, da er dem Funk nicht traute, wenn sich in nächster Nähe TOG-Einheiten befanden. Als das letzte Fahrzeug gelandet war, rief er die Führer zusammen, um ihnen die Neuigkeit mitzuteilen.

Glover sprudelte die Nachricht hervor, und Karstil bemerkte im Stillen, daß die ›Menge‹ von zwölf jetzt schon auf ›fünfzehn oder mehr‹ angewachsen war. Er berichtigte oder tadelte den Sergeanten nicht. Glover war so aufgeregt, weil es sich wahrscheinlich um seine erste Gelegenheit zu einem echten Gefecht handelte.

Mullins bedachte das Gehörte. »Vielleicht sollten wir ausweichen, Sir. Hört sich nach vielen Feinden an.«

Glover machte ein enttäuschtes Gesicht. Ohne Zweifel wollte er die ganze Truppe angreifen und die Kanonen sprechen lassen. Er trat beiseite und schmollte. Sogar Crown wirkte enttäuscht, aber Ross brach das Schweigen. »Wir sind nicht hier, um Feindkontakt zu vermeiden«, sagte sie und warf Karstil einen bösen Blick zu. »Wenn ich an unser nächtliches Gespräch denke, dann sagten Sie, wir seien die Spitze einer Attacke. Wenn es sich um ein Hauptquartier handelt, sollten wir angreifen.«

»Wir sind nicht stark genug, um ein Hauptquartier vernichten zu können, selbst wenn es sich nur um das einer Kohorte handelt.«

»Aber das wissen sie nicht, mein Junge«, mischte sich Johnston ein. Vielleicht können wir sie überzeugen, daß wir viel mehr sind.« Er beachtete die Blicke der Umstehenden nicht und räusperte sich. »Ich war einmal in einem Geschäft, das anderen etwas vorgaukelt«, fuhr er fort. »Alles, was man schaffen muß, ist, das Auge zu überzeugen, nicht den Verstand. Ein paar Palmen und ein spiegelnder See – und da haben wir die Oase in der Wüste. Es ist eigentlich ganz einfach.«

Der Kriegsrat starrte Johnston an; die Gesichter spiegelten die Gefühle wider. Glover, Crown und Ross waren aufgeregt, Karstil interessiert, Mullins skeptisch. »Ich glaube«, sprach Johnston, »daß jedes Fahrzeug ein Ding hat, das einen Identifizierungscode ausstrahlt. Sergeant Glover sagte, er könne feststellen, wer jemand ist, bevor er ihn sehen kann.« Er sah sich um, ob sein mangelhaftes technisches Wissen irgendeinen negativen Eindruck hinterlassen hatte. Die Gesichtsausdrücke blieben unverändert.

»Wir müssen den TOGs nur mehr zu sehen geben, als sie verkraften können. Da wir vier verschiedene Fahrzeugtypen haben, sollten wir eine große Truppe darstellen können, wenn wir uns verstreuen. Wer weiß, was sie denken, wenn sie sich von vielen Rebellen angegriffen fühlen?«

»Aber wenn sie es merken«, unterbrach ihn Mullins, »dann schießen sie uns den Hintern weg.«

Johnston sah verärgert aus. »Es war nur eine Idee, Sergeant. Besser, als davonzulaufen.«

Karstil dachte nach. »Sie können auch ohne Transponder sagen, was wir sind. Denken Sie daran, wie uns diese Horatius-Attrappen an der Nase herumgeführt haben. Wir könnten alle Sender der Fahrzeuge an die Infanterie verteilen. Dadurch wären wir dann dem Anschein nach doppelt so viele.«

Begeisterung machte die Runde, und sogar Mullins hatte Schwierigkeiten, ein Lächeln zu unterdrücken. Der Gedanke, die TOGs ein wenig ihrer eigenen Medizin schlucken zu lassen, hatte etwas sehr Anziehendes.

Während die Mannschaften die Transponder aus den Fahrzeugen entfernten, schmiedeten die Sergeanten mit Optio Karstil einen Plan. Johnston und der Eradicator würden die Infanterie nach vorn bringen, um dem Feind den Fluchtweg abzuschneiden. Glover und sein Wolverine sollten sie begleiten, um Funk- und DDP-Informationen weiterzugeben und notfalls mit der 100-mm-Kanone für Feuerschutz zu sorgen. Die anderen Fahrzeuge sollten in zwei Gruppen aufgeteilt werden: Mullins und Crown auf der einen Seite, Karstil und Ross auf der anderen. Karstil würde seine Truppe in einem weiten Bogen nach rechts führen, Mullins und Crown hinter ihm noch ein wenig weiter ausholen. Wenn sich beide Panzer der TOG-Formation gegenüber befanden, würden sie angreifen. Der Einsatz der Panzer hing vom Gelände und der Situation ab. Navigation blieb dem Gefühl und Gott überlassen, da die Angreifer ihre Sensoren nicht eher aktivieren wollten, als bis sie auf 20 Kilometer oder noch näher herangekommen waren. Um 1330 waren sie bereit.

Karstil stellte ein paar schnelle Berechnungen an und fütterte den Bordcomputer damit. Er wollte wissen, wie lange es dauern würde, nach der Entdeckung aus verschiedenen Reichweiten die TOGs angreifen zu können. Die größte Entfernung betrug 20 Kilometer. Er hoffte, daß sie näher kommen konnten, bevor die TOG-Verteidiger etwas unternahmen. Die Auswertungsdaten liefen über den Monitor.

Eine Tabelle erschien, auf der die Zeit angegeben stand, die sie brauchten, um die Entfernung bis zum Ziel zu überwinden. Diese Zeit hing von der Geschwindigkeit der Angreifer ab. Laut Computer dauerte es fünf Minuten, um die 20 Kilometer hinter sich zu bringen, wenn sie eine Höchstgeschwindigkeit von 240 Stundenkilometern beibehielten. Wurde die Einheit nicht entdeckt, verringerte sich die Zeit, die den TOGs zum Reagieren blieb. Er studierte die Zahlen. Die TOGs konnten ihn wahrscheinlich auf 20 Kilometer aufspüren, ganz sicher aber auf 15. Angenommen, er war entdeckt worden, brauchten sie doch Zeit, um zu reagieren. Danach würden sie in Verteidigungsstellung gehen, was noch etwas Zeit beanspruchte. Also blieben den Angreifern drei Minuten Gnadenfrist, wenn man grob schätzte. Waren die TOGs langsamer oder spürten sie ihn erst später auf, um so besser. 240 Stundenkilometer Geschwindigkeit schien am günstigsten zu sein. Sie blieben damit im Sicherheitsbereich für Flüge dicht über dem Boden, und selbst wenn die TOGs sie auf 20 Kilometer entdeckten, blieb ihnen nur eine Minute und 48 Sekunden, bevor Karstil und seine Einheit über ihnen waren. So konnte er die Laser auf vier Kilometer abfeuern, wenn die Feinde noch verwirrt waren. Das war das Beste, was er sich erhoffen konnte.

Die Infanterie, mit Glover und Johnston, rückte als erstes aus und näherte sich dem Ziel mit 25 Stundenkilometern. Bei dieser Geschwindigkeit würden sie beinahe zwei Stunden brauchen, um ihre flankierende Position einzunehmen. Das war eine lange Zeit, aber jede größere Geschwindigkeit konnte sie verraten. Die Panzer setzten sich eine halbe Stunde später in Bewegung, mit Mullins und Crown in der Führung, während Karstil und Ross fünfzehn Minuten später folgten. Sämtliche Fahrzeuge blieben auf Empfangsbereitschaft.

Legatus Targus Vortrun studierte das taktische Display, das ihm der Verbindungsoffizier der Manus zeigte. Eine Reihe blauer Kreise, Quadrate und Dreiecke war auf dem Bildschirm verteilt, der den 500-Kilometer-Bereich zeigte, in dem sich TOG-Einheiten befanden. Ob der Bericht des Hauptquartiers, daß einige der Einheiten nicht länger existierten, fragte sich Vortrun, ob dieses Display eigens für ihn erstellt worden war. Legatus Maximus Philippicus hatte ihm ein Geheimdossier über den neuesten Stand gegeben, bevor er ihn verlassen hatte, und Vortrun wußte, daß die Rebellen in das Manusgebiet eingedrungen waren. Keiner dieser Vorstöße war auf der Karte zu sehen.

Legatus Affilios Kandiliapos war Vortruns Mitschüler auf der Akademie gewesen und stand nun im Hintergrund, um die Entscheidung abzuwarten. Targus ließ ihn schwitzen. Wie alle Nichterdbewohner wollte auch Vortrun die TOG-Overlords zufriedenstellen. Sie waren zwar Klassenkameraden gewesen, aber Vortrun hatte den Mann noch nie leiden können. Jetzt versuchte der Manus-Kommandeur trotz der Katastrophen, die in seinem Bereich vorgefallen waren, gleichmütig zu erscheinen und gleichzeitig die Legion zum Narren zu halten. Nun, dachte Vortrun, wir werden dich hängen lassen, als Beispiel für andere. Er wandte sich lächelnd zu Kendiliapos um.

»Das ist also die neueste Information, die Sie haben?«

»Ja, Targ«, antwortete Affilios und trat an das Display. »Wie Sie sehen, schlagen wir uns recht gut.«

Der Gebrauch des familiären ›Targ‹ verbreiterte Vortruns Lächeln. Wenn er den Hammer niedersausen ließ, würde dieser Mann sich winden. Es machte Spaß, das Opfer in die Falle zu locken und zuzusehen, wie es sich wand und drehte, wenn er die Schrauben anzog. Er blickte auf die Karte und fand schließlich das Symbol der Artillerie-Hundertschaft Tertius. Das war es, ein blaues Quadrat nahe der Front. Die Zenturie war als zerstört gemeldet, überrannt von drei Zenturien Rebellenpanzer, die gestern abend zugeschlagen hatten.

Jetzt hatte Affilios sie immer noch hier in Position, bereit, die Front zu unterstützen. Entweder versuchte er, jemanden zu täuschen, oder er war unglaublich dumm. Wie es auch war, er mußte gehen.

»Diese Einheit« – Vortrun tippte mit dem Lichtstift auf das Artilleriesymbol – »scheint am falschen Ort.« Das Zeichen verschwand und Vortrun schaute auf, um Kendiliapos' Unbehagen zu beobachten. Er berührte ein anderes Symbol, dann noch eines. Schweißtropfen erschienen auf der Stirn des Manus-Kommandeurs. »Sie scheinen eine Reihe falsch stationierter Einheiten zu haben, Legatus.«

»Sicher ist Ihnen bekannt, daß immer wieder kleine Fehler auf dem Display vorkommen können«, erklärte Affilios. »Diese Dinger sind nicht immer ganz genau. Zwischen dem Bericht und der eigentlichen Lage gibt es immer leichte Unterschiede.«

»Das stimmt, Legatus, aber dies ist mehr als ein leichter Unterschied. Das ist eine regelrechte Fälschung. Sie haben dem Legationshauptquartier unwahre Berichte gesandt. In Ihrem Gebiet befinden sich Rebelleneinheiten, die nicht auf dem Display erscheinen. Zeigen Sie sie mir.«

Kendiliapos berührte die Kontrolltasten des taktischen Displays. Der Bildschirm verschwamm ein wenig, als sich die blauen Symbole bewegten oder verschwanden und rote Zeichen erschienen. »Das kann nicht stimmen«, meinte der Manus-Kommandeur. »Sehen Sie, da sieht man Rebellensymbole um das Manus-Hauptquartier herum. Das Display funktioniert nicht richtig.«

Targus Vortrun untersuchte das Display. Rings um das Manus-Hauptquartier herum lagen rote Punkte, die Rebellenaktionen anzeigten. Er hatte erwartet, feindliche Vorstöße im Manusgebiet zu sehen, aber natürlich nicht so etwas. Vielleicht hatte Affilios recht und das taktische Display war wirklich defekt. Er warf dem unglücklichen Kommandeur einen vernichtenden Blick zu. »Sie sollten sämtliche Sensoren prüfen, Legatus. Und zwar sofort.«

Legatus Affilios Kendiliapos wich zurück, wandte sich um und betrat die Geheimdienstabteilung des Manus-Hauptquartiers. Der Zenturio und seine Leute standen stramm, da sie ihn erwartet hatten. Kendiliapos entschied, daß er jemanden mitreißen würde, wenn es ihm an den Kragen ging, und der Geheimdienstoffizier war genau der richtige. Die Rebelleneinheiten in der Nähe des Hauptquartiers würden der Grund für den Sturz des Zenturios sein.

Kendiliapos ›erklärte‹ dem Zenturio die ›wahre‹ Lage mit sanfter und freundlicher Stimme. Als er fertig war, hatte der Zenturio Anweisungen gegeben, daß die Wachen sich ins Wartungszentrum begeben sollten, um ihre Sensoren prüfen zu lassen. Die roten Punkte verschwanden vom Display. Kendiliapos kehrte zu seinem Besucher zurück.

»So«, sagte der Manus-Kommandeur beim Eintreten. »Ich denke, es ist nun genauer. Es stimmt jedenfalls mit der Information überein, die ich von unserem Gefangenen erhalten habe.«

»Sie haben einen Gefangenen? Das haben Sie nicht erwähnt.«

Kendiliapos lächelte. Wenigstens etwas, das die Hintermänner nicht wußten. »Ja, einen Rebellen-Zenturio der Militärpolizei, den wir gestern morgen aufgelesen haben. Er ist recht willig, mit uns zusammenzuarbeiten.« Affilios spürte, wie sich die Stimmung veränderte. Jetzt hatte er die Oberhand. Vielleicht konnte die Situation gerettet werden. Da sein alter Klassenkamerad in die Defensive gehen mußte, konnte er ihn vielleicht überzeugen, daß noch nicht alles verloren war. Er mußte nur noch mit den kleinen roten Punkten fertig werden.

»Er hat bestätigt, daß die Einheiten, denen wir gegenüberstehen, zu nichts mehr fähig sind, als sich zurückzuziehen. Vielleicht hatten sie noch einen Versuch, aber mehr nicht. Diesen Versuch haben wir beobachtet. Nichts, weswegen man sich Sorgen machen muß.« Er beobachtete, wie das Gesicht seines Gegenübers sich entspannte. Es würde, es konnte keine anderslautenden Berichte an das Hauptquartier geben. »Hätten Sie gern eine Erfrischung?«

Die Lage hatte sich wahrhaftig verändert, und Vortrun spürte das ebenso wie Affilios. Leichte Unregelmäßigkeiten bei den Berichten waren etwas, das auf allen Ebenen vorkam; das gehörte zum System. Vielleicht hatte sich Kendiliapos geirrt, aber er war froh, daß er das Beil noch nicht gesenkt hatte. Sollte sich die Lage doch erst einmal klären, bevor er seinen Bericht abgab.

»Ja, Legatus«, erwiderte er freundlich, »ich denke, das wäre angebracht.«

Der Manus-Kommandeur berührte einen Knopf an seinem Pult. Beinahe augenblicklich teilte sich ein Vorhang, und ein Mastati erschien, der ein Silbertablett und Becher hereintrug.

48

Alsatia, Caralis
Commonwealth
10. Januar 6831

Auf dem DDP leuchteten an Karstils Flanke rote Dreiecke auf, und der ballistische Computer teilte ihm mit, daß die nicht identifizierten Ziele ihn auf 45 Kilometer Entfernung aufspüren konnten. Der Computer hörte sich ein wenig empört darüber an, daß seine Sensoren passiv waren. Aber vielleicht lag es daran, daß Karstil verärgert war, weil er lange vor der von ihm errechneten Reichweite entdeckt wurde.

Die genaue Lage des Ziels war ihm unbekannt gewesen, und er hatte die ungefähren Zahlen in den Computer getippt, die auf Glovers Erzählung beruhten. Sowohl er als auch Mullins, der 12 Kilometer vor ihm lag, hatten sich dementsprechend bewegt. Das rote Dreieck war weiter entfernt erschienen, als sie erwartet hatten, aber damit mußte man rechnen. Womit er nicht gerechnet hatte, war daß ihn die feindlichen Sensoren auf 45 Kilometer als Ziel aufspüren würden. Er fragte sich, ob Mullins das Dreieck gesehen hatte, falls ihn derselbe Außenposten bemerkt hatte. Außerdem sorgte sich Karstil wegen des Wolverine und des beschädigten Eradicators. Wenn er entdeckt worden war, waren sie es auch. Er überlegte, ob er die Funkstille brechen sollte. Niemand durfte reden, bis sie Feindkontakt hatten. War das Aufspüren auf 45 Kilometer ein Feindkontakt? Er beschloß, nichts weiter zu unternehmen. Sie hatten nicht besprochen, was geschehen sollte, wenn sie frühzeitig entdeckt wurden.

Wenn die anderen nicht redeten, würde er es auch nicht tun.

Der Liberator und der beschädigte Viper-Transporter behielten den Kurs bei und glitten mit 180 Stundenkilometern über den Boden. Karstil behielt Ross' Fahrzeug im Auge, da er Angst hatte, es könne nicht mithalten, wenn er Höchstgeschwindigkeit vorlegte. Der Transporter hielt bisher mit und wand sich leicht und tänzerisch um die vielen Hügel und Baumgruppen, daß der schwerere Liberator dagegen ungeschickt wirkte. Anscheinend saß Ross am Steuer, und sie war gut. Entweder wollte sie angeben, oder aber sie war eine ausgezeichnete Fahrerin.

Karstils Magen krampfte sich zusammen. Er wünschte, er hätte nicht auf Johnston gehört, wünschte, er hätte die Truppe zusammengehalten, wünschte, er hätte auf Mullins gehört, wünschte ... wünschte, er hätte etwas unternommen, irgend etwas, das die jetzige Situation verhindert hätte. Hier war er, sein Zug lag über 50 Kilometer verstreut auseinander, und sie hatten keine Ahnung von der Lage des Feindes, keine Funkverbindung und einen Feind, der ganz gewiß wußte, wo er und seine Leute sich befanden. Dazu kam noch, daß ihm Schulter und Rücken furchtbar schmerzten.

Die beiden Fahrzeuge folgten weiterhin ihrem Kurs, wichen kleinen Hügeln und Bäumen aus, duckten sich in Schluchten, die sich auftaten. Karstil beobachtete die roten Dreiecke, lauschte der nörgelnden Stimme des Computers, der ihm mitteilte, daß sich die unidentifizierten Ziele auf 43 Kilometer Entfernung befanden, auf 39 Kilometer, auf 35 Kilometer. Er hoffte, er würde eines Tages den Leuten begegnen, die diese Stimme programmiert hatten.

Dann wurde der Bildschirm leer. In der einen Sekunde hatte er rote Dreiecke gesehen, in der nächsten waren sie verschwunden. Er starrte ungläubig auf den

Monitor. Der ballistische Computer bemerkte zufrieden, daß die Ziele verschwunden waren. Das war zu schön, um wahr zu sein. Er tippte auf den Monitor, ein Reflex, der an der Situation nichts änderte. Auch wenn es vergeblich war, tippte Karstil erneut auf den Bildschirm.

Er drückte die Wiederholungstaste, und die roten Dreiecke erschienen erneut. Diesmal als gestrichelte Umrisse, womit die letzte bekannte Position der Ziele bezeichnet wurde, die nicht länger zu sehen waren. Mehr hatte er nicht, um das TOG-Hauptquartier anzusteuern, und das mußte reichen.

Die Minuten verrannen, und der Liberator und die Viper fuhren fort, auf die Flanke zuzusteuern. Mullins' blaues Symbol lag noch immer 12 Kilometer vor ihnen. Beide Gruppen behielten Kurs und Geschwindigkeit bei, bis die blauen Symbole die roten Dreiecke einrahmten. Karstil befahl, nach links abzudrehen und zu beschleunigen. Mullins folgte Sekunden später. Entweder hatte der Sergeant auf Karstil gewartet, oder er hatte die Entscheidung getroffen.

Karstil sah zu, wie der Geschwindigkeitsanzeiger auf die Höchstgeschwindigkeit von 240 Stundenkilometern ging. Der Boden rauschte als ockerfarbener, verschwommener Fleck vorüber, der hin und wieder vom Grün der Pflanzen durchdrungen war. Das Gelände stieg sanft zu einem in der Ferne liegenden Hügel an, hinter dem sich das TOG-Quartier befinden sollte. Auf jenem Hügel war das rote Dreieck erschienen. Irgendwo weiter rechts brausten Mullins und Crown auf das gleiche Ziel zu. Ross lag hinter ihm, sie folgte Karstils Liberator. Sie war ein Stück zurückgefallen, um reagieren zu können, wenn Karstil von Artillerie beschossen wurde, oder in ein Minenfeld geriet.

Die Hügelkuppe kam näher und näher. Die Sensoren, die immer noch passiv eingestellt waren, wurden durch das Gelände blockiert. Irgendwo auf der anderen Seite lag die TOG-Einheit, deren Gefechtsbereitschaft ihm immer noch rätselhaft blieb. Es gab keine aktiven Sensoren, sonst wären sie auf dem DDP erschienen, genau wie die ersten. Inzwischen hätte ein Wachposten Sichtkontakt haben und das Ziel per Funk oder Landlinie verständigen können. Vielleicht wartete der Feind bereits mit geladenen Waffen auf der Hügelkuppe, um ihn anzufallen, sobald er sich zeigte. Oder sie waren verschwunden, hatten einen anderen Ort aufgesucht und nur die Artillerie zurückgelassen, um das Tal zu schützen. Karstil holte tief Luft, so tief, wie er es mit den Schmerzen im Körper wagte, um den wachsenden Klumpen im Magen aufzulösen. Er spürte die Feuchtigkeit in den Handflächen und die Schweißtropfen, die sich am Rand des Helms bildeten.

Vier Kilometer vor dem Kamm schaltete er die aktiven Sensoren ein. Das DDP färbte sich rot. Dreiecke, Quadrate, Kreise und Punkte erschienen. Vor Staunen fiel Karstils Unterkiefer herab. Das waren die ›zwölf‹ Ziele, die Glover erwähnt hatte?

»Ziele identifiziert«, sagte der Computer. »Sechs Romulus B-2-Kommandofahrzeuge, drei Nisus B-7-Funkwagen, vier Lupis-Reparaturwagen, fünf Remus-Infanteriefahrzeuge, sieben ...« Karstil wollte nicht länger zuhören. Er hatte sowieso keine Ahnung, was ein Nisus war, aber er wußte, daß der Remus ein würdiger Gegner war. »Entfernung drei-zwei-null-null. Ziele bewegen sich nicht. Entfernung verringert sich.« Der Liberator schoß über die Kuppe. Karstils Mund öffnete sich noch weiter. Im Tal lagen mehr als hundert TOG-Fahrzeuge, die in Sechsergruppen beieinanderstanden. Es waren mehr Fahrzeuge, als er zählen konnte. Ein Wald aus Antennen reckte sich gen Himmel. Die meisten Wagen trugen riesige Tellerlaser und rotierende Radargitter.

Falls Karstil von diesem Anblick gelähmt war – Quentain Podandos und Duncan Spint waren es nicht.

Die 150-mm-Gausskanone feuerte, als der Liberator den Abhang hinab ins Tal glitt, und die HEAP-Salve riß die Tür eines Lupis ab. Seine Panzerung konnte der HEAP-Salve nicht standhalten, die Tür flog davon und wirbelte über den Boden in eine Gruppe Männer hinein. Der Turm mit der rotierenden Antenne hob sich und kippte nach hinten über. Rauch und Flammen stiegen auf.

Mehr ein Reflex als sonst etwas bewegte Karstil dazu, den Zielmarkierungslaser zu betätigen.

»Ziel identifiziert. Nisus B-7-Funkwagen. Entfernung drei-drei-null-null. Erfaßt.« Er hörte das Heulen des schweren Lasers, als sich der Turm drehte und ihn gegen die Brüstung warf. Er wußte nicht, ob der Laser getroffen hatte, und die Hauptwaffe schoß noch einmal, bevor er die Wirkung erkennen konnte. Wieder hieb er auf den Ziellaser.

»Ziel identifiziert. Lupis B-9-Reparaturwagen. Entfernung acht-null-null. Erfaßt.« Durch bloßen Reflex löste er zwei TVLGs und hörte sie aus der Halterung sausen, ihre Feuerschweife schwenkten nach links, um das markierte Ziel zu suchen. Der Liberator hob sich aus der 1-Meter-Schwebe, als die feindlichen Gefährte förmlich auf ihn zusprangen.

Spint hob den Panzer hoch über eine Gruppe hinweg; die Zwillingssponsone brachen durch die Antennen, als handele es sich um ein Weizenfeld. Karstil duckte sich, als Teile der Duraloyröhren um den Turm herum herabregneten. Die 150-mm-Kanone drang mitten durch ein Teil, das wie die Sprungfeder eines alten Bettgestells aussah, und es riß es ab. Die Sprungfeder rutschte nach unten und blieb an den Turm gelehnt liegen.

Der Liberator warf sich scharf nach links, als er das Gebiet überquert hatte. Während der Drehung schaute Karstil an der 150-mm-Kanone vorbei. Jetzt konnte er das ganze Gebiet überblicken, ein Ameisenhaufen, den der Stock eines Riesen durcheinandergebracht hat. Dutzende von Fahrzeugen waren in Vierer- oder Fünfergruppen über das Tal verteilt, ihre Thermalplanen schützten sie vor den Sensoren. Unter den ringsum stehenden Bäumen standen weitere Fahrzeuge unter den ausladenden Ästen. Eine vorsichtige Schätzung hätte mindestens hundert Gefährte ergeben, die von Gravtransportern bis hin zu Kommandowagen und Generatoren aller Größen und Formen reichten. Wenn er je ein ›zielreiches‹ Gelände erblickt hatte, dann war es dieses.

Es war einfach zuviel. Keines der TOG-Fahrzeuge konnte sich mit seinem Panzer messen, aber gemeinsam stellten sie ein unüberwindliches Problem dar. Selbst wenn jeder Mann im Lager nur mit einer Pistole bewaffnet war, konnte ihr gemeinsames Feuer schreckliche Ergebnisse erzielen. Viele Feinde würden sterben, aber wenn ihr Angriff planmäßig verlief, war der Liberator verloren. Das war die Lösung. Er mußte sich bewegen und schießen, damit sie keine Chance hatten.

Der ballistische Computer spuckte Informationen aus, so schnell er konnte, die Wörter überschlugen sich, während die Computerstimme Ziele identifizierte. Die 150-mm-Kanone feuerte wieder und wieder, der blaue Ball der gleißenden Gase brodelte, als sich der Turm hin und her drehte, um neue Ziele anzupeilen. Podandos konnte die Haupt- und Nebenwaffen nicht alle zusammen kontrollieren, daher übergab er Karstil die leichteren Geschütze. Er versuchte gar nicht erst, die TVLGs einzusetzen, sondern feuerte nur den Laser und die 50-mm-Kanone ab, während die Ziele vorüberhuschten. Er erhaschte einen Blick auf einen anderen Liberator, der sich mit blitzenden Waffen den Weg durch das Tal bahnte.

Da der Boden von soviel feindlicher Ausrüstung bedeckt war, wurde ein Vorgehen in normaler Flughöhe unmöglich. Spint brachte den Liberator auf Baumwipfelhöhe, damit er manövrieren konnte, ohne dauernd ausweichen zu müssen. Überall im Tal stiegen dicke, ölige Qualmwolken auf. Als der Liberator durch eine Rauchsäule stieß, erschien vor ihm eine größere Gruppe von Fahrzeugen in 500 Metern Entfernung. Sechs Romulus lagen unter einer doppelten Schicht Thermalplanen verborgen. Dicke Kabelschlangen wanden sich von den Fahrzeugen weg zu den Funk- und Sensorwagen. Der Panzer hatte das Tempo auf zehn Stundenkilometer gedrosselt, da die Zielerfassung bei höherer Geschwindigkeit durch den Qualm und Rauch fast unmöglich gewesen wäre.

Karstil drückte den Feuerknopf des 5/6-Lasers, und ein großer Riß tat sich in dem Thermalnetz auf, der das Innere des Fahrzeughaufens freilegte. Die 50-mm-Kanone schoß durch das Loch und traf den Bugflügel eines Romulus. Die Hammerkopf-Salve drang durch den Kotflügel und explodierte neben dem mittleren Paar Stützen. Der Romulus bäumte sich unter dem Aufprall der leichten Salve auf und sackte dann zur Seite, als auch die Außenstützen zusammenbrachen, die das Gewicht des Fahrzeugs nicht mehr halten konnten. Die Luke öffnete sich und gab den Blick ins Innere frei. Ein Offizier, deutlich erkennbar in seinem roten Kampfanzug, stand im Eingang. In der Hand hielt er ein Mikrofon und brüllte hinein. Karstil konnte den Mund erkennen, dessen Lippen zurückgezogen waren, die Zähne schimmerten. Der Offizier hob die linke Hand und deutete auf Karstil, während er weiterschrie. Ihre Augen begegneten sich voller Haß. Dann feuerte die 150-mm-Kanone, und der Mann verschwand in einer Kugel aus grellweißem Licht.

Der TOG-Fahrzeugpulk erzitterte, als sei er ein lebendes Wesen, ein lebender Organismus, der von einem unbekannten Virus angegriffen wird. Fahrzeugteile flogen durch die Luft, Flammen schossen ringsumher auf. Ein Geschützturm wirbelte davon und verschwand in einer Rauchsäule. Männer, einige von ihnen mit brennenden Uniformen, flohen durch das Tal. Die Nase eines Panzers drängte sich durch den Rauch. Karstil drehte den Turm, um zu feuern, dann erkannte er die stumpfe Nase eines Wolverine. Es war Glover. Er saß hoch oben in der Kommandoluke, die Uniform war mit Flecken übersät. Er hielt den Helm in der rechten Hand und winkte aufgeregt, als er sich einen Weg durch die Trümmer des Gefechtsstandes bahnte. Der Wolverine lag auf normaler Flughöhe; sein Bug schob die brennenden Wracks aus dem Weg, während er sich vorarbeitete.

Als Karstils Liberator über den Wolverine hinwegflog, winkte er Glover zu. Funken war nutzlos. Da der Mann keinen Helm trug, konnte er keinen Kontakt herstellen. Karstil lächelte. Wenigstens hatte der Sergeant jetzt etwas, auf das er schießen konnte. Wahrscheinlich sah er dieses Ereignis als Höhepunkt seiner Militärlaufbahn an. Neue TOG-Fahrzeuge erschienen vor ihm, und Karstil wandte sich von dem glücklichen Sergeanten ab und der schlichten Aufgabe zu, aus großen Teilen kleine Teile zu machen.

Weniger als 800 Meter entfernt standen zwei Aeneas-Panzer, deren Türme abgewandt waren. Der ballistische Computer notierte ihre Gegenwart und meldete dann die Erfassung. Die roten Zielsymbole verschwanden vom DDP, um durch die beiden Dreiecke ersetzt zu werden, die ›echte‹ Ziele angaben. Karstil trat auf das Ziellaserpedal, und die Worte: »Keine Schilde entdeckt« liefen über den Monitor. Am Boden stehende, ungeschützte Ziele – der Traum eines jeden Kanoniers.

»Ich hab's, Sir«, verkündete Podandos, um anzukündigen, daß er sämtliche Waffen wieder unter Kontrolle hatte. Der Turm bebte, als der Richtschütze sorgfältig auf den hinteren Teil des Aeneas zielte. Zuerst schoß die Hauptwaffe; die 150-mm-HEAP-Salve traf genau zwischen die beiden Rücklichter. Dann folgte die 50-mm-Kanone, deren eigene HEAP noch mehr Panzerung vom Heck abriß. Zum Schluß brummte der 5/6-Laser, und das Wrack glühte auf, als sich der Strahl ins Innere des Panzers bohrte. Eine riesige Stichflamme schoß aus dem Aeneas, und der Rumpf sackte in sich zusammen. Der Turm fiel um, und die 100-mm-Kanone deutete gen Himmel, als der Rumpf in der glühenden Masse versank.

Das Rohr der Hauptwaffe folgte dem sich auflösenden Panzer, als müsse es seine Maßarbeit betrachten. Es betrachtete sie zu lange. Die Mannschaft des zweiten Aeneas hatte gesehen, wie ihr Kamerad in Flammen aufging, und sie hatte nicht die Absicht, dieses Schicksal zu teilen. Der leichte Panzer hob ab und beschleunigte, wobei der Turm sich drehte, um auf den Liberator zu feuern. Das Krachen der 100-mm-Kanone riß Karstil aus seiner Trance, und die APDS-Salve traf den vorderen linken Sponson des Liberators. Er richtete den Ziellaser auf das Heck des flüchtenden Aeneas und trat auf das Pedal.

»Ziel identifiziert. Aeneas-Panzer. Entfernung eins-sechs-null-null. Ziel erfaßt«, sagte der ballistische Computer, als sei er sicher, daß dieses Ziel ausgelöscht werden würde. Da alle Turmwaffen unter der Obhut des Richtschützen standen, ließ Karstil ein paar TVLGs los, die dröhnend davonschossen. Gleichzeitig ertönte das Warngeheul des Alarms. Die Aeneas hatte seine eigenen TVLGs als Antwort geschickt. Dieses leichte Ziel setzte sich zur Wehr.

Das Vulcan III-System wehrte die sich nähernden TVLGs ab, als eine zweite 100-mm-APDS-Salve einen Hagel von Panzerungsteilen losbrach. Ein großes Stück der getroffenen Titanpanzerung löste sich auf. Die 150-mm-Gausskanone zuckte, beide TVLGs fanden ihr Ziel, und der Aeneas wurde von Rauch und herumwirbelnden Einzelteilen eingehüllt. Eine Wolke aus undurchdringlichem Weiß stieg vom Turm auf, als der leichte Panzer auf eine Baumgruppe zutaumelte. Die

Treffer hatten den Turm zerstört, aber der Rumpf war noch intakt. Bevor Podandos den Geschützturm auf das entschwindende Ziel richten konnte, kam eine Viper aus dem Wald. Die 25-mm-Kanone bedeutete keine Gefahr für den geschützten Rumpf des Aeneas, aber der Viper-Richtschütze zielte sorgfältig auf den zerstörten Turm. Die Geschosse bohrten sich in die sich auflösende Panzerung, als der Aeneas an dem Rebellen-GMT vorüberglitt und beinahe den sicheren Baumgürtel erreicht hatte. Der letzte Schuß der Viper traf einen empfindlichen Teil der Turmüberreste, und die Überbleibsel brachen direkt hinter dem Waffenaufbau auseinander. Wie eine große Flamme aus hocherhitztem Titan brach der Aeneas in den Wald ein. Als der tödlich getroffene Panzer gegen die Baumstämme prallte, ging der Rumpf in Flammen auf. Eine letzte gewaltige Explosion zeigte das Ende eines weiteren TOG-Kriegers an.

49

Alsatia, Caralis
Commonwealth
10. Januar 6831

Karstils Liberator glitt durch das Tal, das mit den qualmenden Überbleibseln der Schlacht übersät war, die in Haufen herumlagen. Mullins' Liberator, der Wolverine und die beiden Vipern hatten ähnliche Aufträge und überprüften die beschädigten und verlassenen TOG-Fahrzeuge auf Lebens- und Kampfzeichen hin. Hin und wieder hörte man eine Explosion, wenn die Wracks ihren letzten Atemzug abgaben oder Rebellenpanzer funktionstüchtige TOG-Ausrüstung fanden und zerstörten. In der Mitte des Tals sammelte sich eine Gruppe Gefangener, die von den Infanteristen der beiden Viper-Transporter bewacht wurde. Spint landete den Liberator neben der schweigenden Gruppe der TOG-Legionäre. Die Gefangenen saßen bunt durcheinander, da die Rebellen so beschäftigt waren, sie zusammenzutreiben, daß sie die Offiziere und Soldaten noch nicht getrennt hatten. Karstil schätzte, daß sich mehr als zweihundert Männer im Tal aufhielten. Er vermutete, daß seine Infanterie sie entwaffnet hatte, aber sicher war er nicht. Jetzt, da er sie hatte, was sollte er mit ihnen anfangen?

Ein Stück hinter den Gefangenen stand Johnstons Eradicator neben einem glühenden Haufen. Bestimmt sammelte der Mann Hintergrundmaterial für eine Geschichte oder ließ sich neben einem TOG-Vehikel fotografieren, um das Bild später zu verwerten. Nun ja, er sollte lieber nicht schlecht von Johnston denken.

Schließlich hatte er die Idee gehabt, die TOGs zu überlisten. Er blickte wieder zu den Gefangenen hinüber und seufzte.

Entwaffnete TOG-Soldaten näherten sich der Gruppe und schritten durch die Reihen der Rebellen, die sie flüchtig nach Waffen durchsuchten. Es mußte etwas getan werden, und zwar bald.

Karstil wünschte, daß der Rest seiner Leute das Zusammentreiben beenden würde, damit er die Lage überblicken konnte. Es wurde spät, und er wollte sich nicht während der Nacht mit einer Unmenge TOG-Soldaten herumschlagen.

»Spider Dolphin zwei-zwei-sechs.« Der Funk, der beinahe den ganzen Tag lang still geblieben war, erwachte zum Leben. Die Stärke des Signals überraschte Karstil. Entweder war Harras ganz in der Nähe, oder die Verbindung stand außergewöhnlich gut.

»Dolphin sechs, hier spricht Dolphin zwei-zwei-sechs.«

»Sechs. Wie geht es Ihnen, junger Mann?« Harras hörte sich freundlich an, aber Karstil fragte sich, was er wohl in Wahrheit wollte.

»Zwei-zwei-sechs. Habe eine Einheit böser Jungs auf …« Er hielt inne, um den genauen Standort vom Leitsystem, das zum DDP gehörte, abzulesen. Das Navigationssystem der Satelliten war genauer, da Karstil aber seit mehr als zwei Tagen nichts mehr daran überprüft hatte, war er sich der Sache nicht sicher. »Kilo Magnus drei-drei-vier, fünf-eins-drei. Viele Gefangene. Derzeitiger Zug mit zusätzlich zwei GMTs, einem Wolverine und einem Eradicator.«

»Sechs. Hört sich gut an, Junge. Die Lage ist noch positiv. Unsere Freunde auf der anderen Seite sind ein wenig durcheinander, nicht, daß wir oder Sie damit nichts zu tun hätten. Rücken Sie noch ungefähr fünf-null-null vor und melden Sie sich dann bei mir. Was Ihre ungebetenen Gäste angeht: Warum ›peitschen Sie die Strolche nicht nackt durch die Welt‹, wie es schon in alten Zeiten ein Barde besang? Oder wenigstens ohne Hosen und Schuhe in die Wälder?«

Karstil lächelte ins Mikrofon. Der Gedanke, zwei- oder dreihundert TOG-Soldaten bei Nacht ohne Stiefel in die Wälder zu jagen, war äußerst angenehm. »Hier spricht zwei-zwei-sechs. Verstanden, sowohl den Vormarsch als auch die nackten Strolche.«

»Sechs. Gut gemacht, zwei-zwei-sechs.«

Karstil schaltete das Funkgerät ab, als Mullins' Liberator sanft neben ihm aufsetzte. Der Zugsergeant war mit Rauch- und Rußflecken bedeckt, da er anscheinend durch ein Feuer gefahren war. Der Liberator selbst war mit kleinen Dellen bedeckt, die von kleinen, durch Explosionen aufgewirbelten Teilen stammten. Mullins wirkte sehr selbstzufrieden, als er den Panzer verließ und auf Karstil zuschritt. Er führte einen zackigen und übertriebenen Salut aus. »Guuuuuuuten Tag, Sir. Einen hübschen Schrottplatz haben Sie da angelegt.« Mullins betrachtete den wachsenden Haufen Gefangener. »Und dann noch soviel Fleisch mit Hufen dran.«

»Sie haben eine unbeschreibliche Auffassungsgabe für das Offensichtliche«, erwiderte Karstil und grüßte genauso übertrieben. »Jetzt müssen wir nur noch entscheiden, was wir mit ihnen anfangen.«

»Ich weiß, was sie mit gefangenen Rebellen machen«, antwortete Mullins mit so grimmiger Stimme, daß der Optio überrascht dreinsah. »Aber ich nehme an, wir werden das nicht tun. Ein Beispiel bei einem oder zweien könnte ...« Er ließ den Vorschlag in der Luft hängen.

»Nein.« Die Antwort kam knapp und bestimmt. »Ein anderer Vorschlag geht dahin, daß wir ihnen befehlen, ihre Stiefel und Hosen auszuziehen, und sie dann laufenzulassen.«

Ein zufriedenes Lächeln glitt über Mullins' Gesicht. »Feine Lösung, Sir.«

»Nicht von mir«, erklärte Karstil. »Stammt von der großen Sechs. Das Lob gebührt ihm. Er möchte, daß wir noch um fünfhundert vorrücken. Ich bin nicht gerade wild auf einen Nachtausflug, und wir haben nicht mehr lange Tageslicht.«

Mullins starrte auf die untergehende Sonne und dann auf seinen PC. »Bis wir diese Clowns aus den Kleidern haben und sie weg sind, ist es völlig dunkel. Wir sollten ein wenig Raum zwischen uns und diesen Ort hier legen, falls irgendeiner von den Kerlen an ein Funkgerät kommt. Das heißt, wir sollten in eine Richtung abziehen und dann wenden, um abzuhauen.« Er hielt den Helm in der Hand und zupfte sich am Ohr. Da ihm nichts anderes einfiel, öffnete er den Overall und zog eine Zigarre heraus.

Karstil beobachtete seinen Zugsergeanten bei dem Ritual und wußte, daß dieser kein Wort sagen würde, bis die Zigarre gut brannte. Er wußte auch, daß die Zigarre nicht brennen würde, bis der Mann eine Entscheidung gefällt hatte. Es war sinnlos, ihn anzutreiben. Glovers Wolverine hielt hinter dem Liberator. Auch ohne einen Plan von Mullins mußten Dinge erledigt werden.

Während Mullins den Abmarsch der Truppe und die Lage bedachte, ließ Karstil Glover, Crown und Ross die Gefangenen beim Ausziehen bewachen. Ein paar TOGs wehrten sich dagegen, aber die stumpfen Kolben der Gewehre überredeten sie, dem Befehl Folge zu leisten. Während dies seinen Fortgang nahm, entstand am Rande der Gruppe ein Gedränge. Als Karstil hinübersah, bemerkte er einen Rebellencenturio, der auf ihn zuschritt. Der Offizier ging mit steifen Schritten einher – ein verärgerter Mann mit einem Anliegen. Er erreichte den Bug von Karstils Panzer und baute sich unbeweglich davor auf.

Karstil beobachtete den Zenturio vom Liberator aus. Er hatte keine Ahnung, weshalb der Mann nur herumstand, anstatt seine Meldung zu machen. Langsam dämmerte es ihm, daß der Zenturio auf seine Meldung wartete. Er zuckte die Achseln und kletterte vom Panzer herab. Der Zenturio war sauber, auf jeden Fall sauberer als Karstil. Sogar im Dämmerlicht glänzten die Rang- und Einheitsabzeichen der Militärpolizei am Kragen der Uniform. Der Zenturio stand stramm, die Augen geradeaus. Karstil trat näher und grüßte ihn nachlässig. Der Zenturio salutierte zackig.

»Optio Roglund Karstil, Sir.«

»Sie hätten Meldung machen müssen, sobald sie mich bemerkten. Wer kommandiert die Einheit und wo ist er?«

»Dies ist die Einheit Karstil, Sir, und ihr Führer bin ich.«

»Unsinn«, bellte der Zenturio. »Man läßt Optios nicht Angriffe auf ein TOG-Manus-Hauptquartier ausführen. Sie sind bestimmt der überlebende Offizier.«

»Nein, Sir«, sagte Karstil langsam, als erkläre er es einem Kind. »Dies ist meine Truppe. Der Angriff auf das Hauptquartier erfolgte, äh, versehentlich.«

»Versehentlich!« schnaubte der Zenturio. »Eine typische Antwort eines versehentlichen Offiziers. Kein Profi würde so sprechen.«

Die Unterredung begann Karstil zu langweilen. Er steckte tief in feindlichem Gebiet, hatte 300 Gefangene am Hals und den Befehl, weitere 500 Kilometer vorzurücken. Er brauchte keinen Zenturio der Militärpolizei, der ihm auf die Nerven ging. »Kann ich irgend etwas für Sie tun, Sir?«

»Es gibt nichts, was Sie für mich tun *können*. Sie *werden* etwas für mich tun. Ich übernehme das Kommando und die Einheit. Rufen Sie die Sergeanten zu mir.«

»Entschuldigen Sie, Sir. Meine Sergeanten und ich haben den Auftrag, in die hinteren TOG-Reihen einzudringen. Wir befassen uns gerade mit 300 Gefangenen.

Wir müssen Reparaturen ausführen und Munition verteilen.«

Der Zenturio warf Karstil einen bösen Blick zu. Er redete weiter, diesmal sehr langsam und mit zusammengebissenen Zähnen.

»Vielleicht, Optio, ist es üblich, daß Panzerleute die Befehle ihrer Vorgesetzten anfechten. Bei der Militärpolizei, und ich betone das Wort ›Polizei‹, ist das nicht der Fall. Ich könnte Sie verhaften lassen. Und ich glaube, das ist Ihnen bekannt. Also, wo ist der Sergeant?«

Mehrere Möglichkeiten durchzuckten Karstils Gehirn. Er konnte den Zenturio nicht beachten und mit seinem Auftrag fortfahren. Das würde einen unglücklichen Zenturio zurücklassen, der, wie er gesagt hatte, Mitglied der Polizei war. Er konnte das Kommando abgeben, dann mußte sich Harras mit dem Problem befassen, wenn und falls sie die eigenen Reihen erreichten. Das konnte katastrophale Folgen für den Auftrag der Kohorte und der Legion haben. Er konnte versuchen, dem Zenturio vernünftig zuzureden, aber das war anscheinend nicht möglich. Er konnte den Zenturio erschießen und die ganze Sache vergessen. Da ihm die letzte Lösung am sinnvollsten schien, fingerte er am Verschluß des Pistolenhalfters herum. Leider hing das Halfter an seiner linken Hüfte, und es war unmöglich, die Waffe mit der linken Hand zu ziehen. Dafür mußte er über Kreuz greifen, und der Pistolenkolben zeigte nach hinten.

»Ich glaube, ich habe die Lösung, Sir.« Mullins trat nichtsahnend zu den Offizieren. Er sah den fremden Zenturio. »'n Abend, Sir«, sagte er und salutierte.

»Sind Sie der Zugsergeant dieser Einheit?« fragte der Zenturio. »Ich bin Zenturio Abalard Bronsus. Ich übernehme das Kommando. Bereiten Sie sich darauf vor, sofort abzurücken. Wir ziehen uns zu den eigenen Reihen zurück.«

Mullins vergaß vor Schreck, den Mund zu schließen. Er sah zu Karstil. »Sie scheinen nicht zu begreifen, Sergeant«, fuhr der Zenturio fort. »Ich habe diesen Offizier von seinen Pflichten befreit. Ich habe das Kommando übernommen.«

»Entschuldigen Sie, Sir«, sagte Mullins. »Wir haben den Auftrag, noch 500 Kilometer vorzustoßen. Sie wollen davon doch nicht abweichen? Und was ist mit den Gefangenen?«

»Wer hat Ihnen gesagt, daß Sie 500 Kilometer vorrücken müssen, Sergeant?«

»Optio Karstil, Sir. Er erhielt den Befehl vom Kohortenhauptquartier.«

»Haben Sie den Befehl gehört?«

»Nein, Sir, Optio Karstil nahm ihn entgegen.«

»Dann erhalten Sie jetzt neue Befehle von mir. Ich bin der ranghöchste Offizier, und Sie werden mir gehorchen.«

Mullins wußte, daß hier irgend etwas nicht stimmte, aber das jahrelange Training und der Gehorsam gegenüber Befehlen ließen nicht zu, daß er etwas in Frage stellte. Zenturios waren so sicher ranghöher als Optios, wie Optios ranghöher als Sergeanten waren. Der Mann mit dem höchsten Rang führte das Kommando. So arbeitete die Militärmaschinerie. Wäre der Zenturio ein Commonwealth-Offizier gewesen, hätte man vielleicht etwas ändern können. Aber der Zenturio gehörte zu den Rebellen, und das war's. Inzwischen war es beinahe völlig dunkel geworden, und sie mußten los. Es war besser, irgendwohin zu gehen, als herumzustehen. Er warf einen Blick auf die letzten Gefangenen, die einschließlich jener, die vorher in Ross' Viper gewesen waren – gerade ohne Schuhe und Hosen in den Wald getrieben wurden. »Ja, Sir«, sagte Mullins.

»Sobald Sie die Truppe versammelt haben, werde ich mit den Leuten reden«, erklärte Bronsus. »Bis dahin nehmen Sie diesen Optio in Haft. Stecken Sie ihn in eines der leichten Fahrzeuge. Ich werde seinen Panzer nehmen.«

Sowohl Karstil als auch Mullins wichen entsetzt zurück. In dieser Dunkelheit, dachte Karstil, kann niemand sehen, wer geschossen hat. Er fingerte am Verschluß des Holsters herum. Es ist mir egal, wie schlimm das wird. Ich schieße diesen Kerl über den Haufen. Sanft, aber bestimmt legte sich eine Hand über sein linkes Handgelenk. Hinter ihm ertönte Mullins' Stimme. »Ruhig, Sir, ruhig. Es wird schon werden.« Karstil fühlte, wie ihm Tränen in die Augen stiegen, teils vor Schmerz, teils vor Wut.

»Gibt es etwas Neues?« Diesmal erkannte Karstil die körperlose Stimme Lurron Johnstons, die aus der Dunkelheit erklang. Auch das noch, ein Fernsehreporter, der seine Demütigung an die Öffentlichkeit zerren würde. Der Reporter kam näher.

Zenturio Abalard Bronsus wirbelte herum, um den Eindringling anzusehen. »Ich bin Rebellencenturio Bronsus, Militärpolizei. Ich habe diesen Offizier des Kommandos enthoben und seine Pflichten übernommen. Wir kehren hinter die eigenen Reihen zurück. Wer sind Sie?«

Johnston kam nahe genug, um gesehen zu werden. »Ich bin Rebellenlegatus Lurron Johnston, Flugabwehr. Ich verstehe nicht, wieso wir zurückkehren. Ich dachte, der Optio hätte gesagt, daß wir vorrücken.«

»Es tut mir leid, Sir. Der Optio hat nicht gesagt, daß Sie das Kommando haben.«

»Der Optio hat Ihnen nicht gesagt, daß ich das Kommando habe, weil ich es nicht habe«, sagte Lurron leise. »Ich habe ihm das Kommando übergeben.«

»Dann, als ranghöchster kommandofähiger Offizier«, fuhr der Zenturio fort, »bin ich der Kommandeur. Sergeant«, wandte er sich an Mullins, »machen Sie weiter.«

»Vielleicht«, unterbrach ihn Johnston, »habe ich

mich nicht klar ausgedrückt.« Karstil schloß die Augen und senkte den Kopf. Der Ehrenrang des Legatus war dem Reporter anscheinend zu Kopf gestiegen. Er war im Begriff, etwas Dummes zu tun, und bei der Entfernung, die zum Zenturio bestand, würde das ›K‹ deutlich zu sehen sein. Karstil warf dem Möchtegernlegatus einen beschwörenden Blick zu.

Das ›K‹ war verschwunden. Karstil starrte durch die Dunkelheit auf das Rangabzeichen des Kriegsberichterstatters. Er irrte sich nicht. Das winzige ›K‹, das von dem Schwert und der Krone herabbaumelte, war abgebrochen worden, entweder versehentlich oder absichtlich. Er ahnte, was von beidem.

Johnston richtete sich zu voller Größe auf und sah dem Zenturio in die Augen. »Ich habe nicht gesagt, daß ich nicht kommandiere. Ich habe nur gesagt, daß ich dem Optio das Kommando übergeben habe. Eigentlich bin ich daher noch immer der Kommandeur der Einheit.« Karstil staunte über den Tonfall des Reporters. »Ich bin ein einsatzfähiger Kampfoffizier, denn die Luftabwehr ist eine Kampftruppe, während die Militärpolizei nur eine unterstützende Truppe ist. Ich habe angeordnet, daß Optio Karstil das Kommando der Einheit übernimmt.« Die nächsten Worte kamen sehr langsam und gleichmütig. »Ich beabsichtige, daß er dieses Kommando beibehält, bis ich ihn für untauglich halte. Wenn dieser Zeitpunkt gekommen ist, werde ich bestimmen, wer den Befehl übernimmt. Habe ich mich verständlich ausgedrückt, Zenturio?«

Mullins betrachtete den Reporter mit gemischten Gefühlen. Ganz sicher handelte er zum Besten der Einheit, aber das änderte nichts an der Lage. Mullins wußte, daß der Kriegsberichterstatter keine Befehlsgewalt hatte, wußte, daß der MP-Zenturio der ranghöchste Offizier war. Scheiß auf den Zenturio, dachte er. Ich diene lieber unter Karstil als unter diesem Idioten einer anderen Truppe. Mullins entschloß sich, zu schweigen.

»Es tut mir leid, Sir«, stammelte der Zenturio. »Ich hatte es falsch verstanden.« Der Zenturio erholte sich langsam wieder. Der Spruch, daß die Luftabwehr eine Kampftruppe sei, die Militärpolizei dagegen nur eine unterstützende Truppe, hörte sich irgendwie falsch an. »Aber ich weiß nicht, wie wir beide dann in der gleichen Einheit verbleiben können.«

»In diesem Fall, Zenturio«, sagte Johnston, »können Sie den Ort auf dem gleichen Wege verlassen, wie Sie ihn betreten haben. Zu Fuß.« Jetzt kam die Stelle, die die Lage retten oder ihm entgleiten würde. »Entweder verlassen Sie das Gebiet und diese Einheit, oder ich werde dem Sergeant sagen, daß er Ihren Hintern an die Vorderseite von Optio Karstils Panzer binden kann, als zusätzlichen Schutz. Sergeant Mullins, begleiten Sie den Zenturio in den Wald und kehren Sie dann zurück.« Er nickte Mullins zu und wandte sich an Karstil. »Optio. Übernehmen Sie das Kommando und bereiten Sie sich zum Vorrücken vor.«

Damit drehte sich Johnston, der nachgemachte Legatus, in so militärischer Manier, wie er nur aufbringen konnte, auf dem Absatz um und verschwand in der Dunkelheit.

50

Alsatia, Caralis
Commonwealth
11. Januar 6831

Die Kampftruppe Karstil benötigte etliche Stunden, um sich, wie von dem Legatus ›befohlen‹, auf den Aufbruch vorzubereiten. Die Truppe hatte sich über das Tal verteilt, und die Infanterie war damit beschäftigt, die letzten TOG-Gefangenen zu entkleiden. Die aus den Fahrzeugen entfernten Transponder mußten wieder eingebaut werden. Außerdem tauchten andere Rebellen auf, die im Hauptquartier der TOG gefangengehalten worden waren. Es handelte sich um eine bunt gemischte Gruppe, zu der ein Pionier und ein Wartungssergeant, ein Mastati, der als topographischer Geheimdienstspezialist ausgebildet worden war, ein Princeps-Kommunikationsexperte und drei Triarii – ein Kochlehrling, ein Cornuaspieler (kein Horn wurde in den Trümmern gefunden) der Legionskapelle und ein Spezialist der Bodenversorgungstruppe – gehörten.

Die neuen Männer sollten gerade auf die einzelnen Fahrzeuge verteilt werden, als Honor Ross meldete, daß sie einen beschädigten Spartius entdeckt hatte. Die 5/6-Zwillingslaser waren völlig funktionstüchtig, aber die Energieversorgung war beschädigt und undicht. Der Wartungssergeant erbot sich, nachzuprüfen, ob der Spartius bewegt werden konnte. Auch der Pionier bot seine Hilfe an. Eineinhalb Stunden später meldete der Wartungssergeant, daß der Spartius startbereit war, aber nur noch über die halbe Schubkraft verfügte. Karstil entschied sich, das Fahrzeug mitzuschleifen. Sämtliche neuen Männer wurden mit erbeuteten TOG-Waffen ausgerüstet und im Infanteriedeck untergebracht. Im Dämmerlicht des neuen Tages setzte sich die Einheit in Bewegung.

Als Karstil dem Kohortenhauptquartier Meldung erstattete, nannte er seine Truppe ›Kampfgruppe Karstil‹. Johnston hatte den Titel vorgeschlagen. ›Kampfgruppe‹ war die uralte Bezeichnung einer speziell zusammengestellten Einheit mit Sonderauftrag. Da sie nun größer als ein Zug, aber kleiner als eine Zenturie waren, fand Johnston, daß sie einen Namen haben mußten. Karstil stimmte zu, da er zu müde war und zu viele Schmerzen hatte, um zu widersprechen. Er ließ sogar zu, daß Ross den Verband an der verletzten Schulter erneuerte.

Nahrung und Munition wurden allmählich zu einem Problem der neuen Kampfgruppe. Die ursprünglichen Rationen waren auf fünfzehn Leute abgestimmt worden, aus denen aber inzwischen zweiunddreißig geworden waren. Ein paar Lebensmittel waren aus den Wracks des TOG-Hauptquartiers gerettet worden, aber Karstil hatte die meisten davon den ›entflohenen‹ Gefangenen mitgegeben. Die Rebellen ernährten sich nur noch von Notrationen, aber auch diese gingen langsam zur Neige. Nicht, daß es Karstil sehr viel ausgemacht hätte. Inzwischen litt er an völliger Verstopfung und die Schmerzen in der Schulter vertrieben sämtliche Gedanken an Essen.

Die anfangs so reichlich vorhandenen TVLGs waren nun auf die Geschosse geschrumpft, die sich in den Halterungen befanden. Die Infanterie verfügte ebenfalls über jeweils vier pro Gruppe. Die Munition für die Hauptwaffen wurden rar, da jeder Liberator nur noch ein paar Dutzend Geschosse besaß. Die 50-mm-Kanonen waren in einer besseren Ausgangslage. Glovers Wolverine verfügte noch über siebenundvierzig 100-mm-Salven. Die Laser würden als Hauptwaffe dienen.

Legatus Maximus Antipolous Philippicus warf noch einen Blick auf den Geheimbericht, den er seit drei Tagen studierte. Zuerst war er ihm so wertvoll vorgekommen, aber nun entschied er, daß der Bericht eine Fälschung sein mußte. Er schleuderte die nutzlosen Informationen durch den Raum. Von nun an würde er nur noch den Berichten von der Front Glauben schenken. Und davon gab es viele.

Er stellte sich neben das taktische Display und starrte auf die blauen Dreiecke und Quadrate, die alle Standorte der Haupteinheiten an der Oberfläche anzeigten. Mit einem Kontrollstab fuhr er über das Display und wischte das Manus-Hauptquartier aus, das noch vor kurzem seinen Legatus beherbergt hatte. Erklären wir es für vernichtet, dachte er. Jetzt müssen wir die anderen Informationen festhalten. Die Rebellentruppe, die das Hauptquartier zerstört hatte, war von unbekannter Größe, mußte aber wenigstens über Kohortenstärke verfügen. Schön. Setzen wir also eine Rebellenkohorte ein. Hier, hier und hier.

Philippicus starrte auf das Display. Mit der gleichen Kohorte berührte er die anderen Punkte, an denen von Rebellenkontakten berichtet worden war, die man aber ignoriert hatte. Ein Muster zeichnete sich ab. Es handelte sich nicht um willkürliches Vordringen. Die Rebellenkohorte war einem geraden Kurs durch die hinteren TOG-Reihen gefolgt. Wohin mochte sie wollen?

Philippicus führte die Linie des Rebellenvormarsches fort. Dort, 800 Kilometer hinter der Manus, lag das vorgeschobene Planetenhauptquartier. Das war es! Irgendwie hatten die Rebellen den Standort des Planetenhauptquartiers entdeckt. Es mußte sich um einen Kohortenüberfall handeln, der das Hauptquartier zerstören oder erobern sollte, mitsamt Brigadegeneral Arcadius. Er mußte den General verständigen!

Mußte er? Was würde geschehen, fragte sich Philippicus, wenn der General nicht informiert wurde? Er würde neue Fehler begehen. Er würde kritisiert werden, vielleicht auch von Großgeneral Septimus entfernt werden. Dann ergab sich eine Lücke in den Generalsrängen, die gefüllt werden mußte. Ein Held, ein Mann, der die Lage gerettet hatte, würde befördert werden. Noch besser wäre es, wenn Septimus in den Plan eingeweiht war, jedenfalls soweit, daß er sehen konnte, daß Arcadius Fehler machte.

Philippicus rief den ursprünglichen Plan wieder auf, der den Standort des Hauptquartiers anzeigte, und sandte ihn zum Display des Generals. Dann ließ er seine Vermutungen wieder erscheinen und schickte sie direkt zum Gebietshauptquartier. Von dort aus würde man sie sofort an Septimus weiterleiten.

Anschließend öffnete Philippicus eine sichere Frequenz zu der Kohorte der Trajan-Panzer, die die Wache des Hauptquartiers darstellte, sozusagen die ›Palastwache‹. Der Kommandeur der Kohorte kannte Philippicus und wußte um die Spannungen im Hauptquartier. Er fällte eine spontane Entscheidung. Philippicus, entschied er, war der Weg in die Zukunft. Drusus Arcadius befand sich auf dem absteigenden Ast. Er stimmte zu, Philippicus' Befehlen zu folgen.

Der Plan war einfach. Eine Rebelleneinheit war tief in TOG-Gebiet eingedrungen. Sie mußte den Steilhang erklimmen, der die Ebene von den Bergen trennte. Es gab nur einen Paß, von dem aus die Rebellen das Legionshauptquartier angreifen konnten. Er würde die Trajan-Panzer, unterstützt von der eigenen Infanterie, an der Öffnung des Passes stationieren. Wenn die Rebellen erschienen, mußten sie nur noch abgeschossen werden. Zehn Minuten später entfernte sich die TOG-Kohorte unbemerkt vom Legionshauptquartier.

Karstil bildete, wie schon vorher, ein schmales V. Sergeant Glover und der Wolverine bildeten die Spitze und hielten sich zwei Kilometer von den anderen Fahrzeugen. Karstil und Mullins bewegten sich auf gleicher Höhe in einer 1200-Meter-Front, gefolgt von jeweils einem Viper-Transporter. In der Mitte der Gruppe, auf gleicher Höhe mit den Transportern, lag der beschädigte Eradicator mit dem falschen Legatus. Dahinter befand sich der Spartius. Karstil hatte das langsamste Fahrzeug in der Annahme an den Schluß gesetzt, daß der Spartius so einen Vorsprung erhielt, falls sie umkehren und fliehen mußten. Die Truppe bewegte sich mit 120 Stundenkilometern vorwärts und lag damit gut im Sicherheitstempo für dieses Gelände. Bei dieser Geschwindigkeit würde der Morgen nach den von Harras befohlenen 500 Kilometern anbrechen. Dann konnten sie sich im hellen Tageslicht zurückziehen.

Die Formation konnte nicht lange beibehalten werden. Nach einer Stunde erreichten sie den Rücken der Berge, der sich wie eine riesige Wirbelsäule durch das Gebiet zog. Die Gipfel erreichten bis zu 4000 Meter Höhe, und die gezackten Spitzen der kleineren Berge ragten in unregelmäßigen Abständen fast 2000 Meter hoch auf. Die Gebirgspässe waren hoch und schmal und nur durch enge Zugänge zu erreichen, die sich den Steilhang hinaufschlängelten. Hier handelte es sich um Bergwerksgebiete, besser gesagt hatte es sich vor der TOG-Invasion darum gehandelt. An den Wänden der Felsen zeigten sich riesige, offene Grubenschächte, die gigantische Krater in die Steine gegraben hatten. Einige der Löcher waren mehrere Kilometer breit und oftmals ebenso tief. Andere Minen wirkten wie tiefe Höhlen, die geradeaus in den Fels führten und dort in ein Gewirr aus Gängen und Stollen mündeten.

Auf dem DDP erschienen die offenen Gruben als leere Flächen. Selbst wenn die aktiven Sensoren auf volle Kraft geschaltet wurden, konnte man nicht ermitteln, was sich in den Tiefen verbarg, wenn der Panzer nicht mit dem Bug hineinfuhr. Das gleiche galt auch für die Höhlen. Die Öffnungen erschienen auf dem DDP, aber die Sensoren konnten nur zwei- oder dreihundert Meter Tiefe erfassen – falls der Stollen abknickte, waren es noch weniger. In dieser Lage war schnelles Tempo weder erwünscht noch angenehm. Die Kampfgruppe verlangsamte die Geschwindigkeit und rückte enger zusammen.

Glover blieb vorn, Mullins und Crown hinter ihm. Der 2-Kilometer-Abstand der Truppe schrumpfte, bis Mullins gerade schnell genug flog, um den Wolverine in guter Sensorreichweite zu behalten. Die engen Windungen und steilen Berge führten dazu, daß er sich zeitweise nur 600 Meter hinter dem Späher befand. Karstil führte den Rest der Gruppe an; Honor Ross und ihre Viper lagen dicht hinter ihm. Der Eradicator und der Spartius bildeten den Schluß. Der schmale Paß zog sich wie ein Axthieb durch die Bergwände. Der untere Teil des Weges war 100 Meter breit, davon nahm die Straße 10 Meter ein. Der Rest der Öffnung wurde von einem rauschenden Gebirgsfluß gefüllt, der sich schäumend und dröhnend durch die Schlucht über riesige Felsen wälzte und kleine Seen bildete. Panzergroße Steine säumten die Ufer – stumme Zeugen der Frühlingsfluten, die das Tal bei Hochwasser überschwemmten. Die Straße hielt sich eng an die linke Seite der Schlucht, wo die Felsenwände 500 Meter hoch aufragten, bevor sie sich in zerklüftete Spitzen und Anhöhen gliederten. Karstil hätte gern ein Fahrzeug hinaufgeschickt, um über den Gipfel aufzuklären, aber er hatte Angst vor dem, was er finden würde – oder was ihn finden würde.

Die Energie, die für diesen Flug benötigt wurde, würde das Fahrzeug wie ein Leuchtfeuer auf alle wartenden TOG-Truppen wirken lassen. Er sackte auf seinem Sitz zusammen und versuchte sich klarzuwerden, ob er selbst nachsehen sollte. Er war zu müde, um eine Entscheidung zu treffen.

Eine große, vierfüßige Kreatur mit verfilztem, langem Haar rannte vor ihm über die Straße. »Vorsicht!« brüllte er ins Mikrofon, als die Gestalt verschwand.

»Was ist?« ertönte Spints Erwiderung.

Karstil blinzelte in die Dunkelheit und merkte, daß er halluziniert hatte; er war so müde, daß ihm sein Verstand Trugbilder vorgaukelte. »Nichts. Gar nichts.« Entweder mußte er besser aufpassen, oder aber er mußte schlafen. Er fragte sich, ob die anderen die gleichen Schwierigkeiten hatten. Er schloß die Augen und ließ den Kopf auf den Monitor sinken. Der Panzer geriet ein wenig ins Schleudern und warf ihn gegen die Brüstung der Luke. Es hatte keinen Zweck, einschlafen zu wollen.

Das Gesicht noch immer gegen den Monitor gedrückt, öffnete er die Augen. Blaue Quadrate wimmelten über den Bildschirm – die Truppe bahnte sich den Weg durch das Tal. Wieder schwankte der Liberator, und Karstil schlug mit dem Helm gegen den Lukenrand.

Der Panzer hielt an. Er wartete darauf, daß er sich erneut in Bewegung setzte. Sie hatten oftmals anhalten müssen, weil die vorn liegenden Fahrzeuge Hindernisse überwinden oder sich um enge Kurven schlängeln mußten. Der Platz zum Manövrieren wurde immer beengter. Die Breite des Tals hatte sich auf 50 Meter verringert, und der Fluß lag nicht mehr auf der gleichen Höhe wie die Straße. Auf der rechten Seite fiel der Straßenrand steil zu den rauschenden Wassern ab und verschwand in der Dunkelheit. Der Panzer rührte sich noch immer nicht. Karstil richtete sich auf und betrachtete das DDP. Eines der blauen Quadrate, Glovers Wolverine, kroch zurück, auf ihn zu. Die blaue Anzeige leuchtete heller, als er sich über ein leeres Feld seitlich der Straße bewegte. Wenn sich ein Fahrzeug außerhalb des Weges fortbewegte, änderte sich das Leuchtzeichen, um anzugeben, daß ein Schweben über der Straße nicht länger möglich war.

Sämtliche Fahrzeuge wahrten Funkstille, und Karstil hatte den Befehl erteilt, diese nur zu unterbrechen, wenn Schüsse fielen. Er würde lieber auf Glovers Bericht warten, als ihn anzufunken. Das schwache Summen der 1250er Maschine wurde von den Talwänden zurückgeworfen, als der leichte Panzer vor Karstils Liberator einen Meter über dem Boden schwebend anhielt. Verschwommen erkannte Karstil die Gestalt des Sergeants, der an der Vorderseite des Wolverine herabglitt, auf ihn zuschritt und am Geschützturm emporkletterte.

»Wir haben ein Problem«, erklärte Glover ohne die üblichen Formalitäten. Er stützte sich auf das Vulcan III-System und setzte sich auf den Turm. Im gedämpften Licht der Kampfbeleuchtung und elektronischen Monitorlichter wirkte sein Gesicht blaß und eingefallen. Die Aufregung, die er beim Angriff auf das TOG-Hauptquartier gezcigt hatte, war verflogen. Er sah jetzt viel älter aus.

»Ich hatte oben an der Öffnung des Passes rote Anzeigen auf meinem DDP. Fünf habe ich gezählt, bevor ich mich zurückzog. Das DDP konnte sie nicht identifizieren, aber der Größe nach zu urteilen nehme ich an, daß es sich um schwere Panzer handelt.«

Karstil fiel auf, daß Glover nicht länger von ›vielen‹ oder ›einem Haufen‹ redete. Jetzt machte er genaue Angaben, die auf dem beruhten, was er gesehen hatte. Der Sergeant verstand sich jetzt aufs Spähen. Noch jemand krabbelte an der Seite des Liberators empor, und Karstil erkannte den Pioniersergeanten des beschädigten Spartius. Er versuchte, sich an den Namen des Mannes zu erinnern, aber es gelang ihm nicht. Er nickte dem Pionier zu.

»'n Abend, Sergeant. Ich habe Ihren Namen vergessen.«

»Zubin, Sir. Dorlan Zubin. Sergeant Known schickt mich mit einer Meldung.«

»Reden Sie, Sergeant.« Es konnte sich nur um noch mehr schlechte Nachrichten handeln. Wahrscheinlich hatte der Spartius den Geist aufgegeben, und Karstil mußte sich mit der gestrandeten Mannschaft belasten.

»Ich habe sie leider nicht gesehen«, sagte Zubin entschuldigend, »aber Known sagt, er hätte rote Lichter auf dem DDP. Sie sind rechts und links über uns, und er meint, es wären sehr viele.«

51

Alsatia, Caralis
Commonwealth
11. Januar 6831

Ein Gewicht senkte sich auf Karstils Schultern. Bis jetzt war es leicht gewesen, nichts als Vorrücken und Schießen. Jetzt waren sie eingeschlossen, jedenfalls beinahe. Die einzige Rettung lag in der Tatsache, daß die TOGs nicht wußten, wo er sich aufhielt, oder glaubten, er habe sie noch nicht gesehen. Es blieb ihm Zeit, einen Plan zu schmieden und sich vielleicht leise davonzustehlen.

»Teilen Sie es allen anderen mit, aber leise. Alle Maschinen aus. Alles abschalten. Alle Kommandanten sollen sich hier bei mir melden. Und verhalten Sie sich RU-HIG!« Glover und der Pionier verließen den Liberator und verschwanden in der Dunkelheit. Wieder allein, versuchte Karstil, nachzudenken. Vorrücken war ausgeschlossen, die TOGs auf dem Bergrücken erwarteten ihn. Die einzige Hoffnung war der Rückzug. Es würde schwierig sein, die Fahrzeuge zu wenden, aber es war möglich. Auf der engen Straße war es nicht leicht, die Panzer wieder zu formieren, aber sie konnten es schaffen. Dafür mußten die Fahrzeuge Schubkraft einsetzen, die sich auf den DDPs der TOG abzeichnen würde – oder konnte. Wenn er die Formation in umgekehrter Reihenfolge beibehielt, würden der Spartius und der Eradicator die Reihe anführen, was keine gute Lösung war.

Während er sich noch mit dem Problem herumschlug, tauchten die Kommandanten aus der Dunkelheit auf und kletterten auf Karstils Liberator. Er wartete, bis alle versammelt waren, bevor er mit seinem Bericht begann. Er sprach aus dem Stegreif und hatte keine Lust, den Plan mehr als einmal zu erläutern.

»Ich bin sicher, Sie alle wissen«, begann er, »»daß wir eingeschlossen sind. Die TOGs haben schwere Panzer auf dem Berg stationiert und wahrscheinlich auch an den Flanken.«

Er beobachtete die Gesichter der Sergeanten. Niemand schien überrascht. »Wir müssen uns heimlich auf den Rückzug machen. Am besten wäre es, die ganze Formation umzudrehen und Glover wieder an die Spitze zu setzen. Aber das schaffen wir nicht. Der Schub, den die Liberatoren benötigen, um an den anderen Fahrzeugen vorbeizukommen, könnte die TOGs warnen. Wir müssen also dort wenden, wo wir gerade stehen, und dann aufbrechen. Wenn sich die Straße verbreitert, schicken wir die schweren Panzer wieder voraus. Ich werde den Spartius übernehmen.«

Die Sergeanten wechselten Blicke, machten aber keine Vorschläge. Jeder dachte über die eigenen Möglichkeiten nach und bereitete sich auf den vor ihnen liegenden Auftrag vor. Schließlich ergriff Mullins das Wort.

»Sir, ich denke, es wäre das Beste, wenn ich den Spartius fahre.« Seine Stimme klang beinahe väterlich, als rede er mit seinem Lieblingssohn. Sein Blick hielt den von Karstil fest. »Es wäre besser, wenn Sie die Panzer führen, für den Fall, daß wir Feindkontakt haben. Jemand muß dieses Chaos kontrollieren, und das sind Sie.« Die Blicke der beiden Führer hielten einander stand. Schließlich senkte Karstil die Augen.

»O. K., Sergeant.« Mullins hatte recht. Er war der Führer der Kampfgruppe und durfte kein Risiko eingehen, nicht mehr mit den anderen in Verbindung zu stehen, wenn das Unheil nahte.

»Wir bewegen uns langsam. Nehmen Sie einen Teil

von Crowns Gruppe mit. Die Männer können ausschwärmen und Sie unterstützen, falls Sie Schwierigkeiten bekommen. Glover bleibt bei mir, bis das Tal breiter wird, dann schicke ich ihn zu Ihnen. Sie setzen ihn dort ein, wo Sie es für richtig halten.« Er wandte sich den anderen zu. »Alle Funkgeräte ausstellen, nicht einmal nur auf Empfang lassen. Sensoren auf passiv. Wir folgen Mullins. Zurück zu den Fahrzeugen.« Er sah den Zugsergeanten an. »Mullins, starten Sie, wenn Sie bereit sind.«

»Verstanden, Sir. Ich setze Yennan in den Kommandositz. Abul ist der beste Fahrer, den ich je gesehen habe. Er bleibt an den Kontrollen.« Er wandte sich an Dunstan Crown. »Dunny, geben Sie mir ein paar Ihrer gehfähigen Verwundeten für die Spitze. Bis dann, Sir.« Die Panzerkommandanten glitten an den Seiten des Liberators herab und verschwanden in der Dunkelheit.

Nach fünf Minuten sah Karstil, wie sich der Spartius rührte. Spint hatte den Liberator zurücksetzen lassen und langsam nach rechts gedreht, um ihn der Straße zuzuwenden. Honor Ross' Viper leuchtete blau auf dem DDP, und Spint plazierte den Liberator so dicht wie möglich dahinter. Sobald er Platz hatte, würde er den Panzer nach vorn setzen. Ross war offenkundig beunruhigt gewesen, als Karstil Crowns Gruppe nach vorn geschickt hatte. Sie befand sich viel weiter vorn, und es wäre genauso einfach – sogar einfacher – gewesen, ihre Gruppe zu nehmen. Karstil hatte Crown genannt, da er wußte, daß dessen Männer Teil der ›Familie‹ waren, die mit ihm in den Auftrag gezogen waren. Sie kannten Mullins und vertrauten einander. Er hoffte, daß sie es verstehen und nichts Unüberlegtes tun würde.

Die Gruppe kroch im Schrittempo die Straße entlang. Im Geiste überflog Karstil die TOG-Truppen. Er vermutete, daß sich das letzte TOG-Fahrzeug zwei Kilometer hinter ihm befand. Die Infanterie konnte in einer Minute 100 Meter marschierend zurücklegen, die Hälfte der Strecke, wenn sie sich vorsichtig bewegte. Also betrug das Tempo der Truppe 50 Meter pro Minute. Es dauerte 20 Minuten, einen Kilometer zurückzulegen, und vierzig Minuten, um das letzte TOG-Fahrzeug zu erreichen. Jede Gruppe bestand aus sieben Fahrzeugen, von denen jedes 25 Meter Platz einnahm. Dazu kam die Entfernung zwischen den einzelnen Fahrzeugen. So erreichte die ganze Truppe eine Länge von fast 200 Metern. Das letzte Fahrzeug würde vier Minuten nach dem ersten am letzten Feind vorüberziehen. Innerhalb einer Stunde sollten sie es geschafft haben.

In der Dunkelheit bemerkte Karstil eine Gestalt, die neben seinem Liberator einherschritt. Der Mann klopfte gegen die Seite des Panzers und winkte, als Karstil ihn grüßte. Es handelte sich um den Richtschützen aus Glovers Wolverine, der die Flanke überblickte, um Karstil mitzuteilen, an welcher Stelle der Paß breit genug war, um den Panzer überholen zu lassen. Nach drei Minuten klopfte der Mann noch einmal. Jetzt war genug Platz, damit der Wolverine vorbeikommen konnte. Spint hielt den Liberator an und ließ ihn auf der Stelle schweben, wobei er den rechten Sponson gegen den Felsen stieß. Die Wolverine schwebte leise vorüber und quetschte sich zwischen Karstil und Ross. Das Leuchtzeichen des Wolverine verstärkte sich nicht, und Karstil war froh, daß er sich entschieden hatte, die Reihe nicht umzustellen. Wenn die TOGs da oben lauerten, mochte ihnen diese Bewegung entgangen sein.

Die Truppe folgte dem Straßenverlauf. Karstil blickte auf seinen PC und bemerkte, daß seit dem Beginn des Rückzugs 20 Minuten vergangen waren; sie hatten einen Kilometer ohne Schwierigkeiten hinter sich gelassen. Der Liberator hielt an, als Spint sich bemühte, sein Tempo an das des Wolverine anzupassen. Karstil wartete darauf, daß er sich wieder in Bewegung setzte, denn diese Zwischenstops waren häufig. Aber nichts geschah. Die blauen Anzeiger der anderen Fahrzeuge zeigten keine Bewegung an, nur die hinteren Panzer rückten auf. Das gefiel Karstil nicht. Auch bei 25 Meter Platz für jedes Fahrzeug lagen sie unangenehm dicht beieinander. Wenn die TOGs auf die Truppe feuerten, blieb ihnen kaum Platz zum Manövrieren. Er mußte die nachfolgenden Fahrer warnen, einen sicheren Abstand einzuhalten. Das Geräusch der Schritte in der Dunkelheit lenkte seine Aufmerksamkeit auf das andere Problem. Ein Infanterist aus Crowns Gruppe kletterte auf den Liberator, um Meldung zu erstatten.

»Infanteriestellungsgräben auf der Straße, Sir«, keuchte er. »Und Mullins sagt, es liegt ein Panzer dahinter. Wahrscheinlich ein schwerer. Er kann ihn nicht ausmachen, da er hinter einer scharfen Kurve liegt. Er meint, daß auch Infanterie da ist.« Bevor er noch zu Ende geredet hatte, erschien Mullins, um den Bericht zu bestätigen.

Die beiden Führer besprachen die Lage. Die Zeit für Feinheiten war vorbei. Sie konnten nichts tun, außer die Straßensperre zu durchbrechen. »Das Problem ist«, sagte Karstil, »daß wir ihn nicht kriegen können, bis wir die Kurve genommen haben. Sobald wir auftauchen, verschlingt er uns bei lebendigem Leibe. Auf die Entfernung kann er uns mit der Hauptwaffe nicht verfehlen, und wir alle haben schon so viel Schaden erlitten, daß wir keine neuen Treffer hinnehmen können. Wir müssen ihn rauslocken, damit der Spartius auf ihn feuern kann.«

Karstil rieb sich die Augen und sah gelbe und grüne Punkte in seinem Blickfeld flimmern. »Holen Sie die anderen Führer. Ich habe eine Idee.«

Als sich die restlichen Führer um den Liberator geschart hatten, erklärte Karstil seinen Plan. Die Infanterie an der Spitze sollte sich den Weg durch die Infanteriestellungen freikämpfen, während Mullins den Spartius landete und die Kurve ins Visier nahm, durch die der Trajan kommen mußte. Gleichzeitig würde Karstil seinen Liberator weit abseits der Straße halten. Der dafür benötigte Schub würde den TOG-Panzer alarmieren, daß er sich näherte. Direkt vor der Kurve wollte Karstil das Feuer mit seiner 150-mm-Kanone eröffnen und hoch in die Felsen über dem feindlichen Panzer schießen. Es bestand keine Aussicht auf einen Treffer, aber er hoffte, den Trajan soweit zu bringen, daß er vorwärtskroch, um die Hauptwaffe auf den Liberator zu richten. Mit ein wenig Glück würde der Feind den still liegenden Spartius nicht beachten, bis es zu spät war. Die Infanterie würde alles tun, was in ihrer Macht stand. Wenn der Trajan vernichtet war – er benutzte lieber das Wort ›wenn‹ anstelle von ›falls‹ –, sollte die Truppe mit Höchstgeschwindigkeit daran vorbeiziehen, bis sie wenigstens einen Kilometer zurückgelegt hatte. Beim ersten Schuß sollten die Funkgeräte eingeschaltet werden. Als sich die Sergeanten verabschiedeten, ging Ross als letzte. »Achten Sie auf Ihre Schulter, Sir.«

Zum ersten Mal lächelte Karstil sie an.

Dann wartete er drei Minuten lang in der Dunkelheit, um den anderen Zeit zu geben, die Befehle ausführen zu können. Die einzigen, die wirklich etwas tun mußten, waren die Infanteristen an der Spitze. Als die Minuten verstrichen waren, befahl er Spint, den Liberator anzuwerfen und schaltete die aktiven Sensoren ein, als die 2000er Maschine zum Leben erwachte. Beinahe augenblicklich erfaßte der ballistische Computer die Gegenwart des Trajan.

Der Liberator verließ die Gruppe und begab sich auf die linke Straßenseite. Die Schubkraft brachte ihn auf Baumwipfelhöhe. Der Liberator schoß an den anderen vorbei. Karstil beobachtete das DDP und berechnete die leuchtende Linie, die das Gebiet erfaßte.

»Gut, Spint. Anhalten. Quent, auf die Felsen über ihm schießen.«

Die Worte hatten kaum seinen Mund verlassen, als die 150-mm-Kanone ihre APDS-Salve hoch in den Fels feuerte. Der blaue Mündungsblitz wischte jede Nachtsicht, die Karstil gehabt hatte, weg. Die Salve krachte in einen Felszacken und explodierte; ein Hagel kleiner Steine prasselte den Berg hinab. Beim nächsten Schuß feuerten die 150-mm- und die 50-mm-Kanone zusammen. Diesmal krachten größere Steinbrocken zu Boden. Karstil behielt das DDP im Auge, um auf Aktivitäten des Trajan zu achten. Nach dem dritten Schuß erhob sich der Trajan und bewegte sich voran.

»Ein wenig zurück, Spint, ein wenig zurück. Quent, schießen Sie wieder auf die Felsen über ihm.« Der Liberator zog sich zurück, während der riesige Trajan um die Kurve schwebte. Der Trajan-Kommandant war offenbar sehr vorsichtig. Das ist nichts für Feiglinge, dachte Karstil. Es wäre besser für den Toggie, wenn er losbrausen würde. Der Liberator wich noch weiter zurück. Jetzt war der Bug des Trajan hinter dem Felsen erschienen.

»Schießen Sie auf den Berg«, befahl Karstil. »Ich will nicht, daß er die Falle zu früh bemerkt.« Wieder feuerte die Kanone, und Karstil sah einen Felsbrocken, der auf den Trajan prallte. Rechts von ihm erblickte er Mullins, der sich über das Visier des Spartius beugte. ›Komm schon, du Scheißer. Nur noch ein Stückchen«, murmelte er. Er sah die 200-mm-Kanone des Trajan, die durch die Dunkelheit ragte. Sie war ganz nach links gestellt, konnte den Liberator aber noch nicht erreichen.

Der Trajan-Kommandant hatte genug von dem Steinregen. Der Panzer schoß vor und warf sich nach links, als er um die Kurve herum war. Karstil trat auf den Ziellaser. »Ziel identifiziert. Trajan-Panzer. Entfernung zwei-null-null. Ziel erfaßt.«

»Panzer. Zweihundert. Auf den Rumpf. HEAP!« brüllte Karstil.

Der Turm drehte sich. »Identifiziert«, ertönte Podandos' Stimme.

»Feuer!«

»Aus dem Weeeeeeg!« schrie Podandos, als alle drei Turmwaffen gemeinsam feuerten.

Der Rumpf war das einzige deutliche Ziel gewesen, und Karstil hatte nicht warten wollen, bis der Turm sichtbar wurde. Die Menge und Schnelligkeit der Treffer waren wichtiger als die Qualität. Er feuerte seine letzten beiden TVLGs ab, als die Turmwaffen sprachen. Zu seiner Rechten sah er das rote Leuchten der Mündungen, als die Laser des Spartius sich dem Feuer des Liberators anschlossen. Zwei TVLGs und eine SMLM flogen von dem Infanterietransporter hinüber.

Die Kanonen- und Lasertreffer gingen in die linke Vorderseite des Trajan, und ein Regen aus Titan und ballistischer Panzerung flog umher. Die Geschosse, die sich hoch über den Kämpfenden auf diese herabsenkten, wurden von dem Vulcan IV-System des schweren Panzers abgefangen, das drei der Salven pulverisierte. Die anderen beiden, ein TVLG und die SMLM, kamen jedoch durch. Der glühende Krater des Kanonentreffers schluckte beide Geschosse, und Karstil sah, daß ein großes Panzerungsteil genau vor den 200-mm-Aufbau rutschte.

Die gähnende Mündung der Trajan-Kanone schwang ein Stück weiter, auf den Liberator zu. Ein blauer Ball glühender Gase entfloh der Mündung, und Karstils Herz schien stehenzubleiben. Die 200-mm-Salve war stark, aber nicht stark genug. Die HEAP-Salve traf die Mündung der auf der linken Turmseite des Liberators angebrachten 50-mm-Kanone. Die Kanone, der Laser und der Hebemechanismus verschwanden augenblicklich. Karstil wurde gegen die Lukenbrüstung geschleudert, und die Gewalt des Treffers warf ihn in das Kampfdeck. Sein Helm schlug gegen die Wand, und er sah Sterne vor den Augen.

Die Arme hielt er noch immer aus der Luke heraus, und er arbeitete sich mühsam auf die Höhe des taktischen Displays empor. Das DDP blinkte wild durch die Wucht des Aufpralls. Er stellte sich auf den Kommandositz. Als er den Kopf über den Lukenrand hob, klärte sich sein Sichtfeld. Der Trajan war noch da und wurde durch das Feuer von Karstils 150-mm-Kanone hell erleuchtet. Rechts sah er Mullins, der auf dem Spartius stand und wild mit den Armen fuchtelte. Die Laser des GMT bohrten sich weiterhin in den Bug des Trajan und drangen durch große Krater, die durch die Kanonen- und Raketentreffer entstanden waren.

Tief im Rumpf des Trajan bohrte sich einer der Laser durch die zertrümmerte Panzerung. Der Fahrer, dessen Hände um das Steuer geklammert waren, fühlte den Aufprall des Lichtstrahls überhaupt nicht. Die Nerven und Muskeln, die angespannt den 377-Tonnen-Panzer kontrollierten, reagierten ein letztes Mal. Der linke Fuß trat fest auf das Schubpedal, als beide Hände nach hinten gerissen wurden. Der Panzer reagierte sofort.

Die Beschleunigungswerte des Trajan gehörten zu den besten der schweren TOG-Panzer. Karstil sah den Panzer an sich vorüberbrausen und in der Dunkelheit verschwinden. Zahlreiche TVLG-Treffer glänzten auf der Panzerung, und die Geschosse, die von der Infanterie stammten, waren in ihren Kratern verschwunden. Im Schein der Explosionen sah Karstil den TOG-Kommandanten hoch in der Luke des Trajan sitzen. Er deutete auf Karstil und brüllte etwas ins Mikrofon, als sich der Turm drehte, um seiner Handbewegung zu folgen. Die schweren Laser des Trajan-Turmes schwangen herum, um auf den beschädigten Turm des Liberators zu zielen.

Am Ende der Gruppe eröffneten der Wolverine und der zweite Liberator gleichzeitig das Feuer, da sie nun freie Sicht auf den Trajan hatten. Als sich der Feind erhob, entblößte er seinen beschädigten Bodenpanzer.

Eine große Titanwolke stieg vom unteren Teil des Rumpfes auf; eine der Gravspulen wurde durch die Granaten in Atome zerfetzt. Der Trajan konnte sich davon nicht mehr erholen. Obwohl der Panzer bereits vornüberkippte, fuhr der Turm fort, sich zu drehen. Der Fuß des Fahrers lag noch immer auf dem Schubpedal, und der Panzer beschleunigte fortwährend, als er in der Dunkelheit neben der Straße verschwand. Karstils letzter Eindruck vom Trajan blieb der Turm, der sich ihm zuwandte, als der Panzer über die Böschung stürzte. Dann verschwand er und explodierte irgendwo tief im Tal. Der Lärm der Explosion hallte durch die Schlucht und wurde von den umliegenden Berggipfeln zurückgeworfen.

Der Liberator schoß nach vorn, als Spint den Schub verstärkte. Sie hatten keine Zeit, sich über den Sieg zu freuen. Die Truppe mußte so schnell wie möglich verschwinden. Der Liberator raste ein Stück über der Straße durch das Tal. Die Höchstgeschwindigkeit betrug nur 50 Stundenkilometer, aber das reichte aus, sie innerhalb weniger Minuten von hier fortzubringen.

52

Alsatia, Caralis
Commonwealth
12. Januar 6831

»Anhalten, Spint. Anhalten!« Der Liberator wurde langsamer, als der Fahrer auf Karstils Befehl reagierte. »Landen Sie neben der Felsnase da drüben.« Der Panzer verlangsamte das Tempo noch mehr, als Spint auf dem Fahrer-DDP nach der angegebenen Stelle suchte. Kurz darauf hielt er hinter einem Felsen, der rechts aus der Bergwand ragte.

Auf dem Paß hatte sich die Truppe zu weit auseinandergezogen, und Karstil wollte sie wieder unter seine Kontrolle bekommen, bevor er entschied, was zu tun sei. Zuerst traf Glover mit seinem Wolverine ein. Karstil signalisierte ihm, noch einen Kilometer vorauszufahren, um zu sehen, was vor ihnen lag. Als die übrigen eintrafen, plazierte er sie an den entsprechenden Stellen. Crown und Mullins erschienen als letzte. Crown hatte angehalten, um seine Gruppe aufzulesen, und der Spartius war wegen des beschädigten Gravantriebs sehr langsam. Endlich befanden sich alle Fahrzeuge an Ort und Stelle. Nach den Berichten der Führer war nur ein Infanterist verwundet worden, der von Splittern des eigenen TVLG getroffen worden war.

»Sechs, hier spricht vier.« Jason Glover, der sich einen Kilometer weit entfernt befand, hatte etwas zu sagen. Die Funkstille war bei Beginn des Schußwechsels aufgehoben worden, und Karstil hatte sie nicht wieder befohlen.

»Hier spricht sechs.«

»Vier. Schlechte Nachrichten, Boß. Auf vierzig Kilometer habe ich rote Zeichen. Die bösen Kerle scheinen uns nicht zu mögen.« Vierzig Kilometer, dachte Karstil. Also standen sie am Ende des Passes. Beide Seiten des Weges waren versperrt. Es sah so aus, als würde die Kampfgruppe Karstil zerstört werden. »Alle Einheiten«, sagte er in sein Mikrofon, »hier spricht sechs. Passive Sensoren. Ende. Vier, bleiben Sie, wo Sie sind. Ende. Alle Führer zu mir.« Die Entscheidungen über die Zukunft der Truppe mußten mit den übrigen Führern besprochen werden; er konnte das nicht allein entscheiden.

»Sechs, hier spricht fünf.« Sogar durch die verzerrte Wiedergabe des Funks erkannte Karstil die sanfte Stimme von Honor Ross.

»Eindringling auf vier-achthundert. Zu Fuß. Entfernung sechshundert. Schicke eine Patrouille auf Spähtrupp.«

»Sechs. Verstanden. Nehmen Sie Gefangene, wenn möglich.«

»Fünf. Verstanden.«

Als die Panzerkommandanten erschienen, war Karstil überrascht, wie schnell er sie in der Dunkelheit erkennen konnte. Erst jetzt bemerkte er, daß es langsam hell wurde. Er sah zum Himmel. Was zuvor noch pechschwarz und mit Sternen übersät war, färbte sich jetzt allmählich blaß und hell. Leichter Bodennebel stieg aus dem Flußbett neben der Straße empor. Der Morgen brach an. Die tiefere Dunkelheit des Tales wurde durch die knappe Salve einer 5-mm-Gausswaffe unterbrochen, deren Hochgeschwindigkeitsprojektile einen Funkenhagel gegen die Felsen regnen ließen. Die Sergeanten erstarrten und wandten sich dann dem Schußlärm zu.

»Sechs. Hier spricht fünf. Wir haben einen Gefangenen. Bringen ihn rüber.«

Die anderen warteten schweigend, bis Ross und der

Gefangene erschienen. Nicht, daß er die Lage ändern konnte, aber wenigstens lag hier etwas vor, mit dem sie umgehen konnten – nicht wie bei den TOG-Einheiten, die den Paß versperrten. Ross, ein Soldat und ein Mann in Zivilkleidung tauchten durch die Morgennebel auf. Ross und ihr Soldat behandelten den Mann respektvoll. Sie hielten neben Karstils Liberator.

»Doktor Ambrose Rondthaler, zu Ihren Diensten, Sir.« Der Mann war an die zwei Meter groß, das hagere Gesicht wurde von melierten Haaren samt Bart umrahmt. Die Stimme klang sanft und beruhigend. Obwohl die Kleidung Spuren rauher Behandlung aufwies, erkannte man doch das feine Material und den guten Schnitt.

»Er hat nicht versucht, fortzulaufen«, mischte sich Ross ein. »Er wartete, bis wir einen Schuß abgaben, dann nahm er die Hände hoch und ließ sich gefangennehmen.«

Rondthaler warf Ross einen Blick zu, der aussagte, daß er hätte wegrennen können, wenn er es gewollt hätte. »Ich sehe mich nicht als Gefangenen, Miss. Ich ziehe es vor, die Sache so zu sehen, daß ich mich Ihnen freiwillig genähert habe.«

»In Ordnung.« Karstil hatte keine Lust, mit Ross oder dem Doktor Haare zu spalten. »Was machen Sie hier?«

Der Doktor schenkte ihm ein gequältes Lächeln. »Ich war überrascht, eine Rebelleneinheit hier zu finden. Die TOGs haben das Gebiet während der letzten drei Monate beherrscht, und meine Gefährten und ich verstecken uns seit dieser Zeit. Wie Sie sicher wissen, gehen die TOGs nicht sehr sanft mit Zivilisten um. Auf jeden Fall hörte einer unserer Späher Sie letzte Nacht vorüberziehen, und ich ging zur Straße, um Verbindung mit Ihnen aufzunehmen. Jetzt, wo die Straße frei ist und zum Commonwealth-Gebiet gehört, werden wir uns ins Tal begeben, wo Ihre Einheiten stationiert sind. Wir haben Ihre Panzer heute früh gehört.«

Karstil rieb sich die Augen. »Es tut mir leid, aber ich muß Sie enttäuschen, Doktor. Was Sie hier sehen, ist alles.« Er beobachtete den Mann und wartete auf dessen Enttäuschung. Nichts war zu bemerken, so als hätte er gar nicht gesprochen. »Wir sind nur ein Überfallkommando, Doktor. Die Panzer im Tal gehören den TOGs, nicht den Rebellen. Wir sind eingeschlossen. Stehen vor der Vernichtung.«

»Ach je.« Endlich reagierte der Doktor und zupfte an seinem Bart. »Dann müssen wir Fluchtpläne schmieden.«

»Ich würde liebend gern Fluchtpläne schmieden, Doktor. Aber nur wenn Sie eine Geheimtür zu diesem Tal hätten, sonst besteht keine Möglichkeit, zu verschwinden.«

»Da drüben gibt es noch ein Tal«, sagte Rondthaler und deutete auf die andere Seite des Passes. »Da verstecken sich meine Gefährten.«

»Das kann ich auf meinem DDP nicht sehen«, höhnte Karstil. »Ich will damit sagen, daß ich keine Ahnung habe, wo es liegt oder wohin es führt.«

Entweder hörte Rondthaler Karstils Tonfall nicht, oder er ignorierte ihn. »Es gibt ein Tal, das im rechten Winkel von diesem hier abgeht. Dorthin hat uns unsere Flucht geführt. Sie müssen nur über den Bergrücken klettern, und schon sind Sie da. So bin ich auch hierhergekommen.«

Karstil starrte auf die Felswände, die die gegenüberliegende Wand des Passes bildeten. Ein einzelner Mann mochte hinüberklettern können, aber es war ein wenig schwieriger, eine Reihe Panzer hinüberzubefördern. Der Schub, den sie zum Klettern benötigten, würde sie allen TOG-Einheiten in diesem Gebiet sichtbar machen. Und die TOGs würden wissen, daß sie einen Weg gefunden hatten. Es würde nicht klappen.

»Wieder die Transponder«, jetzt sprach Johnston.

»Wenn wir die Transponder hierlassen, würden sie uns dann sehen? Könnten wir dann unentdeckt klettern?«

Karstil dachte einen Augenblick nach. »Dazu müßten wir eine Kraftquelle hierlassen. Also ein Fahrzeug, und wir haben keines übrig.«

»Weshalb denn nicht den Eradicator?« fragte Mullins. »Der trägt doch nur zwei Leute.«

»Entschuldigen Sie, wenn ich mich einmische, Sir«, sagte der Sergeant, der, soweit sich Karstil erinnerte, den beschädigten Spartius kommandierte. Ihm fiel der Name nicht ein. »Der Spartius wird keinen steilen Berg auf voller Kraft erklimmen können. Wir sollten ihn hierlassen. Wir sind zwar zu fünft, aber wir könnten außen auf dem Eradicator mitfahren.«

Karstil sah die umstehenden Männer an. Er sah die offenkundige Aufregung auf den Gesichtern. Vorher waren sie enttäuscht gewesen, bereit, Niederlage und Vernichtung hinzunehmen. Jetzt freuten sie sich auf die Flucht. Sie hatten einen Plan. Er wandte sich an den Wartungssergeant. »Können Sie die Transponder an den Spartius anschließen?«

»Es wird eine Weile dauern, Sir, aber ich kann es schaffen.«

»Dann fangen Sie an. Und alle anderen werfen sofort überflüssigen Ballast ab. Laden Sie die Geschoßhalterungen und lassen Sie alles andere hier. Wir müssen Platz für die Spartius-Besatzung schaffen. Wenn es nicht reicht, können Mullins und ich jeweils einen Mann in unsere Panzer quetschen.« Er wandte sich an den Wartungssergeanten. »Ich habe Ihren Namen vergessen, Sergeant.«

»Known, Sir. Herman Known.«

»Gut. Können Sie einen Zeitzünder in den Spartius einbauen? Er muß schließlich nicht in die Hand des Feindes fallen.«

»Ich bedauere, aber davon verstehe ich nichts, Sir,

aber Pioniersergeant Zubin kann es vielleicht. Er befaßt sich mit diesen Dingen.«

Karstil hatte keine Ahnung, über welche Fähigkeiten die Crew des Spartius verfügte, wollte aber Knowns Worten gern Glauben schenken. »Er soll sich bei mir melden. Und Sie alle gehen jetzt an die Arbeit.«

Während die Sergeanten auseinanderstoben, um ihre Leute auf den Ausbruch vorzubereiten, rief Karstil Glover und teilte ihm die Umrisse seines Plans mit. Es war unnötig, Einzelheiten zu erwähnen, denn möglicherweise hörten die TOGs mit. Daher sollte Glover bis zum Schluß dableiben. Wenn er sich zurückzog, würde er den Transponder beim Spartius ablegen, den Sergeanten von dort mitnehmen und über die Berge fliehen. Eine halbe Stunde später war alles soweit.

Mullins und Crown führten die Reihe an; Ambrose war ihr Führer. Der Doktor würde auf dem Bergrücken warten, bis der Rest der Truppe gefolgt war und schließlich mit dem Wolverine und Sergeant Known nachkommen. Mullins und Crown fuhren ein Stück weit in das Tal, bevor sie vollen Schub einsetzten, um den 1000 Meter hohen Berg zu überwinden. Das Geräusch der Gravantriebe erfüllte den Paß, die Felsen warfen das Heulen verstärkt zurück. Als die Panzer die Wand überquerten, entstand plötzlich Stille.

Johnston und Ross folgten mit ihren beschädigten Fahrzeugen als nächste; auch ihre Geräusche verstummten, als sie hinter dem Berg verschwanden. Die geflohenen Panzer hatten die Funkverbindung abgebrochen, daher wußte Karstil nicht, ob sie in Sicherheit waren. Er hoffte es einfach.

»Vier. Sechs. Los.« Er wechselte auf Bordfunk. »Spint, das Tal hinauf und dann hoch.« Der Liberator drehte sich, bis er mit der Vorderseite den Paß hinauf zeigte, und setzte sich dann in Bewegung. Als sie um eine Biegung fuhren, begann der Panzer über dem nebelverhangenen Flußbett zu schweben und steil berganzuklettern. Auf halber Höhe verlangsamte er das Tempo, als Spint in dem engen Tal eine Wendung vollführte und dem Gipfel mit voller Kraft zustrebte.

Unter sich erblickte Karstil den Paß und die Straße, die sich an der Seite entlangwand. Noch immer war das Tal mit dem sich schnell auflösenden Nebel gefüllt. Tief unten sah er den Wolverine, der sich auf den Weg machte; eine winzige Gestalt hockte auf dem Geschützturm. Viele Kilometer entfernt erspähte er die weite Ebene, die Sicherheit bedeutete. Sekunden später verdeckten hoch aufragende Berge die Sicht, als Spint den Liberator wieder nach unten lenkte. Der Panzer wand sich zwischen Felsen hindurch, die nicht mehr als zehn Meter voneinander entfernt lagen. Tief unten im Tal winkte ihnen der Doktor zu.

Dann durchquerten sie ein Gebiet, in dem scharfkantige Steine und gezackte Felsen lagen, zwischen denen sie sich hindurchschlängeln mußten. Schließlich gaben die Steine den Blick auf ein kleines Tal frei, das nicht mehr als einen Kilometer breit war. Zwischen dem üppigen Pflanzenbewuchs glänzte Wasser auf. Der Viper-Transporter und der Eradicator standen neben ein paar Bäumen, und Karstil befahl Spint, ihnen zu folgen.

53

Alsatia, Caralis
Commonwealth
12. Januar 6831

Karstil hatte die ›Gefährten‹, die Rondthaler bei dem ersten Gespräch erwähnt hatte, unterschätzt. Anstelle des Dutzends Zivilisten fand er mehr als hundert vor, die sich im Tal verteilt hatten. Ganze Familien waren dort versammelt, die allen Besitz und ihre Fahrzeuge mitgenommen hatten. Mindestens zwanzig Fahrzeuge aller Arten und Größen standen herum, die sich in den verschiedensten Reparaturstadien befanden.

Für einen Offizier, der an die Militärhierarchie gewöhnt ist, wird der Umgang mit Zivilisten gewöhnlich eine Lektion der Enttäuschung. Ein Offizier ist es gewohnt, seinem Sergeanten zu sagen, was zu tun ist. Der Sergeant geht los und kehrt zurück, wenn alles erledigt ist. Nicht so im Zivilleben. Jede Entscheidung muß ausführlich besprochen werden, jeder kann etwas dazu sagen. Dann wird die Entscheidung zur Abstimmung gebracht, und die Mehrheit bestimmt. Außer natürlich, wenn jemand noch immer dagegen ist. In diesem Fall werden alle Argumente wieder hervorgeholt. Neue Schritte sind nötig, eine neue Abstimmung findet statt, und vielleicht wird der Entschluß von allen angenommen. Das alles braucht Zeit und führt zu Kompromissen, die dem ursprünglichen Konzept zugute kommen können oder nicht.

Als Karstil über den Umfang des Flüchtlingsproblems informiert wurde, fällte er die spontane Entscheidung »aufzusitzen und zu verschwinden«. Der

Entschluß wurde mit Protestrufen begrüßt. Es würde Stunden dauern, alles aufzuladen. Ein paar Fahrzeuge besaßen keinen Treibstoff mehr. Die Leute wollten gerade frühstücken. Jemand hatte gestern abend eine andere Familie besucht und war noch nicht zurückgekehrt. Wäre es nicht besser, bis zum Einbruch der Dunkelheit zu warten? Warum sollten sie nicht hierbleiben? Wußten die TOGs, wo man sich befand? Sollte man nicht besser abstimmen? Rufen wir einen Rat zusammen. Darüber muß geredet werden.

Rondthaler bat und flehte, drängte und tobte, aber es war, als versuche er, das Meer mit einer Gabel zu durchkämmen. Eine Beratung wurde einberufen. Karstil legte seinen Plan dar. Er wollte nur eines: einpacken und aufbrechen. Nicht annehmbar.

Bald war Mittag, und die Menschen mußten essen. Dann mußte entschieden werden, wer die Gruppe anführen sollte. Würden die Rebellen die Sicherheit der Bürger garantieren? Nein. Warum nicht? Weil das mit nur sechs Fahrzeugen unmöglich war. Warum?

Das einzig Gute an der Verhandlung mit dem Rat, der aus Männern und Frauen bestand, war die Tatsache, daß sie nacheinander redeten. Als Karstil mit den Haushaltsvorständen sprach, die für die Kinder verantwortlich waren, redeten alle gleichzeitig. Schlimmer noch, sie brachten die Kinder mit. Sobald ein Gespräch begonnen wurde, war es auch schon wieder beendet oder wurde von anderen Leuten aufgegriffen. Er wandte sich von der Gruppe ab, gefolgt von einigen Menschen, die Antworten auf Fragen wünschten, die er nicht geben konnte. Dann lösten sie sich von ihm und zogen sich unter die Bäume zurück. Karstil war verblüfft. Zuerst bedrängten sie ihn, dann verschwanden sie. Wenigstens mußte er sich eine Weile nicht mit ihnen abgeben. Der Rat war bereit, sich zu entscheiden, und man rief ihn herbei, um den Entschluß anzuhören. Als er auf den Rat zuschritt, sah er eine zweite Gruppe, die sich um Sergeant Honor Ross geschart hatte. Gut, dachte er. Soll sie sich zur Abwechslung auch mal ihr Brot damit verdienen.

Der TOG-Jäger *Gladius* schwebte durch die dünne Atmosphäre. Die Kontrollen waren auf Automatik gestellt und erlaubten es Carlin Fulmin, sich beinahe tatenlos in seinem Sitz herumzuräkeln. Die Vektorschieber traten hin und wieder in Aktion, um Kurs und Geschwindigkeit zu regulieren. Hinter dem Piloten saß der Waffenoffizier, der die Bodensensoren überblickte. Die Spitze der linken Tragfläche war mit Bodensensoren ausgerüstet, die Informationen über alles, was sich weit unten abspielte, abgaben. Er sah die Umrisse des Einschnitts, der sich durch den Berg zog. Tief in jenem Einschnitt sollten sich die Rebellenfahrzeuge befinden, die anscheinend eine Kohorte umfaßten. Er konnte nichts in der Art entdecken.

Das Display blinkte auf. Weit unten, in einem winzigen Tal, hatten die Sensoren etwas entdeckt. Der Waffenoffizier verstärkte die Einstellung und die Vergrößerung. Die Nachricht erschien: Am Waldrand stehen Zivilfahrzeuge verborgen. »Carlin«, sagte der WO und erregte die Aufmerksamkeit des Piloten. »Keine Rebellen, aber ich habe ein paar Zivilisten gefunden, die sich im Wald verstecken.«

»Keine Anzeichen der Rebellen?«

»Null.«

»Nun, wir haben Waffen an Bord, und wir könnten ein wenig Aufregung gebrauchen. Sollen wir denen mal in den Hintern treten?«

»Hört sich gut an.«

Fulmin packte das Steuer und betätigte den Hauptschalter, um den Jäger von der Automatik auf den Piloten umzuschalten. Die rechte Tragfläche sackte steil ab, und die *Gladius* tauchte nach unten.

Die elf Männer und Frauen des Rates saßen unter den überhängenden Ästen auf Baumstümpfen und Steinen. Die Luft war kühl und ruhig, nichts erinnerte an die glühende Hitze des Tals. Das sanfte Plätschern eines Baches ertönte aus der Richtung des Waldes. Hätte Karstil nicht das Gefühl der Gefahr verspürt, das die anderen anscheinend nicht teilten, hätte dies eine gemütliche Versammlung eines Stadtrates auf irgendeinem Planeten abseits aller Uhren sein können. Eine hagere Frau mit einem Raubvogelgesicht erhob sich, um zu reden, als Karstil den Kreis betrat.

»Junger Mann, wir haben den vorgeschlagenen Rückzug besprochen.« Die Stimme war ebenso spitz wie das Gesicht. Karstil blickte die anderen Leute an. Aus ihren Mienen entnahm er, daß die meisten auf der Seite der Sprecherin standen. Doktor Rondthaler stand auf der Seite und sah wie ein geschlagener Mann aus. »Sie haben uns einige Schwierigkeiten bereitet«, fuhr die Frau fort. »Durch Ihr Herkommen könnten Sie unseren Standort den TOGs verraten haben. Das ist sehr schlimm. Sie hätten unsere Sicherheit berücksichtigen sollen, bevor Sie hierherkamen.«

Sie hielt inne, um die übrigen Ratsmitglieder anzusehen. Sogar im kühlen Schatten fühlte Karstil, wie ihm heiß wurde.

»Jetzt kommen Sie zu uns mit einem Vorschlag, wir sollen ins Tal ziehen und uns ins Unbekannte wagen. Außerdem wollen Sie nicht für unsere Sicherheit garantieren. Dieser Rat hat sich als Oberhaupt der hiesigen Bevölkerung bewährt. Als Mitglied der Armee gehören Sie zu uns. Da Sie bereits zugegeben haben, daß Sie keinen Kontakt zu Ihrem Hauptquartier haben, werden Sie uns als *unsere* Schutztruppe zur Verfügung stehen. Daher beauftragen wir Sie damit, die jetzige Lage genau zu überprüfen und herauszufinden, ob eine Flucht notwendig ist. Sollte das der Fall sein, werden Sie einen Plan vorlegen, der den sicheren Abzug der Menschen und ihrer Besitztümer sichert. Sie werden Ihren Lagebericht morgen nach dem Frühstück vorlegen, den Fluchtplan nach dem Mittagessen. Ich denke, das war alles.«

Karstil war verblüfft. Wenn die Zivilisten hierbleiben wollten, war ihm das recht. Er mußte nur seinen Panzern befehlen, abzuziehen, und sie waren nicht mehr da. Aber etwas von dem, was die Frau gesagt hatte, stimmte. Seine Flucht in das versteckte Tal konnte die TOGs aufmerksam gemacht haben, daß es noch einen Ausweg aus dem ersten Tal gab. Sie würden sich schon bald nähern und die Zivilisten die Hauptopfer sein. Er war teilweise verantwortlich für die jetzige Lage.

»Ich bin sicher, Ma'am«, erklärte Karstil, »daß die TOG-Truppen das Vorhandensein dieses Tals vermuten werden. Ich schlage vor, daß wir alles, was möglich ist, auf die Fahrzeuge laden, die startbereit sind, den Rest liegenlassen und verschwinden. Und zwar sofort.«

»Das war Ihr alter Vorschlag, Optio«, erwiderte die Frau mit dem Raubvogelgesicht. »Es war vorhin ebenso unannehmbar wie jetzt. Bitte folgen Sie den Anweisungen des Rates, oder wir müssen Sie ablösen lassen.«

Karstil wurde einer Antwort enthoben, als eine gewaltige Explosion das Tal erschütterte. Die Schockwelle warf die Zivilisten durcheinander und schleuderte Karstil über einen Baumstumpf, wo er zusammengekrümmt auf dem Waldboden landete. Eine Rauch- und Staubwolke verdunkelte die Lichtung. Er sprang auf die Füße und rannte davon. Seine linke Seite schmerzte fürchterlich, der Arm hing leblos herunter. Auch mit dem rechten Fuß schien irgend etwas nicht zu stimmen. Als sich der Rauch verzog, erreichte er den Rand des Kraters. Hoch über sich sah er ein Flugobjekt, das gen Himmel stieg. Der Jäger vollführte eine Wendung, um sich zum zweiten Mal auf sein Ziel herabzustürzen. Karstil rannte los.

Er befand sich noch immer auf der Lichtung, als der *Gladius*-Jäger die zweite Bombe fallen ließ. Die Schockwelle hätten ihn gegen die Bäume geschleudert, hätte sich nicht eine Hand um seinen Knöchel geklammert und ihn unsanft in einen kleinen Krater gezerrt. Als er fiel, landete ein Körper auf ihm, und die Schockwelle zog über sie hinweg. Obwohl ihm der harte Aufprall die Luft aus den Lungen trieb, nahm er den Geruch abgestandenen Zigarrenrauchs wahr.

»Tut mit leid, Sir«, sagte Mullins, der noch immer auf seinem Zugführer lag. »Keine gute Idee, herumzulaufen, wenn Bomben durch die Luft fliegen.« Damit richtete er sich auf und zog den keuchenden Karstil in die Höhe. Dann rannte der Sergeant auf seinen Liberator zu. Karstil sackte zu Boden, zu müde und zu verletzt, um ihm zu folgen. Während Mullins rannte, gestikulierte er wild in die Richtung Lurron Johnstons, der im Turm des Eradicators stand.

Als Mullins den Liberator erreichte, war der Eradicator gestartet und schwebte einen Meter über dem Boden neben ihm. Der Zugsergeant kletterte in den Turm, als sein eigener Panzer in Bewegung geriet. Sedgwick Abul, der Fahrer, hatte Mullins durch das Tal laufen sehen. Die beiden Panzer entfernten sich vom Waldrand und landeten.

Hoch am Himmel vollführte der Jäger einen Überschlag und stieß in das Tal hinab. Der Pilot mußte sich gewundert haben, die beiden Rebellenpanzer am Waldrand zu entdecken. Er konnte keinesfalls wissen, daß der Geschützturm des Eradicators beinahe zerstört war und daher die Kennung des Fahrzeugs veränderte. Außerdem fehlte der Transponder, und der Panzer hatte keine elektronische Kennzeichnung mehr. Es wäre sowieso zu spät gewesen, die Flugbahn abzuändern.

Mullins arbeitete fieberhaft und versuchte, das Nahen des Jägers nicht zu beachten. Der Eradicator konnte seine verbliebenen Geschosse wegen des beschädigten DDP nicht abfeuern, doch – wie Karstil gesagt hatte – konnten die Waffen durch das DDP des Liberators geleitet werden. Jetzt hatte er die Gelegenheit, das zu beweisen. Die äußeren Elektrobuchsen der beiden Fahrzeuge lagen so nah beieinander, daß er sie nur mit einem Kabel verbinden mußte. Sein eigenes DDP hatte das nahende Ziel erfaßt. Auf der anderen Seite der Lichtung hörte Mullins das Krachen von Karstils 150-mm-Kanone, die auf den Jäger feuerte. Sekunden später schoß auch Mullins' 150-mm-Kanone, gefolgt vom schrillen Geräusch der 50er. Yennan versuchte, den Jäger mit seinen Waffen zu vertreiben.

Als der TOG-Pilot eine weitere 500-Kilogramm-Bombe abwarf, trafen Mullins' 150-mm-Granaten den Jäger dicht hintereinander. Die erste am Bug, die zweite auf der rechten Seite. Keiner der Treffer durchdrang den Rumpf, aber die *Gladius* erbebte unter dem Aufprall. Beinahe augenblicklich entfernte sich der Jäger vom Tal und taumelte in die Weite des Himmels. Er schien sich entschlossen zu haben, den Nahkampf den Bodentruppen zu überlassen. Aber das würde ihn nicht davon abhalten, die Rebellenpanzer zu melden.

Lurron Johnston saß am Kontrollpult des Eradicators und hielt den Finger auf dem Feuerknopf, während die *Gladius* auf ihn herabstieß. Mullins sollte das Kabel anschließen, bis zwei zählen und dann feuern. Das Zählen diente dazu, Zeit zu schaffen, um die Information vom Liberator auf den Sprengkopf zu übertragen. Außerdem gab es Mullins die Möglichkeit, sich vom Kabel zu entfernen. Die *Gladius* bog ab und machte sich davon. Verdammt, dachte Johnston, er will abhauen. Er drückte den Feuerknopf. Neben dem Eradicator hatte Mullins das Kabel beinahe angeschlossen, als das Feuerleitsystem nach Energie verlangte. Mullins' linke Hand lag noch auf dem Kabel, die rechte auf dem Eradicator. Der elektrische Funke sprang über den Zwischenraum vom Kabel zum Panzer, und Mullins spürte den Schlag bis in die Zehen. Weißes Licht blitzte ihm vor den Augen auf, als er zu Boden geschleudert wurde. Das Kabel fiel neben ihn, die Funken sprangen über die Erde. Verschwommen nahm er einen Feuerball wahr, als das Geschoß die Halterung verließ und in die Luft stieg.

Der *Gladius*-Pilot nahm eine Explosion im Bombenvisier wahr, als er sich vom Ziel entfernte. Er war verwirrt. Eine solche Explosion sollte nicht stattfinden, außer wenn ein früherer Treffer erst spät explodierte. Er wandte den Blick vom Visier zum Display, aber alle Anzeigen leuchteten grün. Als er wieder in das Visier sah, erblickte er die Flugabwehrrakete, die in der Mitte eines Feuerballs heranflog – ein winziger Punkt, von einem Flammenkreis umgeben. Er riß das Ruder nach links und wieder zurück; jeder Gedanke, die Rebellen zu melden, war vom Anblick des nahenden Flugkörpers vertrieben worden.

Er handelte um den Bruchteil einer Sekunde zu spät. Das Titanheck der *Gladius* schluckte den größten Teil der Explosion, aber das HELL-Geschoß war stärker als jede Panzerung eines Jägers. Der Rumpf wurde durchdrungen. In der Sekunde, die ihm blieb, sahen Pilot und WO die Warnlichter aufleuchten: Lebenserhaltungssysteme leck, Druckverlust, Stützen beschädigt, Schott zerstört.

Im nächsten Augenblick explodierte die *Gladius* in einem grellen Flammenball, der die Einzelteile über das ganze Tal schleuderte.

54

Alsatia, Caralis
Commonwealth
12. Januar 6831

Der Rat sah grimmig drein, die hagere Frau war fuchsteufelswild. Sie hatten Karstil gerufen, bevor noch die letzten Teile des Jägers auf dem Boden aufschlugen.

»Da haben Sie es! Nicht genug, daß Sie den TOGs verraten haben, wo wir sind! Jetzt haben Sie ihnen auch noch gezeigt, daß wir Militär haben. Sie werden uns ausbomben! Haben Sie denn gar keine Gedanken für Zivilisten übrig?«

Beinahe hätte Karstil mit einem deutlichen »Nein« geantwortet, aber er beherrschte sich. Inzwischen hatte er eine Entscheidung getroffen. Er war gekommen, um dem Rat seine Abreise mitzuteilen.

»Der Rat wird entscheiden, was mit Ihnen geschieht«, fuhr die Sprecherin fort. »Sie stehen unter meinem Befehl – unserem Befehl – und werden sich in vier Stunden hier melden, um unseren Entschluß anzuhören.«

»Den Teufel werde ich tun!« Karstil hielt es nicht länger aus. »Sie können Ihren Rat und den Entschluß nehmen und ihn sich sonstwohin stecken. Von jetzt an bin ich nur noch für die Männer und Frauen meiner Truppe verantwortlich. Wir gehen, und wenn Sie mit uns aufbrechen möchten, können Sie das tun. Wir verschwinden, sobald unsere Truppe aufbruchbereit ist.«

Die hagere Frau starrte ihn an. »Das können Sie nicht. Ich verbiete es Ihnen. Ich lasse Sie unter Arrest stellen. Ich bin Muriel Walker, die Präsidentin des

Rates, Gouverneur dieses Tales. Mein Wort ist Gesetz. Sie tun, was ich befehle. Wenn nicht, werde ich Sie dem Commonwealth melden.« Plötzlich lag Stille über der Lichtung, nur ein paar Blätter raschelten leise. Die beiden standen sich gegenüber; jeder hatte sein letztes Wort gesprochen.

Eine Frauenstimme durchbrach die Stille. »Nolan, wir gehen.«

Alle Köpfe wandten sich der Sprecherin zu. Es war eine kleine Frau, mit Hose und einer Lederjacke bekleidet, das weiße Haar in einem straffen Knoten am Hinterkopf zusammengefaßt. Sie stand einfach da, die Hände in die Hüften gestützt und starrte die Ratsmitglieder an.

»Hast du mich nicht verstanden, Nolan? Wir gehen mit den Soldaten.« Sie warf einer anderen Frau innerhalb des Kreises einen Blick zu. »Vincenta. Dein Mann geht auch mit. Ihr beeilt euch besser.« Zwei Personen erhoben sich und verließen den Kreis. »Die anderen Familien packen ebenfalls. Ihr anderen hier solltet euch lieber sputen. Jetzt, wo der Jäger zerstört ist, kommen sicher noch andere nach.« Sie wandte sich ab und verließ die Lichtung.

Als Karstil sich umdrehte, um ihr nachzuhinken, sah er die anderen Ratsmitglieder aufstehen. Walker stand noch in der Mitte.

»Wartet«, keifte sie. »Ihr könnt nicht alle einfach gehen. Wir haben noch etwas zu erledigen.« Niemand beachtete sie. »Kommt zurück!« schrie sie. »Ich habe hier zu befehlen.«

Die Frau, die während der Stille gesprochen hatte, befand sich schon ein Stück weit entfernt, als Karstil sie erreichte. Sie verlangsamte ihre Schritte auch nicht, als er neben ihr herhumpelte, das rechte Bein nachziehend. »Ich denke, es ist an der Zeit, aufzubrechen, junger Mann. Ihr Sergeant Ross hat uns alles erklärt, und wir haben beschlossen, mit Ihnen zu gehen. Es tut mir bloß leid, daß wir nicht früher fortgegangen sind. Vielleicht hätten wir Ihren Soldaten retten können.« Sie blieb stehen und sah ihn an. »Ich bin Regina Nabalus. Mein Mann Nolan ist Mitglied des Rates. Sie verbringen viel zuviel Zeit mit Reden, wenn eine Entscheidung gefällt werden muß. Und jetzt ist es Zeit, zu gehen. Oh, hier kommt Ihre nette junge Dame.«

Sergeant Ross gesellte sich zu ihnen. »Entschuldigen Sie mich, Mrs. Nabalus. Sir, die Truppe ist fast fertig. Glover ist bereits aufgebrochen, um den Weg auszukundschaften, und die ersten Zivilfahrzeuge setzen sich in Bewegung. Alle Soldaten sind an Bord.« Sie nahm Karstil beim Ellenbogen und führte ihn davon. »Entschuldigen Sie uns, Mrs. Nabalus. Wir müssen gehen.« Während sie weitergingen, sprach Ross mit gesenkter Stimme. »Sergeant Mullins ist bewußtlos, aber ich denke, er schafft es. Das gleiche gilt für Johnston. Der Eradicator ist hinüber. Als das letzte Geschoß abgefeuert wurde, brannte der größte Teil des Innenraums aus.«

Karstil starrte Ross an und wußte nicht, was er sagen sollte. Entweder rügte er sie, weil sie zuviel getan hatte, oder er mußte sie loben, weil sie alles richtig gemacht hatte. Die Schmerzen hinderten ihn, eine Entscheidung zu treffen. Er vertagte die Angelegenheit auf einen späteren Zeitpunkt. »Wir sind startbereit?«

»Ja, Sir. Alles bereit.« In der Entfernung erblickte er eine Gruppe Zivilfahrzeuge, die das Tal verließen.

»Dann wollen wir mal.«

»In Ordnung, Sir. Ich habe Johnston in meinen Panzer genommen. Crown hat seinen Fahrer. Mullins ist in seinem Liberator. Ich bin sicher, daß er in Ordnung ist, wenn er aufwacht.« Sie trabte davon, auf ihren Viper-Transporter zu. Karstil blickte ihr nach. Der Kampfoverall schmeichelte ihr nicht, aber sogar von hinten hatten ihre Bewegungen etwas Anmutiges, und die Sonne ließ das rotbraune Haar aufleuchten. Er schüttelte den Kopf. Dann landete sein Liberator neben ihm, und er fing Quents Blick auf. Auch der Richtschütze beobachtete Ross und schien den Anblick sehr zu genießen.

Eine Truppe bewegt sich mit der Geschwindigkeit des langsamsten Fahrzeugs, daher mußte die Reihe oftmals anhalten. Die Sedans und Wagen der Zivilisten waren in keinem guten Zustand gewesen, als der Treck sich aufgemacht hatte, und es dauerte nicht lange, bis sie zusammenbrachen. Nach ein paar angestrengten Reparaturversuchen stellte sich meistens heraus, daß man nichts tun konnte. Dann bettelte die betroffene Familie, daß man ihre Habe auf eines der anderen Fahrzeuge umladen sollte. Anfangs wartete Karstil, bis die Sachen verstaut waren, aber nach dem dritten Zusammenbruch innerhalb einer Stunde war er am Ende seiner Kräfte. Das Verladen verlangsamte die Fortbewegung auf ein Kriechen, und jede verstreichende Minute gewährte den TOGs eine größere Chance, sie zu finden. Honor Ross und Regina Nabalus trafen eine Entscheidung.

Regina stand neben einem Lieferwagen mit gebrochener Vorderachse, als Karstil sich näherte. »Werfen Sie alles weg«, sagte sie. »Wir können nicht länger warten.« Drei Männer zogen und zerrten Kästen aus dem Wagen und stapelten sie ordentlich am Straßenrand auf. »Wir können nicht noch mehr Zeit damit verschwenden.« Sie wandte sich an Karstil. »Junger Mann, ich schlage vor, wir lassen den ganzen Krempel liegen. Von nun an lassen wir die beschädigten Wagen einfach zurück.«

Starke Frau, dachte Karstil. Ich bin froh, daß sie es gesagt hat und nicht ich. Leicht gesagt, wenn es sich nicht um die eigenen Sachen handelt, die liegenbleiben. Er blickte sie an. Sie sah grimmig aus, und die Falten um Mund und Nase hatten sich vertieft.

»Sie haben recht, Ma'am. Wir lassen es liegen.«

»Werden Sie es ihnen sagen? Oder soll ich es tun?« fragte sie leise.

»Ich sage es.« Karstil wandte sich den Männern zu, die inzwischen noch schneller abluden als vorher. »Hat keinen Zweck, meine Herren. Wir müssen die Sachen hierlassen. Begeben Sie sich zu Ihren Fahrzeugen und fahren Sie weiter.« Er drehte sich um, dem Liberator zu. »Danke, Mrs. Nabalus.«

Sie nickte und wandte sich ab. Karstil sah, daß sie ein wenig zitterte. Als er vom Turm des Panzers aus zurückblickte, stand sie gegen den Lieferwagen gelehnt, den Kopf auf die Arme gelegt. Sie weinte. Dann führte ihr Mann sie weg, auf einen Sedan zu, der bereits gefährlich überfüllt war.

Als die Gruppe das Felsmassiv verließ, war es bereits völlig dunkel. Die Entfernung vom versteckten Tal zur Ebene war nicht größer als 30 Kilometer Luftlinie, aber die Kolonne mußte eine praktisch fünfmal so lange Strecke zurücklegen, da der Boden so viele Unebenheiten aufwies. Der gesamte Marsch hatte neun Stunden gedauert; sie waren nur wenig schneller als ein Fußgänger vorangekommen.

Karstil war enttäuscht. Einer der großen Vorteile der Gravfahrzeuge war ihre Mobilität. Durch die Zivilisten und die Wagen war dieser Vorteil nutzlos geworden. Er drückte sich gegen die Brüstung der Luke und versuchte die Gruppe durch seine Willenskraft anzutreiben. Es war vergebens.

Sie waren kaum TOG-Widerstand begegnet. Glover, der weit vorn fuhr, hatte zweimal Feindkontakt gemeldet. Einmal war er vorgerückt, um aufzuklären, aber als er näher kam, hatte sich der Feind wie ein Irrlicht verflüchtigt. Beim zweiten Mal entdeckte er einen beschädigten Lupis-Infanterietransporter. Als er nach Verstärkung rief, hatte Karstil Ross und ihre Crew zur Unterstützung ausgeschickt. Der Lupis war vernichtet und die Mannschaft in die Berge gejagt worden.

Am Spätnachmittag meldete sich Mullins. Er behauptete, wach und arbeitsfähig zu sein, aber Karstil fand, er klänge ein wenig benommen. Er entschloß sich, Mullins vorsichtig einzusetzen, bis er Gelegenheit hätte, sich unter vier Augen mit ihm zu unterhalten.

Die Gruppe bildete am Ausgang des Tals, nahe einem kleinen See, der von einem die Felsen herabstürzenden Bach gespeist wurde, einen Kreis. Karstil stellte die Kampffahrzeuge nach außen, zur Ebene hin, und hielt die Zivilfahrzeuge an der Felswand. Jetzt verfügte er nur noch über zwei Liberatoren, zwei Vipern und Glovers Wolverine; von sieben Fahrzeugen waren nur noch fünf übrig. Hinter ihm standen noch zwanzig der dreißig Zivilfahrzeuge, die den Wald verlassen hatten.

Der Wolverine landete neben Karstils Liberator, und der Sergeant erstattete Meldung. Er hatte einen großen Bogen um den Talausgang geschlagen; einen 30-Kilometer-Radius in die dunkle Ebene, wozu er fast eine Stunde benötigt hatte.

»Ich habe Anzeichen für TOG-Einheiten auf beiden Flanken entdeckt, Sir«, berichtete er. »Sie scheinen sich sehr langsam fortzubewegen, aber sie kommen näher. Ich habe auch Gespräche über Funk gehört. Ich konnte aber nicht ausmachen, ob es unsere Leute oder Feinde sind, daher habe ich nicht versucht, Verbindung aufzunehmen.«

»Glauben Sie, daß man Sie entdeckt hat?« fragte Karstil.

»Ich wüßte nicht, wie sie mich hätten übersehen sollen, Sir. Sie haben nicht reagiert, aber da ich sie sehen konnte, nehme ich an, daß sie mich auch sehen konnten. Ich hielt meine Sensoren auf halber Kraft, daher nahm ich nur ihre Zeichen wahr.«

Die Gruppe der Führer schwieg. »O. K.«, sagte Karstil. »Wir sind entdeckt worden, aber vielleicht kennen die TOGs unsere Stärke nicht. Bestimmt werden sie die Gegend bald absuchen. Innerhalb von, sagen wir, zwei Stunden. Ich möchte nicht mehr hier sein, wenn sie eintreffen.«

»Man bräuchte eine Bombe, um diese Zivilisten anzutreiben«, knurrte Mullins und zupfte sich am Ohr. Karstil freute sich, daß sein Zugsergeant zu seinen alten Gepflogenheiten zurückfand. Ein erloschener Zigarrenstummel klemmte ihm auch schon wieder zwischen den Zähnen.

»Dann holen wir eine Bombe. Mrs. Nabalus sollte ausreichen.«

»Stimmt«, sagte Crown. »Das ist 'ne zähe Tante.«

»Dame«, meinte Ross. »Das ist eine zähe Dame.«

»Dame«, verbesserte sich Crown unter dem tadelnden Blick der Sergeantin. Er sah zu Karstil hinüber.

»Dame«, erklärte der Optio. »Also los.« Karstil beendete das Gespräch. »Glover, Sie übernehmen die Spitze. Mullins und Crown zur linken Flanke, Ross und ich zur rechten. Die Zivilisten mit Doktor Rondthaler in die Mitte, Mrs. Nabalus nach hinten, um Trödler zu ›ermutigen‹.«

»Mit einer Peitsche, nehme ich an«, bemerkte Mullins.

»Mit einer Peitsche, wenn notwendig«, bestätigte Karstil.

55

Alsatia, Caralis
Commonwealth
12. Januar 6831

Nach fünfundvierzig Minuten waren sie startbereit, eine ganze Viertelstunde früher, als Karstil angenommen hatte. Die meisten Leute waren zu müde, um den Entschluß in Frage zu stellen, und Rondthaler und Nabalus gelang es, Walker zum Schweigen zu bringen, als sie Widerspruch erhob. Es war nicht zu übersehen, daß sich die Kommandostruktur der Gruppe verändert hatte: Der Rat war nicht länger ausschlaggebend. Karstil wollte die Lage ausnützen, da er ahnte, daß der Rat sich in Kürze wieder durchsetzen würde. Er hoffte nur, daß Ambrose Rondthaler und nicht Muriel Walker als neuer Vertreter der Zivilbevölkerung gewählt werden würde.

Seitdem sich die Gruppe aus den Bergen zurückgezogen hatte, war der Doktor mehr und mehr in den Vordergrund getreten. Er schien sich von den Entscheidungen des Rates, denen er Widerstand geleistet hatte, erholt zu haben. Als Mitglied der ›Tun-wir-es‹-Fraktion anstelle der ›Zerreden-wir-es‹-Fraktion hatte Rondthaler den ersten Streit verloren. Jetzt, da sie die Reise angetreten hatten, wurde der Doktor wieder zu einem der Führer. Karstil war froh darüber. Er wollte den Doktor am Ruder wissen, wenn der Schußwechsel begann. Die Fahrt über die Ebene war einfacher für die Fahrzeuge als der Zug aus den Bergen. Die Hügel waren überquerbar, auch Querfeldeinfahrten durchführbar. Karstil ließ die Fahrer die vorderen Parkleuchten der Fahrzeuge herausbrechen, so daß nur die Schlußlichter funktionstüchtig blieben. Auch diese wurden mit ›1000-km/h-Band‹ abgedeckt, einer allgegenwärtigen Masse, die den Ruf hatte, alles zu versiegeln und dennoch unglaubliche Geschwindigkeiten auszuhalten. Es gab eine Geschichte, wahrscheinlich erfunden, daß ein *Guardian*-Jäger einen Auftrag ausgeführt hatte, während sein Cockpit nur mit dem Band versiegelt gewesen war. Erst als der Pilot seinen Jäger genauer betrachtete, stellte er fest, daß man ein 25-mm-Einschußloch im Rumpf mit dem Band verklebt und versehentlich überstrichen hatte, da der Jäger in höchster Eile startbereit gemacht worden war. Derart klangen die Legenden, die dieses Band umgaben.

Als die Schlußlichter zu bloßen Lichtpunkten verkleinert worden waren, konnten die Fahrzeuge hintereinander über die Ebene fahren. Sämtliche Lichtschalter im Innenraum waren festgeklebt worden, damit die Scheinwerfer nicht versehentlich angestellt werden konnten.

Glover und der Wolverine führten die Gruppe an, die Liberator- und Viper-Gruppen befanden sich an den Flanken. In der Dunkelheit wurde das Tempo niedrig gehalten und blieb bei stetigen 20 Stundenkilometern für Zivilfahrzeuge, obwohl auch das ausreichte, um die Sedans hin- und herschwanken zu lassen. An den Flanken kreuzten Karstil und Mullins mit 60 Stundenkilometern, die sie beibehielten, falls plötzlich schnelles Bewegen gefragt war. Mit 60 konnten sie gefahrlos landen oder, wenn nötig, sofort auf Kampfgeschwindigkeit gehen. Karstil hatte keine Ahnung, wo sich die eigenen Reihen befanden, nahm aber an, daß sie in sechs bis acht Stunden irgendeinen Kontakt bekommen würden. Wenn sie bis dahin die eigenen Leute nicht gefunden hatten, würde die Morgendämmerung die Schwäche seiner Truppe enthüllen.

Er schwebte an der Flanke der Gruppe entlang, fünf

Kilometer rechts von den Zivilfahrzeugen, als sein DDP rot aufleuchtete. Er schaltete die Sensoren von passiv auf volle Kraft, und die roten Quadrate stabilisierten sich zu Zielen, die der ballistische Computer sofort identifizierte.

»Ziele identifiziert. Drei leichte Aeneas-Panzer, ein Lupis-Infanterietransporter. Entfernung zwei-null-null-null-null. Auf vier-acht-null-null. Ziele nähern sich mit sechs-null. Nicht erfaßt.« Er wechselte von Funkstille auf Sprechfunk. »Drei. Sechs. Nach links. Auf eins-zwanzig beschleunigen. Es geht los. Ende. An alle. Eindringlinge links von der Gruppe. Nehme den Kampf auf.«

Der Liberator vollführte einen großen Bogen nach links und beschleunigte. Karstil sah, wie Ross' Viper seinem Beispiel folgte. Die gelben Dreiecke, die die Zivilfahrzeuge kennzeichneten, fielen zurück. Das DDP identifizierte Zivilfahrzeuge nicht als eigene Truppen, da es kein Programm besaß, das Zivilisten als etwas anderes als unidentifizierte Objekte bezeichnete. Die Viper in 500 Metern Entfernung war blau gekennzeichnet, aber die übrigen Kampffahrzeuge, deren Transponder am vorhergehenden Tag verlorengegangen waren, erschienen ebenfalls als gelbe Dreiecke.

»Ziele identifiziert. Drei leichte Aeneas-Panzer, ein Lupis-Infanterietransporter. Entfernung eins-acht-null-null-null. Auf sechs-vier-null-null. Ziele nähern sich mit eins-acht-null. Nicht erfaßt.« Der Computer legte eine Pause ein. »Ziele trennen sich.«

Ein Blick bestätigte die Behauptung des Computers. Zwei Aeneas-Panzer kamen weiterhin geradewegs auf ihn zu, der dritte und der Lupis-Transporter bewegten sich nach links, als wollten sie den Liberator und die Viper flankieren.

»Drei, sechs. Auf zweihundert beschleunigen. Wir gehen direkt durch sie hindurch. Konzentrieren Sie Ihr Feuer auf den linken. Sobald wir vorüber sind, biegen wir nach links ab und jagen die anderen beiden Panzer.

Wir dürfen sie nicht in die Nähe der Gruppe lassen.« Karstils Stimme klang fest. »Ende. Vier, bewegen Sie Ihren Hintern hierher. Wir brauchen Hilfe.«

»Sechs, vier.« Glover antwortete sofort. Er mußte angespannt auf Karstils Befehl gewartet haben. »Ich dachte schon, Sie würden sich gar nicht mehr melden, Boß. Ich bin schon auf dem Weg.«

Ein bißchen weniger leichtfertig beim Funksprechverkehr, dachte Karstil. Die anderen hatten Glovers Redeweise aufgegriffen und nannten ihn ebenfalls ›Boß‹, wenn sie über Funk sprachen.

»Ziele identifiziert. Zwei leichte Aeneas-Panzer. Entfernung eins-drei-null-null-null. Ziele nähern sich mit vier-null-null. Nicht erfaßt.«

Das würde interessant werden. Da sie nur noch die TVLGs, die 150-mm-Kanone des Liberators und den Viper-Transporter ohne SMLMs hatten, war Karstils Flanke furchtbar schwach, um den beiden Aeneas-Panzern ruhig ins Auge sehen zu können. Glücklicherweise arbeitete sein eigenes Vulcan III-System noch, während der Aeneas nichts besaß, um sich gegen diese Geschosse zu verteidigen.

»Ziele identifiziert. Zwei leichte Aeneas-Panzer. Entfernung neun-null-null-null. Ziele nähern sich mit vier-null-null. Nicht erfaßt.«

Er starrte auf sein DDP. Ross' Viper lag ein Stück vor ihm, da er ungefähr zehn Kilometer pro Stunde schneller dahinschwebte. Die roten Zeichen der beiden Aeneas-Panzer hielten sich konstant in der Mitte des Displays. Weit auf der linken Seite sah er die anderen Zeichen der restlichen TOG-Einheiten. Sie wandten sich gerade auf die Rebellen zu. Noch weiter links blinkte das gelbe Dreieck, das Glovers Wolverine darstellen mußte. Ein einzelner Wolverine war kein Gegner für den Lupis und den Aeneas. Das Beste, was sie sich erhoffen konnten, war ein leichter Schußwechsel, bis der Liberator aufschloß.

»Ziele identifiziert. Zwei leichte Aeneas-Panzer. Entfernung fünf-null-null-null. Ziele nähern sich mit vier-null-null. Nicht erfaßt.«

Er trat auf das Markierungslaserpedal. Es war nicht nötig, die TOGs wissen zu lassen, daß sein eigener Fernlaser zerstört worden war. Sie würden erwarten, auf große Entfernung markiert zu werden, und er würde sie nicht enttäuschen. Seine eigene Warnsirene heulte auf; sie markierten ebenfalls.

»Ziele identifiziert. Zwei leichte Aeneas-Panzer. Entfernung vier-null-null-null. Ziele nähern sich mit vier-null-null. Erfaßt.«

Das sollte sie zusammenzucken lassen, dachte Karstil. Sein Ziellaser war ein Glücksgriff gewesen; er markierte, wann immer er eingesetzt wurde. Was für ein Pech, daß er keinen schweren Laser hatte, der die Markierung ausnutzen konnte.

»Ziele identifiziert. Zwei leichte Aeneas-Panzer. Entfernung drei-null-null-null. Ziele nähern sich mit vier-null-null. Erfaßt.«

Die 150-mm-Kanone antwortete augenblicklich; die blaue Stichflamme der Mündung erstickte Quentains Ruf: »Auf dem Weg!« Das grelle Licht blendete Karstil. Er sah nach unten, um den Treffer bestätigt zu finden. Das DDP kreiste den linken Aeneas ein, ein ›T‹ erschien – der Turm war getroffen worden. Die Warnsirene heulte noch immer. Es tat gut, zu wissen, daß es die TOGs nicht geschafft hatten, ihn zu markieren.

Links erblickte er den Viper-Transporter, der in einen Titanregen gehüllt wurde, als ein paar Laser seinen Rumpf beschossen. Sie hatten gar nicht versucht, Karstil zu markieren. Sie hatten sich entschieden, zuerst das leichtere Ziel anzugreifen. Die 150-mm-Kanone feuerte noch einmal, und Karstil sah die HEAP-Salve auf den Aeneas treffen. Das DDP zeigte wieder ein ›T‹. Viel mehr würde der Feind nicht aushalten können.

»Ziele identifiziert. Zwei leichte Aeneas-Panzer. Entfernung zwei-null-null-null. Ziele nähern sich mit vier-null-null. Erfaßt.«

Immer noch zu weit weg für die TVLGs. Die 100-mm-Kanonen der Aeneas feuerten gemeinsam, die Salven jagten durch die Nacht. Sie schossen nicht immer auf die Viper, um das leichtere Ziel zuerst zu vernichten. Eine Salve traf den Turm, während sich die andere in der Dunkelheit verlor. Ein Flugkörper hob sich aus der Halterung und zog einen Feuerkegel über den nächtlichen Himmel. Dämlich, dachte Karstil. Man kann doch kein TVLG auf 2000 Meter Entfernung schießen, wenn die Reichweite nur 1200 beträgt. Dann lachte er. ›Sie‹ wußten das nicht. Sie würden auf diese Entfernung ein SMLM-Geschoß erwarten.

»Ziele identifiziert. Zwei leichte Aeneas-Panzer. Entfernung eins-fünf-null-null. Ziele brechen nach rechts aus. Auf acht-null-null. Erfaßt.«

Tatsächlich, die Aeneas wandten sich ab. Das Feuern des TVLG gegen den linken, markierten Panzer war zuviel gewesen. Da der Turm von der 150-mm-Kanone zerfetzt worden war, wußte der Aeneas, daß er keinen Treffer mehr aushalten konnte.

»Drei, sechs. Nach links. Spint, scharfe Wendung nach links.« Der Liberator warf sich hart auf die Seite, als Spint in die Bremsen stieg, um die Wendung zu vollführen. Der Rumpf kratzte mit der linken Seite über den Boden, Erdbrocken und Funken sprühten durch die Luft. Karstil stemmte sich gegen die Luke und beobachtete sein DDP, bis die TOG-Fahrzeuge wieder in der Mitte auftauchten. Er bemerkte Ross' Viper, die an ihm vorüberzog, als Ross die Wendung nachmachen wollte. Ihre höhere Geschwindigkeit und langsamere Reaktion bedeuteten, daß sie einen größeren Bogen schlagen und schließlich beschleunigen mußte, um wieder aufzuholen.

Das DDP zeigte, daß Glover dem anderen Aeneas

und dem Lupis gegenüberstand. Der Kampf näherte sich den Zivilisten, als Glover versuchte, sich zwischen die Feinde und die Gruppe zu stellen. Er schlug sich recht erfolgreich. Dann erblickte Karstil einen Blitz auf dem Monitor, gefolgt von einer Explosion. Der Wolverine wurde nach rechts geschleudert, die TOG-Panzer steuerten auf die Gruppe zu.

»Ziele identifiziert. Ein leichter Aeneas-Panzer, ein Lupis-Transporter. Entfernung zwei-fünf-null-null. Entfernung konstant. Erfaßt.«

Er drehte den Turm, um auf den Aeneas zu zielen.

»Aeneas.«

»Identifiziert.«

»Feuer!«

»Auf dem Weg.« Die blaue Flamme der 150-mm-Kanone glühte auf. In zweieinhalb Kilometer Entfernung fand die HEAP-Salve den Aeneas. Der leichte Panzer mußte schon früher Schaden genommen haben, denn er wurde deutlich langsamer. Der Bug des Panzers glühte. In der Ferne wurde der Himmel vom Geschützfeuer erleuchtet, als sich der Lupis dem Wolverine zum Zweikampf stellte. Bei diesem Gefecht befand sich der Wolverine im Vorteil. Der Lupis konnte nur jeweils ein SMLM abfeuern, der Wolverine jedoch mit zwei Salven erwidern – und die TVLGs besaßen die größere Durchschlagskraft.

»Ziele identifiziert. Ein leichter Aeneas-Panzer. Entfernung zwei-null-null-null. Ziel nähert sich auf eins-null-null-null. Erfaßt.«

Wieder sprach die 150-mm-Kanone.

Der Liberator schaukelte hin und her, da er einen Treffer in die Heckpanzerung erhielt; eine Wolke aus Titantropfen sprühte davon. Karstil warf einen Blick auf das DDP. Er war so mit den Flankenpanzern beschäftigt gewesen, daß er die anderen Feinde aus den Augen verloren hatte. Da waren sie – zwei Kilometer weit zurück, aber sie näherten sich.

»Drei, sechs. Machen Sie den Aeneas fertig. Spint. Scharf nach links.« Der Liberator vollführte eine weitere scharfe Wendung, um sich den aufrückenden Aeneas-Panzern zu stellen.

»Ziele identifiziert. Zwei leichte Aeneas-Panzer. Entfernung zwei-null-null-null. Ziele nähern sich mit vier-null-null. Erfaßt.«

Man konnte unmöglich sagen, welches das beschädigte Fahrzeug war. Er mußte einfach schießen und treffen. Er drehte den Turm zu dem ihm am nächsten schwebenden Aeneas.

»Identifiziert.«

»Feuer.« Durch den blauen Lichtstrahl des Mündungsfeuers der schweren Kanone hindurch sah er beide Panzer das Feuer erwidern. Ein Treffer prallte auf die Vorderseite des Turms, der andere ging vorbei. Ihr seid gut, dachte er, aber nicht gut genug. Beide Schüsse hätten treffen müssen. Dann erzählte eine Explosion weit rechts das Ende der Geschichte. Der zweite Panzer hatte auf die Zivilisten gezielt.

Gepanzerte Kampffahrzeuge waren dazu gedacht, Schläge hinzunehmen und auszuteilen, und ein mittelschwerer Panzer konnte normalerweise schwere Schäden überstehen, bevor er kampfunfähig wurde. Glückstreffer konnten einen Panzer innerhalb von Sekunden zerstören, aber für gewöhnlich sah ein Kommandant rechtzeitig, daß die Panzerung sich auflöste, und machte sich davon. Das traf natürlich nicht auf Zivilfahrzeuge zu. Die 100-mm-HEAP-Salve traf die Seite eines Lieferwagens und zersprengte die Fahrerkabine. Der Wagen explodierte in einem Ball aus Feuer, und die Umrisse der Kabine waren für einen Augenblick grell erleuchtet. Eine Gestalt zeichnete sich gegen die Flammen ab, bevor sie verglühte.

»Ziele wechseln!«

»Identifiziert.«

»Feuer! Nach rechts!«

Der Liberator drehte sich auf Parallelen zur Gruppe und raste die schutzlose Flanke entlang, um den angreifenden Aeneas zu beschäftigen. Der leichte TOG-Panzer feuerte noch einmal, und wieder explodierte ein Wagen in einem Feuerball.

Eine 100-mm-APDS-Salve traf die linke Geschützturmseite des Liberators und brachte den Panzer ins Schleudern. Eine Wolke aus Feuer und Titan breitete sich über dem Liberator aus, und Karstil roch etwas Brennendes. Spint kämpfte mit den Kontrollen, um das 273-Tonnen-Monstrum wieder auf Kurs zu bringen. Die Hauptwaffe feuerte.

Karstil griff nach oben, um den Kampfhelm geradezurücken. Der Helm war nicht mehr da. Er fuhr sich mit den Fingern durch das Haar, das unter seiner Berührung brach. Der Brandgeruch, den er wahrgenommen hatte, stammte von seinen Haaren. Er durchsuchte die obere Hälfte des Turms nach dem Helm. Er war gegen den 150-mm-Aufbau gedrückt worden. Es gelang ihm, den Helm zu befreien, als sich die Kanone erneut regte. Der Helm wäre zerquetscht worden, wenn er auch nur einen Augenblick länger dort gesteckt hätte. Der Kunststoff war noch so heiß, daß er sich die Hände verbrannte.

Wieder flog eine 100-mm-Salve heran. Die Hauptwaffe des Liberators antwortete. Rechts von ihm explodierte ein Zivilfahrzeug. In dem ballistischen Visier zeichnete sich der Aeneas riesengroß ab. Rauch quoll aus dem Kampfdeck des Liberators, als die keramische Panzerung unter dem Hämmern der 100-mm-Salven schmolz.

Er warf einen Blick auf das DDP. Weit hinten sah er den Lupis auf den Aeneas, die nebeneinander gelandet waren, und den Wolverine und die Viper, die sie wie ein paar hungrige Wölfe umkreisten. Wenigstens war der Vorstoß abgeschmettert worden. Der Aeneas, den Karstil angegriffen hatte, wandte sich ab; der Turm drehte sich, um den Liberator in die Schußlinie zu bekommen. Der andere Aeneas, der zurückgeblieben war, als sich der Liberator gedreht hatte, hörte auf, den Panzer zu beschießen, und wandte sich den Zivilisten zu. Rechts von Karstil ging wieder ein Fahrzeug in Flammen auf.

»Links. Nach links!« Der Liberator reagierte nicht. »Links, sagte ich. Nach links!«

»Linke Steuerung ausgefallen, Sir. Drehe nach rechts.«

Der dem Panzer zugefügte Schaden wirkte sich auf die Systeme aus. Durch den Ausfall der Linkssteuerung konnte sich der Panzer jetzt nur noch rechtsherum drehen. Von dem Aeneas weg.

Am Bug des Liberators flog die Zivilistengruppe vorbei. Es brannten inzwischen so viele Wagen, daß die Gegend hell erleuchtet war, und viele Leute hatten ihre Scheinwerfer trotz Karstils Vorkehrungen angestellt. Wie eine Versammlung verrückt spielender Leuchtkäfer sahen sie aus, als sie versuchten, sich von den Panzern zu entfernen. Durch die Flammen und den Rauch schob sich ein breiter Schatten mit geteiltem Bug – ein Dach, das in einem Meer aus Vernichtung zu schwimmen schien. Karstil starrte entgeistert auf die Erscheinung. Das Haus erbebte inmitten eines grellblauen Feuerballs, und erst dann erkannte Karstil den Schatten als Mullins' Liberator. Er hatte die linke Flanke verlassen, um der rechten zu Hilfe zu eilen. Wer, dachte Karstil, kümmert sich um den Rest?

Die Aeneas-Panzer, die bereits von Karstil beschädigt worden waren, konnten der Verstärkung nicht standhalten. Leichte Panzer schlugen sich nicht mit mittelschweren herum. Jedenfalls nicht sehr lange. Mullins' schwerer Laser vernichtete den ersten Aeneas mit einem Schuß. Eine Flammenkugel erhellte den nächtlichen Himmel, als die Munition und die Geschosse in der Hitze zerbarsten. Der zweite Aeneas versuchte zu fliehen, aber er war zu dicht aufgerückt und seine Antriebe zu stark beschädigt, um sich noch davonstehlen zu können, bevor Mullins ihn markiert hatte. Der Aeneas starb in einem Funkenhagel. An der Spitze der Gruppe ereilte die übrigen TOG-Fahrzeuge ein ähnliches Schicksal.

56

Alsatia, Caralis
Commonwealth
13. Januar 6831

Es dauerte eine halbe Stunde, die zwölf übriggebliebenen Fahrzeuge zusammenzutreiben. Fünf waren von den TOG-Panzern zerstört worden, zwei waren auf der Flucht zusammengebrochen, eines war spurlos verschwunden. Bei dem letzteren handelte es sich um Muriel Walkers Sedan, und Karstil war hin- und hergerissen, ob er die Gegend gründlich durchsuchen oder weiterziehen sollte. Schließlich suchten sie einmal ringsumher und zogen dann weiter.

Die Zivilfahrzeuge hatten während des Kampfes die Scheinwerfer eingeschaltet, und Karstil entschloß sich, sie nicht wieder auszuschalten. Er war sicher, daß die TOGs die Gruppe gemeldet hatten und sie mit weiteren Feinden rechnen mußten. Zur Zeit war es unnütz, sich zu verstecken. Mit Hilfe des Lichts konnten sie bis auf 30 Stundenkilometer heraufgehen; keine hohe Geschwindigkeit, aber wenigstens schneller als zuvor.

Die Rebellen hatten nicht allzu viele Verwundete. Zwei von Ross' Leuten waren durch TOG-Geschosse umgekommen, und Glovers Fahrer war tot. Er übernahm Johnstons alten Fahrer als Ersatz und befand sich schon bald wieder an der Spitze, um den Weg zu erkunden. Spint hatte eine Brandwunde erlitten, als eine der 100-mm-Salven die Flanke des Liberators durchdrungen hatte, bat aber darum, weitersteuern zu dürfen. Karstil entschied, daß sein Panzer nicht in der

Verfassung für einen Kampf war, und ließ Spint bleiben. Es war nicht nötig, einen gesunden Mann in einen kranken Panzer zu stecken.

Man hatte darüber geredet, ob die toten Zivilisten begraben werden sollten, aber Karstil wollte keine Zeit verlieren. Die leicht aufzufindenden Körper wurden auf die verfügbaren Fahrzeuge geladen, deren Insassen bereitwillig den Überlebenden und denen, die nie wieder atmen würden, Platz machten. Kisten und Taschen, die am Vortage sorgfältig gepackt worden waren, wurden eilig abgeworfen, um Raum zu schaffen. Es wurden sogar Scherze über die Gepäckstücke gemacht. Die Gruppe war von einem Gefühl des Zusammenhalts ergriffen worden. Sie würden es gemeinsam schaffen, oder ...

Die Fahrzeuge, die eher eine Horde als eine vernünftige Formation bildeten, bewegten sich über die Ebene. Glover blieb an der Spitze, aber Mullins und Karstil bildeten keinen Flankenschutz mehr. Statt dessen folgten sie den anderen, achteten auf Nachzügler und hinderten ausbrechende Fahrzeuge daran, sich zu weit nach außen zu bewegen. Karstil hatte Ambrose Rondthaler mit einem Kompaß und einer Karte in die Mitte der Gruppe gesteckt. Der Doktor folgte seinem Kurs, und die anderen Fahrzeuge hatten sich nach ihm zu richten. Das taten sie auch – mehr oder weniger. Aus diesem Grund bogen Ross und Crown von Zeit zu Zeit ab und scheuchten jene zurück, die zu weit abseits gerieten.

Der Konvoi rückte ohne ernsthafte Zwischenfälle voran. Einmal näherte sich ein Aeneas von hinten, aber Mullins feuerte ein oder zwei Schüsse mit dem schweren Laser ab, worauf sich der Feind anscheinend entschloß, doch nicht so dicht aufzurücken. Er wich zurück und folgte ihnen im Abstand von 45 Kilometern. Sowohl Glover als auch Ross meldeten die Gegenwart eines leichten Asinus-Gravschlittens weit entfernt auf der rechten Seite. Er bewegte sich mit hoher Geschwindigkeit auf die TOG-Stellungen zu, und Ross hatte versucht, ihm den Weg abzuschneiden, aber ohne Erfolg. Der leichte Schlitten fuhr weiter und geriet außer Reichweite.

Als der Morgen anbrach, berichtete Glover, daß er blaue Zeichen in 50 Kilometer Entfernung entdeckt hatte. Endlich eigene Truppe. Er näherte sich mitsamt der ganzen Gruppe bis auf 40 Kilometer und schickte dann den Sergeanten vor, um Kontakt aufzunehmen. Eine halbe Stunde später war Glover zurück; der Geschützturm und der Rumpf des Wolverine waren von HAFE-Salven aufgerissen.

»Sie lassen uns nicht rein«, berichtete er.

»Was?«

»Ich habe versucht, sie über Funk zu erreichen, und man sagte mir, ich solle mich verpissen. Jedenfalls meinten sie das – mit anderen Worten.« Glover war außer sich vor Wut und Enttäuschung. Karstil bemerkte, daß der Sergeant von einem Geschoß verwundet worden war. Die rechte Schulter und der Hals waren blutverschmiert, unter dem Overall zeichnete sich ein dicker Verband ab. »Sie sagten, daß sie uns nicht kennen, meinten, wir könnten TOG-Spione sein, die in ihr Gebiet eindringen wollen.« Er legte die Hände vor das Gesicht. »Dann haben sie auf mich geschossen.«

»Bleiben Sie hier. Ich versuche es.«

Karstil redete mit Mullins. Er befahl ihm, sich bereitzuhalten, sobald er Verbindung aufgenommen hatte. Dann rückte er vor, bis er sicher war, in Funkentfernung zu den unbekannten Rebelleneinheiten zu stehen. Er wollte nicht zu dicht aufschließen, bis sie ihm erlaubten, näher zu kommen. Nachdem er sich langsam bis auf zehn Kilometer herangearbeitet hatte, öffnete er die Frequenz.

»Spider Dolphin, Spider Dolphin. Hier spricht Spider Dolphin zwei-zwei-sechs.« Er wartete auf Antwort. Als keine kam, versuchte er es noch einmal, diesmal auf einer größeren Frequenz. »Spider Dolphin, Spider Dolphin. Hier spricht Spider Dolphin zwei-zwei-sechs.«

»Unbekannte Station, unbekannte Station. Hier spricht die Funkkontrolle. Verlassen Sie diese Frequenz.«

»Funkkontrolle, hier spricht Spider Dolphin zwei-zwei-sechs. Bitte um Erlaubnis, mich nähern zu dürfen.«

»Hier spricht die Funkkontrolle. Verlassen Sie die Frequenz und bleiben Sie weg.«

»Hier spricht Spider Dolphin zwei-zwei-sechs. Habe Zivilisten und Rebellentruppen bei mir. Erbitte Genehmigung, in Ihre Reihen aufgenommen zu werden.«

»Funkkontrolle. Genehmigung verwehrt. Ihr TOG-Scheißer bleibt, wo ihr seid.«

»Hier spricht Spider Dolphin zwei-zwei-sechs.« Karstil hörte die Verzweiflung in seiner Stimme und fragte sich, ob sie sich auch über Funk mitteilte. »Hier spricht Optio Karstil von der zwei-fünf-sechs-sieben Rebellenlegion. Ich kehre von einer Patrouille zurück. Ich habe Zivilisten bei mir. Erbitte Genehmigung, mich Ihnen anschließen zu dürfen.«

»Guter Versuch, unbekannte Station.«

»Hier spricht Spider Dolphin zwei-zwei-sechs. Guter Versuch, zum Teufel noch mal. Könnt ihr Idioten denn keines eurer eigenen Fahrzeuge erkennen?«

»Doch, wir können unsere eigenen Panzer erkennen, unbekannte Station, und Sie gehören nicht dazu. Karstil wurde als vermißt gemeldet. Jetzt verschwinden Sie von dieser Frequenz.«

Die Transponder, dachte Karstil, die verdammten Transponder. Ohne sie besaß er keine IFF-Signatur. Der ballistische Computer konnte ihn bestimmt sehen, aber ohne Transponder konnte er sonstwer sein. Da man ihn offiziell für tot oder gefangen hielt, würde man ihn auf keinen Fall einlassen.

Der Liberator schlug einen weiten Bogen nach rechts und verließ das Gebiet, als die ersten HAFE-Salven in den Boden schlugen. Soweit der direkte Anlauf.

Karstil kehrte zu einer äußerst niedergeschlagenen Gruppe aus Zivilisten und Soldaten zurück. Die Truppe hatte dem Gespräch zuhören können und kannte das Problem. Die Zivilisten, die ohne Funkgerät waren, waren einfach nur müde und erschöpft nach der angespannten Nacht.

»Wir könnten einfach drauflosfahren«, schlug Glover vor. »Früher oder später merken sie, daß wir Freunde sind.«

Der Vorschlag wurde mit tödlicher Stille quittiert. Das ›später‹ war es, das ihnen Sorgen bereitete.

Die Führungsgruppe, alle Sergeanten und Karstil, stand oder hockte am Liberator. Sogar der Pionier und der Wartungssergeant waren anwesend. Der einzig abwesende Führer war Lurron Johnston. Da ihn niemand für einen richtigen Kommandeur hielt, fragte auch keiner nach ihm.

»Ein Eindringen bei Nacht scheint die einzige Hoffnung zu sein«, sagte Mullins. »Wir müssen die Fahrzeuge verlassen und zu Fuß gehen.«

»Vierzig Kilometer ist ein zu langer Marsch für die Zivilisten«, erklärte Ross. »Die meisten sind völlig erschöpft.«

Karstil wußte, daß sie recht hatte. Die meisten waren seit achtundvierzig Stunden ohne Schlaf, dazu kam noch die Aufregung und Anspannung des vergangenen Tages. Auch jetzt waren sie wach und wanderten umher, anstatt die Möglichkeit zu nutzen, sich auszuruhen. »Wir könnten unter Umständen die 40 Kilometer in einer Nacht schaffen, aber wir selbst sind eigentlich nicht fit genug. Außerdem müssen die Verwundeten getragen werden.«

»Seht mal her und lächelt.« Die Worte klangen so unwahrscheinlich, daß sich die ganze Gruppe der Stimme zuwandte. Johnston, in Zivilkleidung gehüllt, stand oben auf einem der Wagen. Er hatte ein Stativ auf das Dach des Wagens gestellt und eine Holovidkamera darauf befestigt. Wie er Zeit und Platz gefunden hatte, die Ausrüstung zu bergen, war ein Rätsel, aber da stand er nun in voller Lebensgröße und sah wie ein Reporter aus.

»Was, zum Teufel, machen Sie da?« erklang es einstimmig aus der Führungsgruppe.

»Ich werde über die ruhmreiche Rückkehr der Kampfgruppe Karstil an den Busen der Freunde berichten. Wollen wir doch mal sehen, was ich alles aufnehmen kann, solange noch ausreichend Licht da ist.«

Es dauerte nicht lange, bis die Sergeanten und Karstil Johnston den Gedanken an eine Rückkehr, ruhmreich oder nicht, austrieben. Sich bei Nacht zurückschleichen bedeutete, daß die Kamera zurückbleiben mußte und daß die Gefahr bestand, von einem der Rebellen, die sie erreichen wollten, erschossen zu werden.

»Übrigens«, erkundigte sich Karstil, »nicht, daß es mich interessiert, wie Sie die Kamera gerettet haben, wo ich doch allen befohlen habe, die nicht lebensnotwendigen Dinge liegen zu lassen, aber wie wollen Sie Ihre Geschichte übertragen? Sie haben doch keinen Sender.«

»Stimmt nicht, mein Junge. Stimmt keineswegs. Natürlich habe ich keine Möglichkeit, meinen Bericht hier aufzunehmen und zu sichern, aber ich kann senden. GHTY hat als führender Nachrichtensender auf diesem riesigen Felsbrocken Tochterstationen. Sie sind zwar nicht vergleichbar mit dem wunderbaren Gebäude, das die Heimat von GHTY ist, aber sie sind in der Lage, Übertragungen auf bestimmten Wellenlängen zu senden. Ich habe vor, den Bericht auf eine davon zu schicken. Irgendwo im Commonwealth-All wird eine Station ihn auffangen können, um ihn entweder zu senden oder aber zu speichern. Ich würde die Rolle des zweiten Helden übernehmen. Sie, Optio, bekommen die Hauptrolle. Ganz schön gerissen, was?«

»Könnte man den Bericht hier auf Caralis sehen?«

»Natürlich. Die Glückspilze hier würden sich nicht so sehr dafür interessieren, da sie sogar mitspielen. Aber sicher, sehen könnten sie es.«

»Ein Bericht von hier. Hmm. Vielleicht sieht ihn einer der dämlichen Narren, der uns nicht nach Hause lassen will. Es kann nicht schaden.«

»Eine grandiose Idee, mein Junge. Also, Leute, lächelt. Nein, laßt es sein. Seht wütend aus. Genau. Licht, Action, Kamera! Guten Tag, liebe Freunde, hier spricht Lurron Johnston, mit einem Livebericht über die Kampfgruppe Karstil.«

NaBesta Kenderson, Präfekt der Legion, überflog die Papiere auf seinem Schreibtisch. Es gab etwas, das mit ›zuviel‹ Information bezeichnet werden konnte. Warum schlugen sich die Manus-Kommandeure nicht mit diesen Berichten herum? Es war völlig unnötig, den Legionskommandeur mit Einzelheiten über Vorgänge in Zenturien zu belästigen. Hier lagen sogar Berichte über verschiedene Züge. Nicht meine Arbeit, Mensch, nicht meine Arbeit. »Lartur. Rein mit Ihnen!« bellte Kenderson in die Sprechanlage. Beinahe augenblicklich erschien sein Verbindungsoffizier.

»Sir?«

»Was soll das alles? Muß ich über alle einzelnen Züge Bescheid wissen?«

»Darf ich mal sehen, Sir?« Legatus Mantelli Lartur nahm den Bericht entgegen und studierte ihn einen Moment lang. »Sir, dies ist der Bericht über die Vernichtung einer erfolgreichen Patrouille. Dieser Optio Karstil und seine Truppe drangen 1500 Kilometer hinter die feindlichen Linien vor. Er wurde gestern irgendwann vernichtet. Er stand unter Zenturio Freunds Kommando.«

»Und das sollte ich wissen?«

»Nun, Sir. Ich dachte, wir könnten aus dem Jungen einen Helden machen. Für die Heimat, wissen Sie. Ruhmreicher Tod und so weiter. Keine Überlebenden. Es wäre gut für die Moral der Truppe. Daß aus der Legion etwas geworden ist.«

»Sind Sie sicher, daß er tot ist? Ich meine, ganz sicher?«

»Ganz bestimmt, Sir. Wenn ich es bedenke, wäre es vielleicht besser, einen Lebenden zum Helden zu machen. Vielleicht den Zenturio. Oh, und das hier ist gerade gekommen. Eine TOG-Truppe steht vor unseren Reihen. Sie bereitet sich auf den Angriff vor, wahrscheinlich heute nacht, und sie versuchen, unsere Sturmtruppen zu umgehen, indem sie sich als Zivilisten verkleidet haben.«

Kenderson starrte vor sich hin. Die Rebellen brauchten dringend Helden – tot oder lebendig. Und die 2567. Legion brauchte sie notwendiger als andere Truppen. »Na gut. Empfehlen Sie einen von ihnen für eine Auszeichnung. Versuchen Sie es mit der Goldpalme. Wahrscheinlich wird es abgelehnt, aber es ist einen Versuch wert.«

Lartur nickte und ging. Kenderson streckte sich in seinem Stuhl aus und hörte Schultern und Knie knacken. Er entschloß sich, durch die Büros zu gehen. Es war gut, wenn die anderen sahen, daß er sich für ihre Arbeit interessierte.

Die Schreibtische standen sich gegenüber und ermöglichten eine Unterhaltung. An jeder Station befand sich ein Monitor, der an den Computer des Hauptquartiers angeschlossen war. Kenderson war bekannt, daß über dem Raum Tausende von Antennen standen, die jede einzelne Legion mit dem Hauptquartier verbanden. Jede Antenne konnte Berichte bestimmter Sender empfangen. Diese Antennenvielzahl ließ das Hauptquartier auffallen, bedeutete aber auch, daß die TOGs nicht alle Stationen gleichzeitig beeinträchtigen konnten. Als er den Raum betrat, sah er eine Ansammlung von Menschen um einen Schreibtisch stehen. »Ich dachte, Sie hätten behauptet, es wäre narrensicher. Wir sollten doch nur über Satelliten empfangen. Wie kann das passieren?«

»Sir, wir haben dieses Signal von einer Zivilfrequenz empfangen.« Einer der Herumstehenden griff nach einem Knopf und drehte daran herum. Kenderson blieb stehen, um zuzusehen. Gleichsam magisch klärte sich der Bildschirm und zeigte das Gesicht eines Mannes, wenngleich ein wenig verzerrt, doch es war auf jeden Fall eindeutig ein Mann.

»... Livebericht über die Kampftruppe Karstil. Wir haben versucht, die eigenen Reihen zu erreichen, aber sie schießen auf uns.« Die Kamera schwenkte von dem Sprecher zu einem schrecklich verunstalteten Panzer. Kenderson, der seit fünfzehn Jahren mit Panzern zu tun hatte, fiel es schwer, einen Liberator darin zu erkennen. Die linke Turmseite war zerfetzt worden, und ein großer Teil der Frontpanzerung und des Titanschutzes an den Seiten war eingedrückt worden. Er bezweifelte, daß irgend jemand das überlebt haben konnte.

»Der Panzer, den Sie jetzt sehen, gehört Optio Roglund Karstil, dem Führer der Kampfgruppe. Nach vielen Gefahren hat er uns bis auf 40 Kilometer an die eigenen Reihen herangebracht. Von hier aus werden wir heute nacht versuchen, durchzukommen ...«

»Lartur!« explodierte Kenderson. »Nach dem Bericht, den Sie mir gaben, ist der Mann tot. Sie holen ihn hierher, und zwar schnell. Ich will, daß sofort eine

Gruppe aufbricht, um ihn hierherzubringen. Finden Sie heraus, woher die Sendung kommt. Dann rufen Sie die Einheit, die ihm gegenübersteht, und sagen ihnen, daß man ihn holt.«

»Ja, Sir!«

»Und finden Sie heraus, was, zum Teufel, eine Kampfgruppe sein soll!«

»Ja, Sir!«

57

Alsatia, Caralis
Commonwealth
13. Januar 6831

Karstil stand in der Kommandoluke seines Liberators und beobachtete Johnston, der mit seinem Programm fortfuhr. Der unfreiwillige Legatus war zum ehrgeizigen Reporter geworden – seine tiefe, wohltönende Stimme durchrieselte die Zuhörer. Auch seine Wortwahl war ausgezeichnet. Obwohl er die Kamera per Fernbedienung bewegte, schien er nie um Worte verlegen zu sein und wußte, wann er vor die Kamera treten mußte und wann er die Bilder sprechen lassen konnte. Das Übertragungssignal war so stark, daß Karstil es auf seinem DDP sehen konnte.

»... und so, meine Damen und Herren, endet dieser Bericht. Spät heute nacht werde ich die eigenen Linien wieder erreicht haben. Wenn ich das nächstemal zu Ihnen spreche, befinde ich mich dann unter den siegreichen Rebellen- und Commonwealth-Truppen auf Caralis. Hier ist Lurron Johnston, der Ihnen einen guten Abend wünscht.« Der Bildschirm rauschte, wurde dunkel und zeigte dann wieder die blauen und gelben Zeichen der derzeitigen Stellungen. Am Rande des Monitors konnte man die schwach leuchtenden blauen Zeichen der 40 Kilometer entfernten Rebellenstellungen sehen.

Die glühende Mittagssonne drängte sich in die kleine Senke, in der sich die Fahrzeuge versammelt hatten. Die Zivilfahrzeuge standen in der Mitte und unter ein paar Bäumen. Die Panzer hatten sich am

Rand der Senke aufgestellt. Die Panzer von Glover und Mullins standen den TOGs zugewandt, Karstil mit der Front zu den Rebellen. Die beiden Vipern schützten die Flanken. Dann sah Mullins sie als erster.

»Sechs, hier ist zwei.«

»Sechs.«

»Zwei. Habe einen roten Monitor. Viele feindliche Fahrzeuge auf 50 Kilometer, nähern sich.«

»Sechs. Verstanden. Ende. Alle Einheiten zu zwei hinüber«, befahl Karstil.

Als Spint den beschädigten Liberator durch die Senke steuerte, sah Karstil, daß die beiden Vipern die gleiche Richtung einschlugen. Interessiert beobachteten die Zivilisten das Ganze. Als Karstil an den Bäumen vorüberfuhr, rannte Ambrose Rondthaler auf den Liberator zu. »Ärger?« fragte er, als der Panzer langsamer wurde.

»Ärger«, antwortete Karstil. »Die TOGs kommen auf uns zu. Wir haben keine Ahnung, ob sie hinter uns her oder auf die Rebellenstellungen scharf sind, aber so oder so bedeutet es Ärger.«

»Was sollen wir tun?«

»Im Moment müssen Sie sich einfach ruhig verhalten. Sorgen Sie dafür, daß alle aufsitzen und abmarschbereit sind. Ich habe eine Signalpistole, und wenn ich Mehrstern rot abschieße, setzen Sie sich in Bewegung. Fliehen Sie auf die Rebellen zu und hoffen Sie das Beste.«

»Und was ist mit Ihnen?«

»Wir sind eine Panzertruppe.« Als wäre das eine Antwort auf alle Fragen.

»Das ist keine Antwort.«

»Das ist die beste Antwort, die ich habe, Doktor.«

»Viel Glück, mein Sohn.«

Der Liberator beschleunigte und wandte sich dem Rand der Hügel zu. Glover und Mullins hatten bereits begonnen, Stellungen abzustecken, und der Hang war unterhalb der Bergspitzen mit roten Markierungspfosten bedeckt. Die Fahrer mußten die Panzer nur zu den Posten lenken. Aus jeder Stellung würde jeder Panzer einmal feuern und sich dann zurückziehen, um sich für den nächsten Schuß an eine andere Stelle zu begeben. Das sollte die TOGs abhalten, ihr Feuer zu sehr auf einen Panzer zu konzentrieren. Sie konnten die Panzer auf den DDPs ›sehen‹, wußten aber nicht, welches Fahrzeug sich in eine Schußposition begab. Es war kein großer Vorteil, aber der einzige, den sie nutzen konnten.

Karstil setzte den Wolverine in die Mitte der Aufstellung und Mullins und Crown auf die linke Seite. Ross begab sich nach rechts, 600 Meter von dem Wolverine entfernt, und sein eigener Panzer lag wiederum 600 Meter weiter dahinter. Alle Panzer hatten ausreichend Platz zum Manövrieren, waren einander aber nahe genug, um sich in Notfall gegenseitig zu unterstützen. Die Infanterie saß ab und besetzte die vorbereiteten Stellungen, die von den Infanterietransportern 400 Meter vor der Bergkette aufgewühlt worden waren. Von hier aus konnten sie Ziele für den Panzer markieren und die Feinde mit den wenigen verbliebenen TVLGs beschäftigen. Die Panzer brauchten ihre Grabwerkzeuge nicht einzusetzen. Da sie mit dem Rumpf auf dem Boden lagen, benötigten sie den zusätzlichen Schutz einer ausgehobenen Stellung nicht. Sollte sich der Kampf später auf offenes Gelände ausdehnen, konnten sie noch immer die eine oder andere Schanzung benutzen.

Als alle Vorbereitungen abgeschlossen waren, befanden sich die TOG-Truppen nur noch 30 Kilometer entfernt und näherten sich stetig. Die Sensoren wurden auf volle Kraft gestellt und die Funkgeräte eingeschaltet. »Ziele identifiziert. Viele mittelschwere Horatius-Panzer, leichte Aeneas-Panzer und Lupis-Infanterietransporter. Entfernung zwei-acht-null-null-null. Auf sechs-vier-hundert. Ziele nähern sich mit eins-acht-null. Nicht erfaßt.«

Auch die Computer der übrigen Fahrzeuge gaben diese Information aus. Das DDP zeigte mehr Ziele an, als Karstil je zuvor gesehen hatte. Er erblickte hier eine TOG-Manus in der Angriffsentfaltung.

Die beiden Kohorten der Manus griffen Seite an Seite an. Jede Kohorte bestand aus zwei Reihen, die von den drei leichten Zenturien angeführt wurden, die wiederum drei mittleren folgten. Die Zenturien lagen in einer Reihe – drei Züge vorn und einer hinten, noch hinter dem Hauptquartier. Alle Züge wurden von Infanterietransportern unterstützt. Karstil dachte, daß es aussah wie ein Kavallerieangriff aus früherer Zeit etwa in einem alten Film. Seine Gefährten und er stellten die Infanterie dar, die den Angriff zu zerschlagen versuchte – oder aber selbst zerschlagen wurde.

»Ziele identifiziert. Viele mittlere Horatius-Panzer, leichte Aeneas-Panzer und Lupis-Infanterietransporter. Entfernung zwei-fünf-null-null-null. Auf sechs-vier-hundert. Ziele nähern sich mit eins-acht-null. Nicht erfaßt.«

Sämtliche Fahrzeuge wurden von den Hügeln geschützt. Die einzigen Teile, die über die Anhöhen hinausragten, waren die Turmspitzen und die Visiere. Aus dieser Stellung heraus konnten die Panzer Ziele aufspüren und markieren, während sie völlig in Deckung blieben. Alle Panzerkommandanten waren nach oben geklettert, und Karstil hatte sich von der Kommandoluke in die mittlere Luke begeben, die über dem Fahrersitz am hinteren Teil des Geschützturmes lag. Dort befand sich ein DDP-Außenschirm, wodurch er den Kampf aus dieser größeren Höhe überwachen konnte. Wenngleich diese Stelle nicht besonders sicher war, da er völlig ungeschützt stand, bot sie ihm den besseren Ausblick. Karstil wußte, daß auch der tiefer gelegene Kommandostand gut geeignet war, aber er wollte die

TOGs sehen, anstatt sie nur durch die Elektronik wahrzunehmen.

»Ziele identifiziert. Viele mittlere Horatius-Panzer, leichte Aeneas-Panzer und Lupis-Infanterietransporter. Entfernung zwei-zwei-null-null-null. Auf sechs-vier-hundert. Ziele nähern sich mit eins-acht-null. Nicht erfaßt.« Er tippte auf das Display und ließ die geschützten Zeiten vom Computer mitteilen. Es entstand eine kleine Pause, während der der Computer rechnete.

»Bei der derzeitigen Geschwindigkeit werden sich die Ziele in sechs Minuten innerhalb der Vier-Kilometer-Markierungsreichweite befinden. Ziele werden zwei-null Sekunden später in der Drei-Kilometer-Reichweite der Hauptwaffe sein. Ziele werden sich drei-sechs Sekunden später in Reichweite der übrigen Waffensysteme befinden.«

Sechs Minuten und zwanzig Sekunden, um Änderungen der eigenen Taktik anzuordnen. Sechs Minuten und zwanzig Sekunden, um über alles, was schiefgehen konnte, nachzudenken. Er blickte zu den Bäumen, die einen Kilometer hinter ihm lagen, hinüber. Er konnte die Zivilfahrzeuge, die unter den schützenden Zweigen standen, kaum erkennen. Niemand war zu sehen, denn die Menschen waren bereit, zu fliehen, sobald er das Signal gab. Und auch für den Fall, daß er es nicht geben konnte.

»Ziele identifiziert. Viele mittlere Horatius-Panzer, leichte Aeneas-Panzer und Lupis-Infanterietransporter. Entfernung eins-neun-null-null-null. Kurs unverändert. Ziele nähern sich mit eins-acht-null. Nicht erfaßt.« Noch fünf Minuten. Karstils Magen krampfte sich zusammen. Durch sein Monokular sah er die leichten Staubwolken, die von den herannahenden Panzern aufgewirbelt wurden. Ein Gravantrieb hatte zwar keinen Kontakt mit dem Erdboden, aber ein 273-Tonnen-Panzer, der sich mit 180 Stundenkilometern bewegte, wühlte die Luft rundumher auf. Diese Luft saugte Staub auf, der sich als verräterische Fahne hinter den Panzern herzog.

»Ziele identifiziert. Viele mittlere Horatius-Panzer, leichte Aeneas-Panzer und Lupis-Infanterietransporter. Entfernung eins-sechs-null-null-null. Kurs unverändert. Ziele nähern sich mit eins-acht-null. Nicht erfaßt.« Vier Minuten. Durch das Monokular erblickte Karstil die glänzenden Umrisse der Panzer. Die aufsteigende Hitze der Ebene nahm ihm die Sicht, ließ Dinge verzerrt und größer erscheinen, als sie in Wirklichkeit waren. Die Aussicht war kein so großer Vorteil, wie er erwartet hatte. Er suchte den Horizont ab. Er war mit Panzern übersät.

»Ziele identifiziert. Viele mittlere Horatius-Panzer, leichte Aeneas-Panzer und Lupis-Infanterietransporter. Entfernung eins-drei-null-null-null. Kurs unverändert. Ziele nähern sich mit eins-acht-null. Nicht erfaßt.« Drei Minuten bis zum Laserkontakt. Es war Zeit, sich in die Kommandoluke zu begeben. Er glitt an Spint vorbei, der über seinen Kontrollen saß und das DDP beobachtete, während die roten Zeichen immer näher rückten. Er hatte das Periskop geöffnet, um den Posten sehen zu können. Karstil zwängte sich an dem Fahrer vorüber, der aufblickte und das Grinsen des Optio erwiderte. Warum sie beide ausgerechnet jetzt grinsten, wollte Karstil gar nicht ergründen.

Podandos war völlig in sein ballistisches Display vertieft und rückte den Visierkreis über die sich nähernden Ziele. Da nur noch die 150-mm-Kanone übrig war, hatte er leichte Arbeit.

Karstil stöpselte seinen Kopfhörer in die Buchse im Kommandodeck.

»Ziele identifiziert. Viele mittlere Horatius-Panzer, leichte Aeneas-Panzer und Lupis-Infanterietransporter. Entfernung sieben-null-null-null. Kurs unverändert. Ziele nähern sich mit eins-acht-null. Nicht erfaßt.« Eine Minute. Es erschreckte Karstil, daß der Gang von der Turmspitze bis zu seinem Platz zwei Minuten gedauert hatte.

»Panzer. Aeneas. Auf sechs-dreihundert«, sagte er ins Mikrofon.

Podandos antwortete sofort. »Panzer. Aeneas. Auf sechs-dreihundert. Nicht identifiziert. Unübersichtliches Gelände.«

»Fahrer, bereiten Sie sich auf das Vorrücken vor.«

»Bereit.«

»Ziel identifiziert. Leichter Aeneas-Panzer. Entfernung vier-null-null-null. Ziel nähert sich mit eins-acht-null. Nicht erfaßt.« Keine Zeit mehr. Karstil betätigte das Ziellaserpedal und hörte, wie es kreischend zum Leben erwachte, und schon schrillte die Alarmsirene.

»Ziel identifiziert. Leichter Aeneas-Panzer. Entfernung drei-fünf-null-null. Ziel nähert sich mit eins-acht-null. Erfaßt. Ziel markiert.« Gut. Sollte sich der TOG-Kommandant Sorgen machen.

»Fahrer, los!«

»Auf dem Weg.« Der Liberator schoß voran und hob sich vom Boden.

»Panzer. Aeneas. Entfernung dreitausend. HEAP, Feuer!«

»Identifiziert.«

»Feuer!«

»Auf dem Weg.« Der Liberator bebte, als die 150-mm-HEAP-Salve auf den Aeneas zuflog. Sekunden später schlug sie auf dem Geschützturm ein.

»Geladen. Identifiziert«, meldete Podandos.

»Feuer!«

»Auf dem Weg.« Wieder zitterte der Panzer, als die APDS-Salve dem HEAP-Schuß ins Ziel folgte. Karstil hoffte, daß der zweite Schuß die gleiche Stelle wie der erste treffen würde. Mit ein wenig Glück hatte die HEAP-Salve ein Stück der Turmpanzerung abgerissen und würde so der APDS ermöglichen, einzudringen und im Inneren zu explodieren. Das DDP zeigte einen Geschützturmtreffer an.

»Ziel. Fahrer sofort zurücksetzen.« Die Alarmsirene schrillte.

Spint, der den Antrieb bereits auf Zurücksetzen eingestellt hatte, betätigte den Hebel. Der Liberator setzte den Hügel hinab, als drei Geschosse heranbrausten. Unten angelangt, schwenkte der Panzer nach rechts. Da die Linkssteuerung beschädigt war, konnte er nicht nach links ausweichen. Dazu müßte Spint den Panzer herumdrehen, bis er endlich irgendwann nach links wies.

Karstil behielt das DDP im Auge. Ein Lupis-Transporter bahnte sich seinen Weg zur Flanke der Rebellen. Er stellte das ballistische Visier auf den GMT um und betätigte den Ziellaser. »Ziel identifiziert. Lupis-Transporter. Entfernung zwei-sieben-null-null. Ziel nähert sich mit eins-acht-null. Erfaßt. Ziel markiert.« Es war gar nicht nötig, Ziele zu markieren, aber er handelte aus reinem Reflex und außerdem sicher, daß irgendwer den Markierungsvorteil nutzen konnte. »Panzer. Lupis. Entfernung zwei-sieben-hundert. HEAP. Feuer. HEAP!«

»Panzer. Lupis. Nicht identifiziert. Unübersichtliches Gelände.«

»Fahrer, vorrücken.«

»Auf dem Weg«, bestätigte Spint.

»Panzer. Lupis. Identifiziert.«

»Feuer!«

»Auf dem Weg.«

»HEAP laden.«

»Bereit. Identifiziert.«

»Feuer!«

»Auf dem Weg.«

Weit entfernt erblickte Karstil die zweite Salve, die auf der Seite des Infanterietransporters explodierte, dicht neben dem Treffer der ersten. Rauch quoll aus dem TOG-Fahrzeug. »Ziel. Fahrer, zurück.«

Die Ebene war mit Rauchwolken übersät. Karstil warf einen Blick auf das DDP. Der Schwerpunkt des TOG-Angriffs hatte sich nach links verlagert, von seinem Standort weg. Entweder mit Absicht oder durch Zufall. Auf dem DDP sah es aus, als versuchten die TOGs, die Flanke zu überrennen, um an die eigentliche Front zu kommen und ihm den Rückweg abzuschneiden. Karstil feuerte noch auf ein Ziel, dann befahl er Spint, den Liberator nach hinten zu steuern, um Mullins beizustehen. Ross mußte die rechte Flanke allein halten.

Als der Liberator durch die Talsenke brauste, kam er dicht an den Bäumen vorbei. Karstil sah Rondthaler winken und dann die Arme fragend zum Himmel recken. Karstil schüttelte den Kopf und deutete auf die Bäume. Der Doktor nickte und setzte sich wieder in seinen Wagen.

Am hinteren Teil des Abhangs stieg Rauch aus Glovers Wolverine auf. Die Kanone feuerte noch, und eine rußgeschwärzte Gestalt stand in der Kommandoluke. Die Luft um den Panzer herum war vom Qualm der TVLGs durchzogen, der fantastische Muster bildete. Die Erde vor dem Wolverine explodierte in einem Stauborkan.

Links davon stand die glühende Ruine von Glovers Viper. Nicht verschossene 25-mm-Munition ging im Inneren hoch. Wenigstens war die Infanterie nicht mehr an Bord gewesen. Sie würden die Stellungen ein wenig länger halten können, bis die Panzer anrückten und sie aus ihren Löchern jagten.

Ein Stück weiter entfernt stand Mullins' Liberator, der deutliche Narben des Kampfes trug. Der vordere rechte Rumpfausläufer war abgerissen worden und hing nun schlaff herab. Die rechte Einstiegsluke war nicht mehr da, und Kontrollkabel hingen nach außen. Wahrscheinlich bestanden auch noch innere Schäden, die er nicht sehen konnte. Langsam wurde die Truppe auseinandergenommen.

Karstil griff in den Geschützturm, zog die Signalpistole heraus und schoß. Er hatte nicht lange nachgedacht, sondern mehr reflexartig gehandelt.

Das DDP war rot von feindlichen Panzern. Als der Liberator weiterschwebte, erschien in 600 Metern Entfernung ein Horatius. Er hatte sich um die Flanke geschlichen und versucht, an den Verteidigern vorbeizukommen. Karstil war beinahe so überrascht wie der TOG-Kommandant. Ohne Transponder hatte der Feind den Liberator nicht erkennen können.

»Feuer!« brüllte Karstil. »Fahrer, vorrücken.« Es war nutzlos, auf diese Entfernung dem Feind die eigene Flanke darzubieten, und er wollte seine TVLGs noch abschießen, solange er konnte. Er betätigte den Ziellaser.

»Ziel identifiziert. Mittlerer Horatius-Panzer. Entfernung sechs-null-null. Nähert sich. Erfaßt. Ziel markiert.« Die erste Salve traf den Vulcan-Aufbau.

»Feuer!« Die Hauptwaffe dröhnte, als sich der Turm des Horatius zu drehen begann. Der Fahrer hatte den Panzer gelandet und schwenkte nach rechts, um seine Hauptwaffe einsetzen zu können. Karstil feuerte ein paar TVLGs ab. Die Front des feindlichen Geschützturms erglühte, als die drei Geschosse die Panzerung zwischen dem 3/6-Laser und dem Vulcan-Aufbau trafen. Titantropfen liefen über den Turm. Dann erwiderten der Laser und die 50-mm-Kanone das Feuer.

Karstil konnte die Treffer auf seinem Turm nicht sehen, aber er fühlte, wie die keramische Panzerung augenblicklich so heiß wurde, daß er sie nicht mehr berühren konnte. Die beißenden Schwaden des schmelzenden ballistischen Schutzes drangen ihm in Nase und Augen. Er sandte das letzte TVLG ab, als die Hauptwaffe des Horatius geradewegs auf ihn zielte und feuerte.

Die 150-mm-HEAP-Salve schlug in die bereits zerfetzte Panzerung des Turms. Der DDP-Monitor zerbarst; die Splitter regneten Karstil über das Gesicht. Die Sensor- und Zielcomputer explodierten in einem Hagel aus Funken, Kabeln und Computerchips. Blendender, erstickender Qualm erfüllte das Kampfdeck. Tief im Innern des Panzers zeigte sich für einen Augenblick ein orangefarbener Lichtschein, der sofort vom Feuerlöschsystem erstickt wurde. Der Schein leuchtete wieder auf, wurde wieder erstickt, leuchtete noch einmal und breitete sich dann endlich weiter aus.

»Raus!« brüllte er über Sprechfunk, als ihm auffiel, daß die Crew nicht mehr antwortete. Er versetzte Podandos einen Tritt und sah, daß sich der Richtschütze bemühte, aufzustehen. Er griff zu und zerrte den Triarii hoch. Auf keinen Fall würden sie beide gleichzeitig durch die Luke passen. Er ließ sich in den verrauchten Innenraum fallen und schob Podandos durch die Öffnung. Der Richtschütze prallte auf die Turmoberfläche und rollte nach links. Karstil folgte ihm.

Dieser Panzer hatte seinen letzten Kampf hinter sich.

58

Alsatia, Caralis
Commonwealth
13. Januar 6831

Karstil entfernte sich kriechend von dem brennenden Liberator. Sein Körper wurde von heftigen Hustenanfällen geschüttelt, als er den Rauch loswerden wollte. Seine gebrochenen Rippen begleiteten jeden Atemzug mit Schmerzen. Er rollte den Abhang hinab und versuchte dann, sich aufzurichten. Der Boden bebte, und er fiel vornüber. Der Horizont verschwamm ihm vor den Augen.

Ein Liberator dröhnte an ihm vorüber; Rauch quoll aus dem Rumpf. Mullins' Panzer war völlig außer Kontrolle. Die TS&R-Systeme der Schrottplatzschönheit, die von zwei verschiedenen Panzern stammten, hatten endlich beschlossen, daß sie nicht länger zusammenarbeiten konnten. Der Panzer hob sich in den Himmel empor und drehte sich fortwährend um die eigene Achse. Karstils letzter Blick auf den Panzer zeigte, wie der Liberator in Flammen aufging und wie ein Stein zu Boden fiel.

Als er auf die Beine kam, schob sich der Bug eines Horatius über die Hügelkuppe und schwebte den Abhang hinab. Der Turm feuerte auf ein Ziel auf der linken Seite, die Hauptwaffe bewegte sich vor und zurück – wie die Nase eines Riesen, der nach Beute schnüffelt. Die Waffe fand ihr Opfer und schoß. Die Druckwelle warf Karstil wieder zu Boden.

Auf allen vieren kroch er aus der Nähe des Horatius weg und blickte dann zurück. Die Seite des Panzers wurde von einer Explosion erschüttert, die das Fahrzeug wanken ließ. Er starrte gebannt auf den Panzer, als dieser sich dem unsichtbaren Feind zuwandte. Der Fahrer war jedoch nicht schnell genug, und eine zweite schwere Salve traf unweit der ersten die rechte Seite. Wieder schwankte der Panzer. Rauch drang aus den gähnenden Einschußlöchern. Der Panzerkommandant sprang von seinem Platz, als ein weißglühender Dampfstrahl aus der Luke schoß. Der Panzer fiel zurück auf den Boden. Noch immer quoll der Dampf aus dem Turm.

Die Sonne verdunkelte sich, und Karstil schaute auf und sah den riesigen Rumpf eines Deliverers vorüberziehen, der das rote ›R‹ der Rebellen auf der Seite trug. Dahinter lag ein Spartius-GMT; die gravbewehrte Infanterie eilte neben ihm her. Dann spürte er Hände, die ihn auf den Boden drückten. »Ganz ruhig. Alter. Jetzt ist alles gut«, hörte er eine Stimme wie aus großer Entfernung sagen.

Der Himmel drehte sich fortwährend, und viele körperlose Gesichter starrten auf ihn hinab. Eines davon schien ihm viel näher als die anderen zu sein, und er versuchte, sich darauf zu konzentrieren. Wenn sie nur aufhören wollten, sich zu drehen, dachte er. Karstil nahm sich zusammen. Langsam hörte das Gesicht auf, sich zu bewegen, und hing verkehrt herum über ihm. Er sah, wie sich die Lippen bewegten, hörte aber nicht, was gesagt wurde. »Ich glaube, er ist bei Bewußtsein«, sagte das Gesicht. »Versuchen Sie nicht, sich zu bewegen. Sie sind auf eine Trage geschnallt.« Der Kopf kam näher und hatte plötzlich auch Schultern. »Können Sie mich hören, Optio?«

Karstil blinzelte. Ja, dachte er, ich kann dich hören. Warum fragst du? Er versuchte, die Arme zu bewegen, aber es gelang ihm nicht. Sie fühlten sich sehr schwer an. Er wackelte mit den Fingern, die er an der Seite seines Beines spürte.

»Versuchen Sie nicht, sich zu bewegen«, sagte der Kopf auf den Schultern. »Sie sind auf eine Trage geschnallt.«

Er hob den Kopf und blickte an sich herunter. Eine Decke war über den Körper gebreitet. Das ist wahrscheinlich mein Körper, dachte er. Zuerst bewegte er den einen Fuß, dann den anderen. Die Decke reagierte. Gut, dachte er. Die wichtigen Teile sind noch vorhanden.

Die Leute, die um ihn herum standen, bückten sich und hoben ihn auf. Das offene Maul eines Pilus-Krankentransporters erschien, und man legte ihn vorsichtig mit den Beinen voran hinein. Die restlichen sieben Plätze waren bereits belegt, und intravenöse Kanülen steckten in den Armen der Soldaten. Dann schloß sich die Tür, und es war zu dunkel und zu anstrengend, sich weiter umzusehen.

Das Regionalkrankenhaus war ein riesiger Komplex provisorischer Gebäude. Man bezeichnete sie als provisorisch, da sie ›für die derzeitige Notsituation‹ für fünf Jahre errichtet worden waren. Seitdem waren zwanzig Jahre vergangen, und sie waren noch immer in Gebrauch. Der Architekt hatte die Gebäude häßlich entworfen, da er davon ausging, daß sie nur eine kurze Lebensdauer haben würden.

Karstil saß neben einem Bett, in dem ein Patient lag, der in Verbände gehüllt war, daß nur noch der Mund und die Augen zu sehen waren. Unzählige Schläuche verschwanden unter den Bandagen, die Flüssigkeit zu- oder abführten, um den Kranken am Leben zu erhalten. Nur das schwache Heben und Senken des Brustkorbes deutete an, daß der Patient noch lebte. Die Augen waren seit zwei Wochen, seit dem Tag der Einlieferung, geschlossen. Karstil blickte von seinem Buch auf, als sich Doktor Ambrose Rondthaler dem Bett näherte. »Ich befürchte, daß wir ihn verlieren«, sagte er.

Karstil nickte. »Ich wünschte bloß, ich wüßte, was geschehen ist.«

»Haben Sie die anderen gesehen?« fragte der Doktor.

»Ja«, erwiderte Karstil. »Man hat Sergeant Crowns Leichnam zum Begräbnis nach Hause gebracht. Spint auch. Er wurde posthum zum Sergeanten ernannt. Vielleicht ist das seiner Familie ein kleiner Trost.«

Rondthaler lehnte sich auf das Fußteil des Bettes und starrte auf die elektronische Tafel. Atmung und Herzschlag waren langsamer als am Vortag. Die schrecklichen Verwundungen und schweren Brandwunden forderten ihren Tribut. Notoperationen hatten die Knochen geheilt, aber der menschliche Körper konnte trotz aller Möglichkeiten, die der modernen Medizin offenstanden, einem Trauma nur bedingt widerstehen. »Und der Rest der Truppe?«

»Quentain ist letzte Woche entlassen worden, zusammen mit Sergeant Glover. Nach ihrem Erholungsurlaub werden sie zu ihren Einheiten zurückkehren. Abul und Yennan werden vermißt.«

»Übrigens«, meinte der Doktor, »ich habe gestern die Krankenhausberichte überprüft und einen Sergeant Hampert Farwell von der 2567. als ambulanten Patienten gefunden. Er gehört zu Ihrer Kohorte.«

Karstils Gesicht hellte sich auf. »Oh, das sind gute Neuigkeiten. Ich hatte gehofft, daß er durchkommt. Jetzt ist nur noch ein Panzerkommandant verschollen.«

Rondthaler räusperte sich. »Ich habe den Computer nach der Infanterieführerin suchen lassen. Sergeant Ross, glaube ich.« Karstil bewegte den Kopf kaum merklich. »Sie hat sich bei ihrer Einheit zurückgemeldet. Offensichtlich geht es ihr gut.«

Karstil spürte, wie er errötete. Er hatte Ross nicht erwähnt und den Doktor auch nicht gebeten, nach ihr zu suchen. Er hatte geplant, es nach seiner Entlassung aus dem Krankenhaus selbst zu tun. Er sah sich die bandagierte Gestalt im Bett an. »Ich vermute, daß unsere Legion noch immer das inoffizielle Motto hat: ›Jeden Tag sterben wir ein bißchen‹. Anscheinend ist nun er an der Reihe.«

»Ich bin nicht an der Reihe, und ich bin noch längst nicht tot«, krächzte die bandagierte Gestalt Sergeant Lucifer K. Mullins'. »Vielleicht sterben wir jeden Tag ein bißchen, aber die TOGs sterben schneller. So soll es auch bleiben.« Der Kopf wandte sich Karstil zu. »Sir? Sie haben nicht zufällig eine Zigarre?«

Optio Roglund Karstil griff in seinen Bademantel und zog einen bedrohlich aussehenden schwarzen Gegenstand hervor.

»Zufällig, Sergeant«, antwortete er, »habe ich eine.«

Epilog

59

Alsatia, Caralis
Commonwealth
25. Januar 6831

SONDERBEFEHL 6825-417

Zenturio Cobaro H. Freund, 715-332-9638, wird der Commonwealth-Verdienstorden verliehen.
Zenturio Cobaro H. Freund, 715-332-9638, wird der Rebellenorden für hervorragende Dienste verliehen.
Während er seine Zenturio kommandierte, plante und führte der oben genannte Offizier eine Reihe vernichtender Angriffe gegen eine Übermacht des Terran Overlord Government aus. Durch seine Durchführung des Auftrags gelang es Teilen seiner Einheit, einzelne Stellungen zu durchbrechen und ein feindliches Manus-Hauptquartier zu vernichten.
Unter seiner direkten Leitung wurden Zivilisten, die hinter den feindlichen Reihen gefangen lagen, gerettet. Trotz schwerer Verluste führte die Truppe den letzten Auftrag erfolgreich aus. Bei der Planung und Ausführung dieser Einsätze zeigte Zenturio Cobaro H. Freund sich als Offizier mit hervorragenden Fähigkeiten. Er spiegelt die höchsten Traditionen der Commonwealth- und Rebellentruppen in Shannedam County wider.
Auf Befehl von Gregory Gitimus, Kommandierender General.

Präfekt NaBesta Kenderson betrachtete den niemals abnehmenden Papierstapel, der seinen Schreibtisch bedeckte. Egal wie sehr er sich bemühte, alle Berichte von dem Korb »Eingang« in den Korb »Ausgang« zu legen, er schien niemals voranzukommen. Warum, dachte er, habe ich niemals genug Untergebene? Die Antwort fiel ihm sofort ein: Viele Untergebene bedeuten mehr Papierkrieg. Jeder von ihnen »wußte«, daß der Kommandeur einen Bericht wünschte.

Aus den Tiefen des Schreibtisches herauf ertönte ein Summen – so leise, daß nur jemand, der am Tisch saß, den Laut hören konnte. Kenderson griff unter die mittlere Schublade und drückte einen unsichtbaren Knopf. Hinter seinem Stuhl öffnete sich lautlos ein Teil der Wandvertäfelung. Ohne den Kopf zu wenden, grüßte er.

»Kommen Sie rein, Stone.«

Zenturio Lawrence (»Nennt mich einfach Larry«) Stone schlurfte durch die Öffnung und setzte sich auf einen Lederstuhl, der vor dem Tisch stand. Seine Körpermasse ließ den Tisch winzig erscheinen.

»Ich habe hier Ihren letzten Bericht«, sagte Kenderson. »Er ist interessant zu lesen.« Er sah den Geheimdienstoffizier an. »Es ist zu dumm, daß einer der Kerle in der Nacht, bevor Karstil zurückkehrte, mit dem Gravschlitten floh, aber wenigstens haben wir die anderen. Ihr Vorschlag, sie zu eliminieren, scheint gerechtfertigt.«

Larry Stone beobachtete den Präfekten aufmerksam. Normalerweise mißtraute er den Offizieren außerhalb seiner eigenen Truppe, aber dies war ein Rebellenoffizier und bedeutend höher gestellt als ein gleichrangiger Commonwealth-Mann. Er erhob sich. »Ich fange heute nacht an. Meine Männer sind bereit. Es wird nicht lange dauern.« Er wandte sich der Wandöffnung zu, als der Kommunikator zu summen begann.

Kenderson nahm den Hörer ab und hielt die Hand

hoch, um Stone zurückzuhalten. Der Zenturio wartete neben dem Schreibtisch, während Kenderson sprach.

»Ja, Sir«, sagte der Präfekt. »Der Bericht ist zutreffend.« Eine Pause entstand. »Ich würde lieber die vorgeschlagene Lösung annehmen«, meinte er und winkte Stone auf den Stuhl zurück. Wieder entstand eine längere Pause, als Kenderson dem unsichtbaren Gesprächspartner lauschte. »Ja, Sir«, sagte er leise, legte den Hörer auf und blickte Stone an.

»Die Spione werden nicht eliminiert«, erklärte er.

»Was?«

»Aber wieso nicht?«

»Es sieht so aus«, antwortete der Präfekt, »als sei Ihr Bericht zu gut. Er war anscheinend so vernichtend und so genau, daß sich das Planetenhauptquartier darum kümmert. Ich weiß nicht, wie sie ihn in die Hände bekommen haben, aber sie haben ihn. Jetzt hat irgendein Dummkopf entschieden, daß dieses Problem so groß ist, daß es nicht auf der Einheit-zu-Einheit-Basis entschieden werden kann. Der Commonwealth-Geheimdienst hat die Sache übernommen.«

»Aber das bedeutet doch nicht, daß wir unsere Schwierigkeiten nicht allein beheben können, oder?«

»Es bedeutet«, sagte Kenderson und rieb sich das Gesicht mit den Händen, »daß man uns verbietet – und ich betone das Wort ›verbieten‹ –, irgend etwas zu unternehmen, das unser Wissen über die TOG-Agenten verrät. Und das schließt Ihre Eliminierungspläne ein.«

»Ich kann dafür sorgen, daß es wie ein Unfall aussieht.«

»Nein, Larry. Nicht einmal das.«

Stone sackte auf dem Stuhl zusammen. »Wir können sie doch nicht einfach davonkommen lassen. Sie werden zu anderen Einheiten wechseln, und wir verlieren ihre Spur. Wir müssen etwas unternehmen!«

»O nein. Versuchen Sie es, und schon werden diese

Commonwealth-Typen wie eine Tonne Steine auf uns fallen.«

»Also sitzen wir hier und tun nichts.« Stone schüttelte den Kopf. »Ich glaub die Redensart stimmt ... Verdammt sind wir, wenn wir es tun ...«

Kenderson lachte bitter »... und verdammt sind wir, wenn wir es nicht tun.«

Glossarium

Technologie der Bodentruppen

Gravantrieb

Der wichtigste Fortschritt in bezug auf die Fortbewegung auf dem Boden war die Erfindung des Gravantriebes im Jahre 2210. Der Marshma-Antrieb, der nach seinem Erfinder benannt wurde, erlaubt einem Objekt, parallel zu Boden zu fallen anstatt in die Tiefe. Besondere Antigravsteuerungen ermöglichen es dem Gegenstand, auch die Richtung zu ändern. Sofort erkannte das Militär die Möglichkeiten, die dann zur Entwicklung des modernen Gravpanzers führten.

Der Gravpanzer hat die Kriegsführung am Boden deutlich verändert. Je nach Höhe kann der Gravpanzer Geschwindigkeiten zwischen 100 und 900 Stundenkilometern erreichen. Bei diesen Geschwindigkeiten kann eine Gravlegion die Entfernung zwischen den alten irdischen Städten New York und Chicago in eineinhalb Stunden überwinden. Mittels eines Geländeradars kann sich ein Gravpanzer auch in den dichtest besiedelten Gebieten mit unglaublicher Geschwindigkeit bewegen. Die Schußkraft einer Gravsturmtruppe könnte eine Armee aus dem 20. Jahrhundert besiegen. Aufgrund ihrer hohen Geschwindigkeit und ihrer Fähigkeit zur schnellen Schwerpunktbildung kann eine Gravlegion ein Gebiet, das sich über Hunderte von Kilometern erstreckt, angreifen oder verteidigen. Die Gravfahrzeuge wurden zur bedeutendsten Truppengattung beim Bodenkampf.

Einer der Nachteile des Marshma-Antriebs besteht

darin, daß er nur bis zu einer Höhe von 15 Kilometern über der Oberfläche eines erdähnlichen Planeten operieren kann. Folglich benutzen die meisten Raumschiffe Antigravgeneratoren für atmosphärische Flüge. Trotz seiner Nachteile hat der Gravpanzer die Art der Kriegsführung zu Lande stark verändert.

Panzerung und passiver Schutz

Die Standardpanzerung eines Gravpanzers besteht aus einer kristallinen Titanlegierung, die molekular mit einer keramischen Matrix verbunden ist. Sie ist für die altmodischen Geschoßladungen und Waffen mit niedriger kinetischer Energie undurchdringlich, widersteht hyperkinetischen Waffen sehr gut und bietet auch guten Schutz gegen die meisten anderen Waffen.

Auch das Innere eines Gravpanzers ist gut geschützt. In sämtliche Hauptkomponenten wurden Ersatzstromkreise und Selbstreparatursysteme eingebaut. Ein völlig unabhängiges Ersatzsystem sorgt für so empfindliche Punkte wie Schilde und Geländesensoren. Außerdem gehören energieabsorbierender Schaum und eine Feuerlöschausrüstung zum passiven ballistischen Standardschutz aller Kampffahrzeuge.

Schilde

Gravpanzer werden durch Flimmerschilde geschützt. Der Flimmerschild ist eine Druck-Schwerkraftwelle, die normalerweise für jegliche Form von Energie undurchdringlich bleibt. Da der Energieaufwand hierfür hoch ist, war es notwendig, einen Schild zu entwerfen, der sich ein- und abstellt, anstatt fortwährend anzubleiben. Ein solcher Flimmerschild schützt gegen Laser, thermonukleare Explosionen, Energiewaffen und leichte Geschosse. Wenn sich die Flimmerrate steigert, steigert sich auch der Energieverbrauch. Wie schnell auch die Schilde flimmern, wenigstens 10 Prozent aller Treffer kommen durch.

Zielmarkierungslaser
Der Zielmarkierungslaser markiert ein Ziel mit einem Laserstrahl. Anschließend orientieren sich die Sensoren der Marschflugkörper oder der Artilleriemunition an dem reflektierten Laserlicht. Solange der Laser auf dem Ziel verbleibt, erreicht die Genauigkeit der so geleiteten Schüsse 100 Prozent. Wenn ein Markierungslaserstrahl auf einen Schild trifft, kann der damit zielende Panzer das Laserlicht benutzen, um die Flimmergeschwindigkeit des feindlichen Schildes zu errechnen. Dann kann er seinen Laser so einstellen, daß der Schuß in einer Flimmerparse hindurchschlüpft. Die Flimmergeschwindigkeit kann auch in die Feuerleitsysteme anderer eigener Panzer und den elektronischen Kreislauf jedes gesteuerten Flugkörpers übermittelt werden.

Als Gegenmaßnahme kann der Schild vom Rumpf des Fahrzeugs angehoben werden, damit der Ziellaser des Angreifers, vom Rumpf abprallt und die Rückseite des Schildes trifft, wenn dieser gerade wieder in der »An«-Phase ist. Dadurch wird die Menge der reflektierten Laserenergie verringert und erschwert es, Schilde mit hoher Flimmergeschwindigkeit zu markieren.

Massebeschleunigungsgeschütz (MBG)
Die modernste Kanonenart überhaupt. Das Massebeschleunigungsgeschütz besteht normalerweise aus einem langen Rohr, das aus extrem leitfähigem Material gefertigt ist. An diesem Rohr sind zwei Stäbe aus magnetischem Material angebracht. Ein starker Strom fließt durch das Rohr und beschleunigt gehärtete Stahlsplitter auf einer magnetischen Welle, die wiederum im Rohr und in den Stäben erzeugt wird. Wegen ihres Gewichts und ihrer geringen Durchschlagskraft bei Flimmerschilden wird das MBG zumeist auf Raumschiffen oder Raumabwehrfahrzeugen angebracht.

Gausskanone
Eine verbreitete Waffe im Bodenkampf. Die Gausskanone ist eine ballistische Flachfeuerwaffe, die ähnlich wie das MBG funktioniert. Die Geschosse können von den Schilden nicht abgewehrt werden und durchdringen die Panzerung eines Ziels mit hyperkinetischer Energie.

APDS-Munition (Armor-Piercing Discarding Sabot = Panzerbrechende, mantelabwerfende Munition)
APDS-Geschosse nutzen kinetische Energie, um ihr Ziel zu durchschlagen. Das Geschoß besteht aus einem langen, dünnen Urankern, der von einem Geschoßmantel umgeben ist. Sobald das Geschoß die Kanone verlassen hat, fällt der Mantel ab, um die Verzögerung, die durch Luftwiderstand entsteht, zu verringern.

HEAP-Munition (High-Explosive Armor-Piercing = Hochexplosiv, panzerbrechend)
Die HEAP-Munition ähnelt der APDS-Munition, nur hat sie einen Explosionskörper direkt hinter dem Hartkern, der sofort explodiert, wenn der Hartkern in die Panzerung eindringt. Dadurch wird dieser Hartkern tiefer gedrückt und richtet größeren Schaden an.

Hammerkopfmunition
Ein Hammerkopfgeschoß besteht aus einer Nase und einer an die Seiten geformten Sprengladung. In der Nase befindet sich ein selbstzerstörender Röntgenlaser. Wenn ein Geschoß die Seite eines Fahrzeugs trifft, wird die freigesetzte kinetische Energie in Röntgenstrahlenergie umgewandelt. Die Energie wird mittels eines besonderen Kristalls zurück auf das Fahrzeug konzentriert. Der Laserstrahl bohrt ein Loch durch die Panzerrüstung wobei die speziell geformte Sprengladung ins Innere des Fahrzeugs dringt. Wenn sie auf die Unterseite des Lasers trifft, erfolgt eine Explosion, die senkrecht nach den Seiten wirkt.

Lenkflugkörper
Panzerabwehrlenkflugkörper sind recht groß, schwer und haben eine beschränkte Reichweite. Alle Lenkflugkörper können durch aktive Zielmarkierungslaser auf Ziele gelenkt werden und ermöglichen so direktes oder indirektes Feuer. Ist das Ziel nicht markiert, erfaßt der Schütze das Ziel, feuert, und das interne Zielsuchsystem des Lenkflugkörpers bringt ihn ins Ziel.

SMLM (Sub-Munitionslaser-Cruided Missile = Lasergelenkter Flugkörper mit Sub-Munition)
Die SMLMs gehören zu den schweren Fahrzeugabwehr-Standardlenkflugkörpern. Wenn sie sich einem Ziel nähern, explodieren sie, und ein Hagel aus Hochgeschwindigkeitsmunition, die große Teile der Panzerung abreißen kann, regnet hernieder. Kann ein Lenkflugkörper bis ins Innere eines Fahrzeugs durchschlagen, wird die Explosion seitlich ausgerichtet und richtet schwere Schäden an.

TVLG (Tube Launched/Vertically Launched Laser-Cruided Missile = Lasergelenkter Flugkörper, aus Rohr abgeschossen oder senkrecht gestartet)
Das TVLG ist leichter und hat eine kürzere Reichweite als ein SMLM, verfügt aber über eine stärkere Durchschlagkraft. Der Sprengkopf besteht aus einem modifizierten 100-mm-Hammerkopf-Geschoß. Normalerweise wird es von der Infanterie als hauptsächliches Fahrzeugabwehrsystem eingesetzt, wobei dann jedoch die Vorrichtung für indirektes Feuer meist fehlt.

Artillerie
Sämtliche Feldartilleriekomponenten sind inzwischen mobil, gepanzert und in der Lage, während der Fahrt zu feuern. Die Waffen verwenden elektromagnetische Beschleuniger und raketenartige Projektile, um mit unvergleichlicher Genauigkeit und Geschwindigkeit auf

die Feueranforderungen aus den vorderen Reihen hin feuern zu können. Die Fähigkeit der Artillerie, jedes Ziel, das länger als eine Minute stillsteht, völlig zu zerstören, sichert die Überlegenheit der Gravpanzer gegenüber den billigeren und einfacher gearbeiteten Bodenfahrzeugen.

HAFE-Munition (Hypervelocity Airburst Flechette Explosive = Luft-Boden-Streuladungen)
Die HAFE-Munition explodiert in einer Wolke Tausender explosiver Flechetten, die zu groß sind, um von Schilden aufgehalten zu werden. HAFE-Munition ist von begrenzter Wirkung gegen Fahrzeuge, wirkt aber vernichtend, wenn man damit Infanterieziele beschießt oder bewaldete Gebiete, um den Gravpanzern ein leichteres Durchkommen zu ermöglichen.

AM-Geschoß
Jedes Artillerieminen-Geschoß (AM) enthält Hunderte von Minen als Ausstoßladung. Wenn das Geschoß sich einem Ziel nähert, verteilt sie die Minen in einem Kreis mit dem Durchmesser von 600 Metern. Jede Mine explodiert, wenn sie über sich ein Gravfeld bemerkt oder berührt wird. Die Mine ist mit einem Transponder-Empfänger ausgerüstet, der eigene Fahrzeuge oder Infanteristen erkennt. Feindliche Einheiten können AM-Minenfelder überwinden, wenn sie Pionierfahrzeuge oder Minenabwehr-Salven einsetzen.

GLAD-Munition
Hier handelt es sich um eine lasergesteuerte Fahrzeugabwehr-Geschoßart. Wenn das Geschoß sich über dem Zielgebiet befindet, entfaltet sich ein Fallschirm. Dann suchen die Sensoren die unmittelbare Umgebung nach einem Ziel ab, das von eigenen Lasern markiert wurde. Ist keine Lasermarkierung vorhanden, sucht sich das Geschoß sein Ziel selbst.

Nebelmunition
Eine Nebelgranate errichtet eine dichte Wand aus Rauch, der im optischen elektromagnetischen und infraroten Spektrum undurchsichtig ist. Dieser künstliche Nebel kann in der Defensive angewandt werden, um den Rückzug oder die Verlegung der Truppen zu decken. In der Offensive kann man eine Rauchwand vor einen Feind legen, der mit hoher Geschwindigkeit in ein bebautes Gelände einzudringen versucht. Der Rauch blockiert den Geländesensor des Feindes und sorgt dafür, daß der Eindringling nicht weiter vorankommt, wenn er keinen Unfall riskieren will.

Trichtermunition
Die Trichtermunition ist eine Artillerieversion der Sprengladung zur Lockerung des Bodens, die von allen Fahrzeugen mitgeführt wird. Man benützt sie hauptsächlich, um eine defensive Zone für eine ausweichende Truppe zu schaffen. Sie kann ebenfalls angewandt werden, um Trichter auszuheben, die einer angreifenden Truppe als schnelle Deckung dienen.

HELL-Geschoß
Wenn ein HELL-Geschoß explodiert, wird genügend Gravenergie frei, um eine kleine, unkontrollierte Fusionsreaktion hervorzurufen. Diese Munition ist ausgesprochen »sauber« und hinterläßt wenig bedeutende Strahlungen, zerstört aber jedes Gebäude, jede Vegetation und alle ungeschützten Einheiten innerhalb ihrer Reichweite. Eine gute Panzerung vermindert die Auswirkungen eines HELL-Geschosses, und es wirkt weniger effektiv auf stehende Fahrzeuge als eine GLAD-Salve.

Michael McCollum

schreibt Hardcore SF-Romane, die jeden Militärstrategen unter den SF-Fans und Battletech-Spieler begeistern.

Die Lebenssonde
06/5381

Antares erlischt
06/5382

Die Wolken des Saturn
06/5383

06/5383

06/5382

Heyne-Taschenbücher